1982

~~[illegible]~~

02 de Janeiro de 1982

(as vezes nem isto)

Como sempre nada de extraordinário aconteceu dentro das "comemorações" do calendário. Apenas grosserias e histerismo de alguns ou mesmo de todos (se assim desejarem) que a mim pouco me toca. No máximo uma taça de champagne e a cópula melancolicamente festejada prolongada até a madrugada.

Não é o momento, mas não sei porque recordo o conto de Thomas Mann, Der Bajazzo e o pobre Tobias Mindernickel e o seu vira-lata Esaú.

4 de Janeiro

Eu sei, eu sei, não se desafia os deuses impunemente. História de Kessi (conto hitita do segundo milênio a.C.). Borges relembra que o homem que esquece os deuses, pelos deuses é esquecido.

5 de Janeiro

[illegible] diz que o mar do cachimbo

está para mim como a chupeta está para o bebê: algo que me enleva e predispõe ao gozo. Na verdade, apenas escondo-me atrás dele e de sua fumaça branca, a pensar ou à espera de uma revelação que ainda não me foi feita. Será isto o meu maior pecado?

06 de Janeiro

* Orígenes afirma que Deus não castiga ninguém sem ter avisado antes.

07 de Janeiro

* Recrudescem os conflitos com Tânia. Na realidade não sabemos muito bem o que um quer do outro. E este longo campo de incompreensões acaba por destruir toda afetividade por acaso ainda existente. O campo da disputa não cabe no brasão do amor.

* Ontem visita do pintor Pericles Paiva. carregando alguns de seus novos quadros e que me deu também a oportunidade de mostrar-lhe alguns dos meus, pintados nos últimos meses do ano que findou.

* Carta de Ariano Suassuna:

DIÁRIO *de* FRANCISCO BRENNAND

IN
QUIE
TU
DE_

DIÁRIO
de
FRANCISCO BRENNAND

O Nome do Livro

Vol. II

1980 ~ 1989

Autorretrato apenas começado, 1978.

O Nome do Livro

Vol. II

1980 ~ 1989

Willian Empson declarou ser Paraíso perdido *"horrível e maravilhoso",*
semelhante às esculturas astecas ou do Benim ou aos romances de Kafka,
e afirmou ainda que seu Deus era maravilhoso por ser tão horrível.
Harold Bloom

Estavam lá, olhos vidrados como peixes que de repente
descobrem espantados já terem há tempo engolido o anzol.
Heinrich Böll

A Deborah

1980

Propriedade Santos Cosme e Damião

3 de janeiro

> *Não fale em profissão, Lisavieta Ivánova! A literatura não é profissão alguma, e sim uma maldição.*
>
> Thomas Mann

Diante de qualquer acontecimento, minha aversão só é tolerável quando tudo permanece muito longe. Continuo febril, mas não é a febre que justifica esta ociosidade. Certamente, mesmo sem febre, estaria inativo, sem nada a fazer. Acredito que sou eu mesmo que começo a fechar as cortinas. É curioso como os personagens de Dostoiévski estão permanentemente febris ou aguardam uma febre inexplicável.

> *Antes eu havia lhe indagado sobre aquela grande quantidade de flores que se alojava em torno de sua cintura. "Elas chegam das mãos de todos os príncipes da Europa", me diz ela. Eu me perguntava, então, o que poderia, de fato, significar a presença destas flores, todas ainda tão frescas, pinçadas em torno de sua cintura e enviadas à dançarina Eduardowa por todos os príncipes da Europa?*
>
> Kafka

14 de janeiro

Triste domingo o de ontem, apesar de todos os cuidados de Fenícia. Cuidados e amores. Passou o dia inteiro às voltas com o livro *Crime e castigo*, de Dostoiévski. Soube que Deborah ficou maravilhada com a releitura de *O vermelho e o negro*, de Stendhal. E, quanto a mim, exultante e comovido com a descoberta de *O leopardo*, de Lampedusa – mesmo depois de percorrer a aventura de *Os trabalhadores do mar*, de Victor Hugo, quando dificilmente algo poderia interessar –, senti uma tamanha identificação com o príncipe Salina, como se fôssemos de fato os últimos a possuir recordações insólitas, distintas das de outras pessoas.

Há cinco anos escrevi um artigo sobre o filme de Ingmar Bergman, *Gritos e sussurros*. Fiz questão de falar na gravura e no quadro de Edvard Munch, *O grito*, associando-os ao próprio espírito dramático, senão trágico, deste enredo bergmaniano. Nesta época ignorava o diário de Munch: "Eu estava andando por uma estrada com dois amigos. O sol estava se pondo e eu comecei a ficar aflito com um sentimento de melancolia. De repente o céu se tornou vermelho-sangue, eu parei e me encostei numa cerca, sentindo-me supercansado e encarando as nuvens vermelhas que se penduravam como sangue e uma espada, sobre o fiorde preto-azulado e a cidade. Meus amigos continuaram, eu permaneci absorto, tremendo. E eu ouvi (senti) um grito sem fim, bem alto e de natureza bem aguda".

16 de janeiro

Presenteei Deborah com um exemplar de *O leopardo*. Ela partiu hoje para a sua fazenda, em Camucim de São Félix. Como diz o poeta Tomás Seixas, "faz-se necessário encontrar o lugar ideal para leitura de certos livros". Acredito que Camucim de São Félix, com suas grandes árvores negras e vales verdes em declives abruptos, repletos de açudes, é certamente um local propício, inclusive até para a leitura de Virgílio.

Tomás escreveu um artigo de extraordinária beleza sobre este mesmo assunto.

17 de janeiro

Werner Herzog tenta explicar o seu sentimento de simpatia pelo vampiro: "Nas situações extremas, o confronto entre o Bem e o Mal é sempre muito ambíguo. Eu tratei de mostrar como o Mal, quando assume a sua máxima concentração sobre alguém, conquista uma estatura fascinante. Nosferatu suscita horror, mas também atração. Emana dele uma força maléfica e potente, o bastante para fazê-lo parecer um redentor, alguém que porta ao mesmo tempo a destruição e a alegria".

Começo a maquete (pequena escultura) de *Paulina Bonaparte*. Toda a manhã no trabalho tentando imprimir na peça o caráter do seu desenho encantador, até verificar que só chegarei a Paulina através do *grotesco*, como o entendiam os maneiristas. Aliás, todas as vezes que me lembro da bela escultura de Antônio Canova, o sorriso me domina, porque percebo a enorme perda de tempo na história da arte em se desenhar, pintar ou esculpir mulheres! A *Paulina*, de Canova – apesar do seu perfeccionismo neoclássico – é levada a um tamanho exagero formal que enseja uma inversão de valores, isto é, o repentino aparecimento de uma outra *essência*.[1] Recordo que vi numa fotografia, datada de 3 de maio de 1938, Mussolini ao lado de Hitler, em plena primavera romana, na Galeria Borghese, olhando frontalmente a bela *Paulina*. Esses dois falsos guerreiros não somente profanavam a memória de Napoleão – um militar de gênio – como nos seus olhares lascivos conspurcavam o insuperável encanto de *Paulina*[2], um dos paradigmas da arte ocidental desde a Grécia. Nela residiam a beleza e a paixão e até a rosa dos ventos, que direcionava as legiões imperiais ao seu destino de grandeza e conquista imortais.

Deste momento em diante, a minha visão sobre o trabalho de Canova modificou-se por completo e, agora, o que eu tento modelar é este despojo, cuja *substância radiosa* apenas conserva o perfil imperial da família Bonaparte. Este, sim, deve ser preservado. No meu primeiro esboço, *Paulina* encolheu consideravelmente, cabendo dentro de um berço ou de uma grande bolsa de couro. Ela não tem mais pernas, mas os seus pés (os adoráveis pés desnudos da escultura de Canova) estão presentes, embora retorcidos como os pés de uma bailarina – numa crispação de dor.

Não me deixei levar por este juízo instintivo e cego que nos faz percorrer o corpo feminino com absoluta servidão. De fato, esta montanha de falsa carnalidade a quem menos comove é, justamente, as mulheres, aquelas que pelo menos poderiam sentir-se envaidecidas... Entretanto, pagam-nos, o mais das vezes, com desdém e indiferença.

20 de janeiro

Se jamais consegui ler o total dos *Ensaios*, de Montaigne – livro que adquiri na minha primeira viagem a Paris (1949) – tenho sempre lido e relido com enorme prazer e com redobrada atenção *O pensamento vivo de Montaigne*, apresentado por André Gide. Não posso esquecer que, nos meus dezoito anos (1945), descobri uma frase de Montaigne que até hoje ainda me martela a cabeça: "Todo homem carrega em si a forma inteira da humana condição".

---

[1] A escultura de Canova perdeu o seu frio e aristocrático classicismo para se transformar num *ídolo cruel e selvagem* (N. do A.).

[2] Insisto que *Paulina* foi impiedosamente estuprada e sodomizada pela guarda pretoriana dos dois ditadores e, em seguida, mutilada (N. do A.).

21 de janeiro
O cineasta Jayme Monjardim me faz uma visita e fala na possibilidade de filmar a Oficina.

Mulheres marrons, carcomidas pelo sol, circulam pela nossa cidade e chamam a isto de "beleza do verão". Meu Deus! E as mulheres brancas, alabastrinas, cuja pele nunca foi desfolhada por nenhum raio de sol, onde elas se encontram, em que país, em que parte do mundo habitam?

As escarpadas rochas marinhas escalavradas pelo vento, pelo mar e pelo sol lembram a pele das bronzeadas morenas brasileiras.

Pego, apenas de raspão, o livro *Justine*, do Marquês de Sade, e logo o recoloco nas prateleiras da estante. Ainda não é o momento de explorar o divino Marquês.

24 de janeiro
Fenícia telefona apavorada depois de um pesadelo. Sua voz soa estranha, como se ainda sonhasse o seu pavor.

Trabalho agora na versão definitiva de *Paulina Bonaparte.* Camille Corot costumava dizer: "É preciso muita severidade diante da natureza, não deixar nenhuma marca de indecisão em coisa alguma".

26 de janeiro – sábado
Três jovens franceses chegam à Oficina trazidos por Carlos Marques. Na próxima semana, eles virão de novo para filmar o conjunto.

Manhã cansativa e enervante, o que aumentou a minha febre até a exaustão.

Hoje, ao chegar à Oficina, antes de qualquer coisa sento ao lado da escultura de *Paulina Bonaparte* e lhe acaricio os seios pontudos.

27 de janeiro
Os franceses de ontem e Carlos, que mora em Paris, perguntaram insistentemente por que eu não mais viajava. Eu lhes respondi com uma *boutade* de

Degas: "*Est-ce que je voyage, moi, disait un chef de gare*?". A meu ver, a nossa única viagem, a Nossa Grande Viagem, sem ida e volta, é aquela que começa com o nascimento e termina com a morte. Assim sendo, onde estivermos, mesmo sem grandes movimentos ou passeios, estaremos sempre viajando sem nos aperceber, caminhando céleres para o final da linha. Será que me entenderam, os franceses e Carlos? A mim não me pareceu, pois todos eles sorriram, logo mostrando que nada haviam compreendido. Mas não importa. Eu é que estou certo.

De portas fechadas, fervorosamente escuto os cantos gregorianos, horas e horas a fio, depois de ter trabalhado por cima da bela *Paulina*, com as mãos cansadas e feridas de alisar o barro, cuja umidade e frieza contribuem para baixar a temperatura de minhas mãos escaldantes. Recordo agora que Carlos, antes de sair, perguntou pelo poeta Tomás Seixas. "Não o havia esquecido", disse ele. "Ninguém esquece as pessoas de espírito."

28 de janeiro

Embora não considere a escultura de Canova (*Paulina Bonaparte*) um mero componente de alegoria sexual – a fria brancura do mármore colaborando no sentido contrário – prefiro, tratando-se da mesma Paulina, representá-la de uma maneira trágico-burlesca, pois jamais acreditei numa realidade alegre e feliz, daí porque o nosso corpo é sempre a primeira imagem deste sinistro paradoxo.

Na grande caixa ou urna branca que suporta o peso do *absurdo* corpo de *Paulina* (só cabeça, busto e braços), aparece desenhado, como eu já mencionei, em relevo, um pé crispado numa posição típica de uma bailarina em exercício, talvez na tentativa de relacionar esse conjunto como uma alegoria do amor e da morte.

À tarde volto a *Paulina,* depois de ter olhado a reprodução da escultura de Antônio Canova: *Paulina Borghese*, mulher do príncipe Camillo Borghese, na figura de *Vênus vencedora*, que se encontra em Roma. O meu desejo de recriar *Paulina* vem dos idos de minha visita a Roma em 1952, numa tarde de agosto, em pleno verão romano. No ano passado, depois de alguns desenhos e colagens, eis que me surgiu de novo a sua imagem e logo me apressei em batizar um confuso desenho com esse mesmo nome. Hoje não foi fácil encontrar a reprodução de Canova entre os meus livros de arte que estão aqui na Oficina. Nos dois volumes de Sir Kenneth Clark – *The nude* – edições inglesa e francesa, nada encontrei. Fui descobri-la numa banal edição paralela à *Enciclopédia Britânica*, cujo pomposo título, *Mulheres imortais*, de uma certa forma ironizava as diabruras da bela e incansável irmã de Napoleão Bonaparte.

A febre era de quem revolve o seu espírito e nada encontra além do calor seco da destruição.

Desde a manhã, muito cedo, prossigo escutando ininterruptamente os *cantos gregorianos*, embora há poucos minutos tenha acendido, com enorme prazer, um charuto cubano dos grandes. Uma vez aceso esse prodigioso incenso, me fez lembrar da imperiosa necessidade de empreender drásticas reformas administrativas na Oficina: remanejo de pessoal, medidas disciplinares, atenção dos horários, dispensa de serviços autônomos, etc. Isto deve coincidir com a necessidade de ser duro, como insinuava Nicolau Maquiavel: "Digo que todo príncipe deve desejar que o considere piedoso e não cruel; contudo, deve prestar atenção para não empregar mal a piedade".

30 de janeiro

Leio distraído alguns trechos de Henry Koster, *Viagens ao Nordeste do Brasil*. Que disparate, um cidadão inglês, doente, vir ao Brasil à procura de saúde, e logo nesta insalubre região nordestina! Apesar das mazelas, foi um homem corajoso e jamais lhe faltou (como um bom inglês) o seu fino humor em tudo o que escreveu ou descreveu.

Com o livro aberto sobre as pernas, penso neste europeu, vindo das brumas, sufocado neste clima abrasador do verão. Eu mesmo estou aqui sentado numa poltrona de couro, inchado de calor por dentro e por fora, porejando suores como um fruto apodrecido. A mão molhada, que não dá nem para segurar um pincel com precisão.

Como permaneço imóvel, fiz com que o motorista seguisse hoje para a cidade serrana de Triunfo, onde não ponho os pés desde o mês de agosto do ano passado. Será que os meus projetos do Castelo de Mata Redonda estão desmoronando?

Não saio do ateliê e não atendo nem aos chamados telefônicos, no entanto, não consigo escapar do ruído das vozes que escuto lá fora. Os outros vivem ruidosamente.

2 de fevereiro – sábado

Eu amava-o tanto, que sempre tinha medo. (Carta a propósito do seu marido)

Catarina de Médici

Poderia retomar uma nova versão de *Paulina* carregando no seu neoclassicismo. Em todo caso o meu *monstrengo* já parece dar conta do recado: a irregularidade me apaixona.

Não lastimo o prodigioso mármore, como o escultor Francesco Messina, quando ele diz que faria mais uma escultura em mármore se suas mãos conseguissem ajudá-lo. Se não ajudassem nesse esforço, então ele faria uma escultura em bronze.

Todos sabemos que há um arraigado fetichismo em torno do mármore e do bronze. Qualquer utilização de novos materiais é olhada como algo inferior, um desvio. Messina diz: "A escultura é sempre desenho. Muito mais desenho que pintura. Porque infinitos são numa estátua os pontos de vista. Por vez, faço também pintura, e retomei recentemente os pincéis com entusiasmo. Sinto o encanto da cor, mas na pintura continuo a descobrir elementos da escultura de algum modo. Debaixo da cor, há volume. Por outro lado, tenho sempre presente que nas estátuas egípcias e nas gregas havia cor". Por incrível que pareça, havia cor.

Todas essas controvérsias não me atingem, porque os meus propósitos são diversos. Talvez mais ambiciosos, talvez até não procurando atingir nenhuma finalidade. Já dizia Nietzsche: "Toda finalidade é uma servidão". E como eu sou, de fato, um especialista em ruínas, suponho que em toda a minha vida continuarei os trabalhos da *Castelania*. O que quer dizer enfrentar corajosamente a utopia da obra global. Muito lentamente, mas sempre reconstruindo paredes, enfeitiçando muros, jardins e monstros.

Carlos Marques telefona dizendo que volta hoje a Paris. Os jovens franceses da televisão insistem na filmagem da Oficina, uma vez que só retornam ao seu país após o Carnaval.

4 de fevereiro

Depois de uma carta, quase um sermão sobre os bons costumes, recolho-me contrito aos bastidores para pensar um pouco sobre o assunto. Será que existe mesmo uma moralidade nativa, ou seja, algo tão natural que se confunde com os próprios desígnios da Natureza? E quem poderia dar uma resposta certa, desde que a Natureza não fala nem se defende, e sim no mais das vezes, simplesmente ataca e devasta ou, mesmo quando recua indiferente, deixa apenas sobreviver. Não seriam totalmente ineficazes todos os pruridos moralistas perante essa Grande Mãe? E o reverso ultrajante da medalha – a nossa face oculta e abissal – como está situada, onde poderia, também, de alguma forma, atuar contra ou a favor desses nossos sempre escamoteados, mas constantes e fervorosos instintos? O que é de fato o ultraje, a devassidão, a perversidade, o amoralismo, a bestialidade, a pornografia? Será que existem mesmo, têm existência plena? Não seriam eles também um formulário secreto e paralelo, obscuro, inconsequente, desastrado, informe, alheio, mas, ainda assim, pleno de vigor num vastíssimo receituário da Natureza, uma espécie de anteprojeto, disforme, mas igualmente propício à conjugação fatal do verbo multiplicar, apenas um imperceptível ruído, algo ao mesmo tempo viscoso e fluido, renovável e eterno como as marés?

6 de fevereiro

Uma curiosa descrição de um Forte (talvez, um involuntário precursor de Kafka) me seduz de tal forma que a transcrevo neste caderno: "O Forte, mandado construir por uma Carta Régia de 1703, começou em 1719, erguia-se lentamente em 1738 e não estava terminado em 1745. Em 1801 possuía doze peças (canhões). Em 1808, projetaram sua reconstrução que seria apenas concluí-lo. Em 1817, estava reduzido a três peças, com quatorze soldados, comandados por um tenente. Não teve ação militar. Nasceu morrendo e seus restos continuam agonizando n'areia, perto da pancada-do-mar. Derredor, há uma povoação".

Olho e olho Lautrec pela noite adentro. Depois, encaro algumas fotografias de Fenícia, que bem poderiam servir como uma homenagem a Vermeer, por conta da sua extraordinária luminosidade. Poder-se-ia chamar de "claridades mozartianas". A pintura não é um mundo. Ela é o próprio mundo.

Paulina, agora solitária, na penumbra, longe das correntes de ar e do calor do sol, secará lentamente à espera dos primeiros calores de um fogo brando. Depois então visitará o inferno das grandes chamas, que lhe dará, novamente, o brilho da vida. Assim espero.

Salvador Dalí falando sobre o corpo feminino: "O rosto da mulher para ser erótico pode ser suportavelmente desagradável. Indispensável uma cintura extremamente fina e muita bunda, eis a perfeição. Quanto aos seios, nenhum interesse. De preferência pequenos".

Hoje, um dia como os outros. Para se ter um dia diferente se faria necessário atravessar os espelhos, como Alice, pois enquanto estivermos refletidos neste enganoso cristal são os outros que nos guiam para onde eles querem.

Os franceses telefonam. Mando dizer que não estou e falo a verdade, pois não estou mesmo em parte alguma. Sou ausente. Sou uma outra pessoa.

12 de fevereiro
Logo na primeira queima de fogo brando, *Paulina* fica seriamente danificada. Agora só me resta recomeçar tudo outra vez. Na realidade já recomecei.

Crises sucessivas com a intrigante Fenícia. Ela tem as suas razões, eu tenho as minhas. No entanto, às vezes ela me parece dolorosamente imatura, ou mesmo louca. Talvez, tanto quanto eu lhe pareça distante e neurastênico. Coisas da vida.

13 de fevereiro
Fui falar da gata siamesa do embaixador, e agora chega a minha vez. O cio da pequena *Queen* é intolerável.

Cézanne, colérico, diante de sua impaciente mulher que posava: "Seja uma maçã!".

> *Renunciar a dizer a um ser amado o sofrimento que ele nos causa. Isto seria algum progresso.*
>
> Camus

Ainda sem coragem de atacar *Paulina*, mas isto farei sem dúvida o mais breve possível.

Depois da chuva, a tarde se fez hoje primaveril. Ou será outonal nas suas tintas um tanto desbotadas?

O médico Luis Tavares, recém-chegado da Europa e dos Estados Unidos, pede-me para ver a sua cópia de Brueghel (*A torre de Babel*), pintada em cima de madeira e que se encontra na minha coleção. Ele pergunta: "Existe a vaidade?". "Existe até nos animais", eu disse. Ele replica: "Não num homem depois dos sessenta e quatro anos".

Palavras são palavras...?

Agora voltemos aos bastidores sem disfarces. Quantos têm coragem de uma tal grosseria?

18 de fevereiro

Continua o cio da gata e a desordem total na casa de Fenícia. Começo a estranhar as coisas, o que é um péssimo sinal. Tenho pensado, talvez mais do que devia, em fugir.

Visita inesperada do pintor Darel Valença. Conversa proveitosa de mais de duas horas. Falamos com entusiasmo de nosso trabalho, mas não esquecemos de elogiar outros artistas que admiramos, por exemplo, José Cláudio da Silva. Discorri longamente sobre a velha casa de São João onde nasci. Mostrei-lhe fotografias, lembrei-lhe datas, móveis, porcelanas, quadros, pratarias e cristais. Mencionei episódios da vida romanesca do meu pai, a avó onipresente, e também aspectos da minha infância e a dos meus irmãos. Tentei reconstruir com palavras o que eram os jardins antes da reforma de Roberto Burle Marx, o número incontável de criados, as cavalariças, o canil, onde se destacava um enorme dinamarquês preto e branco, de nome *Viking*, que mais parecia um bezerro e que toda madrugada arranhava a porta do meu quarto para poder entrar. E com todo o seu corpanzil se aboletava ao lado dos meus pés, o que evidentemente não mais me deixava dormir. No entanto, era eu próprio quem menos parecia convencido do meu relato... Por mais preciso e honesto que fosse, algo me escapava, deixando-me a sensação de alguém que numa narrativa verdadeira procura enxertar falsos episódios e, assim, parece incapaz de incorporar toda a verdade... O que se passava?

Agora à tarde, sozinho, relembro Proust a propósito do tempo recuperado: "Os lugares que conhecemos não pertencem tampouco ao mundo do espaço, onde os situamos para maior facilidade. Não eram mais que uma delgada fatia no meio de impressões contíguas que formavam a nossa vida de então; a recordação de certa imagem não é senão saudade de certo instante; e as casas, os caminhos, as avenidas são fugitivos, infelizmente, como os anos...".

O que representavam os gatos para os egípcios? Preciso saber até que ponto esses bichos se ligavam à alguma divindade desse estranho povo. Conservo sempre à vista, na parede do meu ateliê, uma reprodução mostrando a escultura de um gato egípcio: um deus saído das mãos de um artífice de um outro planeta.

19 de fevereiro – terça-feira de Carnaval

> *Mas, no amor, ou melhor, na reação maneirista diante do amor, todas as formas tornam-se possíveis. Melhor ainda: quanto mais obscuras forem as contradições antinaturais que residem na "discordia concors", terrível e doce, tanto mais expressivo se torna o seu mistério profundo, seu "hieroglifismo cósmico", seu segredo, sua "irregularidade" e seu "simbolismo", ao mesmo tempo, inquietante e exaltante. Esta a razão por que as reações maneiristas frente ao amor suscitam um novo "pandemônio" em que se unem monstros, a morte, o horror, a angústia, a ambiguidade, a loucura. Ao lado do amor místico, o amor condenado.*
>
> Hocke

O gravador Gilvan Samico telefona procurando saber se pode trazer hoje o pintor Flávio Shiró até à Oficina. "Estarei aqui toda manhã", disse-lhe.

O pintor japonês Flávio Shiró conhecia as coisas, embora – como todos os de sua raça – não gostasse de mostrar seus conhecimentos, aliando sabedoria à discrição. Quanto a Gilvan Samico, sempre correto e cortês, embora para mim permaneça um tanto indecifrável.

20 de fevereiro – quarta-feira de Cinzas

Não é a primeira vez que Fenícia, recém-saída de um pesadelo, aos gritos e soluçando, confessa horrorizada ter sonhado com ela própria, morta e estirada numa pedra fria de um necrotério.

Abro a caixa de charutos com mãos e cuidados de um conhecedor. No interior da caixa, a maior parte dos charutos bichada e ressecada.

> *Apoiado ora no pé direito, ora no pé esquerdo, eu titubeio e procuro a minha salvação. Atraído pelo vício e simultaneamente pela virtude. O meu coração inquieto me atormenta.*
>
> Michelangelo

Pergunto a Deborah pelo diário de Cesare Pavese que de há muito não folheio. Trabalhar através de uma contemplação inquieta das coisas, como Pavese desejava, e não através de uma contemplação fascinada que ele soube repudiar a tempo.

21 de fevereiro

Visita de um famoso hematologista francês, vindo da cidade de Montpellier. Lembrei-lhe o Museu Fabre, criado pelo admirável mecenas Alfred Bruyas, amigo de Courbet e de Delacroix. Meu Deus, quantas recordações!

Baltasar Gracián, a propósito do silêncio: "O silêncio encerra algo de divino. Quem se apressa a falar, pode ser vencido facilmente".

Será que a mulher é mesmo mulher? Será que o homem é mesmo o homem que todos nós pensamos ou adivinhamos ser? Independente de qualquer inversão sexual, ou mesmo dos conceitos de androginia, onde estarão situados verdadeiramente os limites da diferenciação? Não seria a nossa intransigente masculinidade ou a decantada feminilidade uma "mera afetação" cultural? Com que *olhos* a Natureza nos observa? Será que dá mesmo para notar alguma diferença estrutural na nebulosa selvageria desses conceitos?

22 de fevereiro

Hamlet diz que o homem que não é escravo de paixões *(give me that man / that is not passion's slave...)*, não existe.

A noite inteira insone e febril a recordar disparates sobre os quais eu já não mais parecia ter o menor controle. Imagens perversas e descontroladas à maneira das *Tentações de Santo Antão*.

A inquieta severidade de Pavese me fará bem, desde que ele não *afeta*, não faz pose e, mais ainda, sabe cumprir corajosamente aquilo que prometeu. Um diário de um suicida, certamente, não poderá ser encarado como um simples divertimento.

Carta da velha amiga arquiteta Lina Bo Bardi apresentando Liliana Guedes, sua colega de profissão. Longa conversa sobre arqueologia industrial.

23 de fevereiro

Recomecei o trabalho na escultura *Paulina Bonaparte*, iniciada na quarta-feira de Cinzas.

Emerson supõe que há no homem algo de divino que nunca esteve nem nunca estará doente. Talvez esta afirmação contradiga o pessimismo categórico de Hamlet (o homem escravo das paixões). Em todo caso, só na aparência um homem dominado pelas paixões poderia estar destituído de sua carga divina e definitivamente doente. Os deuses também eram sujeitos às paixões, às desventuras e até mesmo à morte.

25 de fevereiro

Jayme Monjardim volta de São Paulo e pretende começar as filmagens da Oficina nestes próximos dias.

26 de fevereiro

Trabalho toda a tarde na bela *Paulina*. Maior ênfase no seu rosto imperial. Amanhã deverei prosseguir.

Paulo Craveiro tem razão quando diz: "Preservar enquanto há luz".

27 de fevereiro

Parece-me que de fato o pescoço não negocia com a guilhotina, sobretudo porque não há tempo.

Não esqueci de colocar no pedestal a inscrição *Vênus Vencedora*. Servirá como trono para coroação de *Paulina Bonaparte*.

10 de março

Mesmo danificada (a primeira versão de *Paulina*), fiz uma tentativa de vitrificação, pintando todo o conjunto com uma cor branca (óxido de zircônio), próxima ao mármore original de Canova. Acontece que o resultado foi péssimo e há poucos momentos acabei por destruir toda a peça, na saída do forno, ainda quente, muito quente. Talvez tenha mais sorte com a segunda versão que, de resto, é bem mais perfeita que a primeira, como escultura e como acabamento.

14 de março

O cineasta Jayme Monjardim volta à Fábrica e insiste no filme. Amanhã virá com toda a sua equipe. Ele sabe que relutei, relutei e relutei em aparecer. Fiz-lhe ver que acho prematuro filmar obras ainda inacabadas. A sua juventude não consegue entender o infinito valor da espera.

15 de março

A equipe trabalha filmando cenas do *Grande Pátio* e algumas das naves. Vez ou outra apareço. Trabalho monótono, mas na realidade perspicaz e atento. *The best is gone*. Por hoje é só.

17 de março

Prosseguem as filmagens. Começo a interferir e a colaborar, chegando mesmo a sugerir um certo tipo de roteiro, através de um pequeno *script* que fiz ontem. Como fundo musical, um pouco de música eletrônica de Stockhausen ou Luigi Nono, ou mesmo Roland Kayn em contraste com música italiana do século XVIII.

"Tudo o que fascina, torna-se um vício", diz a bela e atormentada Fenícia.

"Não tem ordem? Então vai mesmo com a desordem deste sonho que não se apaga", eu disse, no *script* de ontem.

Visita de Roberto Burle Marx e do arquiteto Acácio Gil Borsoi. Roberto pareceu impressionado com o que viu. Pelo menos tudo o que disse foi para não poupar elogios.

Amanhã deverei trabalhar diante das câmeras de filmagem e isto não me agrada de forma alguma. Enfim, veremos.

Alguns assuntos de conversa fora do texto, isto é, fala-se de tudo durante a filmagem. Alguém inclusive me pergunta: "Você é católico?".

19 de março
O que importa é escrever a verdade. Mas que verdade? A do pão de cada dia?

25 de março
John Graz, pintor suíço de Genebra, esteve comigo alguns momentos. Entre outras coisas, falou-me do Museu de Arte Bruta em Lausanne. O velho pintor já está no Brasil há muitos anos e participou com Segall, Tarsila do Amaral, Rebolo, Mário de Andrade e outros artistas, da Semana de Arte Moderna realizada em 1922, na cidade de São Paulo.

26 de março
Tomás Seixas almoçou na Oficina. Aproveitei para ler o texto que havia preparado como roteiro para o filme de Jayme Monjardim, isto é, a *minha fala*, uma vez que Monjardim insistia em uma narração pessoal, evitando qualquer tipo de narrador profissional. Já cheguei a declamar alguns desses escritos que muito devem às teorias de Gustav R. Hocke. Posso afirmar que, em alguns momentos, textos inteiros de Hocke são declamados. Curioso é que uma coisa foi feita para a outra. Dificilmente Hocke, a não ser em *Bomarzo*, na *floresta sagrada*, encontraria um ambiente tão propício como a Oficina Cerâmica. O parque de Vicino Orsini foi planejado por volta do ano de 1560 e, na apreciação de Hocke, é uma maravilha escultural e arquitetônica.

Ao contrário de Fernando Monteiro, Jayme pretende estabelecer uma cronologia a partir da fundação da Fábrica, em 1917, até os dias de hoje. Tenho aproveitado essas imagens do passado, enfatizando velhas fotografias em preto e branco, que tendem hoje ao castanho violáceo, lhes conferindo um aspecto de um daguerreótipo. Acredito que o resultado final será surpreendente, sobretudo pelo grande entusiasmo que domina o jovem diretor.

Independente de tudo, Tomás Seixas pareceu impressionado com as obras da *Castelania*.

28 de março
Começo nova escultura de grande porte, nascida de alguns desenhos de uma mulher que se lava numa fonte ou numa banheira. Nada de um realismo

aos moldes de Degas, muito pelo contrário, a escultura também poderia ser um cisne navegando num lago. Tudo pode ser comparado com tudo, e tudo pode ser transformado em outra coisa qualquer. Enfim, todas as formas tornam-se possíveis. "Quanto mais obscuras forem as contradições..." Na realidade, tendo como base uma enorme nádega, retorcida para cima, tornando bem visível uma pomposa vagina rósea, duas pernas se projetam no espaço: uma quase vertical e a outra fazendo ângulo reto, apoiada na primeira. Ambas, na sua extremidade, estão calçadas de botinas femininas do século passado. Mas há também qualquer coisa de mecânico nestas botas, porque elas têm rebites de ferro, e a sua parte pontiaguda poderia lembrar cascos de corsa ou bico de cisne. As duas pernas se confrontam como num duelo. Não consegui vislumbrar que partido eu poderia tirar dessas formas dinâmicas – desse movimento em sentido contrário – e, consequentemente, ainda não idealizei aonde vou chegar. Por isto tenho falado frequentemente em *Suzana no banho*, embora na certeza de que não é o batismo satisfatório. Não sei bem por quê, há qualquer coisa de cópula nesse conjunto. Será *Leda e o Cisne* o batismo ideal?

De passagem pelo Recife, o embaixador da Bélgica, Conde Jean D'Avernas e sua mulher, aproveitam para visitar a Oficina. Lembrei-lhes que o arquiteto Frédéric de Limburg-Stirum esteve aqui na Fábrica há cerca de três anos. A conversa não foi longa. Quando eu disse que o arquiteto descendia do pintor Rubens, ele olhou-me com tal assombro que preferi não prosseguir.

À sua saída, interessado no seu nome por conta da partícula D' que possivelmente lhe conferia um brasão de nobreza, verifiquei que o nome Averno quer dizer inferno. Averna seria inferno no feminino e Avernas, vários infernos femininos. Portanto, o nosso Conde-embaixador – conforme indica os alfarrábios – seria um ser infernal, ele e sua mulher?

Quase ao cair da noite – quando já não mais o esperava – recebi o Ministro da Educação, o escritor Eduardo Portella, acompanhado dos seus assessores e dos poetas César Leal e Marcus Accioly. Desde o ano de 1956, eu não mais havia encontrado com o inteligente e espirituoso escritor Eduardo Portella. Desta feita, apesar do adiantado da hora, a conversa foi longa, entremeada de recordações do Ministro que, embora baiano, tem formação pernambucana.

30 de março

À noite algum progresso junto a Fenícia. Contudo, ainda se mostra recalcitrante. Chegamos a falar em separação.

2 de abril

Compreende-se perfeitamente a atitude dos nativos *Tim dama*, originários da Nova Guiné, que relegam as suas mulheres ao mais estrito isolamento. Em todo caso, como nesta vida os homens não podem prescindir do contato feminino, a vingança maior, isto é, a definitiva separação, só se dará após a morte do casal. Os *Tim dama* creem num paraíso sem fome, sem misérias físicas e sem desgraças. Este paraíso pode ser comum aos homens e às mulheres. Mas, por sorte, os espíritos masculinos são invisíveis para os femininos; passam uns ao lado dos outros sem se reconhecerem. Assim, os espíritos masculinos estão definitivamente protegidos contra os espíritos femininos e, sobretudo, liberados da sempre ameaçadora presença feminina.

Eis um povo de costumes práticos e sábios de espírito. Enfim, um verdadeiro paraíso digno de ser vivido.

> *Natura face como face il fuoco (A Natureza faz como faz o fogo).*
>
> D'Annunzio

3 de abril

Fenícia encontra-se numa sala de sua casa, que jamais usou, agarrada a uma Bíblia. À noite, demonstrando espanto, perguntou-me por várias vezes se tudo aquilo seria verdade. Intrigava-a, sobretudo, certos episódios de franca licenciosidade, como por exemplo: a lastimável atitude de Abraão em negar por duas vezes a sua condição de esposo da formosa Sarah e, por duas vezes, se aproveitar dos favores concedidos por sua mulher, tanto ao Faraó do Egito quanto a Abimeleque, rei de Gerar. De resto – conforme a intrigada Fenícia – as desculpas de Abraão ao rei Abimeleque foram bastante "esfarrapadas" quando confessou seus desacertos, lembrando a condição de Sarah, como sua irmã, filha de seu pai e não de sua mãe...

5 de abril – sábado

Gustav Hocke: "O duplo, o dualismo, o ambivalente, o polivalente...". Entender o mundo através de imagens que, embora "descontínuas", são coerentes.

7 de abril

Fenícia reclama, aos gritos, me acusando de ser insensível aos sofrimentos dos outros. "E pior", diz ela, "ainda tem a pretensão, mesmo sendo cego e surdo ao sofrimento alheio, de às vezes mostrar-se sensível, desde que os que sofrem... Estejam longe, bem entendido, muito longe... Só lhe toca mesmo aquilo que tem *registro*". E continua: "Ao vivo, você parece perder a cabeça e logo se mostra estranhamente ofendido e ausente, sobretudo diante daqueles que ousam lhe interpelar, discordar ou mesmo apenas cobrar alguma coisa...".

Sábado passado, meu pai já com oitenta e dois anos, confessou-me estar perdidamente apaixonado por Anna Karenina. "Que mulher!", ele disse. "Desde o começo, diante da sua simples descrição – quando chegou no comboio – a beleza, elegância e singela graça se desprendiam de toda a sua pessoa. E, depois, seus brilhantes olhos cinzentos, que pareciam escuros..."

Não foi difícil compreender meu pai, o seu sonho secreto, mantendo-se sempre à espera, mesmo no degredo dos últimos anos, o coração ainda intocado, a sua paixão incorruptível. Meu pai, como eu, deve ser desses que se apaixonam pelos *registros* e, igualmente a mim, infenso aos amores verdadeiros. Como diria Leonardo da Vinci, "desses que não encontram a plenitude... Senão na sua própria imaginação".

8 de abril

Ontem, rápida conversa com o jornalista Carlos Castelo Branco. Falamos, ou melhor, falei o tempo todo sem deixá-lo abrir a boca, abordando as "catástrofes" do mundo atual, da intemperança, do descalabro, da ingenuidade, da má-fé dos partidos políticos e dos políticos em particular, que pretendem satanicamente dirigir o destino de todas as criaturas.

Lembrei Lewis Mumford: "Se as forças que hoje nos dominam prosseguirem em sua caminhada atual, elas haverão de levar ao colapso não apenas este ou aquele império ou nação, mas toda a estrutura histórica".

Continua a modelagem de *Suzana no banho* ou *Leda e o cisne*? Atenção especial às pernas cilíndricas que se movimentam em sentido inverso. Uma coisa é certa: A ideia de que estas duas pernas são seres distintos que se entrelaçam numa violenta cópula, como aconteceu com Zeus, transformado num cisne para possuir Leda, que uma vez grávida, deu à luz duas parelhas: Polux e Clitemestra, Castor e a formosa Helena.

10 de abril

Se tivesse de escolher ou lembrar de improviso qual o diário de um escritor famoso que mais me agradou ou influenciou, dificilmente poderia responder com exatidão. De resto, nem sempre é o diário a forma mais perfeita para uma completa e descomprometida confissão. Nada me impressionou tanto quanto as *Confissões de Stavroguine*, de Dostoiévski. No entanto, não se trata propriamente de um diário. Enfim, sempre me pareceu impertinente, confuso e às vezes até maçante a maior parte das confissões, embora não de toda desprovida de interesse literário, desde que se respeite a pessoa que intenta se confessar. Eis o que conta. Quem se confessa, quer seja um Stendhal, um Delacroix, um Amiel, um Tolstói, um Dostoiévski, um Gide, um Julian Green, um Kafka, um Jules Renard, um Cesare Pavese, um Graham Greene, um Salvador Dalí, dificilmente cada um deles – em suas aparentes confissões – poderia dizer mais do que se sabe sobre o gênero humano. De resto, com a sua própria ajuda.

Como escritores, realizaram – quando não pretendiam exclusivamente confessar alguma coisa – a confissão mais completa. Acredito que todos estariam de acordo que Stendhal encontra-se muito mais presente (de corpo e alma) em *O vermelho e o negro* e na *Cartuxa de Parma* do que nas páginas do seu *Journal*. *Anna Karenina* e *A sonata a Kreutzer* falam mais intimamente do próprio conde Tolstói do que a maior parte do seu diário, descrevendo as desavenças conjugais com sua mulher Sofia (que também mantinha um diário) ou com suas últimas confissões de um ancião à beira da morte.

Kafka, em *O processo*, e Graham Greene, em *O crepúsculo de um romance*, estão citados correta e profundamente, sem nenhuma espécie de tergiversação. Não havia mesmo mais necessidade de *desabafos*. Tudo estava dito.

12 de abril

O poeta Carlos Drummond diz com muita graça e propriedade que faltava *silêncio* nos discursos de Rui Barbosa, um dos nossos maiores oradores...

A grosso modo, deve faltar esse indispensável silêncio na vida de todos nós. E não é à toa que a Bíblia parece tão radical: "Calar ainda que a respeito do bem".

Passeio matinal pelo *Labirinto de esculturas*, onde os espaços começam a se transformar numa "paisagem diabólica, com muitas orgias".

Fools, Females and Foes (loucos, mulheres e inimigos). Esta é a definição não do mundo atual, mas a de todas as épocas. Alguma coisa no gênero shakespeariano: "a vida é tão somente um conto narrado por um idiota". Vejamos o que sobraria dessa absurda situação, desse inconsequente aglomerado: alguns poucos santos e alguns artistas que, misturados a cientistas e certamente a pouquíssimos guerreiros, acabariam sempre por redimir o gênero humano. Nesta minha lista, não entram as mulheres que estão invariavelmente do lado inimigo. Esclareço: as mulheres são a própria Mãe Natureza, não podendo ser devidamente julgadas numa dimensão humana.

Começo de pânico: sombra, noite, escuridão. Termino a primeira versão de *Leda e o Cisne* (confirmado o batismo), e logo começo a segunda. Só encontro o que procuro depois de embriagado e devidamente enlouquecido por visões eróticas.

No fim da tarde, visita do embaixador da Inglaterra, Sr. George Hall, e de sua mulher. A senhora embaixatriz mostrou-se sensível a algumas de minhas esculturas, o que lhe despertou por várias vezes um riso quase incontrolável. Tinha toda razão. Algumas dessas peças são de fato *grotescas,* e merecem uma risada em forma de estremecimento, algo como um calafrio... A mim, com frequência, também me fazem rir. Só que o meu riso é invariavelmente acompanhado de uma solene tristeza.

13 de abril

Um domingo ao pé da letra: uma tediosa inatividade faz surgir perigosamente os insondáveis fantasmas da infância, tanto em mim quanto em Fenícia. E, por conta disso, os nossos desentendimentos se aprofundam a um nível fatal. À noite, foi quase uma noite de adeus.

14 de abril

O encarregado dos negócios culturais junto à embaixada do Canadá, Sr. David W. Brisco, presenteia-me com um belo catálogo da pintora Emily Carr. Boa pintura. Algumas até excelentes, como *Grey*, pintada em 1931, ou *A montanha,* de 1933. Os dois quadros demonstram, além de uma exuberante força de execução, um evidente poder de penetração nos átomos mais obscuros e misteriosos da natureza.

Olhando o seu autorretrato, de 1935, não causa admiração que Emily Carr tenha conseguido um bom nível de pintura, pois fisicamente mais se assemelha a um homem e mais ainda: a um homem bastante voluntarioso e viril. "A senhora Carr, aos trinta e um anos" – relata o seu biógrafo – "foi internada num sanatório para doentes mentais durante dezoito longos meses". Daí porque carregava em si a marca dos deuses malditos. A bela loucura da inspiração é sempre divina.

15 de abril

Comentário do pintor Delacroix no seu *Journal* (dia 15 de setembro de 1852): "Perguntaram a Sófocles se na sua velhice lastimava a perda dos prazeres do amor, ao que ele respondeu: 'O amor? Livrei-me a tempo e de bom grado, desse mestre furioso e selvagem'".

Natureza enganosa. Enganar a qualquer preço. As mulheres sabem por que enganam, pois do lado delas está a própria *natureza enganosa.* A natureza necessita enganar, visando à eternidade.

16 de abril

Gradativamente começo a perder o controle da situação, ou melhor, de todas as situações. Talvez seja esta embaraçosa intemperança que caracteriza toda velhice. Falta-me, por assim dizer, quase que completamente a necessária desenvoltura para a ação.

> *Uma mulher em luta com o mundo não encontra recursos senão nela mesma. Seu único meio de ação é o de ser aquilo que ela é.*
>
> Conrad

Se nos momentos de sofrimento procurasse seguir os conselhos de Delacroix, talvez evitasse muitos dissabores: "Todas as vezes que, agindo, puderes diminuir tua tristeza ou teu sofrimento, procures agir mesmo sem nenhuma deliberação".

"Infelizmente as noites de sofrimento não deixam as marcas que tanto gostaríamos de ostentar. Nada nos concede esta serena majestade que parece iluminar as caras dos santos às vésperas do martírio. Malgrado a natureza da dor, os nossos rostos impassíveis teimam em simular o mesmo rosto de um néscio."

Poucas pessoas teriam a coragem das revelações cotidianas que o genial Delacroix deixa registradas em todas as páginas do seu *Journal*. Nenhum resquício de pose, apenas registros de trabalho, de visitas, de passeios, de encontros com os amigos, de jantares, de concertos, de viagens, de indisposições, etc. Mas acontece que o valor de uma frase só depende da pessoa que a pronuncia. Portanto, as anotações de Delacroix são todas dignas de atenção, desde que anotadas por ele próprio. Por vezes, a sua simplicidade chega ao patético, como nesta sua anotação de 9 de maio de 1850: "Acredito que os bolinhos comidos ontem ao jantar para espantar a solidão contribuíram não só para me dar essa horrível manhã, como também para acentuar essa morosidade insuportável. Sentindo-me mal disposto para qualquer tipo de atividade, por volta das nove horas ganhei a floresta, etc".

21 de abril

Cedo no trabalho e na Fábrica – apesar do feriado – corro para a saída do forno à procura da bela *Paulina Bonaparte*, que deveria ter saído nesta madrugada, depois de uma longa jornada pelas chamas. Tudo perfeito. Magníficos resultados: "a natureza faz como faz o fogo".

Almoço com Deborah. Ela acabou a leitura de *Angústia*, livro de Graciliano Ramos. Deborah tolera essas coisas, eu não.

22 de abril

F. não tinha nada a me dizer. Não falou senão o necessário. Mas o que poderia eu esperar se havíamos chegado ao fim? Como poderia ela dizer alguma coisa se o fim não é nenhum começo? Acabrunhado e descolorido, preferi não dizer nada, uma vez que os motivos da *harmonia* se esgotaram. Em relação às mulheres, nada do que fiz, até o dia de hoje, parece ter dado certo. Espero delas aquilo que não podem dar nem a mim, nem a ninguém.

O telegrama não seguiu, desde que não foi possível identificar o seu endereço. Parece-me mesmo que ninguém, de fato, estaria interessado em descobrir o seu destino, inclusive eu. No entanto, se soubesse, ainda hoje, para onde mandá-lo, eu o mandaria sem vacilar.

23 de abril
Uma espécie de desarmonia obscura e tumultuosa: *A torre de Babel* e toda uma mitologia de seres desafortunados.

28 de abril
Visita do escritor e crítico francês, M. Georges Raillard, acompanhado de sua mulher. O Sr. Raillard escreveu sobre Joan Miró. À tarde, o escultor Nicolas Vlavianos, junto com a sua mulher Thereza, também apareceu.

15 de maio
A pintura todos os dias me afasta do caderno. Algumas noites em *branco* e um trabalho sem interrupção. Continuo pintando os desenhos destinados às esculturas, no entanto, nem sempre respeitando o ofício de escultor, pois no momento em que o pincel toca os quadros, os problemas se modificam completamente. Ontem terminei uma *Homenagem a Giuseppe Arcimboldo.*

23 de maio
Deborah, que havia escrito um poema sobre os grandes amorosos, pediu informações mais precisas sobre a história (lenda) de Tristão e Isolda. Contei o que a tradição me ensinou e, já no final, com voz embargada, não pude prosseguir. Notei que ela chorava, mas assim mesmo pediu que terminasse, o que fiz sem delongas, igualmente, com lágrimas nos olhos. O patético da situação é que estávamos chorando juntos, um defronte ao outro, silenciosamente, perdidos...

Sim, é o que eu sou. No acerto de contas, não passo de um mau comediante.

Várias *noites brancas* e também alguma pintura. Pelo menos é esta atualmente a minha ação: um quadro atrás do outro. Enfim, retomo a pintura.

28 de maio
Acompanhados de Philippe Ben Lahsen, vêm ao meu ateliê o crítico literário francês M. Bruézière e o professor Francisco Balthar.

O crítico pareceu mais ameno e simpático quando citei uma frase de Fernand Léger: "*Il faut détruire les murs*". Expliquei ao crítico que a minha tradução para o português seria menos drástica: "É preciso enfeitiçar os muros". Daí em diante, ele foi todo sorrisos. M. Bruézière fará hoje uma conferência, cujo tema Albert Camus parece ser a sua especialidade.

Jayme Monjardim também veio à tarde e, com grande entusiasmo, me comunicou que o filme sobre a Oficina estava pronto e que será exibido no dia 3 de junho no Teatro do Parque. Conversamos por meia hora recordando a filmagem e outros assuntos correlatos.

30 de maio
Foi com grande emoção que recebi a viúva do grande compositor brasileiro Villa-Lobos. Eu a acompanhei por toda a Oficina, encantado por sua inteligente vivacidade, procurando mostrar e explicar tudo o que lhe despertasse interesse. Acontece que ela se interessava por tudo, e nada lhe parecia escapar.

1º de junho
Preparo dois cartazes para o filme de Jayme Monjardim.

4 de junho
Estreia do filme de Jayme com excelente receptividade. Depois ele me convidou para assistirmos a certas partes que haviam sido cortadas – por uma questão de tempo – e que ele achava imprescindível mostrar-me. Isto nós fizemos numa cabine de projeção especial.

Fenícia, apesar de rompida comigo, insistiu em acompanhar-nos. Suponho que estava interessada no jovem diretor.

9 de junho
Morre Henry Miller aos oitenta e oito anos. De acordo com o jornal de nossa cidade, ele faleceu antes de ontem, mas como é apontado em manchete como o autor de *Lolita*, não posso subscrever este falecimento; talvez até ainda esteja vivo, e o morto seja Nabokov... Aqui na nossa província tanto faz.

Curioso personagem que não suportava ruídos. Toda e qualquer forma de rumor, mesmo os mais inocentes e naturais, como o perpassar dos ventos, o murmúrio dos regatos, o canto dos pássaros, o coaxar das rãs, etc. Quanto aos sons humanos (incluindo máquinas e adjacências), ele chegava ao desespero. Também, o arrastar de cadeiras, o barulho dos garfos em atrito com os pratos de porcelana, o tilintar dos talheres metálicos, o quase silencioso ato de deglutir, fosse comida ou bebida; a tosse, um espirro, um sorriso, mesmo que fosse em um quarto ao lado e, sobretudo, as vozes femininas, para ele sempre intoleráveis. Morreu porque não resistiu ao estrépito da pancada de uma porta.

13 de junho – madrugada
Seria de todo aconselhável não se procurar usar aquilo que nunca se usou. Entretanto, eu digo: não é de todo desaconselhável deixar de usar o que já foi usado.

15 de junho – domingo
Um domingo de sexo estrepitoso. Éguas e pecados alarmantes. *Noites brancas.*

16 de junho
Finalmente consigo ilustrar o soneto de Carlos Pena Filho "A Solidão e sua Porta".

Há uma história insólita em relação a este soneto, do grande poeta Carlos Pena, que costumava dedicar seus trabalhos aos amigos mais íntimos. Posso dizer, sem nenhuma margem de erro, que vi este poeta somente três vezes durante toda a sua vida: uma quando o seu amigo Renato Carneiro Campos levou-o ao meu ateliê, na casa de São Francisco; a outra, na porta de uma livraria, em 1956, não sei bem qual a data. Posso até contar os pormenores: O poeta estacionava junto a uma livraria. Estendeu-me a mão. Achei-o bastante pálido e ele, como que adivinhando a natureza do meu olhar, logo desculpou-se dizendo: "Tenho andado também doente... do estômago". De imediato notei o que estava incluído neste "também". Esses poetas são mesmo terríveis. Como ele descobriu que eu também estava doente, com indisposições febris?... Nós nos olhamos novamente e novamente nos medimos. Depois eu disse uma bobagem qualquer, alguma coisa mais ou menos no gênero: "É o mal dos poetas, ou melhor, a proverbial fraqueza dos artistas". A terceira vez, fui levado igualmente por Renato Carneiro Campos num dia de domingo à sua casa, quando tive então a oportunidade de conhecer sua mulher Tânia. Foi uma visita rápida, não mais que meia hora.

A minha enorme surpresa foi verificar depois de sua morte que um dos seus mais belos sonetos, "A Solidão e sua Porta", tinha sido dedicado a mim. Até aí tudo bem, não fora a natureza do soneto. No meu entender – mesmo que não fosse a intenção do poeta – há no seu miolo uma espécie de premonição, ou mesmo uma ameaça velada. Enfim, qualquer coisa relacionada a destino. O poeta que pouco me conhecia, falava como um oráculo. E, até hoje, eu não posso ver ou ouvir esses versos sem que estremeça.

E detalhe singular, ele parece me perseguir por toda a parte. Quando menos espero, ali ele está. Por mais que resista à curiosidade de relê-lo, o que eu já fiz centenas de vezes – novamente eu caio na armadilha[3]:

Quando mais nada resistir que valha
a pena de viver e a dor de amar,
e quando nada mais interessar,
(nem o torpor do sono que se espalha);

quando, pelo desuso da navalha
a barba livremente caminhar,
e até Deus em silêncio se afastar
deixando-te sozinho na batalha

a arquitetar na sombra a despedida
do mundo que te foi contraditório,
lembra-te que afinal te resta a vida
com tudo que é insolvente e provisório
e de que ainda tens uma saída:
entrar no acaso e amar o transitório.

A primeira, a segunda e terceira estrofes são de aterrorizar, ou de meter medo, incluindo sobretudo o verso: *...e até Deus em silêncio se afastar / deixando-te sozinho na batalha...*

---

[3] "A Solidão e sua Porta", de Carlos Pena Filho, faz parte dos *Dez sonetos escuros* (1953-1956) (N. do A.).

E, quanto ao final, a solução dada pelo poeta para tanta desgraça não me é absolutamente simpática, ou seja, *...entrar no acaso e amar o transitório.*

30 de junho
No encontro com Sigmund Freud, na cidade de Londres, no ano de 1938, o pintor Salvador Dalí tentou explicar o seu quadro *Metamorfose de Narciso,* pintado em 1936-1937. Pouco depois da entrevista, Freud teria dito: "Jamais vi exemplar mais completo de um espanhol. Que fanático!".

Desceu hoje em território brasileiro o Papa João Paulo II. O poeta Guillaume Apollinaire já dizia no seu tempo: "O Papa Pio X é o homem mais moderno da Europa". Portanto, no meu entender, todos os papas são igualmente modernos.

O Papa João Paulo II adverte: "Cuidemos daqueles que pretendem uma cruz sem o Cristo, ou então um Cristo sem a cruz".

2 de julho
Desenho depois de muitos anos o mesmo tema que sempre me apaixonou: *A taça do Rei de Thule.*

Relação de trabalhos enviados hoje ao moldureiro, Antônio Pedroso:

Esculturas (bichos)
Inês de Castro
A jogadora
Natureza morta (5 personagens)
Elmo azul
Homenagem a Miró e Picasso
Grotesque
Perfil
Figura de mulher velada
Nu de costas
Homenagem a Arcimboldo
Patinador
Ganso
Máscara de couro
Ânfora

Pareço ainda indeciso em afirmar que concordaria com medidas tão radicais, isto é, se poderia estar de pleno acordo quanto à circuncisão feminina que há séculos vigora entre o povo egípcio. Segundo esta gente – de resto bastante sábia – tal atitude pretende apenas "proteger a virtude das moças antes do casamento, defender sua feminilidade e aplacar seus ardores sexuais, que tornaria o homem incapaz de satisfazê-las". O processo é cruel, crudelíssimo[4], mas deve ter se originado como fruto de uma sabedoria atroz, de quem tenta lutar contra a implacável Mãe Natureza.

De uma história cômica, com algumas representações que beira o "fantástico". Diz o personagem agonizante, embora ainda bem vivo e risonho: "Declaro que morro como um verdadeiro pescador, com um sorriso nos lábios e um peixe cravado no coração".

25 de julho

> *O que digo não é verdadeiro, mas trai – só pelo fato de o ter dito – o meu ser. (Ofício de viver)*
>
> Cesare Pavese

Seul en Europe tu n'es pas antique ô Christianisme / L'Européen le plus moderne c'est vous Pape Pie X. Como pode se perceber, a frase tem uma forte carga de *ironia*, uma vez que reforça uma crítica aos valores europeus. Compreendi agora o sentido desse verso singular do poema "Zone" de autoria de Guillaume Apollinaire. Acontece que o seu verdadeiro sobrenome é Kostrowitzky. Era filho de uma polaca, cujo pai foi um nobre camareiro do Papa. Suponho que ele deve ter ouvido desde criança comentários relativos ao poder e à força da fé que fluíam nos salões, câmaras, corredores e subterrâneos do Vaticano e deve ter tomado conhecimento de fatos espantosos que não chegavam sequer à Praça de São Pedro, quanto mais às esquinas do mundo. A Igreja não precisava de um segredo mais intenso do que aquele do *confessionário* para que esse poder religioso e temporal ultrapassasse os mais modernos soberanos e esta-

---

[4] Muito mais desumano, me parece, era lapidar uma mulher adúltera, como faziam os antigos judeus (N. do A.).

distas europeus e quaisquer serviços de espionagem e informação (segurança dos Estados), por mais perfeitas que fossem suas atuações. Quanto ao sentido profundo da frase, a perspicácia do poeta completaria o resto. Ele, melhor que ninguém, sabia o significado da palavra *moderno*: "a corrente turva da vida moderna".

28 de julho

Versos de desespero de Reca Poletti: *Sou ave / de rapina / Sou mulher / e sou menina / Sou a puta / da esquina / Sou vício /de maconha e cocaína / Já fui um medo / que quase me assassina / Mas não sou / o que você acha / nem o que me ensina.*

A parte verdadeira do poema é o seu final: *Mas não sou / o que você acha / nem o que me ensina.*

De repente a mulher aviltada aspira de novo à inocência e ao paraíso, e, melhor ainda, voltar à condição de uma força da natureza, e mais uma vez acusar o homem de não entendê-la, como também de tentar corrompê-la. E o pior é sabermos que, de fato, elas são incorruptíveis.

1º de agosto

Poderia ser tema de um romance de Graham Greene, pela sua profunda contradição ético-religiosa, mas, na verdade, não passa de uma notícia de jornal: "No moderno mundo da espionagem, nem o paraíso escapa da ação dos agentes da CIA. Pois foi, literalmente, o que aconteceu, quando o reverendo Maynard Kegles, encarregado de examinar candidatos para eventuais casos de beatificação, descobriu que o médico e humanitarista Tom Dooley, que atuava solitariamente em hospitais pobres de florestas africanas era, de fato, um espião da CIA. Foi um espanto para o bondoso reverendo que descobriu na obra humanitária do médico não apenas um moderno São Francisco de Assis, cuidando de doentes em locais distantes, mas um profissional eficiente da espionagem norte-americana, que produzia valiosos e competentes relatórios sobre as simpatias políticas e armas adquiridas por alguns estadistas africanos".

Embora tudo indique a impostura do médico Tom Dooley, ao meu ver ainda permanecem dúvidas a respeito do verdadeiro propósito de sua ação. Será que um santo tem a consciência exata e permanente de sua santidade? Será que tendo discernimento de seu verdadeiro universo moral e religioso, este mesmo universo teria, necessariamente, pontos de encontro com as chamadas razões de Estado ou mesmo uma moral apenas corrente e padronizada? Ora, todos sabemos que a santidade se identifica com elementos do sagrado, da inocência, da simplicidade, da ingenuidade, da pureza, do sacrifício e até da bem-aventurança. Até que ponto poderemos julgar as noções de uma criatura revestida de tanta inocência, em confronto com as verdadeiras razões de estado? O que é uma pátria verdadeira para um santo? O que tem a ver os desígnios do Reino de Deus com os rasteiros interesses dos poderosos desse mundo e com os pequenos serviços prestados à esta ou àquela entidade política, com a verdadeira probidade moral de um ser humano em estado de bem-aventurança? Igualmente como julgar – mesmo levando em conta os Dez Mandamentos – santos da igreja, como um Agostinho, que teve um passado obscuro e devasso; um São Luís, que, apesar de rei e santo, empreendeu guerras de conquistas e matanças; um São Domingos, que estimulou abertamente os tribunais da Inquisição; um São Bernardo (milícias de Deus), organizador da segunda Cruzada; uma Santa Joana D'Arc, donzela e guerreira. Outros exemplos não faltariam para confundir a procura de uma definição plena sobre a natureza da santidade.

Se no início mencionei Graham Greene, é porque acho que em dois de seus romances, *O poder e a glória* e *O coração da matéria*, ele se aprofundou nesses insondáveis caminhos de Deus e dos homens.

3 de agosto

Apesar da minha preferência por Dante Gabriel Rossetti, entre todos os pré-rafaelitas, não posso deixar de reconhecer que John Everett Millais e Ford Madox Brown eram bem mais talentosos como pintores. Olhado com bastante atenção, talvez Madox Brown seja o mais original entre todos. Deixando de lado o caráter romântico e um tanto desordenado de Rossetti (que sempre me delicia), não se torna difícil verificar a força e o espírito (às vezes bastante sardônico) desse grande Madox Brown, servidos por uma excelente técnica de pintor e por um desenho inquieto, sempre inovador e singular, sobretudo na série de pinturas em afresco, que decoram o Town Hall na cidade de Manchester. Estes afrescos aparecem hoje tão modernos quanto as pinturas do exótico Stanley Spencer (da primeira fase) e, mais ainda, não resta dúvidas – pelo menos para mim – de que Spencer começou a sua carreira como pintor fortemente "excêntrico", a partir dos aspectos verdadeiramente inovadores de Madox Brown, ou seja, o mesmo gosto por uma aparente irreverência, diante de temas tratados em geral com seriedade e casmurrice. O abuso propositado dos escorços, das múltiplas perspectivas, também a mesma habilidade em super povoar a tela (composição) com personagens de toda ordem e nas mais diferentes situações, o mesmo gosto ambíguo em parecer canhestro (ou ingênuo) nas suas composições, a mesma paixão pelas cores claras e pela precisão das imagens e dos detalhes tratados com a nitidez de um primitivo flamengo, jamais parecem supérfluos. Enfim, o gosto narrativo profundamente humano, à maneira dos novelistas e romancistas ingleses, sempre inigualáveis nessa categoria.

Stanley Spencer nascia em 1891 ou 1892, quando Madox Brown terminava esses trabalhos na Rathaus, em Manchester, iniciados por volta de 1880 e só concluídos em 1893. Stanley Spencer morreu em 1959 coberto de glórias, inclusive, com o título de Sir.

4 de agosto – segunda-feira

Ontem, domingo, clara manhã de agosto antecipando o verão que se aproxima. Desde as nove horas aproveitei para escutar Mozart: *Concerto nº 8 em Dó Maior para Piano e Orquestra, K.246*; *Concerto nº 9 em Mi Bemol Maior para Piano e Orquestra, K.271*, aquele que Alfred Einstein – o erudito em Mozart – chamava de *A heroica*. Já por volta das onze horas, novamente Mozart: *Concerto nº 11 em Fá Maior para Piano e Orquestra, K.413* e o *Concerto nº 17 em Sol Maior, K.453*. Pianista: Lili Kraus, regente: Stephen Simon – Orquestra do Festival de Viena.

As coisas voltam-se contra mim. Nada distingo que esteja claro e abertamente a meu favor.

8 de agosto

Para um bom muçulmano, é perigoso jogar xadrez com uma mulher: "Um bom muçulmano nunca deveria jogar xadrez com uma mulher, pois esse contato é pecaminoso". Eis a resposta que um "doutor da fé" egípcio deu a um estudante universitário que solicitara a sua opinião acerca de uma questão bastante singular: "Temos jogado xadrez com uma colega da universidade", contava o rapaz, "e depois de algumas partidas que jogamos juntos, a moça queria que eu me casasse com ela para pôr fim às calúnias que já estavam circulando... Parece-lhe razoável?".

A resposta do teólogo foi publicada pelo jornal egípcio *Al Gomohoura*: "Tua companheira, disse o religioso, tem toda razão".

Pode-se afirmar, em geral, que, segundo esta religião, todo e qualquer contato entre um homem e uma mulher é desaconselhável, mesmo em se tratando de membros de uma só família.

Se considerarmos mais extenso o sentido da palavra "jogar", ou seja, se esta palavra atingiria todo o seu significado implícito e explicito, é claro que os muçulmanos têm razão. Verificando os significados mais imediatos do verbo jogar, é fácil ver o quanto é pecaminoso qualquer tipo de jogo (amoroso ou não). *Jogo*: dá-se ao jogo de; executar as diferentes combinações de (um jogo); tomar parte no jogo de; aventurar, arriscar ao jogo; perder ao jogo; manejar com destreza; arremessar; atirar; dizer ou fazer por brincadeira; dar-se a (um jogo); entregar-se ao jogo; brincar; divertir-se; balançar-se, etc.

Infelizmente o mundo, a sociedade e a cultura ocidentais jamais concluirão acertadamente sobre tão controvertida matéria. O mundo ocidental *especializou-se,* conscientemente, em nada procurar entender das mulheres. Todavia nem pensar que eu me excluo dessa atitude generalizada. Compreender uma mulher é o equivalente ao aniquilamento.

13 de agosto

Eu irei aonde o instinto de minha natureza me convida
Pois me é difícil (duro) seguir um outro guia
Eu irei ver pastar os cinzentos carneiros através das samambaias
Eu irei no cimo da montanha respirar o ar selvagem dos ventos.

Emily Brontë

Qual o destino das obras de arte? Respondo que esse destino é tudo o que há de mais inseguro e duvidoso. Um certo William Dowsing, "visitante parlamentar nas igrejas do Conde de Suffolk", entre 1643 e 1644, declara no seu diário em várias ocasiões: "Nós destruímos hoje 1.000 pinturas supersticiosas... Eu pessoalmente destrui 150 pinturas supersticiosas", etc. Atos como estes, ou piores, sempre aconteceram e voltarão a acontecer: "Aquilo que já foi, virá a ser novamente sem diminuir um só ato. O futuro será talvez o passado?". Posso bem imaginar o destino do meu trabalho, daqui a cinquenta anos, se um desses "visitantes parlamentares" cismar em qualificar minhas esculturas e pinturas como *obras supersticiosas*... "Destruímos hoje 1.000 esculturas de um indivíduo do século XX (passado), que assinava FB, do qual não temos sequer referência do seu verdadeiro nome. Com certeza era um imoral, não merecendo, assim, nenhuma comiseração."

São eles mesmos – os KAIABI – que contam as dificuldades que tiveram na "pacificação dos civilizados": "Eram terríveis, foram violentos mesmo numa missão de paz. Tivemos que reagir. Muitos deles e muitos dos nossos deram a vida até que a compreensão reinasse".

14 de agosto
Mande-as embora. Por que não vão para um hotel? A cidade está cheia deles e é para isso que eles existem: para hospedar pessoas indesejáveis...

15 de agosto
Ocupo-me de pequenas coisas para "cobrir" o tempo, enganá-lo, para que assim não me persiga tão de perto, inexoravelmente. Agora, por exemplo, enquanto aguardo que consertem a porta do meu ateliê, pego em *A montanha mágica*, de Thomas Mann, e folheio sem fixar-me em parte alguma, apenas deixando correr as páginas nas minhas mãos febris... Depois, leio em alguma parte a sentença pela qual, certamente, já não esperava: "Não teme o senhor o furacão do segundo círculo do Inferno, o furacão que agita e sacode os pecadores da carne, os infelizes que sacrificaram a razão à volúpia?".

16 de agosto

> *Trahit sua quemque voluptas. (Cada qual tem seu pendor que o arrasta...)*
>
> Virgílio

19 de agosto
Situações emocionais, provocadas ou não, que nos levam de retorno à infância, são potencialmente perigosas. Essa infância, que no dizer de Rilke seria o *único país verdadeiro*, deve permanecer obscura e inviolável. Portanto, qualquer que seja a abordagem para o adulto, será sempre suspeita e, por assim dizer, irrecuperável. Não estou contradizendo a observação inolvidável do poeta, apenas observei que a criança está morta dentro de nós e quem usufrui desse estranho território, sem o compreender, é um celerado.

De fora ninguém percebe que eu estou embalsamado pelo sofrimento.

20 – 21 de agosto

Ontem eu havia colocado a data do mês, mas nada escrevi. Só notei isto hoje, ao abrir o caderno. Lá estava a data solitária, isolada de qualquer compromisso histórico ou individual, apenas a sua presença, o vigésimo dia do mês, quando nada aconteceu e nem poderia acontecer. Não há acontecimentos, pois mesmo que eu tivesse escrito, seriam como se fossem páginas em branco, prontas para serem jogadas fora.

22 de agosto

Gostaria que Renato Carneiro Campos estivesse vivo para comentar *O sol também se levanta*, de Hemingway (uma vez que ele amava tanto este escritor), suas aventuras europeias e aquelas registradas em todas as partes do mundo – onde mesmo um aventureiro poderia se arriscar sem maiores perigos... Renato retrucaria azedo, lembrando que a guerra civil espanhola não podia ser uma aventura sem riscos. Mas o meu assunto era outro. Eu queria apenas mencionar que todas as personagens bebiam demasiado. O livro está cheio de descrições de grandes bebedeiras. “Todos bebiam o tempo todo e pareciam que da vida nada mais esperavam de melhor.” Lembro-me agora que comentei com Deborah o quanto apreciava o nome da heroína, Brett Ashley (pude vê-la, amá-la e repudiá-la em seguida), aquela Brett que Jake (o narrador) chamava de “uma grande beberrona”. Ainda escutei, como resposta, a prodigiosa gargalhada de Renato, que muitas vezes o levava às lágrimas e também à sufocação.

No final da tarde, depois do trabalho, concertos de Vivaldi para violão e bandolim.

23 de agosto – sábado

O escritor Ariano Suassuna visitou-me esta manhã e presenteou-me com uma bela edição alemã do seu romance *A pedra do reino.*

Consegui os livros que o meu amigo Ariano procurava: *Cerâmica do levante espanhol, O cordeiro de Deus,* sobre o famosíssimo retábulo dos irmãos Van Eyck, e *Obras-primas da arte erótica*, de Eduard Fuchs.

28 de agosto

Como aprender a morrer no deserto!

Camus

29 de agosto
Coloquei no *Grande Pátio* duas esculturas da série *Vigias da noite*. Até o final do ano deverei terminar parte deste conjunto, acrescentado por quatro grandes *Pássaros Rocca*, os guardiões do *Templo do Ovo Primordial*.

2 de setembro
Amanhã viajarei de automóvel para a cidade de Fortaleza, acompanhado de Fenícia. O percurso representa de dez a doze horas de viagem. Voltarei sozinho na sexta-feira, dia cinco.

8 de setembro
O silêncio se faz mais espesso. Já não pareço o senhor de minhas ações. Quando falo, denuncio o meu rancor, meu tédio, meu desespero.

Fenícia retornou comigo a meu pedido. Agora, procura avidamente a sua liberdade. Não estou contra ela, nem poderia estar. Toda mulher é o que é. O que jamais poderia ser era justamente aquilo que gostaríamos que ela fosse. "Nenhum de nós pode remediar as coisas que a vida nos faz. Estão feitas antes mesmo que a gente se aperceba." "Mas isto é uma frase escrita para teatro", eu disse. "E ademais, eu sei quem a pronunciou."

Tenho inimigos ocultos.

9 de setembro
Procuro dar um jeito nas minhas abandonadas acomodações da velha casa de São Francisco. O que não estou bem certo é se a velha casa está disposta a me receber.

10 de setembro
Depois do assentamento do relevo cerâmico, representando São Sebastião flechado por folhas (1979), posso afirmar que dei início definitivamente aos trabalhos do *Grande Pátio*. Hoje pude olhar com prazer e admiração a presença dos quatro *Pássaros Rocca* como guardiões da entrada do *Labirinto de esculturas*. Penso também nos ornatos das bases, em forma de gigantescos ovos, de onde irrompem cabeças de abutres recém-nascidos. Pela manhã, quebrei cuidadosamente um ovo só para estudar suas rachaduras e estilhaços.

De uma maneira geral, pelo meu estado de espírito, sinto um pouco de dificuldade na execução das peças. Em todo caso, acredito que a "coisa" andará.

12 de setembro

...E Rimbaud, pressentindo em si próprio a serpente, escreveu: "*qui a fait ma langue perfide tellement*", etc, etc. Aliás, considerando bem, a literatura é um despudor, uma impostura, um crime e um castigo, tudo isto na versão do poeta Tomás Seixas.

Fenícia partirá de novo segunda-feira para a cidade de Fortaleza, onde tem parentes. Será uma fuga, uma retirada estratégica, ou apenas se vai?

Tocata e Fuga
Orley Mesquita

Eis que foge de mim.
E de muito longe
Te escuto quando escuto o mar.
Sei que em teus ouvidos
Duas conchas mortas
Embalam-se num canto
Devagar.
Terrível esta distância
Onde os limites se negam
E o tempo todo sangra
Na lâmina da espera.

13 de setembro

"Não, ele não resistiu mais e acabou cometendo a insensatez de lhe dizer: não parta! Quando a senhora se vai, a casa torna-se lúgubre e muda. Faremos tudo para a divertir, para a entreter. Se quiser Lars poderá cantar como antigamente. Se quiser conto-lhe histórias das minhas peregrinações através do mundo, mas não parta... Custou-lhe muito dizer-lhe tudo isso, de um só fôlego, inutilmente, porque enfim, ela partiu. Mas estivesse eu no lugar dele lhe diria... Não, não lhe diria..."

Ironicamente como se fosse um propósito, o dia parece mais belo do que nunca, inacessível na sua paz, indiferente em sua beleza... Depois do trabalho, vagueio sem rumo pela Fábrica ensombrecida como um claustro medieval à procura de um lugar que sei de antemão não encontrar jamais.

Camus acerta no alvo quando lamenta: "Era precisamente isso, sim, mas então começava o mais difícil. Sem ela os dias eram gritos e cada noite uma chaga".

16 de setembro
Fenícia partiu hoje e não ontem, como estava programado. Não sei do que sinto saudade. Creio que de tudo!

17 de setembro
Noite insone. A velha casa reconstruída pareceu-me estranha. O silêncio da noite era mais atroz do que os ocasionais ruídos do campo. A cama dura, o quarto úmido com cheiro de mofo, agravado pelo seu frio abandono, enfim, um conjunto de fatores que somados à minha excitação e ansiedade crescentes deixaram-me não só impossibilitado de dormir, como também extravagantemente lúcido para esta ocasião. Aproveitei a leitura de *Lady Barberina*, de Henry James, que começara à tarde e só larguei por volta das quatro horas da manhã. Mesmo assim não preguei os olhos: o conto de James, por sua vez, me fazia pensar nas incongruências da alma humana e nas suas permanentes e nem sempre explicáveis fraquezas. Ainda não eram seis e trinta da manhã quando telefonei para Fenícia, distante daqui mais de oitocentos quilômetros.

Decidi mandar uma das cabeças de *Joana D'Arc* para um leilão do *marchand* Renato Magalhães Gouveia, em São Paulo. Aceitei essa proposta pela amizade que nos une, pois estou convicto de que ainda está longe o momento da compreensão do meu trabalho pelo público.

19 de setembro
Fenícia parece que desistiu de morar em Fortaleza e pretende voltar. Sua aventura não durou sequer uma semana. Contudo, a culpa não é dela; sou eu mesmo que provoco estas hesitações. Sou eu quem não consegue

liberá-la. Descubro, afinal, que aquilo que mais amo em uma mulher é exatamente o que mais deveria odiar, ou seja, as suas extravagantes variações de conduta, como também a sua mais completa ausência de qualquer escrúpulo moral. Deus bem sabe que jamais quis importuná-la. Mas voltar-lhe as costas, naquele momento, era abandoná-la; mais precisamente, perdê-la para sempre!

20 de setembro
Prodigiosas visões plásticas. Algumas anotações a respeito do corpo feminino, *corpo perverso*. Prosseguir com desenhos até a série de quadros ou esculturas.

23 de setembro
Novos desenhos. Ontem, inesperada *noite branca*. Hoje devo prosseguir dentro de um sentido mais crítico, algo mais razoável, sem aquela consentida voluptuosidade.

25 de setembro
O estudo de Freud sobre Dostoiévski – apesar de sua confessada admiração pelo escritor, a ponto de colocá-lo não muito atrás de Shakespeare – pouco acrescentou do que eu havia colhido de fontes puramente literárias. Pode parecer estranho e até descabido afirmar que apesar do seu gênio, Freud pouco alcançou – nem superficialmente – a personalidade de Dostoiévski como artista e como homem.

Poder-se-ia mesmo pensar que certas figuras humanas não são dissecáveis sob o ponto de vista psicanalítico: nem há por onde começar, nem por onde concluir. Prefiro, sem nenhum temor, os estudos de um Romano Guardini, de um Zweig, de um Nicolau Berdiaev, de um André Gide, de um Henri Troyat, para não falar de alguns escritores ocidentais, mais conhecidos, ou melhor, de escritores que conheço e que à sua maneira trataram de – bem mais e imodestamente – descobrir o que havia por fora, por dentro, pelos lados, por baixo, por cima e por detrás da alma de um homem de gênio. A meu ver só o ateísmo de Freud seria o bastante para colidir em tudo, com os seus propósitos de desvendar mistérios, mesmo em se tratando apenas de um aspecto específico da formação do caráter desse escritor russo.

27 de setembro

Pela manhã insisto em vir até a Oficina, onde encontro o diretor da Divisão Cultural da Unesco, Prof. Albert Botbol, acompanhado do arquiteto Moisés Agamenon.

29 de setembro

Antes nada tivesse sido esclarecido. Nada entre o céu e a terra poderia de novo me trazer algum alívio. Uma vez mais, finalmente, achei que a proclamei no fundo do meu coração uma farsante. Entretanto, será que isto acabará tudo? Será por acaso o fim de tudo? Certamente que não.

30 de setembro

Ligeira *noite branca*. O delírio não foi adiante porque *ela* não quis... Talvez não estivesse nas suas forças prosseguir. Talvez pela sua natureza feminina, sentia em mim, de longe, o inimigo, portanto aquele a quem se devia evitar, e talvez mesmo o tédio a invadisse a ponto de achar desnecessário qualquer esforço. Ah, deuses da noite, florestas insondáveis de infinitos murmúrios! Eis-me de novo sozinho e insone! Intolerável tormento e a insanidade de depor armas em tal campo! Ela que feriu fundo e fez voar a minha razão! Ó Deus, vede em que orgia infernal minha alma se encontra!

2 de outubro

Continuam os furores. Os meus e os dos outros.

3 de outubro

Saem do fogo as primeiras amostras dos *Ovos* dos *Pássaros Rocca*. Olho-os como os supersticiosos marujos do intrépido Simbad, sem coragem de tocá-los. Também, na minha pressa de vê-los, estão quase incandescentes.

Continua a imperceptível crise, como alguém que anda no mar sem deixar rastros.

11 de outubro – sábado

Ontem visita de um diretor de teatro uruguaio, Blas Braidot. Apreciações excelentes e boas posições filosóficas e artísticas. Despedimo-nos comovidos através de um demorado abraço.

14 de outubro

Breve encontro com Aloísio Magalhães e seu amigo Felipe, ambos empenhados na preservação do nosso patrimônio histórico. Estavam chegando da conhecida cidade de Tracunhaém, onde promoveram um pequeno seminário de propostas culturais.

Fenícia, já liberta do meu jugo, escolhe uma nova moradia na praia de Piedade, deixando a casa do sítio da Torre, onde morou cerca de um ano. Ela própria, à frente de tudo, providenciou a mudança com "armas e bagagens".

23 de outubro

Noite branca. Acalanto e loucura. Parece-me que a lua também colaborou no giro de todo aquele ato de animoso desregramento. "Fora daqui, rústico pudor! O acaso e Vênus protegem os amorosos", assegurava Ovídio na sua ampla sabedoria de linguagem a respeito da arte de amar.

Há muito tempo que eu a perseguia com os olhos sequiosos do desejo sem me atrever a tocá-la. Era como se ao mesmo tempo eu me defrontasse com uma nova mulher: ela e uma outra.

Leio com atenção – pelo menos com a sagacidade que ainda me resta – o relato de Jung sobre a ideia e construção da Torre de Bollingen.

A mim não agrada *Madame Bovary*. A parvoíce da pobre Ema e de seus consecutivos amantes não chega a encantar, muito menos a comover quem quer que seja. Flaubert, com justa razão, devia se considerar um escritor realista e de fato o é, neste seu relato de absoluta e dissecadora precisão. No entanto, esta *realidade* fica circunscrita aos fatos e, afinal de contas, é tudo o que o romance propõe: a vida surpreendentemente horrível e invariavelmente vulgar.

> *No amor, as circunstâncias seguintes são peculiares à mulher. Ela ama sem levar em consideração o certo ou o errado. (Kama Sutra)*
>
> Vatsyayana

28 de outubro

Amar sem reservas mentais é um luxo que se paga,
que se paga e que se paga.

Cesare Pavese

É claro que Pavese acerta em cheio, quando afirma: "As mulheres são um povo inimigo, como o povo alemão".

Ariano Suassuna e Gilvan Samico chegam à Oficina e passam cerca de uma hora olhando alguns dos meus últimos trabalhos. Como sempre – quase como se fosse uma obrigação – aparecem algumas reflexões vagas. Todos somos imprecisos e esta imprecisão se acentua com as palavras, as quais são dispensáveis, mas acredito, no entanto, que fui eu quem mais falou.

29 de outubro

Mulier tota in utero.

Paracelsus

1º de novembro

É pela assiduidade que se alcança tudo. Novamente me incorporo ao trabalho da Fábrica, aos novos desenhos para modelagem e às esculturas. Os pedestais para os *Pássaros Rocca* começam a ser revestidos com ladrilhos, cada um deles cuidadosamente elaborado, num trabalho exclusivamente artesanal. O efeito desses revestimentos dá-nos a impressão de um mosaico, pela sua variedade tonal, de uma riqueza impressionante, desde que proposta pela chama. Faltam os relevos dos grandes ovos que ficarão, como já mencionei, nas bases das colunas.

Dificuldade de defender o meu orgulho diante de Fenícia. As mulheres não entendem muito bem o alcance de suas ofensas. No entanto, querer motivá-las parece mais insensato do que simplesmente amá-las. De qualquer forma, se sai perdendo e não há prudência humana capaz de evitar este desastre.

3 de novembro

Título? - Mas não tem nada escrito! Só a figura de um
camarada, pondo fogo num sino!

(De uma história em quadrinhos)

5 de novembro

Em *Esse obscuro objeto do desejo*, Buñuel foi buscar inspiração no romance de Pierre Louÿs, *La femme et le pantin*, adaptado para o cinema por duas vezes. A primeira em 1935 por Josef von Sternberg (*Mulher satânica*) e outra por Julien Duvivier, em 1958 (*A mulher e o fantoche*). De acordo com o que dizem, Buñuel não segue ao pé da letra a versão original de onde se inspira; aliás, é seu costume, como já o fez sem nenhuma cerimônia e com admirável êxito em *O diário de uma camareira*, de Octave Mirbeau, e em *A bela da tarde*, de Joseph Kessel.

No tolo julgamento de Kessel, a carne fraca vence o espírito forte. Na versão de Buñuel, é o espírito conturbado e perverso que acaba por vencer o belo corpo juvenil da heroína ainda tão cheia de ilusórias esperanças. Este é a "Hybris", o erro trágico que a todos leva de roldão e do qual Buñuel, melhor que nós outros, sabe quais as consequências degradantes de tão graves equívocos.

6 de novembro

Em "O Repouso do Gavião", Ted Hughes, poeta inglês de cinquenta anos, demonstra claramente que entende do mundo, mais do que a maior parte dos escritores, cientistas, sociólogos, antropólogos, políticos, banqueiros, homens de negócios, profissionais liberais, professores, etc. No entanto, a sua visão cruel das coisas não o distancia dos acontecimentos cotidianos, pois mesmo utilizando símbolos que muitas vezes se avizinham da parábola, conjectura como envolver o assunto numa tensa e atordoante atmosfera de uma atroz realidade. Seus conceitos não são nem negativos nem positivos. São apenas reais sem serem realistas. No começo do poema, datado de 1930, secamente ele diz:

De olhos fechados, pouso no topo da mata.
Em quietude com sonhos verdadeiros
Entre minha cabeça e os pés curvos:
Ao dormir, treino crimes perfeitos e os executo.

A conveniência das árvores altas!
A flutuação do ar e os raios do sol

Me trazem vantagens;
E a face da terra, voltada pra mim, me julga.

Meus pés estão presos à áspera casca.
A criação inteira se deteve
Para fazer meus pés e cada pena minha.
Nos pés eu trago a Criação.

Me alço e revolvo os ares devagar –
Mato onde quero, já que tudo me pertence.
Não há sofismas em meu corpo:
Meus modos são próprios para degolar –

O reconhecimento da morte.
Pois a rota do meu voo é direta
Nos ossos dos animais.
Nenhum argumento garante meu direito:

O sol está atrás de mim.
Nada mudou desde que vim ao mundo.
Meu coração não permite mudanças:
Manterei as coisas tais como são.

É muito difícil competir com a força da verdade dos poetas. "Seus modos são próprios para degolar". É isto: manteremos todos "as coisas tais como são", desde que não haja nenhum ardil capaz de modificá-las.

17 de novembro

> *Lembrai-vos daquele a quem quando se lhe perguntava por que se dedicava tanto a uma arte que não era acessível à maior parte das pessoas, respondia: poucos me bastam. Contento-me com um só. Contento-me mesmo com nenhum.*
>
> Montaigne

19 de novembro

Voltar ao barro e ao desenho é uma maneira de limitar os horizontes, esquecer os outros e descobrir um pouco da vida e dos seus insondáveis mistérios. E, mesmo que nada descubra, poderia no entanto dizer: estou ocupado.

20 de novembro

Novamente repito: "Meu coração não permite mudanças. Manterei as coisas tais como são".

26 de novembro

É curioso e até trágico a necessidade que as mulheres têm de vingança. Relendo *Moll Flanders*, de Defoe, encontro um trecho que me faz pensar: "A uma mulher não falta jamais a ocasião de se vingar de um homem que a tratou mal. Haveria muitas maneiras de humilhar semelhante indivíduo, ou então as mulheres seriam, certamente, as mais infelizes criaturas do mundo". É ainda Defoe quem cita um pretenso Lord Rochester, o qual teria dito: "Uma mulher jamais fica completamente arruinada sem poder vingar-se do homem que a leva à ruína".

1º de dezembro

No final da tarde, visita do escritor Jorge Amado.

29 de dezembro

Fenícia é de fato uma personagem nada desprezível. Nela, até a vulgaridade é contaminada de pureza. Sua moral é vertiginosa. Não há medida que a contenha. Ontem à noite começou com desenhos e terminou com fuliginosos desentendimentos. Se ela me deixar em paz, recomeço a orgia e o trabalho, consequentemente.

1981

Propriedade Santos Cosme e Damião

5 de janeiro

O belo é odioso e odioso é o belo. (Macbeth)
Shakespeare

Recebo uma carta do gravador brasileiro Arthur Piza que de há muito mora em Paris. Não posso deixar de confessar a minha perplexidade com a sua proposta, uma vez que ela envolve problemas de natureza internacional. Na carta, Piza menciona que Serge Gauthier (por muito tempo diretor da Manufatura de Sèvres), está preparando um livro sobre cerâmica no mundo e pediu-lhe um nome brasileiro que fosse o mais representativo neste ofício. "Pensei em você", disse Piza. "E se você estiver de acordo com a minha proposta, pedir-lhe-ia que me mandasse o mais depressa possível os seguintes documentos: catálogos, fotografias, um diapositivo (cor) de uma obra que você considere característica".

Piza insiste também, a título de informação, no que diz respeito ao lado "industrial" do meu trabalho, "porque assim Serge Gauthier compreenderia melhor todo o contexto das minhas atividades". Além de tudo ele acrescenta – para que eu tenha noção da seriedade do mundo profissional em que vive o Sr. Gauthier – "sua esposa Marie-Madeleine Gauthier é a maior conhecedora de esmaltes medievais na França, e o seu livro *Émaux du moyen âge* (*Office du Livre*, Friburgo, Suíça) é uma obra-prima".

Facilitando contatos, deixou o endereço do Sr. Gauthier com vistas às providências da documentação. Uma proposta deste teor dirigida a mim, neste exato momento, é realmente providencial. Farei o possível – e isso até começa a me perturbar – para encaminhar um farto dossiê a respeito do meu trabalho e daquele da Oficina Cerâmica. Enfim, Arthur Piza foi extremamente generoso em lembrar o meu nome para representar o Brasil neste livro sobre a cerâmica contemporânea.

6 de janeiro

Enquanto o fotógrafo Fritz Simons começa a trabalhar diante de algumas peças para Serge Gauthier, eu modelo a base que servirá de pedestal do *Gentil-homem com cartola.* Na realidade, não são propriamente pedestais, e sim módulos desmontáveis, feitos anteriormente para a execução de um monumento dedicado às três raças (negro, índio e branco) e esquecidos nun canto do ateliê. Em se tratando de esculturas de grande porte, eu elaboro mais de uma versão, no pressuposto de um acidente durante o processo de queima. Foi remontando esses módulos (encimados por uma cabeça de guerreiro com capacete) que resolvi realizar a façanha de colocar as cabeças de um bispo, de um cavalheiro e de um militar, no lugar das cabeças dos antigos guerreiros de Guararapes. Definitivamente levarei avante essa ideia de localizar essas três novas figuras nos jardins da Fábrica, como se fossem recepcionistas. O ar jocoso de cada uma delas vem a calhar com o propósito de enriquecer a entrada frontal da Oficina. Alguma coisa no gênero da Comédia da Arte, quando os atores, com a finalidade de divertir o público, se travestiam de personagens poderosas denunciando as suas farsas. Um quarteto de comediantes.

7 de janeiro

Pergunta do século: "Como foi que tudo mudou tão de repente?". A minha resposta é categórica: nada mudou. "Manteremos as coisas tal como são", como disse o poeta Ted Hughes. Este é, a meu ver, o melhor alvitre. Chega de especulações e de imposturas propícias a enganar os calhordas que hoje dominam o mundo, "esse mundo" que dizem ter mudado de repente.

Eu mesmo provoco situações e depois sou o primeiro a me queixar por não saber como sair delas. Isso mesmo: construo minhas próprias arapucas, e às vezes com uma habilidade digna de um sabotador, onde a vítima sou sempre eu mesmo. Tudo o que nos acontece é semelhante a nós próprios, uma vez que somos cúmplices da nossa própria desgraça. Diz Schopenhauer: "Todos os fatos ocorridos a um homem, desde o instante do seu nascimento até a morte, foram predeterminados por ele. Assim, toda a negligência é deliberada, todo o encontro casual é um encontro combinado, toda humilhação é uma penitência, todo o fracasso é uma misteriosa vitória, toda a morte é um suicídio".

Quem foi mesmo o escritor que afirmou detestar Chaplin? Sim, segundo tudo indica, foi Borges, numa recente (?) entrevista. Dizia mais ou menos assim: "Ele não faz senão provocar para si a piedade dos outros e parece não acertar com nada de melhor...". Concordo sem restrições com o desabafo, e passo a confessar que sua interpretação, a meus olhos de menino, jamais me divertiu. Quando adulto me entediava, e agora, na velhice, passei a julgá-lo como um sensível *profiteur.* No entanto, o homem é conhecido no mundo inteiro como um gênio. É verdade que durante um certo período nos Estados Unidos, alguns cidadãos de baixíssima categoria, o colocaram sob suspeita e, habilidosamente, conseguiram o seu exílio. Aliás, no seu conjunto, tudo é muito parecido com aquilo que propugnava Schopenhauer. Esse exílio pareceu algo *predeterminado* pelo próprio Carlitos. Estava há muito nos seus planos de herói injustiçado. Ele assim o desejava.

9 de janeiro

De outro lado, preciso verificar há quanto tempo repito esta mesma ladainha sobre a impossibilidade de convivência com a irrequieta Fenícia, que se torna cada dia mais jovem. Acredito que se eu ou ela insistirmos neste convívio, ela retornará à infância, ou seja, a um bebê.

Discordo de Valéry quando afirma que "a tragédia do sexo é a eterna pureza da alma". Mas, ora, vejam só que tragédia de equívocos! Sempre me pareceu que este eterno caluniado corpo humano jamais pecou... Quanto à alma (ou espírito), esta sim: para escapar da monotonia é capaz de renegar o próprio corpo e seguir *adiante*, num sórdido descompasso de sua antiga condenação.

10 de janeiro

Devo sucumbir à maneira de Sardanapalo, rodeado de amantes, tesouros e cavalos.

29 de janeiro

Hoje ela parte para mais uma de suas viagens de "férias". Decidimos que não mais viveremos juntos... Não poderia ter evitado a sua partida? Não, não poderia. Nem saberia por onde começar.

Não deixa de ser significativo - pelo menos para mim - o fato de jamais tê-la traído nestes dois anos e poucos meses de nossas relações. Para um homem como eu, habituado ao promíscuo convívio com mulheres, chega a parecer espantoso uma tal afirmação, mas foi de fato verdade. Aliás, as páginas deste diário atestam...

Do mês de setembro de 1978 até hoje, as mulheres (nomes e ações) desapareceram da minha intimidade, e, por que não confessar, também das minhas cogitações. Uma coisa ela precisava saber: jamais resisti tanto tempo, entregue de corpo e alma a um só e único afeto.

2 de fevereiro

Falo com Fenícia pelo telefone, com voz embargada pela emoção. De nossa breve conversa, posso dizer – pelo menos hoje: ela foi bem mais sensata do que eu.

Avanço as esculturas no *Grande Pátio*, mas tudo é muito lento. É preciso esperar, esperar e esperar. Sempre construindo, sempre destruindo, na minha Oficina de acesso vedado.

3 de fevereiro

Enviei todo o material que tinha em mãos para Serge Gauthier, em Paris. Acredito mesmo que mandei mais do que ele havia solicitado, como colaboração para o seu futuro livro sobre cerâmica internacional. Se não aproveitar o conjunto, será igualmente tolo como as pessoas daqui, que nada entendem verdadeiramente de cerâmica, nem do meu trabalho.

Pela manhã, desde muito cedo faço a leitura de Borges, detendo-me na magnífica (estupefaciente) ficção sobre Judas: "Três Versões de Judas". Alegrei-me ao verificar que uma frase de T. E. Lawrence, retirada de *Os sete pilares da sabedoria*, já foi aproveitada como epígrafe para algo que escrevi alguns anos atrás: "*There seemed a certainty in degradation*".

O ensaio aborda os aparentemente heréticos trabalhos do escritor Nils Runenberg[5] sobre as *verdadeiras* relações do Cristo com o seu discípulo Judas, ou vice-versa.

Se as elucidações borgeanas são notáveis sobre as variantes teológicas de Runenberg, imagine, então, a força do próprio trabalho do escritor (mesmo que fictício), sua notável, absurda e corajosa façanha de modificar este sedimentário mundo cristão. Só Borges poderia se ocupar de tais invenções, ressuscitando objetivos tão sediciosos. "Judas, discípulo do Verbo, podia rebaixar-se a delator (o pior delito que a infâmia suporta) e a ser hóspede do fogo que não se apaga."

5 de fevereiro

Parece que pretendo fazer parar a vida daqueles a quem dedico afeto, como se nessa imobilidade o meu amor pudesse ser exercido com mais destreza e

---

[5] Evidentemente um nome inventado por esse incrível escritor argentino (N. do A.).

facilidade. A vida nos outros me parece sempre excessiva e isto me horroriza e ao mesmo tempo fascina.

Fenícia volta repentinamente de suas férias e o fato de tê-la ao meu alcance, deixa-me transtornado. Mas será que ela está a meu alcance ou já esteve algum dia? Repito sempre: "Não, ainda não acabou". Acontece que eu fui repudiado. Não cabe indagação alguma, porque, afinal de contas, o que nós entendemos dessas obscuras forças da natureza que regem o comportamento feminino? O diabo é que aconteceu! Fui mesmo repudiado e não adianta disfarçar.

6 de fevereiro

À noite, após o jantar, leio para Deborah o ensaio "Três Versões de Judas". A leitura em voz alta acentua mais a qualidade do texto. Encantou-nos, sobremodo, Borges citar (que admirável lembrança) Euclides da Cunha, aproveitando os estranhos conceitos de virtude, enunciados por Antônio Conselheiro: "A virtude era uma quase impiedade".

Recolhido ao meu quarto, à procura de sono, leio alguns contos americanos bastante conhecidos, contudo, detenho-me em dois ou três deles: "David Swan", de Hawthorne; "O Inesperado", de Jack London e "Na sua Idade", de Scott Fitzgerald. Talvez a contínua leitura de Borges, somada à minha atual disponibilidade, tenha aguçado certos aspectos do meu espírito. Enfim, por estar só, volta-me essa possibilidade do devaneio, em mim sempre presente desde a juventude, essa disposição irrecusável de associar e relacionar realidades aparentemente distantes ou até discordantes. Recordo as observações de Borges sobre as tendências alegóricas de Hawthorne, o que está bem visível logo no início do conto "David Swan": "a percepção que temos de qualquer fato é apenas parcial, mesmo daqueles que exercem influência no curso da nossa vida e do nosso destino. Existe um sem-número de outros fatos – se assim se pode afirmar – que roçam por nós e, contudo, passam adiante, sem resultados concretos, mesmo quando traem a sua passagem através do nosso espírito por um reflexo de luz ou sombra. Pudéssemos conhecer todas as vicissitudes do nosso destino e a vida não nos concederia uma única hora de verdadeira serenidade por demasiado cheia de esperança e medo, de regozijo e desapontamentos".

Depois desta introdução, Hawthorne, já com o leitor devidamente preparado, anuncia: "Este concerto pode ser demonstrado por uma página do segredo de David Swan".

Volto a me vestir, já quase meia-noite, e, como um possesso, percorro a cidade à sua procura. Na sua casa não estava, e a não ser ali, onde poderia procurá-la? Nos bares, nas tavernas, entre os motoqueiros, à beira da praia, nos hotéis, não era possível. Retorno ainda mais exasperado, e, no entanto, não posso deixar de verificar que algo começa a se delinear paralelamente a todo esse intolerável sofrimento. Algo indefinível que escapa à minha apreciação e que se constrói rígido com as suas próprias e ocultas forças a despeito de mim mesmo, no entanto, ainda assim, feito à minha imagem e semelhança.

Os pintores José Cláudio e Rubens Gerchman passaram algumas horas comigo. José gostou do pequeno nu pintado pela manhã.

Ela agora deve estar só. Passará a contar somente consigo própria, o que aliás não é uma contingência que assuste mulher alguma.

15 de fevereiro – domingo

Não posso voltar a vê-la nunca mais... Como enfrentar as necessárias explicações que virão, os disfarces, os esgares e, depois, novas mentiras de parte a parte. Mentir mais e mais... No entanto, a sua culpa não será tão solitária, desde que eu também estarei acumpliciado, perdido, expectante, vulnerável, a ponto de parecer mais o acusado do que o acusador. Quem neste mundo peca sozinho e sem nenhuma razão? E sobretudo, no momento, de que servirá de fato a minha cólera ou a minha indulgência?

Olhá-la de novo não seria por acaso estar em presença de uma desconhecida, que talvez até tenha forças para me seduzir? Que poderei saber diante dessa nova e desconcertante expressão de alguém que um dia pretendi ter conhecido e que agora me recuso a conhecer? Nada mais procuro, muito menos a marca desta desnecessária e maldita certeza.

16 de fevereiro

Inúmeros telefonemas de Fenícia. À noite voltei a vê-la. É a comunhão dos contrários. Perdição.

20 de fevereiro

Outra noite com Fenícia. Pela madrugada comemos rubras ameixas maduras.

Quem diz a verdade, deve dizê-la do mesmo modo a todo mundo. Só os impostores brincam com a verdade de acordo com os ouvintes a quem se dirige.

Buda

24 de fevereiro

Fenícia afirma: "Se eu tivesse morrido quando criança, não teria perdido minha pátria".

Acredito que lembrou-se do comentário de Rilke: "Só existe uma pátria verdadeira, a pátria da infância"... Depois ela completou: "A criança não tem pátria nenhuma, ela é sexo. Se perdi alguma coisa para sempre depois de adulta, foi o sexo. A infância é apenas sexo".

25 de fevereiro

A observação de Fenícia sobre as crianças me faz lembrar a extraordinária novela de Henry James: *A outra volta do parafuso*, uma narrativa não só de crianças endemoniadas, mas sobretudo de uma infância voltada para o sexo no seu sentido mais profundo. Diga-se de passagem que não pretendo deduzir coisa nenhuma a respeito do assunto. Seria uma outra volta do parafuso e, portanto, intolerável. Apenas aí reside o mistério. Nunca me pareceram vãos os esforços dos religiosos em "batizar as crianças".

Amanhã viajo de madrugada para a cidade de Triunfo, carregando-a mais uma vez (não precisa nem nomear), pois foi ela própria quem se ofereceu para essa espécie de exílio. Nada lhe propus, nada lhe prometi.

Cidade de Triunfo*[6] *(Mata Redonda)

26 de fevereiro

O velho e rico agricultor Marçal Correia morou ou construiu essa casa no começo do século? Seu neto, hoje pobre, assevera que foi toda edificada pelo avô. Enquanto outros afirmam que a construção foi começada por um enge-

---

[6] Cidade serrana, 1.060m sobre o nível do mar – Serra da Baixa Verde, a 435km do Recife - PE (N. do A.).

nheiro inglês que trabalhava na ferrovia da Great Western, nas imediações de Serra Talhada, possivelmente em direção a Salgueiro (ou o contrário, a partir de Salgueiro) que, tendo subido a Serra da Baixa Verde, maravilhou-se com a paisagem e com o clima de montanha. Poucos sabiam que o inglês sofria do peito e estava à procura de um clima ideal para residir. Tudo é muito difícil de apurar, pois nada há de concreto nos cartórios, e a memória da gente da região não se comove (ou se ocupa) com este tipo de acontecimento. De algum modo, também a mim pouco importa: a casa era bela como ruína e agora parece ainda mais extraordinária depois que me ocupei dela. Se perdurou, é porque com a minha descoberta passou de novo a existir, e assim existirá enquanto eu viver.

Assuntos a desenvolver: o vento enlouquecido da montanha; fingimentos femininos; noites de descobertas e presságios; manhãs de esquecimento.

27 de fevereiro

Com demasiada frequência ela tem falado (quando escreve) em seus segredos. Desmerece assim o segredo maior que por ser "secreto" não tem fala nem face. Revelar a existência de um fato sigiloso já não é, sem sombra de dúvida, meio caminho andado para sua possível elucidação? Talvez como todo aquele que supõe ter uma má consciência, ela necessite de urgente ajuda. Acontece que não há crime nem dor sem ocasional testemunha. Alguém deve rondar por perto, bem antes da polícia ou do juiz, bem antes do verdugo ou do carrasco, cúmplice ou delator, ou o que importa. Importa, sim, a sua simples e obscura presença, sem a qual não haveria história nem a consciência do fato.

Deixo o vento penetrar na casa como o açoite na carne.

Subo ao novo ateliê que, como uma virgem, oferece seu belo espaço vazio ainda intocado. Penso nas primeiras providências a tomar. Depois, surpreso indago: Quais seriam elas? Ora, com certeza uma só: começar a pintar. Não há férias para um artista.

28 de fevereiro – sábado

Desci à cidade de Serra Talhada por duas vezes. O inferno das pequenas cidades do interior, *Peyton Place* (*A caldeira do diabo*). Sol abrasador nas ruas e nas praças. O murmúrio dos desocupados. Um mundo sem sombras e sem descanso. Não há anonimato. Entretanto, as pessoas se movimentam de maneira idêntica a das grandes cidades. Daí a imitação grotesca: deixar de ser circunstancial para se transformar num fato irremediável. Somos todos parecidos - pensei - quase iguais, senão semelhantes. A condenação de todos é uma só: aquela de estar para sempre em um só lugar. O escritor francês Jean Giono fazia o elogio (porque ele mesmo habitava uma delas) das pequenas cidades. De contrapartida, violentamente Julian Green as execrava, haja vista os trechos do seu *Leviatã*.

Fenícia visitou uma butique local e saiu carregada de apetrechos para uma possível noite de orgia. Na volta, já bem instalado na biblioteca, leitura do pequeno ensaio de Borges, "O Tempo Circular". Voltarei à leitura dessas cinco páginas, por mais cinco vezes cinco.

Depois da meia-noite, sob os ventos uivantes que indiscretos varriam a casa fechada, ela passeou nua por todos os cômodos, ignorando os vestidos e adereços comprados durante a tarde. Depois, subitamente sentiu frio. Correu para o quarto pedindo agasalhos e outros alívios, e logo adormeceu. No restante da noite, não preguei os olhos, velando-a. Confesso que também tive medo.

1º de março – domingo de Carnaval

A empregada não apareceu. Ficaremos o dia todo a sós, face a face, sem constrangimentos. Mas será isto possível, mesmo nesta solidão a dois? Será que acertaremos fabricar fantasmas como novos e indispensáveis companheiros? Sinto isto em cada um dos seus gestos.

Depois do almoço, entediados, novamente passeio de automóvel, desta feita até a cidade de Bonome. Viajamos como se olhássemos a lua: não era terra conhecida.

Se tivesse de opinar a propósito das ligações entre a música e a pintura, certamente o faria sempre com muito cuidado. Uma coisa não é a outra. Entretanto, certas situações, quer sejam musicais ou somente plásticas, podem encontrar *canais* de um possível vínculo, de estranhas e intrincadas afinidades, dignas de uma análise aprofundada. Sabemos que um quadro não precisa da ajuda de música para ser apreciado, nem a música, do auxílio de um cenário. Mas é frequente que estas duas formas de criação artística possam ocasionar gravitações análogas, participando de uma misteriosa consanguinidade. Escutando agora os *Poemas sinfônicos*, de Cesar Franck, logo recordei o vigoroso universo do pintor Gustave Courbet. A taciturnidade romântica do primeiro une-se ao romântico hedonismo do segundo: florestas sombrias, lagos cristalinos, imensos prados, escarpadas montanhas, caçadores e bichos, enfim, uma tessitura geográfica reverenciando, sutilmente, uma fauna e uma flora sentimentais, sugerindo íntimas relações, e uma vizinhança sempre bem fundamentada. Ambos parecem acionados pela mesma paixão diante daquilo que admiravam sem reservas. Que imenso e inusitado vigor fez despertar nesses dois gênios do Romantismo o cotidiano espetáculo da Natureza? Que peculiaridades, que infinitas gamas de observação, que fascinante capacidade de ouvir e ver! Certamente não se tratava de dois rústicos. Como amavam, sem restrições, as escuras florestas da vida!

De qualquer forma a obra de César Franck está relacionada tanto com a cultura musical francesa quanto com a alemã, inscrevendo-se perfeitamente, sobretudo pelos seus poemas sinfônicos, na corrente da música romântica, divulgada por Berlioz, Liszt e Wagner.

Prisões sentimentais - pior dos calabouços.

2 de março – segunda-feira

Uma arte verdadeira não seria algo que devasta sentimentos, aniquila vaidades, rompe barreiras do visível e, finalmente, exalta os subterrâneos da alma?

3 de março – terça-feira

Por seis dias consecutivos, olho o sol poente aqui nestas brenhas. Num certo momento peço a Fenícia que me fotografe pelas costas com um *flash* (porque se trata de um violento contraluz). Alguns desses retratos tirados ou extraídos de uma simples polaroide ficam de uma beleza surpreendente e por que não dizer fantasmagórica, o que me faz recordar as personagens de algumas pinturas de Caspar David Friedrich, colocadas igualmente em paisagens montanhosas e diante de vales sombrios, que contribuíam para acentuar o mistério de seus quadros.

Freud: "Começo a crer que todo ato sexual é um processo que envolve quatro pessoas". Voltaremos a falar deste assunto, pois há muito o que dizer a este respeito.

Cuidado quanto à construção da torre da casa de Mata Redonda, que se faz lenta, desde que é toda de pedra (conseguida na região). Esta segunda parte da casa revela a moradia propriamente dita. O restante, já pronto, servirá de ateliê (no sótão), biblioteca, sala de música, refeitório e um gabinete pessoal, além de um velho banheiro que foi restaurado com rigor, pois a parte de banho foi cavada na própria rocha.

No projeto do arquiteto José Goiana Leal, a torre de Mata Redonda tem o perfil de algumas torres da cidade de San Gimignano, na Itália (Toscana), embora termine com um corte de 45°, o que lhe assegura uma beleza singular.

4 de março – quarta-feira de Cinzas

Prontos para partir de volta à cidade. Essa minha deserção é para fugir do meu deserto, embora vá encontrá-lo logo mais adiante. Um deserto que se multiplica. Eis o inferno na alma. De tanta desídia, sou condenado, por antecipação, a carregar o pesado fardo do meu Juízo Final.

Propriedade Santos Cosme e Damião

5 de março

De volta ao Recife e à Oficina corro à procura da pequena monografia de Courbet, escrita pelo pintor Giorgio de Chirico, em 1925 (Edições Valori Plastici - Roma). Quero, por conta das minhas recordações de Mata Redonda, apreciar as originais definições sobre os conceitos do Romantismo e suas aplicações ao pintor-poeta de Ornans. Sim, um Courbet sempre *realista*, mas com características poéticas na abordagem da realidade.

9 de março

A um condenado a quem pediam um último depoimento: "Nada tenho a dizer, pois o que fiz vocês se encarregaram em divulgar".

10 de março
Alguns desenhos para uma série escultórica, cuja finalidade é verificar as deformações anatômicas de um corpo fortemente amarrado por cordas ou correntes. Na execução, uso cordas verdadeiras e o modelo vivo. Uma vez trabalhando nas esculturas, faço com que as cordas apertem o corpo da argila, sem forçá-lo em demasia. Depois a corda é retirada, ficando os sulcos que são retrabalhados com vistas a evidenciar essa nova anatomia, defeituosa ou tumultuada.

11 de março
Visão singular a do pintor José Cláudio ao reproduzir cerca de cinquenta quadros de uma pintura do acadêmico paulista Almeida Júnior, cujo título sugestivo ou significativo é *O repouso do modelo*. A meu ver, todas as telas foram admiravelmente conseguidas.

13 de março – sexta-feira
Pela madrugada, visitei-a no escuro, apenas ouvindo os seus gemidos e depois os gritos contidos no brutal orgasmo. De manhã, deixou-me apenas entrever os cabelos da região púbica, antes dourados, agora pintados de preto retinto.

De Londres, notícia do excêntrico milionário Edward James, que atualmente aos 73 anos constrói palácios em Xilitla, num vale escarpado, no México. James, que foi um dos maiores colecionadores dos surrealistas (pintores), principalmente da obra de Salvador Dalí, encontrou agora o que considera as suas versões dos Jardins do Éden - o Xilitla - dedicando-se à construção destes estranhos palácios fantasmagóricos que ou se desintegram antes de estarem terminados ou deslizam pelas encostas das montanhas. Eis aí um homem que eu gostaria de conhecer ou de ter conhecido.

14 de março
Excelentes referências a livros malditos no artigo de Tomás Seixas que apareceu nos jornais de ontem. A solidão de Tomás deve ajudá-lo a ver e a pensar bem mais que os outros.

Mais um filme que me interessa, no entanto, ainda não chegou entre nós: *A cidade das mulheres*. Fellini esclareceu: "É um filme sobre a obscuridade, a relação com a parte negra, com a parte desconhecida, com a noite, com a água Qualquer tentativa de explicação racional, só pode privá-lo do seu aspecto enigmático, do seu lado de esfinge, que é o que ele tem de mais verdadeiro".

15 de março – domingo

Nunca li um jornal na minha vida.

Borges

Nesta mesma entrevista - uma espécie de confissão política, o escritor esclarece que não é católico nem cristão e que na sua opinião o Papa é um funcionário político. Acredito que poucos escritores, ou mesmo nenhum escritor (mesmo aqueles que militam na política de esquerda), teriam a coragem em revelar uma tal opinião. Por estas e outras atitudes, absurdamente coerentes, não é dado a este grande escritor o Prêmio Nobel de Literatura.

16 de março

Vejo de longe o que não consigo ver de perto. À distância, só à distância posso adivinhar as coisas. Contudo, esses vislumbres, essa certeza do longe em nada modificam meu comportamento e maneira de pensar. Portanto, é como se eu fosse cego.

Sucessivas *noites brancas*. Começo a ficar fatigado desta fúria sexual. Posso até adivinhar que esta exaustão (voluntária ou involuntária) é de caráter suicida.

Prendre la terre des champs à poignées, la flairer, la baiser, la mordre, donner des tapes sur le ventre des arbres, jeter des pierres dans des trous d'eau, barboter à même le ruisseau, manger, dévorer la nature.

Gustave Courbet

17 de março

Só as pessoas sem palavras são felizes. A pintura do mundo sempre é inexata. Não passa, de resto, de uma pintura de escritor.

Virginia Woolf

18 de março

Assim era o seu feitio e não podia ser de outra maneira. Refugava o que era aproveitável e, no entanto, servia-se do refugo como se estivesse lidando com o mais nobre dos materiais. Parecia um príncipe numa inverossímil corte de espantalhos.

Separei oito cartazes provindos de antigas ou quase recentes exposições europeias. Agradável reencontro com o bizarro pintor inglês Richard Dadd.

Cartazes:

Gustave Courbet - Grand Palais
Richard Dadd - Tate Gallery
Cézanne - Les dernières années
British Sport Painting
British Painting - 1952-1977
Jeffery Camp Paintings
William Blake - Tate Galery
British Painting of Harvest Scenes - 1978

19 de março

Necessito urgente responder a nova carta de Serge Gauthier, recebida há mais de trinta dias. Na realidade, aguardei que as novas fotografias e diapositivos exigidos por ele ficassem prontos.

Continuo a série *Mulheres amarradas*, aproveitando também as suas transposições para a cerâmica. Não me associo ao Marquês de Sade, meus vícios e propósitos são outros.

20 de março – sexta-feira

O reverendo Heber C. Kimball, sendo um mórmon dos mais convictos, aludia às suas cem mulheres como sendo um bando de "vitelas".

Encontrei esta preciosidade linguística no livro de Arthur Conan Doyle, *Um estudo em vermelho*. Apesar do evidente horror que o conto inspira contra os costumes mórmons, há muito o que refletir sobre o assunto.

21 de março

Acredito na eterna maldade humana... e só.

Marguerite Yourcenar

23 de março

Pula-se o domingo. Hoje é segunda-feira e tudo recomeça segundo os hábitos de cada um. Para mim há contudo uma novidade, desde que vivo e me alimento de palavras e esta quase ação foi a descoberta casual de uma advertência de Martinho Lutero: "Vivo, sou tua peste; morto, serei tua morte".

Prossigo na construção do *Templo do Ovo Primordial.*

26 de março

Não me engano. Havia mesmo um profundo desdém na sua voz quando exclamou: "Meu Deus, você fala demais!".

27 de março

O novo material fotográfico para Serge Gauthier foi colocado no correio desde o dia 23. Fiquei confuso quando ele falou na interessante documentação recebida, e mencionou Clélia e Luiz Piza. Acredito que Clélia deve ser a mulher do gravador. Mas será que Arthur tem mais de um nome? Arthur Luiz ou Luiz Arthur? Porque é assim que ele está mencionado na carta do francês: Luiz Piza, como sendo um dos tradutores de minhas cartas enviadas.

Gauthier fala da atmosfera do meu ateliê como alguma coisa prodigiosa e acrescenta que, na Europa, lugares como este estão desaparecendo sob o pretexto da modernização. Lembra que passou algumas semanas no Japão e que lá ainda existem fornos antigos, mas com construções menos imponentes. Diz que lamenta não ter me visitado em 1970, quando foi a Buenos Aires, passando pelo Rio, e em 1971, representando a Manufatura de Sèvres, em São Paulo. Demonstrou interesse por algumas das fotografias das peças que lhe enviei. Mas não me parece que tenha escolhido definitivamente uma delas. Fala no *Vaso nº 6 com abertura* e também na capa de um folheto onde existe uma outra escultura, cuja legenda é "Onde o artesanato é quase indústria. Mas, ainda e sobretudo, é arte". Enfim, estamos ainda na estaca zero. Mas é isto mesmo. São as consequências da Torre de Babel, quando a confusão linguística que se estabeleceu foi definitiva.

28 de março
A tarde inteira agarrado com os contos de Poe.

Noite branca. Ela foi mil e uma mulheres em uma só noite. Depois, a seu pedido, coloquei-me como ela desejava, e então tudo recomeçou.

1º de abril
Eis aqui um belo motivo para se matar um presidente, pelo menos nesse estranho país de neuróticos: "Os planos de assassinato do presidente norte-americano foram revelados por John Hinckley em carta que enviou à atriz cinematográfica Jodie Foster, que fez o papel de uma menina prostituta no filme *Taxi driver*", noticiou ontem a cadeia de televisão *Cable News*. O filme teria dado a Hinckley a motivação para o crime, pois, a certa altura, o personagem interpretado por Robert de Niro diz à prostituta: "Se você não me ama, vou matar o presidente". *Taxi driver*, porém, mostra uma cena em que o motorista, bem armado, vai a um comício político onde um candidato a presidente deve falar, e não comete o atentado porque agentes do Serviço Secreto mantêm-no à distância. Segundo divulgaram em Atlanta, Hinckley escreveu a Jodie Foster a mesma ameaça: "Se você não me ama, vou matar o presidente".

A missão de cada um deveria ser... talvez fazer um belo "discurso" e nada mais. Saiamos, pois, da torre de marfim, de um falso orgulho de casta, baseado num mal-entendido e estimativas errôneas.

3 de abril
Planos para fazer uma escultura (como um autorretrato) montada em cima de uma parede, na posição em que os meninos - a meio-caminho de galgar um muro - apenas pretendem espiar por cima... Espreitar aquilo que parece ser o outro lado das coisas. "Fazer como a Natureza que não acaba de criar formas novas; o que é nunca antes foi; o que foi jamais tornará a ser; tudo é novo e tudo sempre já velho." Não era assim que ensinava Goethe?

4 de abril
Estupidez perigosa. É assim que defino minha atual situação. ("Cada qual tem o seu pendor que o arrasta.")

> *O que quer que se dissesse ou fizesse, o primeiro impulso dele era elevar-se acima do debate. Não sabia ver senão de cima, tinha a paixão dos ninhos de águia.*
>
> Sartre

Continuo atento ao desenrolar da "tragédia americana". Segundo dizem, Hinckley falou dos seus planos de assassinar o presidente numa carta enviada a Jodie Foster de dezoito anos. "Ela é a chave da questão", disse uma das fontes. "Ele fez isso por ela." Jodie esclarece: "Mas eu desejo dizer que nunca me encontrei, falei ou tive qualquer ligação com ele".

A pequena atriz, muito precoce, começou a sua carreira com três anos de idade, quando descobriu as nádegas para um comercial de óleo de bronzear. A minha atenção, como disse, só se prende aos motivos específicos desta história. Portanto, se houver "outros motivos" como, por exemplo, motivos políticos, meu interesse desaparecerá de imediato, mesmo que coexistam a paixão descontrolada do jovem e esses "outros motivos". A meu ver, a tragédia perderia seu peso e o seu solitário significado original.

6 de abril

Ontem, antes do galo cantar, em momentos diferentes, por três vezes, confessei a minha paixão.

Desenhos de corpos vestidos de tecido branco; se possível molhados, pois aderem e acentuam melhor a anatomia feminina.

> *É possível fotografar os navios e as velas, mas não o vento. Apesar disso, não raro, é o vento ou a tempestade quem mais importa no conjunto, pois é capaz de fazer rasgar velas e naufragar navios.*
>
> Magene Skodvin (historiador norueguês)

Fenícia escreve dois belos e terríveis poemas na minha frente. De outras vezes eu os recebia escrito. Hoje, já escreve datilografando, sem titubear, sem voltar atrás, sem correções, aquilo que chama de sua "verdade". Para mim, tudo isto é deveras espantoso, embora continue achando que lhe falta tudo para escrever um poema.

Sei perfeitamente o que significam essas anotações, que há bastante tempo chamei-as de "Cadernos Arábicos", inclusive os trechos que cheguei a ler para o meu amigo Sérgio Lacerda, quando ainda tinham esse título singular. Mário de Andrade já dizia: "O conto é aquilo a que eu chamo conto". Minhas referências são, portanto, minhas referências. E serão algum dia apenas referências, interessando ou não, por si próprias ou pelo menos por terem sido escritas pelo pintor ou escultor X, que atuou na segunda metade do século XX, etc. As duas coisas também podem passar despercebidas, mas não bastam para anular o sentido daquilo que foi escrito. Alguém escreveu, e pronto. Está escrito. E, depois, a catedral em construção, se chegar aos limites a que me proponho, certamente despertará curiosidade para os estudiosos do futuro, a não ser que ela seja coberta pelas águas ou destruída pelo fogo, mas assim mesmo... "Quem era esse louco e o que pretendia?"

Que loucura - pensei eu -, a porta pode estar aberta. Levantei-me e fui ver sem muita pressa, pois sempre costumo agir assim. Defronte à porta, verifico que ela está fechada. Depois toco na maçaneta. Tudo certo: estava fechada. Eu mesmo tranquei-a há pouco, evitando assim, a invasão dos bárbaros ou dos bandidos... Quero estar sempre sozinho. Eis a questão. Cada vez mais sozinho.

14 de abril

Serge Gauthier volta a escrever de Paris. Desta feita parece que tudo correu bem. Ele agradece a remessa e promete excelentes resultados que permitirão documentar o meu trabalho no seu livro sobre cerâmica. Ele me pede licença para depois de reproduzir todo o material recebido, encaminhar estes documentos à biblioteca da Manufatura Nacional de Sèvres.

1982

Propriedade Santos Cosme e Damião

2 de janeiro

> *Se é verdade que nos habituamos à dor, como é que, com o andar dos anos, sofremos cada vez mais?*
>
> Cesare Pavese

Como sempre, nada acontece de extraordinário dentro das comemorações do calendário, apenas grosserias e histerismos de alguns ou mesmo de todos (se assim desejarem) que a mim pouco tocam. No máximo dois dedos de champanhe, e a cópula, melancolicamente estéril, prolonga-se até a madrugada; às vezes nem isto. Não estou com nenhuma crise de misantropia, aliás, posso até me valer da observação do astrônomo Fred Hoyle, a respeito do tempo: "Você está subjugado por uma grotesca e absurda ilusão", diz o astrônomo. E prossegue: "Quanto à ideia do tempo como fluxo ininterrupto, há uma coisa bastante certa neste assunto: a ideia do tempo, como uma progressão contínua do passado para o futuro, é falsa. Sei muito bem que, subjetivamente, essa é a maneira pela qual encaramos o tempo. Mas nós somos as vítimas de um abuso de confiança".

Não é o momento, mas não sei por que recordo o conto de Thomas Mann, "Der Bajazzo", o pobre Tobias Mindernickel e o seu vira-lata Esaú.

4 de janeiro

Eu sei, eu sei, não se desafia os deuses impunemente. Em "A História de Kessi" (conto hitita do segundo milênio a.C.), Borges relembra que o homem, quando esquece os deuses, pelos deuses é esquecido.

8 de janeiro

Pequena carta a Ariano Suassuna:

Sim, me parece que em todo caso o trabalho andou bastante, mas, curiosamente, à medida que se desenvolve – mesmo nos pormenores –, cada vez mais me parece faltar alguma coisa. Começo a temer o inacabado, isto é, estar diante de uma tarefa maior do que as minhas pretensões. Contudo, não desfaleço e agora, logo no início do ano, empreenderei a reforma da grande Muralha, que por extenso será o trabalho de 1982. Começarei com uma inscrição de Borges retirada de "As Ruínas circulares": "Sabia que esse templo era o lugar que o seu invencível propósito postulava; sabia que as árvores incessantes não tinham conseguido estrangular, rio abaixo, as ruínas de outro templo propício, também de deuses incendiados e mortos; sabia que a sua imediata obrigação era o sonho".

Se fosse possível adiarmos o nosso encontro para o próximo sábado, seria ótimo, pois, além de tudo, me dará tempo para procurar a reprodução ou o livro de Fra Angélico que lhe mostrei há algum tempo, chamando a sua atenção para a semelhança deste detalhe do retablo ou afresco de Fra Angélico com a composição das duas tahitianas de Gauguin.

9 de janeiro

Falar após longo silêncio: está certo
Todos os outros amantes estão exilados ou mortos
A luz, quase inimiga, da lâmpada escondida em sua sombra
As cortinas corridas sobre a noite inimiga
Que cantamos e agora ainda decantamos
Sobre o supremo tema da Arte e do Coração
A decrepitude do corpo é sabedoria
Jovens, amávamos uns aos outros e éramos ignorantes

William Butler Yeats

Pavese confirma e também penso assim: "Quando lemos, não procuramos ideias novas, mas pensamentos que já nos passaram pela mente e que adquirem na página impressa o selo da confirmação". Portanto, não há experiência ou fato novo que não tenha tido seus precedentes, como se na verdade nada desconhecêssemos e sempre estivéssemos preparados para tudo. A surpresa, no caso, não passa de mera covardia daqueles que teimam em acreditar numa possível salvação.

12 de janeiro

Ela falou de uma lua de lobo. Como poderia adivinhar, não sei. O que me predisponho a achar é que, definitivamente, ela não era daqui. Falava pela voz dos seus ancestrais, o que lhe possibilitava reconhecer uma *lua de lobo*. Talvez, quem sabe, ela própria seja uma loba, ressurgida dos confins das negras florestas, dos frios e longínquos campos do norte.

15 de janeiro

Na brancura do espaço fechado da nave central, repleto de esculturas cerâmicas com predominância de cores ferruginosas pardacentas, além das pesadas vigas de ferro, com seus tensores pintados de preto que sustentam as abóbadas dos fornos, fazia-se necessário a presença de um grande vitral de cores fortes (vermelho-sangue, vermelho-fogo, laranja-incandescente, verde-mineral e azul-violeta), no paredão que fecha esse espaço. Toda a estrutura geométrica da grande rosácea[7] de imediato mostrou sua força com seus reflexos lançados sobre o material cerâmico – alguns metros abaixo – trabalhado no anfiteatro. Estas cores e a qualidade destes vidros translúcidos (vindos da Bélgica) filtram a luz exterior de uma maneira inigualável. O efeito final é prodigioso.

Levando em conta suprir o desenho circular do vitral, quase como se fosse uma *rima plástica,* procurei reproduzi-lo na laje do anfiteatro situado entre os dois antigos fornos (para queima de tijolos). O desenho desse tapete cerâmico em cores bem diversas do vitral - porque repete a predominância ferruginosa das cores originárias do óxido de ferro, além do preto e do branco - tem também como um outro suporte aéreo uma luminária feita com rodas dentadas de madeira, em tamanhos decrescentes, possibilitando-me fazer um lampadário, misturando madeira, correntes de ferro e tocheiros de cerâmica, que, confirmando as formas circulares (mandala), preside a composição do conjunto.

16 de janeiro – sábado

Pela manhã longa conversa com Ariano Suassuna e Geraldo Edson. Os dois dissertaram com admirável erudição sobre Hegel, cuja filosofia eles conhecem bem e eu praticamente desconheço. Quanto a mim, relatei algumas de minhas complicadas leituras sob o olhar complacente e ao mesmo tempo atento do amigo Ariano. Demorei-me na abordagem de Louis-Ferdinand Destouches (Céline). Elogiei-o sem reservas, isto é, o romance autobiográfico *Voyage au bout de la nuit* (*Viagem ao fim da noite*). Depois, como a conversa prolongava-se sobre a extensa cultura alemã e sobre suas equivocadas con-

---

[7] Construção circular feita à base de módulos cerâmicos vazados, apropriados para receberem diferentes placas de vidro colorido, e inserida num paredão de 12m de altura por 12m de largura. O diâmetro do vitral é de 2,41m (N. do A.).

sequências no pensamento europeu, chegamos ao nazismo. Lembrei-lhes a descoberta de uma pequena ficção de Borges (não mais do que nove páginas), "Réquiem pela Alemanha", que não só ampliou, como modificou os meus conceitos a respeito desta nefasta e cíclica filosofia política.

21 de janeiro

Retomar, tantos anos depois, a leitura de Freud sobre Leonardo, *Souvenir d'enfance de Leonardo da Vinci*, não me pareceu fácil, mas os meus antigos grifos ajudaram-me na abordagem. Aquilo que na época da primeira leitura me chamou a atenção, ainda hoje, permanece como motivo de deleite e admiração. A primeira aproximação aconteceu no ano de 1953.

Visita da pintora Pietrina, do seu marido Roberto e do seu pequeno filho Leonardo.

22 de janeiro

Reconstruo os desenhos da negra fachada leste de Mézangers[8], o que me faz lembrar os trabalhos de reconstrução da casa de São Francisco nos idos de 1953, pouco tempo depois que cheguei da Europa.

O romantismo e o fetichismo da pedra e da cal já me dominavam nesta época e se prolongariam até hoje. E, por assim dizer, não sei até onde me levarão.

Recado à Serpente: Preciso defender-me contra essas ameaças, antes que se realizem. E é muito melhor, oh! mulher, incorrer em teu ódio agora do que, aplacado por palavras melífluas, lamentar mais tarde a minha complacência.

26 de janeiro

Nos livres nous détestent (Nossos livros nos detestam).

Jean Cocteau

Só o passado nos espreita. O futuro é sempre cego.

---

[8] Solar ou Castelo lendário (lugar ou situação desconhecida) cujas fachadas enegrecidas tiveram uma influência muito grande na reconstrução da casa de São Francisco e, dezoito anos depois, na restauração das ruínas da velha Cerâmica São João (N. do A.).

29 de janeiro

Freud escreveu 216 páginas sobre Leonardo da Vinci, enquanto Sartre, abordando o escritor Jean Genet (ainda vivo), dedicou-lhe nada menos do que 573 páginas. Curiosamente as edições são da *NRF* - Gallimard (1952).

A contenção do estilo seco de Freud, na "possível" análise de Leonardo, se contrapõe à litania grave e séria de Sartre, igualmente revolvendo a alma de Genet. Sartre, no seu estilo filosófico, às vezes chega – talvez propositadamente – a uma espécie de plano escatológico. Imagino a perplexidade de Genet ao ler: *Saint Genet comédien et martyr*. O que lhe restaria então no Juízo Final, se tudo já foi dito? Apesar do brilhantismo dessa obra de Sartre, da sua quase absurda engenhosidade em desenvolver um tema aos limites do infinito, ainda assim, prefiro o canhestrismo "científico" de Freud, seus cuidados com a linguagem, suas hesitações diante do tema gigantesco, sua modéstia temperada de sutilezas.

Quanto a Sartre, foi longe demais. Disse e volta a dizer mil vezes a mesma coisa, enoveladas em mil formas diferentes para atingir, no final – se é que existe fim nesse seu trabalho –, uma espécie de paradigma linguístico. Usando a lógica monstruosa e brilhante de Lúcifer, pretende influenciar o próprio Genet, daí porque acredito que nenhum homem depois do *pecado original*, artista ou gênio, merece tamanha atenção.

Sartre termina assim: "O Bem não é senão ilusão; o Mal é um Nada que por si próprio se produz sobre a ruína do Bem".

Um homem comum e desabusado, ignorando toda essa fantasmagoria filosófica, diria simplesmente: "Ninguém é bom nem mau".

30 de janeiro

Procurei em vão na estante de minha casa em São Francisco o pequeno livro de Sartre sobre Baudelaire (com uma esplêndida encadernação trazida de Paris). Gostaria de retomá-lo como fiz há poucos dias com o *Saint Genet*. Segundo recordo, Sartre não foi benevolente com Baudelaire como o foi em relação a Genet. Continuarei a busca, inclusive nas estantes de meu ateliê que só tem livros de arte (pintura ou escultura). Suponho que o minúsculo livro esteja escondido por conta própria, em um lugar secreto, para não cair em qualquer mão, pois se assim não fosse o reconheceria facilmente. Carreguei-o desde minha primeira estada em

Paris (1949) e sempre o considerei imprescindível para demonstrar as deficiências, não de Baudelaire, como pretendia Sartre, mas aquelas do próprio filósofo no seu julgamento cruel e intempestivo. Tive oportunidade de dizer que Sartre desejava que Baudelaire fosse um outro e possivelmente até "comunista". O que não era possível.

2 de fevereiro

Qual não foi o meu espanto – uma vez achado o livro de Sartre sobre Baudelaire –, descobrir que o filósofo dedicou esse trabalho a Jean Genet. O *Baudelaire* foi publicado em 1947, entretanto, o longo estudo sobre Genet apareceria apenas cinco anos depois, em 1952, tudo levando a crer que esta coincidência ou esta atenciosa reverência, para um futuro homenageado, não era meramente afetiva e casual.

Na realidade, tomando estes dois escritores como paradigmas dos *artistes maudits*, o filósofo desenvolveria a contento sua tese sobre a Filosofia da Liberdade. De algum modo, necessitava de suas severíssimas restrições à conduta ativa de Baudelaire para logo em seguida enaltecer os labirínticos caminhos da vida e da arte de Genet.

De Jean Genet conheço apenas *Haute surveillance*, enquanto de Baudelaire percorri quase toda a obra poética e sobretudo as suas incursões no mundo da crítica através do *Variétés critiques*. Do poeta também recordo a amizade por Gustave Courbet, além de sua aproximação e perfeito entendimento da pintura de Eugène Delacroix. O livro de Sartre (longe de me afastar deste herói e mito de minha juventude) confirma todas as minhas afinidades com o poeta: "*Glorifier le culte des images* (*ma grande, mon unique, ma primitive passion*)".

Compreendo porque Henrique VIII assassinou Ana Bolena: As mulheres chegam a tal ponto de insubmissão e insolência que só cortando-lhes a cabeça.

8 de fevereiro – segunda-feira

O estudo de Sartre sobre Flaubert, *L'Idiot de la famille*, previsto inicialmente para 6 mil páginas, tem a sua parte publicada pela Gallimard contida em 2.800 páginas.

11 de fevereiro

A psicóloga norte-americana Irene Kassorla diz, sem escrúpulos, em seu livro *Nice girls do...*, "como as mulheres devem atuar em matéria de sexo". Aqui no Brasil traduziram esta curiosa e pragmática teoria com o título "Amar não é desonra". Para a psicóloga norte-americana, as mulheres estão passando por um renascimento sexual. "Após séculos de sentimentos de culpa e de repressão, a isca do prazer sexual foi finalmente separada do anzol da reprodução", diz a pesquisadora. "Finalmente adquirimos a liberdade sexual. As mulheres agora têm a oportunidade de experimentar todo o seu potencial sexual, como e quando quiserem."

Se na realidade Kassorla apenas faz propaganda de contraceptivos, tudo muito bem. Mas, se pretendeu adentrar-se no misterioso e insondável mundo do sexo, ainda está nas primeiras letras e talvez nem isto. Se de fato existe alguma coisa de novo neste mundo, já "tão envelhecido", é, enfim, o direito das mulheres falarem idiotices. Diante do seu secular silêncio (aliás acentuado bravamente por Kassorla), os homens esperavam que suas companheiras tivessem algum dia o direito sacrossanto da "última palavra". Todavia, o que somos obrigados a ouvir ou ler nos força - com vistas à preservação de uma futura "nova sociedade" - a fazê-las de novo calar, sem nenhum direito de apelação, por mais um milênio. Este significativo e compulsório mutismo feminino ficava por conta das naturais deficiências deste sexo. Se não falavam, é porque não tinham nada o que dizer - pelo menos enquanto mulheres - pois as suas palavras, talvez, muito mais sábias, tinham eco no colo da Mãe Natureza. Elas é que nunca se aperceberam deste privilégio.

Se a psicóloga norte-americana pensa ter conseguido um ponto a mais na direção à liberdade sexual, isso não implica necessariamente andar gritando pelas esquinas a conquista deste "direito". Confesso que minhas reações diante do assunto abordado são desabridas, frívolas e pueris. Também poderia silenciar.

Há poucos dias escutei uma psicóloga brasileira dizer que "para liberarmos a mulher, precisaríamos antes liberar o homem da obrigação de pagar pela cópula". Ela também falava com vistas a uma sociedade futura. Parece-me que esse futuro paga caro por esse número exagerado de "futuristas". Desta feita, a apreciação pareceu-me inteligente no seu sentido simbólico mas, ainda assim, senti que faltava veracidade nesta situação, pois me parece que este assunto não é meramente sexual, estando carregado de outros elementos culturais ou, quando muito, é algo que sempre participou de uma velha *atividade ritual* da espécie humana, ou seja, alguém terá de pagar pelo prazer ou pelos compromissos e consequências do prazer. Será que diante desta apregoada e utópica "futura sociedade" as mulheres estariam dispostas (prontas) a pagar o verdadeiro *preço* da servidão humana? Será que simplesmente ocultando ou desconhecendo a sua *parte* nesta servidão estariam definitivamente liberadas?

16 de fevereiro
Pelas minhas permanentes queixas, sou obrigado, de fato, a proceder ou a ser tomado como um valetudinário.

25 de fevereiro
Admirável e sensível artigo do poeta Tomás Seixas, cujo título "Mansões Abandonadas", demonstra que a memória de algumas pessoas de nossa cidade ainda funciona. É verdade que num mundo bestial alguns poucos teimam em cultivar recordações ou, mais ainda, acertam em perscrutar o lado oculto das coisas que, como dizia o poeta Yeats, é "o supremo tema da Arte e do Coração".

2 de março – manhã, por volta de 11h30min.
Fenícia escapa de um seríssimo acidente de motocicleta. Não houve, contudo, como pude averiguar, nem fraturas nem deformações. Ela poderia ter ficado inconsciente, no meio da rua, abandonada, entregue à própria sorte, levada para um hospital de indigentes, não fora um popular que, agachando-se, encontrou no seu blusão de couro uma pequena carteira com alguns números de telefone, entre eles o meu.

Ainda Arthur Conan Doyle: "Que propósito anima este círculo de desgraças, violência e terror? Deve tender a um fim. De outro modo, nosso universo seria governado pelo acaso, o que é inadmissível. Mas qual será esse fim? Eis o imenso, imutável e eterno problema, para o qual a mente humana se encontra mais longe do que nunca de dar solução".

5 de março

Pode parecer até um tanto "esquisito" eu ter me contaminado com uma terrível infecção de olhos (conjuntivite aguda) que alcançou a nossa cidade em caráter epidêmico há vários meses. Dizem que é originária dos Estados Unidos e da Europa e muito propícia, segundo divulgaram, "para cegar brasileiros", embora reconheça que a minha contaminação deve-se à intromissão nos socorros prestados a Fenícia, pois levando-a ao hospital entrei certamente em lugares indevidos. Portanto, eu estava condenado a uma situação deveras constrangedora, pois meu pai havia chegado dos Estados Unidos cerca de uma semana, depois de uma operação de cataratas bem-sucedida, e fui avisado repetidas vezes por parentes que não devia me acercar dele antes que estivesse totalmente recuperado. E assim o fiz.

Ainda com os olhos vermelhos e lacrimejando em abundância, retomo o trabalho de modelagem na *IV Esfinge*, num conjunto de doze esculturas um pouco semelhantes a freiras medievais e muito a certas esculturas egípcias. A meu lado, trabalhando alguns metros adiante, três pedreiros constroem um novo forno, todos eles portadores da mesma enfermidade, na fase aguda, no entanto, não parecendo sequer molestados. Diga-se de passagem que os sintomas mais incômodos dos primeiros dias nos dão a sensação de ter areia ou pedregulhos dentro dos olhos, estando eles abertos ou fechados. É de enlouquecer!

9 de março – terça-feira

Havia chegado à Fábrica muito cedo quando percebi o meu ajudante Helcir Roberto no *Grande Pátio*. Acontecimento pouco comum não só pela hora, como também pelo lugar. Dirigi-me a ele, ou melhor, ele também já estava andando em minha direção e não vou dizer que não tenha notado alguma diferença nas suas atitudes, pois pareceu-me cabisbaixo e sinistro naquela hora da manhã. De perto, notei lágrimas em seus olhos. Sem preâmbulos, avisou-me que meu pai havia falecido de madrugada, provavelmente de um ataque cardíaco, segundo diagnosticou o médico da família, Luís Tavares. Contava oitenta e quatro anos e, dado a sua robustez, a mim nunca pareceu velho, ao contrário, podia viver perfeitamente ainda dez ou vinte anos. Partiu-se com ele toda uma corrente que nos ligava a um indispensável passado familiar. E sem este elo presente o nosso futuro estará irremediavelmente comprometido. Com ele, foi-se a ideia do Pai (Pater, o próprio Deus e o solo sagrado).

16 de março – manhã

Recomeço a andar fazendo percursos enormes por dentro da Fábrica, indo e voltando, sem lugar certo de pouso ou de maior interesse. Sempre tenso e fatigado, acabo por sair ao *Grande Pátio* para me acercar do *Templo do Ovo Primordial* e novamente pensar ou dizer de viva voz que há dez anos esta reconstrução, que agora todos admiram, não estava lá. Eu a erigi, eu a batizei, e cabe a mim velar por ela.

Não faz uma semana, neste mesmo dia estava contemplando a sua face de morto. Já não havia oportunidade de explicações e, no entanto, como esperei tanto tempo por uma palavra sua, uma só e única palavra... e eu estaria...

Quem disse isto? "Quando a morte como um relógio de sol lança a sua sombra."

Aqui fico. Não posso fazer outra coisa.

Lutero

17 de março

Recebi comovido uma carta do escritor Edson Nery da Fonseca manifestando pesar pela morte do meu pai. Relembra que desde a época em que morou na Várzea sempre manteve por ele uma grande admiração.

20 de março – sábado

O mundo moderno (será mesmo moderno?), de forma um tanto imprudente, se compraz em despertar a matéria. Da pesquisa atômica que redundou em armas catastróficas - ou a própria energia nuclear, que nada mais é senão a *matéria despertada* - até as explorações pecaminosas em torno da genética e do próprio sexo exacerbado, não há nenhum meio-termo. É tudo ou nada. Pergunta-se quem vai controlar essa matéria em permanente expansão? Quem poderá dentro das nossas sempre hesitantes e cruéis limitações manter essa formidável *explosão* (como uma dor) todo o tempo sob controle para, de resto, usar uma "força" de todos desconhecida ou mesmo por natureza incontrolável?

22 de março

Olhando-me no espelho, vejo em alguns dos meus traços familiares a eterna presença do meu pai. De fato aqui estou, apenas eu; mas não será de novo ele e assim deverá permanecer enquanto eu for vivo, lúcido e atuante? (Atitude hamletiana.)

A existência e continuidade do pai é Deus, ou seja, o sagrado, a ordem, a construção, os números, a propriedade, a consistência, o amor próprio e quiçá até a vingança. Seria o contrário de *um sentido regressivo ao seio da Mãe Terra,* ao caos onde não há vontade e muito menos qualquer importância de si mesmo. Acrescente-se à ideia do pai: medida, espaço e tempo, temporalidade, discurso, palavras, enfim, um deus na medida do próprio homem.

23 de março
Propositadamente me perco dentro da Fábrica como quem percorre um labirinto. Antes não encontrar jamais a saída (contradição com o que foi escrito no diário). Hoje, vontade e tentação do abismo.

29 de março
Gosto quando depois de longo silêncio ela me pergunta o significado de certas palavras, a fim de preencher os entrecortados espaços das suas "palavras cruzadas": capital da Albânia - batalha iminente - coche em inglês - tetas - cruzamento de francês e negro - etc.

O pintor José Cláudio vai expor amanhã na cidade de São Paulo a sua admirável série de nus "inspirados" em *O descanso do modelo*, de Almeida Júnior. Belo catálogo, belos quadros.

31 de março
Chama-se *polissemia* o fato de uma palavra possuir mais de um significado. A meu ver, um aspecto - embora linguístico - com consequências gravíssimas para o entendimento entre as criaturas humanas, entretanto de um irresistível fascínio para o meu uso pessoal.

9 de abril – sexta-feira da Paixão
Hoje deveria escrever alguma coisa sobre o meu pai. Como que de propósito, passei o dia todo perambulando pela Fábrica, novamente sem destino certo.

Presença na Oficina do abade beneditino Dom Basílio Penido e do escritor Edson Nery da Fonseca. À noite, missa de 30º dia pela alma do meu pai, rezada pelo também beneditino Dom Gerardo Martins.

21 de abril

Apesar do feriado, vim ao trabalho. Em primeiro lugar pego os jornais e leio alguma coisa sobre os *Contos indecentes (Storie scellerate)*, um filme que é uma continuação da série *Contos de Canterbury*, *As mil e uma noites*, *Decameron*, todos três de Pier Paolo Pasolini. Dizem que *Contos indecentes* não foi realizado por Pasolini. Ele apenas deixou o argumento pronto. Por simples curiosidade, remanejei o magro caderno de 24 de abril de 1981 a 14 de dezembro do mesmo ano e achei estranho a sua magreza diante dos seus tão gordos companheiros. Abrindo suas páginas, logo verifiquei que omiti uma série de notas desta época, não sei por que razão. Talvez porque já tivesse escrito demasiadamente sobre este período. Não me custa nada voltar atrás no tempo e agora registrar que no dia 24 de abril de 1981 (sexta-feira) recebi a visita do Diretor-Geral da Unesco Amadou-Mahtar M'Bow. Entre outras coisas, ele disse: "*Votre imagination réincarne les désirs secrets de l'esprit et du corps dans une genèse sans fin. Sur la scène du monde votre art ajoute un courant original au flot de mystère qui unit entre elles les belles projections de l'imaginaire*".

Sei que elogio em boca própria é vitupério, mas a indiferença da província me aconselha a registrar o que os outros, certamente, jamais repetirão.

Não deixa de ser perturbador verificar que o interesse de alguns estrangeiros pelo meu trabalho é bem mais sensível do que aquele manifestado pela gente do meu país. Pelo menos, até o momento. Talvez no futuro não seja assim. Vamos aguardar.

* * *

7 de maio de 1981 – quinta-feira[9]

Presença de Joaquim de Arruda Falcão, acompanhado de sua mulher. Vieram a pretexto de presentear-me com um belo catálogo de Balthus. Falamos de *As memórias de Adriano*, ele mais do que eu, evidentemente, porque leu o livro de Marguerite Yourcenar e o conhecia muitíssimo bem. Reservei-me apenas a falar de Balthus, que suponho conhecer e admirar um pouco mais do que outros artistas, que mal falam nele.

Achei conveniente, por conta de algumas notícias estapafúrdias aparecidas em um jornal do Rio de Janeiro sobre minhas posições políticas, esclarecer o seguinte: Eu sou um homem de direita, destro e não canhestro, embora quando fale em direita, prefira defini-la num sentido filosófico, isto é, numa qualificação muitíssimo mais complicada do que a de um simples partido ou de uma orientação política, apenas circunstancial.

Sou um daqueles que não pode acreditar num mundo iniciado a partir da revolução industrial e do Capitalismo nascente, tanto como do aparecimento das ideias socialistas e do Marxismo. O mundo é bem mais antigo e complexo, daí porque os meus conceitos de "direita" e de "esquerda" independem dos critérios modernos aplicados a essa definição. Poder-se-ia até fazer uma espécie de jogo, como uma dialética às avessas, evitando assim, o confronto e as paixões políticas atuais. O plano consiste em confrontar personagens da história antiga, selecionando figuras que se relacionassem com essa minha arraigada convicção de acreditar nas narrativas históricas e suas consequências. Novamente exemplifico: Marco Antônio foi canhestro ao amar Cleópatra sem reservas e por ela tudo perder, inclusive, a honra e a vida. Já Otávio foi obrigatoriamente de direita porque lutou por ideais que confirmavam a sua própria honra e a honra do império abalada pelo desuso das virtudes de seus chefes. O próprio Júlio César - embora tirânico - não foi tão de direita como se supõe. Esteve por várias vezes bem mais do lado da esquerda, o que também não quer dizer, de forma alguma, que a virtude esteja sempre situada à direita e jamais à esquerda. Muito pelo contrário: a esquerda pode ser igualmente virtuosa ou ter suas próprias virtudes, só que estas "qualidades",

---

[9] Aqui o artista faz pausa nas suas anotações referentes ao ano de 1982 retornando às lembranças de 1981 (N. do E.).

a mim não agradam. Na arenga do duque de Castries contra D'Alembert e Jean-Jacques Rousseau, prefiro ficar com o duque, quando este afirmou: "Esses senhores não têm sequer mil escudos de renda e querem entender de todas as coisas".

10 de maio

Fenícia reaparece esboçando um poema. São apenas duas pequenas linhas, mas para mim é o que basta. Tudo foi definido nas mais variadas direções e torna-se impossível elucidar seus propósitos, quando ela diz:

Ele sabe tanto quanto eu,
entramos no mesmo sistema.

Talvez tenha sido o único momento em que, distraída, permitiu-se admitir "que eu sabia tanto quanto ela". No entanto, logo depois sorriu quando lhe perguntei – não sem uma certa avidez – o significado do que disse. A dúvida continua, mesmo sabendo tanto quanto ela...

11 de maio

Faço um desabrido comentário sobre Frei Joaquim do Amor Divino Caneca. Embora reconheça o seu bonito nome, pareço duvidar se teria sido assim tão bela a sua ação. Que me perdoe o poeta João Cabral de Melo Neto, com o seu extraordinário "Auto do Frade", mas não comungo com as atividades "revolucionárias" do frade carmelita. Por mais bem intencionadas que fossem as propostas da Confederação do Equador, não vejo onde um religioso se permitiria envolver. Acabou espingardeado por ordens do bravo D. Pedro I que, achando pouco, autorizou o Conde dos Arcos a sequestrar de Pernambuco terras do Alto São Francisco e um outro bocado do litoral sul, fazendo nascer a província das Alagoas. Frei Caneca seria muito mais *revolucionário* servindo ao espírito de sua religião, cujo evangelho cumprido à risca não deixa *pedra sobre pedra* de qualquer reino da terra, por mais poderoso que este fosse, do que aderindo à suspeita causa política da Confederação do Equador.

Giscard D'Estaing perde eleições na França. Novamente a Queda da Bastilha. Pouco a pouco somos nós todos aqueles supostos detentores da grande tarefa de comando que estamos perdendo o grande leme da história. Depois, então, toda a história será de novo escrita às avessas. Talvez um dia, quem sabe, passados muitos e muitos verões, em uma gloriosa manhã, um hirsuto e tresloucado guerreiro mais uma vez coloque uma coroa de ferro na cabeça e, a golpes de espada, faça estremecer o gentio.

O universo sonha os seus próprios sonhos permanecendo acordado. Nós sonhamos dormindo sonhos que sonhos são.

Borges tem razão quando afirma: "É bem provável que cada fato e cada coisa sejam únicos".

12 de maio de 1981

> *Mas todos nós somos como o imundo, e todas as nossas justiças como trapo de imundícia; todos nós murchamos como a folha, e as nossas iniquidades como um vento nos arrebatam.*
>
> Isaías (cap. 64 - v. 6)

21 de maio de 1981

Do livro *O equinócio dos deuses*, do ocultista inglês Aleister Crowley: "Faze o que tu queres, há de ser tudo da Lei. Não existe lei além do Faze o que tu queres".

22 de maio de 1981

"Ambiesquerdo é o contrário de ambidestro." O primeiro seria desajeitado das duas mãos, desastrado, inábil, incompetente, o que é, talvez, o meu caso.

Começo a modelagem de placas cerâmicas dos basiliscos (relevo) que irão revestir as quatro colunas do *Templo do Ovo Primordial*. Como sabemos, o basilisco é um monstro fabuloso (lagarto) saído de um ovo posto por um galo e chocado por um sapo. Monstro lendário com o poder de matar com a vista ou o bafo. Conjuntamente aos *Pássaros Rocca*, serão os defensores do *Templo* erigido ao *Ovo Primordial*, portanto, aqueles que devem lutar pela preservação da vida.

5 de junho de 1981 – sexta-feira

Um tema aparentemente extravagante. Um pintor trabalha o mesmo quadro sucessivas vezes. Sempre a mesma paisagem, sem nenhuma variante a não ser um possível deslize do seu pincel. No entanto, ele teima em dizer que são quadros diversos com assuntos diferentes. "Não são os quadros que são iguais", ele diz. "A natureza é que é sempre invariável." Se não me engano, Kafka já mencionou um tema semelhante.

À noite, os faróis do automóvel incidem sobre dois cavaleiros retardatários que penetram com os seus cavalos na mata escura. Um deles, galgando o barranco, força sua montaria ao saltar um fosso e, neste gesto, se reclina todo para evitar os galhos de uma frondosa mangueira de copa baixa. Vislumbro um perfeito Gauguin nesta bela cena noturna. Aliás, Gauguin, apesar dos seus amores pelos trópicos ensolarados, permaneceu sempre um pintor sombrio e noturno, à maneira de toda a arte egípcia e pré-colombiana que representam o auge de duas culturas noturnas. Adorar o sol não pressupõe uma arte solar, e não é o bastante para afugentar as trevas do espírito que se avizinham e que terminam por predominar.

20 de junho de 1981 *(Mata Redonda)*

Estudos na escuridão. Como pintar um quarto escuro com os seus intermitentes raios de luz invadindo os recantos mais escondidos da alcova, o que faz transformar este intenso negror em trevas alucinantemente coloridas?

Olho a torre de Mata Redonda. Não posso evitar de olhá-la, muito menos ignorar as suas dimensões que começam a se agigantar. Eu a olho cismarento e, às vezes, surpreso por tê-la feito construir.

Dizer uma só coisa inúmeras vezes. E por que não? Reparem no uivo do lobo, como é insistente. Imaginem se ele uivasse apenas uma única vez. A quem ele convenceria?

12 de agosto de 1981

Oferendas e traições. No conjunto tudo parece degringolar.

Visita do filósofo espanhol Julián Marías acompanhado do poeta César Leal.

18 de agosto de 1981

Manhã fulgurante de platina. Tarde ensombrecida pelo chumbo. Não se trata de nenhuma observação poética, e sim da realidade trivial. Basta olhar para ver.

Continua a construção do *Templo do Ovo Primordial* no *Labirinto de esculturas*. Uma pesada e elefantina arquitetura, com enormes colunas de seção quadrada, por onde sobem *basiliscos*, encimada por uma cúpula hemisférica de bronze, vazada em vidros na cor turquesa. Montado no topo dessa cúpula rodopia um galo de cata-vento, igualmente em bronze.

Resolvi colocar em torno das quatro paredes do *Templo* agressivas protuberâncias em forma de presas de elefante. Essas formas realizadas em cerâmica se repetem igualmente no interior da construção, como uma advertência aos incautos de que o ovo estará sempre bem guardado. Com a presença dessas protuberâncias, o *Templo*, que antes tinha uma longínqua lembrança com certas obras neoclássicas, transformou-se num vigoroso e selvagem baluarte sagrado. O que era moderno passou a ser arcaico.

8 de outubro de 1981

Antes da fuga ela disse: "Leia agora os seus romances".

10 de outubro de 1981 – sábado

Ela desfechou o golpe final, o chamado tiro de misericórdia. "O seu sofrimento", disse-me ela, "que tenho a ver com tudo isto?"

Telefono para saber as horas. São 18h29m. Estou só. Como é horrível confessar tal coisa. Chegou a hora de partir para o deserto, beber até a última gota do cálice amargo.

14 de outubro de 1981 – quarta-feira

A despedida realizou-se num banco de jardim público. Aliás, nem era mesmo um jardim, e sim algo parecido com uma repartição pública que tem, àquela hora da manhã, seus parques abertos à entrada dos funcionários. Não posso atinar como ela veio a conhecer aquele lugar. Jamais me ocorreria a ideia de encontrá-lo, mesmo que eu passasse dezenas de vezes à sua frente. Era um lugar remoto, sem nome, e por que não dizer desagradável. Perguntei-lhe se já o conhecia e como o descobriu. Respondeu-me que entrava ali, também, pela primeira vez e, se o fazia, era porque os portões estavam abertos. Ficamos sentados no banco, lado a lado, numa boa meia hora, absortos e falando vez ou outra em generalidades, eu mais do que ela. Enfim, um diálogo de surdos. Num certo momento (estávamos muito próximos) olhei a sua face, talvez pela primeira vez, com olhos de espanto, para verificar como o seu rosto irregular parecia esculpido na pedra: nariz rombudo, olhos divergentes e sem uma cor definida, boca infantil, cujos contornos excessivamente avermelhados produziam uma espécie de repulsa; sobrancelhas inexistentes e o queixo pontudo como uma lança.

Não era hora para pensar em literatura, mas não pude deixar de associar aquela situação às sensações do pobre Swann[10] diante da tez pálida de Odette: "As suas faces demasiado magras, os traços cansados, os olhos pisados, tudo aquilo que – no decurso das sucessivas ternuras que tinham feito do seu durável amor um longo esquecimento da imagem primeira, que recebera de Odette – tinha deixado de notar, desde os primeiros tempos da sua ligação e nos quais certamente a sua memória fora buscar a sensação exata. E com essa intermitente grosseria que lhe voltava logo, que ele não mais sofria e que rebaixava o nível do seu caráter moral, exclamou consigo: E dizer que eu estraguei anos inteiros de minha vida, que desejei a morte, que tive o meu maior amor por essa mulher que não me agradava, que não era o meu tipo!".

Depois, saímos em automóveis diferentes, mas logo adiante, quando o caminho bifurcava, ela parou e desceu, abrindo a porta do meu carro, esgueirando-se para perto de mim numa tentativa de beijar-me à face, o que fez muito canhestramente, deixando-me com o rosto molhado de baba. Então, disse-me adeus e partiu, agora finalmente, para sempre.

28 de outubro de 1981

> *Estou fazendo como os brancos e falando demais*
> *das coisas que não são conversas para homem*
> *quando falam um com outro.*
>
> Conrad

---

[10] De há muito que eu desejava reproduzir este trecho de *Um amor de Swann*, na íntegra, como uma espécie de vingança pessoal contra algumas mulheres que me fizeram sofrer. Para mim, bem mais contundente do que alvejá-las a tiros (N. do A.).

Saiu *Caim* do forno, com uma enorme cabeça, forte, pequeno e entroncado, vestindo uma rústica pele de animal. Terá agora o seu lugar no *Pátio de Esculturas*. De seus olhos, correm lágrimas de sangue; acima dele, a cruz como símbolo de perdão, tenta apaziguar uma culpa que não foi só dele.

Debalde recordar que esta lamentável figura nasceu de um romance de John Steinbeck, *A leste do Éden*, lido nos anos cinquenta. Como o escritor norte-americano, assim resolvi, à minha maneira, fazer justiça ao próprio Caim. Ele que foi acusado de culpas mais pesadas do que os seus ombros poderiam suportar.

14 de novembro de 1981

Fenícia está longe, montada em cima de uma motocicleta, rodeada de amigos e amigas e, não sei com que intuito, acaba de me telefonar para dizer que está de saída, a fim de assistir a um show de Robertinho do Recife, "guitarrista de amedrontar", como ela declara debaixo de um sorriso que repercutirá mil anos-luz. Emudeço.

18 de novembro de 1981

Finalmente a cúpula de bronze sobe para o seu lugar definitivo. Presencio toda a delicada e difícil operação de transporte da peça que pesa mais de oitocentos quilos, sem alegria e sem surpresa: "Eu sabia que esse templo era o lugar que o meu invencível propósito postulava".

19 de novembro de 1981

Amor, só um amor voraz, destruidor, ou então não há amor...

25 de novembro de 1981

À sua maneira Fenícia reaparece. Assistimos juntos ao filme de Bergman, *A vida das marionetes*. Excelente impressão narrativa e, como sempre, diálogos inteligentes e controversos. Contudo, a psicanálise moderna introduzida como explicação de certas atitudes extremas das personagens não consegue encobrir o velho sentido do *destino*, sempre ligado à tragédia grega: não adianta lutar contra o inexorável.

Fenícia reagiu bem e ainda mais enfeitiçou as imagens.

30 de novembro de 1981
Visita de três poetas: Armindo Trevisan, Orley Mesquita e José Mário Rodrigues. Verdadeiramente impressiona o sentimento de Armindo Trevisan, traduzido sempre em gestos e observações de rara espiritualidade. Além de tudo, a sua paixão pela escultura – bem mais que pela pintura – deixam-no sempre à vontade nas suas reflexões sobre esta forma de arte. Seus inúmeros ensaios e livros publicados atestam o seu rigor e conhecimento da arte e da escultura. Presenteou-me um belo livro: *Os sete povos das missões*, cujo texto e legendas são todos dele.

1º de dezembro de 1981
Trêmulo e distante, começo uma nova *Leda*. Tenho consciência daquilo que Armindo Trevisan observou : "O escultor destrói uma certa ordem para, sobre os *destroços* da mesma, erguer outra ordem, a metafórica". Tudo muito bem, mas minhas mãos já não me obedecem.

4 de dezembro de 1981
Poucos dias depois, José Mário Rodrigues disse que Armindo Trevisan considerou a Oficina uma Grécia tropical.

Será que ela pensa que já domina inteiramente a situação? Se assim for, será a minha vez de recuar, pois não suportarei a dose letal. Suporto os "experimentos", não as conclusões. Contudo, ela insiste em dizer: "Quero um coração de loucura para fazer com que o meu *não* fique mais sozinho".

Será que fala em um *não* como um completo princípio de negação e que assim o deseja ainda mais intransigente e solitário, ou será que apenas esse *não* deseja que o seu coração tão sozinho não permaneça junto a tanta loucura? Essa segunda alternativa ameniza o sentido terrível do verso, e até o banaliza.

* * *

30 de abril[11]

Voltando ao *calendário* do ano de 1982, não posso deixar de registrar um fato estranho. Verifiquei que o meu pai havia me visitado por conta do meu aniversário e, no entanto, já havia assinalado neste mesmo caderno a sua morte no dia 9 de março do corrente ano. Se um calendário fictício é capaz de desorganizar as melhores cabeças, imagine se vivêssemos na escuridão permanente de um tempo sem movimento (a dura realidade), como seria difícil sobreviver e achar algum sentido na vida. Os homens constroem suas ilusões, que imperam como sistemas, e ninguém jamais vai tentar provar que tudo isso não passa de pura invenção. Voltemos pois, ao leito do rio que flui, como propugnava Heráclito: "Ninguém se banha por duas vezes na mesma água de um rio...".

Estou agora empenhado num intenso trabalho em pequenas placas de cerâmica superpostas como relevos, numa espécie de *soldagem a fogo*, uma vez que todas essas formas devem aderir umas às outras no momento das diversas queimas. Diferente das colagens cubistas (feitas a frio com qualquer tipo de cola), não é admissível nenhum tipo de material que não seja agregado entre si pelo fogo, aproveitando toda uma iconografia cerâmica, além de uma maior liberdade à própria expressão do material usado, que se deixa transformar pela chama, de uma maneira cada vez mais profunda e misteriosa. Algumas dessas peças parecem mais amuletos e fetiches do que mesmo pinturas e ornatos. O fogo termina por sacralizá-los.

1º de maio – Guerra das Malvinas

Quantas vezes eu vou repetir que a vida é um conto narrado por um idiota? Mas isso não foi dito por mim, e sim por Shakespeare. O que muda inteiramente de feição e no caso atual, o resumo é o seguinte: todo mundo mobilizado para vencer o Jacaré[12]. Acontece que o Jacaré é invencível.

---

[11] Nesta data, o artista retoma as suas anotações interrompidas em 21 de abril de 1982 (N. do E.).

[12] Como a Inglaterra é uma ilha, e a sua silhueta pode apresentar formatos singulares, a meu ver se aproxima da de um jacaré, flutuando a meia nau, com a cabeça voltada para o extremo norte e a cauda na altura de *Land's End*. E, de resto, a armada inglesa é invencível, que o diga Felipe II e Napoleão Bonaparte (N. do A.).

31 de maio

A reprodução não só desconcerta os homens, como acaba por confundir os próprios deuses. Esperava-se deles uma maior sabedoria, talvez um pouco menos de paixão e tolice. Até o nosso Deus achou por bem nos enviar o seu Filho - de certa forma - nascido de uma mulher.

9 de junho

Um estudioso do comportamento animal disse que "para os animais, o território é mais importante que o ninho".

Vez ou outra durmo fora de casa, fato normal para mim. Mas o que não posso prescindir é do território, "meu território".

14 de junho

De frente ela via o pavilhão de seu corpo com suas rugas e dobras simétricas. Por detrás e por cima, o vazio do que não se vê e, enfim, por baixo, os seus pés invisíveis, calçados de areia e sempre tão distantes da cabeça. Como quem mastiga sofregamente, desenho as suas carnes de mulher e, para tanto, mantenho-a sempre suspensa na sua própria idolatria. Talvez por conta disso ela engorda e se faz cada vez mais desejável.

15 de junho

Meu Deus, como é estranho o *Auto de fé*, do escritor búlgaro Elias Canetti. Seguramente não é apenas um livro, uma vez que o autor encontrou uma outra alternativa para narrar a sua história e, com tal poder de demonstração alucinatória, que de repente a própria vida começa a parecer um turbilhão próximo ao caos ou à idiotia. E mais terrível ainda é que esse romance, apenas desperdiçado e sem nenhuma significação (a sua história não é descrita por nenhum tolo), foge inclusive das lamentações plausíveis de todos os outros escritores que por acaso ou obstinadamente abordaram a miserável existência dos homens e suas relações com outras criaturas humanas. Elias Canetti não pede licença para confessar.

Sequer estremece diante de um pobre russo, atormentado e epiléptico... Não blasfema. Diz reto, escuro, como no confuso princípio de tudo que apenas se esboçava: "No início era o Verbo".

21 de junho
Prossegue o cativeiro e, no entanto, ainda acerto trabalhar. Às vezes chego a perfurar a memória em busca de um só momento de liberdade, mas nada encontro: só prisões. O que seria de um artista livre, criando em liberdade? Igualmente, o que seria de um amante com direito a amar com total emancipação? Quantas vezes pensei em loucuras que não teria ousado confessar a ninguém? Ah! se algum dia as mulheres tivessem um pouco que fosse de imaginação. Parece-me que este *dom* lhes é vedado prudentemente pela Mãe Natureza.

22 de junho
Revejo com espanto velhas fotografias de familiares, que pertenciam a meu pai, reencontrando nas fisionomias dos vivos os mesmos rostos dos mortos. Como dizia Arthur Conan Doyle: "Um estudo de retratos de família é suficiente para converter um homem à doutrina da reencarnação".

30 de junho

> *Nada existe sobre a terra por mais vil que seja que não*
> *faça à terra pelo menos algum bem.*
>
> Shakespeare

3 de julho
Noites de pesadelos e de angústias. Vale recordar que somos os herdeiros dos pastores temerosos e dos camponeses aterrorizados.

6 de julho
O tempo passa, mas permaneço no meu "sôfrego desvio". O projeto da grande parede ao lado do *Templo do Ovo Primordial*, terminado ano passado, continua desafiando qualquer tipo de iniciativa, no entanto, dentro do conjunto do *Labirinto de esculturas*, este plano (desenho e execução) se faz cada dia mais necessário.

12 de julho

> *Le hasard ne favorise que les esprits préparés.*
>
> Louis Pasteur

José Cláudio disse hoje, diante de algumas de minhas novas placas cerâmicas, que eu parecia "brincar com fogo". É claro que José Cláudio não ignora a inexistência das obras de acaso, pois nada existe de casual para o verdadeiro trabalho do artista, uma vez que toda a criação é frequentemente o resultado de uma observação impregnada de experiências pré-conscientes ou anteriores. É o *re-percurso* de que nos fala Pavese. O próprio poder de observação em si parte de um processo antecipado. A brincadeira do pintor José Cláudio estava sobretudo na sua exata suposição de quem "com o fogo brinca" lida com forças desconhecidas, sejam elas divinas ou demoníacas.

Novamente recordar Pavese: "Tudo é repetição, re-percurso, até mesmo a primeira vez é uma segunda vez...".

22 de julho

Singularíssima verificação: o Hemisfério Norte se considera aquele da luz, assimilado ao princípio positivo *Yang;* enquanto o Sul, o das trevas, *Yin.* Daí porque os movimentos culturais se produzem sempre do norte para o sul, entre os hemisférios.

27 de julho

Continuo a maldizer e a recordar aquela a quem nunca me foi dado o direito de ver. Reconheceria o seu formato único que me foi proposto em mil parcelas diferentes e, no entanto, sempre fugitivas e estranhas... em sonhos, na vigília, ou de olhos muito abertos. Melhor assim. À sua simples presença ou ao seu menor toque, eu seria o seu escravo submisso para todo o sempre e, então, já não haveria história alguma, nem tampouco por quem esperar eternamente...

29 de julho

Pela manhã, visita do crítico e ensaísta Leodegário Azevedo Filho acompanhado pelos poetas Tomás Seixas e César Leal. À tarde, um grupo de escritores portugueses aumentou o caudal de nossa conversa, com a presença de Agustina Bessa Luís, autora de *A sibila,* e Eduardo Lourenço, entre outros.

Conversei com Leodegário a respeito do seu admirável ensaio sobre *As Cantigas de Pero Meogo,* aproveitando a ocasião para mostrar-lhe uma tela pintada a óleo ano passado, onde enxertei trechos da *Cantiga* como inscrição no perfil de uma jovem marcada, por assim dizer, pelo amor.

Duas anotações encontradas num antigo bloco, que para mim eram seguramente obscuras, mas quando anotadas tiveram sua razão de ser. A primeira diz que o ato de falar é como declarar guerra permanente a uma nação inimiga, onde já não há fronteiras, e é sempre território adverso; a segunda diz que fala-se da juventude por imprudência (impulsos) e tanto mais quando se presume dizer sempre a verdade.

2 de agosto
A prosa novamente se retempera, quando encontro o escritor gaúcho Donaldo Schüler. Ele é culto, sabe das coisas; um tipo convincente, porém modesto, parecendo, inclusive, conhecer o grego, uma vez que após a leitura feita de uma frase de Heráclito, *Tudo flui*, escrita em uma das paredes do *Labirinto de esculturas*, prontificou-se a reproduzi-la no original, e assim o fez num pedaço de papel. Como uma diarista inglesa, colei-o no meu caderno.

3 de agosto
Fascinado pela forma feminina em movimento. Fenícia, seminua, entra e sai da água inúmeras vezes, cabriola e emerge do fundo da piscina, sempre faiscante de brilhos e reflexos. Toma o gosto da água como um peixe, demonstrando infelicidade quando fora dela. Numa certeza momentânea, ela parecia invocar, pelos seus gestos absolutamente inocentes, precisos e graciosos, os nossos ancestrais aquáticos. Indiscutível esta sensação e, naquele momento, o peixe morto era somente eu que apenas aprendera a ver e nada mais; assim mesmo, com a visão deficiente dos peixes.

> *La fesse de femme est une puissance souveraine.*
>
> André Derain

4 de agosto
Na conversa com Donaldo Schüler, por vezes ele me perguntou o significado de uma escultura, e foi diante dos enormes *Pássaros Rocca*, enfileirados em torno da "construção central", que lembrei algumas observações de Freud sobre

Leonardo da Vinci. Elucidação um pouco complicada, é verdade, desde que os Roccas das lendas de *As mil e uma noites* apenas defendiam os seus ovos (suas crias), numa ilha de natureza rochosa, contra a curiosidade malsã dos marujos, chefiados por Simbad. De qualquer forma eram abutres. E no dizer de Freud, na hieroglífica escultura sagrada dos egípcios, figura com efeito a Mãe como imagem do Abutre: "Os egípcios também admiravam uma divindade maternal com cabeça de abutre ou com várias cabeças, onde uma delas pelo menos, era de abutre. O nome desta divindade maternal se pronunciaria *mut*". Uma fêmea abutre e divina que chegava à reprodução, numa determinada época do ano, ao frear o seu voo abrindo a vagina, e se deixando fecundar pelo vento.

Que poderia eu esclarecer de mais sensato se estas "definições" só me apareceram com a escultura já em andamento e, muitas vezes, perfeitamente acabadas? As palavras, em termos de arte plástica, antes da criação apenas atropelam e só muito tempo depois devem aparecer e propor os seus significados.

5 de agosto

A verdadeira arquitetura não faz pacto com a natureza, mas afronta e se indispõe contra tudo o que é natural. Na verdade, *arquitetar* é uma atitude de projeção espiritual. Um luxo do espírito e, portanto, algo sempre antinatural.

Ainda sobre construções: "E o cedro da casa por dentro era gravado com protuberâncias".

Uma obra inútil, dedicada a um culto obscuro e gravada com protuberâncias... Assim deve ser toda a arquitetura, um edifício nada prático gravado com protuberâncias. Continuo o meu trabalho por conta desses relevos que acentuam a agressividade de qualquer construção.

Há quatro dias que estimulo os pedreiros a terminarem com rapidez uma parede que ainda falta receber, em definitivo, algumas das presas de elefante, modeladas em cerâmica.

6 de agosto

Visita de Barbosa Lima Sobrinho no começo da tarde. Conversa densa e proveitosa. A certa altura ele desabafou: "Se por acaso tivessem me contado sobre o seu trabalho e sobretudo descrevessem o conjunto desse cenário, eu diria que era mentira. Alguém estaria no mínimo exagerando, mas, surpreendentemente, acontece que é verdade...".

7 de agosto – O Martírio

No centro do mural cerâmico traçado em forma de cruz, um quadrado onde se insere o Santo Mártir. Nos extremos da composição, duas cabeças zombeteiras e seus algozes. Abaixo e acima, ornatos semidestruídos. Todo o conjunto representa apenas sinais determinativos à procura de uma possível decifração: um Massacre ou um Martírio? Não estou bem certo ainda quanto à inscrição ideal. Qual das duas seria a mais terrível e significativa... Talvez o Martírio seja mais individual, mais solitário, menos coletivo, portanto mais terrível. "Fere-me aquele que mais me ama."

9 de agosto

Continuam todos seriamente mobilizados para vencer o Jacaré, mas acontece, como eu já disse, que o Jacaré é de todo invencível para não dizer imortal. Morre aqui, renasce acolá, como por exemplo: morre nas Malvinas e renasce no Líbano.

Uma vez eu perguntei a um combatente estrangeiro, que havia participado da última grande guerra, qual o soldado que ele não gostaria de enfrentar? Respondeu-me sem mais delongas: "O soldado inglês é o mais feroz e implacável que eu conheço". Tenho ascendência inglesa e concordo com as suas palavras, mas logo me pergunto como é que a nação Argentina teve a inocência ou a desinformação de enfrentar a Inglaterra? E, depois, nem eles nem ninguém no mundo ignora a importância estratégica das Ilhas Falkland para o futuro das nações europeias ocidentais. O antigo império estava ameaçado e ainda não perdera a garra para ferir tão fundo quanto a mais profunda gruta abissal do violento Atlântico Sul.

A episódica composição musical do *Submarino amarelo*, de John Lennon, foi inspirada por drogas ou por um desenho infantil? E quanto à peça de teatro infantil que apareceu muitos anos depois, também baseada num submarino amarelo, a quem se deve, ou melhor, fica por conta de quem? Esta foi a pergunta da jovem Fenícia nascida na aurora da geração dos Beatles.

1. Será a evidente expressão "tagarela infantil" da composição musical que levou ao seu equivalente cênico?

2. Será que a peça nasceu logo depois dos esclarecimentos anteriores de John Lennon, de que se tratava mesmo de uma impressão sobre um submarino amarelo desenhado por uma criança?

De resto, que diferença faz essas ligeiras divergências, se as duas fontes, a do simples efeito de drogas e a outra, nascida de infantilidades, são todas consequências de um mesmo retorno a um pretenso estado de graça? Aliás, diga-se de passagem, um estado difícil de ser alcançado mesmo por crianças, por simplesmente drogados, ou até por aqueles que pretendem a santidade.

11 de agosto

Como tudo está terminado, proponho o jogo extremo e Fenícia não aceita. De sua parte ela também deve pensar que sugere os seus jogos e eu igualmente não chego a percebê-los. Nesta disputa de ilusões, acabamos sempre por chegar a um final desastroso.

Ao cair da noite, neste momento preso pelas circunstâncias, sou obrigado a escutar tolices tais como: "não há noite sem amanhecer", ou então, pior ainda, este sempre encabulado e obrigatório "finalmente".

18 de agosto

> *Gente como Samuel Beckett e eu percebemos*
> *que a realidade não era realista.*
>
> Eugène Ionesco

Mesmo que não seja intencional, uma aproximação com uma pessoa famosa provoca em quem a encontra um inevitável mal-entendido. Nem sempre o "famoso" usufrui ou tripudia da tribo de desconhecidos que lhe atravessam o caminho. A sua curiosidade poderá ser aguçada ou permanecer na mais perfeita indiferença. Em todo o caso, não sendo cego, não pode deixar de ver e de referendar o desconhecido (ou desconhecidos) pelo menos com um "bom-dia", o que será prontamente atendido com um outro "bom-dia". Mas isso não deve parar tão somente nesta primeira etapa, mas prosseguir num ritmo agônico em direção a uma situação insólita: imagine ter de lidar com um dos criadores do teatro do absurdo, logo eu que, mesmo à distância - tropicalmente intransponível - pretendia não só ser uma das vítimas da doutrina, como também um dos seus mais caprichosos militantes.

O estilo do diário não deve mudar e os dias se somarão a dias sem rima e sem razão, quando será inevitável uma mudança de conceitos – mesmo que não haja um propósito nesta modificação. Todavia, a coisa começou com um telegrama número 1.061, de 10 de agosto de 1982:

Prazer convidar Vossência assistir conferência Eugène Ionesco sobre sua obra Reunião Extraordinária Seminário Tropicologia Fundação Joaquim Nabuco, dia 13 de agosto, às 15:00, Av. 17 de Agosto, 2187 – Casa Forte – Recife. Solicito a confirmação de sua presença. Saudações Gilberto Freyre – Diretor-geral Seminário Tropicologia.

Não fui à reunião extraordinária do Seminário de Tropicologia. Preferi ficar na minha *Cidadela*. Eu sabia que a perda seria inestimável, mas tinha certeza de uma possível retribuição, o que veio a acontecer e que não deixarei de relatar. Um dia antes, isto é, 12 de agosto, estava presente no almoço da minha casa e falei com Deborah do destino das obras de arte, das inúmeras e angustiantes propostas dos artistas e, depois, da maneira como os outros se dispõem à vontade e sem cerimônia a interpretar alegremente *o doloroso festim*. Poderia ter acrescentado nesta interminável lista de equívocos, o *Alice no País das Maravilhas*, de Lewis Carroll. Também não lembrei do *Locus solus*, de Raymond Roussel. Engraçado é que não tenha feito nenhuma menção à presença de Ionesco no Recife. Talvez porque soubesse das suas idiossincrasias literárias: ela não era mulher de *absurdos*.

Sábado, 14 de agosto, apareceram de visita Eugène Ionesco e sua mulher. "De visita", à maneira como nossa mãe costumava fazer todas as quartas-feiras às suas amigas, me carregando ainda criança, a tiracolo, senão, às vezes, até amarrado. Malditas visitas. Em todo caso, apesar das diferenças de linguagem e sobretudo de *códigos*, encontrava-me diante da magnífica oportunidade de conhecer uma dessas figuras que deixam tontas algumas gerações e eu estava incluído nesta manada. Na medida do possível e com a paciente ajuda da filósofa Maria do Carmo Tavares de Miranda, pudemos, entre outras coisas, pelo menos dizer *bonjour*. E, de algum modo, não deixamos, tanto ele como eu, de externar alguns "esboços de pensamento", como cabia a duas pessoas que, se encontrando, sentem a famosa necessidade (quase uma cócega) de falar. Por mais sábio e genial que ele fosse, pisava um território estranho que lembrava em tudo "as áreas em que Canterel fazia as experimentações com 'Demoiselles', dentes humanos de várias tonalidades e aquários cheios de cavalos-marinhos". Acrescente-se alguns cisnes negros, da Austrália, sendo que uma dessas aves tinha por nome Agostinho, um dos doutores da Igreja. Pois é, o dramaturgo do absurdo também não se sentia à vontade. Seu rosto expressivo, rosado purpurino, era por si próprio uma máscara perfeita de comediante, mas poderia ser também o rosto trágico do Rei Lear traído, pesaroso e enlouquecido. Predominavam, no entanto, as poderosas rugas que construíram secularmente a face mutável dos comediantes de rua ou de circo.

Fiz questão de dizer-lhe que todas as suas entrevistas concedidas aos jornais brasileiros do sul foram admiráveis e, por que não acrescentar, uma grande "lição". De resto, *bonjour,* e acredito sinceramente que "não nos saímos de todo mal, Monsieur Ionesco". Aliás, não falamos senão do óbvio à maneira do seu teatro, do óbvio consciente, do óbvio obscuro, das frases entrecortadas e repetitivas, como no *Le roi se meurt: c'est mauvais signe.*

26 de agosto

O que vai dizer a direção geral?

Ionesco

Na sua peça mais famosa, *Rhinocéros,* Ionesco diz que "todo mundo sabe o que é um gato". Estou de acordo. Mas, talvez, as coisas às vezes se confundem ou se complicam. Ninguém tem a obrigação de ser atento e nós somos naturalmente desatentos. E, de resto, a *verdade* desacreditou-se a partir da cruel indagação de Pilatos.

O assunto, além de comentar a visita do famoso dramaturgo Ionesco à minha oficina de trabalho, foi registrado com as datas autorizadas do mês de agosto de 1982. Outrossim, a ilustração que não passava de um mero registro fotográfico de um casal ilustre, acompanhado da filósofa Maria do Carmo Tavares de Miranda, acabou se transformando numa montagem colorida com lápis. Ionesco aparece duas vezes: uma como pessoa e a outra como um baixo relevo, numa coluna de argila. Madame Ionesco flutua no ar semelhante a uma figura de Chagall. Maria do Carmo mantém-se plácida. Olhando a cena, ao lado da coluna onde o escritor está entronizado, eu demonstro perplexidade. Quanto a uma sexta figura, está de cabeça para baixo e ninguém a identifica. Tenho certeza que Ionesco aprovaria esta montagem.

Ele adverte aos interessados que tudo o que pensamos ser uma força de exceção acaba por desaparecer. O que nós queríamos provar não interessa mais a ninguém. "Eu tenho a impressão que não há razão para nada. Tudo é contestado." Porém, insiste Ionesco: "Perguntar sem se responder é mais profundo do que não se perguntar. Quando tomo partido, eu sempre me pergunto por que tomei e achei que não devia ter tomado. Por que a gente pensa o que pensa? Sou mais autêntico quando expresso nas minhas obras a surpresa e o desespero. Todas as perguntas são peças do impulso original. É como a pessoa que vai participar de uma exploração e não sabe o que vai encontrar no fim do caminho". E ainda segundo o autor, "a perenidade da arte reside exatamente neste esforço, do artista, em não permanecer apenas naquilo que já se conhece, porque a novidade se impõe. A ânsia de mostrar o real sob novo aspecto. E quando assim o faz, o artista não está inventando, mas descobrindo por que invenção e descoberta se identificam".

– Eugène Ionesco não pretende com o seu Teatro do Absurdo denunciar o absurdo? – indagou um repórter em São Paulo.

– Não existe coisa mais estranha e absurda do que existir no mundo, porque desde que o mundo exista, tudo é possível. Tudo é incompreensível porque a existência é que é absurda. A condenação de um justo é a única coisa que não é absurda. Acontece todos os dias. Sempre se condena os justos. A gente não condena os criminosos. Mesmo São Luís, que fez massacre na Tunísia, é considerado como um rei e como um santo.

Falei-lhe desta entrevista e ele olhou para baixo com uma expressão enigmática, como se propositadamente flexionasse os músculos da face para gravá-la numa despropositada mímica entre o horror e o sarcasmo. Conheceria esse homem a piedade? Quanto a mim, talvez confundisse minha debilidade com a compaixão. Ele, como Salvador Dalí em outra circunstância, poderia afirmar: "Não tenho sentimentos".

Não seria de todo absurdo, e aconteceu que não esqueci de colocar à disposição de Ionesco – caso retorne ao Brasil – todo este vasto cenário de "meu próprio teatro". Quem sabe, algum dia pudesse lhe interessar a representação do seu ainda inédito *Viagem ao país dos mortos*. Ionesco não respondeu, mas gracejando disse que o tempo não estava contando para ele e que esperava nos próximos trinta anos dedicar-se à pintura e, em seguida, mais trinta anos à dança, que sempre o fascinara e, finalmente, voltar à literatura. Ele ainda esclarece que o absurdo não é um fenômeno novo no teatro ou na literatura, podendo ser citado do *Macbeth*, de Shakespeare, ao Rei Salomão. Então, quando ninguém esperava, recitou em voz roufenha os famosos versos de *Macbeth*:

Apaga-te, Oh apaga-te,
precária vela! A vida é tão somente
uma sombra que passa; um pobre ator,
que no palco se entona e se aborrece
em sua hora e depois não mais é ouvido:
é uma história narrada por um idiota,
cheia de som e fúria que não quer dizer nada.

Depois que eles saíram abri o seu livro *Le roi se meurt* e lá estava escrito:

Le Roi
J'y avais pensé.
Marguerite (La Reine)
Jamais sérieusement, jamais profondément,
jamais de tout ton être.

1983

Propriedade Santos Cosme e Damião

6 de janeiro

> *Eu servia-me de temas como pretextos para me obrigar a falar.*
>
> Albert Camus

Continuo a leitura final de *Morte a crédito*, de Céline, e, prosseguindo, não me furto à comparação com o seu admirável *Viagem ao fim da noite*, escrito, segundo me parece, alguns anos antes e incomparavelmente melhor. Os detalhes autobiográficos de ambos diferem o que é história e conto no primeiro e – embora cruel – no segundo é memória desgastada no horror da própria devassidão. O escritor, nas suas inúmeras incursões pela fisiologia, não chega a ser sujo ou meramente pornográfico, mas apenas estranhamente inconsequente. Quase uma espécie de esforço inútil para quem já demonstrara o quanto podia alcançar e desvendar. E, depois, como pode o médico Céline (Dr. Destouches) nos fazer esquecer um só momento, em prosa cirúrgica, sua reconhecida condição profissional? Portanto, como ousa, por exemplo, fazer pouco caso de algumas de nossas pobres funções orgânicas? Não é questão de se cortar fundo na carne ou no espírito; é por assim dizer... É, meu Deus, alguma coisa vazia como os porões do nada.

O gênio de Céline, e sobretudo a sua condição de médico, repito, lhe interditaria *tais brincadeiras*. Se outros escritores ou mesmo pessoas de profissões diversas o fizessem, seria compreensível neste vasto arsenal de tolice e danação. Tais desvios ficariam por conta de atitudes perdoáveis, em tudo semelhantes aos que pecam porque "não sabem o que estão fazendo". Salvo o episódio da máquina "telúrica" e das batatas fedorentas, já no fim da narração, quando o livro ganha repentinamente qualidade, não vejo por que recomeçar toda a leitura numa vã tentativa de elucidá-la. Todo o livro parece ter como meta a infernal maquinação telúrica, capaz de produzir estranhas, monstruosas e insignificantes batatas podres. Será que Céline se esforça tanto para "demonstrar" o homem, todos os homens, como semelhantes a batatas nojentas, esburacadas, cheias de saliências, sujas, apodrecidas e ainda por cima bichadas? Sim, não resta a menor dúvida. Em Céline, na sua bela literatura cheia de morte e desprezo, sobressai o seu estilo, pois ele é único, inovador, letal como o veneno da podridão. Poucas vezes um universo de destroços falou tanto e sem nenhum intervalo. Deve ter espantado o próprio demônio na sua despropositada vontade de ferir o ferido, de envenenar o envenenado, já sabendo de antemão - melhor que ninguém - os segredos desse pequeno universo humano. Todo um universo cruelmente corrompido, perdido nos profundos porões do *pecado original*, e isto, muito tempo antes dele, Céline, ter pensado sequer em pecar...

A leitura de duas resenhas críticas abordando o escritor e o seu livro *Morte a crédito*, em certo ponto, coincide com as minhas impressões. Apenas, segundo verifico, exagerei como leitor (e não como crítico) na severidade do julgamento quanto ao homem e quanto a sua escabrosa condição profissional. Não estava, contudo, enganado, desde que a confirmada adesão do escritor ao Nazismo demonstra exatamente aquilo que Bergman tão sutilmente provoca na sua fábula política de *O ovo da serpente*, ou seja, as inúmeras "experiências médicas" feitas com seres humanos. Acrescentaria a esse "museu de horrores" o mais admirável ensaio que conheço sobre o Nazismo, o "Réquiem pela Alemanha", de Jorge Luis Borges, onde um fictício nazista Otto Dietrich zur Linde faz as suas derradeiras, lamentáveis e infamantes confissões. Igualmente menciono os belos textos de Howard, como a referência a Plotino, cuja citação reforça a ainda hoje singular posição daqueles que sabem de fato ler e ver numa percepção direta da realidade o explosivo coração da matéria.

12 de janeiro

Em função do meu trabalho no *Labirinto de esculturas*, começo a cultivar leituras das mais diferentes origens. Ninguém pode fugir das referências, e foi o que aconteceu diante desse belo texto de Howard, "Angkoor e a Janela Dourada":

"Em cada canto surgiram os restos implacáveis de uma outra época, esquecida: enormes pilares quebrados, erguendo aos céus seus cumes escarpados; longas linhas indecisas de muros desmoronados; ciclópicos blocos de pedras caídos; imagens despedaçadas, de feições horríveis e semi-apagadas pelos ventos corrosivos e por vendavais de poeiras. De horizonte a horizonte nenhum sinal de vida: somente a amplidão impressionante do deserto, cortada pela linha errante do leito de um rio já há muito seco. No meio dessa vastidão, as garras cintilantes das ruínas, as colunas em pé como mastros rebentados de navios afundados - tudo dominado pelo domo imponente de marfim, ante o qual Shevatas de pé, tremia".

13 de janeiro
Forgets himself to marble. É isto mesmo: se deixar empedernir.

Eu me vejo como Howard, desejando saber desses escultores desaparecidos:

> *Que sonhos tinham, os que esculpiam estas*
> *coisas ermas?*
> *Ante estes deuses, quais*
> *as vítimas que sangraram e morreram?*
> *Qual a galera purpúrea que singrava estas praias*
> *trazendo tributos para quais reis do mar?*
> *Mas agora eles reinam em terras esquecidas*
> *olhando eternamente para além da maré.*

14 de janeiro
Não estou de forma alguma equivocado quando obscureço os *significados* do meu trabalho. Um depoimento de Federico Fellini - divulgado há uns dois anos - confirma os meus propósitos. Falando sobre *A cidade das mulheres* (1980), o diretor insiste sobre a obscuridade, a relação com a parte negra, com a parte desconhecida, com a noite e com a água; qualquer tentativa de explicação racional só pode privá-lo do seu aspecto enigmático, do seu lado de esfinge, que é o que ele tem de mais verdadeiro.

"(...) ele tende a ser evasivo, impalpável, com todo este mistério em torno dele que é próprio do feminino, da mulher."

15 de janeiro – sábado
Quanto maior o artista, maior a necessidade de usurpá-lo, pois nesta usurpação vicejam lado a lado o entendimento profundo e a inveja inevitável, daí porque aqueles que imitam não sentem remorsos.

Os mesmos ritos da noite. Fechado por todos os lados, sem a coragem necessária de enfrentar o vazio dessas horas. Recomeçar no outro dia? Nada se recomeça quando o fio foi quebrado. Como uma aranha, é preciso fazer nascer um outro (se já não é demasiado tarde). Estas conquistas exigem sempre renúncia e sacrifício tão radicais que, para tanto, não estaria preparado.

Prosseguir neste escuro ainda é um disfarce. A coragem seria aquela de sair no branco total.

15 de dezembro

As eternas feridas da existência.

Friedrich Nietzsche

Leitura aplicada de um velho artigo sobre o pintor Goya, editado na revista *L'Oeil* (*"Nouveau Regard sur Goya"*, outubro de 1970), de Fred Licht. Curiosíssima e inteligente reflexão diante de algumas pinturas de Francisco Goya, onde o crítico, de maneira precisa, sublinha as afinidades do pintor com a sensibilidade contemporânea. Poucas vezes tenho observado tanta nitidez e propriedade de linguagem numa dessas observações singulares sobre as *Majas*, tão precisamente concluídas, como se na verdade o escritor tivesse convivido com o pintor e penetrado nas suas mais recônditas intimidades. Eu diria mais que um simples testemunho, talvez o veredicto completo, diante de uma confissão extrema. Algo que esteve de fato ao alcance dos seus olhos e de suas inalcançáveis antecipações. Algumas outras pinturas foram escolhidas, além das *Majas,* para esta abrupta análise: *El Garotillo*, *Os bebedores de sopa*, *Autorretrato com o Dr. Arrieta*, *A Junta das Filipinas*, *Os fuzilamentos*, *Retrato de Dom Manoel Osório*, e também *Os retratos da Duquesa de Chinchon* e aquele do *Rei Ferdinando VII*, além do *Balão.*

"Nós gostaríamos de parecer homens modernos - adverte Fred Licht - da forma como o pintor David os concebia: livres, conscientes, transparentes mas, no entanto, somos apenas homens do tipo que Goya vislumbrava, isto é, covardes, duvidosos, assustados e o mais das vezes viciosos. Existe entre Goya e todos nós, uma cumplicidade demoníaca que nos atinge a cada instante." Fred Licht observa que no tocante aos sentimentos ligados ao amor e à morte vê-se que o pintor exprimiu essas duas forças elementares sob o aspecto especificamente moderno. O amor encontra sua interpretação mais brutal, mais impudente, precisamente nas famosas e sempre instigantes *Majas*: "Toda a comparação parece vã entre estas pinturas e as representações anteriores de figuras femininas, vestidas ou nuas. Uma revelação crua, cínica e terrível da nudez feminina que se distancia de toda a tradição tácita em que a beleza apenas sacraliza o tema do amor". Goya, ao que parece, vira a página da beleza idealizada no mundo antigo e nos propõe o amor tal como o séc. XIX o concebeu, de Stendhal a Baudelaire, de Barbey D'Aurevilly a Schopenhauer.

Mais uma vez Fred Licht nos faz lembrar que o nu é extremamente raro na arte espanhola e que não se conhece, de todo, nenhum equivalente em quadros europeus, mostrando o mesmo modelo nu e vestido. No entanto, esta idiossincrasia espanhola não parece tão radical quando os artistas representam "monstruosidades", como é o caso das monstruosas figuras de Juan Carreño, por ele mesmo apelidadas de *Monstrua desnuda* e *Monstrua vestida*, duas pinturas da coleção do Museu do Prado.

Seria excessivo pensar – indaga o crítico – que o pintor Goya de uma maneira indireta e sarcástica fez referências a obras anteriores, desejando apenas transformar suas Majas em monstros de sexualidade, assim como Carreño representou monstros da natureza? No tocante a Goya, esta visão daqui por diante não mais parecia representar o amor como símbolo da força que dá a sua harmonia e seu sentido ao universo: "Transforma-se assim num prazer fugitivo que encontra seu verdadeiro sabor apenas na perversidade gratuita. Estamos portanto diante de uma carnificina, ou seja, em confronto direto com a carne... O único sentimento que permanece é um sentimento de escárnio".

É justamente nesta revelação de realidades sem disfarces que se caracteriza e impõe toda a revolução do nu no século XIX. Não resta a menor dúvida, nas apreciações do crítico e sobretudo quando exemplifica e compara imagens, que ele o faz com rara perspicácia. A evocação dos monstros de Carreño no passado e os seus equivalentes títulos modernos, como a *Olympia*, de Manet (1863), e o *Nu com bouquet de flores*, de Wilhelm Trübner (1872), não poderiam ser mais pertinentes: "Mesmo que a *Olympia* de Manet, do ponto de vista de composição, nada deva a Goya e tudo a Ticiano, a relação 'carnal' entre Goya e Manet é evidentíssima. Os dois quadros, tanto o moderno quanto o antigo, mostram uma mulher nua no seu quarto, se exibindo friamente a um suposto visitante. Quanto à análise sobre a tela do pintor impressionista alemão Trübner, a condição ainda é mais significativa, pois a posição do modelo, tanto como o buquê de flores, são reminiscências diretas da *Olympia*. Mas tudo aquilo que é apenas sugerido por Manet é laboriosamente sublinhado por Trübner da maneira mais prosaica. A figura da mulher (ou aquilo que aparece dela) nada mais é do que um objeto disponível, deliberadamente manipulável ou fragmentável, apenas para conseguir certos efeitos de composição. Nada subsiste daquilo que inspirou durante séculos toda a pintura ocidental".

Não transcrevo e traduzo o restante dos comentários sobre outras telas de Goya porque o estudo é longo e sobretudo pelo meu interesse maior pelas *Majas*. Contudo, faço uma exceção à parte final, onde o crítico fala dessa estranha paisagem com um balão[13], de Francisco de Goya: "Completamente imóvel no céu, o balão está carregado de um poder sinistro e ameaçador que espalha o pânico nos espectadores terrestres. Enigmático, perigoso, talvez, o céu deixa de ser o símbolo das delícias e das mais puras aspirações humanas, para se transformar numa fonte de terror. Na próxima vez que um artista sentir a necessidade de pintar um quadro lembrando as conquistas aeronáuticas do homem, o mundo verá nascer o *Guernica*, de Picasso".

19 de dezembro

Ainda penso em desenvolver o tema sobre a dupla pintura das *Majas*, relembrando episódios não abordados por Fred Licht, mas, na realidade, nada de sério que pudesse se confrontar com a sua magnífica e estonteante reflexão; pelo contrário, levá-la um pouco à superfície pelos caminhos da trivialidade. É bem verdade que o crítico nada esqueceu de essencial, incluindo esse aspecto curioso e anedótico a respeito de uma possível identificação do modelo para as *Majas*. Se ele não fala na duquesa de Alba que supostamente poderia ter sido o modelo de Goya, do outro lado revela em traços mais largos e profundos a insólita venalidade destas duas pinturas: "Estendidas sobre um móvel sem estilo e de mau gosto, absolutamente desprovido da mínima opulência, do menor luxo, elas não oferecem senão uma espécie de sedução vulgar, difícil de se olhar. Mas acontece que o caráter do amor moderno é tal que as *Majas* despertam um desejo que quanto mais intenso mais parece contaminado de desprezo e de desgosto... Basta meditar um instante no paradoxo irônico das formas moles, quase inchadas da *Maja* nua em contraste total com a sua pose rígida e inconfortável, mesmo suposta".

Eis aí em linhas gerais, revelado de uma maneira elegante, a possibilidade das *cabeças trocadas*, isto é, alusão verídica de que aquele corpo em pose rígida

---

[13] Referência ao quadro de Francisco de Goya, *Le Ballon* (1818/1819), óleo s/ tela, 83 x 103cm, *Musee Des Beaux-Arts*, Agen, France. (N. do E.).

e desconfortável não poderia suportar a posição de uma cabeça que outra não era senão a da própria duquesa. Enfim, é como se estivessem diante de uma fria consecução de uma chantagem moderna: a cabeça de uma dama no corpo venal de uma prostituta. De resto, nos dois quadros estas duas cabeças avultam deslocadas de toda a composição. Por assim dizer, estão fora da superfície da tela como se aflorassem de uma falsa janela, ou então fossem simplesmente recortadas e coladas sem grandes cuidados num corpo alheio. Tanto podem parecer com uma moderna fotomontagem, quanto com algumas destas fotos de feira, onde as cabeças dos candidatos à fotografia emergem de telões expressamente pintados com figuras grotescas ou animalizadas.

Não culpo Fred Licht. Acontece que analisando as circunstâncias desse duplo conjunto de *Majas*, o crítico não fala uma vez sequer nessas duas cabeças e de suas diferentes expressões. Pergunta-se: elas são iguais, absolutamente idênticas? Longe disso. São até bastante diversas, embora sejam, sem dúvida alguma, da mesmíssima pessoa, digamos assim, pessoa com diferentes maquiagens e por que não dizer com diferentes atitudes. A cabeça da *Maja desnuda* é bastante reveladora e sem exagero, eu diria: eis aí a verdadeira identidade do modelo. A da sua sósia, a *Maja vestida,* é falsa e apenas complementa a primeira. Compreenda-se que, uma vez visto aquele rosto de uma terrível demência sexual, jamais poderíamos esquecê-lo, daí porque são dois corpos em uma única face: a monstruosa face negra da sexualidade. Goya descobriu esse segredo e foi certamente, de uma maneira terrível, o precursor da atual pornografia como o mundo moderno a entende. É inquestionável que a *Olympia*, de Manet, seja uma neta direta da *Maja desnuda*. Mais uma vez não é o corpo gracioso do modelo Victorine Meurent (então com apenas dezesseis anos) o centro de toda as atenções, mas a sua cabeça, aquela que realmente conta como uma inescrutável esfinge, ou seja, o moderno retrato de uma mulher nua, que toma consciência de sua nudez.

Voltando a Goya, parece que ele exerceu como ninguém essa *perversidade polimorfa* por conta do seu gênio completo: agilidade, curiosidade e uma monstruosa fecundidade criativa. Enfim, um artista proteico.

Também não posso esquecer da geringonça do nu de Trübner. Este nu, só pernas e pés. De resto, que atordoante disformidade! Rembrandt que me perdoe, mas aquela obscena e desgastada Betsabá jamais chegou a tanto, embora comece aí uma outra história.

20 de dezembro

O assunto parecia encerrado, não fosse o malévolo comentário de um crítico norte-americano que atende pelo nome de Mr. Stuckey (Charles F. Stuckey). Na introdução de um recente catálogo sobre algumas telas e em particular sobre a *Olympia*, este senhor afirma um tamanho absurdo que logo me fez olhar de novo a bela reprodução da *Olympia* e desta feita, com claros olhos de cobiça: "*Manet's* Olympia *is clearly a teenage whore, a symbol of moral corruption in Paris during the Second Empire.*"

Em desacordo com Mr. Stuckey, considero essa sua "apreciação" equivocada como um grosseiro mal-entendido, não parecendo discernir coisa alguma do espírito de Manet e muito menos da sua *Olympia,* que continua - ainda hoje no nosso século de permissividade - como um modelo de desafio à compreensão do verdadeiro *pathos* feminino. A extrema juventude de Victorine ajuda a descobrir ou a esclarecer o enigma. Não contente com o insulto, o suposto crítico acaba por estender os seus preconceituosos julgamentos morais contra o Segundo Império, não se apercebendo de uma clara verdade: a lição da própria história. Todas as épocas são igualmente corruptas (corrompidas ou corruptíveis). Não foi portanto privilégio nem dos Luíses de França, nem dos impérios napoleônicos, como também não o foi dos romanos da decadência, nem dos faraós e muito menos da própria Sodoma e Gomorra, estranhamente suicidas. Trata-se da antiga "servidão humana" comum aos homens de todas as latitudes e, por consequência, incrustada em todos os períodos da humana condição, para não falar apenas de alguns episódios históricos, significando uma tentativa de evidenciar alguma coerência na conduta de nossa malsinada espécie.

Curiosamente - para desespero do pudico Charles F. Stuckey - cada época parece não só reivindicar, como também exigir esse privilégio de ser a mais corrupta, por assim dizer, orgulhando-se desse exacerbado *grau* de corrução.

Corrupção moral, como denuncia o crítico, seria uma espécie de sinônimo daquilo que todos pretendem apelidar como uma *época interessante.* Talvez com mais propriedade ele deveria focalizar a sua cólera contra a famigerada *Nana* (criação concomitante da dupla pictórico-literária Émile Zola & Édouard Manet), cujo modelo foi a atriz Henriette Hauser, conhecida em Paris com o apelido de "Citron".

Eis aí para o crítico norte-americano uma imagem facilitada, fluentemente clara, bem menos labiríntica nos seus explícitos recursos do que as *Majas* e a concupiscente *Olympia* e assim estaria ele diante de uma magnífica e inequívoca demonstração do talento e gênio de Édouard Manet para pintar mulheres e, pelo visto, mulheres do Segundo Império. A *Nana*, de Manet, parece-me um dos mais raros e bem-sucedidos exemplares desse *espécime,* digna não só de um império como de um imperador, não é verdade, Mr. Stuckey?

Toda a massa colossal feminina centralizada na composição do quadro nos obriga, logo ao primeiro olhar, a tomarmos conhecimento do grande retângulo branco da sua camisola - cintilante de brancura - na verdade transformado num cilindro que acentua todas as suas curvas e estatura. Prodigiosa fêmea europeia, delineada em silhueta de hotentote africana. Além de tudo, este tecido branco é perversamente transparente, o bastante para se adivinhar outras tantas intimidades, novas saliências e inusitados recôncavos. Uma cintura propositadamente exígua, esmagada por um colete estreito para o seu talhe, quebra toda essa sinuosidade de linhas em duas partes, propiciando ao espectador dois tempos distintos para uma muda e bem dosada contemplação, digna do mais exigente *voyeur.* Uma espécie de visão onírica do Segundo Império, para quem aprecia mulheres e seus segredos, como no quadro de Manet, sugere o cavalheiro de negro, fixando atônito a sua inconquistável parceira num mundo colorido de pérolas, ouro, carmesins, turquesas e esmeraldas, todo faiscante, exacerbadamente otimista e voluptuoso, embora frio como numa imagem de sonhos. Algo perverso e fantasioso nos seus toques de vulgaridade.

Lembro com exatidão o braço esquerdo muito branco da *Nana*[14] emergindo de uma atmosfera rósea que emana do seu colo e do seu rosto quase afogueado pelo *rouge*. Braços machadianos, dignos de uma Capitu, ostentando uma qualidade de carne reluzente, inflada como um balão. E é por conta desse bocado de músculos e tecido conjuntivo, devidamente empoado por fora, que podemos adivinhar, sem perigo de enganos, o que pode significar o restante, ou seja, a maior parte daquela prodigiosa carnação, escondida pela roupagem, igualmente tratada ao gosto da época (ou de todas as épocas), portanto, inatingível a qualquer interferência ou escrúpulos moralizantes.

---

[14] Vi pessoalmente essa pintura em Paris, quando da exposição dos quadros de românticos e impressionistas franceses que pertenciam aos museus alemães (*L'Orangerie*, 1951) (N. do A.).

1984

Propriedade Santos Cosme e Damião

18 de fevereiro

> *Mas é muitas vezes, quando tudo nos parece perdido, que sobrevem o aviso graças ao qual nós conseguimos salvar: bate-se em todas as portas que a nada conduzem, e na única por onde se poderia entrar e que se procuraria em vão durante cem anos, esbarra-se por acaso e ela se abre...*
>
> Marcel Proust

19 de fevereiro

Sim, podes dizer "eu sou o torturador que não esquece"... A inércia está em mim, não nas minhas vítimas.

20 de fevereiro

Que livro desagradável é este *Carta ao meu juiz*, de Georges Simenon. No entanto, que bela e corajosa história de amor, um assunto perverso que o escritor belga conhece como ninguém.

Começo a leitura do livro *Sete noites*, de Jorge Luis Borges.

Ela diz que eu deveria ser ainda mais louco. Segundo ela, pouca loucura não chega a ser suficiente. No final de contas, o que ela pretende e o que pretendo eu? Por que ainda dialogamos, mesmo que seja à distância?

Disse há pouco que começara um livro de Borges e que havia lido Simenon anteriormente. Mas será que isto é leitura? Por acaso estarei em condições, no momento, de falar, de ler alguma coisa, enfim, mesmo de escutar?

Há dez dias pareço morto. Desconfio disto porque não sonho há mais de uma semana: durmo mas não sonho, ou pelo menos não recordo de ter sonhado.

26 de fevereiro

Febrilmente engajado no trabalho. Retorno hoje aos desenhos e montagens de placas cerâmicas. Por toda parte do ateliê novas esculturas começam a se amontoar, fazendo corpo e contraponto com a minha insistência anterior de trabalhar em superfícies.

Nada tento explicar, nem mais a mim mesmo. Talvez só agora esteja na iminência de destruir as ideias, e, portanto, próximo daquele "estágio fatal", sempre lembrado enigmaticamente pelo pintor Georges Braque.

27 de fevereiro

Ontem, Mário Gibson Barbosa e sua mulher Júlia voltaram a me visitar. Mário, hoje embaixador brasileiro em Londres, reiterou seu convite para uma exposição de minhas cerâmicas, da mesma forma que já havia me convidado para expor em Roma. Difícil explicar ao bom amigo quais as dificuldades que me imobilizam.

Ninguém mais desregrado, ninguém mais profano, todavia...

> *Sinto-me cair lentamente, muito lentamente,*
> *mas sempre caindo.*
>
> R. L. Fischer

28 de fevereiro

> *A criação é uma recompensa doce e maravilhosa, mas em troca do quê!? Esta noite vi, claramente, com a exatidão de uma lição de coisas infantis, que ela é o salário do diabo... Talvez haja outra literatura, mas eu não conheço senão aquela; de noite, quando a angústia não me deixa dormir, conheço apenas essa. (trecho de carta a Max Brod, 1922)*
>
> Kafka

Borges revela a dedicatória que o poeta Heine fez a uma mulher: "Eu te amarei eternamente e ainda depois".

1º de março

Parece que hoje as desavenças se definiram com mais exatidão: silenciamos, afinal.

2 de março
Sigo para a cidade de Triunfo, amanhã cedo, à procura desta mesma solidão que, sem trégua, já me devora por aqui mesmo.

7 de março – quarta-feira de Cinzas
Retorno e logo trabalho nas esculturas a que dera início. Sinto que falta o essencial, ou seja, o necessário calor humano. Dizia Pavese: "Para exprimir a vida é preciso não só renunciar a muitas coisas, mas ter a coragem de calar esta renúncia".

Falo demais. Deveria fazer um curso de silêncio.

Na volta, chamaram-me a atenção duas esculturas: *O grande pelicano* e a cabeça do *Bebê canibal,* ambas por terminar, envoltas por panos molhados, e, no seu abandono, bem mais misteriosas.

O pobre Joyce reclama da sua mulher, Nora Barnacle, e do seu esquecimento: "É monstruoso dizer que pareces ter me esquecido em cinco dias e esquecido os grandes dias do nosso amor".

10 de março – 18h
Continuo fluindo no curso do silêncio, intercalado por alguns gritos e sussurros.

Hoje na hora do almoço, sozinho, sentei-me à mesa, e, servindo-me das mãos, comi uma galinha como um animal. Curioso é que não havia fome. Só o gesto que poderia lembrar a sofreguidão animal.

11 de março
Pela manhã leio as quatro cartas de Joyce a Marta Fleischmann, cartas sem nenhuma resposta intempestiva, escritas entre os primeiros dias de dezembro de 1918 e fevereiro de 1919. Mais tarde, já acompanhado dos poetas Tomás Seixas e César Leal, fiz questão de ler, em voz alta, três pequenos ensaios do poeta Octavio Paz sobre Buñuel, dando ênfase especial aos comentários sobre *Nazarin*, que, segundo Paz, se inscreve na tradição do louco espanhol – de Cervantes a Galdós.

14 de março
Prosseguem ainda as ideias românticas libidinosas, sempre ligadas à pessoa querida, que já não nos acompanha. Borges relembra o poema *"Sudden Light"*, de Dante Gabriel Rossetti: *"I have been here before"* (Já estive aqui antes). Ele dirige-se a uma mulher a quem possuiu ou vai possuir e lhe diz: "Já foste minha. Minha foste infinitas vezes. E continuarás sendo minha infinitamente".

18 de março
Ela meteu na cabeça que devia dormir comigo, e assim o fez. Hoje pela manhã, ainda sonolenta, esqueceu o seu pequenino chapéu cor de violeta.

10 de maio

> *Somente os poderosos sabem sempre com muita clareza*
> *quem são os seus verdadeiros inimigos.*
>
> Umberto Eco

Inúmeras vezes volto a pensar na "arquitetura" de *O nome da rosa* e nos seus possivelmente intrincados pilares de sustentação, sejam eles visíveis ou invisíveis. Umberto Eco traçou em linha firme toda uma irrecusável teoria do poder. E a escolha dos cenários políticos e religiosos do século XIV não poderia ter sido mais adequada e convincente.

Segundo René Guénon a propósito das usurpações da realeza, bem antes dos "humanistas" da Renascença, os verdadeiros precursores do "laicismo" atual nasceram no começo do século XIV, quando de fato aconteceram as rupturas do mundo ocidental com a sua própria tradição. Guénon evoca como fato capital desta ruptura a destruição da Ordem dos Templários, com todas as suas notórias e complicadas relações entre o Oriente e Ocidente. E relembra a enorme importância de São Bernardo (milícias de Deus) como árbitro e conciliador entre o poder religioso e o poder político. Ora, nem que fosse por uma casualidade, Umberto Eco nasceu em Alexandria[15], cidade-símbolo desse indelével

---

[15] Eco não nasceu em Alexandria, e sim em Alessandria, cidade italiana. No entanto, a imputação errônea deverá permanecer no texto como um sinal de nossos permanentes e talvez necessários equívocos (N. do A.).

traço de união entre *dois mundos*, guardiã única dos mistérios e das histórias monstruosas da sabedoria antiga e das profecias cabalísticas. Talvez por isso não deve ter sido tão casual ao escritor esta enorme força de penetração nos patamares secretos desta abundante *matéria-prima*.

Soube, com obstinada eficácia, singularizar, hierarquizar e romantizar tais situações e, quando necessário, resolvê-las e até estigmatizá-las, na condição de uma *leitura* ou de uma compreensão tipicamente moderna. Partindo de uma curiosa premissa, ou seja, daquela sempre monstruosa embora indispensável farsa do poder – já em parte desenraizado de toda autoridade espiritual, situa o seu romance no atribulado pontificado de João XXII, o Papa de Avignon, infame usurpador simoníaco e heresiarca, reforçando assim o processo espúrio dessa dupla destruição: do poder político e da tradição religiosa. E este processo, altamente contagioso, fragmentário e caótico não só tomaria conta de toda estrutura política ocidental, como chegaria até o raiar ainda bastante confuso dos nossos assim chamados *tempos modernos*. A fixação do escritor se fez perfeita neste seu arremedo descritivo de um mundo medieval, só circunstancialmente apagado e morto.

Com a inserção da "aventura policial", Eco atingiu o abrangente interesse narrativo que facilitaria ao leitor o difícil caminho através dos labirintos das teorias filosóficas, das intrincadas imagens e das relações humanas encerradas em seu romance.

Frei Guilherme de Baskerville, ex-inquisidor, bem que poderia ser um Sherlock Holmes, enquanto Jorge de Burgos, o frade ancião, vestiria a pele do seu arqui-inimigo, o professor James Moriarty. São duas forças conceituais antagônicas e igualmente poderosas e aparentemente irreconciliáveis, tendo de um lado o nascente racionalismo científico de um Roger Bacon, que já crepitava como chama, aquecendo os primórdios do conhecimento moderno, e de outro os remanescentes da teologia medieval de um Pedro Damião, aquele que no século XI, num pequeno tratado *De perfectione monachorum*, comparava todos os monges que estudavam a ciência secular com homens que deixam a esposa honesta em troca de uma prostituta. Eco evita tomar partido nessa disputa, embora no seu livro pareça sempre disposto a nada descuidar. Não generaliza nem simplifica, antes carrega nas suas tintas labirínticas: a ambiguidade que é ao mesmo tempo o seu pincel e a sua pena. Toda a sua história é uma confirmação dessa incerteza.

As fanáticas e apocalípticas pregações de Jorge de Burgos, o frade cego, não me parecem de todo alheias ao próprio pensamento de Eco, que não desconhece e nem antipatiza as posições dos panteístas místicos-cristãos, tal como Mestre Eckhart, ou simplesmente panteístas como Nicolau de Cusa, quando ambos negaram que houvesse qualquer valor na lógica aristotélica fora do mundo finito e sustentavam que o "meditar a respeito da realidade divina não pode estar sujeito ao princípio da contradição".

No final da história, é o próprio Guilherme, personagem principal e pretenso discípulo de Bacon, que com toda a sua sabedoria e astúcia se confessa quase vencido: "Não havia uma trama, e eu a descobri por engano...".

"(...) nunca duvidei da verdade dos signos, são a única coisa de que dispõe o homem para se orientar no mundo. O que eu não compreendi foi a relação entre os signos..."

"(...) Onde está toda a minha sabedoria? Comportei-me como um obstinado, seguindo um simulacro de ordem, quando poderia bem saber que não há uma ordem no universo."

"(...) As únicas verdades que prestam são instrumentos para se jogar fora."

Tenho a nítida impressão de que a frase final de Guilherme, ao citar um místico alemão, é referente a Eckhart que coincidentemente faleceu no ano de 1327, ano escolhido por Eco para situar a sua história no tempo. Desconheço a obra de Mestre Eckhart, mas de há muito que o seu nome não me é de todo estranho e isto por conta de inúmeras citações de outros escritores que dificilmente escondem a sua admiração pelo filósofo dominicano. Também ignoro Nicolau de Cusa, teólogo e filósofo alemão que morreu em Todi, na Umbria, em 1464. Em todo caso, a citação de ambos fica por conta de outras leituras dessas *infinitas relações* de que nos fala Borges: "Um livro é um ente comunicável, um eixo de infinitas relações".

Dizem algumas pessoas bem informadas que o nome do frade cego Jorge de Burgos é uma velada mas incontida maldade de Eco com Jorge Luis Borges, sem que se saiba, contudo, como associar essas duas personagens aparentemente tão desiguais, com exceção da mútua cegueira. Todavia não escapa a um leitor mais atento o aspecto e os processos literários do escritor argentino, presente de corpo inteiro na introdução, ou a justificativa do misterioso manuscrito de Dom Adso de Melk, sugerida que foi a possibilidade de sua "*inexistência*", apenas entrevista em sonhos pelo autor. Enfim, uma abordagem típica das fecundas fabulações de um Jorge Luis Borges. Igualmente, quem sabe, um dos tantos enigmas com significado que enchem todo o percurso de *O nome da rosa* – uma vez que as propositadas e singulares miscelâneas de Eco já fazem parte do seu estilo calculado e frio, de uma certa forma, participam dessa estrutura de linguagem intencionalmente apocalíptica, com o fito expresso de atingir um objetivo, este também, por mais das vezes igualmente oculto. Levado ao exagero, poder-se-ia mesmo acreditar em uma linguagem secreta, semelhante àquela de que nos fala Mircea Eliade, "encontrada tanto entre os xamãs das sociedades arcaicas como entre os místicos das religiões históricas; *linguagem secreta* que é ao mesmo tempo expressão de sentimentos que não podem ser transmitidos através da linguagem cotidiana, e comunicação críptica no sentido oculto dos símbolos". Não resta dúvida que a presença persistentemente abusiva dos textos latinos não traduzidos em *O nome da rosa* funcionaria em termos atuais não necessariamente como um reforço intencional desse sentido obscuro.

Em um determinado momento da narração, Frei Guilherme de Baskerville confessa ao seu atônito pupilo a sua confusão diante de um texto mais enigmático: "Quem sabe tenha que ler outros livros. Sim, de fato, para saber o que diz um livro, se faz necessário ler muitos outros. Percebi agora que não raro os livros falam de livros, ou seja, é como se falassem entre si. À luz dessa reflexão, toda biblioteca parece ainda mais inquietante. Era então o lugar de um longo e secular sussurro, de um diálogo imperceptível entre pergaminho e pergaminho, uma coisa viva, um receptáculo de forças não domáveis por uma mente humana, tesouro de segredos emanados de muitas mentes e sobrevividos à morte daqueles que os produziram, ou os tinham utilizado".

Resta-nos não esquecer também que Umberto Eco, por puro amor à literatura, sentiu-se livre para contar num sentido fabulatório a história de Adso de Melk, asseverando-nos sem rebuços "tratar-se de uma história de livros, não de misérias cotidianas".

Post Scriptum: Um estudante de vinte e dois anos atira no Papa João Paulo II com uma pistola de brinquedo. A meu ver, farsa bem mais sinistra do que um verdadeiro atentado. Em todo caso, lembrar que Felipe – o Belo, rei de França, autorizou os seus emissários a esbofetearem o Papa Bonifácio VIII que, logo em seguida, no mês de setembro de 1303, morre de desgosto.

Como verificamos, o mundo continua o mesmo, pois nessa época o século XIV mal começava.

Considerações:
Fica bem evidente em *O nome da rosa* que Umberto Eco em momento algum se coloca contra os poderosos nesta sua magistral análise do *poder e de outros poderes correlatos*, enquanto a chamada "opção pelos pobres" pareceu-lhe sempre uma atitude insensata, uma espécie de sôfrego desvio. Uma coisa é a santidade de um santo, uma outra totalmente diversa é saber como segui-la, como praticá-la, etc. Num certo momento, Umberto Eco chega a afirmar: "É a história de um homem que fez coisas insensatas porque pusera em prática o que muitos santos lhe tinham pregado".

Não há nenhuma piedade nem contemporização da parte do escritor quando analisa exaustivamente todos os movimentos heréticos a partir de São Francisco e São Domingos. A sua atitude está bem próxima da retaliação nietzschiana: "Pobres dos que amam sem estar acima de sua piedade!". Eco apenas pretende ser mais sutil: "O anticristo pode nascer da própria piedade".

Por conta de todo esse bem montado arcabouço, não é por acaso que o seu livro permanece firme na lista dos mais vendidos, desde que, segundo consta, não são os mendigos nem os pobres de espírito que compram ou leem livros.

27 de junho

> *Se alguém diz a verdade, pode ficar certo de que, mais cedo ou mais tarde, será descoberto.*
>
> Oscar Wilde

29 de junho

Uma breve notícia sobre a *Confidência africana*: a história de uma confissão bastante viva e ao mesmo tempo discreta porque tocada pelo aspecto verdadeiro de toda revelação. Alguma coisa me recordou de imediato o *Dominique*, de Eugène Fromentin, no relato curto e algo impessoal: "*souvenirs troublants du péché ancien*". Embora muito mais presente esteja o Gide de *O imoralista*, esse mesmo André Gide que tanto motivou vida afora a Roger Martin du Gard e tantos outros escritores de sua geração.

Decerto que a *Confidência* é uma pequena obra-prima, e com razão desperta na sua leitura novos entusiasmos. É curioso como esses autores franceses, com o seu senso mais do que cultivado da medida exata das coisas, sabem ser perspicazes. Aproximam o conhecimento da paixão sem que, no entanto, o tom lhes soe falso... Roger Martin du Gard usou literalmente de um duplo artifício, fugindo assim, de imediato, de todo e qualquer relato pessoal. Ele não conta, e, segundo revela, logo nas suas primeiras linhas, toda a história nada mais é senão "uma conversa, melhor, uma confidência". E, se alguém fez uma inconfidência, não foi ele quem a forçou, tudo acontecendo numa bela noite estival, em que o amigo fortuito esteve, pela primeira vez, propenso à loquacidade. O segundo artifício, reside no aspecto quase (ou intencionalmente) extraliterário do relato, algo por assim dizer fora da literatura, desinteressante e talvez até perfeitamente inverossímil.

Du Gard, com rara habilidade, apenas pretendeu atender a um (suposto) editor apressado e "recopia essas páginas de sua agenda, não acreditando nem ao menos no interesse dos outros...". A grandeza, portanto, residirá na solitária confissão de outrem. Confissão pura, desinteressada, de alguém que rompe com qualquer automatismo estetizante. Brevíssima narrativa, não sobre um incesto precisamente, mas sobre a beleza que a vida é capaz de criar no quarto dividido por irmão e irmã – essa mesma beleza também destruída e reduzida a menos que uma recordação.

Em meia hora de leitura, esse amor e, principalmente, sua perda para a vida rotineira, torna-se uma das mais marcantes experiências de um leitor de vista já cansada e pouco propenso a acreditar. Enfim, a maior parte da história gira em torno de um só eixo e, assim, começa a falar no "tom da época", como sempre pretendeu se exprimir o endiabrado Céline.

Lembra episódios de coisas já acontecidas, como também, curiosamente, o comentário de Francis Haskell, no seu ensaio sobre o pintor Caravaggio, quando este sugere o modo de ultrapassar as convenções artísticas do seu tempo "até a carne viva da vida".

Escapa assim o relato de ser apenas uma insolente curiosidade "para o seu interesse se ampliar, além do limitado âmbito de um escândalo, pois o instinto é de todos", como diz muito bem o apresentador Paulo Hecker Filho.

Prosseguir é querer dizer mais do que o autor, certamente aquilo que ele apenas gostaria de ter insinuado e o fez com grande perfeição.

30 de junho – sábado

Cedo, na Fábrica, para continuar na difícil execução do *Celta*. Fui obrigado a mandar construir um pequeno andaime, para possibilitar-me o trabalho nas partes mais altas da modelagem. Nesta escultura, que representa um guerreiro envolto na sua armadura, evitei as formas curvas, e não posso deixar de confessar que, vez ou outra, me surpreendo, olhando o conjunto cheio de desconfiança.

2 de julho

Quem poderia adivinhar que os meus projetados e sonhados "Cadernos Arábicos" se transformariam, com o decorrer do tempo, em "memórias do cárcere"? Estou preso ao trabalho como um prisioneiro à sua cela.

Termino a cabeça do *Celta*. A face implantada no interior do elmo, achatada pelas agruras do tempo, o nariz forte - ainda orgulhosamente geométrico, a boca invisível, os olhos apenas perceptíveis. No conjunto monolítico, como falei, só a ligeira sugestão da face humana se encarrega (e com que precisão!) de sugerir o homem total, na sua previsível anatomia.

6 de julho

E então? A pergunta é de todos.

(De uma história em quadrinhos)

Descrição: a escultura monumental medindo de 2,80m a 3m de altura - que somada à sua base chegará a 4,5m de altura - deve a princípio fazer face, pelo seu volume, à própria arquitetura do prédio, confirmando, portanto, a sua escala[16].

Cheguei à conclusão que as primeiras medidas do monumento sugeridas na carta anterior, datada 7 de junho de 1984, seriam insuficientes para preencher o espaço a que se destinavam. Em se tratando de um monumento e não de várias peças isoladas - que reunidas, criassem o corpo necessário para uma perfeita integração com a arquitetura –, insisto agora, mais amadurecido, nesta indispensável ampliação da escala.

---

[16] A escultura que o autor se refere chama-se *Celta* e está num edifício na Praia do Pepino, na cidade do Rio de Janeiro, cujo nome é "Edifício Brennand" (N. do E.).

Entre outras qualificações, este agigantamento da forma não só contribuirá com uma harmonia maior para o prédio a que se destina, como também crescerá em expressividade, dado o seu caráter *totêmico.* A evidência destas formas primordiais também acentuará na presença de protuberâncias, igualmente escultóricas, que se projetarão da base. Enfim, como já esclareci, todo o monumento terá um tratamento cerâmico que, pela sua própria natureza, acentuará essas intenções de expressividade, não apenas pela sua forma agigantada e sua matéria específica, como também pela sua cor.

Observação:

1. As cores predominantes serão o branco e o preto, acompanhados do vermelho ferruginoso, do azul e do amarelo.

2. Pela premência do tempo, anexei as fotografias das maquetes, ainda na argila crua, faltando os esmaltes cerâmicos coloridos, que só podem ser fixados pelo fogo. Também seguem plantas com os desenhos lineares que servirão de modelos para as esculturas definitivas, com as suas respectivas medidas quando terminadas. Diante deste conjunto, acredito que os interessados poderão visualizar concretamente, por antecipação, a natureza do trabalho proposto, facilitando a escolha entre as duas esculturas.

Atendendo a projetos alheios, procuro sempre trabalhar em função dessas solicitações. Este tipo de carta-proposta esclarece, em parte, as minhas normas de trabalho, evitando, como tenho sempre afirmado, que as esculturas da Oficina se dispersem aos quatro ventos. De acordo com Claude Lévi-Strauss, em *O pensamentos selvagem*, "cada coisa sagrada deve estar em seu lugar".

Imperdoável ter esquecido de registrar neste caderno a publicação de Serge Gauthier, *La céramique art du XXe siècle* - um livro onde estou representado por uma cerâmica, intitulada *Vase avec ouverture* (1977), compartilhando de outras 347 reproduções de artistas cerâmicos internacionais. A publicação ficou por conta do *Office du Livre*, Fribourg, Editions Vilo, Paris, 1982.

7 de julho

As mulheres reclamam quando nós as olhamos como se fossem insetos. Mas acontece que são insetos e dos mais raros. Às vezes também são pinturas, esculturas ou fotografias, mais parecidas que o original. Quanto ao natural, isto é, em "carne e osso", nós as estranhamos. Dizia Borges: "A mulher que está ao nosso lado e que é tão diversa".

10 de julho

Como um canhestro aprendiz de feiticeiro, desencadeando os meus habituais processos, ou pseudoprocessos literários - mesmo não sendo muitos -, já não acerto como estancá-los. Explico-me melhor: eles nascem, dependem e até se equilibram na própria literatura que, além de me fascinar, é território onde suponho tudo ser permitido. Enfim, um legado sinistro, no qual se envolvem o espírito, a brutalidade e a fraqueza. E nestas imprevisíveis sequências me obstino a fazer nascer, quase que diariamente, todas essas imagens desconcertantes, submersas - por mais das vezes - num redemoinho de absurdos. Talvez o meu *processo* de trabalho como pintor e escultor não se distancie muito deste desvario, ou seja, de uma provável indigência. Em tudo predomina o *caos*, num monte de informações sem uma hipótese explicativa. O pior é confessar que tudo isso me fascina até a vertigem, quando sou levado ao centro da terra, onde, quase asfixiado, não me é fácil sorrir daqueles que me abominam.

Falar ou escrever sobre pintura é sobretudo procurar definir aquilo que o pintor Georges Braque qualificava como "o fato pictórico". Dou como exemplo desta atitude duas apresentações: uma sobre a saudosa pintora Piedade, e outra, mais recente, sobre José Barbosa, quando o pintor José Cláudio, em algumas poucas linhas, soube como definir e aprofundar toda a estrutura de comportamento plástico expressivo desses admiráveis artistas pernambucanos. Nada a acrescentar nestes dois textos que rasgam "a carne viva da vida". Mas, diga-se de passagem, não é só privilégio de pintores a reflexão exata sobre os problemas e os reais significados da pintura. Às vezes, são exatamente as pessoas alheias ao ofício que se adentram com justeza no fato pictórico.

De todos os tratados conhecidos, quer sejam científicos ou meramente artísticos sobre as teorias das cores, nada mais intenso e exato do que um único verso do poeta Hugo von Hofmannsthal: "As cores, essas irmãs da mágoa". Ou então a inesperada descoberta de Baudelaire da cor violeta: "Amor contido e misterioso, velado, cor de abadessa". É assim que, caminhando neste mundo só aparentemente invisível, o artista flagra o mistério das coisas e dos seres, aquilo que José Cláudio diz "estar escondido nas copas das árvores". Escondido, mas não invisível. Aguarda apenas a revelação, e é neste súbito aparecer que os olhos sempre vivos dos novos artistas também se habilitam a prosseguir nesta caminhada infinita.

O jovem pintor George Barbosa retoma uma tradição linear, de rara elegância e de múltipla procedência, nascida nas cavernas e cultivada tanto pelos artistas das estepes como pelos gregos e, tanto pelos persas como pelos chineses, que se consagra finalmente em todo Ocidente europeu. Não parece difícil verificar que esta tradição arcaica, sobretudo mediterrânea, teve o seu apogeu nos ornatos das urnas e vasos gregos, revivendo o seu prestígio maior na Itália da Renascença, através de um Pollaiuolo, de um Botticelli e de um Piero di Cosimo.

As inúmeras aquarelas de George Barbosa, pelo sabor e repetição, fazem seguramente um só tema e, de uma certa forma, confirmam a lição de Henri Matisse, quando insistem nesta predominância linear sempre carregadas de elegância e lascívia. E é ainda sobre este feixe de imagens lineares, reduzidas ao seu único significado plástico, que alguns aparatosos ornamentos situam aqui e acolá seus bordados explícitos. Barbosa nos sugere sempre como tema central uma espécie de grande Sala de Espera, talvez pretendendo nos dar o roteiro quimérico do tão aguardado paraíso de *As mil e uma noites*, onde mulheres nuas, solitárias ou em grupo, ora repousam, ora se divertem; a mesma ordem e beleza, o mesmo luxo, calma e voluptuosidade de que nos fala o poeta e também outros tantos signos textuais que permitirão ao olho do "espectador" identificar estas formas entrelaçadas de rara e tocante perfeição, símbolos imutáveis de todo paraíso perdido.

Bendição, portanto, aos olhos e mãos desses artistas que, entre teimosos e sonhadores, ainda pretendem demonstrá-lo.

Ontem e antes de ontem, comprometido com fatos exteriores à Oficina. Só hoje, novamente livre, cheguei perto do forno para apreciar a saída da *Grande moreia*, um mural cerâmico que venho trabalhando há dias. Entre surpreso e ofendido, verifico a estonteante linguagem do fogo, sempre superior às minhas previsões. Diante dos meus olhos, em bloco marmóreo, ressurgem fragmentos daquilo que acabei de expor sobre a tradição linear... Também, presente neste mural cerâmico, estava, como que por milagre, toda a arte selvagem das estepes e das tradições mediterrâneas grega e pompeiana, reencarnadas subitamente pelas chamas.

13 de julho

Tenho insistido nos símbolos do amor e da reprodução; ainda mais categórico pareço quando ouso afirmar que a reprodução seria o equivalente à eternidade. Nada mais espiritual do que o próprio fato da reprodução da espécie.

O historiador Pierre Chaunu parece compartilhar dessa opinião em recente entrevista. Ele vê o mundo suicidando-se na destruição sistemática dos filhos: “Há muito tempo que entramos num processo catastrófico. Uma civilização não pode subsistir sem cérebro, sem a reprodução de seres humanos. Não gosto de empregar estas imagens, mas elas são verdadeiras: Esparta desapareceu por falta de cidadãos, e o Império Romano esfacelou-se por causa da crise demográfica, não por conta dos bárbaros como se acredita”.

A reprodução, em todas as suas mais variadas formas sexuadas ou assexuadas, se estende a todos os seres vivos e alcança, inclusive, a nossa interpretação do universo: as estrelas também nascem, vivem e morrem.

Fim da tarde. Inesperada visita do poeta Tomás Seixas acompanhado de um casal amigo. Como sempre, Tomás, fascinado pela literatura, aproveita os minutos para falar de um dos seus autores prediletos: Joseph Conrad. No tempo em que o casal se ocupava na visita das dependências da Oficina, conversamos sobre um sem-número de pequenos detalhes literários, que propositadamente pareciam estar escondidos nas entrelinhas dos seus textos definitivos. Lembrou-me Seixas, com a sua inegável sensibilidade pelos pormenores mais obscuros, um pequeno trecho do final de *O coração das trevas*, quando aconteceu o encontro derradeiro de Marlow com a “pretendida” de Kurtz. Com sua voz baixa, quase num sussurro, falou-me do negror e do negro abundante não só das florestas africanas, mas sobretudo daquela escuridão que habita o coração dos homens: o domínio das trevas.

Foi com perfeita exatidão que me fez ver de novo o fantasmagórico crepúsculo que descia sobre aquela casa, como também a descrição dos seus móveis, da alta lareira de mármore branco, e do piano... “Sim, o enigmático piano de cauda que repousava pesadamente num canto, com negros reflexos nas superfícies polidas, como um sombrio e envernizado sarcófago.”

Tudo isto foi dito como quem lê um livro sem pressa, aqui nesta tarde, num momento em que o mesmo crepúsculo lá fora descia sobre todos, não muito longe de *O coração das trevas,* e, de uma certa maneira, pressagiando a constância deste mistério insondável que é a vida.

14 de julho – sábado – manhã
Esse também é o meu entendimento a respeito do "fracasso dos artistas", o mesmo de que fala Beckett: "Fracassar, como ninguém jamais ousou fracassar".

Friedrich Nietzsche já antecipava este fracasso: *Quem deve um dia anunciar muito / Cala muito no interior de si. / Quem deve um dia projetar um clarão / Precisa de muito tempo – ser nuvem.*

"Nenhuma questão fica resolvida enquanto não for resolvida direito." Quem disse isso foi Kipling. Hoje em dia, ninguém mais lê Kipling. Ele foi um grande homem. Essa observação foi de Agatha Christie, uma mulher que sabia das coisas, e como sabia!

O poeta Tomás Seixas, ao sair ontem, deixou-me em mão *O balão cativo*, de Pedro Nava.

O crítico suíço, Erhard Hürsch, passa a manhã inteira fotografando lugares e esculturas da Oficina. Disse-me morar em Winterthur (cidade que eu conheço muito bem, por conta da coleção Oskar Reinhart). Não posso avaliar o que pensou do meu trabalho e muito menos do que viu. Não só não lhe perguntei, como ele também nada revelou. E se preferiu o silêncio, tanto melhor, desde que estou bastante acostumado com toda espécie de recusas, equívocos e de mal-entendidos. Presumo que a sua mal disfarçada ânsia em fotografar, caminhando lentamente entre as esculturas como uma foca entre os *icebergs*, lhe levará um dia a refletir sobre o que viu e presenciou.

Talvez, assim, chegando na sua própria terra, defendido pelas grandes montanhas alpinas e pisando terreno conhecido possa, enfim, emitir um juízo definitivo e certamente nada lisonjeiro.

A tarde caminha e o sol, agora já posto, ainda lança sobre as árvores os seus dourados reflexos. Preparo-me para sair e enfrentar o cárcere que me espera como um cofre definitivamente lacrado, mais uma vez ao lado dela. E dizer que com uma só palavra romperia todo esse absurdo cativeiro! Entretanto, como Marlow, serei obrigado a calar. "Eu não podia. Não podia dizer a ela. Teria sido muito negro – muito negro, completamente..."

15 de julho – domingo

As pessoas perguntam se esta abordagem sistemática da escultura nestes doze últimos anos não estaria me afastando da pintura. Invariavelmente, esclareço que a *catástrofe* ainda não aconteceu, uma vez que estes volumes nasceram e ainda nascem diretamente do olho de um pintor. Confirmo também a ideia-mestra que, orientando todos os volumes, protuberâncias, cortes, soldagens e pinturas de superfície, caminhando em uma mesma direção, colaboraria para formar um só e único grande cenário, evidentemente revisto por um pintor, como aconteceu a Gauguin, a Picasso, a Braque, a Matisse e tantos outros artistas modernos, todos interessados nesta abordagem, só aparentemente inconsequente, da escultura que não tem sido, no fundo, senão um transbordamento necessário, uma espécie de confirmação (ou resgate) de certos *valores táteis* da própria pintura. Daí porque o escultor americano David Smith jamais reconheceu os limites de onde acaba a pintura e começa a escultura, como ele poderia repetir: "tenho pintado esculturas minha vida toda. Na verdade, a razão de ter me tornado escultor é que primeiro fui pintor". Em todo caso, a recíproca também é verdadeira, embora não me pareça tão comum: o grande e genial Michelangelo comprova esta outra possibilidade.

20 de julho

> *O primeiro dever da vida é ser tão artificial quanto possível. Quanto ao segundo dever, ninguém ainda o descobriu.*
>
> Oscar Wilde

Rápida visita do pintor Gil Vicente. Em seguida, recebo um grupo do governo do estado ligado às ferrovias urbanas, que pretende adquirir uma grande escultura cerâmica em forma de obelisco. Na realidade, fico sem saber como desenvolver algumas ideias, sobretudo com esse *modelo* que foi magistralmente explorado e executado pelos artistas egípcios. Suponho, inclusive, ser pretensioso imaginar um obelisco depois deles...

Agora que o grupo já se foi com o seu "obelisco", eu, de uma maneira ainda mais despropositada, retomo o trabalho na gigantesca cabeça de *O cavalo de Troia* que parece não ter sido aceito por uma autarquia federal em Brasília. Por conta desse meu equívoco, certo de que a proposta seria aprovada, terei agora de abrigar intramuros esse verdadeiro presente de grego.

21 de julho
Playing with fire – brincando com fogo, sim, e sempre.

23 de julho
A insistência dentro do ateliê do ruído desagradável do interfone garante em cheio que estamos numa segunda-feira. Trago ainda em mim a solidão e o exílio do domingo que demora a se desgrudar. Apenas o eco de algumas novas ações começa a se fazer presente, o bastante para iludir, como um esboço de um quadro pode sugerir a tela acabada. Por hora, só a modesta perseverança em mandar fotografar a incrível façanha da montagem de *O cavalo de Troia.*

Pela manhã evitei subir nos andaimes de mesas e banquetas empilhadas, preferindo a escada de canto que me leva igualmente a atingir com as mãos o topo da peça, mas, mesmo assim, a frieza do barro não me encorajou a tocá-lo. Volto ao escritório, evitando igualmente os turistas que àquela hora já perambulavam pelas espaçosas naves da Oficina. Fecho a porta à chave e retorno à leitura de *A morte feliz*, de Albert Camus, que havia interrompido ontem. Então recomeço: "Na verdade, basta apresentar ao mundo uma aparência que ele possa compreender, a preguiça e a covardia encarregam-se do resto. A independência ganha-se com algumas palavras baratas de confidências....".

Venho a descobrir que as inúmeras e lastimáveis queixas de Baudelaire eram a sua única e verdadeira paixão. Sartre odeia Baudelaire porque jamais ousaria emitir um só queixume que fosse. O gênio de Baudelaire, ao contrário, lhe assegurou esse direito de tudo ousar, até mesmo o ridículo de um fracasso como homem. Em último lugar, a sua paixão era a desordem de não se reconhecer no amor bruto dos tolos e dos crédulos. Ao contrário de um filósofo, Baudelaire permaneceu poeta até o fim. A ele, jamais interessou esta "verdade sem rugas, que é o contrário da poesia".

24 de julho
As trinta e três páginas finais da segunda parte de *A morte feliz* (capítulos IV e V) constituem o que há de melhor neste romance de Albert Camus. Perfeitamente dispensável me pareceu a viagem a Praga, incluída na segunda parte do livro, nos primeiros capítulos (I e II), ou seja, *a morte consciente.* Sempre admirável a consistência poética das descrições simultâneas da paisa-

gem mediterrânea nos seus fluxos de sol, mar e ar. Perfeitas e comoventes as cenas finais, consubstanciadas na dupla morte de Zagreus Mersault. O herói, nascido e libertado pelo sacrifício do amigo, reencontra a morte consciente, através de um caminho claro e luminoso à sua frente. Camus repete Hegel: "A verdade da intenção é o ato". Não me pareceu estranha a dificuldade quase tediosa com que se deparou Camus para descrever a atmosfera de Praga, quer seja nas personagens, com a própria cidade, ou com simples protagonistas. O famoso cheiro de pepino embebido em vinagre não convence... Muito menos o episódio do músico que no restaurante não retirava os olhos do rosto de Mersault que, finalmente, após muita demora e incômodos, descobre ou compreende que o músico era cego. A mesma dificuldade em Breslau ou em Viena, só atenuada quando a personagem solar de Patrice Mersault enfim se desloca para Gênova e em seguida para Argel. Camus, num de seus ensaios de juventude, se justifica quando define o mediterrâneo como sendo um trágico destino solar que não é o das brumas.

25 de julho

Finalmente me disponho a pegar em *O cavalo de Troia*, de novo. Até o crepúsculo cresceu redondo e indômito. Uma forma de falar: presente de grego.

Lastimo as interrupções diárias do trabalho e com isso não menciono apenas o ato físico de pintar ou modelar. Vou um pouco mais adiante na certeza de que o espírito não para e encontra às vezes, durante a noite, o momento ideal para criar.

Delacroix chamava atenção no seu diário para esta verdadeira descarga elétrica que, como todas as forças imponderáveis, age sobre a matéria: "*La puissance de l'esprit est incroyable la nuit*" (18 de setembro de 1854). O curioso no *Journal* desse pintor é a sua coragem em abordar o trivial de uma forma tão inocente, ao mesmo tempo que cita com firmeza e conhecimento os clássicos e a história antiga, além das notáveis descrições sobre técnicas de pintura, aliadas a críticas implacáveis contra os seus inimigos.

Esta temeridade de tudo revelar não é comum nos diários, nem tampouco nas malditas "confissões" de hoje em dia. Há sempre da parte de todos uma prudente reserva; um secreto desejo de não se sair mal, daí porque essas avalanches de pretensiosas tolices à maneira de *Confesso que vivi*, de Pablo Neruda.

18h

Mais uma vez insisto na releitura do romance de Faulkner: *O som e a fúria*. Impossível. Fecho-o como o fiz com *Absalão Absalão*. No entanto, há anos li fascinado como um adolescente *Luz de agosto* e igualmente *Santuário*, e acredito que os teria lido com idêntica admiração uma outra vez. Nos dias que se seguem não consigo tolerar baboseiras como estas:

> *Mr. Jasson!*
> *O que é?- Jasson disse.*
> *Me dá duas moedinhas - Luster disse.*
> *Para quê - Jasson disse.*
> *Pra ir no circo hoje de noite - Luster disse.*

Invocar o gênio de Joyce, do qual Faulkner adotou o monólogo interior, o fluxo da consciência e outros processos desenvolvidos notadamente no *Ulisses*, a meu ver, não justifica coisa alguma. Uma coisa nada tem a ver com a outra. Pode-se perfeitamente fazer experiências e sondagens variadas de técnicas literárias, mas isto não induz nenhum escritor a chegar, nem que seja perto, da genialidade que, segundo me parece, ainda é um solitário privilégio dos gênios. Como já revelei, não me falta simpatia pela obra de Faulkner e mesmo uma profunda admiração. Em todo caso, no momento o que desapareceu foi a paciência juvenil para prosseguir num universo de trivialidades. Jogado repentinamente ao sabor de 308 páginas em branco, este preço eu não pagaria nem que dele dependesse a minha salvação! Menciono branco como ausência de cor; como símbolo do nada, da morte.

26 de julho

No *Nostromo*, Joseph Conrad diz: "O valor de uma frase depende da pessoa que a pronuncia, porquanto nada de novo pode ser dito por um homem ou uma mulher". Às vezes, no decorrer de uma conversa ou no corpo denso de um texto literário, algumas palavras ou frases inteiras podem aparentar indigência ou mesmo acusar um lugar comum. Vejamos esta frase de Camus: "A brisa é fresca e o céu azul". Nada de mais comum em termos de uma observação que poderia ser feita por qualquer pessoa. Mas acontece que foi Camus quem a pronunciou e, agregada à esta frase absurdamente corriqueira, acabamos por descobrir, vibrando de significados poéticos e filosóficos, mil e uma outras palavras fazendo às vezes de uma moldura dourada cujo classicismo acaba por conferir à frase isolada uma nova dimensão, um significado oculto.

Percebo, em tempo, que se faz necessário acrescentar alguns ingredientes poderosos à observação de Conrad. Certamente ele não falava só como artista - seria muito pouco -, acrescente-se sobretudo o lado moral de um ser humano que, repentinamente solitário, com a urgência dos que se sentem perdidos, ousa pronunciar certas palavras que *partindo dele e só dele* reconstroem de súbito os significados de toda a existência e do próprio universo.

O mesmo Camus, que afirma "a brisa é fresca e o céu é azul", comentando a *Ressurreição* no afresco de Piero Della Francesca diz o seguinte: "Ao sair do túmulo, o Cristo ressuscitado não tem o olhar de homem. Não existe traço de felicidade pintado em seu rosto- apenas uma grandeza cruel e sem alma, que não posso deixar de interpretar como uma resolução de viver. Porquanto, o sábio tal como o idiota exprime pouco. Esse retorno me seduz". (*Núpcias, o verão* - "O Deserto")

27 de julho

A despeito do meu alheamento e de algumas tiradas literárias, prossigo na execução da cabeça de *O cavalo de Troia*. Pacientemente, ajudado por dois oleiros, modelamos o focinho em separado que, uma vez pronto, deverá acoplar-se horizontalmente à parte da cabeça e ao pescoço, executados verticalmente.

Às vezes evito falar demasiado sobre o meu trabalho profissional e desgarro para certas regiões onde posso sentir mais de perto a liberdade e o descompromisso. Compreenda-se, então, os meus longos comentários abordando leituras e mulheres. Na realidade, não posso deixar de reconhecer nessa matéria-prima relações extremamente perigosas, muito próximas ao inferno ou à condenação. Mas eu sou assim e assim são os meus pendores.

Um dia flácido, escorregadio, poroso, de um tédio inconcebível, sobre o qual flutuei como uma alma penada. Nem mesmo as magníficas nuvens rosadas, tão próximas ao gosto dos pintores impressionistas, sobrevoando leves como pólen de certas flores, colorindo esse fim de tarde, me concederam alguma paz.

Acabei de assinar no focinho do bicho as minhas iniciais em relevo, dando por terminada a escultura *O cavalo de Troia*. Parece-me que uma peça nestas dimensões não exige acabamentos "retóricos". Ela é o que é: sólida, agigantada, bruta, absurda, sempre pronta a desafiar os seus reais significados no decorrer do tempo. A escultura ainda se torna mais inusitada uma vez que mencionando-se um cavalo todos esperam ser um animal de quatro patas, sobretudo pelas memoráveis imagens históricas do *O cavalo de Troia*. E, no meu caso, fiz um animal só pescoço e cabeça. Aqui no meu íntimo, encarando a peça com olhos severos, posso observá-la como uma legítima representante de uma feição grega arcaica, muito mais próxima do mundo mágico do que da solenidade clássica que agrilhoou a arte do Ocidente por tantos séculos. Não quero dizer que esta absurda escultura seja a última palavra a ser dita sobre o mesmo tema. Sinto apenas que ela dará início, talvez, a uma série com o mesmo tema. Do ponto de vista escultórico, a peça é inigualável.

Também terminei a pequena maquete de *A torre de Babel*, faltando concluir a sua base, o que farei na próxima semana. Se prossigo no trabalho? Mesmo que ninguém me faça uma tal pergunta, certamente prosseguirei. Também não indagarão se a mácula do desespero deverá igualmente continuar e, no entanto...

> *Fugir, é preciso fugir.*
>
> Leon Tolstói

31 de julho

Pela sexta vez *O besouro azul*, pintado sobre ladrilhos, retorna ao forno. A qualidade do azul ainda não contém os tons reverberantes que caracterizam as carapaças dos besouros. Parece-me sempre que, com relação ao fogo, pouco adianta forçar, e sim, estar apto a merecer os seus irresistíveis caprichos. Como diz Roch Grey – e isto não está seguramente ao alcance de todos, a não ser nos excepcionais –, é preciso deixar-se "tombar nas chamas", mergulhar nas chamas, como os iniciados nas cerimônias do fogo.

1º de agosto

O conjunto feito em separado de *O cavalo de Troia* não uniu convenientemente com o corpo da peça e, como já expliquei, a parte projetada horizontalmente (perpendicular à base) não poderia ser modelada ao mesmo tempo, sob pena de desabar do grande tronco vertical. Ainda na secagem aconteceu um desencontro dos encaixes. Posso imaginar a tragédia que será depois dessa peça queimada.

Afinal de contas, é tão frágil aquele que tem razão!

22 de agosto
Vênus emergindo dos escombros. Este foi o título que dei a uma de minhas placas cerâmicas.

1º de setembro
Volto à paisagem que se faz mais verde do que nunca, nestes dias de chuva ininterruptas: "Um verde pensamento em sombra verde...".

23 de setembro – domingo
Outra pequena tela cor de pedra. Reminiscências de uma paisagem de Triunfo (junho de 1983). Manhã de névoa total com o máximo de indefinição para ainda assim perdurar o espesso sonho de ágata...

Medidas: 70 x 54cm
Título: *O que se avista no Pátio do Castelo*
Data: 1984

Suponho que consegui o "esfumato" de que tanto fala Leonardo. Não há contornos. Só envolvimentos finíssimos esgarçados como num sonho... Cores: o cinza viscoso da névoa, o castanho violeta de marte, o vermelho de marte e o seu amarelo contido no chão. O absurdo e inesperado verde-abacate em algumas árvores, a presença de uma luz sulfurina, fantasmas e o mistério do próprio ato de pintar. O fato pictórico: as cores quentes e frias, as linhas mestras da composição confirmando, secretamente, sem esforço, o que chegará a ser infinito.

O pintor inglês Francis Bacon confessou que tende a destruir as suas melhores pinturas porque "acabam perdendo a sua qualidade. Acabam perdendo tudo e, daí, eu destruo."

Diz ainda o inglês: "Agora na pintura, tudo passou a ser jogo". *Now it's entirely a game.* Eu acrescento: um jogo profundo, mas assim mesmo um jogo. Joga-se para perder ou para ganhar, com seiscentos diabos!

20 de outubro
As últimas pinturas registradas nesse diário (23 de setembro e 12 de outubro de 1984) foram destruídas: perderam qualidade.

Fenícia, cada dia mais, se apega desesperadamente à minha proteção que, diga-se de passagem, não tenho negado, embora um tanto friamente. Estranha é a natureza humana. E ainda mais esquisitos os caminhos que ainda temos de percorrer pela vida afora. Será que essas escolhas são todas casuais ou apenas acontecem e, subitamente, nos envolvem? Lastimo não compartilhar dessa torpe desculpa. Nada é casual.

Continuo no trabalho e nas dúvidas. Quisera não ser tomado por nenhuma hesitação quando pinto ou desenho, mas o meu olhar é mais rápido e eficiente do que as minhas pobres mãos. Numa apresentação magnífica sobre *Arte e loucura* (*Art et folie*), Leonida Villani, descrevendo a maneira de pintar e desenhar dos esquizofrênicos, diz o seguinte: "Nenhum artista tem a habilidade manual de um esquizofrênico, que desenha e pinta sem qualquer tropeço, sem uma dúvida, sem um momento de arrependimento e sem jamais corrigir o menor traço, como se as coisas que carrega em si fossem tão claras e tão precisas que a sua representação se torna infalível...".

Hoje em dia discordo de Machado de Assis quando em *Memórias póstumas de Brás Cubas* diz: "Grande coisa é haver recebido do céu uma partícula de sabedoria, o dom de achar as relações das coisas, a faculdade de comparar e o talento de concluir". Me cheira à academia.

29 de outubro

Numa carta ao seu filho Luciano, o pintor Camille Pissarro também externava as suas dúvidas: "Eu posso parecer muito miserável, embaçado e triste diante de tanto brilho... Estou contente? Juro que não. Meus quadros não se veem – todos me fazem inúmeros cumprimentos, mas eu sinto que ainda nada consegui. Com exceção de dois ou três fragmentos, o resto é fraco. Porquanto, não falemos mais...".

Esta é uma atitude de um verdadeiro pintor, como acontecia com Cézanne, Bacon, Balthus, Giacometti. Será que pouco a pouco terei de me contentar com o pouco que consigo fazer? E, afinal, descobrir que este "pouco" conseguido a duras penas já foi demasiado para alguém tão contraditório e imperfeito como eu? Possivelmente a resposta adequada para essa pergunta é aquela que Samuel Johnson deu a um violinista que se queixava das dificuldades na execução de uma determinada partitura: *"Difficult do you call it, sir? I wish it were impossible"* (Você chama isso de dificuldade, senhor? Eu desejaria que fosse impossível).

O novo é sempre já muito antigo, pode-se mesmo dizer que é sempre o que há de mais antigo...
Eugène Delacroix

31 de outubro
Eu conheço perfeitamente o significado do termo *anamorfose,* independente da sua procedência real ligada à botânica e zoologia modernas, que significa variantes formais de plantas e animais, devido ora à transformação repentina do ambiente, ora a uma mutação orgânica. Também a minha referência e interesse nesta situação anômala, de imagens propositadamente deformadas, com engenhosidade e artifício, se restringe a algumas gravuras de Albert Dürer e, sobretudo, ao famoso quadro de Holbein, *Os embaixadores.* No meu caso particular, tenho sido atraído por outro tipo de anamorfose, ou seja, aquela proveniente do próprio ato de pintar, o que na maior parte das vezes resulta sempre no aparecimento espontâneo de umas tantas formas e cores que se impõem como uma inesperada figuração. São esses "fantasmas", surgidos ninguém sabe de onde, que começam a me preocupar. É raríssimo uma tela pintada ou desenho que eu não me aperceba de imediato dessa sua insólita presença.

Voltarei a falar no assunto quando situar a relação do manto azul da Santa Ana, *A virgem e o menino*, de Leonardo, com o *abutre*, descoberto por Freud como uma forma superior de anamorfose, quando só o espírito e os olhos peculiaríssimos de Sigmund Freud poderiam descobrir essa inesperada silhueta.

10 de novembro
A força do seu desenho era tamanha e tão viva que mesmo depois de morto - no ateliê daquele que ainda permanece com vida - a sua marca permanece extraordinária, singularíssima, embora inconclusa, mas tão rica de loucuras verdadeiras...

Somos tentados a perguntar: a verdade não será também uma imensa loucura?

Talvez se prenuncie um ano cruel, um ano de despedidas definitivas de algumas situações... Destas coisas sempre inexplicáveis a que costumamos chamar de *destino.*

Velho emblema: cálice verde e amargo bordado de negro sobre campo azul, ornado nas bordas por campo ácido de latão. Desenhei-o e pintei-o com tal ansiedade para destruí-lo logo em seguida.

Novamente e sempre a falha trágica.

14 de novembro
Bruno S. em *L'énigme de Kaspar Hauser*: pequena fotografia do filme que me interessa como ponto de partida para um estudo de pintura à maneira dos pré-rafaelitas. Talvez Rossetti, talvez Arthur Hughes.

15 de novembro

> *Durante vinte anos, tive a impressão de que na próxima semana estaria, enfim, pronto para conseguir aquilo que eu quero tanto fazer.*
>
> Alberto Giacometti

À tarde, logo depois do almoço, fiquei sozinho. E, não havendo nada o que fazer senão pintar, mais uma vez tentei o quadro que há trinta anos eu também gostaria de ter feito.

21 de novembro
Alheio aos problemas de pintura, ignorando igualmente as esculturas recobertas com panos molhados, preso que estive na observação de trechos do meu diário (cadernos). Tirando a natural presunção de quem escreve na primeira pessoa, os trechos lidos não me pareceram desprezíveis. Os cadernos eleitos foram sobretudo aqueles situados entre os anos de 1974 e 1978. Espantosa presença de mulheres no dia a dia e registros de encontros amorosos, quase tantas mulheres quanto aquelas assinaladas pelo escritor Georges Simenon. Retirando o nosso dispensável exagero, dificilmente posso voltar atrás e dar o dito pelo não dito. Afinal de contas, o meu diário é todo feito sob o signo da exasperação e do cansaço. Um absurdo e prolongado suspiro. Como Dostoiévski declara em *O adolescente*, eu também renegaria inúmeros trechos e, sobretudo, o tom de certas frases. No entanto, não corto coisa nenhuma, nem modifico uma única palavra do que escrevi. No caso dele, deve ter sido verdade. No meu, ainda não sei.

23 de novembro

À noite, uma agitada sessão de *body-art*. O que finalmente nos sobra, senão o próprio corpo que sobressai como o verdadeiro espírito da matéria? E logo esta mesma matéria que, incansavelmente reproduzida, acaba por reluzir como uma eternidade, sempre encravada no presente. Segundo o pensamento tântrico enfatiza, "sem o corpo não há perfeição nem beatitude".

27 de novembro

Dia inteiro de espera. Lembro apenas o gesto morno e apático de retirar um livro da estante. Nada mais foi feito, apenas sobras de emoções que se interligavam fora de mim em um remoto passado ou num deslizante futuro. A mão que escolheu o livro da prateleira empoeirada já não me pertencia; talvez apenas a cor do livro, densamente azul e negro, me levou ao gesto tardio...

Entretanto, logo na primeira página, está ali na minha frente o código final, a experiência derradeira, dilatada até o infinito do conhecimento... Só ele, Joseph Conrad, poderia afirmar o negror dilacerante de suas certezas, numa verdade tão monstruosa e nem assim menos oportuna: "E então a terra para a gente é apenas um lugar onde esperar... e se, com isso, se ganha ou se perde, não tenho a pretensão de dizer... e aí, não percebe?, entra a nossa força, a fé em nossa capacidade para cavar buracos discretos para enterrar a coisa... nosso poder de dedicação, não a nós mesmos, mas a um obscuro e despedaçante negócio...". Era bem assim que prosseguia a narrativa de Marlow sobre a vida, sim, "a vida apenas como um obscuro e despedaçante negócio". E quem ousaria defini-la deste modo, tão abruptamente, com o despudor dos verdadeiramente sábios que quase sempre não pedem licença nem entendimento para as suas ardentes e nobres palavras declamadas com essa impiedosa presteza...?

29 de novembro

Afinal de contas, o que é que eu ando fazendo? Deixo de lado o livro azul e pego o livro amarelo. Na metade do caminho me apercebo que este também tem os seus códigos e não são poucos: *Lúcifer, Filho da Manhã... O Anjo Caído.*

E não vamos ser de todo injustos sobre a citação do Hamlet, sabiamente comentada: "Não há nada nem bom nem mau; mas pensar o faz ficar assim".

1º de dezembro – sábado
O ano se fecha. Continuo pintando os tijolos da coluna quadrangular. É um trabalho lento e até monótono, embora, pouco a pouco, já comece a tomar a sua forma definitiva. Apesar da simplicidade de execução, esses grandes tijolos de cerâmica vitrificada retornam ao fogo inúmeras vezes em busca de uma *matéria* ideal. Daí esse trabalho que parece não ter fim.

Ângela, o anjo decaído, expulso do céu e arremessado na terra, estava menstruada, portanto, nada seria igual aos prazeres de uma semana atrás. Chamei-a pelo seu nome verdadeiro, B., ela me respondeu com um sorriso resignado, e em seguida falou-me da partida iminente para a sua cidade natal. Não era, contudo, a cidade onde nasceu pois, um pouco antes, falou-me num outro local bem diferente. Mesmo assim, senti que partiria.

6 de dezembro
B. telefona de longe e diz que não vai demorar a voltar. Pede-me uma Bíblia de presente. Estranho desejo partindo de um anjo caído. Mas é sempre assim. Como afirma Bourget: "As suas cinzas são mais quentes que as nossas vidas".

24 de dezembro – 19h15min.
Fenícia teve o seu filho: uma menina. Pelo menos eis aí uma nova situação, ou melhor, algo *real* que a mim pode escapar como uma fugitiva realidade, mas certamente não a ela... Não a ela, certamente... Ainda não vi a criança, mas a curiosidade acabará por me vencer. E se eu tocá-la, estou perdido.

28 de dezembro
Visita ontem do embaixador brasileiro Álvaro da Costa Franco, que assumirá em breve suas funções junto a Unesco em Paris, acompanhado do arquiteto Moisés Agamenon, um dos coordenadores da ideia de levarmos uma escultura cerâmica de porte gigantesco para os jardins daquela organização. O embaixador não só mostrou-se receptivo, como prontificou-se a colaborar com o governo de Pernambuco que, no caso, se encarregaria de doar a escultura. De há muito que se fala neste projeto e, até hoje, nada foi decidido. Cheguei a pensar na possibilidade de escolha de *O cavalo de Troia*, dadas as suas dimensões e qualidade escultórica. Para mim, todas essas questões

são enormemente embaraçosas e tenho a certeza de que essa escultura, que já foi rejeitada uma vez, jamais sairá daqui de dentro da Oficina.

Quem destrói muito, destrói a si próprio.

29 de dezembro – sábado – 20h
Aguardo Afrodite. Ela virá e não será Afrodite.

30 de dezembro
Não há saídas. Só vozes.

1985

Propriedade Santos Cosme e Damião

8 de janeiro

A etiqueta do vício é muito complicada.

Henry Miller

É verdade que todos nós temos uma "pequena história", mas fica evidente que esse adorno só pode ser resolvido por uma outra pessoa... E, veja-se que uma narrativa resumida é quase nada. Mas parece-me que este é o quinhão de cada um e não pode ser de outra maneira, senão teríamos apenas um desfilar de mentiras e não uma história verdadeira. Às vezes este resumo encolhe tanto que deixamos de existir.

12 de janeiro

Depois da leitura de *Senilidade*, de Italo Svevo, divulgado em 1898, fiquei curioso em saber a data da publicação de *Um amor de Swann*[17], de Marcel Proust. Presumi que os dois escritores não se conheciam e que, tampouco, leram alguma coisa um do outro. Não é isso, contudo, o que me preocupa, e sim as afinidades que levaram estes dois autores de gênio às mesmas descobertas, às mesmas e apaixonantes similitudes. Terá sido apenas o acaso do tema que ambos abordam: um amor desgraçado e desigual, ou talvez o perfeito conhecimento que demostraram acerca das teorias de Stendhal sobre o amor? Angelina Zarri é uma prima-irmã de Odette de Crecy, assim como Emilio Brentani o é de Charles Swann.

16 de janeiro

De fato é inútil esconder a verdade. Talvez eu estivesse ficando um pouco cansado de Fenícia... Principalmente agora quando outros vínculos estranhos às minhas circunstâncias pretendem se impor. Sou um ator distanciado do palco, daí porque todos os enredos me desagradam.

---

[17] *No caminho de Swann* foi publicado em 12 de novembro de 1913 (Edições Bernard Grasset). Contudo, desde 1909 o escritor já fizera conhecer a Reynaldo Hahn o começo de Swann. Li a separata *Um amor de Swann*, antes de ter qualquer consciência do *Em busca do tempo perdido* (N. do A.).

17 de janeiro

Breves notícias de leituras desatentas: *Os filhos do barro*, de Octavio Paz; *As irmãs inimigas*, de Georges Simenon; *Linha de sombra* (um estudo sobre a obra de Joseph Conrad), de Hamilton Nogueira.

Miseravelmente aguardo Afrodite.

Admirável prefácio e estudo crítico de José Paulo Paes sobre *Tristram Shandy*, de Laurence Sterne. Posso bem imaginar o que virá depois.

20 de janeiro

> *Gostaria de voltar aos dioramas, cuja magia enorme e brutal consegue impor-me uma útil ilusão. Prefiro contemplar qualquer pano de fundo de teatro, onde encontro expressos, artisticamente e em trágica concentração, os meus sonhos mais caros; mesmo sendo falsas, essas coisas são infinitamente mais vizinhas, mais próximas do verdadeiro, enquanto a maior parte dos nossos paisagistas mente, precisamente, porque descuida de mentir. (Salon - 1859)*
>
> Baudelaire

23 de janeiro – 18h40min

Difícil negar: nesta situação, todo mundo mente. Os pecados antigos sempre deixam marcas.

Borges afirma que toda vigília sem consolo já é o inferno.

Às vezes me pergunto por que falo tanto e tão eloquentemente de coisas nas quais não acredito. Disse que não acredito mesmo. Confessar que em muito pouca coisa eu acredito e, acreditando (*hélas*!), não saberia como nomeá-las; de onde se conclui que só sei dizer inverdades.

Há muito que me apercebo: resvalo para terrenos perigosos. Os meus sonhos também confirmam tudo. Ficam evidentes demais, e isto perturba até a loucura.

Afrodite não virá hoje, mas eu a farei vir só para de novo descobrir a sua inacreditável impostura.

28 de janeiro – segunda-feira

É sempre assim: ao acordar, olhando em torno, lá está aquela mesma e intensa luz branca sobre o mar... Luz intensíssima que me deixa cego por instantes.

"Como inaugurar uma semana?", eu indago. Mas será necessário fazer essa pergunta, quando pressinto que tudo continuará a fluir a despeito de mim mesmo? Os dias se somarão aos dias... etc, etc.

O primeiro jornal abordado prefigura a centopeia, ou seja, as mil e uma pernas desta eterna caminhada (ou revolução?). Sim, não é difícil verificar: é algo que retorna e gira sempre sobre um eixo fixo e, enquanto isto, segundo diz o nosso jornal (se também não é que mente, se não exagera), o mundo continua: "Na cidade de Rotterdam os ratos infestam o maior porto do mundo"; "A máfia agora ataca na Espanha"; "A *Carmem* de Merimée é também agora de Carlos Saura e pode ser vista no cinema"; "Liliana Cavani: Entre Aldo Moro e amor lésbico em estilo japonês"; "Psicólogos treinam macacos para ler e contar"; "Nos Estados Unidos algumas marcas de maquilagem propõem olhares intensos e misteriosos".

Eis aí um aspecto de uma resumida realidade e, no entanto, o seu revérbero já seria o bastante para nos cegar em definitivo, mais ainda do que a ofuscante luz do sol da manhã sobre a imensidão do mar.

1º Ato: telefono a Fenícia e peço que grave no seu videocassete *As aventuras de David Copperfield*. Se tudo correr bem, pretendo assisti-lo hoje à noite...

Assim começa a semana de um homem que, logo em seguida, como Pilatos, "lava as mãos".

Nestes dias de trabalho intenso, evidentemente este não é um caderno propício a recordações e, portanto, não afina com os recursos da memória; daí porque só me vem a ideia de comentar fatos imediatos. Não há outro propósito além disto e espero que permaneça assim. Mas, em todo caso, há cerca de uma semana, eu me defrontei com uma mulher de belo porte, e logo no início de nossa conversação, pude verificar que, medida a altura dos saltos dos seus sapatos, seus olhos nivelaram-se aos meus e era sem esforço que olhávamos a face um do outro, sem discrepância. Tudo perfeito e coincidente, incluindo a sua natureza ao mesmo tempo dócil e apaixonada, o que me fez acreditar, por vezes, no decorrer da noite, que eu me encontrava diante de Afrodite. E não fosse ela tão meiga e amestrável, ainda hoje eu estaria convicto de que tomara nos braços uma verdadeira deusa.

Só agora, passado o encantamento, consigo lembrar que os deuses jamais têm piedade. Esta madona era piedosa. A sua face antiga me confundiu. E foi o seu súbito perfil de medalha cretense que me levou a Afrodite, quando, na realidade, eu apenas me defrontava com uma "benevolente pietá".

30 de janeiro

"Tudo isto não passa de uma incompetente paródia", diria Borges. "O verdadeiro seria renunciar a esta extravagante procura."

Será possível imaginar uma receita que prefigure Jorge Luis Borges? Escrevo na presunção de descobri-la no seu próprio campo brasonado, às vezes usando as suas palavras e imagens. Depois, um pouco mais tarde, telefono para o poeta César Leal e leio:

Receita de Borges[18]

Borges é saber destravar uma longínqua história perdida,
é abominar a cópula e os espelhos,
é manter uma desocupação fatal,
é ter a mão perene no livro,
é não ter nada para contar,
é a obscura economia de palavras,
é poder aludir mas não expressar,
é despertar de sua consentida loucura talvez para sempre,
é singularidade no projeto,
é a inconsútil erudição,
é sentir que tinha recebido e perdido uma coisa infinita,
é, também, a Voz de Macedonio Fernández,

---

[18] Poema de Francisco Brennand escrito pelo autor em janeiro de 1985 e publicado em 8 de fevereiro, no *Diário de Pernambuco* (N. do E.).

é a imagem de um cavalo avermelhado no baldio de
Serrano e Charcas,
é uma barra de enxofre na gaveta de uma escrivaninha
de acaju.

1º de fevereiro – manhã

Depois de meses de trabalho chego ao fim do *Obelisco*[19], cuja estrutura vertical é de 12 metros de altura. Os tons de terra vermelha nas primeiras queimas passaram para o verde do cobre azinhavrado. Todo o monumento esfriou com estas súbitas transformações. Assim o vermelho do açafrão percorreu, no calor das chamas, o caminho de um verde-mineral, sem, contudo, perder deste vermelho primitivo o seu núcleo incandescente. Anular a cor sem perdê-la é talvez a mais sutil tarefa do grande artista: "*La verdad es que todo color es aborrecible*".

O branco egípcio resgatado do *Templo do Ovo Primordial* permanece nos quatro obeliscos que emergem ligeiramente protuberantes, da esguia coluna quadrangular, e confirmam, como um segredo, esta aparente ausência de cor. Este *Obelisco* tem duas pontas: uma voltada para cima, outra voltada para baixo, ou seja, para o espaço e para o coração das trevas. Aí, penso, reside a originalidade do meu desenho.

Que seja sempre assim. Todos aspiramos ao vazio e ao recomeço. As imagens criadas anulam o seu modelo ou vice-versa. Eis aí o jogo infinito. Quando todo o branco é inexistente, é sempre recomeçado para de novo se aniquilar.

Tu és um similitudinário não pela semelhança, mas porque tens a qualidade do similar, melhor dizendo: tu és feito de um mimetismo perpétuo, *camaleônico,* como falava Hamlet.

2 de fevereiro

Talvez porque ele fosse um estrangeiro e tivesse saído de tão longe para tentar a vida nos trópicos; talvez porque ainda hoje pouco sabemos dele e de sua

---

[19] *Obelisco* localizado na praça do Metrô (METROREC), próximo à Estação Central do Recife (N. do A.).

origem, e muito menos da natureza dos seus gestos, largando-se para uma viagem sem retorno. Entrou no nosso país pelo porto de Salvador, em 1821, vindo de Manchester, tudo indica, com apenas dezesseis anos. Deve ter perambulado pelas terras do sul, só retornando ao Nordeste para a província das Alagoas, contando seus trinta e um anos de idade. Permaneceu solteiro, pelo menos até trinta e oito anos, segundo consta nos registros.

"Soube que Edward Brennand[20] tinha por hábito, todos os dias pela manhã, tomar banho de mar na Avenida da Paz, hoje avenida Duque de Caxias. Uma das vezes, ele demorou muito a voltar e os nossos familiares foram procurá-lo e constataram que o mesmo tinha morrido afogado, só aparecendo o seu corpo no outro dia...".

Um parente alagoano forneceu esta notícia antiga sobre seu afogamento, mas existem outras versões familiares bem mais estranhas (ou secretas), alguma coisa do tipo da fuga e morte de Leon Tolstói, que desapareceu de casa depois de uma áspera discussão conjugal. Neste caso, o velho Brennand teria entrado mar adentro, vestido de fraque, chapéu-coco na cabeça, à procura de um *território livre.*

Gostei imensamente da leitura do romance de Drieu la Rochelle – *Fogo fátuo* (*Le feu follet*). Curioso como me parecem próximos a linguagem de Drieu e, em parte, o seu tema sinistro com a danação de Céline. E não é que, malsinadamente, ambos acabaram colaborando e aderindo ao Nazismo, resultando na mais cruel das condenações que poderia acontecer a um artista francês, nascido na França daquela época! Não pode haver dúvida alguma que ambos transferiram seus desesperados argumentos das mãos de juízes vivos até os portais do Juízo Final. Sob o ponto de vista moral, poderiam ser julgados pelos seus contemporâneos como infames e, no entanto, permanecendo artistas extraordinários embora reconhecidamente perversos, intrigantes, tanto nos sentimentos como nas ideias.

Parte do telhado da grande nave permanecia descoberta, em restauração do madeiramento. E foi por conta desta imprevista abertura que tivemos, no

---

[20] Edward Brennand foi o primeiro antepassado do artista a chegar ao Brasil (N. do E.).

cair da noite, o corpo da Fábrica invadido por morcegos que, atravessando o buraco, encheram por todos os lados e em todas as direções a nave e os longos corredores de seus voos vertiginosos.

Depois de algumas taças de vinho branco, a encantadora M.V. confessa toda a sua aflição pelo desesperado amor que sente por Alexandre da Macedônia.

3 de fevereiro

Longa conversa com os poetas César Leal e Tomás Seixas sobre o esotérico na vida e na arte de Borges. Lembrei que alguém comentara a possível influência de Bulwer-Lytton, autor das novelas *Zanoni* e *Os últimos dias de Pompeia*, obras que, sem dúvida, foram lidas por Borges. Adiantamos outros tantos esclarecimentos sobre o "Réquiem pela Alemanha" para confirmarmos uma espécie de filosofia acima do bem e do mal.

Tomás aproveita para defender o "colaboracionismo" de Knut Hamsun, e César Leal às pretensas simpatias de Ezra Pound pelo nazifacismo, onde também inclui Céline e Drieu la Rochelle: "Para o puro, tudo é puro. E para o ruim, tudo é ruim". O importante não seriam os fatos, mas as interpretações que deles se fazem. Falamos igualmente de uma notícia saída hoje nos jornais, vinda de La Paz: "Os índios dos Andes e da América decidiram aproveitar a visita do Papa para devolver-lhe a Bíblia, pois, em cinco séculos, ela não nos deu amor, nem paz, nem justiça, conforme uma carta de dirigentes indígenas bolivianos enviada ao santo pontífice."

Cada vez mais torna-se difícil julgar fatos ou notícias, que, na maioria, não coincidem e, além de tudo, há sempre por detrás desses fatos-notícia uma verdadeira selva de interesses conflitantes, nem sempre verdadeiros: a devolução desta *Bíblia Andina*, tem sua origem remota nos massacres e destruição dos impérios Incaico e Asteca, respectivamente. Atahualpa assassinado por Pizarro e Moctezuma por Cortez e, portanto, lá se vão cinco séculos de infâmias que justificam plenamente esta atitude. Em todo caso, sob o ponto de vista cristão e do próprio Papa – representando a sua Igreja – não passa de mais uma injúria... Demonstra que, tanto uma religião, como uma filosofia superior pode degenerar quando aplicadas a um plano inferior da existência.

5 de fevereiro

A verdade é que eu, como primeiro homem, só vim ao mundo para ser expulso do Paraíso.

Elias Canetti

Engenheiros e arquitetos representando o metrô da cidade aparecem para olhar o andamento do meu trabalho, na coluna do *Obelisco*. Sugerem pressa, e parecem preocupados com a exiguidade de tempo. "Estamos em cima da inauguração", dizem eles. Sinto que me envolvem com seus números e datas, mas assim mesmo resisto, e fui convicto ao declamar o comentário final: "O *Obelisco* estará pronto e repleto de suas inscrições, embora confesse que, se por acaso me permitissem, ainda trabalharia por mais quatro anos nas suas quatro faces. Mas, como já assegurei, será entregue no prazo acertado."

6 de fevereiro

Sinto-me atormentado, com um desejo eterno de coisas remotas.

Melville

Despacho-me e despeço-me de todos agora. Pretendo pelo menos nesta noite sair da rotina, embora não tendo mesmo o que fazer para escapulir do rotineiro. Parece-me que já fiz tudo, já ouvi tudo, já olhei tudo, já mastiguei tudo... O que falta?

8 de fevereiro

Na última visita do poeta Orley Mesquita, ele me falou longamente da leitura de um livro de Jean Baudrillard, *O sistema dos objetos*. Hoje vejo novas referências às opiniões de Baudrillard: talvez Foucault nos fale tão belamente do poder porque o poder está morto. Assim como a sexualidade, esta grande produção dessa nossa cultura está em via de extinção. A sexualidade não passa de um simulacro; o poder e a verdade não passam de engodos.

9 de fevereiro – sábado

Hoje à noite nada escrever. Apenas aguardar. Que cruel gentileza é a vida.

10 de fevereiro

Então estou eu aqui, muito propício a encangar grilos.

Mais uma vez olhei a face de Vênus e novamente não a reconheci. Atroz certeza de que jamais a conhecerei.

À tarde, na casa de Tomás Seixas, pego no livro de Knut Hamsun, *Pan*. Folheio relembrando os textos inocentes e ao mesmo tempo apaixonados de um homem do norte. Hamsun é uma das idolatrias de Tomás, desde a sua juventude.

11 de fevereiro

Pequena carta ao poeta Tomás Seixas:

Eis aí o maldito Céline, de corpo inteiro, em Viagem ao fim da noite. *A edição é portuguesa (de Lisboa), o que na verdade nem precisa ser dito, pois logo você perceberia. Engraçado é que o tradutor tem o mesmo nome do nosso Aníbal Fernandes! O que vai contar mesmo é a grandeza do texto e o comentário malévolo que esse brutal e agitado Céline faz da vida e dos homens. Acredito que poucas vezes na literatura francesa do século XX um escritor ousou chegar tão longe.*

Sim, não resta dúvida. "Em Céline, na sua bela literatura cheia de morte e desprezo, o seu estilo sobressai, pois ele é único, inovador, letal, como o veneno da podridão. O maldito não sabe ser amável."

Evitei forçar Tomás a ler Céline. Confessou-me que ainda não o conhecia, mas estou seguro de que não será este um encontro propício. Em todo caso não resisto, e envio-lhe o texto fatal que, certamente, o atingirá como um veneno ou como uma bala...

12 de fevereiro

No dia do aniversário de Deborah, aproveito para acrescentar as duas honrosas qualidades de Borges: a singularidade no projeto e uma erudição inteiriça, sem falhas. A meu ver, a parte mais bela desta pretensa "receita" ou desse "simulacro" está no aproveitamento final quando Borges parece indagar: "Que morrerá comigo quando eu morrer? Que forma patética ou desagregável perderá o mundo?". Sua resposta é verdadeiramente assombrosa: "A voz de Macedonio Fernández, a imagem de um cavalo avermelhado no baldio de Serrano e de Charcas, uma barra de enxofre na gaveta de uma escrivaninha de acaju".

14 de fevereiro

"Deve ser um país danado." Alguém me diz, falando dos Estados Unidos. Acontece que esta observação trivial me fez recordar Baudelaire - um aprendiz da danação - no exato momento em que o poeta descobre que neste país o progresso é medido não pela iluminação à gás nas ruas, mas pelo desaparecimento do pecado original.

Um outro poeta, o mexicano Octavio Paz, lembra que mais que uma invenção, Poe é uma tradução de Baudelaire, enquanto traduz seus contos, traduz a si mesmo: Poe é Baudelaire, e a democracia Ianque é o mundo moderno. Um mundo propício à danação - eu penso -, uma Babel de tolices e danações que a todos atinge e contamina. E pior ainda: no entender de Paz, os Estados Unidos não são um país: são o futuro. Embora não tenha sido esta exatamente a opinião de Octavio Paz, desde que ele apenas sugeriu que, para a visão de Baudelaire, Mallarmé e descendentes, este era o futuro esperado, isento da *mancha original.*

A questão ainda se complica quando imaginamos que esse futuro falado por Paz é um *futuro* peculiar, idealizado por poetas e não, de modo algum, um futuro qualquer tratando das mesquinhas ambições humanas, ou seja, de gente vulgar e desatenta. Parece que derivei, como observa Baudelaire, para aquilo que as pessoas de profissão chamam de um extra-assunto. De algum modo, diante desse "futuro", não muito explícito, pouco me cabe examiná-lo sem a mancha indelével do *pecado original.* De outra forma, não teremos mesmo futuro algum.

18 de fevereiro

Prossigo em minhas leituras e acabo por encontrar uma notável advertência, como tudo que sai dos escritos de Herman Melville: "As coisas mais maravilhosas são sempre as que não se mencionam".

20 de fevereiro

Só depois de muitos dias é que fui encontrar a qualificação adequada para Knut Hamsun, independente da paixão de Tomás e de suas lembranças de juventude. A leitura de *Pan* deixou-me por horas constrangido, e era difícil acreditar que algo assim pudesse um dia ter me impressionado. Repentinamente foi como se lidasse com uma literatura elementar, quase fora de propósito, um tanto óbvia e, no entanto, contaminada de uma indiscutível e mórbida paixão. Hansun tinha o mesmo estranho e fanático idealismo dos escandinavos e, no fundo, era um pesquisador de *auroras boreais.*

23 de fevereiro – sábado

Visita de um escultor alemão acompanhado de um artista local, que conheço mas não sei o nome, assim como o do escultor também escapou-me. Está me parecendo um conto de Kafka, onde as pessoas são chamadas por K., por X., por Z., ou mesmo pela profissão que exercem: o agrimensor, o chofer, o médico, etc. Neste caso, estamos de acordo, uma vez que o homem é escultor. Durante horas percorremos a Oficina sem nenhum diálogo: o *escultor* falava mal o italiano e quase nada entendia do nosso português. Em várias ocasiões notei-o balançando a cabeça para os lados, certamente incrédulo diante do que estava vendo. E, como eu não podia atinar quais eram as suas dúvidas, nada explicava (se é que de fato eu devia alguma explicação) do sentido das coisas que deveriam permanecer ocultas para sempre.

No final da visita, mostrei-lhes no *Grande Pátio* o poema do austríaco Ernst Jandl, sem me aperceber que também esta inscrição mural estava traduzida para o nosso idioma. Desta feita o escultor balançou a cabeça afirmativamente. Depois saímos para o sol que, àquela hora, impiedoso, não facilitava nenhuma espécie de entendimento entre quem quer que fosse. Em seguida, partiram como haviam chegado, sem que eu identificasse os seus nomes e verdadeiros propósitos.

Aguardo Marthe, o que é muito pouco sem um acréscimo de um sobrenome, como Sphende, como Judens, como Adacktir. É preciso urgente largar com esta mania de ser um escritor. Não sendo um escritor, não tenho nenhuma vinculação direta com as formalidades literárias e, consequentemente, sou senhor da mais perfeita e incondicional liberdade de tudo ousar, do sério ao frívolo e, sobretudo no meu caso, evitar qualquer estilo, apenas manter a caneta na mão nervosa, significando alguns vagos pensamentos e outros nem tão vagos assim.

25 de fevereiro

A presença de M. no sábado poderia ter o seguinte título baudelairiano: "O louco com juízo e a bela aventureira". M., para ser uma parceira ideal, deveria obter o prazer sexual no convívio com pessoas extravagantes, mas M., no fundo, é apenas uma simplória - como tantas outras moças do seu tipo e de sua idade, daí ter acabado debulhada em lágrimas, surpreendida pelas suas próprias audácias. Agora, passado tudo, será que recorda de alguma coisa? Será que se apercebeu das diferenças?

Do *Obelisco* já temos dezenove fileiras colocadas. Ao todo são cinquenta e seis fileiras. No final a "praça" se embelezará.

26 de fevereiro

Mariposas. Esquina do "Vento Brando".

Ontem, demorada visita do pintor José Cláudio e do ceramista Ramiro, que é filho do conhecido pintor Caribé. Conversa demorada, de muitas horas e de muitos temas.

> *Este mundo é um dicionário de hieróglifos.*
>
> Baudelaire

> *Dei conta de que algumas dessas pessoas chegam a acreditar no que escrevem.*
>
> Baudelaire

> *O estilo florido dos charlatães.*
>
> Baudelaire

27 de fevereiro

Mesmo em se tratando de uma tendência minha para o "pensamento idiota", isto não invalida a reflexão em torno do assunto, de qualquer assunto: obstrução, gagueira, idiotia.

28 de fevereiro

Às cinco horas da tarde virá uma xícara de chá que eu não gostaria de tomar, mas que tomarei. Em seguida, contrariando os meus gostos mais profundos, praticarei ainda uma série de ações que estão fora do meu condomínio para me deitar, enfim, numa cama despida de sonhos, onde presumo que terei de passar mais uma noite interminável. Com esta pequena e patética confissão, candidato-me a um "papel" no teatro de Ionesco. Enfim, recito algo absurdo e impróprio. A personagem M. Smith, de *A cantora careca*, aconselharia: "Eu não posso saber de tudo; eu não posso responder a todas as questões idiotas!".

Meu Deus, como é eficiente a repercussão pérfida da intriga. Não precisa de teatro. Está solta na vida, fluindo como um rio... incansavelmente. Parece que Shakespeare sabia disso muitíssimo bem!

3 de março – domingo

Como eu supunha, Tomás não apreciou a *Viagem ao fim da noite*, de Céline. "Suas quase quinhentas páginas não valem cinco de Stendhal", ele disse.

Fui apresentado a Franco Jasiello. Ele foi discípulo de Ungaretti e conheceu muito de perto Cesare Pavese.

Ontem, sábado, continuei minhas experiências periféricas. Acredito que os meus gostos (vícios), hão de perder-me um dia! Será que ainda não aprendi tudo mesmo sabendo que já sei o suficiente para a minha condição?

4 de março

Absolutamente paralisado. Os acontecimentos surgiram de forma inesperada, como efeito de um formidável erro.

5 de março

O dia inteiro assistindo, aqui dentro da Oficina, a filmagem realizada por um casal de franceses: Rosa Perahim e José Castan. Ela, filha do pintor romeno, o surrealista Perahim, e ele de origem espanhola (um aragonês, como Goya). No final, a pedido deles, um depoimento sobre a minha "arte surrealista". O que eu disse, ou o que eu consegui dizer em língua francesa, talvez, isto sim, tenha parecido um tanto surrealista.

Nada fiz senão me envolver em dificuldades linguísticas: não disse absolutamente coisa alguma e, às vezes, até sorri das minhas patetices no microfone (*voilà le surréalisme*). Contudo, o casal me pareceu bastante feliz com os resultados, tanto das imagens quanto das minhas gaguejadas explicações infantis. Talvez quem sabe, seja este o efeito surrealista que tanto procuram. Tarde da noite nos separamos com um *adieu*.

Tudo pode ter parecido bastante confuso ao espírito surrealista, mas o que faço nada tem a ver com essa escola e muito menos com as suas descabidas pretensões. Espero que permaneça o meu registro e não o deles.

6 de março

De acordo com Salvador Dalí, "quanto mais censura, mais voluptuosidade".

> *As imagens existem antes mesmo da religião, que foi uma das primeiras tentativas de organizar as imagens. De um certo modo as religiões não poderiam ter existido antes das imagens, porque em toda a imagem existe algo religioso.*
>
> Jean-Luc Godard

7 de março

Na praça, entre duas estações da estrada de ferro (metrô de superfície), a coluna *Obelisco* está pronta e, no momento, trabalhamos aceleradamente para acabar o revestimento do piso em uma área de $10m^2$. Segundo nos avisaram, a inauguração do conjunto se dará no próximo dia 11. Uma ponta do *Obelisco* olha o céu e a outra olha a terra, como já falei.

"A Tábua de Esmeralda" determina: "O que está acima é como o que está abaixo." Ratificada e melhorada por Goethe, ao acrescentar: "O que está dentro (ideia) está também fora (forma)".

8 de março

Seja qual for a nossa pretensão, todos aspiramos a chegar a uma realidade plena, um realismo "no mais alto sentido", como propugnava Dostoiévski, retratando todas as profundezas da alma humana.

9 de março

Novamente diante do *Obelisco* que é: "por sua forma, símbolo do raio solar. Por sua matéria que se integra no simbolismo geral da pedra. Acha-se relacionado com os mitos da ascensão solar e da luz, como *espírito penetrante*, por causa de sua posição ereta e da ponta piramidal que o arremata".

Passeio sozinho pela praça deserta onde alguns operários trabalham com afinco em torno do monumento para terminá-lo em tempo hábil. Procuro, à uma certa distância, descobrir se a "coluna" está no seu tamanho ideal, sobretudo em função do espaço que ocupa e também na relação que mantém com alguns edifícios vizinhos, próximos ou distantes. "Tudo certo", eu pensei. Não poderia ser nem maior, nem menor. Ao sair do local, recordei o estranho trabalho de J. B. S. Haldane, cujo título ainda é mais enigmático: *Sobre como ser do tamanho certo*. É verdade que a atenção de Haldane voltava-se, sobretudo, para a relação de tamanho entre os animais: "Para cada tipo de animal existe o tamanho que lhe é mais conveniente". Entretanto, insisto em associar, também, a forma ideal do tamanho dos objetos, por não ficar convencido desta diferença.

De alguma maneira, tanto nos seres vivos como nos inanimados, "uma alteração no tamanho, acarreta sempre uma mudança de forma". Percebo de imediato grandes afinidades, como uma sentença de Gauguin: "E preciso convir que um quilo de verde é mais verde do que meio quilo". Ambos abordaram de maneira genial o problema das proporções (ou tamanhos). O primeiro, falando de seres vivos e o segundo, admiravelmente, especulando sobre pintura. Pretendo ainda abordar o assunto.

Uma tentativa de poema:

Degrada-se o mel.
Melaço.
Degrada-se o melaço.
Ácido.

Pego o telefone e ligo para Deborah, ela aprova o poema.

Voltando a Haldane: *Sobre como ser do tamanho certo*. Trata-se, como dizem, de um pequeno e brilhante ensaio, escrito há mais de quarenta anos, talvez até cinquenta anos ou muito menos do que isso. Pois bem, "diz respeito a uma questão que fascina o ser humano desde os tempos mais remotos e que supre vários campos, desde a biologia e a aeronáutica, até a engenharia social e política. Tem a sua moral e tem a ver com a matemática: a moral é inofensiva e a matemática é profunda, mas simples".

Desta feita, Afrodite me deu um trote. De fato era Afrodite e não uma falsa deusa como todas as outras. Acontece que, simplesmente, não apareceu.

Eis-me deveras envolvido num prodigioso acontecimento que me abalou de corpo e alma.

Apenas começa a noite. Impassível, dou o meu endereço errado, ou melhor, dou o meu endereço social errado. Melhor dizendo: utilizo um falso endereço em benefício próprio, atingindo a quem eu posso atingir. Botando minha mão em cima de quem minha mão alcança. Em todo caso, a atitude atroz e verdadeiramente grande seria aquela da recusa total, isto é, não procurar ninguém, permanecer no silêncio e com a sensação de ser um estrangeiro para sempre.

Como disse há pouco, pretendo ainda abordar o enigmático J. B. S. Haldane. No seu livro *As causas da evolução*, Haldane foi dos primeiros "a aplicar a matemática ao estudo da seleção natural e os outros aspectos da teoria da evolução".

No final das contas, entre essas diferentes digressões pode haver um espaço de tempo considerável e pode não haver nenhum. São, às vezes, sequências, mas não necessariamente consequentes. Dizer que agora devo sair pode ser mais um eufemismo qualquer, como também pode não ser verdade, como ação propriamente dita.

"O que digo não é verdadeiro, mas trai - só pelo fato de o ter dito - o meu ser." Assim, se confessava Pavese e eu também, sem pejo algum. Vamos parar dentro dos limites toleráveis, repetindo: sobre como ser do tamanho certo.

10 de março

Voltei ao local do crime. Lá estava ainda no mesmo lugar o *Obelisco*, bem plantado, ereto e desafiante. Mais uma vez olhei a estranha coluna com os meus olhos de estrangeiro e caminhei na praça como quem caminha no deserto.

11 de março

À tarde recebo o embaixador da Tailândia, o Sr. Pranom Kongsmut.

Pela manhã, estive relendo as cartas de Joyce à Nora Barnacle. Compreendo as liberdades do escritor e se ele foi tão longe e bravamente nas suas confissões e atividades sexuais é porque ainda iria mais longe nas suas criações literárias. Uma coisa completava a outra. E, em todo caso, a coragem e a paixão eram as mesmas. Desceu ao inferno da carne porque o seu espírito era igualmente subterrâneo. Nesta descida a um poço sem fundo, ao mesmo tempo reencontraria e renovaria toda a literatura e a arte do seu tempo. Suas cartas já prefiguravam a sua inigualável ousadia. Espantoso seria se ele fosse diferente no seu orgulho e na sua intrepidez sem limites.

Se não estou enganado, no ano de 1983, fiz alguns comentários favoráveis ao crítico Wilson Martins quando ele reclamava a falta de sentido nas publicações dessas cartas. Acontece que na época ainda não conhecia o texto, e só vim a descobri-lo pouco tempo depois. Wilson falava em cartas pornográficas e isto me desorientou. Conhecidas as cartas, a minha opinião logo modificou-se: não havia nada pornográfico, mas, sim, a linguagem codificada e virulenta do amor.

12 de março

Ontem inauguraram solenemente as instalações do Metrô do Recife (Metrorec), contando com a presença do Presidente da República e outras autoridades. Como não compareço a cerimônias nem a espetáculos públicos, de longe aguardei alguma alusão aos trabalhos dos diferentes artistas pernambucanos que colaboraram para o "embelezamento" do local, entre eles, o pintor e escultor José Cláudio da Silva. Nenhuma referência falada ou escrita foi feita, nem ontem, dia do acontecimento, nem hoje e, acredito, que não será feita jamais.

Ignoro se Joyce deu término ao seu drama junto à Nora Barnacle: não lhe faltava senão a indispensável cumplicidade de Nora e, talvez, ela o tenha renegado, quando ele dela mais necessitava. Embora, quem sabe, a indiferença dessa mulher a uma degradação total tenha exacerbado a secreta perversidade do escritor, e acelerado a sua condenação, definitivamente aquilo que ele conscientemente mais desejava. Descobriu o que os outros descobriram antes e depois dele, aquela mesma sentença fatal de que nos fala T. E. Lawrence: "*There seemed a certainty in degradation*".

Voltar à leitura das quatro cartas de Joyce à Martha Fleischmann que foram escritas em Zurich entre dezembro de 1918 e fevereiro de 1919, sem nenhuma resposta desta estranha desconhecida que apenas ele entrevira e que depois descobriu se tratar de uma vizinha. Mais uma vez o escritor parece não ter encontrado uma cúmplice à sua altura.

Cet obscur objet du désir.

Recomeço a pintar e a esmaltar esculturas cerâmicas que há vários meses aguardam a queima definitiva nos fornos de alta temperatura. Não me canso de repetir que o processo de secagem das peças é sempre bem mais demorado do que suas diferentes queimas, por mais prolongadas que sejam.

Registro esse fato por ter me recusado a falar ou a escrever sobre problemas de minha profissão, e este deliberado silêncio, que acredito parecer não constranger as pessoas - pelo menos jamais ninguém reclamou - começa a me inquietar. "Ocupando-me nesse caderno sobre a literatura em geral, me parece uma oportunidade mais rápida de chegar às artes plásticas." Acontece que tem dado certo. Apenas não posso recomendar aos jovens artistas esse método. Mas, nesse sentido, sigo o exemplo de Pavese quando ele diz: "A literatura é uma defesa contra as agressões da vida".

De resto, eu não posso estar consultando todos os livros ao mesmo tempo, mas meus cadernos estão sempre ao meu alcance, e eles, passando pelo conhecimento dos outros, voltam às minhas mãos, carregados de sabedoria.

Não me dei conta de que já era noite. Suspendo os trabalhos e dirijo-me ao escritório, onde me espera uma xícara de chá frio. No percurso tenho de passar pelo galpão sem telhado que, apesar de se encontrar nestas condições há muitos meses, sempre me desgosta e assusta.

Paro bem embaixo do grande buraco e demoradamente olho o céu ainda luminoso, onde algumas estrelas pálidas tremulam à distância. Meus olhos podem ter percebido, mas não a minha mente, inteiramente esvaziada de qualquer forma de pensamento. Tão vazia como o buraco do telhado.

13 de março

> *Só há uma coisa mais terrível do que a música inglesa: a pintura inglesa.*
>
> Heinrich Heine

Cometi um gravíssimo deslize em algum lugar deste caderno, misturando música inglesa com culinária inglesa. Acontece que Borges recomenda as citações errôneas, ou melhor, as atribuições errôneas, e esta é uma maneira de verificarmos o quanto nossa memória é falha e o quanto as coisas embaralhadas também passam a ter o seu valor, desde que não prejudiquem ninguém. A falta não é grave.

De há muito de fogo morto, acendemos o velho forno-túnel (de entrada vertical), onde queimaremos uma centena de peças novas modeladas nestes dois últimos anos. Este aquecimento ainda demorará um certo tempo, antes que as diferentes esculturas possam penetrar no grande corredor ardente de labaredas, como se fossem presas que serão devoradas, transformadas, purificadas ou possivelmente aniquiladas. O ímpeto amotinado dessas forças não nos deixa nenhum critério de previsão. Daqui há alguns dias, na saída do forno, poderemos apenas verificar o quanto as leis da natureza pouco têm a ver com os nossos desígnios. Entretanto, mesmo quando destruidoras, o resultado deste estrago ainda é uma grande lição. Um exemplo alucinante. Quantas peças semidestruídas eu não aproveitei como sendo verdadeiras obras-primas, resultantes de uma *vontade* certamente superior a minha ou a de todos?

14 de março

Com voz monótona e irregular, consegui ler um trecho do *La princesse de Clèves*. Como jamais havia lido em voz alta, tão cedo na manhã, cheguei à conclusão que só deveria fazer tais leituras na parte da tarde, ou à noite, nunca pela manhã.

Devo ter lido o *Meu último suspiro*, de Buñuel, edição brasileira da Nova Fronteira, entre março e abril de 1983, portanto há dois anos. E não fora um casual comentário de Ariano Suassuna junto com o jovem escritor Maximiano Campos sobre uma determinada passagem do livro, certamente não teria voltado ao texto tão rapidamente. Esse livro de Buñuel me fascinou desde as primeiras páginas como testemunho exemplar para todos aqueles que pretendem relatar "suas memórias". Sobretudo porque o homem, o escritor, o artista (apesar dos disfarces da loucura), estava de todo presente e assombrosamente integral.

A mim logo pareceu que ele mentia menos do que Chaplin, menos que Neruda, e muito menos do que Dalí; logo, merecia crédito e atenção.

Das passagens mencionadas, uma delas pergunta o seguinte: "É por um mentiroso que a verdade será dita?". Falando sobre o ateísmo, Buñuel teria conjeturado: "O ateísmo - pelo menos o meu - leva necessariamente à aceitação do inexplicável. Todo o nosso universo é mistério". Numa outra afirmação revela: "Escolhi o meu lugar. Ele se situa no mistério. Resta-me respeitá-lo".

16 de março

Tomo conhecimento de que Buñuel pretendeu filmar o romance de William Golding, *Lord of the flies,* antes do escritor inglês ganhar o prêmio Nobel de literatura.

Este reencontro casual com Buñuel volta a interessar e, por toda parte, ele se faz presente, mesmo na despedida: "Na minha idade, deixo que falem. Minha imaginação está sempre presente e me apoiará em sua inocência inatacável até o último dos meus dias. Horror de compreender, prazer de receber o inesperado".

Citando a Bíblia, acaba por descobrir algo mais forte e superior do que "O Cântico dos Cânticos" que, segundo ele, encontra-se no "Livro da Sapiência". "Nenhum de nós falte a nossas orgias. Deixemos por toda parte sinais de alegria, porque esta é a parte que nos toca e esta é a nossa sorte."

Quanto ao descobrimento de Sade, confessa sem nenhum cuidado: "Deveriam ter-me feito ler Sade, antes de qualquer coisa. Quantas leituras inúteis!".

Não me confunde, inclusive, o seu desprezo por Borges, o que, aliás, parece comum nos surrealistas. Buñuel foi a segunda pessoa de gênio a atacar, sem disfarces, Jorge Luis Borges. O primeiro (pelo menos no meu limitado conhecimento) foi o pintor surrealista Magritte, e ambos parecem de acordo quando acusam o argentino daquilo que chamam "o falso brilho do seu discurso". No entanto, a paixão de Buñuel pelos escritores russos é sem reservas. E, diga-se de passagem, se Dostoiévski fosse vivo, certamente também odiaria

Borges. Buñuel presume como verdade "que existe entre a Espanha e a Rússia uma correspondência que passa por cima - ou por baixo - da Europa".

Buñuel diz que não gosta de países quentes. Eu também não gosto de países quentes, embora não goste de países excessivamente frios. Também como Buñuel, detesto John Steinbeck tanto como detesto dos Passos, "eles nada seriam sem os canhões norte-americanos".

Buñuel esclarece que odeia os donos da verdade. Eu também. Mas, em todo caso, notei - nesta segunda leitura - que o espanhol (aragonês) não é tão inocente assim como pretende parecer. Mesmo sendo antifanático, fanaticamente guarda, de forma visível, sua malignidade, seus rancores, seus fantasmas. Mas quem não os guarda?

A nossa sorte ou a nossa morte?

À tarde, graves transtornos dentro da Fábrica. O forno que acendemos há uma semana para queimar as "minhas peças" encrencou. Os vagonetes que atravessavam o túnel superaquecido colaram na zona das fornalhas e parte desse material fundiu como lava de vulcão. Acidente imprevisto que muito me desorientou, embora não pareça.

18 de março

Como pretendia, voltei à leitura das quatro cartas de Joyce à Martha Fleischmann. Encontrei-as no *Selected Joyce letters*, editado por Richard Ellmann, um dos melhores biógrafos de James Joyce e, assim, pude relê-las no seu texto original, escritas, na sua maior parte, em francês e só pequenos trechos em alemão. Na primeira dessas cartas o escritor confessa a sua velhice: "Eu não sei a sua idade. Sou velho e me sinto ainda mais velho. Talvez tenha vivido em demasia. Tenho trinta e cinco anos. É a idade que tinha Shakespeare quando concebeu a dolorosa paixão pela *dame noire*. É a idade que Dante tinha quando ele entrou na noite do seu ser".

Numa nota à margem, verificamos que nesta data (dezembro de 1918), Joyce beirava os trinta e sete anos.

Prosseguindo diz Joyce: "Eu tenho a aparência de uma tarde brumosa. À sua espera, eu a vejo aproximar-se de mim vestida de negro, jovem, estranha e doce. Olho nos seus olhos e lhe digo que, neste mundo, sou apenas um indiscreto que não alcança nada do meu destino nem o dos outros. Aqui onde eu vivi, pequei, criei e de onde irei embora um dia, não compreendendo nada dessa obscuridade que nos concebeu a todos".

Deixando de lado estas quatro cartas a uma desconhecida e inatingível dama de negro, uma vez saciada a curiosidade, volto-me - como não poderia deixar de acontecer - para a longa e obsessiva correspondência com Nora Barnacle.

Nesta edição inglesa, Richard Ellmann esclarece que esta correspondência entre Joyce e sua mulher chega ao total de 64 cartas, mas só foi permitido revelar o texto completo de 54 delas, parcialmente o texto de 8, e nenhum texto das duas restantes. Chamou-me a atenção, logo de início, pelo fato das cartas estarem endereçadas, na sua maior parte, à Nora Barnacle Joyce e, na edição brasileira, ainda não haver nenhuma introdução que explique ou amenize esses textos incendiados de alucinações sexuais, permanecendo o nome de solteira da mulher de Joyce. Invocar a natureza ridícula dessas cartas ou a impropriedade de publicá-las é, a meu ver, em primeiro lugar, nada entender de literatura e de criação artística e, em segundo lugar, desconhecer por completo o que seja a natural perversidade de toda atividade sexual da criatura humana. Figuras do tipo de um Dostoiévski ou de um Joyce, não poderiam de forma alguma atender a cartilha do ridículo, subscrita pela maioria das pessoas comuns; não que não tivessem a noção do "homem ridículo". Dostoiévski parecia conhecer melhor do que ninguém seu próprio ridículo: "Se houve na terra um indivíduo que soube mais do que todos que eu sou ridículo, então esse indivíduo fui eu mesmo". Esse processo de internação pessoal é comum aos gênios e aos santos, pois, não perdendo a consciência de sua loucura e do grotesco, prosseguem assim mesmo. Se hesitassem, se por acaso voltassem atrás, não chegariam à regiões que decidiram chegar, e os prejudicados seríamos nós outros que permaneceríamos órfãos e ignorantes, diante da verdadeira natureza do ser humano e da sua sempre obscura destinação.

19 de março

Visita do pintor Montez Magno. Falamos em demasia, o que fez colidir a nossa conversa. Conheço pouco da sua obra, como ele igualmente desconhece a minha. E não estou seguro depois desse nosso encontro: se a nossa amizade aumentou ou diminuiu. Aguardarei uma nova oportunidade, quando pretendo ver alguns dos seus trabalhos recentes para, então, emitir novos julgamentos. De uma coisa eu sei: ele leva muito a sério sua arte. Mas, ainda assim, não é o bastante para um artista conseguir resolver os problemas de percurso. Eles são sempre maiores do que a nossa seriedade.

20 de março

A Lição de Turner

Lêdo Ivo

Lembre-se de Turner, que não copiava o pôr-do-sol.
Com tintas e pincéis, ele o inventava.

E não se esqueça dos que, no silêncio da noite,
Evocam o que foi roubado pela morte:
um seio, um grito, um riso entre as árvores.

Eles também inventam e aprendem a mentir
e a dizer a verdade.

21 de março

O forno recomeça a sua marcha enfadonha, mas inelutável, depois dos necessários consertos nas suas entranhas. As peças espalhadas pelo chão aguardam mudas e expectantes o seu futuro incerto: "Vão brincar com fogo e certamente sairão chamuscadas".

Assisto ao filme (cedido pelo consulado alemão) sobre Caspar David Friedrich. José Borges, o fotógrafo, aproveitou a reunião e projetou um audiovisual referente a *A vida das abelhas* (adaptação do livro de Maeterlinck). Nos dois casos presenciamos, comovidos, o altíssimo mistério das imagens iluminadas por um ideal, conjugadas aos supremos valores do espírito.

22 de março

Só os tolos não prestam atenção às notícias de jornais. Todas elas procedem de alguma fonte e significam uma mensagem-código. Portanto, o difícil será atingir o seu perfeito discernimento, isto é, saber ler nas entrelinhas do trivial e do exagero os motivos reais que as fizeram nascer.

Esta notícia saída hoje, numa de nossas folhas, é digna de um roteiro de Buñuel, como também poderia ser assimilada por um Werner Herzog, ou mesmo por um Pasolini da última fase. A notícia assinada por Cesare Protetti afirma a prática do canibalismo nas Cruzadas. Não vou descrever a notícia por completo, mas apenas duas linhas serão suficientes para os interessados se aprofundarem no assunto: "Os tafures, a lendária horda ferocíssima e mercenária que teria participado da primeira cruzada (1096-1099), tornando-se protagonista de episódios de canibalismo, não são uma pura criação literária, (...) segundo Franco Cardini, professor de História Medieval da Universidade de Florença, esta horda de mendigos organizou-se com uma estrutura carnavalesca".

Pela manhã, rápida visita do pintor Cláudio Tozzi, acompanhado pelo arquiteto José Goiana.

23 de março – sábado

A tarde já começava pesada e escura como se fosse noite. O barulho feroz da chuva me fez sair do ateliê para verificar os telhados ainda em conserto. Chovia dentro da Fábrica como se estivéssemos em campo aberto. E por toda a parte, mesmo nos telhados já reformados, a água sabia como penetrar. Às vezes em forma de goteiras, noutras sob pressão, borrifando as frestas mais largas e, finalmente, enchendo os corredores e salões de umidade e poças d'água. Precisa a chuva aparecer para eu descobrir que depois de quatorze anos de trabalho, esta Fábrica permanece uma ruína apenas disfarçada.

Por volta das cinco horas da tarde, carcomidas de tanto fogo, saem do forno as primeiras peças cerâmicas, ainda irradiantes de tanto calor, me deixando respeitosamente à distância. Segundo mostrou o foguista, a temperatura deve ter ultrapassado, de muito, os 1.360C°.

Reconhecer o fascínio da matéria cerâmica não me faz esquecer que a matéria da pintura a óleo feita e elaborada pela mão do artista seja bem mais sutil. Toda força da cerâmica é, em grande parte, tomada de empréstimo à natureza, enquanto a da pintura se resume na habilidade do homem, e só dele.

Antes de cair a noite, reli trechos do meu diário do ano de 1981. Não me agradou, em absoluto, os malévolos comentários sobre a inépcia das mulheres e de algumas de minhas amantes. Além de desnecessários, são chulos e insensatos. Precisam de revisão e possivelmente serão destruídos. Deve ser bem interessante não deixar que a verdade nos atrapalhe, mas já é tempo de verificar que entre homem e mulher não há história que se complete, e sim, desentendimentos fatais e filhos. Tripudiar sobre esses desentendimentos é causa comum: acontece com todos. O correto pode ser triste.

24 de março - domingo

Borges
Emílio Carazzai[21]

Assumir todos os riscos da afirmação,
embora crendo não haver mais que a dúvida.
Demorar-se na existência do diamante,
consciente que também a perenidade perece no observador.
Meridionalidade. Austeridade. Argentinidade.
Não há mesmo exílio para o que surgiu desterrado.
Levitar o pensamento na transparência.
Voz e pele fissurando a espessa capa da noite irremediável.
Todos os objetos. Sensação crispada do cotidiano -
transnaturando banalidade em mistério.
Seduzir-se pelo desespero da condição: tepidez da roupa
num dia de outono complacente: no olho esquerdo
iridescem cristais dilacerantes. Gumes.
(Palavras como torrões friáveis de argila crua
despegando-se por os dedos).
A esfera. O punhal. O mate. O palíndromo.
A ausência são muitas.

---

[21] Emílio Carrazai, economista e poeta bissexto. Texto publicado no *Diário de Pernambuco* (Programa inspirado na Receita de Borges, por Francisco Brennand) (N. do A .).

26 de março

Manhã inteira ocupado com uma entrevista, combinada ontem, a um grupo de jornalistas. Pouca fluência de minha parte, mantendo-me quase sempre desacostumado às inquirições. E, não sabendo como tocar o coração dos repórteres, lembrei-lhes a paixão de alguns artistas solitários pelas coisas remotas, "do desejo das coisas remotas" que tanto pareceu afligir o escritor Melville, como também a um jovem escultor do nosso século, Joseph Beuys, que utiliza "antigas figuras para expressar alguma manifestação futura". Volto-me para o passado - eu disse - porque não acredito que nada tenha passado: vivemos um presente secular, espantosamente fixo. É de uma extensa e contagiante memória o que mais necessitamos, embora a ciência do esquecimento seja cada dia mais praticada. Ousaria mesmo defini-la como tendo sua origem no Estado (ou pior ainda, num *sistema* acima do Estado) que tudo deseja ocupar, e onde o homem de memória passa a oferecer uma identidade perigosa.

Difícil. Foi muito difícil definir e ainda mais difícil concluir. Tivemos de mudar o assunto e enveredar pela história dos números e das datas. Só assim conseguimos que tudo fluísse como devia...

28 de março

Ainda bem que o meu pretenso *auto de fé* não foi exagerado quando resolvi, há cerca de um ano, queimar publicamente o livro de Norman Mailer, *Noites antigas*. Como joguei o "esterco" na fornalha e, durante algum tempo pensei ter sido excessivamente severo nesse meu julgamento, hoje verifico nos jornais que o próprio Mailer reconhece alguns de seus equívocos literários. Embora essa nota esteja pontuada de ironia, apresso-me a descrever um pequeno trecho da pretensa justificativa do escritor: "Como tenho de pagar universidades particulares para cinco filhos e pensões para várias ex-mulheres, de vez em quando cometo alguns crimes literários. As más línguas dizem que o cartapácio *Noites antigas* é um deles...".

Na verdade nada tenho contra a "sobrevivência" dos artistas endividados, e muito menos me agradaria julgar quem quer que seja sob o ponto de vista do caráter de cada um. Sem exceção, somos o que somos. E, portanto, os possíveis deslizes de Mailer são comuns à toda comunidade artística, onde eu próprio me incluo com os meus erros e acertos, mais erros que acertos. O que me interessou nesta notícia foi apenas a confirmação do meu instinto literário (note-se que não falo de gosto, e sim, de intuição). E se, à primeira vista, detestei *Noites antigas*, é porque não estava enganado: era mesmo um grande e reluzente patacão de ouro falso. Lastimável é o autor ainda pensar o contrário...

Separo as duas belas reproduções de *O sepultamento*, pintadas por Tiziano, para mostrar ao poeta Tomás Seixas. Uma das pinturas está no Louvre, a outra no Prado. A primeira é obra de juventude; a segunda, da velhice do pintor. Quando idoso, Tiziano pareceu alegrar a cena do sepultamento. Quando moço, a mesma cena é quase sinistra com alguns toques bem evidentes de romantismo na figura do jovem apóstolo João. Contudo, veja-se nesta figura o "romântico", como o entendia Hegel, e não o "romantismo histórico" que é muito posterior.

Segundo afirmam, Spinoza chamava a piedade de afeminada.

30 de março
Tradução em língua portuguesa dos poemas de Pasolini. Confesso que, de Pier Paolo Pasolini, prefiro guardar a magnífica e atordoante impressão que tive ao assistir *Teorema*. Este, sim, um poema irretocável. Cheguei a escrever um ensaio sobre esse estranho filme.

Olho com prazer e destemor a minha escultura *O cinto de castidade*, realizada em 1979. Prestando atenção, verifico que a peça não foi assinada nem datada, mas, como se trata de uma maquete, não me espanta esse lapso. A grande escultura definitiva com este mesmo tema encontra-se nos jardins da Oficina e está devidamente datada e assinada.

Não tenho dúvidas de que este referido estudo não é posterior a 1980 porque, em 1981, por puro encantamento, fiz três réplicas em formaria de gesso dessa pequena maquete, e elas confirmam a data.

Thomas Mann falou de Goethe com relação a uma fraqueza: "Ele é muito grande, mas não deixa de ser como todos nós". Curioso que Mann tenha feito uma observação tão tola como essa, ou seja, descobrir que Goethe era uma criatura humana. Grande descoberta!

A alusão que fiz a Borges, como alguém que superava o simples conto e nada tinha para contar, é algo tão enigmática quanto o próprio Borges pretendeu. É certamente bíblica, à medida que se aproxima com fortes ligações do versículo: "Calarás ainda que a respeito do bem". Não ter nada para contar é uma atitude dimensionada além (ou aquém) dos sentimentos: quase inumana, algo fora do homem, talvez coisa de santo, nunca de um homem. Acontece que muitos chegaram até esse aparente silêncio e, atingindo-o, exerceram-no com acentuada persistência. Necessariamente não eram artistas, nem mesmo escritores, mas poderiam ser citados como criaturas de um nível infalivelmente superior, o que não lhes exclui o possível exercício de *uma arte* igualmente superior.

1º de abril

Enfim, encontrei *O senhor das moscas,* de William Golding, já na sua 4ª edição aqui no Brasil, depois que o escritor ganhou o Prêmio Nobel em 1983. Há alguns dias já havia comentado que o genial e arguto Buñuel mostrara-se interessado por esta história, muito antes de Golding ser famoso, e foi deveras lamentável não ter realizado esse filme que chegou, inclusive, a planejar e adaptar. No final das contas quem conseguiu os direitos do *Lord of the flies* foi Peter Brook, realizando a filmagem.

De fato, toda a narrativa e situação de *O senhor das moscas* é perfeitamente coincidente com as predileções de Buñuel: a intempestiva e quase inexplicável ruptura com toda ordem estabelecida; o cenário de uma ilha deserta, tão propício à regressão das personagens ao estado de brutalidade e selvageria; os códigos primitivos de comportamento (a caça, o talismã, as reuniões coletivas à luz da fogueira, a escolha do chefe, o sacrifício, a extrema penúria do bando); enfim, um mundo recriado a partir de forças obscuras e terríveis que atingem em cheio algumas crianças ditas civilizadas ou mesmo inocentes, cujo comportamento insano em nenhum aspecto se distinguiria daquele do mais cruel dos adultos, ou daquele do ainda mais incruento dos selvagens.

A fantasmagórica cena final do paraquedas, tangido pela tempestade, carregando o cadáver do cimo da montanha para o mar aberto e a matança da porca que aleitava os seus porquinhos são mais horripilantes do que o assassinato estúpido de dois meninos pelo grupo enlouquecido.

Afinal, Buñuel pode não concordar com o rótulo com que lhe estigmatizaram, ou seja, aquele de ser o *metteur en scène,* o mais cruel do mundo, embora a sua excessiva atenção pelo tema já indicava o frêmito de sua alma atenta, diante de tão inesperada como destemperada *matéria-prima*.

Quanto a William Golding, este sabia perfeitamente porque negava as ideias do "bom selvagem", quando define: "Qualquer pessoa que tenha passado por estes acontecimentos terríveis, sem entender que o homem produz o mal como a abelha produz o mel, estava cega ou louca".

4 de abril – 14h

Todos desertaram da Oficina, pretextando os feriados da Semana Santa e, assim, fico eu mais uma vez só.

Fechar a página de um livro como quem fecha a porta de um quarto e depois retirar-se, deixando o vazio lá dentro, tremulante de trevas e de vivências amortecidas.

5 de abril – sexta-feira de trevas

Impossível não recordar os passos vacilantes da infância nas intermináveis e silenciosas horas que atravessavam a Semana Santa. Em algum lugar (talvez na Sétima Estação), de joelhos, de olhos fechados, vejo-me contrito declamando: "Sustenta os nossos passos incertos. Sem a Tua ajuda não chegaremos em lugar algum".

6 de abril – tarde

Dostoiévski: "Eu sou Deus". E obriga Kátia a adorá-lo (só Deus sabe as coisas que faz com ela). "Se fizeres tudo o que eu te disser, gostarei de ti."

Sonhos infinitos nas aberrações da fantasia até o ponto de tirar Deus do seu lugar e colocar-se Nele.

12 de abril

Desenhos de murais cerâmicos. Alguns sugerindo relevos, outros apenas pintados. Os pedreiros cobrem com reboco uma parede externa do meu escritório, onde colocarei um desses murais, preparado desde o ano passado e executado com elementos protuberantes, alguns mais outros menos, mas, ainda assim, todos com relevos bem visíveis e consistentes. Na realidade, o conjunto é feito com uma composição de extrema liberdade onde, inclusive, aproveito peças mais antigas (como se fossem uma arqueologia do meu próprio trabalho) e incluo no conjunto do mural. A rigorosa geometria do formato das pedras cerâmicas me obriga a uma espécie de servidão da qual não posso escapar, com suas linhas reguladoras. Daí a necessidade de alguns elementos que fujam deste arcabouço delimitado. O título, necessariamente poético, é *O paraíso perdido.*

Visita do grupo Spala (editores) junto com o pintor Pedro Frederico, ontem no começo da noite, por volta das 18h. Falam na possibilidade de um livro sobre o meu trabalho. À frente do grupo, Luís Freire me pareceu um homem decidido e sagaz.

13 de abril – sábado

And everyone had a wonderful time. Sem que isso seja da minha conta, presumo que nem todos terão hoje um dia magnífico.

Trabalho em vários esboços de um mural que servirá como fundo para uma fonte: a água jorrará sobre a superfície da pintura, saindo da cabeça de um peixe. Outros motivos florais (algas?) ficarão em torno desse centro marinho. Posso imaginar, desde os primeiros traços, o quanto esse conjunto vai me interessar. Posso também idealizá-lo com cores quase terrosas e algumas áreas brilhantes, que já seriam, por antecipação, o simulacro do brilho da água. Alguns poucos tons de turquesa e verde reforçariam discretamente esta sensação.

Vislumbro uma fonte à margem de um riacho, perdida numa clareira de uma pequena floresta (quase um bosque). Alguma coisa assinalada como bárbara, embora com uma selvageria contida que não desconhecesse de todo a Grécia arcaica e seus primeiros ídolos. O peixe com a sua cabeça (no centro da composição) jorrando a água prodigiosa da mesma fonte que vai recebê-la de volta - logo em seguida - borbulhante, cristalina e ainda mais fria. Lá em cima, falei em algas. Não, não teremos algas, mas teremos cajus e outros frutos silvestres e também folhas tão sinuosas e irritadiças quanto as algas. Um detalhe fascinante é que uma parte deste mural ficará submersa e os cajus dançarão sob as águas.

"Modernidade de um Símbolo Antigo", artigo publicado ontem em um jornal do Recife, sobre a coluna do *Obelisco* que se encontra na praça do recém-inaugurado metrô. Escreveu sobre este meu último trabalho o poeta

César Leal, com admirável perspicácia e excelentes alusões críticas. Aliás, preceitos estes pouco comuns nesta nossa cidade, tão indiferente às peculiaridades.

A tristeza de ver a bela Frédérique Tyson, antigo modelo do pintor Balthus, numa recente reportagem, reduzida a uma quase matrona. Tudo aconteceu há mais de trinta anos e me parece que não deveria ser relembrado, pelo menos publicamente, a não ser que a senhora Tyson assim o quisesse. Mas, meu Deus, como são belas e ao mesmo tempo atrozes certas recordações! Todo peso de um passado: a fazenda e o castelo de Chassy foram habitados por Balthus, entre os anos de 1953 e 1961. Em 1952 cheguei a conhecê-lo pessoalmente ainda em seu ateliê na cidade de Paris e esta foi a época das suas grandes telas *La chambre* e *Le passage du commerce Saint-André*. No dia em que visitei o seu ateliê, ele trabalhava o *La chambre*, enquanto que a *Passage* estava esboçada com *fusain*, onde algumas figuras, quase invisíveis, obedeciam as grandes linhas geométricas traçadas como o arcabouço geral do quadro. Confesso que na época olhei tudo aquilo fascinado e também estupefato. Soube depois que o pintor só chegou a terminar estas duas telas gigantescas no ano de 1954, pouco tempo depois de eu ter deixado Paris.

11 horas da noite

> *O público curioso e louco, que exige do pintor a máxima originalidade possível, no entanto, só o aceita quando lembra outros pintores.*
>
> Gauguin

De nosso lado - eu diria, do lado dos artistas - a loucura consiste em escolhermos sempre um público a quem não dedicamos nenhuma admiração especial, quando somos nós os próprios inventores dessa corte, constrangendo-a cavilosamente a nos admirar sem reservas e para sempre.

Finished for today!

20 de abril

Trabalho com mais atenção pintando a cabeça de *Édipo*. O pincel anda vacilante sobre os seus olhos cegos. Sugeri a cegueira sem a carnificina dos espinhos... Nesta escultura, a cabeça de Édipo está coberta por um estranho capacete que, propositadamente, mais se assemelha ao adorno de um imperador asteca preparado para as pérfidas cerimônias sacrificiais ou para o seu próprio sacrifício.

Semana que vem devo pintar a escultura de *Orestes* vendada por uma máscara de couro. Orestes obcecado por uma motocicleta que o levará ao caminho do oráculo.

20 de abril

Não esquecer o reparo de Borges quanto à necessidade das indefinições: "A técnica do anacronismo deliberado e das atribuições errôneas". Como propõe o argentino, essa técnica povoa de aventura os mais plácidos livros. Por exemplo: atribui a Louis-Ferdinand Céline ou a James Joyce a *Imitação de Cristo.*

26 de abril

Inacreditavelmente, a justiça egípcia resolve censurar uma das mais famosas e apreciadas obras da literatura árabe e universal, *As mil e uma noites*. Foi considerada um texto pornográfico que, de quebra, deverá ser tirado de circulação. Lamento o fato absurdo, mas, como o pintor Salvador Dalí, também compartilho da ideia de que "quanto mais censura mais voluptuosidade".

Acredito que muito em breve ou, quem sabe, num futuro muito próximo, por conta desse implacável equívoco, os verdadeiros textos de *As mil e uma noites* ressurgirão vivos e resplandecentes, como a própria vida. Talvez esta "censura" não tenha senão contribuído para eternizar essas noites sem fim e mais uma noite.

Termino a pintura da cabeça de *Orestes* e logo começo a da bela *Hipólita.* Ao lado está inconclusa a escultura de *Híera*, aquela que foi ainda mais bela do que *Helena.*

> *Não é uma boa pintura e, de resto, as cores tendem ao preto como se alguém houvesse sujado a tela com betume ou tisna de um candeeiro. É tão sombria e soturna como este lugar e, assim, combinando com ele. Acredito mesmo que não poderia estar pendurada senão nestes velhos muros carcomidos, que só aqui ela teria um significado, portanto, permanecendo para sempre. O que representa? Uns dizem que é uma baleia furiosa numa noite de tempestade, outros afirmam que é um castelo que de*

> *há muito desapareceu nas montanhas circunvizinhas. Outros insistem que é o retrato mortuário da mulher do dono da taverna e como esta é iluminada por archotes, a fumaça intensa acabou por enegrecer os detalhes deste quadro inverossímil.*
>
> Melville

27 de abril – sábado

Pela manhã viajo a uma cidade vizinha, onde comprei um pequeno terreno (1.5ha.) para a pequena Goló, agora com quatro meses completos. Voltei às três horas da tarde ainda a tempo para o almoço na Fábrica. Seria horrível se tivesse que comer fora daqui. Uma catástrofe!

Onde coloca a mão, enfeza, descompartilha, desarranja.

29 de abril

O fotógrafo Tadeu Lubambo colabora com o escritor e cineasta Fernando Monteiro. Hoje os dois iniciaram ou deram os primeiros passos à procura das imagens da Oficina a serviço da Editora Spala.

Procuro orientar Monteiro sobre os conceitos de Romantismo e suas demonstrações mais evidentes. Lembrei-lhe, sobretudo, os exemplos de um Caspar David Friedrich, de um Arnold Böcklin, de um Dante Gabriel Rossetti, de um Gustave Courbet, de um Giorgio de Chirico, de um Balthus. Mostrei-lhe também a pequena monografia escrita por De Chirico em 1925 sobre Gustave Courbet, onde o pintor italiano defendia genialmente os seus conceitos sobre romantismo: "Romântico! Estranha palavra, rica de sentido, e que parece vir de tão longe. Palavra que faz nascer uma quantidade de suspeições e de equívocos".

"Homère était romantique", dizia Giorgio de Chirico.

2 de maio

Frase colhida num sonho:

> *E o coração lhe dói.*
> *Quanto mais no sul o sonho*
> *tenha o seu centro.*

Volto a retocar com esmalte seco (quase um engobe) os longos cabelos de *Híera* que, de cabeça baixa, parece aceitar todas as modificações da cor dos seus cabelos.

Como todas as mulheres nas mãos dos cabeleireiros, ela deve também gostar de coisas extravagantes. De repente, falou com uma voz grave de contralto e um carregado sotaque estrangeiro:

- Posso falar com o senhor?

- Claro que pode, temos bastante tempo pela frente, antes da purificação das chamas e de algumas outras cerimônias iniciáticas.

Aprendi nos cadernos de Albert Camus a aproveitar as anotações imediatas de algumas leituras. Devem servir para o artista não só no presente como no futuro. Não deixar passar o que interessa.

> *Sem ponta por onde se pegue, pode-se pegar por todos os lados...*
>
> Baudelaire

Um ceramista do Rio Grande do Sul - com quem mantive uma ligeira conversação esta tarde - afirmou que o trabalho cerâmico do pintor Pablo Picasso era mais o de um porcelanista do que aquele de um verdadeiro conhecedor da arte cerâmica. Não entendi bem onde o ilustre cavalheiro gaúcho pretendia chegar. Mas, em todo caso, fica o registro. Levar em consideração que, há muitos anos, num banquete, Henri Rousseau saiu-se com uma sugestão esdrúxula, quando comentou: "No gênero moderno sou o maior pintor do século; quanto a Picasso, ele é o maior no gênero egípcio". Passado o tempo, este comentário, aparentemente inocente, toma foro de verdade e mais que isso: transformou-se em uma sutilíssima avaliação crítica de toda a arte do genial pintor espanhol que, a meu ver, é também o menos romântico de todos os pintores modernos, daí porque o mais *egípcio*. Quem deseja descobrir por que os egípcios (ou a arte egípcia) são pouco ou nada românticos, deve ler os comentários do pintor De Chirico a propósito de *época e de povos*, absolutamente privados do sentido romântico na arte. A meu ver, este comentário é sábio, engenhoso e, eu diria, sobretudo, verdadeiro.

3 de maio – sábado

Evito entrevistas pelo simples fato de que elas me deixam aborrecido. Ao responder perguntas, fico parecendo a *tartaruga falsa*[22]. Nada do que digo é verdadeiro.

Gostaria de conhecer uma peça de Samuel Beckett chamada "A última gravação de Krapp", onde a personagem-título escuta uma fita magnética que gravara há trinta anos e não mais se reconhece na antiga personalidade.

12 de maio – domingo

Na infância e na juventude, jamais andei à toa quando montava num cavalo. Eram imensas e sempre repetidas cavalhadas de sonhos. Nenhum passeio, nenhum passo sequer. Tudo motivava e fazia crescer desmesuradamente o delírio, como Dom Sebastião, de Portugal, antes da Batalha de Alcácer-Quibir.

22 de maio

> *Mas como vim ao mundo para ser o arquiteto da minha própria desgraça, foi-me impossível resistir...*
>
> Daniel Defoe

30 de maio

Coleciono esculturas e alguns destroços de esculturas e, seguramente, seriam esses destroços os mais belos. Toda atração tátil é suspeita. A forma perfeita pode ser algo atroz, áspero e intocável, como afiado pedregulho no deserto...

2 de junho – domingo

Quanto aos meus propósitos em cultivar as *atribuições errôneas*, não preciso ir muito longe, uma vez que outros já começam a fazê-lo por mim. Numa pequena nota de jornal, alguém atribui a Melville algo que ele jamais poderia ter dito: "O público pernambucano terá a grande chance de apreciar mais uma vez o trabalho do artista plástico olindense Plínio Palhano. Segundo Melville, a pintura dele é tão vital quanto a fotossíntese no crescimento das plantas; daí se distancia de qualquer concepção acadêmica de mera iluminação do cenário".

---

[22] Uma das personagens de *Alice no País das Maravilhas*, de Lewis Carroll (N. do A.).

Quem falou nesta "estranha fotossíntese" fui eu mesmo, num breve artigo sobre o pintor Palhano e, como eu apenas aproveitara como epígrafe um trecho de Melville, "as coisas mais maravilhosas são sempre as que não se mencionam", alguém, apressadamente, vendo o nome do autor de *Moby Dick* e, sem saber ao menos do que se tratava, incluiu na sua santa ignorância o nome do escritor. Eis aí uma estapafúrdia e casual atribuição errônea. Em todo caso, não despida totalmente dessa "aventura que povoa o mais plácido dos livros", como preconiza o genial Borges.

12 de junho

Ontem recebi do poeta César Leal o livro *O deserto dos tártaros*, de Dino Buzzati; do poeta Tomás Seixas, *Martin Éden*, de Jack London; e, de um outro amigo, André Carneiro Leão, o *Memorial do convento*, de José Saramago.

17 de junho

> *O segredo traz consigo a responsabilidade de não o esquecer. Mais inoportuno é, todavia, recordar-se da metade e fazer da alma um traficante de mercadorias avariadas. (...) Assim também o vivido não se presta sempre ao trabalho da recordação; não se presta sempre, nem em todas as circunstâncias. (O banquete)*
>
> Kierkegaard

18 de junho

Reconheço, como artista, que sou um "sedutor de arcaísmos". Entretanto, não tenho ancestrais conhecidos.

No momento, o que necessito é de *uma outra voz* que fale por mim.

21 de junho

Amanhã devo subir mais uma vez à Serra da Baixa Verde e demorar uns dias (quatro, talvez) na casa de Mata Redonda. A pequena Goló irá comigo, infelizmente ao lado de sua mãe.

Não adianta insistir. Foi e é uma batalha perdida. Trata-se de um problema insolúvel.

26 de junho

Indescritível a beleza dos canaviais pendoados de rosa gris nas montanhas e vales da cidade de Triunfo e de Santa Cruz da Baixa Verde. Luz tamisada das tardes de inverno europeu. Manhãs de intensa névoa, onde o sol rasga aqui e ali, clareando os canaviais da serra com uma luz fantasmagórica. E se não haviam palavras para descrevê-las, muito menos os pincéis seriam tão hábeis e rápidos para surpreender aquilo que mais parecia um sonho de uma beleza perdida.

18 de setembro

A arte acontece.

Whistler

Pareceu-me oportuno lembrar o destino de algumas obras de arte, sobretudo daquelas que "as gerações vindouras não se resignam a esquecer". Na realidade, nenhuma herança cultural escapa dessa estranha destinação, contaminada sempre pela voracidade do tempo e pela reiterada nostalgia das interpretações.

Por volta de 1971, surgiu numa revista francesa uma coletânea de opiniões sobre a *Mona Lisa* reunidas por Jean Suyeux que, segundo seus próprios termos, interessava diretamente a sociólogos e psicólogos que estivessem atraídos pela dita Gioconda e pelos mitos que até hoje ela suscita. Embora o intuito do autor fosse uma espécie de zombaria, não deixam de ser perturbadoras as asneiras e impropriedades ditas durante tanto tempo sobre uma só pintura e um só pintor. Ao lado de críticas e observações de um valor inegável como as de Stendhal e Walter Pater, sendo que o primeiro confundia a *Mona Lisa* com *Herodíade,* atribuindo o seu sorriso como endereçado à cabeça de João Batista, a maior parte dos comentários é contaminada das mais estapafúrdias alegorias. Napoleão, que conviveu com o quadro na sua própria alcova durante quatro anos, chamava-o de *Madame Lise.* Michelet advertiu os incautos contra os seus sortilégios e George Sand achava a *Mona Lisa* tão perigosa quanto a Medusa.

Diga-se de passagem que a princípio sempre fui seduzido por estas atribuições errôneas - mesmo quando deliberadas -, encontrando nelas muito mais consistência e imaginação do que naquela sempre pretensa (mas nunca provada) realidade dos fatos. E, ainda por conta desses aparentes exageros (ou descuidos), é que não me canso de afirmar: coitada da obra de arte que não desperte de imediato equívocos, quimeras, mitos ou alegorias!

Recordo-me de dois episódios ligados a diferentes situações que ilustram com perfeição estes "propósitos". O primeiro deles aconteceu em Paris, no dia 4 de dezembro de 1982, e teve como consequência inevitável um hediondo crime de morte. Quatro meses antes do crime, numa mesa-redonda em Tóquio, cujo assunto preponderante versava sobre erotismo, um jovem estudante japonês de nome Sagawa, disse que considerava a tela *O sonho*, pintada por Gustave Courbet em 1853, um apelo ao canibalismo. E acrescentou: "O pintor, com ares de canibal, via os corpos femininos fortemente enlaçados como se fossem pedaços de carne comestível". No depoimento à polícia francesa, depois do assassinato, o rapaz confessou sua "incontrolável paixão" que o levou em seguida à antropofagia exercida na pessoa de uma colega de estudos.

O segundo episódio narrado por um amigo escritor aconteceu na nossa cidade, envolvendo também uma obra de arte, muito embora, tendo como desenlace algo bem menos trágico e, por que não afirmar, um final quase feliz. Transcrevo, portanto, trechos dessa carta que me foram autorizados divulgar:

(...) Era uma noite incomum, pois não estava de forma alguma propenso a encontrar quem quer que fosse, muito menos ir ao encalço dessa jovem que eu havia amado no passado. Como não ignoras, eu completava quarenta e seis anos naquela semana e pouco ou nada esperava de novas relações. Contudo, pelas circunstâncias, estávamos de repente os dois, face a face, naquele ridículo quarto de hotel onde ficamos várias horas, na tentativa mais grotesca de um possível entendimento.

No último arroubo de reconciliação, ela disse: O nosso tempo não passou. Ele está aqui e agora. Como não respondi a esse apelo timbrado de desespero e insensatez, passando em seguida a olhá-la grave e fixamente, sem procurar manter qualquer tipo de conversação, ela refugiou-se na bebida, o que evidentemente levou-a ao sono e ao abandono definitivos. Quanto a mim, constrangido e insone, deixei o quarto penumbroso e me encaminhei para uma pequena saleta contígua, que permanecia iluminada, à procura de repouso. Ainda de pé, olhando para uma das paredes fronteiras, me apercebi de duas gravuras penduradas e sobretudo uma delas me prendeu a atenção. De repente, verifiquei que não estava só, pois havia bem no centro deste quadro uma moça envolta apenas por um largo cinto de couro vermelho a me espreitar lá do alto de sua deleitosa e pouco cândida brancura. Examinando com mais cuidado a moça do cinto vermelho, logo descobri na sua nudez muito mais do que um simples apelo erótico. Toda ela encerrava uma armadilha de significados alucinantes e aquele pequeno espaço do desenho transformava-se, aos meus olhos, num cenário diabólico: "Como quando algum grande pintor molha / Seu pincel na obscuridade do terremoto ou do eclipse [23]".

Estupefato, procurei uma cadeira como se, alterando a minha posição, pudesse avaliar com menos delírio aquelas inusitadas e possíveis extravagantes sensações. Debalde, eu estava mesmo perdido! E naquela altura, ninguém me convenceria jamais que aquele artista inventara o cinto vermelho apenas como mero adorno casual do seu modelo. Havia em tudo aquilo intenções. E que malignas intenções! Como toda escrita cifrada da qual nos falta a chave, enfeite e significado sempre andaram lado a lado; as Escrituras antigas, visavam o adorno (decorativo) tanto como a comunicação. E foi neste exato momento que notei quase extasiado o quão significativo era aquele vermelho do cinto, que em reverbero ocupava toda a peça de rubras cintilações como se fora o próprio vermelho do ópio, ou ainda mais, aquilo que o poeta Tomás Seixas, obscuramente, definiu como a púrpura alada da febre.

Mas o que aconteceu? A moça rompe a cortina do desenho e se apoia agora na moldura do quadro e sem esforço algum, num gesto despudorado, escancara as pernas pulando na saleta bem na minha frente, tremulante e dadivosa.

A sua catastrófica nudez me fazia recordar os voluptuosos delírios diante de uma desaparecida amante judia, "e foi sem estertores que acabei entregue aos seus braços: feições de Odalisca na escuridão luxuriante. Olhos que bebiam meus pensamentos, e na escura, cálida, úmida e acolhedora feminilidade que se entrega, minha alma, dissolvendo-se, fluiu e derramou e inundou uma semente líquida e abundante... Agora tome-a quem quiser... Depois, ela fala com uma voz fraca de além dos espaços frios. Voz de uma Medusa sonolenta. Fale! Oh, fale de novo, fazendo-me sábio! Esta voz jamais ouvi. Ela se enrosca na minha direção, pelo sofá amassado, numa aproximação serpenteante de carne nascida nas estrelas. Adultério de sabedoria. Não. Eu irei. Irei".

Voltei a olhar a parede inexpressiva, e eis que de novo a moça estava emoldurada, mas desta feita sem o cinto vermelho.

Sobressaltado senti algo flexível cair de minhas mãos: era o cinto vermelho. Sem delongas, apanhei-o e retornei ao quarto onde minha companheira dormia.

---

[23] Dois versos de Shelley em "The Revolt of Islam". Citação aproveitada por Thomas de Quincey nas *Confissões de um comedor de ópio* (N. do A.).

Não acordou quando cingi-lhe os flancos com o cinto, e ainda permaneceu adormecida por longo tempo. Aos seus primeiros movimentos, retirei-lhe o cinto vermelho devolvendo-o à sua legítima dona. Contudo, ao despertar, a minha amiga com as suas inopinadas carícias, os seus largos e compassivos sorrisos, não me deixou dúvidas de que estávamos, enfim, reconciliados. Saímos do hotel e, três semanas depois, voamos para Argélia.

Escrevo-te hoje um tanto nostálgico, mas em plena primavera de Tipasa, nesta terra ainda impregnada de mitos. Quanto à Lizia, pareceu-me perfeitamente feliz, embora vez ou outra não deixe de lastimar a perda de um cinto de couro vermelho que, segundo ela, desapareceu de sua bolsa naquela mesma noite de nosso encontro no hotel. Achei melhor nada comentar sobre o assunto, mas não deixei de indagar por que não usava o tal cinto, mantendo-o inexplicavelmente escondido na bolsa. Talvez porque fosse inadequado para aquela ocasião, ela disse.

A propósito, apenas mais uma pergunta: será que no decorrer desta carta, aprofundando-me na visão de uma inconfundível gravura, tu descobriste de imediato o seu autor? Acredito que sim, desde que não distingo, no momento, um outro artista capaz de uma igual façanha, senão Darel Valença. Conheci-o nos anos cinquenta, quando acabara de ilustrar, magnificamente, o ABC das catástrofes *e* Topografia da insônia, *de Aníbal Machado, o que dava de sobra para imaginar o desenvolvimento do seu* pathos, *até onde ele chegaria com os seus aflitivos pincéis e atrozes bruxedos.*

Outubro

À noite, a inconquistada e inconquistável Lilith me aguardará cheia de sangue e saliva, pronta para assentar o seu último e definitivo golpe de misericórdia. Mas será mesmo o último ou ainda o penúltimo encontro com o mito? Não, não será Lilith, e sim, a trivial Lispeth, prima longínqua de Eva, aquela que virá ao meu encontro cheia de falsa beleza e ornamentos. Eu me pergunto: por que Lilith está desaparecida depois de um último telefonema e de uma passagem pela polícia?

De manhã, chegam os dois livros encomendados: *O cúmplice secreto*, de Joseph Conrad, e *Lilith – A lua negra*, de Roberto Sicuteri, o mais famoso analista junguiano da Itália. Por um estranho e inominável sortilégio, suponho que estes dois livros, tão diferentes entre si, abordam o mesmo assunto. Trata-se, é claro, de uma errática e descabida suposição que não necessitará de nenhum critério específico (interpretação rigorosa), mas onde muito densamente se acumulam *linhas de sombra*, portadoras de sinais que, de forma alguma são aqueles que orientam os críticos e muito menos um certo tipo de leitor comum. Contracenam, no entanto, com a pungente cumplicidade de poucos colaboradores irmanados pelos mesmos propósitos de desvendar os mais recônditos segredos da existência.

No momento deve falar o cúmplice secreto: "Como eles podem saber se sou ou não sou culpado e de que tenho culpa além do mais? Isso é problema meu. O que é que diz a Bíblia? 'Banido da face da terra'. Muito bem. Estou fora da face da terra, agora. Do mesmo jeito que vim de noite, irei embora". A figura lívida de brilho esverdeado que saiu do mar repentinamente "no mesmo jogo ilusório e silencioso dos relâmpagos de verão num céu noturno". Aquela coisa que surgia assombrosa, prateada, pisciforme. E ficou ali, muda, também como um peixe. Não manifestou qualquer intenção de sair da água. "Era inconcebível que ele não tentasse subir a bordo, e, estranhamente inquietante, suspeitar que talvez ele *não o quisesse*..."

É mais ou menos assim que o genial polonês apresenta - sem subterfúgios, é verdade, mas cheio de ânsias espectrais - esta figura fantasmagórica que faria em tudo o duplo de um recém-nomeado capitão que, por sua vez, também sentia-se como um estranho em face de sua tripulação e até perante o seu próprio navio.

Veio à tona saído das profundezas do mar a *psique* profunda, projetada sobre um homem sensível que logo reconheceria, sem esforço, o seu duplo: "O que me atraía nele era que nossas experiências fossem tão idênticas quanto nossas roupas...".

Uma surpreendente segunda-feira o faz acordar como se houvesse dormido nas praias do inferno. Relembra Rilke nos seus queixumes, e repeti-los é tudo o que lhe resta: "Dias assim não pertencem nem à vida nem à morte. Pertencem... Oh! Terra de Ninguém! se sobre ti existe um Espírito de Ninguém, um Deus de Ninguém, pertencem a ele, a esse ser oculto e sinistro!".

Nas esculturas e em alguns desenhos preparatórios continuo revolvendo ou atravessando memórias distorcidas, de encontros sobrenaturais, onde perpassa uma nítida sexualidade primitiva. Uma espécie de tentativa contínua, embora nada racional, de duelos e divisões de corpos – inclusive, mortos ao que parece – transportados de um lugar para outro, além de experiências vagamente lembradas, talvez ocasionais mensagens evolutivas, cujo sentido me escapa, uma vez que jamais se mostra bastante claro.

Agora, depois desse rápido poente de verão, chega o solene cortejo, em passos cadenciados, carregando um enorme violoncelo negro que será encerrado para sempre na mais profunda das grutas de uma montanha do leste.

1986

Propriedade Santos Cosme e Damião

1º de janeiro

Aturdido, olho uma figura (perfil de mulher) que está no cavalete. Que formosa mulher! Que bela pintura! Há, inclusive, algumas sutilezas neste quadro – não muitas, mas existem. Acontece que a pintura é minha e nunca lhe dei grande atenção; suportava-a, apenas, a ponto de não destruí-la como destruí tantas no decorrer do meu trabalho no ano passado. É preciso *olho* para ver. Inúmeras vezes não são os pintores que enxergam melhor, pelo menos quando querem manifestamente olhar só os limites da pintura, esquecendo o essencial, ou seja, aquilo que os quadros deveriam sempre pretender, além da sua superfície pintada, narrando o que lhes é distante e mesmo o que os seus volumes escondem materialmente.

Insatiablement avide
De l'obscur et de l'incertain
Baudelaire

2 de janeiro

À noite, C.L. chegou vestida em todo o seu esplendor de fim de ano. As mesmas joias, a mesma pintura, o mesmo ar de quem espera muito da vida, contanto que esta não lhe cobre o mínimo de esforço. *Poucas horas depois, a muito amada estava nua, conhecendo o meu coração / No corpo trazia apenas seus adereços sonoros...*

4 de janeiro

Pela manhã, com Tomás Seixas – um verdadeiro baudelairiano discutindo um dos poemas condenados do poeta, "Les Bijoux", e a obscura alusão às ancas de Antíope. Segundo Tomás, a ênfase dada à cintura diminuta e ao busto de um adolescente faz logo avultar os quadris e, consequentemente, confirmar um traseiro calipigiano, típico de uma Vênus etíope. Se a ele coubesse essa tradução, não titubearia um instante, deixando de lado a filha de Nicteu, rei de Tebas, em proveito de algo mais palpável e perverso. Enfim, as qualificações se equivalem e são todas igualmente próximas ao universo erótico do poeta, além de aproximá-las pelo próprio efeito sonoro das palavras Antíope, etíope, antílope, "*Les hanches de l'Antiope au buste d'un imberbe*".

Mais uma vez associo o destino do pobre Wakefield e a ignominiosa parábola de Hawthorne a um novo parceiro que não é mais *Bartleby, o escrivão*, de Melville, e sim o obscuro funcionário do governo inglês John Marcher, cujas inqualificáveis desventuras são magistralmente narradas por Henry James, no seu livro *A fera na selva*. Repito ainda o que registrei em junho de 1984, o mesmo comentário de Borges que serviria como uma luva para esses três livros de escritores americanos: um mundo de castigos enigmáticos e de culpas indecifráveis. Parece-me, estou quase certo, de que há uma afinidade secreta entre essas três ficções.

5 de janeiro

Malogrado o encontro com a régia Surama ou mesmo com aquela que se diz o fantasma de Jeanne Duval, embora ambas se achem prontas e disponíveis. Há ainda uma terceira dama, mas esta não me acenou com nenhuma esperança.

Quando acossado por problemas com uma mulher, acabo sempre nos braços de uma outra ou de outras, o que, seguramente, não é o mais recomendável como uma solução definitiva para os males do amor. Talvez, quem sabe, todas essas "cenas" já se predestinavam a mim desde a eternidade e será este para sempre o meu inferno possível.

No final da tarde, uma entre todas as "Três Graças" ainda telefona. Com certeza descrente das minhas desculpas esfarrapadas. A secretária, pela manhã, tinha ordens severas para dizer que estou sempre ausente, fora do lugar, hermeticamente fechado, e, se possível, caso insistissem, até morto, ou simplesmente desaparecido.

Com as finanças combalidas, ouso dispensar, pelo menos provisoriamente, o serviço de todas as "Graças".

18 de janeiro

Afinal de contas, onde ele foi descobrir uma tal infâmia? Em que texto, ou em que maléfico comentário encontrou aquilo que nem a mais rude franqueza admite: "Também diziam que não ser um malvado é uma soberba satânica...".

20 de janeiro

Inúmeros desenhos, todos provenientes do corpo humano, desfigurados pelas distorções que os fazem parecer sempre uma outra coisa, uma vez que podem sugerir desprezo pela anatomia apenas convencional. Sim, essa outra coisa é apenas o começo de uma nova descoberta, ou seja, a *deformação* preconizada por Ingres, como uma homenagem à forma. Algo tão vivo que desencadeia possibilidades infinitas do corpo através do espaço e não do tempo.

22 de janeiro

Contrafeito, trêmulo, seguro o barro úmido para largá-lo em seguida. "Não, hoje não", eu digo. A sensibilidade não é só privilégio dos elefantes.

23 de janeiro

O preto e o rosa. As cores do vício? Também as cores preferidas de Velázquez. Pergunto se não seria viciosa toda a pintura de Velázquez. Talvez nos seus disfarces cortesãos, mais monstruosa ainda que a de Francisco de Goya.

29 de janeiro

Grande escritor! Fecho o livro após ter percorrido quase uma centena de páginas... Falta muito para o final dessa loucura furiosa. Muito bom, pois assim me ocuparei com alguém que sabe das coisas e pode me *instruir* enquanto convalesço... Grande escritor! repito, acariciando agora a capa do livro fechado, só por instantes, porque devo prosseguir.

Há vários dias que venho mantendo o propósito de não mais falar nas minhas leituras e esta promessa seria mantida em perfeito segredo, sem jamais denunciar o assunto ou nomear o escritor. Pouco a pouco, já não tendo argumentos, nada teria a declarar que me comprometesse. Entretanto, posso revelar que as minhas principais leituras aconteceram entre os meus dezoito e vinte anos, e, nesta época, nada comentei. E foi certamente por conta desse orgulhoso silêncio que estas leituras valeram tanto. Eu gostaria que num tempo muito distante, alguém dissesse: "ele não lê mais", e que isso fosse verdade.

Semana passada li setecentas e oitenta e quatro páginas de um só ato de fornicação e o autor não estava para brincadeiras. Era mesmo mestre no assunto. Poderia muito bem chegar a mil páginas que, certamente, não causaria ao leitor - como a mim não fatigou - nem um pouco de tédio. Agora, num novo livro - aquele do soberbo escritor, na altura da página duzentos e noventa e cinco -, incansavelmente prossigo. É justo prosseguir. O livro não é incompleto e, como já expliquei, o escritor é inigualável.

31 de janeiro

Pintado de preto e amarelo como um demônio besuntado, imundo, cheirando a enxofre. Duas cores podem dizer muito. Uma só cor, isolada, nada revela. É inócua, irreal...

Preto e amarelo - as cores da morte e das grandes tragédias. Aliás, o preto não é cor, e sim a ausência de qualquer cor, daí porque o luto é o símbolo perfeito da ausência, do buraco negro, da morte e dos funerais e, no entanto, o preto é indispensável aos pintores - aos bons pintores. Poder-se-ia dizer que se avalia um pintor na medida em que ele sabe utilizar o preto. Veja-se, por exemplo, em toda a pintura espanhola, os negros de Velázquez, de El Greco, de Zurbarán, de Ribera, de Goya e de tantos outros.

Se existe um pecado mortal nos pintores impressionistas, foi exatamente aquele de terem banido o preto de suas palhetas. Manet, cauteloso e sábio, encharcou-se de negros, assim como Degas. Os dois ainda eram pintores, nada lhes escapava. Antes deles o grande Courbet, como um bom camponês, também amava as terras negras e viçosas e, assim, preparava todas as suas telas com *betume,* já partindo de antemão de um fundo escuro... Depois cobria-os com pardos, vermelhos e brancos e novamente negros. Pretos em profusão e em todos os matizes como no *L'enterrement à Ornans*, metros e metros quadrados de terras negras... Um mestre. Afinal é o que ele demonstra ser, um pintor inigualável que fez as delícias de minha juventude e antes de mim fez nascer a pintura de Balthus.

Picasso, Braque, Léger, retomaram a saga do negro, mas esta já é outra história. As coisas diferem, mesmo quando o uso parece identificá-las. Alguém atravessa uma ponte, mesmo que seja sobre um pequeno riacho, e logo acontece que do outro lado tudo é *diferente,* sim, muito diferente.

18h35min

Chego à página 423. Será o fim? Não, ainda não é o fim. O livro acaba, mas a história prossegue no meu sangue, no meu coração, na carne viva da vida...

"Uma criança nos acena de sua carroça que prossegue viagem em direção ao sol. Ela se despede levantando os pequenos bracinhos... parece contente, diverte-se muito... Começa a viagem... viagens!..."

2 de fevereiro – domingo

É correto o pensamento budista de que "nada há para aprender, nada há para descobrir, que tudo simplesmente é".

3 de fevereiro

Procuro um lugar na estante abarrotada de livros e, muito espremido, consigo colocar o *Norte*, de Céline, ao lado de *O Diabo*, de Giovanni Papini.

5 de fevereiro

Em tempo tão curto descobri, desalentado, que a promessa de não falar de livros é humanamente impossível. Sou dessas criaturas que se fizeram dentro dos livros, no miolo das palavras, nutrido sempre pela memória e não pela experiência. Silenciar me parecerá algo seguramente fatal, inconcebível realizar como proposta ou comportamento, sendo mesmo preferível dizer insanidades à toa ou perder a cabeça, mesmo quando próximo do fim.

De manhã, mudo o roteiro e visito a velha casa de São Francisco. Subo as escadas apressado, evitando o silêncio das salas ainda perfeitamente arrumadas, mas cobertas de mágoa pelo desuso. No ateliê, remexo as gavetas à procura de algumas fotografias antigas que necessitava para atualizar arquivos sempre incompletos. Teria vindo mesmo para isto? O rapaz barbado com apenas vinte anos parece também indagar a mesma coisa: "A que vieste, velho bruxo?". Não carreguei comigo nenhuma daquelas fotos. Deixei-as lá mesmo, no seu recanto sagrado. Invioláveis. Sobrou-me nas mãos um artigo escrito em 1966, a propósito de fotografias.

7 de fevereiro

> *Seria preciso um Caravaggio para pintar uma mesa de madeira bruta, como fazia Balthus.*
>
> John Russell

8 de fevereiro

Termino a modelagem (baixo relevo) do mural que comecei nos últimos dias de janeiro. Agora resta esperar pela secagem das pedras e, depois, ainda, a demorada primeira queima de todo o conjunto, antes de pensar nos óxidos coloridos e nos esmaltes definitivos. Simultaneamente dei acabamento final em duas esculturas de uma série que no momento apenas apelidei de *Homens formiga*, que também esperarão a secagem necessária a todo esse processo onde de forma alguma pode-se saltar etapas.

Maybe yes, maybe not. De qualquer maneira devo fugir do Carnaval nestes próximos quatro dias. Eu, o mais assíduo dos fornicadores, também fugiria de Sodoma e Gomorra. Seria o primeiro a transpor os muros da cidade, com certeza à procura de novos prostíbulos.

12 de fevereiro – quarta-feira de Cinzas

Penso neste diário mantido há tanto tempo, escondido de todos como um falso segredo, onde, de fato, nada havia a revelar. Retomando os vários cadernos, não importando de que data, sempre encontro o mesmo tom de uma incongruente lamentação... Um vastíssimo arsenal de murmúrios desarticulados. Bastaria um só verso de Catulo, duas pequenas linhas, para dizer tudo e muito mais do que eu consegui nesses últimos trinta anos: "eu não sei, mas sinto que alguma coisa se faz em mim, e isto me crucifica".

17 de fevereiro

> *Amanhã, talvez eu seja eu mesmo com mais dez mil anos de ontem.*
>
> Scott Fitzgerald

Urgentemente preciso rever os inúmeros cadernos amontoados e esquecidos nas gavetas das estantes. O simples fato de manuseá-los semana passada já foi o bastante para verificar, estarrecido, que escrever tolices tem um limite. Em todo caso, simultaneamente, nas entrelinhas, há o que se aproveitar. E, diga-se de passagem, não será mutilando textos que me colocarei em situação privilegiada. Portanto, compreenda-se que a supressão de algumas dessas alusões consideradas tolas talvez apague de meus comentários apenas o meu lado melhor, restando o pior, ou seja, o lado monstruoso e inconsequente. Na realidade, trata-se de escolher entre a tolice e a danação, o que não é lá uma grande coisa. Acontece também que não é só escrevendo que cometemos disparates. Os nossos mais graves desacertos têm origem, sobretudo, nos nossos pensamentos, planos e ações.

Meu Deus! Como é difícil assegurar a perfeita inação: "Não faça nada e tudo será feito". Mas o que significa verdadeiramente não fazer nada? Quais os seus caminhos e fronteiras?

Dino Buzzati assevera que "escrever é uma das nossas mais ridículas e patéticas ilusões". O escritor acrescenta: "No final, entre toneladas de papéis para jogar fora, uma linha poderá salvar-se (talvez)".

2 de março

Guia de irrealidades: enlaçados, dançamos... Pela madrugada, exaustos, insones, ao som de uma música qualquer, embora eu não soubesse dançar um só passo, mas foi assim mesmo, guiado pela sua alma leve, pelos seus pés bailarinos, que me deixei levar, e dançamos esquecidos, momentaneamente, do inferno e da mágoa infinita que nos separava.

5 de março

Não, nenhuma novidade em qualquer setor. Absorto, atordoado, irresponsável, deixando-me levar nos dias "sem rima e sem razão".

No final de janeiro, a forte presença apocalíptica de Céline, com o seu último livro traduzido para a nossa língua: *Norte*. Uma obra-prima de desespero, confusa, desordenada e sem retoques, como a vida, e ainda salpicada de pontinhos como a pintura de Seurat.

No trabalho, continuo na modelagem de *Homens formiga*, embora já tenha deixado esse batismo duvidoso. Nada de formigas. Essas figuras são humanas, demasiadamente humanas, quase bestiais na sua configuração, algo mais próximo de um *Efialtes* ou de um *Íncubo*: são demônios.

9 de março

Varando o tempo, na destroçada ampulheta da noite e nos olhos negros rasgados de Rezzah há uma vaga presença de Lilith. Ela volta afinal, e me aguarda gerando toda estirpe de sonhos... Pareceu-me uma figura petrificada na escuridão, quando, ansioso, perguntei-lhe o nome...

10 de março

Repetidas ocasiões tenho citado em conversas e talvez outras tantas vezes neste mesmo diário o trecho da *Odisseia*, de Homero, quando Zeus reclama da imprudência dos homens: "Nós, os deuses, somos frequentemente acusados pelos homens, quando na verdade, na maior parte das circunstâncias, são eles que vão procurar o sofrimento em algo desligado dos seus destinos".

11 de março

Estranho e possivelmente original (o que não quer dizer que seja verdadeira) a verificação de que todos os sonhos são rubros: cor de sangue com desdobramentos de tons plasmáticos que chegariam quase ao branco amarelado ou rosado. Portanto, os sonhos ou a maior parte deles seriam semelhantes aos desenhos leonardescos, feitos na técnica chamada sanguínea. Uma outra verificação igualmente curiosa é aquela que pressupõe toda a imagem sonhada como uma *imagem invertida,* isto é, situações refletidas por um espelho. Quanto à cor predominantemente vermelha, ficou também evidenciado que esse fato não exclui o seu complementar - o verde. Resumindo: o campo maior seria o vermelho com o seu núcleo ou subsolo fluindo ou mesclando-se com as demais cores. Para os pintores que conhecem bem a técnica de pintura, não é difícil lembrar os velhos retábulos e iluminuras medievais ou mesmo renascentistas, executadas sob fundo vermelho. Um vermelho peculiaríssimo que vazava aqui e ali, criando uma mescla ótica de raro valor cromático.

Sonhei pela madrugada com um carro que repentinamente saía de uma esquina, cuja cor era de um grená profundo (sangue venoso). Dava para perceber que o perfil de sua carroceria se achava voltado para o meu lado direito, o que me inquietava sobremaneira. Esclareço que jamais, em perfeita consciência, realizei qualquer desenho cujo perfil não se virasse automaticamente para o lado esquerdo, daí porque uma vez acordado presumi a imagem invertida do automóvel como algo inusitado e perturbador.

Convém notar que todas essas deduções foram posteriores aos sonhos (foram muitos) e aos seus reais significados, sendo conclusivas apenas para a minha profissão de pintor, sem ter nenhum valor informativo ou, ao mesmo tempo, um acréscimo às possíveis análises das cores dos sonhos.

O incrível é saber que ainda existem psicanalistas que insistem em dizer que nós sonhamos em preto e branco. Colorida é a natureza de nosso corpo e de nossa alma, e preto e branco é a aberração da fotografia inventada canhestramente pelo homem.

13 de março

Sinceramente falando, não sei se no decorrer de minha vida (seria mesmo o caso de discutir se estou vivo) houve, de fato, tentativas sérias em remediar certas deficiências que me afastaram e ainda afastam do convívio das criaturas e até dos animais... Mais do que uma falha, seria uma espécie de estranha condenação, do tipo daquela que nos descreve o escritor Graham Greene de uma de suas personagens: "Um sujeito solitário que fazia estranhas tentativas de tempos em tempos, para provar que era um ser humano".

O que me salva é a suposição de que esse exílio forçado também deve acometer muitos outros homens. O malévolo comentário do inglês justifica a existência de muitos outros, o que para mim já é o bastante e, de resto, o inferno deve estar cheio deles.

14 de março

A chuva, os relâmpagos, a trovoada, tudo isso se abateu de madrugada sobre a cidade, continuando no decorrer do dia, como se todo esse temporal me perseguisse ao longo de uma estrada, tal qual um cachorro estranho e raivoso pode rastrear um desconhecido.

18 de março

O arquiteto e cineasta Doron passa a manhã filmando a Oficina, entre risadas de prazer e espanto diante do que via ou o que supunha estar vendo. Na entrevista que dei a ele, lembrei a expressão exata de Paul Valéry: "Os modernos se contentam com pouco".

Ainda da conversa com o israelita Doron, lembrei da minha preocupação inicial com a pintura (o meu ofício primordial) e do decorrente nascimento desse monstruoso cenário. O que proponho, eu disse, é o "platônico *inganno* para o entendimento".

Futura inscrição gravada na cerâmica para a grande *Muralha*:

Não interrompam este silêncio!
Não interrompam este sonho!

19 de março

Projeto para *Marat no banho*: uma cabeça monstruosa e cega emerge de uma caneca de cerveja e não de uma banheira. Espuma branca e sangue correm livremente.

Nesta alucinante interpretação, não pretendo chegar ao absurdo e, mesmo se o pretendesse, ainda assim, não conseguiria recriar a monstruosidade da Revolução Francesa. Odeio revoluções.

Gauguin, que foi o mais clarividente dos pintores de seu tempo, aquele cuja *insânia* ultrapassava o seu meio e, por que não dizer, a própria cultura das artes plásticas europeias daquele tempo, jamais deixou de lembrar que todo artista, por obrigação, deveria "criar a imagem velada do enigma insondável".

20 de março

Quem ousaria seguir um tão sábio conselho? No entanto, é aquilo que nos pregou o poeta Lovecraft: "Deixa, deixa no silêncio vossa antiga sabedoria!".

Poderíamos, sem esforço, colecionar uma centena de exortações ao *silêncio*, talvez nenhuma tão categórica quanto a do texto bíblico: "Calar ainda que a respeito do bem". Não esqueçamos, todavia, mesmo sem o impulso do sentido religioso, a prudente e maliciosa expressão de Baltasar Gracián: "O silêncio encerra algo de divino. Quem se apressa a falar, pode ser vencido facilmente".

21 de março

Sonhei que teria de embarcar para Antuérpia e, por conta desta viagem não desejada, sofria tudo o que um verdadeiro pesadelo pode ocasionar. No sonho, alguém me sugeriu carregar o pequeno volume de *Les maîtres d'autrefois (Belgique – Hollande)* de Fromentin, como havia feito há trinta e cinco anos. "Aquele seu inseparável companheiro certamente lhe favorecerá", dizia o intruso, com insistência e não sem uma certa malignidade.

Apesar de toda a angústia, estava eu, portanto, pronto ao embarque, quando fui alertado que teria como companheiro de camarote um conhecido político local, notícia esta que me deixava em pânico, pois jamais compartilhara camarotes de navio ou quartos de hotel com desconhecidos.

A escada que dava acesso ao barco era a olhos vistos inacessível, dada a sua altura e angulação. Quase empurrado por tripulantes - de uma maneira um tanto feroz - chego ao seu topo, onde o comandante me aguardava. Estarrecido, verifico que o velho marujo não era senão o próprio Rembrandt com aquele rosto terrível e desfeito (semelhante a de um morfético) que ele pintou oito anos antes de sua morte, em um autorretrato pouco conhecido, que eu mesmo só casualmente encontrara nas minhas antigas peregrinações pelos museus de Aix-En-Provence e de cuja face jamais pude escapar[24].

Ao cair a luz no fim da tarde, o que fazer com esta cabeça dolorida e confusa e, de resto, a quem recorrer? Telefonar para procurar um amigo? Isso nunca! A certeza quase implícita de que todos sofrem do mesmo mal, assoberbados pela melancolia, esta vaga tristeza irredimida e sem futuro que nos faz recuar e guardar o necessário silêncio, nem sempre digno, é verdade, mas de onde não se pode excluir o pudor dos sentimentos. Num certo trecho, Fromentin, falando dos infortúnios de Rembrandt, lembra a sua impassível coragem, própria daqueles que têm a alma ocupada pelas visões profundas das coisas: "A sua fortuna desaparece. Ele é arrastado diante da câmara dos insolváveis. Tudo aquilo que ele amava lhe foi levado. Carrega consigo, apenas, o seu cavalete e se instala num bairro pobre qualquer, e nem seus contemporâneos nem a posteridade jamais recolheram nenhum grito, nenhuma queixa desta estranha natureza, que se pudesse acreditar que ele se encontrava num estado de absoluto desespero".

22 de março - sábado

Começo a ampliação de cada um dos *demônios* e, possivelmente, chegarei a "crescê-los" até os dois metros e meio de altura ou mesmo três metros, numa futura tentativa.

Convém não esquecer que esta tendência ao gigantismo das esculturas, tão ao gosto dos colossos orientais, pode ser uma forma do invisível e também do abstrato.

A moça, cujo nome parece saído das narrativas de *As mil e uma noites*, confessou-me ontem com uma displicente sinceridade que sofria de ataques epilépticos desde a infância. Parece extravagante ter encontrado outras mulheres sujeitas à epilepsia, e todas estavam estritamente ligadas a uma espécie de furor uterino, para não chamá-las de endemoniadas.

---

[24] Diga-se de passagem que este sonho é incongruente e cheio de uma presunçosa parlemice, além de jamais eu ter passado pelos museus de Aix-En-Provence. O autorretrato de Rembrandt eu o conheci por reprodução (N. do A.).

Uma coisa pelo menos é certa, como afirma Gustav R. Hocke: "Não é possível combater as tolices da nossa época com uma arte que apenas explore o lodo e a lama".

27 de março

A noite toda, mesmo quando faltou luz no quarto - o que a fez gritar apavorada o meu nome, como se temesse a minha ausência, para ela naquele momento inexplicável - lutei nas trevas à procura desta fatal cumplicidade que ela não deu ou não sabia como dar e, no entanto, o seu corpo prometia um dilúvio de paixões. Pela segunda vez, sob o ponto de vista erótico-sexual, nada conseguimos de mais profundo. Não há profundidade no amor. Todo amor é epidérmico.

Diante de uma confusão tamanha, nada como escutar os *travessos humores* musicais de Rossini. Todos isentos de qualquer espécie de romantismo. Nenhuma tolice. Só o mais puro humor musical, desencadeado como uma torrente de água fresca. Depois, há os títulos de suas óperas, que separadamente já sugerem pequenos ajustes de risos. Imaginemos *O turco na Itália* ou mesmo *O barbeiro de Sevilha*, incansavelmente alegres ou mesmo pitorescos.

18h

A Paixão segundo São João, de Bach, segunda parte: A negação.

28 de março – sexta-feira Santa – 13h

Cristo en La Cruz
Borges

... Sabe que no es un dios y que es un hombre
que muere con el día. No le importa.
Le importa el duro hierro de los clavos.
No es un romano. No es un griego. Gime.
Nos ha dejado espléndidas metáforas
y una doctrina del perdón que puede
anular el passado...

16h
Missa em Si Menor, de Bach.

Alucinante descoberta: estamos sós. Sei que repito, de há muito, a mesma sentença, mas pouco importa. Continuarei a repeti-la até o fim.

Entregar-se a Satã, o que isto significa?
Baudelaire

Em duas noites consecutivas, duas mulheres diferentes. Uma delas ainda muito jovem não soube como atender às minhas súplicas... Nada consegui senão assustá-la até às lágrimas, que, de resto, pareceram sinceras e comovidas. A segunda, perfeitamente experiente, viciada em drogas e afeita a toda sorte de deboches, estaria mais que preparada para todas as minhas indisfarçáveis loucuras, mas, vencida pelo sono, não me permitiu sequer prosseguir. Contudo, esse fatal desencontro não ocorreu só pelas eventuais falhas dessas duas parceiras. Aconteceu, sobretudo, porque eu próprio, apesar da longa promiscuidade com o mundo do sexo e do vício, ainda hoje não poderia, com absoluta certeza, desvendar o que de fato pretendo das mulheres... Poder-se-ia dizer: exerceu todo o simulacro da sexualidade. Faltou-lhe todo o resto.

1º de abril
No conjunto, James Joyce poderia acrescentar: "Mas ter uma rosa verde, isso não era possível, mas talvez nalgum lugar houvesse".

3 de abril
O poeta Baudelaire, nos seus *Escritos íntimos*, malignamente reclama do gosto francês na arte e na literatura: "Como se trata de um animal de raça latina, não lhe desagrada sentir o cheiro de m... em casa – e por isso em literatura é escatológico. Adora os excrementos. Os literatos chamam a isto de *espírito gaulês*".

Poderíamos classificar assim o desabusado e rebelde Céline! Acredito que não. Seria algo de muito apressado e até injusto endereçar a este escritor que entre outras coisas era médico – em exercício da profissão – uma tal injúria. Os médicos conhecem e adivinham certos "sintomas" da natureza humana, que a nós, meros pacientes, sempre escapam. Conhecem-nos, antes de mais nada, muitíssimo bem por dentro e por fora e, certamente, por conta desta visão nada edificante, podem se dar ao luxo de uma infinita descrença. Céline, quando muito, poderia ser acusado de um *emmerdeur* de gênio. Jamais como um sádico meramente impiedoso que se comprazia apenas em denunciar as pequenas e grandes misérias do seu semelhante. Eu, mesmo despreparado diante do seu estilo e de sua obra, a princípio cheguei a atirar-lhe pedras de indignação. Voltei atrás quando, mais consciente, penetrei no coração de sua própria miséria, de suas incertezas sem respostas, de todo o seu arsenal de loucuras intempestivas, do seu irrefreável sarcasmo, de sua manifesta pusilanimidade, enfim, quando descobri que ele também, mais que todos nós, era tocado pela piedade e pelo desejo simplório de salvar os seus pacientes. Era e permanece como um dos nossos. Apenas como muitos não conseguiu, ou mesmo, não desejou se desvencilhar daquilo que *O livro tibetano dos mortos* define como algo intrinsecamente aterrador ou repugnante: a *luz fumegante* muito próxima da *escuridão visível* de Milton.

4 de abril

Não por acaso retirei das prateleiras o *Retrato do artista quando jovem*. Voltar atrás e até de uma maneira comicamente redundante, como aconselhava uma velha senhora de engenho, diante da notícia de que um cachorro danado fora morto em seu quintal: "Volte ao lugar e vá matá-lo outra vez, de novo".

Sim, milhares de vezes, quer seja para o bem ou para o mal, sempre com novos olhos prontos a recomeçar. Tateando na escura ou sempre cinzenta atmosfera irlandesa, sigamos mais uma vez aquele que certo dia um porteiro, olhando-o de alto a baixo, perguntou: "Quem é você"?, ao que ele soube responder com absoluta segurança e altivez: "Eu sou James Joyce". Ele que esteve à espera por longo tempo no vislumbre dessa hora em que também deveria tomar parte da vida desse mundo. "É pensando direito nas coisas que a gente as entende", diria.

5 de abril

Sonho com um esquisito poema (se é que isso é um poema) e dele só me sobram bem precisos, apenas, os dois primeiros versos:

Hora malvada
malvada usou.

Acordado, procuro duas variantes já com tendências à prosa:

Hora da malvada,
malvada usou.

Hora malvada
a malvada usou.

Não titubearia em escolher a proposta mais obscura do sonho. As duas outras são meros arranjos verbais que nada acrescentam, a não ser uma tentativa de explicação que, no caso, é sempre funesta ou limitada.

Kafka, no seu *Diário*, agrava o enigma dos textos ao confessar: "Quando digo qualquer coisa, esta coisa perde de imediato e definitivamente a sua importância. Quando eu a anoto, ela perde também para sempre o seu significado, mas acaba por ganhar um outro...". Aliás, neste sentido, sem querer complicar as coisas, esse grande escritor - um dos maiores que conheço nos tempos modernos - é um mestre em definir as dificuldades linguísticas e, longe de utilizar os complicados e inovadores métodos de Joyce, preferiu uma prosa quase convencional, mas contaminada de efeitos tão inesperados como obscuros, para chegar com facilidade ao coração das trevas. Num certo momento ele diz: "Escrevo de maneira diferente da que falo, falo de maneira diferente da que penso, penso de maneira diferente da que deveria pensar e, assim, sucessivamente até a mais profunda escuridão".

Será que terei de ser sempre um artífice de coisas imprestáveis?

José Cláudio, com todo o seu bom humor e exuberância, também passa por uma fase de depressão que o faz refletir. Volta ao ateliê numa atmosfera interior bem mais sombria, antípoda das paisagens brilhantemente ensolaradas, pintadas nesses últimos anos. Fala nas suas leituras, e os seus comentários sobre *A morte de Ivan Ilitch,* de Tolstói, assim como sobre *Tonio Kröger*, de Thomas Mann, são perfeitos e elucidativos. Pretende combater a angústia e a solidão ainda com mais angústia e solidão, enfrentando o medo da morte com mais medo ainda... Seria, por assim dizer, o seu contraveneno, o seu antídoto utilizado, não como escudo protetor, mas como espada que desafia para ferir o "Grande Vazio".

14 de abril

Eram vozes do passado, erguidas de um mundo já irreconhecível, que escorregaram para o esquecimento sem retorno, quando, de repente, essas mesmas vozes, sem nenhum prévio aviso, afloram dolorosamente ao telefone, verdadeiras, brutalmente captáveis como fantasmas assassinos que ardilosamente soubessem declamar o meu nome e sobrenome e falassem de maneira bastante audível da conjuração dos tempos e de culpas indecifráveis.

15 de abril

Afora tudo o que pudesse ter acontecido com Franz Kafka e Milena Jesenská, nada mais extraordinário do que a infinita e antecipada descoberta dessa moça. Talvez a única, entre todas a quem conheceu, aquela que sentiu o quanto ele não fazia parte desse mundo, nem ficaria aqui por muito tempo. Mais do que tudo, repito, ela percebeu o seu medo. Antes mesmo de encontrar-se com Kafka, ela revelou: "Conheci o medo dele antes mesmo de conhecê-lo".

Presumo não ter, em absoluto, a necessidade de esclarecer a que espécie de medo Milena se referia. Talvez daquele mesmo medo que nos falava Gógol, ou talvez de algo ainda mais terrível, cruel e ensandecido.

17 de abril

O crítico de arte Jacob Klintowitz passou parte da manhã na Oficina, fotografando peças para um futuro livro: *Escultura brasileira*.

18 de abril

Borges lembra que Schopenhauer afirmava sabiamente que não há ato, não há pensamento, não há enfermidade que não sejam voluntários. Enfim, essa predeterminação, aparentemente terrível, nos permitiria sempre uma escolha, mesmo que fosse para a nossa própria desgraça. Mas esta opção seria nossa e não de outros. Em todo caso, às vezes, num conjunto de circunstâncias, "o desejo de aniquilamento" é coletivo e coincide com as nossas próprias misérias ou fraquezas. Não poderia ser por outra razão que, logo agora, num período difícil de minha existência, encontro anunciado em revistas e jornais dois livros que tratam daquilo que mais me atinge, ou seja, o fato de estar colocado diante de uma solidão irreparável. Refiro-me a *Malone morre*, de Samuel Beckett, e *A lua e as fogueiras*, de Cesare Pavese.

21 de abril

Eu as mandei prepararem-se a caráter. Uma delas não estava quando procurada, mas deixou o aviso que viria. Quanto à outra, ouvindo a proposta, teve um ataque de riso quase histérico. Com certeza despertou-lhe a lascívia.

Ocupo-me de *A lua e as fogueiras*, de Pavese. Como a sua vida, assim também o seu estilo. A maneira de narrar é profundamente seca e monótona, não chegando, contudo, à letargia. Antes é impressiva como a ação do ácido sobre uma gravura de metal. Aí reside todo o seu *pathos*. Um único combate: corroer, desgastar e desafiar o duro metal. Não há desfalecimentos no livro. Há, sim, muita dor. Uma *dor permanente* (quem poderia viver sob o peso de uma dor permanente?), embora ele mesmo tenha sobrevivido a esse sofrimento intolerável e à sua irreparável solidão o quanto pôde. Não se diga que ele não tenha avisado das mais diversas formas e maneiras sobre a sua intenção de partir para sempre. Também, no seu diário, *Ofício de viver*, no dia dezoito de agosto, ele fechou a porta: "Um imenso fastio de tudo. Basta de palavras. Um gesto. Não escreverei mais".

Não conhecia o seu retrato. No entanto, como pessoa e escritor falaram-me dele, gente de lá e mesmo os daqui. Companheiros que porventura me esclareceram alguns assuntos ainda nebulosos. Dele conhecia apenas o diário, o seu *Ofício*, a sua inimitável blasfêmia, a sua coragem intelectual, o seu desprendimento, mas não conhecia o seu retrato. Uma revista nacional o publicou há dias, em estranha cor marrom - tudo devidamente enferrujado -, como a cor da guerra propunha. Gravemente, recortei o retrato e o reconduzi às primeiras páginas do seu *Ofício de viver*.

Sim, agora recordo, um dia antes do fatal, ele disse com inopinado orgulho, o que não era bem do seu feitio: "No meu ofício, portanto sou rei. Em dez anos consegui tudo".

Terminado *A lua e as fogueiras*, que mais poderia acrescentar senão o horror!, a desesperada expressão de Kurtz em *O coração das trevas*, de Conrad, cujas circunstâncias foram tão diversas daquelas de Pavese. Nada que nos fizesse, nem remotamente, lembrar a floresta ou "uma grande aventura". Pavese era um homem da cidade, ou melhor, de sua região. E se tudo aconteceu numa região campestre, não importa, porque se fosse nos confins do mundo a dor seria a mesma. Penetra-se na *selva selvaggia* e, em pequenos ou em grandes espaços, caminha-se de maneira inelutável sob a luz da lua e das fogueiras, para o erro e para a perdição. No começo tudo estava assinalado em pequenas lâminas, desenhadas com estilete fino e corroídas pelo ácido ainda vivo da memória; depois, a dor se agiganta como um balbuciar repentino para demonstrar inequivocamente um vasto mural de atrocidades, digno daqueles afrescos do "Camposanto", onde a Morte é sempre vitoriosa. Por estes e outros motivos, ele devolveu o bilhete de entrada e, segundo parece, não havia mesmo para ele mais o que fazer. E assim, decidiu não voltar, para sempre.

Primeiro, apenas um leve sussurro como nas conversas ao pé do fogo. Depois, o grito, um único e prolongado grito, e, em seguida, apenas o silêncio das chamas na sua linguagem muda que não é aquela falada pelos homens. E, por fim, as cinzas tangidas pelo vento.

Hoje de manhã, por volta das dez horas, visitei o ateliê do pintor Montez Magno. Ele mostrou-me trabalhos antigos e outros recentes. Enfim, apesar do amontoado de telas dispersas por toda parte da casa, mostrou-me tanto quanto podia. Uma série de quadros, que ele batizou de alquímicos, pareceram-me sobretudo interessantes e muitíssimo bem pintados. Pude verificar que ele sabe onde pisa e o que pretende.

Visita do poeta e crítico Walmir Ayala. Longa e proveitosa conversa no decorrer da tarde.

Também visitou-me a inteligente pintora Liliane Dardot, a quem muito aprecio pelo talento e originalidade.

27 de abril

Voltei a ver a litografia de Darel Valença que me motivou a escrever "O Cinto Vermelho" e, neste novo encontro, verifico que o desenho mostra mais de uma figura de mulher. Na realidade, são duas figuras: uma vista de frente, a do cinto vermelho, e a outra de costas. Olhei-as atentamente e, desta feita, apenas para me certificar da excepcional qualidade da gravura, o que foi plenamente confirmado. Mas, talvez por defeito meu, a visão encantatória já havia desaparecido. A menina nua carregando o seu mágico *cinto vermelho* estava no quadro e no quadro ficou.

28 de abril

Ela fez questão de revelar o seu passado de noviça. Mas não foi esse fato o que mais importou. Atraía-me nela, sobretudo, a atenciosa e disciplinada compulsão para os desregramentos e mais ainda, como ninguém, ela sabia escutar com humildade e em seguida, calorosamente, sem nenhum escrúpulo, chegar às ações mais perversas.

Sua luxúria era um abismo.
Sua perversidade, um oceano.

Termino a peça definitiva de *Marat*. No centro do seu peito uma ferida anterior ao golpe. Carlota Corday não aparece, mas poderia estar nas proximidades ou já esteve por perto, fugindo apressadamente antes mesmo de empunhar a faca.

Aquela que desde o início de sua criação foi somente um sonho. Falo de Lilith. Sem o saber, sempre falo de Lilith e do seu mito perdido. Reinicio a magnífica história de Lilith, interrompida, por meses, sem nenhuma explicação.

1º de maio

No sonho, alguém me pergunta quem foi Béla Bartók e afirmo, sem pestanejar, que se tratava de um compositor romeno de grande importância para a música moderna. E foi ainda, neste mesmo sonho, logo em seguida, que num quarto azul, eu regia freneticamente *O castelo de Barba-Azul*. Uma vez acordado me pergunto por que troquei a nacionalidade de Bartók, de húngaro para romeno e, também, acrescentei que o compositor andava sempre corretamente vestido. Informações sobre ele eu tive nos anos de 1951 e 1952 na cidade de Lausanne na casa do meu cunhado, Henri Miéville, um apaixonado pela música, que vivia rodeado de jovens compositores e pianistas. Por várias vezes ouvi Rafael D'Alessandro tocar no piano trechos esparsos de Bartók, que, na verdade, na época, muito me intrigaram. Diga-se de passagem que o compositor já estava morto desde 1945.

2 de maio

> *É verdadeira a máxima segundo a qual nenhum homem*
> *que não saiba como uma coisa deve ser poderá vê-la como é.*
> Jonathan Richardson

3 de maio

"Blasfêmia! Você não diz senão blasfêmias."

O poeta Tomás Seixas se debate com uma inesquecível expressão de Max Jacob e pede minha opinião. Na verdade, nada esperava como resposta desde que já estava toda contida naquilo que havia lido e relido mil vezes. Segundo recordo, era um comentário retirado de um diálogo do escritor judeu - convertido ao catolicismo - com um monge trapista, que apresentou seu livro *Méditations religieuses,* cujo teor consistia no seguinte: "O mistério está na vida. A realidade está no que vem depois". Se rigorosamente não era essa a expressão, poderei retificá-la no próximo encontro com o poeta.

Por várias vezes, Tomás, que tem nome de santo, mas não é nenhum santo, afirmou: "Ele, Max Jacob, é santo".

5 de maio

Encontro Tomás no mesmo terraço de sempre, àquela hora da tarde, trespassado de curiosas manchas de sol que mais se assemelhavam a auréolas, e uma delas repousava justamente sobre a face do poeta sem parecer perturbá-lo. Não arredou a cadeira um centímetro, sequer para evitá-la. Imóvel, com as mãos cruzadas sobre as pernas, parecia ter finalizado suas orações, o que não lhe proibia de estar atento, logo me perguntando se eu havia consultado os textos do *Méditations religieuses.*

A expressão textual de Max Jacob no seu diálogo com o abade Maurice Morel, disse eu, foi: "*Le mystère est dans cette vie, la réalité dans l'autre*". A minha memória propriamente não falhou. Apenas embaralhei as colocações religiosas, ouso dizer. Ele permanecia imóvel, talvez, agora ligeiramente distraído, os olhos semicerrados, como se houvesse adormecido. Assim mesmo continuei. "O mistério está na vida", quando deveria ter traduzido "está nesta vida", o que significaria, de imediato, peculiarizar a vida como alguma coisa eminentemente humana, onde residiria todo o mistério do humano e de sua alma imortal, no sentido cristão e católico, como deixou perceber o recém-convertido Max Jacob. Seu pensamento enfatizava que a realidade só estaria na "Outra Vida", na eternidade dessa nova oferta, peculiaríssima, na qual por *consentimento*, enfim, poderíamos penetrar nessa realidade inteiriça, inclusive despojada do mistério, porque uma vez ao lado dessa suprema força já não caberia segredo algum, muito menos indagações ou perplexidades.

Tomás anuía fazendo leves movimentos afirmativos de cabeça, embora permanecesse de olhos fechados. "O meu duplo erro de memória - talvez involuntário - fez-me andar no largo caminho das heresias", eu disse, mas ainda assim, sustento o equívoco, preferindo que o mistério "esteja na vida", em toda a sua totalidade, e não só no meramente humano, ou seja, nesta vida. Prosseguindo no tortuoso engano asseverei: "A realidade está no que vem depois". Mais uma vez, hereticamente, confirmei a minha cambaleante incerteza, ao tentar, mesmo de longe, galgar a muralha infinita dessa "Outra Vida", permanecendo, no entanto, soterrado pelos escombros (também eles infinitos) do que virá depois.

Bruscamente, Tomás mudou de posição na cadeira. Abrindo os olhos por um momento, encarou-me como a um blasfemo, mas não disse palavra... Quando lhe convinha ele sabia calar como ninguém.

"E por favor", eu disse, "não me venham testemunhar que a imagem de Max Jacob, '*Le mystère est dans cette vie*', é abrangente, isto é, poderia incluir até o *caos*, este sim, verdadeiro no antes e no depois." Continuei com as minhas observações, dizendo que ele falou, na sua certeza de convertido, do obscuro mistério - sempre maior - da carne humana e dos seus suportes espiritualizados com o evidente exagero dos crentes, a antecipada bem-aventurança dos *pobres de espírito* e daqueles que serão salvos e possivelmente até santificados.

- Como você prenuncia, Tomás – eu disse.

- Ele, Max Jacob, é santo – disse o poeta Tomás Seixas, abrindo os olhos e levantando-se da cadeira.

8 de maio

Foi lendo Bachelard que me adverti da existência do livro *Lilith*, de Remy de Gourmont.

Tomás, com violência, repudia a leitura de *A lua e as fogueiras*, de Pavese e, não sei por que cargas d'água, incluiu, nesta sua desabrida intolerância, o romance de Svevo *A consciência de Zeno*. "São intoleráveis momentos de fraqueza condescender com uma tal literatura", ele disse. E ainda acrescentou: "Não posso imaginar como Joyce manteve uma amizade verdadeira com este Svevo, um péssimo escritor".

9 de maio

Datada do dia 16 de abril, recebo uma carta circular assinada pela senhora Danielle Mitterrand, anunciando a existência de uma Fundação criada por ela própria e que se chama *France Libertés - Fondation Danielle Mitterrand*, com sede em Paris. Esse novo organismo visa sobretudo combater a violência, a injustiça e a arbitrariedade. No final da carta ela pede a minha opinião, por escrito, sobre o tema *Liberdade*, e acrescenta textualmente: "Me ajude. Eu conto com você. Com a sua força você pode nos ajudar a viver melhor, sobretudo para aqueles que esperam tanto de nós".

Como já fiz menção, a carta é uma elegante circular que reproduz em fac-símile a própria letra da presidenta e a sua assinatura. Deve a esta hora estar em mãos de centenas de intelectuais e de artistas espalhados por este mundo afora.

Em outras circunstâncias, por mera polidez, esse apelo seria de imediato correspondido com algumas generalidades bem ao gosto do espírito gaulês e, assim, tudo ficaria em paz: "Com a sua própria letra, apenas dez linhas, uma página no máximo, que você assinará". Numa situação diversa, minha conduta obedeceria às formalidades, mas não agora, depois de *Chernobyl*; não agora, depois de uma catástrofe nuclear que nenhum dos estadistas modernos soube como evitar ou denunciar. Se me for possível responder em dez linhas, muito bem, responderei. Mas, a Liberdade, as tão expressivas Liberdade e Fraternidade, colocarei acima delas uma causa bastante simples e urgente, ou seja, apenas o apelo de uma imensa maioria (exatamente aqueles que esperam tanto de nós), o direito à sobrevivência.

Deixe-nos, portanto, morrer de nossa própria morte, senhores presidentes, estadistas e ditadores de qualquer espécie. Esta seria, em suma, a suprema liberdade; nada além do anseio de subsistir.

10 de maio
Sim, como Telêmaco, aquele que viveu longe dos combates.

Visita de Monique. Falamos e falamos. E, depois, ainda com os olhos brilhando, relembrou o pai morto. Ela é o que eu poderia supor: bela e experiente. Com os seus trinta anos já não é uma bacante. Agora, tomou os véus negros de uma sacerdotisa, faltando-lhe apenas o templo e o culto a ser iniciado.

Descobriram-no dizendo a verdade. Foi preso, julgado e condenado.

Hoje, muito cedo, iniciei os primeiros esboços da carta à senhora Mitterrand. Gostaria de dizer como Rilke: "Deixem-nos morrer de nossa própria morte".

Reconheçamos o erro. Estávamos enganados a partir não sei de quando, e, infelizmente, como todos, não posso precisar a data, se é um mal de origem (pecado original) ou se o cometemos na nossa brutal caminhada. Contudo, ouso afirmar que não é um fato moderno. A culpa não é só nossa. O pior é que não saberemos como recuar; apenas caminharemos impunes e soberbos para o Sacrifício quando não haverá tempo para a justiça, nem para a violência, nem para a arbitrariedade e, sobretudo, para nenhum Juízo Final. Sucumbiremos sem deixar traços na velocíssima luz branca do nada.

Lamento que o tom da carta não seja este. O seu timbre é bem mais brando e não tão cruel. Gostaria, no entanto, que fosse algo implacável e solene, dessas coisas que se dizem aos gritos num deserto, sem a mínima possibilidade de serem ouvidas. Preferi o método. Não há como escapar do *método*. E, por conta disto, cerquei-me de citações como uma armadura necessária ao desprezo que cairá sobre mim em seguida.

24 de maio
Não me engano. Apenas aconteceu mais cedo e com acréscimos inesperados. A pequena manchete do jornal nos prepara para o óbvio, mas acrescenta, logo em seguida, a *grande impostura* que pretende configurar o futuro mito.

A farsa destrutiva também necessita dos seus heróis. Razão pela qual o cadáver de um dos dois operários que morreram durante o acidente na Usina Eletronuclear de Chernobyl será enterrado numa sepultura de concreto que está sendo construída perto do reator inutilizado pela explosão. Informação retirada ontem do jornal Pravda, do Partido Comunista.

O colossal reator, cujo núcleo permanecerá incandescente por séculos, também será envolvido pelo concreto. A modesta tumba do operário significaria o holocausto e futuro culto a esse novíssimo deus da destruição e da morte. Mais uma vez a Terra *(Gea)* se une ao primitivo Tártaro e se converterá, assim, na progenitora de uma série de seres terríveis e destruidores, desta feita, para sempre. Como Lúcifer, pecamos primeiro por soberba, e, em seguida, por impaciência. Caímos azedos da árvore da vida. Não soubemos aguardar como vaticinou Dante: "*Non aspectare lume*".

25 de maio

Mais uma vez, defronte à gravura de Darel, verifico a figura de um gato preto na base do desenho. Estranhamente o bicho cabriola ou se enfurece (não posso precisar o certo). A figura feminina do cinto vermelho sustenta com a mão direita a base da fivela caída sobre o púbis e o outro braço levanta-se à altura do rosto que fica recoberto pela mão, como alguém que tenta fugir a uma possível identificação.

A outra figura de mulher (de costas para o espectador) vira ligeiramente o rosto, onde está bem visível uma máscara negra. De novo posso imaginar a magnífica qualidade do vermelho do cinto, cuja incandescência invade todo o fundo da gravura, acentuando a sua atmosfera infernal como um jogo cênico absolutamente imprescindível para expressar a deliberada perversidade das duas mulheres.

O título escrito a lápis, pareceu-me estranho e cabalístico: *Dois em dois*.

26 de maio

Giovanni Papini, falando de diferentes demônios, lembra Tifeu - o diabo grego que era filho de Gea e de Tártaro. Foi aquele que mesmo enfrentando a fúria de Zeus, por ele não foi vencido. "Não foi morto, mas reduzido a gemer, encarcerado nos abismos subterrâneos da Terra." Comenta Papini: "Tifeu, à igualha de Satã, foi o deus das trevas e da morte, o inimigo da luz e das divindades solares". Os raios são as suas flechas, o silvo furioso dos ventos é a sua voz. Na sua ira destruidora, Tifeu queria desconjuntar o Cosmos e ferir de morte os filhos de Deus.

A leitura atenta desse texto me leva, de imediato, a identificá-lo com as notícias dos jornais hodiernos: alguém ou alguns poucos, ou mesmo muitos, até mesmo todos, estão querendo *desconjuntar o Cosmos e ferir de morte os filhos de Deus*. Concluímos então, ainda mais assustados, que o mundo sempre foi o mesmo. Surpreende-me, apenas, saber como *sobreviveu*, apesar de tudo.

27 de maio

Difícil, ou melhor, é impossível narrar a fúria amorosa de S. por J. ou vice-versa. Nenhum homem, por mais varonil que seja, chegaria, nem de longe, a tamanha exaltação de contatos diante de uma parceira. Ainda mais difícil foi o ato de separá-las quando, as duas, amorosamente, se desentenderam. Ninguém do sexo masculino pode conceber o que seja um abraço infinito, uma mímica amorosa infindável, quase monstruosa na sua repetição, inqualificável nas suas consequências. Por várias vezes, naquela noite, perguntei-me o que fazia ali, com uma sensação de pânico no coração, como se tivesse entrado num lugar de mistérios cruéis e absurdos, não adequados à contemplação de um ser humano.

Acredito firmemente que quando Conrad escreveu *Tufão* (Tifeu ou Tifon) simbolicamente falava das fúrias desencadeadas, ou seja, do mal intrínseco, algo contra o que os homens não podem nada e, no entanto, o que se precisava, é claro, era de um homem como o capitão Mac Whirr. Como disse Conrad, "ele era o homem para a situação". Porém, levianamente, eu poderia acrescentar: também existe um heroísmo de alcova quando um homem deve enfrentar de corpo nu uma mulher. Situação extrema.

28 de maio

Novamente notícias de Beckett, de quem se comemora desde o mês passado os seus oitenta anos: Winnie, a protagonista de *Oh! Que belos dias*, aparece enterrada pela cintura no primeiro ato, num interminável diálogo de clichês que recordam sua existência insossa. No segundo ato, já afundada até o pescoço, torna-se mais ambígua, recordando os belos dias (do passado? do presente?) mas sempre faladora obstinada: "Nada mais posso dizer, mas devo dizer mais".

A carta oficial à presidente não saiu da sua primeira forma, isto é, permaneceu fiel ao seu primitivo esboço. Confesso que não atinei como respondê-la de uma maneira mais convincente. O defeito é meu. Além disso, não sou nenhum militante político para acreditar na *ação política*, e muito menos em qualquer outra forma de ação. Já repeti, dezenas de vezes neste diário, o meu absoluto descrédito no socialismo internacional. "Essa espécie de coisa", como afirmava Joseph Conrad, "a que não consigo atribuir nenhum significado definido". Como sabiamente lembrava esse vivido escritor: "Jamais pude acreditar em nada bastante convincente que se erguesse, por um momento sequer, contra o meu arraigado sentimento de que esse mundo habitado pelo homem é governado pela fatalidade".

Eis a resposta à senhora Mitterrand, depois de uma carta circular enviada a vários artistas de diferentes países. A carta está datada do dia 12 de maio de 1986.

Prezada Senhora,

O tempo passa ou o tempo é apenas um roteiro ilusório? Para nós homens, enquanto indivíduos, naufragamos nele, o que vem a ser uma só e mesma coisa. Resta-nos, então, olhar ao redor, em se tratando da eternidade das gerações. Afinal de contas, o que é que temos presenciado diante dessa apressada e sempre revolucionária ação contemporânea?

Hoje, na minha visão declinante e pouco propensa ao otimismo, já não acredito nas utopias e, sobretudo, rejeito as ideias comunitárias de difícil e inútil construção, todas alicerçadas sobre os escombros ainda fumegantes das Torres de Babel. O poeta Charles Péguy disse que tudo estava corrompido na natureza e nos homens. Neste aparente pessimismo tentava, com certeza, exprimir nossos pensamentos mais profundos.

Max Jacob descobriu que "o mistério está nesta vida, a realidade na outra". Essas duas afirmações, na verdade, se consubstanciam perfeitamente no profético comentário de Rimbaud: "Nós não estamos neste mundo. A verdadeira vida está ausente". Aliás, foi ainda o nosso quase santo Max Jacob que implorou gravemente: "Choremos sobre os hospitais, as prisões, as crianças mártires, as mulheres maltratadas, os pais de família inquietos e, sobretudo, por aqueles que não sabem sofrer e que são legiões. Reza-se pela França, o que parece egoísmo. Pela Espanha, o que representa medo. Quem reza pela Terra, a pobre Terra condenada às piores catástrofes nesses próximos tempos?".

Senhora, acredite, estou honrado, como ninguém, entre tantos outros intelectuais e artistas escolhidos pela sua generosidade para colaborar com o seu admirável projeto, mas acontece, senhora, que os meus olhos estão alhures. Ademais, tenho medo, talvez o mesmo medo que paralisou Gógol e que, certamente, renasceu também da monstruosa e absurda desesperança de Franz Kafka.

A propósito, lembraria um trecho de um artigo de Louis Fernand Céline, escrito em 4 de outubro de 1933, como uma homenagem a Zola: "O sadismo unânime atual provém, acima de tudo, de um desejo de aniquilamento profundamente instalado no homem e, sobretudo, na massa dos homens, uma espécie de impaciência amorosa, quase irresistível, universal, pela morte. Com afetações, evidentemente, mil negaças. Mas, o tropismo está aí, tanto mais poderoso quanto é perfeitamente secreto e silencioso".

Mais uma vez, senhora, as minhas escusas. Inadvertidamente ultrapassei as dez linhas ou mesmo uma página inteira, nesta inocente tentativa de ajustar-me aos seus mais altos e nobres propósitos. Não será difícil, contudo, verificar o que me preocupa, qual o centro crepuscular e vazio que me atordoa e atordoará a mim e a tantos outros, por mais que nos escondam o significado real desse Começo do Grande Desastre. Refiro-me apenas ao que sabemos sobre Chernobyl ou a Tree Miles Island: ambas já justificariam de sobra o irresistível desejo de pedirmos de volta, como Ivan Karamazov, o nosso bilhete de entrada. Eu vos saúdo, prezada senhora, em nome da igualdade e da fraternidade.

Respeitosamente,
Francisco Brennand

29 de maio

Encontro, enfim, uma obra contemporânea que trata de *assuntos* que me interessam muito de perto, *Roberte ce soir*, livro do irmão de Balthus, Pierre Klossowski, situado em um nível de perversidade sexual e moral que ultrapassa de muito as divertidas bacanais pseudo-eróticas de um Henry Miller ou de qualquer escritor moderno que ouse abordar tais motivos. Estão incursos o escabroso, o degenerado, o inverossímil e outras tantas penetrações que não me ocorrem como qualificá-las, sobretudo porque agridem o entendimento de uma forma assaz curiosa. Não fossem os romances inigualáveis de Georges Bataille, Klossowski atuaria como um caso à parte na atual literatura francesa e, acrescente-se, talvez a sua principal preocupação não seria nem a pintura, nem a literatura, e sim a filosofia. Interage em todo o seu texto, submergindo e dele se afastando tão à vontade e irresponsavelmente que mais parece, aos olhos de um puro profissional das letras, um exótico e bem-sucedido diletante. É por conta dessa liberdade sem fronteiras que atinge o limiar fetichista e enlouquecido de todo erotismo que verdadeiramente mereça esse nome.

Dia improdutivo. Quando a noite chegar, esperarei das mulheres o que elas jamais me darão.

30 de maio
O incontido prazer de ver sair do forno, em perfeito estado, uma das maquetes do *Incubo*.

Tomás Seixas e o médico Luís Tavares passaram aqui na Oficina uma boa meia hora, tempo suficiente para eu ler a carta da presidente que, com certeza, acabará não sendo expedida, pois, de resto, não me sinto propenso a fazê-lo. O fato de ela permanecer neste caderno já é o bastante. Pelo menos eu, que pouco me imiscuo em assuntos políticos, marquei posição. Achei a minha carta uma barbaridade e absolutamente fora de propósito, embora não posso atinar qual o equívoco que motivou a escolha do meu nome para enviar esta circular.

Alguém muito mal informado deve ter me confundido com um "revolucionário", no gênero do desafortunado Philippe Égalité.

Ontem à noite, a bela A. C. observou, e não sem razão, um aspecto bem curioso a propósito daquilo que habitualmente chamamos de inteligência. Disse ela: "O mais arguto dos homens jamais conseguirá ultrapassar uma mulher em sabedoria, mesmo dessas que julgamos pouco dotadas". A. C. não brincava, falou com convicção e eu - para nossa desgraça - tive de reconhecer o quanto ela era sábia. Como não estou falando para imbecis, não fica difícil de entender a que tipo de inteligência eu me refiro. Talvez algo parecido a uma *inteligência estratégica*, ou simplesmente a uma forma de *astúcia nativa.*

Abordou-se a velha "guerra dos sexos", qual o vencedor, qual o vencido. No caso das mulheres, elas existem como árvores, animais, rios, montanhas, o sol, a lua e as estrelas. E não só não falam, como também não escutam. Se por acaso aprenderam tudo conosco, desabusadamente nos rejeitaram. Quando muito, não acreditam no nosso pretenso sermão. Se a natureza tivesse de opinar, não ficaria difícil descobrir para que lado ela penderia.

Katherine Mansfield, cuja admiração por Tchekhov parecia sem limites, registrou no seu diário uma comovedora confissão: "Ah, Tchekhov, por que morreste? E dizer que jamais poderei conversar contigo numa sala deserta, ao crepúsculo, como sempre foi do meu desejo".

Se essa grande e sensível escritora houvesse tido, como desejava, a real oportunidade de conhecer de perto o genial escritor russo, não estou de forma alguma convicto do prosseguimento e sucesso dessas relações. Sempre haveriam algumas perdas, alguns contratempos, algumas discórdias fatais.

A meu ver, o *pecado original* foi comum aos dois sexos, mas compreendido de maneira diversa por cada um desses incomunicáveis parceiros. Talvez foi esta uma das consequências mais dolorosas da *queda*: homens e mulheres estigmatizados por uma saudade louca do seu perdido companheiro e sem possibilidade alguma de resgatá-lo.

31 de maio

A segunda parte do livro *A revogação do édito de Nantes*, de Pierre Klossowski, é bem mais interessante do que as suas pseudofilosóficas digressões a propósito do amor. Abordando um pouco de crítica de arte, ele pode encaixar com mais propriedade e exatidão o núcleo secreto de suas teorias, ou seja, a sua descontrolada paixão pelas *imagens* das coisas. A abordagem (muitíssimo bem comentada) da *Grande odalisca*, de Ingres, é perfeita e logo nos faz adivinhar os sutilíssimos conhecimentos daquilo que se entende como uma verdadeira pintura.

2 de junho

Ontem M. telefonou e me chamou de Faraó. Não posso descobrir exatamente qual o sentido de certas brincadeiras, mas acontece que o título me agradou.

Continua a tarefa macabra. Notícias do jornal *Krasnaya Zvezda*: "Grupo de sapadores do exército soviético construiu um túnel até o reator nº 4 de Chernobyl. Não há muitos detalhes do projeto, mas o qualifica como 'gigantescos sarcófagos', com paredes de numerosas capas de cimento com um completo sistema de ventilação".

3 de junho

Repetidas vezes me deparei com reproduções de pinturas de Lucian Freud, quase sempre muito interessantes pela obsessiva temática de fundo sexual. Pouco sei dele, apenas não ignoro que exerce suas atividades profissionais na Inglaterra. Desconheço se é filho ou neto do velho Sigmund Freud. Como esse pintor nasceu em 1922, deve ter sido gerado – se for seu filho – quando Freud já contava 66 anos. Provavelmente é filho de Ernst Ludwig Freud.

Suas pinturas se aproximam das de Balthus, embora sem aquela reconhecida verve do pintor de origem polonesa. Às vezes Lucien parece óbvio em demasia, o que lhe prejudica e esteriliza. Não há temática sexual sem um mistério oculto. Neste domínio, tudo pode permanecer obscuro.

Nota à margem: Não se deve fazer pintura só pensando em Freud ou nos problemas sexuais. Toda pintura nasce de outras pinturas e de outros pintores e é dessa paixão ou por conta desse *acordo*, jamais rompido, que a verdadeira arte de pintar sobrevive. Esta é a opinião do genial Malraux, em *As vozes do silêncio*.

4 de junho

Verificar e sobretudo não esquecer do gracioso comentário de Marguerite Yourcenar quanto a Francisco I, rei da França, que às vezes desesperado quanto à inconstância de certas damas, dirigia-se a uma igreja com o fito de pedir a Deus que a senhora dos seus pensamentos não falhasse ao encontro.

Uma espécie de sacralização do pecado como se vê. É claro que não foi propriamente isto que a escritora quis dizer, mas foi assim que entendi, eu que sou especialista - segundo dizem - em entender tudo às avessas.

6 de junho

Encontro apoio às minhas sempre "incertas teorias" sobre o sexo. Ninguém acerta sozinho enquanto todos erram. Continuando a leitura de *Roberte ce soir*, verifico, no diário de Roberte (2 de abril de 1954) uma contundente e irrespondível observação: "Uma mulher é totalmente inseparável do seu próprio corpo – o nosso amor próprio sofre com um mínimo arranhão – nada nos é mais estranho por essência do que a distinção entre o físico e o moral. Estamos de acordo com os homens quando eles nos recusam uma *alma*, ao passo que eles fazem fraudulentamente apelo aos nossos sentimentos de honra ou de fidelidade".

Ainda a propósito do nosso mundo tecnológico e do aproveitamento insano da energia nuclear, o escritor norte-americano Thornton Wilder assevera: "O homem não é o mestre feiticeiro que julgava ser, mas um aprendiz de feiticeiro que não mais sabe como desligar o que ligou...".

Segundo conta uma história em quadrinhos, Cyrnic, filho de um rei saxão, tem um bizarro passatempo: criação de galinhas. Elas põem tantos ovos que o palácio não sabe mais como livrar-se deles.

8 de junho – 1h45min
Madrugada: o motorista foi retirar-me do hotel onde eu estava com duas mulheres. Meu sogro acabara de falecer e a família necessitava de mim.

Como colocou John Berger: "Nunca olhamos apenas uma coisa. Estamos sempre olhando para relações entre as coisas e nós mesmos".

No meu modo de ver - apesar de tudo, e esse "tudo" é toda a visão do mundo moderno, - a fotografia é, por natureza, indecifrável. Tudo o que não é visto, é pressentido pelo olho humano, e só por ele, perde substância e, portanto, "a sua relação entre as coisas e nós mesmos".

Há vinte anos escrevi um longo artigo a favor da fotografia. Hoje penso de forma diferente. Os fotógrafos pretendem captar a "realidade", mas o *real* já é por si mesmo inapreensível, a não ser quando interfere nas nossas indispensáveis mentiras organizadas que, sendo um simulacro da verdade, são, na verdade, a única visão merecedora do nosso crédito e consequentemente do nosso entendimento.

Se o Cristo ou o Buda tivessem sido surpreendidos por uma câmara fotográfica, *eles simplesmente não existiriam*, não passando de grotescos fantasmas.

Quem deseja mas não age, gera a pestilência.
(Provérbios do Inferno)
William Blake

12 de junho
Notícia ou fato que poderiam ter saído do teatro de Beckett. Um assassino (pistoleiro) ao se autodefinir disse: "Sou um relojoeiro, casado há onze anos, pai de três filhos, que matou o padre porque ele não usava batina".

Diga-se de passagem que certa vez o próprio Beckett foi apunhalado numa rua de Paris por razões absurdamente desconhecidas. Nem era padre, nem necessitava usar batina, mas foi ferido de morte por um homicida desconhecido. Ainda convalescente, pretendeu saber os motivos reais desse gesto, quando o assassino respondeu: "O senhor era o mais próximo dentro da multidão e, depois, sua magreza e altura me chamaram a atenção, e, daí...".

As pessoas que acreditaram ou ainda acreditam em mim incorrem num profundo equívoco. Talvez porque não se apercebam de minha verdadeira e múltipla natureza ou apenas porque prefiram se fazer de desentendidos. A culpa não é só minha, pois, segundo posso provar, nada escondo e, além de tudo, não apenas falo em demasia, como frequentemente o meu tom é quase sempre confessional. Essa minha *mania* vem de berço e, quem sabe, de alguns remotos e desconhecidos ancestrais. Contudo, se faz necessário esclarecer que não é nenhum capricho. Antes, pelo contrário: é algo muito próximo à estupidez.

Dizem que o próprio Gulliver, quando retornou de Liliput, ainda pensava ser um verdadeiro gigante e, por conseguinte, nas ruas superpovoadas de Londres, tangia as pessoas de sua frente com receio de esmagá-las, equívoco que lhe retribuíam com grosseiros sarcasmos e até chicotadas. Há poucos dias confessei que sou um gigante, medindo 2 metros e quarenta e dois centímetros de altura, e ainda por cima lamentei: "Ah se eu pudesse ter uma estatura normal como os meus três irmãos!". Alguém poderá retrucar, insinuando que esse gigante chamava-se Straub e não Brennand. Gravíssimo engano: era eu mesmo. Somos muitos e estou certo de que somos alguns milhões entre bilhões de seres vivos. Portanto, repito: somos muitos. Uma legião nada desprezível, nem melhor, nem pior do que a maioria dos homens, mas, assim mesmo, marcadamente diferentes. Enfim, sem recorrer a nenhuma filosofia do tipo existencialista, eu repetiria a atroz expressão de Jacques Prévert: "Eu sou como eu sou".

16 de junho

De sábado e domingo teria de contar duas admiráveis *noites brancas* mas, como sempre malogradas, necessitariam de um *tratado* para justificá-las mais ou menos no gênero do ensaio recém-publicado pelo psicólogo inglês John Nicholson, intitulado *"Men and Women: How Different Are They"*.

Relembrando certas anotações, onde incursionei perigosamente no campo das probabilidades e dos horóscopos, concluo que o rei Lear, de Shakespeare, tinha razão quando disse: "Tal é a perfeita loucura do mundo que tornamos culpados os nossos desastres ao sol, à lua e aos astros, como se fôssemos malvados por necessidade, estúpidos por imposição celeste, patifes, ladrões e traidores pelo predomínio das esferas, bêbados, mentirosos e adúlteros por obediência forçada à influência dos planetas".

Marguerite Yourcenar lembra que "as coisas do sexo são elementos muito íntimos para se colocar em um livro, ao menos que se trate de alguém mal-educado".

Essa refinada escritora está coberta de razão e eu estou pronto - pelo menos agora - a adotar o "tom justo", embora não saiba por quanto tempo eu serei civilizado.

25 de junho

Durante todo o dia, um único gesto de eficiência. O dia inteiro, até mesmo à noite, nada que se compare a esse gesto vago de pavor, quando bati as duas palmas das mãos, elevando-as muito alto à procura do teto, e esmaguei de um só golpe um pernilongo. Olhei satisfeito as mãos manchadas de sangue. Do meu próprio sangue ou do sangue de outros?

28 de junho

Notícia publicada hoje num jornal da terra, originária de um conhecido colunista do sul, cujo conteúdo é, sob todos os aspectos, absolutamente falso e tendencioso. Não posso mesmo atinar que tipo de inconfidência fez circular essa intriga, até chegar aos porões do colunismo social do Rio de Janeiro, onde se tece, entre gargalhadas, toda sorte de infâmias.

Primeiro: a carta circular da senhora Mitterrand, dirigida a artistas e intelectuais de todos os países, de fato existe e chegou-me em mão na data de 16 de abril de 1986 e, não semana passada, como afirma o jornal sulista.

Segundo: no seu todo, não se relaciona e nem tampouco se propõe a apoiar nenhum movimento pacifista. O seu nobre e generoso conteúdo é bastante amplo e visa tão somente servir a todas as criaturas humanas. A carta é exemplar.

Terceiro: a senhora Mitterrand não só não visitou o meu ateliê, como também, aqui no Recife não manteve nenhum contato comigo. No dia exato da visita do presidente francês à nossa cidade, eu me encontrava em Brasília.

Quarto: quanto à minha resposta, "polida, mas enfática", de fato foi polida, embora quase nada enfática. Ademais, essa minha "resposta" não foi expedida até o dia de hoje, isto é, decorridos mais de dois meses após o recebimento da carta em questão e tudo indica que não será enviada a Paris. O mínimo que podem pensar de mim é que não sou um gentil-homem.

Quinto: apesar de estar de pleno acordo com Conrad de que "esse mundo habitado pelo homem é governado pela fatalidade" - expressão que até eu poderia assinar -, não consta em nenhum trecho de minha pretensa resposta.

Sexto: quanto à suposição de que não apoiaria movimentos pacifistas por serem "bem intencionados mas ineficazes", é uma afirmação surpreendentemente leviana. Na carta, que não será lida nem publicada enquanto "esses cadernos" não chegarem, de fato, ao conhecimento público (o que é improvável), toda a ênfase é dada - como não podia deixar de ser - à causa da paz e, sobretudo, à *sobrevivência* do ser humano.

Voltando ao tema da "carta" e do meu suposto repúdio ao pacifismo, confesso que muito mais vexatório do que o malévolo e apressado comentário jornalístico é a minha obscura, metafórica e pretensamente filosófica resposta à senhora Mitterrand.

De algum modo, se a minha carta houvesse seguido seu curso natural, talvez o *mal-entendido* ainda fosse maior. Retê-la no diário foi a solução menos ridícula, de um assunto que, com toda certeza, jamais chegaria às delicadas mãos da interessada. De qualquer forma, o meu pensamento não mudou. É aquele mesmo de sempre: o de escrever tolices ou verdades, atirando em todos os sentidos, como um cego, sem descobrir qual o alvo que desejo alcançar.

Lendo um bom artigo de Eduardo Subirats, sobre o acidente na usina nuclear de Chernobyl, publicado na *Folha de S. Paulo* (25 de maio de 1986), verifiquei o que já supunha: uma verdadeira legião de homens, tanto como eu, se inquieta até o desespero com essas macabras notícias. Entre outras coisas excelentes, diz o ensaísta: "A visão mais fria da crescente degradação física, psicológica e estética do mundo, não legitima hoje, sem dúvida, o pessimismo histórico. No atual momento da humanidade, a lógica da dominação é explicitamente uma lógica da morte".

Só agora, relendo todo o texto, é que descubro a magnífica objetividade do artigo de E. Subirats. Uma pequena nota de rodapé esclarece também a verdadeira profissão desse espanhol de nascimento: "Foi professor de filosofia em Madrid, Nova Iorque, México, e leciona, atualmente, Estética na Universidade de Campinas (São Paulo)".

2 de julho

Pesadelo e morte. Morreria assassinado junto com um banqueiro que apenas conheço de vista. O assassino também cometeria suicídio, logo em seguida, com a última bala do seu revólver. Três balas no ventre do rico banqueiro, duas no meu peito e uma para a cabeça do assaltante. Não falarei desse pesadelo que me pareceu demasiado longo.

Sempre suspeitei que a memória dos sonhos não corresponde precisamente aos sonhos, mas, pelo menos, por momentos, estive dentro do inferno. Embora fosse um inferno ao ar livre, em plena natureza, permanecia, ainda assim, cheio de ingredientes infernais, situações alucinantes, todas propícias à uma sensação de angústia infinita. Depois de morto (sem ter a certeza de estar morto), perambulava pela terra e via coisas indescritíveis, paisagens e seres deslocados de seus lugares habituais. O que faço no momento não será uma tentativa de reconstituição do sonho – matéria impossível –, e sim algo que se relaciona com um fato estético, daí porque recordá-lo me fascina: um imenso cabo de aço, semelhante a um gigantesco teleférico, atravessava um oceano ou um lago sem que eu adivinhasse onde se situavam suas extremidades. Esse cabo, ajudado por fios, roldanas e correias suplementares, sustentava pela cabeça ou pelos seus longos cabelos louros, em espaços simétricos, uma centena ou mesmo milhares de freiras, com suas vestimentas monacais, todas, por assim dizer, penduradas e verticalmente expostas abaixo desses fios. Poderia sem esforço algum ver os seus pés descalços e, em plena luz, observar a palidez sobrenatural de seus rostos, quase sempre de olhos fechados.

Acontece que o enigmático mecanismo não era fixo. Algo fazia com que os corpos se movimentassem, rolando através desse infinito teleférico sem, contudo, haver nenhuma modificação na distância entre uma e outra freira. Lembro-me com absoluta clareza desta atroz simetria que, apesar do contínuo balouçar dos corpos, mantinha esses espaços inalterados.

Repentinamente, essas freirinhas (todas eram igualmente jovens) são desprendidas uma a uma do grande cabo, começando da esquerda para direita, em tempo cronometrado, e lançadas ao mar. Um mar ou um lago de um azul intensamente luminoso, que paleta alguma de pintor poderia imitar. Do lugar em que eu me encontrava, talvez como a única testemunha dessa cena, via esses corpos simétricos e belos caírem n'água sempre em posição vertical e, no mais absoluto silêncio, serem tragados pelas águas, num redemoinho de espumas brancas, de um brilho indescritível.

Ressalto um detalhe importante: toda essa *visão* foi observada de uma altura desmedida, cujo cenário tinha o seu equivalente aéreo em relação a paisagem marinha ou lacustre. E se eu não estava em uma montanha, certamente voava, e era em pleno voo que acompanhava aquele sinistro e ao mesmo tempo fantástico cortejo.

Como mencionei o fato estético, procuro agora na vigília os equivalentes plásticos desse sonho, o que logo me parece uma temeridade. Nem mesmo William Blake, com as suas cenas fantasmagóricas e visionárias, tampouco os soturnos quadros do pintor suíço Heinrich Füssli, muito menos Buñuel, ou Salvador Dalí, na época heroica do cinema surrealista, nenhum deles poderia aproximar-se das inacreditáveis imagens que presenciei. Magritte e Max Ernst, nem pensar. Resta-me, talvez, Giorgio de Chirico. Esse nome, entre todos, me faz refletir, não propriamente pelas cenas impregnadas do espírito metafísico que soube invocar e transmitir nas suas pinturas como nenhum outro pintor moderno conseguiu, mas, sobretudo, pela extraordinária antevisão das coisas relacionadas com o misterioso e o desconhecido. Recorda-me certos trechos cristalinamente absurdos de sua novela - quase desconhecida - *Hebdomeros*, como também, me recorda algo que só o seu mágico olhar poderia descobrir.

No ano de 1921, esse extraordinário artista, jamais desatento, escreveu um artigo consagrado a Max Klinger, onde comenta uma água-forte, intitulada *O rapto de Prometeu:* "Esse estranhíssimo voo, gravado por Klinger, já nos deixa perceber a cena em toda sua realidade, alcançando o grupo volante no nível do espectador, de tal modo que quem a olha, de pronto, participa da emoção desse voo dos deuses. A genialidade dessa composição está claramente demonstrada pelo fato de que, ao espectador, ela dá a impressão de uma cena que realmente aconteceu...".

Nota: a citada água-forte de Max Klinger sugere com raríssima eficácia uma revoada dos deuses, aquilo que modernamente os arquitetos denominam como perspectiva em voo de pássaro. Além da cena mitológica representada por Prometeu, carregado como um fardo por Mercúrio e a Águia Real de Júpiter, a gravura tem como pano de fundo uma longínqua e agitada paisagem marinha. Este trabalho, até o ano de 1969 se encontrava em Roma na coleção Giuseppe Sprovieri, quando foi escolhida, como uma preciosidade, para uma grande exposição na Galleria D'Arte Moderna em Torino: *Il sacro e Il Profano Nell'art dei Simbolisti.*

Se não citei Hyeronimus Bosch, foi em vista de sua universal magnitude no domínio do mistério e do fantástico. Seu gênio não poderia estar contido como forma de representação de apenas um único sonho, desde que ele já incluiria em si todos os sonhos e todos os pesadelos do mundo. E, de resto, eu só estava propenso a falar de sonhos e sonhadores a partir do século XIX. Segundo tudo indica, não será difícil descobrir a razão desta obstinada escolha cronológica. Antes deste século, Sigmund Freud ainda não havia nascido.

3 de julho – 8h da manhã

De noturno, só o sonho; de sombrio, só a lembrança. O restante era todo feito de luz e de cores cintilantes, na sua claridade estelar. As faces descoloridas pelo sono eram igualmente pálidas e fantasmagóricas como os últimos vestígios de um afresco de Fra Angélico, pintado com cores muito claras. Mesmo os mares abissais, o seu azul não era desse mundo. Era também o anúncio de um anjo que renovaria a luz caída.

4 de julho

Não só uma perspectiva em voo de pássaro, mas, no caso do *Rapto de Prometeu*, uma revoada celeste à altura da Águia de Júpiter. Prometeu é apenas o pesado troféu que se transporta em meio ao solitário firmamento. A longínqua paisagem embaixo é um poço sem fundo, como a história do sofrimento humano.

6 de julho

Uma tarde inteira com o poeta Tomás Seixas. Continua a trabalhar no seu livro *Casa dos sonâmbulos*. Textos e textos reelaborados durante anos a fio. Sempre recomeçados, mas sempre os mesmos. Palavras testadas arduamente à luz da memória vigilante, de toda sua memória, visual e auditiva, numa procura desesperada e categórica que o faz retornar ao mesmo lugar, a um ponto fixo, a um único e inalterável lugar, ou seja, o derradeiro ato de interpretar o primordial: No princípio foi o Verbo...

Borges, no seu ensaio sobre "A Cabala", comenta que "a noção do livro sagrado é completamente diferente do livro clássico. Num livro sagrado, são sagradas não apenas suas palavras, mas também as letras com que elas foram escritas".

O poeta Tomás, na sua ortodoxia pessoal, não parece pensar de outra maneira, e assim prossegue lentamente em direção a essa quase inacessível "porta estreita". A noite se aproximava quando condescendeu em fazer a leitura de um artigo escrito há mais de vinte anos sobre Amadeu Modigliani. Depois, já sem o texto nas mãos, com a voz entrecortada pela emoção, como quem recorda antigas amantes, falou dos retratos de Beatrice Hastings, de Jeanne Hébuterne, esta, na sua opinião, muito semelhante a uma virgem gótica. E, recordou também da *Grande femme nue* – talvez um dos mais belos nus da pintura contemporânea, pintado em 1919, um ano antes do artista falecer num hospício em Paris.

7 de julho

As simpatias de Gauguin pela *barbárie* fez nascer a pintura moderna. Mas, afinal de contas, o que é um bárbaro, ou o que é um *selvagem*? Cesare Pavese, neste domínio, também começa perguntando: "Será possível ir mais além do que Jack London em *O apelo da selva*? A arte do século XX tende para o selvagem. Primeiro, nos temas (Kipling, D'Annunzio); depois, na forma (Joyce, Picasso, etc). Leopardi, com suas ilusões poéticas juvenis, procurou o *selvagem* como forma psicológica. Até Nietzsche tinha este sabor (com o seu *Dionisos*)".

Ao próprio Pavese, o *selvagem* parecia interessar "mais como mistério do que como brutalidade histórica. *Selvagem* quer dizer mistério, possibilidade aberta".

Vejamos, então, o que dizem os gregos, esses mesmos gregos e seus parentes afins – os romanos – dos quais Gauguin recomendava fugir como o diabo da cruz: "Jamais os gregos".

Gauguin, dando as costas em definitivo à Europa e se instalando em Fatu-Iva, Ilha das Marquesas, quase ainda antropofágica, à procura do que ele declarava ser indispensável para a plena realização de sua arte: "Creio que ali, este elemento *selvagem,* esta solidão completa, me dará antes de morrer um último fogo de entusiasmo que rejuvenescerá minha imaginação".

Voltando aos gregos – os inventores da palavra *bárbaro* –, o que pensavam eles a respeito de outros povos fora dos seus deuses, dos seus templos e dos reluzentes muros de calcário branco?

Nos dias cinco e sete de setembro de 1944, no seu *Ofício de viver*, Cesare Pavese, não sem uma certa ironia, comenta exemplarmente: "Dos sete trechos em que Heródoto na descrição do Egito diz que tem escrúpulos em tocar nos mistérios, trata-se, em três casos, dos deuses-animais, em dois do rito fálico, nos outros de autoflagelação e de iluminação sagrada. Por que é que Pan é representado com cabeça e pernas de bode? (XLVI). Por que é que o porco – imundo durante o resto do ano – é sacrificado e comido durante a festa de Baco? (XLVII). Por que é que os animais são em geral sagrados? (LXV). Aqui, Heródoto sente um horror totêmico e não ousa falar. Por que é que as imagens fálicas na festa de Baco têm o *Phallus* nu e movido por fios? (XLVII). Por que é que os atenienses fazem as estátuas de Hermes fálicas? (LI) Aqui, Heródoto sabe que *Phallus* e Deus coincidem e não ousa dizê-lo. Em honra de quem se batem os crentes durante a festa de Ísis? (LXI). Por que se celebra em SAIS a festa das lâmpadas? (LXII). Existe aqui provavelmente qualquer um outro horror que a respeitosa curiosidade mundana de Heródoto não teve a coragem de enfrentar. Eis um exemplo da maneira grega de tratar o *selvagem*: é reconhecido com respeito tolerante, como *sagrado,* e, acabou-se. Os gregos possuem a consciência racionalista de que o mundo do *sagrado* e do *divino* escondem abismos e que é preciso correr um véu sobre eles. (Outrora, faziam-se sacrifícios aos deuses, mas sem os nomear (LII)). Foi ainda há pouco tempo que Homero e Hesíodo descreveram e narraram os deuses (LIII). O tom de Heródoto é quase de censura".

9 de julho – 6h45min

Pouco a pouco, como numa cidade sitiada, nos habituamos (ou nos abandonamos) à desgraça. "A revolta é o ladrar do cão louco", diz Camus, citando *Antonio e Cleópatra*, de Shakespeare. Meu Deus! Uma minúscula notícia de jornal, como se fora uma charge de humor negro, e, no entanto, deve ser verdadeira na sua aparente frieza estatística. Fala da fome no mundo. Da fome que atinge, sobretudo, as crianças e, ainda assim, sem levar em conta todos aqueles que, ainda não nascidos, estariam de antemão condenados ao mesmo suplício.

Ivan Karamázov afirmou que suportaria tudo, menos o sofrimento de uma criança. Presumo que ele tenha falado por toda a humanidade, mas parece que as coisas não têm se modificado, e acredito que continuarão assim até o fim dos tempos.

14 de julho

> *Então eles se agarraram, se enlaçaram e combateram, até que a mão dele chegasse à sua cintura fina e a ponta dos dedos tocasse o seu corpo flexível. E, então, os seus membros amoleceram e ele tremeu suspirando como um junco da Pérsia no rugir da tempestade.*
>
> (História do combate entre o lutador Charkan e a jovem rainha Abrise)

31 de julho

Não tendo para onde fugir ontem à noite, se entrega aos braços de M. Gertrude que, a seu pedido, toda vestida de seda negra, o aguardava impacientemente. Ela cumprira à risca as suas insólitas recomendações e, talvez, ainda muito mais do que esperava, pois, como notou, nenhum detalhe do seu traje fora descuidado. A massa rebelde dos seus cabelos negros, com franja sobre a testa, acentuava o branco intenso do rosto, propositadamente embranquecido pela maquiagem, como uma máscara trágica de teatro Kabuki. Os olhos igualmente acentuados de negro, assim como as sobrancelhas muito finas e arqueadas, completavam com o vermelho intenso dos lábios toda essa sofisticada caracterização. Difícil para ele foi tão somente fazer com que essa improvisada atriz cumprisse o seu papel.

Já nas primeiras horas da manhã, compreendeu afinal que todos os esforços nesse sentido seriam vãos, e que o *aprendizado* necessitaria, como era de se esperar, de tempo, de muito tempo. Acontece que ele não tinha mais como ainda aguardar. E foi apenas para encorajá-la que a brindou com o título solene de Princesa da Armênia, rainha pelo menos naquele instante, no seu insuspeitável e inóspito deserto. Entretanto, M. Gertrude é uma figura noturna digna do maior respeito, cuja sensualidade é inesgotável e amedrontadora.

1º de agosto – 20h48min

Mais uma vez, quase como se fosse uma rotina, volto à Fábrica à procura de uma pousada mais segura para dormir. Já não confio em Dalila. Poderia cortar os meus "cabelos" e, então, eu perderia as minhas forças.

2 de agosto

O catre como dormida foi péssimo, mas pior ainda é, na madrugada solitária, aperceber-se que a ninguém interessa o nosso ingênuo abandono. Compreende-se então, muitíssimo bem, o desespero dos velhos e dos fracos.

Como um mestre da amargura (na qual finalmente soçobrou), Pavese comenta: "Deixa-se de ser jovem quando se descobre que de nada serve contar uma dor".

A minha sorte em neutralizar tão nefasta lembrança nasceu de um outro comentário, esse sim totalmente enigmático, mas que, em todo caso, tem ajudado a reanimar-me, podendo mesmo ser utilizado como escudo ou até como uma lança para defesa daqueles que, já não sendo jovens, ainda da vida esperam alguma coisa. Quem assim promete é o pintor Jean-Auguste Dominique Ingres, figura, aliás, bastante controvertida na vida e na arte, mas que, como ninguém, soube defender com unhas e dentes o seu obstinado *beau-ideal*: "A minha velhice me vingará", foi o que ele disse, e não precisava dizer mais.

Já não é hora de dizermos como na peça de Shakespeare, *"All's well that ends well"* (Tudo está bem quando acaba bem)?

> *E não consola saber que é de história de loucura que está pavimentado todo o caminho seguido, desde o Prometeu até a corrida do átomo.*
>
> Andrea Monti

4 de agosto – 7 horas

Começo o dia entorpecido. O catre não funciona como um leito ideal. Antes fosse duro e inóspito como todos os catres que se prezam, mas este é estofado de almofadas de couro, que me fazem afundar como um náufrago.

Continuo preso às recentes discussões políticas que participei na casa de Tomás, junto a outros amigos, quando, com veemência, lembrei um estranho comentário de Pavese sobre a Revolução Francesa: "A verdadeira Revolução Francesa ainda não aconteceu, mas, quando de fato acontecer, tenho a vaga impressão de que com ela não estarei de acordo". A enorme coragem e lucidez desse escritor em emitir um comentário tão original pode parecer, aos menos avisados, apenas uma mera brincadeira. Acontece que não é brincadeira alguma. Como citei de memória, logo à noite corri célere aos textos do *Ofício de viver*, no pressuposto, inclusive, de que lá encontraria esta observação. Nada descobri. Agora pela manhã, retorno aos mesmos textos e nada... Isso me confunde a ponto de supor que Pavese nunca afirmou uma tal "heresia". Mas se não foi ele, quem foi então? Quanto a mim, não sei se concluiria com tamanho acerto, humor e igual originalidade um semelhante juízo, embora, com ele, estivesse de completo e irrestrito acordo.

Alguém me diz que a famigerada *Carta ao pai*, de Franz Kafka, jamais chegou ao seu destinatário. A sorte foi de ambos. Seria terrível, difícil e mesmo espantoso que um pai pudesse ler tais acusações e que o filho ainda sobrevivesse à tamanha maldição.

Não é possível que Franz Kafka, como homem e escritor, não se apercebesse dos misteriosos limites da "verdade", daquilo que, supondo verdadeiro, não é ainda toda a verdade. Há um vazio a considerar e é nessa lacuna que os fatos se desenvolvem, concentram-se e também se expandem perigosamente. O próprio Kafka num seu aforismo reforça o que digo: "Na luta entre ti e o mundo, apoia o mundo; não se deve lesar a ninguém, nem sequer frustrar o mundo da sua vitória".

5 de agosto – 21h50min

Mandei comprar na cidade a mais simples cama de ferro (tipo solteiro). O motorista junto com o vigia da Fábrica trazem uma cama pintada de azul celeste, o que me deixa encolerizado. Fiz-lhes ver o absurdo dessa cor com a qual eu terei de conviver dentro do meu próprio ateliê ao lado de outros móveis, na sua maior parte sombrios. Para a minha crescente irritação, demoraram em montar as ferragens e eu, aqui com os meus botões, só pensando em mandar repintá-la de uma outra cor. De repente, olho no fundo da sala, a pequena cama estava ali armada, resplendendo no seu azul cerúleo profundamente belo e primaveril. Era a pincelada de gênio necessária para vivificar esse ambiente sobrecarregado de ocres pardacentos, sienas, brancos sujos e pretos desbotados.

Saiu o velho catre que há tantos anos me serviu e entra uma cama jovial com a sua nova harmonia, aparentemente extravagante à maneira do *Blue Boy* de Gainsborough, este também, de tão celestial presença entre tantos pardos, terrosos e aborrecidos.

6 de agosto

A cama celeste, ou a celestial morada, funcionou a contento, e posso asseverar que dormi bem melhor essa noite. Apenas tenho de reconhecer que é uma cama frágil e casta que não permitirá a presença de mulheres à toa.

7 de agosto – 3h20min

Os insetos e, possivelmente, uma conversa telefônica que mantive com Fenícia, ontem no começo da noite, não me deixaram dormir. Irritou-me acordar apenas às três horas da manhã, uma hora pesada, propícia ao desenlace dos moribundos, *Hora do lobo* (título de um filme de Bergman, não é verdade?). Mas o que enlouquece os escandinavos, ainda mais que a nós outros, que já somos todos mais ou menos ensandecidos?

Fenícia também é louca. Toda loucura é irresistível e insistente. E ela insiste como ninguém. Que dificuldade em convencer um louco para que ele deixe de ser louco! De volta para a cama celeste, vejo o grosso volume laranja, o inconfundível *Journal de Kafka*, traduzido para o francês. Abro-o ao acaso. "*Tout se refuse à être écrit.*" Embaixo da frase, há um grifo canhestro, trêmulo, incompleto, marca registrada de quem não ama os livros, mas que, assim mesmo, pode ainda amar os textos. Mas como é que se pode amar os textos sem amar os livros? Então, não se ama nenhum dos dois? O grifo embaixo da frase genial de Kafka é meu. Logo, não amando os livros, igualmente não devo amar os textos.

Voltando ao elogio da loucura, escuto A. C. confidenciar-me, sorrindo, que quem tirou a sua virgindade foi uma mulher: "Tu a conheces, ela é louca! sabias?", diz A. C. olhando para mim à procura de aprovação. "Sim, ela é louca", repetiu. Logo acrescentei: "E quem não é louco?" Desta feita silenciou, não respondendo nada.

Meu Deus, como as mulheres se escravizam ao sexo! Neste capítulo, nada a fazer, nada a declarar. Insistir, já é loucura.

Na tarde de ontem, John Richardson, biógrafo de Picasso, do alto de sua prosopopeia, declarou que Olga Picasso era louca; que Marie-Thérèse Walter era belíssima, mas primária e que acabou se enforcando cinquenta anos depois de ter conhecido o artista; que Dora Maar era inteligente, mas inconveniente, neurótica e excessiva em tudo. E, como se não faltasse mais nada, um tanto kafkiana. Enfim, um azarão; Françoise Gilot era... Engraçado, sobre esta jovem, Richardson não diz nada, apenas cita trechos do seu livro escrito a quatro mãos contra Picasso. Se Richardson não diz nada relativo à Françoise é porque certamente estão mancomunados.

Richardson insinua que o poeta Éluard oferecia abertamente a sua bela esposa Nusch ao amigo Picasso, e quanto à Jacqueline Roque, com quem o pintor se casou em segundas núpcias, Richardson não diz muito, mas deixa subentendido, claramente, que ela fisgou o velho polígamo com unhas e dentes, apressando, assim, o desespero e a morte de Marie-Thérèse, que também, por sua vez, tinha lá as suas pretensões matrimoniais, etc. Enfim, um amontoado de escândalos no seu paroxismo. Se enfoquei tão somente esses aspectos negativos amorosos, foi motivado pela insistência do próprio Richardson de dar-lhes um amplo significado. Em geral, a visão restante das análises cronológicas dos velhos ritos picassianos é excelente e justa, perseguindo sempre a pista de boas e dilatadas elucidações. Vê-se que o crítico admirava Picasso sem reservas, conhecendo bem seus amigos, as influências temperamentais recíprocas e, sobretudo, a gênese de suas principais obras. Contudo, o mesmo não acontece com as intrujices a propósito do "louco amor de Picasso". Terá sido o pintor tão louco assim? Há qualquer coisa no cerne deste estudo que não me cheira bem, e, no fundo, quem sai chamuscado é Picasso. Na minha opinião o que foi escrito permanece terrível, mas é igualmente belo nas suas indiferenciadas digressões e nas suas encantatórias e definitivas descobertas.

O artigo foi lido e é medonho como história e suas inevitáveis consequências. A vida em si já é um horror, mas na sua multiplicidade de aspectos acaba por purificar o mal, mantendo-o disfarçado sob um manto da fantasia, o que não acontece quando se codifica cronologicamente todos os eventos, e se verifica com frieza aquilo que, ainda não tendo nome, poderia cair no esquecimento e jamais ser denominado. À luz dessas três ou quatro páginas de jornal, Pablo

Picasso poderia ser tomado isoladamente como monstro, e sua relação íntima ou casual com as mulheres que conheceu, uma verdadeira monstruosidade.

Todas essas linhas ou anzóis colocados em torno do artista acabaram por fisgá-lo. E, assim, é analisado, como um peixe já fora d'água, fora do seu meio ambiente e de suas circunstâncias vitais, portanto, já sufocado e morto.

Há poucos meses, nesses mesmos cadernos culturais, li algo semelhante, escrito por James Snyder, outro norte-americano, discorrendo sobre aquilo que chama "uma nova imagem de Rembrandt". Na realidade é uma apreciação despropositada, abordando um ensaio de Gary Schwartz sobre o mesmo artista, *"Rembrandt, His Life, His Painting"*. Diferentemente do alto conceito de Eugène Fromentin sobre Rembrandt, esse Sr. Schwartz, entre outras preciosidades, começa a nos dizer que o pintor até carecia de talento... De saída diz ele: "Partindo de um estudo exaustivo e acurado de *documentos* (será que a vida se resume a uma prova documental?), em sua maioria relativos aos clientes, o autor fornece um vívido retrato de Rembrandt caracterizando-o como uma pessoa repugnante e indigna de confiança: ávido, fútil, insociável, grosseiro e arrogante...".

Certamente o Sr. Schwartz estava escrevendo uma autobiografia e não um suposto retrato do artista, esquecido de que o sensato Montaigne já sabiamente comentara que "todo homem carrega em si a forma inteira da humana condição".

Afinal de contas, esses enlouquecidos norte-americanos estão nos saindo melhor do que a encomenda. Já dizia Durrell, com muito mais propriedade do que John Richardson ou Gary Schwartz *et caterva,* que "tudo o que se disser de um homem (de qualquer pessoa) poderá ser verdade. O Santo e o Canalha partilham a realidade". E tem toda a razão Durrell quando completa: "Se as coisas fossem sempre o que parecem ser, como se encontraria empobrecida a imaginação dos homens!".

9 de agosto – sábado

Nay, her foot speaks.

Shakespeare

Por motivos pessoais, ainda não muito esclarecidos, ininterruptamente, desde o dia 9 de julho até a data de hoje, relendo *O idiota*, de Dostoiévski, resolvi realizar uma proeza que nada tem a ver com a "ficção" de Borges, "Pierre Menard, Autor do Quixote", isto é, não reproduzi linha por linha as atrozes aventuras do cavalheiro da triste figura, e sim no dia a dia, entre os momentos da leitura e os vagos acontecimentos dos meus próprios cadernos, misturei os diferentes textos numa desregrada pantomima. Na cena final tudo é sombrio e recende a morte. Nastássia deve permanecer invisível, sofre daquilo que Santa Teresa de Ávila com uma propriedade singular de linguagem apelidava de "o mal da morte". Cumpriu assim o seu destino: "O que tem de acontecer, aconteça".

Mesmo no escuro, o príncipe Míchkin acaba então por discernir o leito todo: "Alguém nele dormia numa imobilidade rígida. Não se percebia o menor ruído, nem a mais leve respiração. Um lençol branco cobria o dormente da cabeça aos pés e mal desenhava a forma dos seus membros; o relevo dos contornos mostrava apenas a presença de um corpo humano. Na extremidade do leito, um montão de rendas brancas deixava passar a ponta de um pé nu que parecia esculpido em mármore e mantinha uma imobilidade aterrorizante...".

10 de agosto

Pego um antigo caderno começado em abril de 1974 para uma ligeira revisão. O pouco que vi é o bastante para deixar-me intranquilo, a começar pela enxurrada de nomes de mulheres que (com honrosas exceções) não chego nem a recordar de quem se trata, nem como tais personagens passaram pelas minhas mãos. Possivelmente, a partir do próximo dia quinze deste mês, terei a meu serviço uma secretária que, entre outras atribuições, me ajudará a datilografar esse diário, cujo início data de quase 40 anos atrás e, na verdade, merece correções inadiáveis. Por enquanto, posso deixá-lo de lado. É o mais sensato.

Não compreendo por que M. Gertrude falhou. Que pode ter sucedido a essa criatura dotada de tão grande majestade? Que terrível surpresa iria revelar desde que prometera me deixar atônito com certas coisas que descobrira? Uma longa silhueta vestida de negro suntuosamente oriental, bailarina até nos dentes e nos cabelos desenvoltos, ventre de catástrofes, ancas de metal. Como diria o poeta, sempre atento a estes monstros sagrados: "Seios que avançam mais terríveis do que os anjos do mal".

11 de agosto

Disseram-me que ela me aguardou parte da noite, toda vestida da cor azul profundo e não de negro como supunha. Rodeados de azul também estavam pintados seus pequenos olhos negros e diamantinos. Cabelos escuros, envoltos por pérolas cinzentas. Um longo pescoço adornado de um metal frio e despolido. As costas nuas até a altura das ancas. Meias violetas da cor de certos peixes abissais que jamais pressentiram a luz do sol; sapatos e bolsa coralinos... Vinda de outros mares, dera-me o endereço errado. Esperei sôfrego diante de um hotel e ela, igualmente agitada, media os passos inquietos, não muito longe de onde me encontrava, mas próxima de um cruel e definitivo desencontro. Antes tivesse faltado. Sabê-la à minha espera foi atroz e, pior ainda, sabê-la agora perdida para sempre.

Perturbou-me o fato assombroso de verificar o número de mulheres que aparecem e desaparecem vertiginosamente nos meus cadernos mais antigos, isto é, há um pouco mais de dez anos. Figuras sem nome e sem substância, portanto, verdadeiros fantasmas. Procurar eliminar essas referências seria o mesmo que anular o próprio passado. E o passado não se apaga sob pena de destruição de todo o presente. É o nosso inferno possível, exaltado pelas próprias ilusões eróticas, quando se anuncia o inevitável castigo, pressentido numa infinita continuação, haja vista as páginas de ontem e de antes de ontem. Fala-se de M. Gertrude e na cor azul. Não se faz necessário ler Sêneca, para intuir que “tudo o que ocorreu e tudo o quanto ocorre é um sinal do que vai ocorrer”.

Retorno à indagação: “Por que mulheres sem nome?”. À medida que releio os *cadernos,* tenho sistematicamente cortado cada nome feminino, deixando apenas as letras iniciais. Se cada um deles já dizia pouco, o que falar então, agora, desses despojos de uma letra só? Acontece que verifico em outros diários que nem sempre certos nomes podem ser revelados à toa, principalmente em se tratando de mulheres alheias que são levadas por ofício ou por amor de cama em cama. Além de tudo, as dificuldades se acentuam na medida em que há uma legião delas (e não algumas poucas) que conseguem entrar em cena... Todas estão lá no palco, confusamente embaralhadas e - cruel ironia - não devem representar papel algum e nem sequer ter um nome. Chamá-las apenas pelas iniciais não seria patético, porquanto cada letra poderia indicar os nomes mais diversos? Criar códigos ou nomes de guerra também não resolve. Enfim, a dificuldade permanece e é mesmo insanável. Eis aí uma proposta infernal, evidenciada naquilo que os religiosos chamam abertamente de *pecado* (um estado de imperfeição que atinge a si próprio e aos outros) que infantilmente teimamos em não levar a sério.

Suponhamos um estranho castigo ou um pesadelo, no qual todas essas *conhecidas,* antigas ou recentes, se dispusessem, de uma só vez, a participar de minha vida, cobrando-me isso ou aquilo por menos que fosse; uma legião delas à porta do meu ateliê ou de minha casa, exigindo abertamente reciprocidade ou então reivindicando aquilo que a imprensa moderna enfatiza como "os sagrados direitos da mulher". Um inferno, não é verdade? Admitamos uma fábula: morre um Dom Juan qualquer que, para o seu próprio espanto, encontra-se num paraíso, caminhando entre nuvens de uma arrebatadora claridade. No fundo dessas nuvens, um esboço de tribunal o espera. Vê os seus juízes, mas não os reconhece. E pior, não há como perguntar quem eles são. Aturdido, se imobiliza à espera do supremo julgamento. Todos parecem muito afáveis e mandam-no inclusive sentar, embora ele não visse nenhuma cadeira por perto. Foi quando escutou uma voz suave ressoar, enchendo todo o firmamento: "Bem-vindo à Morada do Senhor, tu que tanto *amaste* na Terra! No momento és nosso convidado de honra e te rogamos que entres, embora necessites de ainda passar por uma pequena formalidade". Explicam-lhe, contudo, que não é necessário perder tempo com detalhes; que seja breve, brevíssimo, limitando-se a nomear cada um dos seus amores terrenos, fossem eles fortuitos ou duráveis. Contudo, não era necessário citar as respectivas datas. Apenas nomes. Apavorado, com tamanha exigência, quer retrucar, mas se apercebe em tempo que não tem mais o dom da fala. Limita-se a pensar (ele ainda pensa) numa única palavra, e esse pensamento atroz seria o equivalente a um grito: "Todas?" Ele não lembrava de nenhuma, nem sequer daquele corpo de puro marfim, tépido e sinuoso, sobre o qual há poucos minutos ele exalara seu último suspiro... Foi quando tombou na escuridão para sempre.

14 de agosto

Tanto quanto Pavese espantei-me de que fosse assim, também como ele jamais tinha reparado, que a maior parte das mulheres com as quais convivi e convivo nestes últimos trinta anos são prostitutas. Alguém chamou-lhe a atenção para este fato. Contam que Pavese admirou-se disso. Penso agora que "já não estremeço em face do segredo", como dizia Mário de Sá-Carneiro. "Que culpa, então, posso aceitar se só de ouro falso os meus olhos se douram?"

15 de agosto
Casimiro Xavier de Mendonça intitulou sua reportagem sobre a Oficina Cerâmica de uma maneira surpreendentemente poética: "No Reino das Mil e Uma Obras". O fotógrafo Orlando Azevedo, por sua vez, descobriu e demonstrou o insólito, o assombroso e o desmedido de todo esse cenário, com rara maestria.

17 de agosto – domingo – 20h35min
Na casa do poeta Tomás, folheando uma nova edição (traduzida) dos contos de Dostoiévski, encontro o famoso *Bobók*, para mim ainda totalmente desconhecido. Tomás confessa não ter nenhuma lembrança da leitura desse conto e logo ficou interessado em tomar conhecimento do seu conteúdo. O notável crítico russo Mikhail Bakhtin declarou que *Bobók* "é por sua profundidade e ousadia, uma das mais grandiosas menipeias em toda a literatura universal". Bakhtin, muito humildemente (quem é grande não se humilha), explica em nota de rodapé o porquê da utilização do termo genérico *menipeia*. Diz ele: "Termo genérico como Epopeia, Tragédia e Idílio, aplicados à literatura moderna tornaram-se universalmente aceitos e habituais e não nos causam qualquer transtorno quando chamam a *Guerra e paz*, epopeia; *Boris Godunov*, tragédia; e a *Fazendeiros de antanho*, idílio".

Tenho notícias sobre o "caso" do pintor norte-americano Andrew Wyeth, a respeito do qual se comenta, quase de forma escandalosa, que este artista, casado durante longos anos com uma *avestruz* chamada Betsy, veio a se apaixonar por uma *seriema* chamada Helga, e ninguém sabe mesmo explicar como esse fato inusitado aconteceu, desde que Helga era guardada na sua quinta por ferozes leões da Jamaica. E fato ainda mais extraordinário foi o do *cavalo texano* que acode pelo nome de Leonardo ter comprado todas as telas, desenhos e aquarelas do pintor Wyeth, referentes a esse período de paixão desenfreada pela *seriema* Helga Testorf que, entre outras singularidades – assim afirma a reportagem –, nasceu na Finlândia.

Esse escândalo foi desencadeado na provinciana cidade de Washington e, sobretudo, chamou-me a atenção para a discreta e, ao mesmo tempo, bárbara insolência desse modelo finlandês tão longamente contemplado ou mesmo amorosamente detestado, como costuma acontecer nas infindáveis lides da libido e do amor.

Wyeth soubera como um perfeito dissimulado misantropo esconder sua paixão por longos invernos no fundo de um ático de uma casa de fazenda, compartilhando apenas com camundongos e teias de aranhas o seu inacreditável segredo. Mas, eis que num dia de fraqueza, achando que a morte estava próxima...

Dizem as más línguas que o beneficiário de toda essa revelação será Leonardo, o esperto *cavalo texano*, visto que, além dos quadros, ele também comprou os direitos para suas reproduções. Graças a isso ele receberá comissões na venda dos *posters* em museus americanos.

20 de agosto – 6h30min

Que este mês nefando acabe.

Inovações nunca são inofensivas.

21 de agosto

Embora não esteja propenso a enfrentar *Bobók* depois da demorada convivência com *O idiota*, de Dostoiévski, peço auxílio aos fascinantes comentários de Mikhail Bakhtin, abordando o conto famoso: "Seu tom é vacilante, ambíguo, com ambivalência abafada e elementos de bufonaria satânica (como nos diabos dos *mistérios*)".

Entre outras observações, insiste o crítico na análise das frases "truncadas", curtas e categóricas, como se ele ocultasse propositadamente a sua última palavra, esquivando-se dela. Ele (o personagem) cita a caracterização do seu estilo feita por um amigo: "Teu estilo mudo, é truncado. Truncas, truncas a oração intercalada, depois a intercalada da intercalada, depois intercalas mais alguma coisa entre parênteses e, depois, tornas a truncar, a truncar...".

Tomás Seixas avisou-me que também, depois da leitura de *Bobók*, desejava escrever sobre o conto, admitindo, contudo, que só um escritor de gênio poderia abordar um assunto tão prodigioso.

Desesperado, mandei pedir-lhe apenas algumas camisas que ainda estavam na sua casa. Mandou-me de volta, numa maleta espalhafatosa, todas as roupas de meu uso e outras que nem sequer suspeitava que existissem.

É preciso ter a firme paciência de um Marco Aurélio para não ordenar a esta mulher que, em definitivo, vá para o inferno! Se assim não *executo* esse propósito, é na certeza de que Fenícia tanto quanto eu já vive no inferno, e, diante deste fato consumado, não teria nenhuma valia convidá-la para entrar num recinto onde de há muito ela se encontra. Eis aqui exposto o absurdo da questão, e não há mesmo como evitá-la ou mudar-lhe o rumo. De resto, como explicar-lhe a minha incurável misantropia? De uma maneira geral, o misantropo não é um solitário; ele apenas evita os outros, o que não é o meu caso. Tenho a consciência de que fugir dos outros é, em definitivo, ficar cada vez mais só. Enfim, estou mais propenso a aborrecer-me com a história dos outros, incluindo a história universal. Tudo me fatiga. Não apenas uma pequena história, mas todas as histórias conhecidas. E isso é grave, excessivamente grave. Exemplifico: Detestei *Bobók* tanto quanto *Antônio e Cleópatra,* não importando que sejam duas obras-primas ou não... No momento, o mais prudente é calar-me e não continuar a dizer sandices. Hoje compreendo muito bem por que Joseph Conrad odiava Dostoiévski. E foi lendo *Bobók*... Eu gostaria de ver... Não, não é propriamente isto o que me preocupa, e que agora se faz necessário confessar: dormia eu essa tarde, por volta das quatro horas, quando fui acordado pelo telefone. E, ao levantar-me, ainda estremunhado, pensei comigo: detestei *Bobók*. Logo em seguida, recordei uma outra história que me fizera rir, com a vaga impressão de que só podia ser algo saído da cabeça de Ionesco (ou de um sujeito como ele). Qual era essa história? Bem, a história é curta, mas bastante significativa, e se resume na briga entre dois irmãos. O irmão ofendido narra a desfeita do outro, a sua inominável ousadia e o seu abuso de confiança, quando esse, ao chegar na sua casa, na frente de sua mulher e de outros amigos, se expressando num outro idioma, disse... Bem, ele disse o seguinte: "*Mes amis, j'ai une puce. Je vous rends visite dans l'espoir de laisser la puce chez vous*".

22h25min

Demonstrando interesse, Casimiro Xavier de Mendonça telefona, procurando saber se tomei conhecimento da reportagem "No Reino das Mil e Uma

Obras". Como descobriu que a esta hora da noite eu estaria na Oficina? Será que já desconfia do segredo ainda não revelado a não ser a pouquíssimas pessoas? Ou ele já sabia de tudo quando afirma no seu texto: "Brennand é quase um minotauro encurralado pelo seu próprio labirinto".

23h11min

A fim de amenizar a desagradável impressão deixada após a leitura de *Bobók*, peguei um conto conhecido, "O Sonho de um Homem Ridículo", aliás também considerado por Bakhtin como uma obra-prima no gênero por ele denominado de *menipeias*. O lado terrível, a meu ver, de *Bobók*, é aquele em que o narrador se apercebe de que o elemento corrompido perdura após a morte: "A depravação em semelhante lugar, a depravação das supremas esperanças... e que não poupa sequer os últimos momentos da consciência".

Acontece que este lado assustador é ainda moral e perfeitamente de acordo com o espírito de Dostoiévski. Quanto ao aspecto monstruoso do conto (ou tão somente desagradável), está todo situado na irreverência para com os mortos, de resto, quem sabe, necessária para afinar o tom desejado pelo escritor que, regendo tão dissoluta orquestração, contribui, assim, para abrir definitivamente os olhos dos vivos, aguçando os seus ouvidos e sentidos diante da absurda e ridícula precariedade de suas existências.

Essa promíscua convivência com os mortos é própria da Idade Média, dos seus *mistérios*, de suas farsas, etc.

24 de agosto – 6h da manhã

> *Não adianta agastar-se com as coisas; elas não fazem caso nenhum.*
>
> Eurípedes

Na madrugada de domingo, vinte e quatro de agosto de mil novecentos e oitenta e seis, como uma princesa dos Súcubos, ela acordou-me (com todo o seu peso), sentada em cima de mim, laboriosamente empenhada em reconstruir o mundo à sua maneira. Nesta extravagante posição manteve-se absorta por muito tempo, como se realizasse um trabalho doméstico qualquer, com trejeitos solitários de um pêndulo que oscila. Às vezes, os seus braços livres se uniam só de um lado do meu corpo e as mãos, igualmente unidas, riscavam algo no lençol, como se procurasse num ponto predeterminado, um objeto perdido e curioso, sempre parecendo encontrá-lo e, logo, célere, levantando as mãos de pássaro, ainda unidas, acima da cabeça, numa atitude ao mesmo tempo de dança e de prece, como se fosse uma bailarina de Java em pleno ritual. Não demorei a compreender que a minha obrigação era a de não fazer perguntas e, assim, abstive-me de interrogá-la, deixando o tempo fluir no seu ilusório e obscuro desígnio de eternidade.

Então o nosso Kafka confessa, não sem um certo orgulho, que, no dia sete de janeiro de mil novecentos e doze, deveria posar nu para um São Sebastião, a pedido do pintor Ascher!

1º de setembro
Morre Henry Moore. Estamos todos morrendo um pouco a cada dia. Ontem abateu-se o fatal sobre Moore, aos oitenta e oito anos. Mas, neste caso, não importa a idade. Importa *o sal da terra* que pouco a pouco se esgota, e não voltará.

2 de setembro
O meu permanente espanto diante da incrível engenhosidade animal das mulheres, por vezes, leva-me à mesma indagação de Robert Louis Stevenson no seu último livro *Weir of Hermiston*: "Se há uma alma em Cristina, ou se não é mais que um animal da cor das flores".

Fui derrotado nas duas vezes em que peguei nos pincéis, o que quer dizer: por duas vezes nada consegui expressar nesses dois últimos dias, como por exemplo o anel brasonado que não possuo.

3 de setembro
Tenho a vaga impressão de que M. Gertrude também é louca ou quase, mais precisamente, ela tem uma maneira bem peculiar de exercer a sua loucura: busca sem qualquer cerimônia revolver coisas do meu passado para usá-las no futuro. Resta saber que tipo de futuro pretende reger. Eis aí um erro capital da psicologia feminina, embora sempre neutralizado pelo seu infalível poder de sedução. E M. Gertrude é imensamente sedutora.

5 de setembro

> *Lo que yo considero genial es mi visión, no lo que realizo en este momento.*
>
> Salvador Dalí

Acordei com a frase: "Súcia de simplórios". Durante o dia, por várias vezes é lembrada ou repetida. Isso chega a perturbar. Contudo, não fica difícil adivinhar que a sua destinação é injuriosa ao gênero humano, e quem a pronunciou sabe o endereço certo. Mas me pergunto de que recente leitura ficou-me na memória um tal disparate e se de fato não recordo a sua origem. De onde pode ter nascido? Certamente não é do irlandês Jonathan Swift. A injúria ainda é pequena para identificá-lo.

22 de outubro

Fui ao Engenho São Francisco e não consegui entrar na minha própria casa. A caseira não estava, e o administrador viajara para São Paulo, onde deve aguardar minha mulher, numa exposição de jumentos Pega. E quanto ao vigia, estava na floresta fazendo o seu turno. O jardineiro me olhava desconfiado quando eu exigia as chaves: "Não há chaves", ele disse. Volto à Fábrica sem tomar banho e sem os livros pretendidos. No conjunto ida e volta, uma viagem de vinte e cinco quilômetros.

23 de outubro

O banho foi tomado hoje pela manhã, quando encontrei a casa aberta e a caseira Maria, toda sorridente, a oferecer-me toalha e sabão. Quanto aos livros, procurei-os depois ao acaso. Mas, por sorte, encontrei os *Ensaios*, de Montaigne, que há meses procurava. Carreguei também os sete volumes da tradução do *Em busca do tempo perdido*, de Marcel Proust, que necessitam de limpeza e, possivelmente, de uma nova encadernação, e também *As memórias de Madame de Staël* e as *Cartas*, de Katherine Mansfield.

6 de novembro

> *Mas não era impossível imaginar que aquela rapariga era apenas, como nas velhas lendas, uma encarnação do próprio Buda. Não havia, com efeito, lendas em que*

as prostitutas e as sedutoras se revelavam encarnações de Buda? (A casa das Belas Adormecidas)
Yasunari Kawabata

À noite, sozinho, olho demorado e fixamente as paredes do meu ateliê, agora transtornado pelas obras "que desmancham e desbaratam toda ordem possível..." A poeira impertinente que, apesar de combatida aqui e ali, teima em ocupar todas as superfícies. O olhar fixo, com um coração compassado, que apesar de tudo ainda teima em bater à procura de recordações, não ultrapassa o branco das paredes patinadas de sujeiras e de invisíveis teias de aranhas. E é nesta atmosfera, sem cor e sem nome, que os olhos, desabrigados, repousam no vazio. Como recordar, se eu próprio já sou uma recordação? Contudo, lá fora pressinto os passos de M. Gertrude, e um novo alento toma conta de mim.

26 de novembro
Não saio do meu quarto há quatro dias. M. Gertrude tem vindo à noite cuidar de mim. Acontece que não há mesmo muito mais o que dizer. Um ligeiro mal-estar e já parece o fim, se é que não é o fim. M. Gertrude não parece perder a paciência. Como não durmo, eu a observo acordada a noite inteira, pronta a atender-me.

4 de dezembro
Por volta das vinte e uma horas de ontem, um forte aguaceiro penetrou pelo telhado esburacado e atingiu o meu ateliê, danificando livros e telas. De há muito, desde o começo da construção, que já deveria ter removido todos os meus móveis e utensílios. Relutei em sair e, mesmo hoje, depois do desastre, ainda procuro meios para permanecer. Não fosse por M. Gertrude que pernoitara comigo, com a sua calma e tranquila juventude, talvez hoje tivesse que lastimar a perda da maior parte dos meus trabalhos de pintura nestes últimos dez anos.

6 de dezembro
Assim como todas as mulheres que dormiram ao meu lado, M. Gertrude se inquieta com a minha insônia. Como explicar-lhe, num tom exato, que eu também, como Glamis, *assassinei o sono?*

16 de dezembro

Já não consigo disciplinar a caótica desordem que reina no interior do meu ateliê. Telas, livros, tintas, pincéis, todo um conjunto de objetos, misturados à poeira e aos detritos que passam a predominar. Contudo, algumas surpresas me encantam, nesse redemoinho de coisas esparsas e, portanto, de certa forma já irreconhecíveis. Vez ou outra avisto brochuras que de há muito não tocava e, talvez, não as tocasse jamais, caso estivessem devidamente arrumadas nas estantes. De novo, o imenso prazer de folhear o *São Francisco de Assis*, de Chesterton; *Celle qui pleure*, de Léon Bloy; *La chute*, de Camus; *O desespero humano*, de Kierkegaard. À tarde, no crepúsculo, sem acender as luzes da saleta, escuto *Quinteto para piano, Opus. 34*, de Brahms.

20 de dezembro

Em um madeiro, puseram-no em cruz.
Ele diz: "Botaram-me longe, tão longe que não vejo nada!"

Em um madeiro, puseram-no em cruz e o crucificaram.
Ele diz: "Botaram-me longe, tão longe... tão longe que
não vejo nada!"

Acordei repetindo, quase soletrando, esse pequeno poema. Reproduzi-o agora, com a destroçada emoção que senti no sonho. Pronunciá-lo parece-me impossível. E, no entanto - apesar da sua forma estranha - ele pretendeu *iniciar* alguma coisa que me escapa.

1987

Propriedade Santos Cosme e Damião

5 de janeiro

Setenta e seis dias de resistência, sem abandonar o ateliê, apesar da construção, ou melhor, dos escombros que pesam sobre a minha cabeça. Hoje, no entanto, devo sair de qualquer forma, uma vez que arrancaram as janelas e portas e, assim, desguarnecido, já não tenho como ficar. Irei para um hotel na cidade, onde permanecerei cerca de trinta dias, ou o tanto que os serviços de reforma exigirem. Mesmo desgraçado, de algum modo isto ainda desperta a minha curiosidade.

3 de fevereiro

Recebo de presente um belo catálogo de Henri Matisse, trazido de Nova Iorque pelo arquiteto José Goiana Leal. Essas pinturas, que abrangem um período inicial de trabalhos na cidade de Nice (1916-1932), são talvez o que há de mais importante e bem-sucedido na obra do artista francês, que demonstrava saber muito bem o que queria e às vezes, não acertando, mesmo assim voltava a fazer o que desejava, isto é, um Matisse. Verificando tal percurso é que adivinhamos o trabalho sério e incansável empreendido por esses pintores europeus da Escola de Paris e, se assim não fosse, não ocupariam o lugar que definitivamente conquistaram. De algum modo, o pródigo Matisse passou a vida inteira querendo ser Gauguin, pretensão desmiolada para quem não era um gênio.

4 de fevereiro

Pode não parecer surpreendente, mas qual o prazer que não é tocado por um espasmo infantojuvenil? À velhice, resta, infalivelmente, uma insubmissa velhacaria que, a meu ver, nem sempre é destoante dos referidos espasmos infantojuvenis. E, no final das contas, tudo acaba por ser a mesma coisa.

6 de fevereiro

Convictamente afirmo: Ninguém conseguirá descobrir uma vacina contra o pecado. Teremos de retornar aos interditos e aos mandamentos, cuja eficácia só os tolos desmentem ou ousam discutir. Hoje em dia, ser moderno é não pecar.

Depois de ter dito isso ao médico inglês, o qual discorria sobre a possibilidade de uma vacina contra o *mal do século*, levei um bruto pontapé por baixo da mesa, aplicado pelo médico brasileiro. Era para eu ter mantido o mais completo silêncio, não me envolvendo com assuntos fora de minha área. Contudo, estou certo de que o inglês (à maneira dele) deve ter entendido onde pretendi chegar, o que não vai impedir a catástrofe. Essa última definição - mesmo não revelada - vai invalidar o que eu disse antes e me fará passar por louco (*Io sono matto*).

8 de fevereiro – domingo

De longe ou de perto, acompanho os trabalhos de reforma, que já se estendem por quase cento e vinte dias. Permaneço dormindo no hotel e, apesar de tudo, tenho tido a silenciosa companhia de M. Gertrude, uma mulher estranha como uma escrava oriental. Na sua passividade é impossível analisá-la ou compreendê-la, mas, como todas as mulheres, ela não pode deixar de ter os seus desígnios enganosos. Enfim, já não procuro pesquisar o indecifrável, e não é isto absolutamente o que me preocupa. Há algo de mais sério, vago e atordoante, uma espécie de anúncio final ainda não configurado, mas tacitamente pressentido. Vejamos o que será isto, se a mim sobrar o tempo necessário para elucidar as linhas mestras da conduta de uma mulher.

Há poucos dias li *A linha de sombra - Uma confissão,* de Joseph Conrad. Talvez uma despedida daqueles que tudo ousaram, sendo merecedores do nosso eterno apreço.

A propósito dos meus recentes comentários sobre o pecado, levo-me a acreditar no escritor polonês como um homem moderno. Moderníssimo sob todos os aspectos. É surpreendente o quanto Conrad foi e ainda é (apesar do seu gênio) incompreendido, como se ele não falasse sério sobre tudo o que revelou. Dizem alguns mal informados que ele foi um "escritor do mar". Os medíocres o detestam.

9 de fevereiro

Quem poderia acreditar num príncipe Hamlet, chegando aos sessenta anos, sobrevivendo a Elsinore?

Curiosa e aguda observação de Claude Lévi-Strauss, em *A oleira ciumenta*: "Talvez nos encontremos diante de um capricho do pensamento mítico que, como aqueles atribuídos à Natureza, dota fortuitamente de aspecto semelhante objetos entre os quais não existe relação alguma. Mas não há proibição que impeça de sonhar, mesmo sobre falsos problemas".

As minhas tresloucadas e sempre malogradas tentativas de lidar com bárbaros! E dizer que, de tempos em tempos, aspiramos todos à barbárie, assim pelo menos dizíamos... Concluir que esse mesmo barbarismo em termos ocidentais - se é que ainda existe o Ocidente - não passava de uma fábula infanto juvenil.

Comandante, o que está vindo em nossa direção é invisível!
Anônimo

11 de fevereiro

Na madrugada, do alto da janela do Hotel São Domingos, na Praça Maciel Pinheiro, posso pela primeira vez na minha vida ver a cidade, a velha cidade de mascates do Recife, negra, envelhecida pelo tempo e pelas noites sem fim. Eis afinal a minha cidade adormecida e carregada de pecados - como todas as cidades que se prezam–, entrevista agora por quem jamais soube olhá-la com bons olhos, ou ao menos reconhecê-la como cidade. Em nenhuma época de minha vida dormi no núcleo central desse povoado, a não ser quando prisioneiro no internato do Colégio Marista, e dormir numa prisão não conta. Portanto, posso afirmar que é a primeira vez e isso me apavora. E não é mesmo de apavorar?

Interesso-me vagamente por um novo romance de Moravia, *O homem que olha*, e continuo a leitura d'*A oleira ciumenta*, enquanto medito novos trabalhos, em vista, sobretudo, de um conjunto de murais (nove deles), na grande nave central da Oficina, cujo tema será (apenas para o meu uso) *Os nove santos que abalaram o mundo*.

12 de fevereiro

É tão engraçado o consumo de bobagens. Eu sou um grande consumidor que diz e afirma também o seu tragicômico engano, foi o que eu disse a Deborah hoje, no seu dia de aniversário.

15 de fevereiro – domingo

Leitura do terceiro volume do *Journal*, de Delacroix: "Nos nossos dias a arquitetura caiu numa completa degradação. É uma arte que não sabe mais onde se situa; deseja inovar-se, mas não existem homens novos".

16 de fevereiro

Pesada agonia. Impossível revisão. Fraquezas. Voltar atrás é percorrer o caminho do inferno. Bem, este eu já percorri. A certeza de estar nele. Mesmo neste profundo desconcerto, encontro tempo para colocar em ordem alguns papéis. O excesso de recordações me aflige. Basta só um endereço num pequeno cartão para que tudo se assemelhe a uma cruel despedida. E, no entanto, não recordo sequer a época de sua visita: teria sido no fim dos anos setenta? Impossível precisar. Sei que veio acompanhada do marido e que era uma inglesa morena, chamada Ann Bradshaw, raríssima no seu gênero e, ainda mais, lidava com arte, possuindo uma galeria em Londres. Trocamos apenas algumas palavras e foi tudo. A sua imagem desapareceu, desmanchou-se no ar. Mas a sensação de tê-la visto persiste. Restou-me o cartão, que afinal vou rasgá-lo.

19 de fevereiro

Ontem, numa entrevista com a jornalista e fotógrafa Maya Pejic, lembrei ou comentei trechos de *A oleira ciumenta* e muitas outras coisas. Sim, abertamente, como num exorcismo, muitos detalhes foram revelados sobre o meu trabalho. Como me disseram, a mulher era holandesa, de Amsterdam, e trabalhava para o Instituto Real Tropical.

Estranho esse Instituto, tem tudo a ver com uma casa suspeita. Que relacionamento pode existir entre o trópico e uma Casa Real Europeia? Um império (ou mesmo um imperador) nestas latitudes é de se acreditar impossível. E, se existiu, sua duração foi curta e duvidosa. O nosso duplo império brasileiro durou sessenta e sete anos, envolvido por uma atmosfera de chalaça deletéria no comentário de Capistrano de Abreu: "Só o último imperador não dava por isso, embebido em seus estudos de sânscrito, persa, árabe, hebraico e tupi. Pode-se dizer que foi com certo alívio que na tarde de dezesseis de novembro de 1889, D. Pedro II recebeu do major Sólon Ribeiro (veja-se a absurda diferença hierárquica), comandante da Cavalaria, a comunicação de que fora deposto e deveria deixar o país no mais breve prazo possível".

E por falar em impérios tropicais inventados por europeus, basta lembrar o infortúnio de José Ferdinando Maximiliano, arquiduque da Áustria, feito imperador do México por Napoleão III. Não muito tempo depois, profundamente impopular, Maximiliano foi abandonado pelos franceses, aprisionado e fuzilado em 1867.

Quanto aos impérios verdadeiros que existiram nas velhas civilizações andinas, tão antigas quanto as pedras dos templos de Baltazar, nós, europeus, absurdamente nos empenhamos em destruí-los.

20 de fevereiro

Ver o sol nascer às 05h21 da manhã, do alto da janela do hotel, eis a rotina de todos os dias antes de rumar à Fábrica. Inquietam-me os serviços da demorada reforma que, segundo meus cálculos, ainda devem demorar um mês. Sempre mais trinta dias. No entanto, a exaustão toma conta de mim, a ponto de já não me locomover com facilidade. "Males antigos, senhora", eu explico a M.G., representando trinta anos de imperfeições e desgaste nervoso, o que não parece muito pouco, não é assim?

Antes de ir para a Fábrica eu a deixo na casa de sua irmã, sem perguntar sequer em que ela se ocupará durante todo o dia. No momento, não será de bom alvitre começar a fazer perguntas, porque como resposta eu teria, certamente, algumas inverdades. Conheço demasiadamente bem *A arte de amar (Ars amatoria),* de Ovídio: "Se à jovem recatada ofereceres o espetáculo da tua petulância, ficará ela com a desconfiança de que contigo não será feliz".

Levei-o para a minha cela, lá no centro empoeirado do mundo, onde nada se vê ao certo. Carreguei-o comigo, limpo, *O homem que olha*, para jogar-lhe definitivamente poeira nos olhos. E verificar que demorei quinze anos para abrir uma janela no meu ateliê, vivendo e criando quinze anos no escuro! Recomeça, então, o ciclo do medo, agora mais acentuado, terrível, avassalador, porque aberto para a luz.

28 de fevereiro – sábado de Carnaval

Impossível permanecer no Hotel São Domingos. Parece-me que já não estou em lugar algum. Sem solo e sem face, perco substância e energia e, embora ainda lute e pragueje, não consigo atinar onde começará para mim um novo destino. Um novo destino? Talvez, muito mais uma predestinação, uma vez que eu já sabia - embora muito confusamente - que se tratava de um daqueles momentos em que a história de um homem é modificada. E, assim, não serei, sozinho, eu que haverei de mudar ou mesmo sucumbir?

2 de março

Como não tenho destino certo, bato à porta da casa de Deborah que certamente há de me acolher. Na sexta-feira passada, de tanta angústia, acabei num consultório de psiquiatria, embora não acredite nos psiquiatras. Prefiro os biólogos. Esses acreditam na *vida* e não em neuroses, psicoses, traumas, etc. Imaginem uma tênia psicótica.

3 de março

Agora posso registrar o que no hotel não ousava sequer admitir: uma referência exata ao lugar onde permaneci quase um mês. E, portanto, em dias consecutivos, vi nascer o sol, rasgando em ouro as torres das velhas igrejas. Ao longe, a Igreja do Carmo, a cúpula da Casa da Cultura, a Estação Central, e uma pequenina nesga de mar, bem distante. Um pouco mais próximo, a bela Matriz da Boa Vista e a florentina Praça Maciel Pinheiro. Na direção norte, bem visível, a Casa Agra (aquela mesma casa que o poeta Augusto dos Anjos espantosamente fez menção). Os telhados do Teatro do Parque e parte da fachada do Colégio Marista (para mim, sempre de triste memória). A melancólica igrejinha do Rosário da Boa Vista e, no horizonte, a silhueta das colinas de Olinda. Ao sul, o gasômetro e a Igreja dos Coelhos. Curioso é que, não chegando a avistar o Rio Capibaribe, nem o sinal dele, eu podia adivinhar a sua presença no meio de todo aquele casario iluminado pelo sol nascente, que despertava os escuros telhados e abaixo deles seus habitantes, para um novo dia. Casas enegrecidas e desiguais, amontoadas geometricamente, mas sem nenhum paralelismo, umas sobre as outras, num majestoso repouso, como se saíssem de uma tela cubista de Picasso, na *Horta de Ebro.*

4 de março – Cinzas

"Tive a coragem de trabalhar sozinho, completamente sozinho, absolutamente sozinho. Tenho trabalhado sozinho durante anos. Isso não faz diferença?" Mas terá sido isto verdade, rigorosamente verdadeiro? Não, não foi. A minha solidão se estendeu além do trabalho, o que não é novidade alguma. Todos sofremos desse mesmo mal. É incurável.

8 de março

Daria tudo para saber qual a razão de Henry James detestar Dickens como escritor. Comecei a leitura de *A casa soturna* totalmente fascinado, rendido aos encantos do narrador incomparável, como de resto sempre aconteceu com todo o romance de Dickens, pelo menos aqueles que eu conseguira ler.

15 de março

Continuo impressionado com a falta de imaginação dos arquitetos modernos. Acredito que alguns conselhos, como esse de John Ruskin, não lhes faria mal algum. Vejamos: "*We may, without offending any law of good taste, require of an architect, as we do of a novelist, that he should be not only correct, but entertaining*"[25].

Embora sobre assunto diverso, esse comentário de Ruskin me faz pensar: "Será que as ressalvas de Henry James a propósito de Dickens nasceram do lado excessivamente *entertainer* desse escritor?".

Acontece que James também era ranzinza com Stendhal, Disraeli e Swinburne, e afirmam ainda aqueles que o conheceram de perto que ele se daria, inclusive, ao luxo disparatado de preferir Gautier a Baudelaire, incluindo nessa malquerença, Edgar Allan Poe.

17 de março

Minha disponibilidade (estou saindo de uma pesada depressão) para tratar de assuntos gerais deve encerrar-se dentro de poucos dias. Estou voltando à Fábrica e ao meu ateliê, onde o trabalho diário certamente abrandará esse torpor. Enfim, quantas vezes cheguei ao ponto de escrever palavras que a sabedoria verdadeira teria omitido! Sinto falta daquela ordem desordenada e só minha, onde pisava e, por vezes, flutuava em sonhos, do gesto vago à procura de um livro, de algo que permanecia sempre presente, embora invi-

---

[25] "Devemos, sem ofender qualquer lei do bom gosto, exigir de um arquiteto, assim como fazemos com um escritor, que ele seja não apenas correto, mas agradável" (N. do A.).

sível: trabalho e devaneio envolvido pela mesma imprecisão que anuncia o momento solene em que algo deve ser criado.

18 de março

Leio por acaso uma reportagem com a escritora Marion Zimmer Bradley, onde ela acusa as mulheres de permanecerem *medievais*. Não compreende porque as mulheres enrolam os cabelos e ainda usam sapatos altos. Engana-se a escritora: as mulheres não são de forma alguma medievais, e sim, para sempre, *as degredadas filhas de Eva*, desde o pecado original. Certos *hábitos* femininos são bem mais antigos. Preocupa-me a bobagem dessas senhoras que, não tendo meio palmo de pênis, querem entender de todas as coisas. E pior é que elas pensam que dominam, não sabendo mesmo de nada.

19 de março

Cento e cinquenta dias de exílio. Retorno ao meu lugar e nele pernoitarei. De novo serei rei.

21 de março

À noite, cautelosamente, ela lhe vestia o corpo nu, como quem veste um morto... Desconfiado, ele atribuía esses desvelos a um propósito inconfessável. Tinha certeza disto, mas ainda assim não era o momento exato para desmascará-la. De resto, quem pode mostrar a verdade nua e o engano desmascarado? Ele já não disse que elas são árvores, folhas, terra e sol? O que mais ainda pretende saber?

25 de março

Timidamente recomeçando a trabalhar, embora ainda não refeito dos meus males. As mãos já não me obedecem como eu gostaria que me obedecessem. De resto, nunca me obedeceram.

28 de março

Visita do pintor português Júlio Pomar acompanhado de dois amigos escultores, igualmente patrícios, e do pintor Sérgio Lemos.

Já conhecera Pomar de outra oportunidade – sempre aqui na Oficina – mas não pudera aquilatar nem seu espírito nem seu ofício. Desta feita, um pouco mais alerta, verifiquei as duas coisas e, na verdade, tudo ficou por conta de um belo livro que me presenteou. Que pintor versátil, que soberana habilidade, que esplêndido ofício! Foi folheando esse livro, olhando os seus quadros, textos, as suas inteligentes entrevistas que, envergonhado, vim a descobrir o seu real valor. Ele, que habita em Paris há mais de vinte anos e a mim não se dera a conhecer, tratando-me sempre como a um mestre, ele, sendo mais velho e experiente do que eu. Silencioso, atento, circunspecto, mas não lhe faltando uma enorme capacidade de admiração, sinal indispensável a um grande espírito.

29 de março

Falei longamente a Tomás Seixas sobre *A linha de sombra,* de Joseph Conrad, prometendo-lhe mandar um exemplar ainda esta semana. Trata-se de uma obra-prima da última fase do escritor, como pretende a sua tradutora, a perspicaz e emocionada Maria Antonia Van Acker.

30 de março

Minhas ilimitadas apreensões. Minhas limitadas circunavegações.

Às voltas com o grande mural cerâmico *Os caçadores* (medindo mais de setenta e dois metros quadrados), que deverá seguir para o Hospital Aliança, em Salvador, nos próximos três meses. Aproveitamento de antigos estudos feitos em pintura a óleo, sobre *A lenda de Santo Humberto*, realizados no ano de 1960, ainda no ateliê de São Francisco. É uma história de caçadores, mas também um grito de preservação da vida.

31 de março

Notícia recortada de um jornal. Excelente lembrete para enriquecer o teatro ou as novelas do absurdo. Atenção Beckett, atenção Ionesco!

"Um engenheiro que morde um agrônomo, dois cães mortos por dois homens, um urso absolvido em um tribunal, um homem que mata o irmão por consumir excessivamente papel higiênico, outro que, em sonho, mata a sua mulher e é absolvido, porque convence os juízes de que sonhava que lutava contra os soldados japoneses." A minha velha insistência em ler jornais, por vezes – mesmo que seja uma só vez por ano –, é justificada por notícias como essas. Compartilho inteiramente da opinião de Dickens de que "os jornais são escritos por loucos para serem lidos por imbecis".

Um comentário de Dickens sobre a pobreza pareceu-me perfeito, de algum modo bem mais verdadeiro do que todos os tratados marxistas e correlatos: "O que o pobre é para o pobre pouco se sabe, exceto eles mesmos e Deus".

1º de abril

Falava como um possesso. Como alguém que estivesse sendo impelido para uma catástrofe ou para a bem-aventurança (que nunca chega).

3 de abril

Para dizer da desgraçada sensualidade feminina, num romance de oitocentas e vinte e duas páginas, Charles Dickens, afrontando uma tempestade de paixões, muito de leve comenta que a estrangeira Mlle. Hortense, "esta personagem felina com seus lábios estreitamente cerrados e seus olhos sempre prontos a fitar-nos de esguelha, descalça os sapatos e, de pés nus, indiferente aos olhares, corre pela grama... Alguém pode tê-la chamado, em qualquer parte, de víbora (mas que víbora! Que víbora!). Acontece que tal acusação só podia ter partido de um espírito cruel, caviloso e desalmado, como aquele do ressequido Sr. Tulkinghorn".

Da figura trágica e majestosa de Lady Dedlock, apenas alguns discretíssimos acentos para definir suas turvas e malsinadas paixões. No entanto, o eterno feminino percorre todas as páginas deste romance, sem nenhuma carga mais afoita de misoginia.

5 de abril – domingo

Acordo hoje pintor, quando penso que o artista já estava de há muito morto e enterrado. Meu dom não podia ser posto em dúvida, mas quando fui testá-lo, falhou.

6 de abril

Honra a Steven Spielberg. Este cineasta e produtor norte-americano, ao receber um prêmio da Academia de Cinema, teve a coragem de lastimar que no mundo atual (um mundo só de imagens) poucos se dão conta das palavras.

"Para toda uma geração de autores, há necessidade de uma correspondente e atenta geração de leitores."

7 de abril

Obrigado. Não importa a qualidade. Não tenho predileções. Obrigado. Assim mesmo, ainda *terei o mesmo destino do insensato.*

8 de abril

Num certo trecho de *A casa soturna*, o bondoso Senhor Jarndyce diz algo sobre Mlle. Hortense que antecipa todo o seu destino brutal. Comentário despropositado, diriam alguns; enigmático, diriam outros. Ora vejam, quanta inocência puritana em promover tamanho reboliço, só porque uma senhorita sem os sapatos, e com os pés nus, correu livremente pelo relvado macio!

Para um escritor de gênio, nada escapa do seu controle, daí porque qualquer menção a um fato, mesmo que seja de aparência acidental, deve em seguida ligar-se umbilicalmente a toda sua história e, sobretudo, ao seu desfecho: "Sim, e suas maneiras eram estranhas, quando, tirando os sapatos, revelou o frio gosto por uma caminhada que poderia dar com ela num leito de morte".

Porventura temia o bonachão senhor Jarndyce que Mlle. Hortense pegasse um sério resfriado e, por consequência, uma pneumonia dupla? Na realidade, a intenção de Dickens foi diversa. O Sr. Jarndyce fala pela boca de um *Oráculo,* quando previne ou assinala o "destino" da personagem: uma estrangeira felina, dominada pelo ódio e pelas paixões, ambiciosa e sem preconceito, nesse preciso *instante* começa a delinear a sua própria tragédia e os tantos acontecimentos funestos que atingiriam em cheio, direta ou indiretamente, todas as outras personagens.

Dickens utiliza a "inocente" corrida de mademoiselle pela grama macia, que jamais conheceu o arado, como estigma para uma corrida sem volta, que a levaria ao leito de morte.

Albert Camus, em *O estrangeiro*, fala do brilho desagradável de uma faca que, refletindo intoleravelmente a luz do sol no rosto de Mersault, o fez atirar repetidas vezes no seu perseguidor árabe que empunhava a arma.

Akira Kurosawa, no admirável *Rashômon,* obra do escritor Akutagawa, impele uma personagem a narrar uma trágica carnificina a partir de uma inesperada brisa de verão... "Ontem, pouco depois do meio-dia, me deparei com o casal. Nesse momento, com o sopro do vento, o véu se ergueu e pude ver por alguns segundos o rosto da mulher..."

7h da manhã

Acabava de fazer a barba quando bateram com violência inusitada à porta do meu ateliê. Corro para abri-la e me deparo com Deborah e minha filha Conceição. De imediato suponho que perguntei (não estou bem certo): "O que aconteceu?". "Seu irmão Antônio Luiz...", disse Deborah, entrando na sala. Depois recomeçou: "Seu irmão Antônio Luiz faleceu...". Então eu disse: "'Suicidou-se, não foi?". Ela disse: "Como adivinhou?". E, logo em seguida, mais uma vez , indaga: "Como adivinhou?...".

Agora que todos saíram, o que posso dizer? Não seria melhor nada comentar? Fechar este vasto círculo de silêncio, que na sua fatalidade a todos envolve e pode, inclusive, ser o equivalente a uma culpa? Logo eu, que na infância, talvez inconscientemente, com a crueldade característica dessa etapa de nossas vidas, fui um de seus algozes... Recordo que, apesar de tudo, restou-lhe como a sua única dádiva, por largo tempo, a predileção de nossa mãe. Ela o amava mais que a todos nós. Reconhecendo nele talvez o mais fraco, o mais tímido, o mais doente. Ele, o primogênito, fruto indiscutível de um amor ainda sem mácula.

9 de abril

Mesmo contristado e incapaz de conciliar o sono, pela madrugada retomo a leitura das últimas páginas de *A casa soturna*. No final da história, quando o diabo acaba por fazer as suas inadiáveis cobranças, Mlle. Hortense, com aquela dilatação tigrina da boca e os negros olhos lançando chispas, senta-se direito no sofá, numa posição rígida, com as mãos crispadas (e, pode-se supor, com os pés igualmente contraídos) murmurando: "Oh, Bucket, você é um demônio!".

Ao sair, já algemada, ainda detrata com inefável desdém o Sir Leicester Dedlock, baronete: "Ih! Olha para ele! Para o coitadinho do infante! Ah! ah! ah!".

A solene existência de *valores* morais nesse livro é tão forte, tão naturalmente exposta, que pouca diferença faria da leitura de um texto religioso. Sobra em Dickens, como em Dostoiévski, esta transbordante paixão pelos seus semelhantes, marca indelével de dois grandes e generosos espíritos que, presumo, não se extinguirá com o passar dos séculos.

O banimento quase total desses *valores* na literatura atual fez com que Albert Camus repetidas vezes indagasse: "Não seremos nós todos responsáveis pela ausência de valores? E se nós todos que viemos do nietzschianismo, do niilismo, ou do realismo histórico, confessássemos publicamente que nos enganamos, e que há valores morais e que daqui por diante faremos o que é necessário para os fundar e ilustrar, não pensam que isso seria o princípio de uma esperança?".

Com a notícia da morte do meu irmão, minha doença volta a se agravar, como se não fosse possível deixar de relembrar tão trágico desfecho... O meu irmão morto. E saber que isso não parece sequer fazer sentido. Acontece que nenhuma fala consegue registrar determinadas emoções, nem mesmo o silêncio... Talvez as lágrimas, o choro, o ranger de dentes, o desespero, muito próximo de um animal ferido de morte, tentando inutilmente compreender.

Para amenizar essa ansiedade, procuro desenvolver algumas notas sobre as controvérsias em torno da fotografia, seja ela moderna ou antiga.

Algumas observações de Charles Dickens, em *A casa soturna*, vieram me ajudar no desenvolvimento de todos esses conceitos. De algum modo, quando você escreve, silencia. E, no momento, é o que mais me convém. Não é uma conferência, e sim uma espécie de dissertação sobre um tema que se aproxima da pintura e da escultura desde os seus primórdios e que consiste no velho anseio de apreensão da realidade, nos levando aos primeiros daguerreótipos.

10 de abril

> *A verdade é o que há de mais admiravelmente surpreendente, excedendo, pelo inesperado, ao que se imagine de mais fantástico.*
>
> Dostoiévski

Vollard teve, pelos seus méritos, retratos pintados por Cézanne, por Bonnard, por Picasso, por Rouault, e chegou a posar inúmeras vezes diante de Renoir, vestido com um traje de toureiro. Embora todos esses quadros sejam obras-

-primas da pintura moderna, para identificar Vollard, o verdadeiro Vollard, talvez eu preferisse esquecer os pintores e pegar uma fotografia sua qualquer. Gostaria de vê-lo retratado por aquele olho mecânico, indiferente e sem astúcia, que apesar de suas possíveis falhas retém a verdade, embora – por conta dessa façanha – se aproxime do sinistro.

Foi diante de uma fotografia comum de Dostoiévski, onde ele aparece sem barba, de braços e pernas cruzados, comodamente sentado numa poltrona, que, pela primeira vez, tive o ensejo de conhecer a figura humana desse escritor. Nas pinturas e gravuras da época, ele é representado forçosamente com um ar doentio de profeta visionário, o que, na verdade, lhe assentava muito bem, mas não ajudava a conhecê-lo melhor.

Mesmo em se tratando de um El Greco, de um Rembrandt, de um Cranach, mesmo assim, ainda não hesitava em escolher *A dama do arminho*, *Saskia* ou *Sibylle Von Cleve*, retratadas por uma simples Kodak. Compreendam, falo somente de um tipo de retrato especializado, em correspondência com essa curiosa engrenagem mecânica que pode surpreender com a rapidez necessária o que escapa fatalmente ao mais arguto olhar de um pintor. E são esses fugitivos detalhes, que passam despercebidos ao visionário – mesmo àquele que vê através das paredes – que me interessam numa fotografia. Mas, vamos devagar: há fotografias e fotografias. Não me refiro por certo aos que, requintadamente, por amor à arte, acabam por resumir, distorcer, enobrecer ou enfear a cristalina imagem obtida por uma lente, utilizando mil e um recursos para humanizar a técnica, traduzi-la ou transfigurá-la. Neste caso, prefiro os dotes naturais de qualquer artista plástico de gênio. Fotografia não é imitação de qualquer outro gênero de arte se ela não se restringe – e que restrição! – ao seu diabólico mister.

Os pintores impressionistas, notadamente Degas, foram os primeiros a perceberem essa nova realidade apresentada pela câmera fotográfica. Falo de Degas, que não foi propriamente impressionista, porque foi entre todos – mais que Lautrec – o que, de fato, se interessava por retratos, enfim, por seu semelhante. Suas bailarinas, seus jóqueis, suas banhistas de banheira, seus músicos, seus cavalos, estavam profundamente ligados a uma nova maneira de ver – para o olho, quase inumana, mas verdadeira.

Pouco humana porque real e despojada de artifícios. Chegou a ser acusado de misoginia, talvez por ter visto uma mulher lavando-se naquela banheira.

Pintando-a assim, toda nua e dormente, como pintou bailarinas domesticadas no seu afã de manter na ponta dos pés calejados um equilíbrio impossível. Seu olho frio e cruel, como uma lente, surpreendia as dançarinas profissionais exatamente no momento em que, cansadas, começavam a desamarrar suas desgraciosas sapatilhas que, sem função, mais pareciam pés de pato. Destruiu com olho implacável o mito das sílfides e das nereidas, transformando essas adoráveis criaturas em profissionais indiferentes e sonolentas. De todos os seus contemporâneos, poucos viram como ele, e só muito mais tarde os instantâneos fotográficos, o cinema, o realismo, o neorrealismo, fizeram ressurgir tais imagens.

Hoje, uma técnica fotográfica excessivamente aprimorada criou uma nova arte: as fotografias fizeram-se artísticas, sofisticadas, imaginosas, surrealistas, utilitárias e até demagógicas. Estando a serviço do homem, passaram a mentir como ele, perdendo assim a sua única finalidade. Quem teria a coragem dos primeiros fotógrafos de revelar no papel a imagem equívoca de Eduardo VII, como o fez Mathew Brady, em Nova Iorque, em 1860, ou a lembrança de Carjat, ao retratar Baudelaire, inteiramente dopado pelo absinto? Qual o pintor ou escultor que surpreenderia e identificaria melhor o caráter e a epilepsia de Edgar Allan Poe, do que o próprio Brady ao retratá-lo? Mas, mesmo sustentado por fios muito tênues, ainda restam por aí alguns recalcitrantes que insistem em registrar a verdade. As fotografias do pintor Georges Braque e de sua mulher, envelhecidos, e as do duque e duquesa de Windsor, por Avedon, são imagens quase intoleráveis pela coragem de dizer e revelar ao mundo, cruelmente, o que talvez alguns estetas, psicólogos, políticos e moralistas, achem desnecessário para o bem-comum.

Não sei qual a mais terrível dessas fotografias, que me faz lembrar outras bem mais antigas, de casais célebres, maltratados pelo tempo. Avedon foi tão perverso ou talvez mais incruento - ao mostrar sem nenhuma piedade a decadência física de Braque, um dos ídolos da pintura moderna, ao lado de sua mulher igualmente arrasada pelo peso dos anos - do que o fotógrafo desconhecido que surpreendeu no seu jardim o escultor Rodin, já octogenário, ostentando enorme barba branca e de mãos dadas com uma velhinha com quem acabara de se casar naquele instante.

Max Neuemberg diz preferir Irving Penn a Avedon, a quem não acusa propriamente, mas também não compartilha com o que chama "seu olhar excessivamente cruel". Não digo que Max se coloque entre esses dois fotógrafos modernos, pois seu talento é próprio, assim como a sua maneira caprichosa de retratar. Seu trabalho tem um interesse crescente e pouco a pouco, por esse Brasil afora, colecionará tantas cabeças dignas de nota quanto o estranho fotógrafo-pintor David Octavius Hill, que, há cem anos atrás, contratado para pintar uma cena histórica, achou por bem colher cerca de mil fotografias de seus personagens. E foi diante dessas fotografias - para ele o único modelo representativo da verdade - que trabalhou escrupulosamente durante vinte anos num quadro de cinco metros quadrados, retratando mais de quinhentas figuras tão vivas que só faltavam falar.

A propósito da realidade de figuras retratadas, dou como exemplo uma desafiante descoberta do escritor Charles Dickens, no seu livro *A casa soturna*, quando através de uma aparente e despretensiosa brincadeira, revela, em tom de burla: "Sua estreita salinha estava preparada para receber visitas. Havia nela um retrato de seu filho, o qual, quase eu ia escrevendo aqui, era mais parecido que o original; o retrato insistia sobre ele com extrema obstinação, e parecia decidido a não deixá-lo escapar".

Ora, aí está contido, nessas poucas linhas, todo o arcabouço de um tratado filosófico, versando sobre o sentido platônico do conhecimento e da identidade, incluindo ainda afirmações cujo teor podem também sugerir o metafísico. Será exagero? Ocorreria perfeitamente a pergunta: por que o autor escolheu logo uma passagem burlesca (reconhecida por ele próprio como tal) para abordar assuntos tão complexos? Como resposta lembraria a surpreendente confissão de Nietzsche, quando afirmou ter aprendido muito mais psicologia com a leitura de Dostoiévski do que com todos os tratados específicos sobre o tema. Menciono logo em seguida o fato de Dostoiévski ter sido um fiel e apaixonado admirador de Charles Dickens, chegando mesmo a sofrer sua influência no decorrer dos seus primeiros escritos. Vejamos agora diretamente a questão. Um retrato, seja ele pintado, desenhado ou fotografado, é sempre uma tentativa (por exclusão) de focalizar uma possível individualidade, ou, melhor dizendo, um pressuposto de identificação, nem sempre razoável. Paradoxalmente é o próprio Dickens quem o denuncia: "O retrato insistia sobre ele com extrema obstinação, e parecia decidido a não deixá-lo escapar". Compreenda-se daí que, todo retrato é, no fundo, uma insistência exagerada (malévola ou elogiosa) sobre uma pessoa perfeitamente vaga ou quase sempre nula. Daí também procede sem dúvida o sucesso popularesco de toda caricatura, quando por exemplo o retratista pretende ampliar essas diferenças exatamente onde elas não deveriam existir.

Acredito firmemente - no caso - que pouca sabedoria nos leva às distinções, e o contrário nos conduz a uma indiferente uniformização de todas as fisionomias. Para um santo ou para um amante da "peculiaridade", todos os homens são um só homem, portanto, em essência, idênticos. Querer arbitrariamente distingui-los fisicamente é, o mais das vezes, recorrer a um inominável equívoco. De qualquer forma devemos concluir que não há também semelhanças, o que há é variedade, o que, afinal de contas, nos traz igualmente de volta ao rebanho humano ou a sua própria e invariável condição.

Em princípio, verificamos que insistir sobre uma face humana com extrema obstinação - decidindo não deixá-la "escapar" - já revela, como ato isolado, sinais de uma malignidade sem precedentes, na realidade algo muito próximo do *O retrato de Dorian Gray*, que, embora diversamente daquele personagem de Dickens, teria de permanecer, para sempre, "mais parecido que o original". Portanto, semelhante à alma do retratado, e não à sua disfarçada aparência exterior. Daí porque, contaminado de uma "monstruosa" vida própria, acabaria por passar pelos mais surpreendentes estágios de uma irrefreável degradação.

Ainda sobre "o retrato mais parecido que o original", em primeiro lugar se faz necessário começar ignorando o primado platônico do original sobre a cópia. Deve ter sido bem isto o que me atraiu nessa engenhosa invenção de Dickens. Invenção, de uma certa forma, como algo mágico com tendência à bruxaria, ou mesmo à paródia ou ao simulacro.

A aproximação com *O retrato de Dorian Gray*, de Wilde, foi um belo acento neste meu trabalho, mas, mesmo assim, insuficiente. Há ainda que verificar o núcleo do coração dessa matéria arredia, indefinida, incomunicável, alucinatória, que talvez trespasse a própria função da linguagem. Eu diria que Dickens brincou com fogo, como de resto Wilde o fez com o seu *Dorian* e igualmente Edgar Poe com "O Retrato Oval", pequeno conto publicado em 1842, tendo também o nome de "Vida na Morte".

Não acredito que Wilde tenha confundido ainda mais os seus leitores, quando confessa: "Há um fundo moral terrível em *Dorian Gray* - um fundo moral que os lascivos não conseguirão encontrar, mas que será revelado às mentes dos que são sadios. É isso um erro artístico. Temo que seja. É o único erro do livro".

Nota: no mês de abril de 1967, comentei em artigo uma exposição fotográfica de Max Neuemberg. Posso lembrar-me ainda muito bem das posições estéticas defendidas naquele texto, exaltando certos aspectos da fotografia e, no fundo, contrariando todos os conceitos desenvolvidos aqui, a propósito do retrato - incluindo, sobretudo, o retrato e o instantâneo fotográficos. Naquela época, beirando os quarenta anos, costumava acreditar ortodoxamente na "moderna psicologia" e, além disso, cultuava com uma certa avidez toda espécie de "expressões" caricatas, ou seja, aqueles supremos indícios que me faziam confiar nestas supostas chaves expressivas da personalidade. Ainda devo permanecer crédulo, pois relendo hoje este mesmo artigo, reconheci nele um alto grau de sedução.

Começava esse trabalho com uma epígrafe de Dostoiévski: "A verdade é o que há de mais admiravelmente surpreendente, excedendo pelo inesperado, ao que se imagine de mais fantástico". Muito bem, refletindo agora e perdoando os meus sempre aborrecidos exageros, suponho que, de verdadeiro, sobra tão somente a epígrafe do autor de *O crocodilo*. O restante, falha por impropriedade de linguagem e também pela apologia de algumas meias-verdades. Enfim, uma autêntica crise de um sonhador entretido com falsos problemas, o que em princípio não parece, ainda assim, invalidar de todo a antiga crença.

Tentar elogiar a fotografia tão somente como olho mecânico nada pode acrescentar à "realidade". A culpa, no entanto, não é da máquina, e sim dessa mesma "realidade" que seguramente parece (ou teima) em não existir. Razão tem Baudelaire quando diz: "É inútil e tedioso representar o que existe, porque nada do que existe me satisfaz".

11 de abril

Registro o recebimento de um cartão-postal com uma pintura do romântico alemão Philipp Otto Runge, enviado gentilmente por Casimiro Xavier de Mendonça, um excelente crítico de arte que sabe dos meus gostos pelos Nazarenos alemães. Por paradoxal que pareça - diante do que faço nas esculturas cerâmicas -, o meu espírito continua a vagar neste turvo misticismo romântico que tem em Caspar David Friedrich o seu supremo representante.

Sensível em demasia pelos recentes acontecimentos, incluo a morte do meu irmão como um trágico episódio. Daí porque qualquer contato exterior me emociona tanto, seja este cartão de Casimiro, onde fala de sua temporada em Paris e Zurich, e uma possível viagem a Berlim, para ver as exposições dos setecentos e cinquenta anos da cidade, seja o pequeno poema enviado por Maria da Paz Ribeiro Dantas. Ambos me fizeram muito bem. O poema é datado de novembro de 1986, mas só hoje chegou-me em mão.

12 de abril – 10h

A surpresa de encontrar pela manhã um poema de Deborah. Em treze versos curtos e livres de qualquer convenção, ela diz mais sobre a solidão do que eu em centenas de páginas escritas, bradando súplice contra o esquecimento. Os poetas têm certamente esta vantagem: a sua linguagem é quase sempre exata. E o que dizem - apesar de uma aparente obscuridade - acerta, de vez, os ponteiros de todos os relógios. O tempo parece parar sob esse *céu imenso...* Todavia, é preciso lembrar o poema inteiro, que me apresso em transcrevê-lo:

Bem ou Mal
Deborah Brennand

O bem seria escrever
com letras alvas.
Tão claro o tempo passa,
longe, nas aleias do jardim!

O bem seria deixar, nas rosas,
enferrujar um esplendor de sangue
ou, na oitava luz da Lua,
erguer da face o véu escuro.

E o mal? - são as pedras,
soltas no caminho, brutas feras,
vigiando em silêncio, vigiando,
se a brisa segue e eu fico
sob este céu imenso, sozinha.

15 de abril

Aproveitando algumas notificações feitas no caderno após a leitura de *A casa soturna*, trabalhei com mais cuidado num pretenso estudo de alguns trechos desse romance. Evitei toda e qualquer referência que fugisse do seu núcleo, e acabei cortando algumas generalizações que versavam sobre pintura. Eis a parte omitida: na arte antiga, no apogeu de diferentes culturas de *representação*, a partir mesmo da Pré-História, jamais houve esse "prurido" de *identidades*. Todas as figuras eram representadas, por assim dizer, como uma só figura, diferenciadas apenas nos seus atributos hierárquicos, ou seja, na escala de grandeza, na cor dos ornamentos, etc. Os chineses, os persas, os hindus, os egípcios, os cretenses, mesmo os gregos, nos seus vasos, urnas e frisos, mantiveram, a bem dessa unidade essencial, uma *regularizadora* uniformização. Atentem para o majestoso mosaico bizantino representando o "Imperador Justiniano e sua Corte". A face do imperador é formalmente *idêntica* àquelas de todos os seus cortesãos, delas diferindo apenas pelas características hierárquicas já mencionadas. Vejamos também, sob esse aspecto, toda a arte românica, todo o gótico, e interpretemos com igual destemor as extraordinárias *Madonas*, de Cimabue e Giotto. Onde encontrar as diferenças de fisionomias? Será que todos esses artistas da *representação*, durante tantos séculos não acertavam copiar a realidade? Certamente que isso não aconteceu. Alicerçados no seu *saber*, não perderam o precioso tempo em distinguir o que não merecia distinção. Na verdade, conseguiram resguardar um certo princípio que os psicólogos contemporâneos denominam de *chaves mínimas* da expressão, às quais reagimos, quer as encontremos na realidade, quer na arte.

Voltando às especulações finais sobre o retrato mais parecido que o original, gostaria de acrescentar o seguinte comentário: na arte maior da antiguidade, o assim chamado "retrato" simplesmente parece não ter existido, e, existindo, era invariavelmente balizado por rígidas leis de proporção, que serviam para manter unida a *schemata* da beleza padronizada, donde se conclui que, longe de cultivar expressões, as sufocava, como se de fato um excesso de vida pudesse influir no espírito final de toda criação artística. Do ponto de vista desta tese, o século XV e o século XVI, na Itália, com o aparecimento de expressivos retratos pintados por um Leonardo, por um Rafael, por um Ticiano ou por um Giorgione, já denunciavam uma decadência artística e não uma evolução, como muitos ingenuamente acreditaram ter acontecido. Pretenderam, é certo, retornar ao Classicismo, copiando os gregos numa busca desesperada dessa fugidia beleza ideal, mas, na realidade, apenas abriram uma larga brecha para todo o amesquinhado *pathos* do mundo moderno e de sua vacilante estética verista. Foi uma escolha coletiva, apaixonante, sôfrega e contagiosa, mas os seus resultados - em todos os campos das atividades humanas - não nos pareceram assim tão promissores. A propósito deste equívoco, Paul Klee, um dos mais agudos e inteligentes teóricos da Arte Moderna, denuncia: "Não são apenas os sentidos que se enganam; engana-se também o entendimento". De certa forma, grande parte da cultura atual refugou essa estética verista, alçando um voo canhestro à procura de um passado distante e dos seus ídolos perdidos. Na pintura, Gauguin, genialmente, ensaiou esses surdos passos em direção ao passado e muitos o seguiram, eu inclusive.

18 de abril

À tarde, por volta das 17h, retomo a limpeza de uma velha coleção de Shakespeare, *The works of William Shakespeare*, em doze volumes - Archibald Constable & Co. Ltd. Esse feroz empenho contra a poeira e as traças acaba me deixando com uma tosse lastimável.

25 de abril

A pintura do grande mural de Santo Humberto me sobrecarrega de trabalho, obrigando-me a fazer inúmeros desenhos de animais e de pássaros, embora, em grande parte, a estrutura desse conjunto esteja calcada, como já afirmei, numa tela pintada em 1960 (interrompida por um acidente de trabalho no ateliê) e que veio a danificar-se na reforma da casa do Engenho São Francisco em 1966.

Apesar de muito estragadas, algumas imagens ficaram incólumes, servindo atualmente como lembrete ideal para o prosseguimento da história desse rei caçador.

É verdade que ele chora com o que lê nos jornais?

27 de abril

Na pequena monografia sobre Gustave Courbet, o pintor Giorgio de Chirico descreve a fotografia moderna como rápida, aperfeiçoada e estetizante, embora não nos mostre senão o aspecto corrente, desbotado e aborrecido dos indivíduos e das coisas. O resultado é quase confuso e idiota.

1º de maio

Por insistência de Tomás Seixas e César Leal publiquei o artigo "A Casa Soturna", que saiu hoje num dos nossos jornais. Devido a sua dimensão, gostaria que tivesse sido publicado em duas partes, como planejara. Em todo caso, o mal está feito. O que evitei foi escrevê-lo por completo nestas páginas do caderno, pois tinha quase a dimensão de um ensaio. Entretanto, gostaria de reproduzir a última parte do texto, porque faço uma comparação curiosa no momento em que indago: qual o pintor cuja visão abrangente equivaleria a essa aliciante e comovedora versatilidade de Charles Dickens? Sem nenhum temor, logo me ocorre a figura do Velho Brueghel, também apelidado de Brueghel - o Satírico. O surpreendente poema de Auden, *Musée des Beaux Arts*, não faz senão confirmar e reforçar essa escolha: "No que diz respeito ao sofrimento, nunca se enganavam...".

No *Ícaro* de Brueghel, por exemplo: *Como tudo volta às costas pachorrentamente / ao desastre: o arador bem pode ter ouvido / a pancada n'água, o grito interrompido / Mas para ele era importante o malogro: o sol brilhava / Como cumpria sobre as alvas pernas a sumir-se nas águas / Esverdeadas; e o delicado barco de luxo que devia ter visto / Algo surpreendente, um rapaz despencando do céu, / Precisava ir a alguma parte e continua calmamente a velejar.*

2 de maio

...E, apesar de tudo, ainda queria manter o mistério e o poder de suas melancólicas vacilações. Estas coisas tão delicadas... Ah! como eu gostaria de acreditar e o quanto isto renovaria as minhas forças. Numa palavra, a própria salvação! Acreditar mais uma vez nas *diferenças*, em rostos especiais e únicos... Agora, na leitura de um rosto, vejo apenas a face estampada como um vago clichê de alguma coisa indistinta e morta, guardando da velha chama a voracidade de todos. De tudo o que é vivo, sobressai apenas os olhinhos sempre brilhantes e interessados de um primata.

3 de maio – domingo

Ainda sobre Henry James: "Idolatrava Flaubert... de quem, aliás, foi amigo íntimo". Na infindável galeria de suas malquerenças, por intrincadas razões, incluir também Ibsen. Traduziu Kafka, Melville e Bloy. Todas essas informações foram colhidas no pequeno trabalho de Borges sobre James intitulado "A Humilhação dos Northmore".

Parece-me que nenhum dos meus amigos escritores recorda a inclusão do conto de Poe, "O Retrato Oval", na edição de *Poesia e prosa - Obras completas* de Edgar Allan Poe, da Livraria do Globo (Porto Alegre), em três volumes, tradução de Oscar Mendes e Milton Amado.

Pela manhã fui a São Francisco procurar na biblioteca esses volumes. O referido conto se encontra no segundo volume e é o quarto a partir de William Wilson, o primeiro do índice. Reli o conto, que me pareceu primário, embora, ainda assim, não invalide de todo as intenções do escritor e muito menos as minhas recordações de sua primeira leitura no ano de 1945. Depois eu estive pensando no quanto tenho me deixado explorar pela literatura. Só livros, livros e livros. Afogado em livros, como se fosse o único caminho encontrado para a bem-aventurança.

Continuo o *Mural de Santo Humberto*. Indecisões. Mas há que prosseguir. Desenho mais alguns estudos, embora tenha reduzido o número de caçadores por uma questão de proporção relativa à altura e ao comprimento da pintura. Acredito que, no seu conjunto, as partes mais difíceis estão resolvidas. A lembrança de Pisanello preside toda esta composição, ele que também pintou o mesmo assunto. Mas, meu Deus, que quadro, que figuras, que animais!

30 de maio – 18h30min

Não tenho conseguido escrever. Faltam-me as letras e as mãos. Fugiram-me as letras da mão direita, gradativamente. Resta-me a esquerda. Mas, a esquerda, *hélas*, seria necessário reaprender tudo!

4 de junho

Nos dias 26 e 27 de maio, Gil Vicente pintou, aqui mesmo na Oficina, o meu retrato. Fez questão de afirmar que essa tela faz parte de uma galeria especial de doze artistas pernambucanos. Acho um projeto corajoso e sobretudo exemplar, para não dizer solidário, desse admirável retratista. Não fosse ele, ficaríamos conhecidos pela posteridade (que gracejo! Como isso vai acontecer?), apenas por meras fotografias desbotadas.

Começo a leitura de *Proust e os signos*, de Gilles Deleuze.

5 de junho

Voltando à *Bleak house*, a qual não devo escapar, como não devo escapar de minha própria pantomima. Recordo a falácia, fechando o artigo sobre Dickens: toda e qualquer tentativa de aproximar este escritor do carregado humor de William Hogarth, sempre me pareceu uma ignomínia.

Acontece que Dickens não pensava assim. Num dos seus contos, *"The Boarding-House"*, deplorava não ter em mão o pincel de Hogarth para descrever duas personagens. Apesar da revelação, ainda assim não perco o prumo, e confirmo a façanha: o humor de Hogarth é humano, o de Dickens, é mítico. Aliás, a meu favor, está o grande Chesterton, quando afirma: "Dickens não fez propriamente uma literatura, mas uma mitologia".

6 de junho – sábado

"Tu, a criatura mais viva que parece ter sido posta em meu caminho". Desde ontem e parte da manhã de hoje, ensaio a leitura de *Nadja.* André Breton parece passear sobre as águas profundas da loucura. Como dizer o quanto é belo o seu livro (ou como ele acentua, algo assim como um livro) nas suas incertas e aprisionadas confissões: "A vida a perder de fôlego".

Não é difícil reconhecer de imediato um certo fetichismo cultural - no bom sentido - que embriagou (como filtro de amor) toda uma geração de pessoas interessantes e algumas até geniais. Breton fala em Aragon, Éluard, Giorgio de Chirico. Mas o centro obsessivo é Nadja, algumas ruas de Paris e os corredores dos hospitais psiquiátricos. "Nadja, porque em russo é o começo da palavra esperança, e porque é apenas um começo."

7 de junho

Continuo a afirmar que o meu trabalho de escultura nada tem de erótico. Não é erótico, na medida em que é acompanhado por uma pesada carga sexual, sempre enigmática, dolorosa e nunca resolvida. O ato de reproduzir o duplo faz o próprio universo.

Breton, num pequeno estudo sobre Swift, comenta: "Provoca o riso sem dele participar".

9 de junho

Recado a Tomás Seixas: "Meu caro Tomás, você tem as sumárias informações sobre Maurice Utrillo (1883-1955), quando ele pintou as ruas e os casarios da velha Montmartre, com penetrante melancolia. Mestre no uso dos brancos e cinzentos, aos quais pode agregar verdes, azuis e marrons-surdos. Quanto ao *Nadja*, é um livro de estilo árido e assim parece ter pretendido o escritor: 'Um tom que se calca na observação médica, principalmente neuropsiquiátrica'. Mesmo assim, prossiga. Encontrará, enfim, uma verdadeira prosa poética que se concentra e, misteriosamente, se expande nos limites da loucura".

Em recente entrevista, falei em Gaudí, como poderia ter falado em Ledoux, em Palladio, em Bramante, ou mesmo num modesto construtor de uma palhoça. Não tenho influências. Melhor dito: não costumo dar confiança aos outros. Permaneço solitário, no meu delírio que é terminal e catastrófico. Não tenho entusiasmos, porque acredito que todos falamos a linguagem da imperfeição. Não há o que completar. Imperfeito por imperfeito, basta eu próprio.

Estranha tarde de junho: noturna, chuvosa e enevoada como a Escócia de Macbeth.

De fato fiquei surpreso com a façanha. As portas da velha Fábrica estavam abertas e o conjunto em ruínas. Mas havia ali dentro qualquer coisa de imperioso, necessário, convidativo... Era preciso entrar, e entrei, no escuro, sem saber muito bem o que viera fazer. Admitia vagos tormentos, um sentimento de insegurança com a consoladora implicação de que me encontrava às portas de uma grande aventura.

Em junho de 1971, eu completava quarenta e quatro anos, idade propícia, em tudo, às empresas atrozes, àquelas que não admitem *retorno*.

10 de junho

Acredito que devo ter colhido no *Journal*, de Julien Green essa informação, a propósito das cartas de Matisse a Gertrude Stein. A desabusada escritora americana, um belo dia resolveu queimá-las. Os amigos protestaram, suplicaram, mas foi debalde: "Ele só fala dos seus males de estômago", dizia Gertrude. "Pouparei só uma delas, exatamente aquela em que o pintor comenta a sua entrevista com Renoir."

Há alguns dias, uma amiga paulista mandou-me uma bela edição do *Conseils aux domestiques*, de Jonathan Swift, com prefácio de Pierre Mac Orlan e xilogravuras de Gus Bofa. As gravuras valem o livro, ou vice-versa.

11 de junho – Batalha do Riachuelo

Recordação da infância. Antes do meio-dia visita da pequena Helena Viktoria, cada vez mais bela e graciosa. Por volta das duas horas da tarde, M.G. envia um cartão, lembrando a data do meu pretenso aniversário.

Lembrança de um comentário feito por mim como advertência às mulheres que, por se despirem em demasia, acabam por perder a própria nudez. Encontrei hoje, versando sobre o mesmo assunto, uma observação bem mais original - pelo menos na forma como foi expressa -, assinada pelo filósofo Pierre Fédida, e que nos diz o seguinte: "Terá de tomar-se o vestido por nu, por horror de um nu que não fosse senão nu".

12 de junho – manhã

Termino a primeira parte do mural para o Hospital Aliança, composto de um tríptico, cujo tema inicial é *A floresta*. Já pela manhã, comecei a segunda parte, intitulada *O jardim*. Maiores informações? Eu mesmo precisaria ver todo o conjunto terminado, para saber, enfim, o que é que vou conseguir fazer, porque, na maior parte das vezes, nada sugere aquilo que, de antemão, pretendia executar. Talvez alguns traços permaneçam, outros não. Apesar da aparente simplicidade do desenho, em diferentes momentos destruí o conjunto e o recomecei. Veja-se: em se tratando de um mural cerâmico, destruí-lo é recomeçar tudo da estaca zero, a partir do suporte.

13 de junho – sábado – 18h45min

Entendo ou alcanço o que Novalis pretendeu dizer, mas isso é o que menos importa no momento, como também pouco interessa a qualquer um a existência das estrelas. Ele disse afinal que "a filosofia é de fato a saudade, uma premência de estar em casa, a nos assaltar em qualquer parte. Para onde, pois, estamos indo? Sempre, para casa".

Igualmente, em algum lugar, Walter Benjamin sugere que "a melancolia é a origem do verdadeiro conhecimento da história, ou seja, do conhecimento justo".

14 de junho
Ariano Suassuna presenteou-me com um belo livro ilustrado com desenhos e pinturas de sua autoria. O título, *Soneto de Albano Cervonegro*, já nos sugere um conteúdo estranho, sempre nítido na sua misteriosa avaliação dos caminhos e descaminhos da criatura humana.

Os meios modernos de comunicação pregam, enfaticamente, a desordem. Não diferindo daquilo que Dostoiévski, um século antes, já definira como "a desordem, que é, na realidade, o grau mais elevado da ordem burguesa".

Entender a *volta à casa*, de Novalis, como o eterno retorno. A volta ao útero materno e ao sêmen paterno, ou ao abismo do nada. Lá, onde não havia pensamentos nem palavras, só uma vida obscura e radiante de energia. Há nesse seguimento um princípio amedrontador, uma arrepiante lógica cósmica. Uma lógica terrível, aparentemente perversa e dolorosa, mas que no final é a *semeadura de Deus* que não resolve parar. É a eternidade sem começo e sem fim.

19 de junho
O que pretendi insinuar com relação a volta à casa, uma bela expressão de Novalis em *Fragmentos*, com certeza nada corresponde às ambíguas intenções do poeta, e muito menos à minha maneira de interpretá-la. Melhor seria ter caído no mais profundo mutismo. A filosofia é de fato a saudade... O que dizer? Tão somente que estamos diante de um desses textos não propriamente obscuros, mas fora da linguagem ou de qualquer método racional. Recordo que no ano passado, diante de uma expressão de Dostoiévski igualmente atordoante, nada tentei decifrar e, de resto, quem decifraria? "A fé é uma flor vermelha!" Não foi o próprio Novalis quem profetizou: "O poeta do futuro deve ser duro como uma pedreira?". Será que poderíamos pensar, de fato, numa *saudade* das certezas ou, também, numa *volta à casa* no seu sentido literal, isto é, um simples e pressentido retorno à casa? Para onde, pois, estamos indo? Sempre para casa. Por que não admitir, então, este retorno como algo explícito, que por sua própria natureza já envolve mistérios metafísicos?

Não conhecendo os *Fragmentos*, de Novalis, torna-se difícil descobrir suas verdadeiras intenções, o que me leva a admitir como provável o comentário de Goethe, corretamente aproveitado por Susan Sontag no ensaio sobre Syberberg: "Todo aquele que não souber prestar contas a si mesmo dos últimos três milênios, permanecerá nas trevas, sem experiência, vivendo o dia a dia".

Continuo a fantasiar o que por si próprio já é fantasia. Lá fora a chuva cessou, mas a umidade é tão grande que nos dá a impressão de estarmos submersos, dentro de um aquário cheio de algas verdes. Respira-se água. Num tempo como este, nossa avó não permitia que saíssemos nem para o terraço, embora, às vezes, furtivamente, jogássemos futebol sob a chuva, encharcados e com os pés descalços, cheios de lama. Fosse por instantes ou mesmo horas a fio, a ideia de que havíamos sido abandonados pelos adultos nos parecia, na nossa infinita algazarra, um estado de perfeita felicidade. No entanto, em momento algum esquecíamos a necessidade de *voltar à casa* e as obrigações que devíamos aos mais velhos, obrigações que sempre nos pareceram envoltas em misteriosas brumas ancestrais, fora do nosso alcance e de nosso parco entendimento.

Hoje alguém me diz muito de perto: "A criança volta para dentro da cabana e a imensidão do mundo se reduz a uma pequena esfera quente".

25 de junho

> *Diante de certas coisas que de modo nenhum podem ser mudadas, deve-se apenas constatá-las sem a menor pretensão de deplorar os fatos, ou mesmo de tentar julgá-los.*
>
> Rilke

26 de junho

Às voltas com o livro de Eugênio D'Ors, sobre Paul Cézanne, publicado em Paris em 1936, trinta anos após a morte do pintor. Mandei-o encadernar em um couro de tom carminado, com lombada negra e letras gravadas em ouro sobre um pequeno retângulo vermelhão da China, que ressaltava o preto. Propositadamente, associei essas cores à provável ancestralidade hindu de Cézanne e, talvez, quem sabe, a um imaginário brasão familiar. Havia também nessa escolha a presença sempre misteriosa dos afrescos das Cavernas de Ajanta.

Desmoralizando minhas sutilezas, o encadernador gravou o nome de batismo de Cézanne como Pol e não Paul. Novamente pergunto: "Que importa os nomes, se de resto vivemos envoltos por inomináveis equívocos?". Antes de mais nada, o crítico catalão Eugênio D'Ors ocupa-se, neste seu estudo, em refazer a verdadeira imagem do pintor, distorcida por inúmeros enganos, caricaturas e falsas legendas.

27 de junho – sábado

Será também genial aquele que descobre a genialidade dos outros? Presumo que sim, porém numa escala ligeiramente menor. O verdadeiro gênio não necessita dessa ajuda que, na realidade, pode até constrangê-lo. Como o santo não tem noção alguma de suas reais dimensões: o gênio, da sua genialidade, o santo, de sua santidade. Se tivessem essa certeza, não seriam nem santo nem gênio. Permaneceriam como aqueles que os descobriram: sempre dotados de uma medida abaixo da real grandeza, embora prontos às grandes escaladas.

Quem poderia imaginar um santo a dizer o seguinte: "Sou um santo de tamanha envergadura que não posso ser compreendido nem pelas pessoas incomuns".

28 de junho – 9h35min

A impressionante certeza de que jamais seria entendido neste pedido de desculpas e, depois, mais grave ainda: como desculpar-se quando havia evidência da culpa?

Esse gesto (ou ato) poderia dar a impressão de uma grosseira paródia, de uma zombaria, e estaria, de antemão, fadado a cair em pleno vazio. *Minha culpa, minha máxima culpa*. Palavras que ainda ressoavam e que ressoarão para sempre entre homens e mulheres perpetuamente condenados a se reproduzirem, não como simples animais, mas como demônios. Alguém a quem não tenho sequer o direito de nomear, soube desviar-se do pecado. Não tocou em mulheres, e pediu que *não lhe tocassem.*

O que viria a ser um possesso das danações?

Frase capitular do historiador inglês Arnold Toynbee denunciando a figura trágica do sexo: "Aquilo que nos deixa mais do que a morte, diante de uma perplexidade insanável".

29 de junho
No sonho, acordou com as palavras: Os seus passos de labirinto. O labirinto dos seus passos.

No momento, não me canso de repetir: ser moderno é não pecar.

1º de julho – manhã
Presumo ser o verdadeiro santo uma criatura afastada de tudo o que lembre um *compromisso*, carregando em si, como um aguilhão, todo o horror da permanência.

Das paredes douradas pelo sol da tarde projetam-se cabeças de tartarugas, em cujas bocas, apenas entreabertas, as andorinhas fazem seus ninhos. No final da *Muralha* revestida de ladrilhos, alguns lugares vazios esperam relevos ou entalhes. Tenho sido avaro nessa escolha de inscrições. Um texto de Borges, um poema de Ernst Jandl, a frase proverbial de Heráclito: *Tudo flui*. Na entrada da Galeria, uma legenda latina permanece solitária: *Imóvel mas não inerte*.

2 de julho
À noite, a doce samaritana já não me despe e veste com o mesmo fervor, como costumava fazer. Agita-se insone. Murmura frases incompreensíveis, geme, e acaba interrompendo o meu sono precário. É verdade que a minha cama é de solteiro e o espaço não é para dois. Apenas indago: "Por que o mesmo não acontecia antes?". Uma noite dessas chegou a cair da cama com todo o peso do seu corpo bem torneado. Caiu com travesseiro e tudo, porque, depois de alguns resmungos, preferiu continuar a dormir no chão.

"Tesouro enterrado é o que somos. O que aparece é a superfície carcomida do cofre."

Difícil convencer inocentemente os outros de que isso que habitualmente chamamos de *paisagem*, pode a qualquer momento mostrar-nos a sua face terrível, aquela do seu antigo papel de inimiga do homem.

3 de julho – 20h

Um conhecido jornalista do sul, comentando o caos da atual política brasileira, resolve citar - e o faz com grande propriedade - um dos monólogos do *Hamlet,* de Shakespeare: "O ressentimento derruba as paliçadas da razão". Agora pergunto: "Se aconteceu em Elsinore e acontece em Brasília, qual a corte onde, porventura, não ocorre essa estranha e quase solene derrubada da razão?".

4 de julho

> *Oh! Por todos os deuses.*
>
> (De uma história em quadrinhos)

Finalmente visito o ateliê de Montez Magno. Conversas e comentários em torno de Chardin. Os excelentes estudos de natureza morta que estavam por toda parte do seu ateliê se aproximam mais e mais daquela *atmosfera* sombriamente colorida desse mestre da pintura francesa. Montez Magno é inteligente e perspicaz o bastante para sobrenadar acima das suas angustiantes pesquisas de técnicas pictóricas. No final da conversa, folheamos juntos um belíssimo livro de Picasso (uma espécie de anotações gráficas), mantido pelo artista desde 1896 até à sua morte. Igualmente chamou-me a atenção um livro de desenhos e pinturas de Bissier, na sua fase mística, toda voltada para o mundo oriental.

6 de julho

Pela segunda vez o *Mural de Santo Humberto* deverá voltar ao forno. Este trabalho, contendo figuras humanas, animais e pássaros, não deve diferir em nada do conjunto (tríptico) dos outros murais que, já acabados, ficarão ao seu lado. Qualquer tentativa de fazer paisagem deve ser evitada. Pintei na superfície cerâmica, como se fosse sobre um muro e, no muro, a pintura deve ficar.

Quando de sua visita às ruínas de Pompeia, Amaury-Duval, que foi discípulo de Ingres, fez uma observação muito precisa sobre as pinturas de Herculanum e Pompeia: "Quanto aos quadros propriamente ditos, feitos sobre madeira ou de qualquer outro tipo de suporte, eu não posso de forma alguma concebê-los pendurados nos muros de um templo, como nós costumamos fazer com os nossos quadros nos pilares das igrejas: uma tal barbárie me espantaria, sobretudo se partisse dos gregos. E dificilmente posso imaginar Ictnus consentindo na destruição da harmonia das linhas de sua arquitetura...". Verifique-se que esse comentário de Duval, como ele confessa, não foi feito por alguém que tivesse conhecimento profundo da arte-mural. Ainda no terreno das conjecturas, Amaury-Duval era, na realidade, um dos tantos discípulos de Ingres que passou a vida a copiar honestamente o seu mestre, sem contudo compreendê-lo em profundidade.

Veja-se também que o próprio Ingres - apesar do seu gênio - jamais pretendeu ser um pintor de murais. Os seus grandes quadros afixados para o gosto e arquitetura da época, permanecem como telas de grande formato, de excelente qualidade, é verdade, mas não propriamente pintura mural.

As observações de Amaury-Duval são, portanto, (ou desejam ser) voz corrente de qualquer estudante de Belas Artes da época, colocado diante de problemas opostos a tudo aquilo que havia aprendido como ofício. Daí porque o enorme interesse e propriedade de suas dissertações. Soube distinguir as diferenças que, infelizmente, ainda hoje muitos teimam em desconhecer e praticar: eu precisaria de provas muito evidentes para ser convencido de que os pintores da época de Péricles, sempre preocupados em decorar os muros, encontrariam tempo para pintar quadros. Declaro que o meu espírito se recusa a admitir da parte dessa gente um tamanho absurdo.

Amaury-Duval chega a reconhecer que uma pintura, em separado, é uma espécie de invenção de épocas decadentes e, por consequência, de um gosto duvidoso. Lembra que os romanos tinham "pinacotecas", onde arrumavam, por pura vaidade, quadros que mandavam buscar na Grécia: "Roma era um grande mercado, como Nova Iorque dos nossos dias; mas no tempo dos Égmètes, no tempo de Phidias, para o quadro propriamente dito, não havia lugar nem propósito que o justificasse". (*L'atelier d'Ingres,* Amaury-Duval)

8 de julho

Atraiu-me o detalhe do cão perdigueiro que, em vez de perdizes, se depara frontalmente com enorme cervo *luminoso*. Os caçadores percebem o *crucifixo* na cabeça do bicho, mas o cachorro deixa-se apenas intimidar pela luz dourada e resplendente que a todos ofusca.

Tenho procurado com afinco retirar todo o brilho natural dos esmaltes cerâmicos, tentando substituí-los por uma matéria cerosa, semelhante àquela dos afrescos do *trecento* italiano. A mesma matéria petrificada e nobre que caracterizava os trabalhos de Simone Martini e Ambrogio Lorenzetti que se encontram nas cidades de Assis e Siena, e ainda hoje provocam a nossa comovida admiração. Lembrar "os divinos detalhes, sem os quais não há grande arte".

Variante: "os caçadores percebem o crucifixo na cabeça do bicho e, de antemão, sabem o que significa. Mas o cachorro deixa-se apenas *paralisar* pela luz dourada...".

9 de julho

Devo reconhecer a necessidade de refazer o pequeno detalhe do *cão preto* diante da luz ofuscante. Agora, não se trata apenas de palavras, mas de pincéis e tintas. Estou diante de uma matéria muito dura, que só se conquista pelejando, como numa batalha. Reconheço também que os escritores devem lidar com uma matéria semelhante. Mas, no caso da pintura, a batalha é mais sangrenta.

Os meus desenhos iniciais lembram um cão lebréu, e não perdigueiro. Os lebréus ingleses são extremamente altos e elegantes, mas as orelhas – em situação de alerta – pendem para trás, como as de um cavalo desconfiado. Preciso de orelhas eretas e pontiagudas como as de um cão do inferno, algo semelhante às orelhas mutiladas de um cão Doberman. Pisanello, que era um prodigioso pintor de animais, no seu *Visão de Santo Eustáquio* – que é o equivalente italiano da visão nórdica de Santo Humberto, do Mestre de Werden – preferiu os cachorros galgos que, na verdade, são lebréus.

O retábulo do Mestre de Werden mostra, pela metade, um magnífico galgo negro de coleira vermelha, atacando o *cervo milagroso*. Esse pequeno detalhe da coleira acentua a malignidade do bicho e da cena... No primeiro plano, inocentes cães rastreadores botam o focinho no chão à procura da presa.

Todas essas lembranças são recuperadas agora num antigo poema de Deborah (1964) cujo título "Domingo" nos faz adivinhar a tragédia:

Domingo

Bem longe, lá na mata, ladra um cão.
Ah se corresse a fome, bravia entre os espinhos!
Mas, não! É só o encanto de matar, de ser feliz,
Florindo em sangue, uma certeira pontaria.

Bela raposa! De pelo ruivo! Indefesa!
Será que ainda escutas, ferida na erva,
Cantarem os búzios a vitória em tua carne surda?

Não resistas. Nada se explica. Fecha teus olhos de bruma,
Pois a esse sono forte nem o sonho acorda.
Um coração, mesmo de bicho, é feito para sangrar,
E, depois, morto o perigo, se ostentar como troféu.

11 de julho

Também volto a trabalhar no *Grande cervo milagroso*; falta-lhe as sutilezas do *modelado*, "uma força indispensável", segundo Ingres, "sem a qual não existe pintura". No meu caso, o modelado é discretíssimo, mas é o quanto basta. Afinal de contas, não somos nós *os parentes pobres da Renascença?*

Então, Rabelais já sabia? "*L'Afrique apporte toujours quelque chose de nouveau. Et de monstrueux.*"

18h

A encantadora Helena Viktoria acaba de sair depois da visita semanal. Estava vestida, como diria carinhosamente o poeta Tomás Seixas diante de qualquer criança, como uma pequena *Tururuka.* A nossa diferença de idade é tanta que, no futuro, dificilmente guardará qualquer imagem do próprio pai. Às vezes, no meu desvario, recorro aos perfumes (quando ela vem de visita, uso sempre o mesmo) em busca, talvez, de um possível estímulo para sua memória olfativa, a qual poderia traduzir-se um dia, em relâmpagos de imagens - nem que fossem momentâneas - da velha Fábrica repleta de esculturas, dos grandes jardins ensolarados, dos peixes vermelhos emergindo daqui e dali num tanque d'água lodosa de um verde profundo e, finalmente, da imagem do pai: bigodes imensos e grisalhos, os olhos ainda vivos e negros, que não conseguiam despregar-se do rosto da pequena filha...

Com certeza alguma coisa terá de ficar, independente das imagens físicas que à distância, ao passar do tempo, sempre se mostram tão precárias e brumosas. Acreditar, como o poeta Yeats acreditava, numa *Grande Memória*, onde estariam contidas todas as outras memórias. Apenas me pergunto: e se ela, mesmo lembrando, mas, por vontade própria, recusar-se...

12 de julho – domingo

Cedo pela manhã, já estávamos armando no chão as últimas pedras cerâmicas saídas do forno. Excelente resultado. Espero trabalhar em seguida no detalhe do cão negro, o único do conjunto que ainda me desagrada.

14 de julho

Ontem e hoje dedicado ao restante do mural. Falta ainda o principal, ou seja, o *julgamento do fogo*. Não houve nenhuma modificação na cor do cachorro, mas lhe acrescentei, prazerosamente, uma bela coleira rosa (já que nesta temperatura não consigo nem o sinal de um vermelho).

Quase à noite, incapacitado de prosseguir, pensando neste último percurso do trabalho, agarrei-me ao conto de Stevenson, "Markhein", e com ele desci rápido a um outro mundo, igualmente repleto de recusas indecifráveis.

"Quem pode conhecer-me?", interroga Markhein. "Minha vida não é mais do que uma paródia e uma calúnia contra mim mesmo. Tenho vivido para contradizer minha natureza. Todos os homens o fazem..." Ninguém parece se aperceber que Stevenson o diz categoricamente: "Todos os pecados são assassinatos".

15 de julho

Nas duas versões distintas do *cão negro,* após o trânsito pelo forno, uma delas saiu perfeita e a outra, pertencente ao conjunto do mural, cheia de defeitos. Não adianta nenhuma evasiva. Nada importa agora, senão recomeçar. Bem que desconfiei da coleira rosa no pescoço do cachorro preto. Mas, ainda assim, não foi só esse detalhe pueril que definiu a partida. Fui vencido temporariamente pelos caprichos do *destino* ou das chamas, o que, no fundo, é a mesma coisa. Curioso é que, da versão mais livre, já desligada de todo compromisso e até com outro registro de cor, foi onde se fez mais evidente a semelhança com a matéria nobre e encantadora dos afrescos sieneses: a mesma matéria petrificada pelo tempo e tão almejada pelos meus olhos e por todos os meus outros sentidos. Discordo de Nicolas Poussin. A pintura não se vê só com os olhos.

Thrawn Janet é uma história assombrosa. Não fosse escrita por Stevenson seria, em todo caso, parcialmente ridícula. Borges não se engana ou exagera quando comenta que desde a sua meninice, Robert Louis Stevenson foi para ele uma das formas da felicidade.

Os magníficos *lebréus* pintados por Uccello numa cena de *caça*, correndo ao lado de fâmulos e cavaleiros em campos sombrios e imaginários, têm um efeito quase surrealista.

Em matéria de cachorros, a história da pintura está repleta, e posso registrar uma centena de obras-primas neste gênero. Apenas como lembrança, citaria os três galgos perseguindo lebres na *Cena de caça* proveniente da Capela de Berlanga em Castela (séc. XII). O cachorro em repouso, no primeiro plano (dominando a cena) num retábulo românico-catalão de Pedro Berruguete, aproveitado por Salvador Dalí como seu guardião em um dos seus autorretratos à beira-mar. O galgo branco com mordaça vermelha agachado entre as patas dos cavalos, que se encontra no afresco de Gentile da Fabriano (1423) – Galeria dos Ofícios. Em *A morte de Prócris*, de Piero di Cosimo, o cão fiel parece aguardar, nostálgico, as consequências da tragédia. O pequeno cão fraldiqueiro que olha interrogativamente para o público na pintura de *As cortesãs de Carpaccio*. O pesado dogue inglês que dormita aos pés das caprichosas *Meninas*, na grande tela de Velázquez. Ainda do mesmo pintor, a altiva cadela Setter de pêlo preto e branco, parecendo guardar o lastimável anão, *Dom Antônio, o Inglês*. O galgo cor de mel que repousa o focinho pontiagudo sobre as pernas de *Isabela,* pintura do pré-rafaelita John Everret Milais, inspirada no poema de Keats. *Os inconfundíveis galgos*, de Gustave Courbet, como também, do mesmo artista, o *Les chiens de M. le Conte de Chaseul* e, ainda, o perdigueiro embasbacado de língua à mostra diante do pintor na cena do *La rencontre* (1854). O cachorro negro na composição de Seurat, *La Grande Jatte* (1886). E, finalmente, o cão preto de estrela branca no peito, pintado por Gauguin numa de suas telas mais ambiciosas *Faa Iheihe* (*Decoração,* 1898).

Por mais que recorde e, supondo não estar sendo injusto, a pintura do séc. XX não tem sido pródiga em eleger cachorros como modelo; pelo menos nada de apreciável ficou na minha memória. Certamente não é culpa dos pintores, desde que a pintura moderna é quase toda urbana, ou voltada para o urbano, mas muito menos culpados são os cachorros. Estes sobreviveram ao urbano e às aberrações fotográficas.

Tanta erudição a propósito de cães não credencia quem quer que seja a saber como pintá-los bem. Pela manhã, retoquei todo o detalhe do cão negro, agora com outro registro de cor. Somando os dois detalhes, já cheguei a retocá-los pelo menos uma dezena de vezes, o que significa um igual número de retorno aos fornos.

17 de julho

Melhor seria não falar mais no assunto, desde que as dificuldades de execução são sobejamente reconhecidas por todos os pintores. Mas, nesse caso, o "cachorro" transformou-se numa espécie de "pedra no meio do caminho". Acabei de repintá-lo e pela sexta vez voltará ao forno.

Acrescentar à pequena galeria dos caninos três telas de Gauguin, onde eles aparecem soberbamente bem pintados: *Paysage de Bretagne* (1899), no primeiro plano um *Doberman* sem as mutilações das orelhas e da cauda; *Joyeusetés* (1892), o cão baliza toda a composição a partir do primeiro plano; *Pastoral tahitienne* (1892), o pintor representa o mesmo cachorro do seu quadro *Decoração* em posição diferente e com outro registro de cor.

17h25min

Tarde chuvosa e vazia. Como exercício de paciência, desenho algumas andanças do meu *fox-terrier* de nome meio inglês, meio brasileiro: Chester, da Casa Alta, nascido em 29 de junho de 1984, presente do arquiteto Wandenkolk Walter Tinoco, em troca de uma das minhas esculturas, cujo tema foi sugerido pelo próprio arquiteto: *Hipocampo.*

18 de julho – sábado

"Meus quarenta e nove anos de juventude. Então fazias pouco da tua *idade-limite*, lembras ainda o malévolo comentário? Apenas terminaram as férias, disseste, mas ainda conto com os recreios até os sessenta. Será que no momento já começas a pensar te preparando para o fatal?"

O segundo detalhe do cão, igualmente ao primeiro, saiu com uma esplêndida matéria (nos limites da sua própria destruição), mas por conta desses excessos, não fez corpo com o conjunto. Ganhei, entretanto, mais um estudo cerâmico para a galeria da Oficina, apesar de ter perdido a batalha. Iniciarei na próxima semana, contando com um novo desenho bem mais ampliado à visão definitiva (?).

Ontem à noite fiz pequenos esboços para essa nova versão integrada, onde o cachorro acabou possuindo um pescoço, em tudo semelhante ao de uma girafa, o que na verdade oferece um aspecto bem de acordo com o conjunto restante. "A deformação é uma homenagem à forma", dizia Ingres. Sigo, assim, os conselhos do mestre, quando pintou a sua célebre *Odalisca* com três ou cinco vértebras a mais do que permitia o "natural" - os cânones da beleza feminina -, realizando com este destemor um dos mais belos nus da pintura ocidental. Enfim, o cachorro ampliado correspondeu de imediato ao "gigantismo" das outras formas; ganhou em expressão linear e fixou-se na escala de todo o mural. Tirei algumas cópias de um dos esboços e do desenho integrado nos arabescos do mural.

Encontrei um pequeno desenho de Ingres que ilustra à perfeição o problema da forma *idealizada* e quase totalmente em desacordo com o ainda hoje chamado de Realismo. Nenhuma concessão ao natural nem aos cânones. Logo ele que tanto amava os gregos e Rafael. Num depoimento de Louis Gillet, escrito na *Revue Hebdomadaire*, em 1911, portanto, quarenta e quatro anos após a morte do mestre, ele nos revela, em poucas palavras, todo o temperamento meridional do artista. Observe-se que estávamos nessa época diante de um testemunho moderno, quando todos os "ismos" já haviam sido tentados. No entender de Gillet, "*Ingres était même, comme artiste, deux fois Méridional, c'est-à-dire presque un enfant.*"

As coisas se complicam e revelá-las de nada alteraria o seu conteúdo. O que fazer então? O desconfiado e quase sempre prudente Abraham Lincoln preferia silenciar diante de algumas coisas desagradáveis: "*It's better to remain silent*".

Sob os mais variados pretextos cultuamos o humano, tudo aquilo que apelidamos de humano, demasiadamente humano. No entanto, as religiões - bem mais sábias que nós - insistem que *o homem não prevaleça.*

Culpar o mundo moderno pelas doutrinas humanistas é uma intolerável simplificação. Essas doutrinas, ou melhor, essa sina vem de muito longe. O resgate desse destino de tolice e danação só acontecerá quando formos verdadeiramente modernos, o que equivale a dizer *quando não pecarmos.*

21 de julho – tarde

Cocteau fala por diversas vezes e demonstra uma impregnada admiração por Raymond Roussel, a quem considera "um gênio em estado puro, inassimilável pela elite." Toda essa insistência encontrada no decorrer do seu livro *Ópio: Diário de uma desintoxicação*, faz aumentar a curiosidade de conhecer Roussel que, segundo parece, tem como obra maior *Locus Solus* (1914). Já providenciei junto a uma livraria francesa a remessa desse livro.

Caeruleus quer dizer da cor do mar.

22 de julho

Os mistérios da *Floresta:* como um método, os animais e pássaros, incluindo vegetação, caules, folhas e flores, preenchem todo e qualquer espaço vazio do mural, à maneira das velhas tapeçarias francesas sobre a caça (séc. XV). Só não foi resolvido ainda o problema do *cão negro*, o qual ainda não se encontra em posição favorável.

Novos desenhos, inúmeras queimas e o fogo, novamente, leva a melhor. Permaneço no pior dos limbos, o que quer dizer: ainda não domestiquei o cachorro. As chamas apenas confirmaram as suas leis imperiosas, o que certamente nada tem a ver com as minhas depressões e, na verdade, até presentearam-me com três magníficas *separatas* do mural, onde pude apreciar a bela matéria de uma beleza corroída pelo tempo.

Os gregos não nos falaram na palavra *arte*, mas sabiam de imediato por irrecusável herança o que vinha ser a *beleza.* Lamento profundamente ignorar como eles escreviam e em que horas pronunciavam essa palavra mágica. Talvez a única palavra mágica de todo o vocabulário humano.

Nas matérias mais opacas da cerâmica, abriam-se brechas de luz, como numa fissura de um rochedo perdido no deserto da qual brota a água cristalina. O quase impossível pode acontecer.

24 de julho – 18h19min
Enfim, o cachorro. "Estamos com sorte", disse o foguista.

No final da tarde, sob o céu de safira, encontra nas velhas lajotas cor de musgo pequenos ovos brancos e elásticos que, esmagados com os pés, explodem como granadas, ejetando a *conhecida substância* um palmo adiante sobre o lodo escuro. Náusea súbita diante de todo o aparelho reprodutivo. Estava ali, a doce semente do pássaro ou da pérfida serpente? Pensa naquilo que não cansa de repetir: a reprodução é a eternidade. Depois ele caminha envolto por outros pensamentos mais amenos, mas em torno dele a natureza incansável vocifera secretamente em todos os quadrantes da terra, confirmando nas suas intenções o eterno prosseguimento de segredos invioláveis.

26 de julho – domingo – 11h da manhã
Satisfeito, embora sem dizer uma só palavra, assisto aos operários embalarem cuidadosamente em caixas de papelão o *Mural de Santo Humberto*, cujo destino é a cidade de Salvador (Bahia), onde será afixado nas paredes do Hospital Aliança, um dos grandes empreendimentos do meu amigo Paulo Sérgio Tourinho.

Roberto Motta lembrou que Alfred Hitchcock deu um título genial a um dos seus filmes *North by Northwest,* "Ao norte pelo oeste", isto é, a direção certa, mas com toda sutileza. Uma vez alguém indagou se a cidade de Triunfo ficava na direção norte: "sim", eu respondi. "Precisamente ao norte pelo oeste".

Tomás insiste em repetir Malraux: "A arte é um antidestino". Fala-me também do senso das cores que possuía Huysmans. Recomenda-me com entusiasmo a leitura de o *Às avessas*, que acaba de ser traduzido para o português.

29 de julho

À tarde, visita do escritor Francisco de Assis Barbosa. Ao meio-dia, à hora do almoço, eu havia recebido um pequeno livro negro (bela edição), *Aforismos*, de Lichtenberg. Curiosamente sou advertido de que este título não foi dado pelo autor, e que não está absolutamente à altura da vida mental, do perfil e do homem especialíssimo que deixou para uma curiosa posteridade as anotações do seu espírito agudo e surpreendente, não só para o tempo em que viveu.

O Sr. Georg Christoph Lichtenberg tem absoluta razão: "Os santos esculpidos tiveram muito maior influência no mundo do que os santos vivos".

30 de julho

Não tenho notícia de que Albrecht Dürer tenha pintado um "Santo Eustáquio". Mas existe uma gravura em cobre, datada de 1500, que é de sua autoria. Presenciamos a mesma cena de sempre: o rei, ajoelhado diante do *Cervo milagroso*, levanta as mãos para orar, tendo ao lado quatro cães lebréus no primeiro plano e um magnífico cavalo, o qual, de certo modo, desvia a atenção do espectador da presença do Cervo, no segundo plano. Mas, como estamos diante de um mestre consumado, profundo conhecedor do ofício, logo nos apercebemos que todas as linhas dessa extraordinária composição nos levam a encarar de imediato o Cervo imóvel e hierático, destacado no alto de um montículo. Uma grande diagonal projeta-se do ângulo esquerdo da gravura e logo é apoiada duplamente pela espada e pelo punhal do príncipe, em direção ao chifre do Cervo. O braço direito da personagem ajoelhada e a cabeça do cavalo são igualmente *reforços* visíveis para chegarmos ao crucifixo, um ponto mínimo, quase no ápice da composição. Embora um pouco menos explícita, é fácil verificar uma segunda diagonal, fazendo percurso contrário, desta vez da direita para a esquerda, subindo pelo dorso do pequeno galgo, passando de raspão pela cabeça de um segundo cachorro e pelo estribo da cela, quando mais uma vez tem como apoio as mãos separadas e suplicantes do príncipe, insinuando-se depois no denso arvoredo que cobre uma montanha de forma piramidal. Convém notar que os dois lados desse recorte da pirâmide, vislumbrada à distância, são paralelos às duas grandes diagonais já referidas. Poderíamos prosseguir infinitamente nesta análise, no pressuposto de que a mão de um mestre de imediato só pode nos revelar um consentido universo e, neste caso peculiar, o centro do universo é o *Crucificado.*

Curiosamente, um pequeno quadrado na base da gravura, contendo as iniciais do pintor, projeta-se em forma de écran cinematográfico, abrindo os seus raios em direção à cabeça do *Cervo*, recriando, assim, pela distância, um novo quadrado perfeitamente ampliado, pleno de luminosidade e propício à convergência de todos os olhares. Impossível é não tomar conhecimento dele olhando para esta gravura.

Uma vez cumpridas todas as suas *obrigações* de mestre pintor, Albrecht Dürer recorre, então, a uma deliciosa artimanha: a cruz, recortada de encontro a um céu claríssimo, tem a sua rima plástica novamente no T de Albrecht. Enfim, todas as letras utilizadas na assinatura do pintor estão presentes nos arabescos desenhados pelos chifres do *Cervo milagroso*: tanto o A maiúsculo quanto o T e o D.

Variante: A cruz recortada de encontro ao céu luminoso é restituída no T de Albrecht.

1º de agosto

Envergonhado pelo fato de não ter me apercebido das razões imediatas dessa verdadeira *rima plástica*, concebida por Dürer, entre a representação do crucifixo e a assinatura. Levianamente atribuí um gesto de evidente caráter religioso e simbólico à uma intrincada e deliciosa sutileza do pintor.

Dürer era um religioso natural, além de um convicto admirador de Lutero e de Erasmo de Rotterdam, chegando a pintar este último por volta de 1520. Contam os historiadores que, quando ele se inteirou da agressão sofrida por Martinho Lutero, foi grande a sua consternação, chegando a registrar no seu diário uma oração contemplativa:

"Oh, Deus meu! Mataram Lutero? Quem nos exporá daqui em diante tão claramente o Santo Evangelho?".

Acrescente-se também ao meu ledo engano, que, na época de Dürer, a arte se encontrava de maneira predominante a serviço da tradição religiosa e da maior glória de Deus e da Igreja. Esta marca inconfundível da assinatura do pintor alemão com as suas iniciais acrescentadas à letra T, no caso da gravura que apreciávamos, possui um significado bem claro: a intermediação da fé do artista em Cristo.

5 de agosto

Falei em demasia nas estruturas que regiam a pintura nascida e praticada numa época em que esses segredos não eram privilégios de alguns. Em todo caso, convém salientar que, para ter uma boa pontaria, não basta apenas possuir uma espingarda. O pintor Ingres, muito sabiamente comentava: "Quem se apoia sobre o seu compasso, apoia-se sobre um fantasma".

Ironizando de um ângulo completamente distinto, o astrônomo Lichtenberg propõe "a transformação da água em vinho, com a ajuda da régua e do compasso". Com certeza, com esta proposta, ridiculariza os seus colegas cientistas, demasiado crédulos e seguros de sua ciência e do seu saber.

10 de agosto

A qui dira-t-elle sa peine,
La fille qui n'a point d'ami?

Christine de Pisan

11 de agosto – 12h30min

Um longo friso com uma série de pássaros em pleno voo. Pássaros marinhos, alguns deles lembrando brinquedos mecânicos ou pássaros de pedra, incrustados na matéria cerâmica. Dei a esse conjunto o nome genérico de *Caeruleus*. Também num outro mural a presença de um Unicórnio Branco sobre fundo azul, tem o mesmo título: *Da cor do mar.*

Aproveitando o mesmo desenho do Unicórnio, tento uma nova variante de cor. O lendário animal já não é branco, e sim, imperceptivelmente colorido, de um pouco de rosado em sua alvura leitosa. O fundo azul, igualmente misturado ao rosa mais a cor pardacenta da cerâmica, transforma-se num cinza prata de inigualável beleza. Nas duas diferentes composições realizadas nos ladrilhos, observa-se que o corante rosa não se mistura de forma alguma ao azul; apenas mortificado, reaparece aqui e ali numa forma de partículas altamente luminosas. A vegetação em torno do bicho é verde-alface, servindo para reacender o rosa quase imperceptível do conjunto. No final, não sem uma ponta de ironia, lembra os versos de Verlaine: *Pois queremos o matiz ainda, / Não a cor, apenas o matiz / (...)E todo o resto é literatura.*

12 de agosto
Ao terminar a preciosa leitura de tantos dias sendo escravo, impressentidamente exclama: "Meu Deus, que figura alambicada!".

15 de agosto
A história inteira do mural se concentrava e depois se resumia na enorme dificuldade em desenhar um cachorro.

O Unicórnio, segundo Mircea Eliade, guardava relações com o poder, a pureza, a energia espiritual, o elemento divino e criativo.

Apesar de uma evidente idiossincrasia com relação a Dickens, numa certa altura do *Às avessas*, Huysmans faz justiça. Pelo menos comenta, simpaticamente, algumas personagens do *Bleak house.* Alguns bebem o *cálice da amargura*, outros o *cálice do orgulho*, como lembra Lichtenberg.

Às vezes (para não dizer com uma frequência perturbadora) me especializo em *confundir* as coisas.

17 de agosto
Visita do compositor francês Pierre Schaeffer, autor da *Sinfonia para um homem só*, junto com a sua mulher e filha, acompanhado também por uma pequena corte de admiradores locais. Mostrei-lhes o mural que fiz, a partir de uma música de Karlheinz Stockhausen, intitulada *Vindo dos sete dias*. "É o que ele fez de melhor", disse Pierre Schaeffer.

22 de agosto
Continuando a leitura do diário. Três cadernos parcialmente revistos. Péssima impressão quanto a certos aspectos *carnavalescos* dos meus costumes. Grande parte do que li foi para a cesta do lixo, atendendo a sugestões de Madame Saint-Ange durante uma festinha descrita no *Filosofia da alcova*, do Marquês de Sade. Dizia a experiente madame: "*Mettons, s'il vous plaît, un peu d'ordre à ces orgie*".

Páginas e páginas descartadas do texto. Folhas ao vento ou devoradas pelo fogo, tanto faz... Sobraram algumas citações que ilustram, à perfeição, o meu estado de espírito. Aliás, como adverti na epígrafe inicial dos meus cadernos, "sou um homem inteiramente feito de citações". Certamente guardei-as em meu poder para demonstrar a minha perplexidade e o meu castigo: "Pertence à filosofia a observação de que as ideias que falham se extremam no ridículo". Quem faz o ofício de saltimbanco conhece o efeito grotesco dos erros mais simples: daí, a técnica cênica de simular uma intenção perceptível e realizar o resultado visual inverso e inesperado. É que as ideias resultam do impulso psíquico, e nada mais desconcertante e risível do que o erro do espírito..."

Uma segunda citação é de Fellini: "Minha intenção é que alguém, quando olhar estas imagens, sinta vergonha como pode sentir-se frente a uma doença".

A terceira delas é da Bíblia: (...) "E aconteceu que depois que o rei ouviu estas notícias, ficou cheio de espanto e grande turbação; e caiu doente de cama, e veio a enfermar de melancolia, porque não lhe tinha sucedido como pensava". (I, Macabeus-6)

Na realidade sobraram nestes três cadernos inúmeras páginas, porque, se eliminadas, nada restaria deles e, em todo caso, não me pareceu justo apagar uma chama que ainda bruxuleia.

25 de agosto

Repentinamente, a tarde com o seu céu colorido de nuvens violeta e rosa, tangidas pelos ventos, se transforma numa delicada paisagem de Richard Bonington.

27 de agosto

Recorte tirado de um velho jornal: "Por sorte a turma foi contratada para representar no interior, a peça de Brenan, *Beco sem saída*". Brenan é um dramaturgo irlandês. O que não estou certo é se a grafia do seu nome, tão próximo ao meu, esteja escrita corretamente. Como a notícia é de jornal, me parece que vale tudo.

2 de setembro

Minha letra não é só ilegível em alguns dos cadernos do meu diário. Ela é também caótica, desregrada, absurda, infantil e imprópria.

12 de setembro

A partir do final dos anos sessenta, a minha conduta sexual desregrou-se quase até a loucura. Nos diários desse período, alguns textos ferem profundamente (como de resto, era moda) a ética e a *estética*. Na rápida leitura empreendida, julguei aconselhável suprimir o que fere a estética, reservando-me para, em outras verificações, analisar com mais empenho a parte moral. Não me justifico nem lastimo. Agi como um publicano e um fariseu. Misturei-me à multidão, percorrendo cegamente (como os que não sabem o que fazem) todo um infindável labirinto das paixões.

Com o nascimento da pequena Goló, no fim do ano de 1984, fascinado pelo mistério da vida que perpetuamente se renova, comecei a examinar meu comportamento com um pouco mais de seriedade. Contudo, não posso dizer que tenha havido modificações apreciáveis.

Sartre vocifera contra Baudelaire e suas permanentes lamentações morais. Pretendia o filósofo que o poeta com o seu gênio criasse uma *nova moral*, uma moral só dele, e que deixasse de lamúrias. Que inocência a de Sartre! Quem vai encontrar uma vacina contra o pecado? Pela primeira vez em toda a história do homem, o pecado original seria banido, destronando o Cordeiro de Deus, Aquele que tira os pecados do mundo. Como isso poderia acontecer?

Alguns filósofos dizem que ética e estética andaram juntas na tradição helênica, a ponto de a mesma palavra, *tó-Kalón*, servir para designar, simultaneamente, a beleza e a virtude.

17 de setembro

Cometi um erro.
(De uma história em quadrinhos)

Ignorava que domingo passado era dia treze de setembro. Esse número sempre me afugentou do sério. Caso soubesse, não teria me encontrado com a bela A. Na minha incontinência verbal, talvez tenha dito o que não devia. Pelo menos o que ela não podia saber... A sua loucura ainda não tem vinte anos e a minha já ultrapassa os cem anos, e começa a se desintegrar.

19 de setembro

O Papa João Paulo II passou ontem por vários e graves vexames na cidade de São Francisco da Califórnia, tendo de escutar os reclamos das chamadas "minorias sexuais" que, dadas as circunstâncias e enorme multidão de "injustiçados" presentes, não pareceram absolutamente como uma minoria, e sim como uma imensa maioria.

O Papa, como lhe competia fazê-lo, sereno e paciente, ouviu todo um rosário de ensandecidas reivindicações, típicas daqueles que não sabem o que fazem, para então, confirmar o que nem um deles gostaria de ouvir: *um novo sermão aos peixes.*

Pouco importa se as suas palavras afundaram neste mar bravio. Se assim sempre aconteceu, e nada se modificará, só o misterioso porvir há de esclarecer. De uma coisa estou certo: a sua *linguagem* atual se transfere para cem anos adiante, quando, de novo, em praça pública ou da fachada de sua Igreja, quer seja do Ocidente ou do Oriente, irromperá solene e magnificamente repetindo as mesmas exortações: "Cordeiro de Deus que tirais os pecados do mundo, tende piedade de nós." Pouco a pouco as permanentes aflições humanas, por força da necessidade e da sobrevivência, tomarão um rumo definido e obedecerão, fatalmente, a novos códigos de comportamento. Ser moderno é, portanto, estar de acordo com as leis da *natureza* e não contra elas.

Curiosamente, muito mais cedo do que eu supunha, começam a surgir sinais de preocupação, um pouco além do meramente profilático ou sanitário, com os desregramentos do nosso pobre e ensandecido século XX. Esta notícia, colhida num jornal de hoje, esclarece bastante as preocupações neste sentido; estão vivas e já atingem a voz do povo. Desde a invenção da imprensa tagarela e desajustada, jornais e romances não são matéria habitual de consumo dos sábios, e sim, dos publicanos e pecadores, ou seja, do próprio povo. Eis aqui um pequeno, porém significativo recado ao alcance de todos: "O herói de *Relações apaixonadas*, escrito pelo prolífico autor inglês Penny Jordan, passa a maior parte do tempo cuidando mais de sua vinha do que seduzindo mulheres. Katherine disse que a Aids acabou com os heróis de vasta experiência sexual, ou pelo menos, eles não mais se vangloriam disso. As pessoas não mais se jactam de suas transas. Temos que começar a restringir a discussão da vida sexual passada".

> *Por que querem me levar a toda parte, ó iletrados?*
> *Não foi para vocês que escrevi, mas para quem pode entender-me.*
>
> Heráclito

20 de setembro – domingo

Para quem falou e escreveu sem reservas no decorrer da vida, é um consolo e uma bofetada de humildade reconhecer nos *Aforismos*, de Lichtenberg, que, em apenas cem páginas, diz muito mais do que habitualmente é dito por autores despudorados de mil e uma páginas. Contudo, só o fato desse reconhecimento, de qualquer forma, já revela sabedoria.

Fiz questão de encomendar numa livraria francesa em São Paulo o *Diário literário*, de Paul Léautaud, bem como o *Locus solus*, de Raymond Roussel. Já tenho bastante idade para poder enfrentá-los. Disseram-me que não era gente de brincadeira.

As intercaladas com que escrevo fariam a loucura de um copista. De quem foi mesmo o diário de uma dessas celebridades que até hoje ninguém conseguiu ler? Quem me contou essa tal história, terá sido Cícero Dias, ainda nos idos de Paris? Não estou certo, mas lembro-me muitíssimo bem que essa pessoa sorria tão exageradamente que não acabou de contar a história patética de alguém que não pôde ser lido. Suponho que o diário foi do grande historiador francês, o enormíssimo Jules Michelet.

"O retrato de corpo inteiro de Antoinette Watteville, a primeira mulher de Balthus, é um cometa flamejante, mas de pálidas e inefáveis carícias. Antoinette é solar, talvez um pouco lua... Na época do seu retrato, pediu encarecidamente ao marido que não lhe pintasse com os seios nus. Não os queria eternizados num museu". Pelo menos esta sabia com quem estava tratando, diferente de tantas que antes e depois passariam por suas mãos.

22 de setembro

O meu amigo Fernando Albuquerque Maranhão chega do Rio acompanhado de uma jornalista que edita um pequeno diário econômico e financeiro. Passamos horas conversando. Falei vagamente na ideia de recapitular todo o meu diário. Ele me encorajou e, ao sair, recomendou-me a leitura de *Um livro aberto*, de John Huston.

Não tenho dúvidas de que nesses últimos cinquenta anos, temos sido todos, mesmo sem nos aperceber, gerações sucessivas de *outsiders*. Entretanto, permanece a ideia fixa de que não diferimos muito de qualquer outra época da história, a partir do pecado original. Não somos nem ao menos originais nas nossas desditas e enganos.

25 de setembro

Verifico que nas minhas notas parisienses registrei impressões sobre uma paisagem de Courbet (1873), *Le chasseur dans la vallée*. Procurava aproximá-la afoitamente do *Le Gottéron*, de Balthus, paisagem pintada setenta anos depois. Portanto, uma audácia confirmada para quem conhece os caminhos percorridos por Balthus, passados tantos anos, e que só agora vieram demonstrar aquela possibilidade ainda embrionária, nos primórdios de sua obra, quando a proposta de fazer *surréalisme d'après Courbet* apenas sugeria um disparatado desígnio, senão alguma tolice de um jovem pintor. Na realidade, a pintura de Balthus coincidia com as atenções de um surrealista autêntico (não fabricado pelas goelas de Breton) como Giorgio de Chirico que, ousando apontar Courbet como um artista romântico, obrigou-nos definitivamente a uma nova leitura do mestre de Ornans, mais ou menos da mesma forma como nos lembra Borges nas relações entre escritores: "A circunstância, a estranha circunstância de perceber num conto de Hawthorne, redigido em princípios do século XIX, o mesmo sabor dos contos de Kafka que trabalhou em princípios do século XX, não nos deve fazer esquecer que o sabor de Kafka foi criado, foi determinado por Kafka. Wakefield prefigura Franz Kafka, mas este modifica e afina a leitura de Wakefield. A dívida é mútua; um grande escritor cria precursores. Cria-os e de algum modo os justifica. Vale a pergunta: que seria de Marlowe sem Shakespeare"?

Ontem, pouco antes de me recolher, anotei algumas novas impressões sobre *Le chasseur dans la vallée*: chamei-o de vale das sombras, vale penumbroso, nave de rochas ainda acesas, aproximação das sombras que se espalham onde caminha um homem sem destino (caçador furtivo ou camponês, ou ambos na mesma amargura), perfilado de costas em marcha batida para o nada, quando até o fiel perdigueiro, voltando sobre os seus passos, no coração do desfiladeiro, segue o mesmo caminho, mas no sentido contrário das trevas que lhe trará, de novo, o gosto estranho de latir, sôfrego empenho, irrefreável. Que o seu dono absorto não o escute ou perceba a traição. Logo ele, se afastando de quem lhe dera um dia o primeiro nome e a parca sobrevivência, agora numa solidão de ausente – amargo itinerário entressonhado – se adentra na *selva escura* num exílio definitivo, sem lágrimas, repleto da noite; o rosto e o corpanzil entumecidos, outrora principescos, a barba viril crescendo livremente sobre o peito, o ventre desmoronando só líquidos... Que sacolejam no caminhar pautado e sem ruídos, a não ser pela insolência desavisada desses rochedos, filtrando os últimos calores da tarde que finda na sua paz inacessível. Restam-lhe agora o silêncio e o olvido, a desastrada ironia de uma *dívida* perante o Império (um falso império) de uma *coluna* que não derrubou, mas que poderia ter derrubado[26].

26 de setembro – manhã

Manhã silenciosa, apenas atordoado pelo descompasso da leitura de *memórias* que não lhes parecem dele. Depois, só muito depois, queixou-se que passara por uma vergonha e que fora atacado por um enxame de borboletas furiosas!

Velhos pecados, velhos ardis. Não é isto o que todos pretendemos? Enganar-nos a nós próprios o quanto pudermos? Quando até a morte acaba correspondendo a um sofrimento bem maior do que tolamente esperávamos. Então, enganai-vos uns aos outros para sempre, amém.

Variante: acabava correspondendo a um sofrimento bem maior do que aquele que tolamente supúnhamos que fosse...

28 de setembro

Toda a manhã em São Francisco[27]. Sempre à procura de papéis e documentos que eu presumo estarem perdidos, quando, na realidade, não me empenho em procurá-los, sobretudo, nas gavetas mais insondáveis e silenciosas. Um dia outras mãos irão certamente abri-las, mas não eu, que ao tocá-las começo a usurpar aquilo que não mais me pertence... Fui em busca do pouco e encontrei o excessivo. Todo o passado é excessivo, tanto como o futuro parece ausente. O passado é igual a uma taça transbordante de vinho, que não pode ser tomada senão esvaziando um pouco do seu conteúdo. E nesta ínfima perda, lá se vai o real espírito do vinho - ou bem traduzido, o equivalente à metade de uma existência. O que sobra parecerá sempre muito, mas na verdade, uma vez tomado, já não embriaga. Mesmo assim, não me dei ao luxo de rasgar papéis, enquanto a luz da manhã se fazia de mais e mais clara. E foi banhado por esta mesma luz que olhei velhas e amareladas fotografias, algumas de Menton, datadas de maio

---

[26] Fica evidente o desejo de retratar o pintor Gustave Courbet nos momentos finais do seu exílio na Suíça (N. do A.).

[27] Refere-se à Casa Grande do Engenho São Francisco (N. do E.).

de 1949, outras de Paris em 1951, no antigo ateliê de Francis Picabia. Nesta estranha procura do passado, acontece também encontrar-se o que não se procurava. Mais uma vez estamos diante de sobras, com as quais não se pode jogar porque simplesmente o jogo já está feito ou mesmo desfeito.

Dois magníficos poemas achados no fundo de uma pequena caixa contendo cartas minhas e de Deborah durante a minha permanência em Deruta, na Itália. Um desses poemas é de Deborah e o outro do poeta Tomás Seixas, ambos publicados no mesmo dia: 21 de fevereiro de 1965, num jornal do Recife. O de Deborah diz:

No Jardim

Ó tu, caçador imóvel,
Que espantas o tempo com mão de pedra
E jamais fechas os teus olhos cegos!
Ó tu, sempre em louca batalha,
Guerreiro eterno, já de cabelos verdes
Do lodo crespo de feroz inverno!

Esquartejando a luz de um sol escarlate,
Ferindo as brisas que, doidas, se agarram
Nas copas lendárias de ramos e folhas,
Por que te chamo e não respondes?

O poema de Tomás, que eu já reproduzi e comentei por várias vezes neste diário no passar dos anos, é desses que precisam ser gravados na pedra ou no metal para sempre:

Brasão

Ao fundo vê-se uma torre de solidão

Em campo raso e claro
De azul, quase pervinca o céu
Algumas bandeirolas de metal ao léu

E em torno o caos.

Curiosamente, neste mesmo jornal, apareceu uma ilustração minha, representando um São Francisco de Assis. Se eu não conhecesse o desenho e o ilustrador, diria que era um trabalho enlouquecido ou de alguém em vias de enlouquecer. Também, nesta mesma página de jornal, um artigo do pintor João Câmara Filho sobre o meu mural *Guararapes*. Até hoje poucos tiveram uma visão crítica tão aproximada ao mural da *Batalha* desde o seu assentamento. Não esquecer que este referido conjunto (poemas, ilustração e artigo) data de 1965.

29 de setembro

Apressado, retorno ao Engenho São Francisco em busca de algumas das *notas*, separadas ontem, mas esquecidas em cima de uma mesa. E, dado ao seu aspecto lastimável, seria possível a mulher do caseiro arrebanhá-las e jogá-las, sem titubear, no lixo. Corri para salvar parte do meu passado, em vias de desaparecer.

Na saída, aproveito e carrego uma velha revista *Times* (27 de dezembro de 1963) cuja capa tem o retrato do pintor Andrew Wyeth e em cujas páginas interiores encontrei uma significativa reportagem sobre esse excelente artista, um dos poucos pintores norte-americanos que merecem, de fato, atenção. Lembrei-me que esse pintor, de raríssima sensibilidade poética e vivencial, andara envolvido o ano passado, no mês de agosto, numa espécie de escândalo jornalístico a propósito de seus amores extraconjugais. Recordo que anotei algo sobre o incidente, de uma maneira propositadamente irônica, na realidade, sem nenhum motivo plausível que justificasse uma semelhante atitude.

30 de setembro – 11h

Visita do Senhor André Fontaine (diretor do *Le Monde*) e senhora, acompanhados do cônsul francês no Recife.

A natureza dos franceses para tudo aquilo que não é propriamente francês, já não me pega desprevenido. Disse-lhes que minha obra possuía um forte contingente visionário e, talvez, até mesmo, *naïf*, como aquela do *facteur* Cheval. Os dois sorriram complacentes e passaram a circular com mais naturalidade. No final, presenteei-os com uma pequena peça cerâmica, o que despertou, mais uma vez, sorrisos, desta feita em toda comitiva. Na verdade, simulei saudar a França e, guardada as devidas proporções, mais ou menos o mesmo gesto do imperador Bokassa ao presentear com diamantes o então presidente francês Giscard d'Estaing.

3 de outubro

Lendo o manuscrito de Gilberto Freyre, comoveu-me observar a sua letra trêmula e desigual, num dos seus últimos depoimentos no ano de 1986, sobre o Ano Internacional da Paz.

Os velhos e os sábios não deveriam escrever com a sua própria mão, depois de uma certa idade. Deles a fala é bem mais útil, rica e significativa, nos seus amplos espaços de oralidade. Escrever ficaria para os jovens, de pulso firme, o que, de resto, lhes seria imensamente vantajoso. Aprenderiam, neste exercício, a suprema vantagem da escrita. Só depois de muito tempo de aprendermos a escrever é que começamos a ter ideias, o que significa, chegarmos muito próximo ao fatal.

Recebi ontem o *Journal littéraire*, de Paul Léautaud. Suponho que ainda exista o *Journal particulier*. Poderia ser "*Journal*" em demasia para uma só pessoa, mas não o é, levando em conta os comentários elogiosos sobre esta obra notável. Manoel Tavares da Silva falou-me deste diário há cerca de vinte anos atrás.

Bergman escreveu: "Eu não confiava em ninguém, não amava ninguém, não sentia falta de ninguém".

Comecei a leitura de Beckett. Seu romance *Primeiro amor* é estranhíssimo, talvez mais original ainda do que a sua dramaturgia. Surpreso fiquei também com a capa do livro, ao me deparar com uma pequena reprodução de um nu feminino pintado por Félix Vallotton.

Desde que me entendo por gente, jamais enxerguei, aqui no Brasil, nenhuma referência gráfica ou mesmo imagística, por menor que fosse, a esse pintor suíço de inegáveis qualidades. Era um ser misterioso e, mesmo na Europa, quase desconhecido. Na França tinha apenas o rótulo de um pintor suíço, da mesma forma como se distinguiria um queijo francês de um queijo suíço.

No meu diário de 1951 falo bastante nele e, por conta da minha abordagem prematura desse esquisito pintor, tanto dele como de Balthus, acredito que fui o primeiro no nosso país a descobri-los ou, pelo menos, a falar neles com veemência. Balthus hoje é famoso e está em todas as bocas, enquanto Vallotton permaneceu na sombra. Mas nem tanto, no momento em que ilumina repentinamente a capa do livro de Beckett com seus singulares fluidos de uma época morta, quando toda a nudez ainda era um fato *metafísico* e não apenas uma metáfora da vulgaridade corporal que atende no mundo moderno pelo falso nome de *erotismo*, ou pelo verdadeiro nome de *pornografia*. Vallotton, que foi companheiro de Bonnard e de Vuillard, participou do grupo *Nabis*. Faleceu em 28 de dezembro de 1925, suponho, na cidade de Paris. O livro de Hedy Hahnloser-Bühler, *Félix Vallotton et ses amis*, diz quase tudo sobre este grande artista. E, se não diz tudo, é porque ainda resta muito a descobrir. De uma certa maneira é surpreendente a junção desse pequeno *nu* esquecido (1921) com o *Primeiro amor*, de Beckett. Demonstra, de forma imanente, que a chama continua viva, e acima de tudo propícia às mil e uma outras aparições.

5 de outubro

O Dr. Luís Tavares comentou uma notícia publicada nos jornais, onde o diretor do *Le Monde*, M. Fontaine, me chamava de "*enchanteur de serpents.*" Se de fato aconteceu, já melhorei um pouco no seu conceito, uma vez que eu próprio havia me autodenominado como um construtor de *cidades imaginárias* à maneira rústica de *facteur* Cheval. Agora ele me promove à categoria de um *douanier* Rousseau, esse mago das florestas encantatórias.

Continuo fascinado com a leitura de Beckett. O homem se compraz em escrever *certíssimo* por linhas tortuosas. Lembrou-me um Céline sem entusiasmo, mas de qualquer forma, os dois estão nos trilhos e seguem em frente. E, queiramos ou não, são eles, os pessimistas e fedorentos, que acabam sempre por ter razão. Seriam eles o sal da terra, esses desmancha-prazeres?

Vejamos uma demonstração de Beckett, como ele interpretava as mulheres: "Disse-lhe para vir de tempos em tempos. Conhecia mal as mulheres, naquela época. Ainda as conheço mal, aliás. Os homens também. Os animais também. O que conheço menos mal são as minhas dores".

O meu diário está se transformando numa espécie de resenha de livros. Um livro atrás do outro e nem sequer alguém pode garantir de que eu os li ou mesmo estaria lendo. Compreenda-se que os editores e os livreiros não têm nenhuma obrigação de ler aquilo que fabricam ou vendem. Acontece que, no meu caso, a paixão pela literatura pode levar alguns apressados intérpretes a pensarem em semelhante coisa, o que de modo algum evitaria que eu prosseguisse, pois é uma doença antiga adquirida na infância, e até hoje não poderia assinalar que foi curada.

Antes que me esqueça, registro a aquisição – mais que oportuna – do livro de Daniel Defoe: *Um diário do ano da peste*, com introdução de Anthony Burgess.

Suponho que o mundo inteiro e as editoras, cativas na sua maior parte das *elites estratégicas*, saberão oportunamente preparar a humanidade para as catástrofes infamantes que estão para chegar. Por sinal, já chegaram.

1º de novembro – domingo

No dia treze do mês passado me referi a uma mulher nua pintada por Vallotton e aproximava este nu a um fato metafísico. Relendo *Ferreiros e alquimistas*, do romeno Mircea Eliade, no capítulo em que se ocupa da alquimia indiana, encontro o seguinte texto: "Graças ao simbolismo e às técnicas elaboradas pelo tantrismo, a *prakrti* (matéria primordial) torna-se acessível à experiência imediata: para o tantrismo, toda mulher nua encarna a *prakrti* e a revela. Não se trata, é claro, de uma experiência erótica ou estética; a respeito de experiências desta natureza, a Índia possuía há muito tempo toda uma literatura. Mas o tantrismo julga que, com uma preparação psicossomática e espiritual apropriada, o homem pode obter a revelação da modalidade primordial da Natureza, contemplando um corpo nu de uma mulher".

6 de dezembro

Carta de Fenícia que se diz doente e condenada[28]:

Por que tanta tristeza ao lembrar da nossa infância (?). Quem disse, e, em que lugar está escrito que só existe uma pátria verdadeira que é a pátria da infância? Você me disse e já faz alguns anos.

---

[28] Dentro do possível, foi conservada a grafia original desta carta (N. do A.).

A tristeza é tão grande enquanto observo a luz do sol sobre as papoulas vermelhas do jardim. Me veio a imagem de tantas coisas boas, dos meus seis e sete anos, e de tantas outras tão tristemente deprimentes, e os mergulhos são tão profundos. É preciso tanto trabalho com a vida para se ser feliz e se ter lembranças boas e ruins?

Comigo a coisa está sendo invertida. De repente sinto saudades do que não aconteceu, ou será do futuro?

Você é tão leve e tão cheio de tudo. Como sinto saudade de você. Você me fez tão feliz, que ainda vivo sufocada. Como você consegue ser tão leve sendo tão grande? Aprendi a tirar vantagens em cima da tristeza e a cultivar a tristeza, como uma boa química da vida. Somos sempre tão burras, não é?

Minha filha acabou de chegar perto da máquina de escrever e me deu uma papoula só para mim. Divido ela com você. Não creio que a vida tenha trazido esta papoula só para mim. Veja como não somos totalmente solitários, mesmo querendo.

As papoulas do jardim, vistas de perfil sob este sol, são tão diferentes das papoulas que conhecemos, não é verdade? Um grande e sincero aperto de mãos.

17 de dezembro

Invariavelmente o ano deve (como sempre) encerrar-se debaixo de tristeza e de desalentadores presságios.

1988

Propriedade Santos Cosme e Damião

1º de janeiro

A inesperada fonte, de há muito urdida, começara a tomar forma a partir dos últimos meses do ano que passou. Pelicanos destroçados rodeavam a parte central da base circular ainda à espera de uma *Vênus* que seria sequestrada e atirada ao mar.

Várias serpentes marinhas rodeiam este conjunto, com as bocas escancaradas, de onde esguichará uma água ferruginosa que o sol poente incendiará de púrpura sanguinolenta.

Dilacera-me que as goelas dessas doze serpentes - purificadas pelo fogo e agora vomitando água - progressivamente se assemelhem a cor rosada-violeta das gengivas dos leopardos, cor exata daquela que pretendeu Borges nos seus inúmeros contos de morte.

Ainda indeciso quanto ao formato definitivo para a *Vênus*, por várias vezes idealizei-a numa forma simplificada, ou seja, algo mais ou menos cilíndrico, à maneira de certos monumentos funerários egípcios. Como quem percorreu um atroz caminho de volta, não mais pensei numa "Vênus Vencedora", e sim no seu sarcófago. Que forma poderia ter este sarcófago? Eis aí toda a questão: seria um grande ovo, como uma urna funerária, ou apenas um resplendente cilindro azul, cuja parte superior, aberta e ovalada, fosse transparente o bastante para deixar aparecer o rosto congelado da "Vênus Sequestrada"? Uma vez escolhido o modelo propício, seria atirado incontinente de volta às águas, de onde, quem sabe, com o passar dos séculos - uma vez esquecidas *Sodoma e Gomorra* -, Vênus renascesse da espuma do mar e da genitália de Urano (da Terra e do Céu). E assim, de novo, recomeçariam os trágicos envolvimentos amorosos – essa longa e terrível caminhada que jamais esqueceremos – embora a deusa do amor depois de tão prolongada hibernação, fosse obrigada a todos conduzir a um porto mais seguro.

7 de fevereiro – domingo

Assim é a vida e assim é esse "estranho calendário", ao qual todos nós nos submetemos. Suponho que tolo deve parecer aquele que pretende se insurgir contra esses desígnios, de alguma maneira inalteráveis porque presididos por forças alheias à nossa vontade.

Não posso deixar de lado o registro da leitura que fiz do romance de Richard Hughes, *Um ciclone na Jamaica*, só realizada no final do ano passado. Na verdade, desde uma notícia sobre este mesmo livro no ano de 1946, eu andava à sua procura. Essa referência partiu de um notável estudo crítico de James Thrall Soby, analisando a primeira fase do pintor De Chirico e que abrangia um sem-número de coisas importantes, não só dentro do universo da pintura metafísica, como também sobre novos conceitos críticos do Romantismo na literatura e na arte em geral.

Meus cadernos de anotações dos anos cinquenta e sessenta estão repletos dessas imagens que foram, na sua maior parte, rastreadas exaustivamente. Contudo, faltava a leitura elucidativa do *The turn of the screw*, de Henry James, e de *A high wind in Jamaica*, de Richard Hughes, ambos ligados a uma ampla visão - nem sempre pacífica - do misterioso mundo da infância.

Soby, com aprofundado acerto, ligou esses dois inusitados romances a aspectos estranhamente perversos, mas bem visíveis nas atitudes das crianças que brincam ao lado do pai no quadro de Courbet: *Pierre-Joseph Proudhon et ses enfants.*

"They are malicious, unreal children, dwelling apart in a world of indecipherable dreams." Na realidade, Soby pretendia associá-las às igualmente misteriosas adolescentes pintadas por Balthus que, nessa época, para escândalo e incompreensão do mundo, anunciara que seus propósitos estéticos eram aqueles de fazer *surréalisme d'après* Courbet.

Esclareço que a leitura de *A outra volta do parafuso*, em versão portuguesa, só aconteceu no começo de 1980.

3 de março

Carlos Fuentes não exagera quando diz que "é preciso várias vidas para fazer uma só pessoa".

14 de março

De incertezas à incertezas, muito lentamente continuo construindo as minhas, a essa altura, profanas e vacilantes certezas. Nessa pura matéria, é possível que sobrenade ainda um resto de espírito. Entretanto, ouso confessar que não seria lá um grande espólio a fruir.

15 de março
O desenho da *Vênus sequestrada* está terminado. Suponho que a escultura - que medirá um pouco mais de três metros de altura, sem o seu pedestal - estará no final deste ano em seu lugar definitivo, ou seja, no centro da fonte, bem no meio dos esguichos d'água que não lhe atingirão o corpo morto. Morta e degradada descerá às águas profundas, de onde um dia nasceu gloriosamente. Mas, quem foi que disse que Vênus está morta? Eu próprio já modifiquei o nome da escultura que se reduzirá à palavra *Sequestro*. E, de resto, Vênus compartilha desse *sequestro*, mergulhando voluntariamente no oceano à espera de melhores dias. Na realidade é a história de uma grande *recusa*. Ela, como a Mãe Natureza, aspira à eternidade.

17 de março
Visita de Antonio Callado e César Leal. Ofereci um livro sobre a Oficina ao bom amigo Callado.

Retrabalhei as doze esculturas que deverão ser expostas na Casa Loeb, em Berna, no mês de outubro. A maior parte delas data de 1986, com exceção de duas executadas em 1981. Entre todas, destaca-se a abominável figura de *Marat*, emergindo de uma banheira que mais parece uma caneca de cerveja.

19 de março
De certa forma ele pressentia essa inquietude monstruosa de algo desclassificado e em vias de extinção.

29 de março
As confusas circunstâncias encaminhadas (ou desencaminhadas) para um foco central, que por sua vez não deve prevalecer, instintivamente afastam-me da cena. Até mesmo as sucessivas visitas, que me obrigam às velhas representações, parecem um *ato falho*. Não há mais o que dizer nesta zona de sombra. Suponho que é mesmo tempo de calar.

Semana passada fui procurado por Eduardo Portella e alguns dias depois pela escritora francesa Eliana Georges - *Voyage des morts* -, juntamente com um fotógrafo alemão chamado Thomas. Ontem apareceram-me Francisco de Assis Barbosa e Yolanda, sua mulher, quando o sol estava a pino.

O sol declinava quando três jornalistas alemães (como sempre acompanhados de um fotógrafo) solicitaram-me uma entrevista de cinco minutos e algumas fotos. Falamos fatalmente da Oficina e de seus absurdos propósitos. Temo não haver dito coisas que habitualmente costumo revelar aos jornalistas só para me ver livre deles.

Esqueci de relatar: uma carta de uma amiga que me chegou em atraso. O que a moça diz certamente interessa. Tem trinta e dois anos e talvez ainda não tenha se apercebido dos limites que sufocam a nós todos. Dentro dos meus conceitos sobre um diário, a carta incorporar-se-ia às palavras que, certamente, sempre me faltaram completar, mas neste caso preferi deixá-la de fora. Ó palavra, palavra que me falta!

30 de março

Prontas e devidamente fotografadas as doze esculturas que seguirão em breve para Berna.

2 de abril

Prefiro uma possível ação embutida no assunto e não o assunto propriamente dito. O assunto deve detonar por si próprio, sem reservas, desde que pressupõe um *pathos* anterior. Este sim, indispensável como segmento criativo.

Habitualmente, logo em seguida às anotações dos meus textos, eu os leio com um certo cuidado. Quanto às linhas acima, depois do primeiro confronto não entendi nada do que pretendia dizer. Mas fica mesmo assim. Algum dia voltarei para destruí-las, ou procurar dar-lhes algum sentido. Que sentido, eu não sei.

6 de abril

Recebo carta de Antonio Callado, datada 30 de março.

Quando de sua visita à Oficina, falamos, ou melhor, falei sobre a impossibilidade da criação de *formas novas.* Como reforço, citei um pretenso conto de Borges que na realidade não soube como indicar a procedência.

Logo depois que o escritor saiu, lembrei que não era um conto, e sim, uma observação do argentino sobre uma narração de Chesterton, "*How I found the Superman*", em que este abordava o nascimento de uma criatura, cuja forma de uma surpreendente beleza bastava a si própria. "Todas as digressões em torno desta forma desconhecida, aguçaram a curiosidade de Chesterton que interroga aos pais sobre a beleza do filho, que não sai de um quarto escuro. Eles lhe recordam que o Super-homem cria o seu próprio cânone e deve ser medido por ele. Nesse plano é mais belo que *Apolo*... Depois admitem que não é fácil apertar-lhe a mão (compreenda: a estrutura é muito diferente); depois são incapazes de precisar se tem pelo ou plumas. Uma corrente de ar o mata e uns homens retiram um ataúde que não corresponde à forma humana. Chesterton conta em tom de zombaria esta fantasia teratológica." Esse foi o conteúdo da história que não soube relatar a Callado, mas onde está definido com precisão a *impossibilidade* da forma nova.

Voltando à carta de Callado, ele generosamente diz: "Chego à conclusão que você não tem obras: tem uma Obra Completa, em contínua execução. Incluí você, para referência minha, entre os fenômenos artísticos mais significativos da arte brasileira em geral".

7 de abril
Respondo nos seguintes termos ao amigo Antonio Callado:

A sua carta renovou o meu interesse na busca do conto de Borges que, na realidade, era uma narração de Chesterton. Começo a me afogar no meio de uma caudalosa correnteza de citações. Em todo caso, a minha incerteza, de algum modo, levou-me a um conto mais ou menos semelhante. Neste, persiste a estranheza daquele outro que, repentinamente esquecido, ainda se tornava mais singular. Não foi o próprio Borges quem disse ser o homem um bibliotecário imperfeito? "Às vezes, frente à impossibilidade de achar o livro que procura, escreve outro, o mesmo, ou quase o mesmo. A literatura é essa tarefa imperceptível e infinita."

Será que você recorda o tema que abordamos quando admiti a inexistência de formas novas*? Baseava-me no pressuposto de que, admiti-las, seria de tal forma assombroso que pouco nos restaria para elucidá-las na sua quase indivisível monstruosidade.*

O conto em questão renova as dúvidas shakespearianas: There are more things... *E pretende homenagear o escritor norte-americano Howard P. Lovecraft, segundo Borges, um parodista involuntário de Poe.*

Segue uma cópia do conto, evitando, assim, o trabalho de procurá-lo. Eu o retirei de O livro de areia *(Editora Globo – 1984). Agradeço sua carta e as generosas expressões sobre o meu trabalho.*

8 de abril
Certamente que Miguel de Cervantes falava pelo *Dom Quixote* quando asseverou: "Quem eu sou, sei eu - respondeu Dom Quixote - e sei que posso ser não só os que já disse, senão, todos os doze pares de França, e até todos os nove da fama, pois a todas as façanhas que eles por junto fizeram e cada um por si se avantajarão as minhas".

14 de abril
Ela sorria enquanto eu permanecia sério como um Papa. Enfim, ela representava, a contento, o seu papel e eu rigidamente o meu. Por acaso não foi assim que havíamos de antemão acertado?

19 de abril
No momento em que o mundo se digladia (falo em todos os quadrantes da terra), na inépcia e numa monstruosa crueldade, recolho das *Conversações*, de Eckermann, um trecho que só o gênio de Goethe poderia apontar: "Há no livro de Bourrienne listas dos livros que Napoleão levou ao Egito; entre eles encontra-se o *Werther*. Curioso na lista, é o modo como estão classificados os livros. Sob a rubrica política, encontramos: o *Velho Testamento*, o *Novo Testamento*, o *Corão*, por onde se vê sob que aspecto Napoleão considerava as coisas religiosas".

O que me fez descer as escadas do dormitório às 2h da madrugada dessa segunda-feira, em direção ao ateliê? Estranho confessar que o motivo foi o mesmo ardor inquieto e maligno que levou o rei Davi a descobrir a desgraçada nudez de Bethsaba. "Quando elas não sabem mais o que fazer, despem-se", diz Beckett, "e é sem dúvida o que têm de melhor a fazer". Certamente não desci para fazer literatura. Não que os escritos nada tenham a ver com a realidade e os infortúnios. É verdade que uns mais, outros menos, mesmo quando não há o propósito acentuado de perseguir a realidade, esse supremo desastre.

Simenon, no dia oito de setembro de 1955, terminou *Em caso de desgraça*: "Yvette estava nua quando encontraram o corpo, uma punhalada no seio esquerdo sobre a estreita cama de ferro". Na estante sobrecarregada, não peguei esse livro por acaso. Nada é casual, sobretudo a desventura. Antes eu havia escolhido reler do mesmo autor uma de suas obras-primas, *O gato*, mas acabei decidindo pelo outro, também meu velho conhecido. Confesso, entretanto, que já não lembrava bem da história. Foi preciso Yvette erguer o vestido até a cintura: "Não vestia calcinha. Era a primeira vez que eu via as suas coxas magras, o ventre ligeiramente arredondado de garota, o triângulo escuro do púbis e, sem razão precisa, o sangue subiu-me ao rosto".

Nada de importante segundo pode parecer, mas é assim mesmo. É como os *fatos* costumam acontecer, não escolhendo hora nem prévio aviso. Acontecem, apenas. Fazendo questão de revelar coisas surpreendentes a respeito da vida e da nossa anterior cumplicidade. Jamais somos inocentes diante da desgraça.

Tenho pensado nisto com frequência, desde então. O informe foi candente. Uma obra-prima de desassossego tecnicamente perfeita.

Por hoje não é muito mais o que pretendo dizer. Posso acrescentar que Fenícia fez mais uma vez uma de suas aparições e, como sempre, à procura de dinheiro, e como de habitual, trazendo à tiracolo a minha pequena Goló, como escudo e disfarce necessários às circunstâncias.

Não mais preciso descer aos infernos, porque de há muito estou nas fornalhas. Lido com fogo e por ele sou queimado.

23 de março – sábado

Sem testemunhas, quem poderia adivinhar que o acometera a indizível emoção da piedade? Na verdade temos de repetir a cruel advertência, um infinito paradoxo, a negação do...

Não, não precisa ser um anticristo para afirmar uma tal monstruosidade. Friedrich Nietzsche provocou-a até a loucura. Não faz tanto tempo, Graham Greene, em plena guerra, disse algo mais ou menos assim (seja como for, é de amedrontar): "A piedade é uma coisa terrível. Fala-se da paixão e do amor. A piedade é a pior das paixões: não se extingue com a satisfação dos sentidos".

25 de abril

Temeroso, já não pareço contar com o tempo. Apresso as imagens que a meu ver começam a resistir às aproximações; não apenas me escapam. Correm de mim como se eu não merecesse nem ao menos os espectros.

Admiráveis cenas do filme de Fassbinder: *O casamento de Maria Braun.*

26 de abril

Na introdução de *O ministério do medo*, Graham Greene declara ter ambicionado escrever uma história policial. "Se Michael Innes conseguira, por que eu não?" Pretendia um relato que fosse tanto fantástico, quanto engraçado, mas muito antes de ter acabado o livro compreendeu "que a história, na verdade, não era muito engraçada...". E não era mesmo com seus aziagos ingredientes de destruição e morte, onde poucas pessoas ainda disfarçavam a sobrevivência no meio do estrépito e das fúrias desencadeadas.

Por várias vezes o autor fala no *O pequeno duque*, de Charlotte M. Yonge, e, na realidade, utiliza pequenas frases desse livro como epígrafes para cada abertura dos seus próprios capítulos, todas elas de um efeito surpreendente.

Terminada a leitura, fui de novo à procura dessas epígrafes, que iluminam como relâmpagos as cenas de horror e pesadelo. Eu adivinhava que justapondo todas elas, lado a lado, obteria um máximo de angústia, visualizada sem consequências e, portanto, ainda mais terríveis.

Aqui estão, finalmente, alinhadas no seu sabor absurdo de desesperança e de medo:

"Ninguém passa sem a senha."

"Ficou uma longa cicatriz muito depois de cessar a dor."

"Era duro que não tivesse consigo um companheiro amigo devotado."

"Aqui e em toda parte existem dragões do mal tão venenosos como os da minha saga."

"Chegaram à grande floresta onde parecia não haver um só caminho."

"Encontrarás guardadas todas as portas."

"Assim, apanhados de surpresa, a nossa resistência de pouco servirá."

"Os seus carcereiros teriam preferido que todos supusessem que o castelo não continha tal hóspede."

"Por que foges de mim? Que fiz eu para que tu me receasse, meu filho?"

"Um caso que dificilmente podia ter sido agradável."

"É melhor entregar-se."

"Era uma estrada escorregadia, traiçoeira e vacilante."

"Devo fazê-lo - e sozinho?"

29 de abril

Indesejada, ou pelo menos bastante indiscreta, uma informação do crítico americano Edmund Wilson, associando o nome de Edith Wharton a Walter

Berry, um cavalheiro que, além da fama de conquistador, "era sifilítico" (*Os anos vinte*).

Acabava a leitura do admirável *Ethan Frome* - edição portuguesa traduzida lastimavelmente como *A casa dos mortos*, dessa escritora tão estranha quanto refinada para suportar essa perversa brincadeira - quando soube dessa notícia veiculada por um crítico da dimensão de um Edmund Wilson, que tudo indica não ter nenhum resquício de educação. Pelo menos agiu como um verdadeiro cafajeste.

Dentro da bela tradição feminina da literatura inglesa e norte-americana, não se pode excluir as paixões, venham de onde vier. Edith Wharton demonstra conhecer a fundo o assunto, numa medida de tal forma avassaladora que dificilmente poderia ser suplantada. *Ethan Frome* (*A casa dos mortos*) na sua trágica e inesperada conclusão, despida de qualquer sentimentalismo romanesco, em certas ocasiões vem a ultrapassar *O morro dos ventos uivantes*, de Emily Brönte. Suponho, sem exageros, que não é um livro para qualquer um ter nas mãos. Não é também uma leitura que se possa repetir. Uma vez feita, tudo termina ali, e o que resta permanece incrustado na carne e no espírito para sempre.

Fim de tarde: a exuberante K. telefona de Madri. A princípio não podia atinar de quem se tratava, desde que ela própria não se dava a conhecer. Insistia que eu descobrisse. Falava espanhol com a sua voz clara, de timbre metálico, ressoando nos meus ouvidos como uma longínqua oferenda pastoral. Quando perguntou pela minha saúde, fiquei sem jeito. Ela volta a perguntar, quase me obrigando a fornecer-lhe o diagnóstico preciso de todos os meus males, mas mesmo assim resisti e não disse nada. Há tantos anos que ela está fora, sumida de nossa cidade. Primeiro Rio, depois São Paulo, finalmente Madri e Barcelona. Como poderia descobrir que eu não estou bem, e que de fato estou doente?

30 de abril

Quando eu disse que, após uma catástrofe atômica, sobreviveriam bichos como o tatu e a tartaruga (portadores de carapaças) a garota ao lado retrucou: "As baratas também". Olhei o seu rosto impassível que nada deixava transparecer como emoção e, depois, lentamente, baixei os olhos para as suas pernas depiladas detendo-me nos seus pés calçados numa sapatilha negra, de couro tão fino que deixava seus pequenos e delicados pés quase desnudos. No decorrer de sua rápida visita, não mais tirei os olhos daqueles pés, tão *significantes*, enluvados em fina pelica negra e tão ágeis como os do mensageiro "Mercúrio". Lamento que a nossa espécie humana caminhe para a extinção pela falta de uma indispensável carapaça, na realidade, convenhamos, um trágico desperdício.

1º de maio – domingo

Suponho que foi ano passado que tive notícias da *Enciclopédia dos mortos*, do escritor iugoslavo Danilo Kiš, para mim ainda desconhecido. Chega-me, portanto, o livro, quando já não mais esperava por ele. De resto, o título me intrigava enormemente a ponto de pensar tratar-se de uma real enciclopédia, dessas que reúnem informações inesgotáveis sobre um mesmo assunto. E que assunto! Ao verificar que era apenas um livro de contos, confesso a minha decepção, mesmo não tendo lido uma linha sequer. Contudo, a epígrafe de Georges Bataille reanimou-me um pouco: "A minha fúria de amar dá para a morte como uma janela para a rua".

Neste tempo de solidão, não havendo lugar para os passeios e deslocamentos e, também, como de há muito não vou aos cinemas, acabei adquirindo um vídeocassete. Alguns filmes interessantes chegam-me sem grandes vexames.

Ontem, dois excelentes trabalhos de Fellini: *Cidade das mulheres* e *Ginger e Fred*. O primeiro, de grande beleza cenográfica e com diálogos à altura desse mestre, que ainda não soube demonstrar o seu cansaço. Embora a sua personagem - o aturdido Snaporaz - canhestramente pareça despedir-se das mulheres, de todas as mulheres ao mesmo tempo. Cerco absoluto. Mas, ainda, há como defender-se, e mesmo persistir na caça de um ideal perdido. Sabe que luta contra fantasmas, contra uma cidadela inexpugnável, cujos muros de origem estelar resistem a qualquer assédio. Dá de ombros, negaceia, ilude e mergulha nas trevas. Quando acorda desta estranha viagem, sua própria mulher o olha benevolente e maternal. Tenta raciocinar, mas, de novo, algumas mulheres o cercam. Então acomoda-se numa poltrona e procura dormir, talvez sonhar...

Antes, num belo e significativo *interlúdio*, ao chegar a um castelo, encontra no seu dono um aliado que lhe dá guarida por uma noite; entretanto, o castelo deve ser demolido. Nesta noite de festa, o castelão colérico também parece se despedir dos seus "dez mil anos" de existência, cantando o seu adeus:

Adeus, mulheres, que na paz e na guerra fostes fonte de inspiração para mim.
Água e fogo, tremendo jogo, a noite é um dom que não tem fim.
Adeus, misteriosos olhos... macios joelhos, eu vos digo adeus.
Adeus... macios umbigos e outro amigo dos lábios meus.
Adeus! [29]

A propósito da *Enciclopédia dos mortos*, percorri indiferente nove contos de aparência solene, mas vazios. Vaguei insone através de um turbilhão de palavras que teimavam em não se direcionar à parte alguma. Palavras frouxas, coração vazio.

Salvou-nos – acredito, eu e outros, aturdidos pelo título admirável e mesmo singular do livro – o final *Post Scriptum*. Neste momento, Danilo Kiš fala como escritor. Este final vale por todos os outros textos cambiantes e indefinidos. Enfim, como acontece a vários artistas, ele se justifica bem melhor do que age.

Como prêmio final, vi citados três americanos: dois do sul e um do norte. Desde os primeiros momentos senti que ele não desconhecia Borges, embora faltassem-lhe o compasso e a bússola, sobretudo esta última. Cortázar também está presente: "Necessidade barroca da inteligência que a leva a preencher os vazios". E, finalmente, Hawthorne, quanto à reconhecida liberdade do romance: "Desnecessário acrescentar que ele procura desse modo obter uma certa liberdade, tanto no que respeita à forma da obra, como aos materiais utilizados".

Edmund Wilson falando de Cocteau: "Logo começou a falar com grande brilho. Fiquei impressionado – embora discordasse – quando comentou que Flaubert estava sempre se preparando para atirar, mas não acertava no alvo, enquanto que Stendhal não fazia pontaria, mas acertava em cheio. Mais tarde, descobri que ele estava citando uma obra sua, *Le secret professionnel*. Nada tenho contra esta prática. Santayana às vezes fazia isto, e eu próprio o faço de vez em quando".

---

[29] Essas anotações são citadas de memória, após ter assistido ao filme. Certamente são incompletas ou mesmo errôneas (N. do A).

Se estes constantes diálogos - mantidos com alguns dos meus amigos - não fossem reconsiderados e anotados, se perderiam no vazio. "Brancusi afirmava que a escultura não é para os jovens. Observando a história da escultura a partir desta nota, ele parece ter razão. Michelangelo, por exemplo, foi moderno exatamente em sua escultura - chegou à maturidade quando velho. Talvez por isso não haja escultura pós-moderna. É certo que a escultura - obra dos não jovens - seja o que há de menos pós-moderno. O resto é silêncio - é moderno."

Abstraindo dois terços desse parágrafo de José Teixeira Coelho, no seu livro sobre esse equívoco fútil - o pós-moderno - fascina-me a frase de Brancusi. Concordo que Michelangelo foi moderno, mas não só em sua escultura (como separá-lo dos esboços comovidos, feitos com o lápis mais corajoso da época?).

Brancusi está na raiz de um problema que nos ultrapassa, ele tinha o que chamam de "o olhar arcaico" (e contemplava, tranquilamente, o futuro, que tem o coração antigo...).

3 de maio

Hoje recebo, de presente, um casal de flamingos e um casal de cisnes negros australianos. Os cisnes farão companhia ao pobre Agostinho - outro cisne australiano - de há muito viúvo.

4 de maio

K. insiste em aparecer. Como posso fazê-la compreender que este setor de conquistas - se é que algum dia conquistei uma mulher sequer - está definitivamente encerrado? O calendário cósmico das mulheres jamais coincide com o nosso. Sendo algo confuso - embora predeterminado - relaciona-se com os ciclos animais e vegetais, portanto, nada tem a ver com as nossas insignes abstrações, ligadas a um planeta morto, uma enorme massa fria.

Edith Wharton descreve as paisagens circunvizinhas sempre ligadas ao *drama*, nunca isoladamente. Daí a sua força majestosa, a sua propriedade de linguagem, não só interligando o que vê, mas tudo aquilo que deve ser indispensável no desenrolar da narrativa. O velho e gigantesco olmo, interceptando a trilha natural dos trenós, é o centro deste cenário e justifica o seu trágico desfecho.

6 de maio
O tempo úmido e chuvoso impede (ou pelo menos obriga) que a modelagem da *Grande Vênus* (*Sequestro*) se faça com rapidez. Caso insista em continuar, sofregamente, tudo virá ao chão.

7 de maio – sábado
Na quinta-feira Thomas, o fotógrafo alemão que diz trabalhar para a revista *Ambiente* (publicação de arte com quatro números por ano), insistiu para visitar a casa do meu pai[30]: "Poderíamos conhecer esse palácio"?, ele pergunta. "Sim, iremos lá, agora", respondi.

Chovia muito e a casa mais do que nunca parecia envolta nos seus segredos. Não abri todas as portas; algumas deveriam permanecer fechadas, porque só assim ficariam como sempre meu pai desejou.

Ao sairmos, Thomas disse: "Começo a conhecer outro país, insuspeitado, quase onírico, cheio de quimeras... Não foi este o país que me deram a conhecer, de fato. Fico confuso e passo a não compreender nada".

Preferi guardar silêncio. Suponho que entendeu. Existem coisas incompreensíveis para a maior parte das pessoas, como por exemplo: a aristocracia do espírito.

8 de maio – domingo
Os bostonianos, de Henry James – um pouco desfigurado pelo cinema no seu habitual assanhamento – parece não poupar gregos nem troianos. De contrapartida, *Ensaio de orquestra*, de Fellini, é uma contundente obra-prima. No sábado já havia assistido ao admirável *Violência e paixão*, um dos últimos filmes de Visconti, suponho.

9 de maio
Prontas e devidamente fotografadas as doze esculturas que seguirão em breve para Berna. Com Tomás Seixas e Tânia C. Leão, participo de um

---

30 Casa monumental, pré-fabricada em ferro fundido, importada da Europa em 1895 pela minha família, à firma *Sociéte Anonyme Cie Centrale de Construction, Haine St. Pierre, Belgique. Administrateur Directeur - Léon Hiard.* Casas semelhantes podem ser encontradas nas regiões algodoeiras nos estados da Virgínia e da Georgia – USA (N. do A.).

depoimento num filme[31] que está sendo rodado sobre o poeta Carlos Pena Filho. Acreditávamos que seríamos liberados dentro de vinte ou trinta minutos. Entretanto, ficamos a manhã inteira e grande parte da tarde retidos pelo pandemônio da produção.

As cenas foram todas tomadas no Bar Savoy, em plena agitação de começo de semana. O bar estava repleto de ex-frequentadores, certamente da mesma época do poeta morto. Um bêbado ao meu lado repetia como um refrão: "Não tolero a mentira, só falo a verdade, para que mentir?".

Tomás Seixas, irritado com a demora da filmagem, com seu espírito sarcástico observa: "Se esta choldra parece difícil para quem não sabe fazer, mais difícil ainda será para quem sabe fazer".

Embora indisposto e um pouco aturdido pelos entrechoques no Bar Savoy, ainda encontro forças para assistir *Com o Diabo no corpo*, um filme baseado na novela de Raymond Radiguet, numa nova versão do diretor Marco Bellocchio. Tive a enorme emoção de conhecer a endiabrada e belíssima atriz Maruschka Detmers. Meu Deus, de onde pode ter saído tal mulher? Elas existem, mas não no nosso hemisfério. Estariam sempre nos sítios do longe, na outra face da lua?

Por volta das dez horas da manhã, entrevista com Joanna Berkman. Falei sobre Edith Wharton. Pareceu surpresa, mas logo acrescentou: "Também sou da Nova Inglaterra, sou bostoniana".

Joanna, segundo diz, pretende escrever um livro sobre o Brasil. "É mesmo?" perguntei. Novamente pareceu surpreendida: "Uma tarefa gigantesca!", ela disse.

Mais tarde Marcelo Grassmann apareceu acompanhado de Nara Montesanti. Há cerca de trinta anos que não o via. Poucos artistas brasileiros possuem a sua esquisita sensibilidade, quer seja na gravura, quer seja no desenho.

11 de maio

Visita de Roberto Pontual, acompanhado do seu amigo Vincent e da pintora Guita Charifker. Falou-se em Balthus e em De Chirico, ambos reabilitados pela crítica francesa. Comentei que, em 1949 e em grande parte dos anos

---

[31] *Soneto do desmantelo blue*, diretor Cláudio Assis (N. do A.).

cinquenta, o nome de Balthus era tido como o de um pintor renegado. Em Paris, nesta época, ao procurar seus quadros nas galerias de pintura, fui por diversas vezes recebido com insultos.

Uma frase cravada sobre a porta principal da casa de Jung, em Kusnacht, dizia o seguinte: "*Vocatus atoue non vocatus Deus aderit*" (Chamado ou não chamado, Deus está presente). Esta afirmação deixa-me bem mais tranquilo ao lembrar certos trechos de um poema de Carlos Pena Filho, que afirma exatamente o contrário:

Quando pelo desuso da navalha
a barba livremente caminhar
e até Deus em silêncio se afastar
deixando-te sozinho na batalha...

O pior é que este soneto (citado incompleto) foi dedicado a mim. E, desde quando o vi pela primeira vez, ele me persegue por todos os desvãos do mundo. Mas se Deus, *chamado ou não chamado, sempre está presente*, então Ele não vai definitivamente se afastar, deixando-me sozinho na batalha[32].

Prosseguir é o único verbo apropriado para o caso. Continuar, mesmo que lentamente, na colossal escultura *Sequestro*. Seguir avante, sempre à espera, mas ainda assim, vendo-a crescer na sua espantosa forma. Às vezes tomo distância só para ver esta enorme cápsula que deve conter o corpo da deusa, e voltar ao mar.

Tudo sobre Eva (*All about Eve*). Filme que vi em Paris há mais de trinta anos. "Duas ou três coisas que eu sei sobre ela, já não seria o bastante?" Indaga uma personagem.

Por acaso não será esta a nossa condenação, em se tratando das mulheres? O aparente devaneio do poeta Rilke, nos *Cadernos de Malte Laurids Brigge*,

---

[32] "A Solidão e sua Porta", de Carlos Pena Filho, dedicado a Francisco Brennand, faz parte dos *Dez sonetos escuros* (1953-1956). O referido soneto foi citado na íntegra no dia 16 de junho de 1980, neste diário (N. do E.).

não deve permanecer, como uma espécie de lei inexorável nas suas premissas? "Foi só então que dei conta, pela primeira vez, que nada se pode dizer de uma mulher."

15 de maio – domingo

O mundo fugaz das imagens perpassa diante dos meus olhos atônitos. Uma coleção de sandices que passa a ter o seu valor quando explorada convenientemente.

Assisti ontem à noite *Tess*, dirigido por Roman Polanski e baseado no livro *Tess of the d'Urbervilles* de Thomas Hardy. Hoje acabei de rever *Cidadão Kane*, filme que fez as delícias de minha geração, como um dos clássicos do cinema americano, ambiciosamente acrescentado de conquistas tecnológicas no mundo da cinematografia, enfim, como diziam os entendidos, uma verdadeira revolução.

Rosebud, um nome inscrito no pequeno trenó do menino Kane recobre toda a narrativa de um necessário *ersatz* poético. Sem esse elemento - introduzido sabiamente na atabalhoada existência do cidadão Kane - pouco restaria que justificasse tanta fúria e tanto ruído numa vida que na realidade nada significou.

No final, antes de incinerado, descobrimos o enigma do pequeno trenó que perdurou nos lábios agonizantes do velho Kane: *Rosebud*. A pátria da infância, a única pátria verdadeira, repete Rilke infinitas vezes.

Em *Um livro aberto*, de Huston, vim a saber que *Rosebud* quer dizer pequena flor. Suponho que as cenas alusivas ao incrível Castelo de Xanadu tenham sido realizadas *sur place*. Os panoramas, incluindo o famigerado piquenique com o seu cortejo de incalculáveis automóveis negros, ziguezagueando por uma praia deserta, são espantosamente belos.

Nas suas andanças pela costa do Pacífico, *Viagem na irrealidade cotidiana*, Umberto Eco descreve Xanadu como a própria Fortaleza da Solidão: "Em cima da doce colina mediterrânea de Sansimeón ergue-se o castelo de William Randolf Hearst. O coração do viajante bate forte, porque aquele é o Xanadu do 'Citizen Kane'. Orson Welles faz reviver a sua personagem explicitamente decalcada no modelo do grande magnata da imprensa, avô da infeliz Patrícia Hearst[33]".

---

[33] Esta moça, não sei se neta ou filha do magnata, foi supostamente sequestrada por um agrupamento terrorista que se autodenominava "exército simbionês" e com ele acabou por confraternizar. Fato muito comentado na época (N. do A).

16 de maio

Recordo que há mais de quarenta anos, lendo *Também o cisne morre,* um trecho chamou-me particularmente a atenção. Compreenda-se que não está em julgamento o mérito de Aldous Huxley, se ele é ou não um grande escritor. A mim pouco importa esse julgamento, uma vez que o livro me interessa. E neste caso, o escritor serviu-se com notável acerto para exprimir grandes ideias, mesmo que elas não lhe pertencessem. Jamais esqueci suas observações, e poucas vezes me defronto com um texto ou mesmo com uma imagem qualquer, sem que estes conceitos sobrenadem como um verdadeiro paradigma: (...) "levar demasiadamente a sério coisas que não merecem. Este é um dos enormes defeitos da chamada 'boa literatura' que, aceitando a escala convencional de valores, respeitando o poder e a posição social, admirando o sucesso, considerando razoáveis as preocupações em geral idiotas dos estadistas, amantes, homens de negócio e dos ansiosos por subir na escala social – numa palavra, levando a sério tanto as causas dos sofrimentos, quanto os próprios sofrimentos – contribui para perpetuar a desgraça, aprovando implícita ou explicitamente ideias, sentimentos e práticas que só podem resultar em desgraças. E o pior é que exprime esta aprovação numa linguagem magnífica e persuasiva. De maneira que, mesmo quando uma tragédia acabava mal, o leitor, hipnotizado pela eloquência das peças, sentia-se propenso a imaginar, ainda assim, que tudo aquilo era, de algum modo, nobre e compensador. O que não era, é claro. Porque, considerados desapaixonadamente, nada podia ser mais tolo e mais sórdido que os temas da *Fedra,* do *Otelo*, do *Morro dos ventos uivantes* ou do *Agamnênon.* Mas, como a maneira de se tratarem estes temas é sublime e empolgante no mais alto grau, o leitor ou espectador fica na convicção de que, a despeito da catástrofe, - tudo estava muito bem neste mundo - o mundo demasiadamente humano que produzira aquela tragédia".

Como mencionei, a substância da qual Huxley havia se nutrido - para desconfiar de toda a literatura –, ele foi buscar no conhecimento dos grandes místicos e dos amantes da "peculiaridade". Segundo confessa, "julgar-se-ia barbaramente inculto se não os tivesse lido". Conhecia a fundo "Sankara e Eckhart", os textos "Pali" e "São João da Cruz", "Charles de Condran" e o "Bardo", "Patanjali" e "O Pseudo-Dionisio". Lera-os todos, e sua leitura o tinha feito cismar se não devia fazer algo... "Que desastre", diz ele, "quando um homem sabe dizer coisas erradas de maneira certa!..."

Na luz crua de um *flash* nada sobrou da sua suposta face arcaica. Contudo, fixou-se a forte presença de sua beleza um tanto canalha. Sem os meus olhos ela simplesmente não existe: nem a deusa nem a prostituta.

Mas o que vem a ser tudo isto? Do que na verdade estou falando ou mesmo onde quero chegar? Presumo que a dificuldade - toda a dificuldade - reside na expressão adequada, isto é, se ela de fato existe. Talvez ela seja aquilo a que chamam "viver um drama", algo que está fora de nós, noutra esfera, embora feito da mesma substância pela qual nós nos sentimos fortemente atraídos. Atração fatal. Provocada sem nenhum consentimento, mas insidiosa na sua possível tutela, sempre de um estranho e maligno vigor, uma espécie de retorno a uma obediência primordial.

Dizer "não sei o que querem de mim" é tolice. Todos sabemos muito bem, e por esta razão nos injuriam. Jogamo-nos uns sobre os outros, aos gritos e quase sem nenhuma precaução. Como recusar os convites?

Alguém escreve: "Você negou-se a passear com a menina. Pensa que ela não percebeu? No seu coraçãozinho magoado, já repleto de angústia e se preparando para o sofrimento, ela sufocou as lágrimas diante da sua recusa... Como ousa ser tão cruel? Você é cruel".

Não respondi. Pensei que não fosse para responder e joguei a carta na cesta do lixo. De qualquer maneira, não se rasga um compromisso sangrento. O sangue corre nas veias de todos e a sua mancha é visível ao cair da tarde.

O padre Daniel Lima cobra e ainda mais indaga:

Por que nada fizeste?
E em vão te esconderás
da Voz que irá te interpelar em teu silêncio.

Antes que finde a tarde, hás de ver sangue
Nas tuas mãos de Caim,
tão limpas e cuidadas.

17 de maio

Ó magníficas estrelas. Sinais que cavalgam impudicos, essa luz negra do fim dos tempos. Se não pudemos evitar o começo, pelo menos saibamos construir o fim.

O que fazer agora? Roubaram-me o *manto real.*

18 de maio

Verifiquei uma rachadura profunda na base do "Colosso". Terei de refazer pelo menos a base da escultura. Não encontro outra solução. De qualquer forma, é uma temeridade, uma vez que dividida em cinco módulos superpostos, essas peças são trabalhadas umas em cima das outras, continuamente até o fim. A peça central (o grande cilindro) deve, portanto, secar conjuntamente e por igual, evitando assim retrações diferentes.

O acidente me fez olhar a base danificada com olhos críticos. Pelo menos acabei descobrindo duas coisas que me desagradaram: a primeira delas, o título gravado na base, pareceu-me miúdo e totalmente fora da escala da peça. A segunda, de acordo com a mesma reflexão, me fez distinguir o quanto os pés da figura estavam pequenos e ridículos. Mudarei a inscrição para a palavra *Sequestro* em vez de *Vênus sequestrada* e depois saberei como tratar desses pés.

Ontem à noite retrabalhei uma tela começada em 1986, como homenagem a Borges. Dava esta pintura como irrecuperável, no entanto não tive coragem de destruí-la, pois assim nada sobraria da reverência. Pretendi chamá-la de *O crime no parque*. A cena justificava a escolha: um homem, envolto pela densa névoa da manhã, jaz imóvel em cima da relva de um parque. Uma outra figura, estranhamente vestida com uma longa capa negra e uma cartola, afasta-se na névoa dando as costas ao morto.

Estive desde o início à procura de uma mórbida atmosfera, alguma coisa carregada de relâmpago e enxofre, mas até agora ainda não consegui o meu intuito. Talvez esta pintura, que não deixa de ser um tanto ambígua, possa servir apenas como uma ilustração. Se tivesse sido trabalhada em cima de papel, eu já daria o seu conjunto como perfeito, e a homenagem estaria cumprida.

Há qualquer coisa neste quadro que me faz lembrar a má pintura inglesa e, o curioso é que, esse fato – longe de me desagradar – me agrada, e muito! Borges certamente compreenderia, isto é, com certeza haveria de sorrir com o seu sorriso de cego, infenso às *aborrecidas* cores das pinturas e também à soberba de suas imagens manchadas de pestilência.

19 de maio

À noite, depois das dez horas, minha modesta sessão de cinema ajuda a colocar em ordem uma parcela dos filmes que não via nesses últimos vinte anos.

Surpreso em verificar a excelente qualidade de alguns deles. Claro que eu não estou me referindo a mestres como Visconti, Fellini, Bergman, Buñuel, Losey, Huston ou mesmo Welles. Falo dos mais novos, como Ettore Scola, Bellocchio, Fassbinder, Polanski e alguns até desconhecidos, mas que demonstram sofisticação sem perda de conteúdo; de certo modo, adeptos da extravagância grotesca, algo semelhante àquilo que Huston nos fins dos anos setenta assevera ter descoberto: "Para aumentar o efeito cênico, recorri de propósito a uma técnica que logo depois se tornou popular, permitindo que acontecesse tudo o quanto era tipo de surpresa sem explicações lógicas. Coisas aparecem, acontecem - engraçadas, tristes, cômicas, dramáticas. A princípio absurdas, e de repente possíveis".

Na verdade, as loucuras de Polanski acrescentaram a esse *cardápio* substâncias bem mais satânicas, embora igualmente possíveis.

A *homenagem* a Borges parece-me que ainda conserva a mesma irresolução. Massa confusa. Eu quis simular um clima inglês, algo ao mesmo tempo claro e enevoado. A névoa foi propositada. Cheguei a usar de artifícios para conseguir "efeitos especiais", e depois reclamo desta desordem. Trabalho é o que parece faltar, ou então iniciar um outro quadro.

Alícia deve vir. Ultimamente não tem mais falado na irmã, fato que talvez seja bom para mim. Por detrás de cada mulher há uma caçadora obsessiva. Todas são majestosamente perigosas, como a própria vida costuma ser.

Ela acabou de chegar e dirige-se ao banheiro. Sua demora me inquieta. Observei que a porta está trancada. Lá dentro deve reinar como um animal, e não posso adivinhar o que faz. De repente a porta se abre e logo ela diz: "Tenho fome". Sem nenhuma relutância, avisou que desejava comer. "Com que prazer", eu disse. "Pode contar com a minha fome", completei. Na realidade não tinha fome alguma. E se tivesse, não perderia tempo com isso, para não me afastar um minuto sequer dos braços e da visão daquela bela moça.

Na madrugada, quando nos enlaçamos, ela estava parcialmente morrendo de sono.

20 de maio

Os dois flamingos morreram. Eram carnívoros e comiam vísceras; de há muito que o *Grande Pátio* estava irrespirável. Os cisnes negros, elegantes e delicados, sobrevivem, porque se alimentam de ervas.

23 de maio

Hoje pela manhã um dos três cisnes negros apareceu ferido na pata esquerda. Há qualquer coisa de estranho na morte dessas aves: primeiro, o casal de flamingos. Agora, um cisne machucado. Devo tratá-lo e ele se recuperará. Suponho que o erro maior é querer criar essas aves fora do seu *habitat*.

25 de maio

Insistir no trabalho do rosto da *Vênus*, cujo caráter acentuadamente egípcio confirmará a ideia do sarcófago. No lugar da boca, um grande parafuso de fenda. O silêncio de *Vênus* será necessário até a sua Ressurreição.

27 de maio

Termino a modelagem geral do *Sequestro*, incluindo a nova base com o seu título corrigido. Agora resta esperar a longa estação da secagem. Possivelmente no mês de setembro efetuarei a primeira queima.

O pequeno mural em relevo, homenageando Gilberto Freyre, está em fase de acabamento.

2 de junho

Como sempre, não é muito o que tenho a acrescentar. De resto, suponho que este é um pensamento prudente e nada jactancioso, ou seja, não avançando o *sinal* da sabedoria – que de há muito já se encontra fechado –, evita-se, assim, cair nas asneiras que nos ocorrem mais frequentemente que o desejável.

3 de junho

> *Eu desejaria, igualmente, de todo o coração, que Homero conhecesse a regra prescrita por Horácio, de apresentar agentes sobrenaturais o mais raramente possível. Não lhe veríamos, nesse caso, os deuses ocupados em tarefas triviais e conduzindo-se muitas vezes de maneira que não somente os priva de todos os títulos a respeito, mas também os converte em objeto de desprezo e irrisão. (A história de Tom Jones)*
>
> Henry Fielding

4 de junho
No filme *Aguire – A cólera dos deuses*, o diretor Werner Herzog transforma o seu herói num instrumento de deuses enlouquecidos. Mas a sua cólera nada consegue diante das *forças* cegas da natureza e muito menos ao se defrontar naquelas paragens, repletas de divindades selvagens, a ele totalmente desconhecidas. Não fica difícil, portanto, adivinhar o desfecho dessa luta desigual.

5 de junho – domingo
As formas são sempre *novas* para aqueles que as descobrem. Esse pressuposto é válido à medida em que nossa incúria nos fez assim. Desde a mais remota antiguidade, gerações e gerações estão sempre na expectativa dessas "descobertas", e, de fato, as fazem com alacridade. Infeliz daquele que tentar barrar esse equivocado percurso. Seria idêntico ao crime de lesa-humanidade e, de resto, atirar-lhe-iam pedras, sem o menor remorso.

Na verdade, os interessados confundem as *variantes* (ou deformações) com as mais que improváveis formas novas. O grande pintor Ingres comentava que *deformações* são uma homenagem à forma. Comentário ainda hoje de grande valia para os empedernidos e apaixonados sobre esse assunto inesgotável, entre eles eu, com todas as minhas aflições naturais e artificiais.

6 de junho
Helena Viktoria partiu hoje cedo para junto da mãe. Minhas apreensões se fazem mais a mais dentro de uma atmosfera de pânico, uma vez que essa senhora portadora de uma doença incurável, me parece, senão louca, quase enlouquecida.

Como alguém pode pensar que o inferno que temos de atravessar teria um lugar diferente desse que vivemos hodiernamente?

Resposta a uma carta do pintor José Cláudio:

De fato as coisas não são jamais aquilo que parecem ser.

Para o nosso permanente desespero, elas nos escapam por entre os dedos e o parco entendimento. Gostei imensamente de sua carta que já está anexada ao meu diário. Como você parece ter apreciado um desses "pedaços" da Salomé, aí vai outro saído de uma série de três. O último deles, o mais difícil – o rosto pérfido que faz funcionar os membros nervosos –, reservei-o para mim.

Fiquei intrigado com esse novo endereço: Rua de Santa Cruz, 220. Será que você trabalha num novo ateliê? Se for verdade, pretendo visitá-lo o quanto antes.

10 de junho

> *Desde os anos infantis até o instante que lhe pediram que falasse, jurou que era estranho, que era mais que estranho; era lastimoso, era espantosamente lastimoso. (Otelo)*
>
> Shakespeare

Desmontamos os seis módulos superpostos da escultura *Sequestro* para que cada peça venha a secar em separado. A enorme pressão sobre a base já ocasionara a sua ruptura, obrigando-me a repeti-la. A operação de desmontagem foi de fato delicada, não só pelo peso excessivo de cada módulo, como também pelo fato do conjunto ainda não estar queimado. Empregamos nove homens nesta verdadeira temeridade.

11 de junho – sábado

Se tive minha filha semana passada junto a mim, hoje eu a esperei inutilmente o dia inteiro. Só agora no final da tarde soube que ela não viria.

14 de junho

A propósito de lendas e pessoas famosas que serviram ao desenvolvimento de histórias as mais extravagantes, encontro uma narrativa bastante esclarecedora.

No ano de 1974, durante a sua viagem à Patagônia, o inglês Bruce Chatwin defrontou-se com inúmeras versões sobre a morte do famigerado bandoleiro norte-americano Butch Cassidy que habitara com o seu colega Sundance Kid, algum tempo nos confins do continente sul-americano. Os dois teriam sido mortos em San Vicente, Bolívia, em dezembro de 1909.

Numa outra versão, pereceram por ocasião de um tiroteio com a polícia uruguaia em 1911. Há também a possibilidade de terem sido assassinados por guardas *fronterizas* em Rio Pico, na própria Patagônia.

Muitos arriscaram que nestes tiroteios Butch Cassidy soube como escapar: "A partir de 1915 centenas de pessoas viram-no ou julgaram vê-lo - levando armas para Pancho Villa, no México, minerando com o Wyatt Earp no Alaska, excursionando pelo Oeste, num ford modelo T, visitando velhas namoradas...".

O mais espantoso de tudo isso é o depoimento da irmã de Butch. Ela não tem dúvida: "Seu irmão voltou e comeu uma torta de morango com a família em Cireleville, no outono de 1925. Acredita que ele morreu de pneumonia no estado de Washington na década de 1930". No entanto, alguns pacatos testemunhos localizam sua morte numa cidade do Leste, onde seria um engenheiro aposentado, vivendo ao lado de duas filhas casadas.

No meu entender, um homem famoso, vivo ou morto, é um *fantasma* que deve incomodar os vivos por uma longa temporada, e não é por outra razão que as lendas se incorporam às outras lendas num vasto esforço de exorcizar essa presença maldita.

16 de junho - manhã

Novamente Emília visitou-me, e, como sempre, acompanhada de um grupo de turistas, desta feita de austríacos e não alemães como da última vez. Pareceu-me bem mais interessada em arte, segundo afirmou. Sugeri-lhe que na sua próxima visita viesse sozinha para conversarmos mais demoradamente. Poderia dar-lhe conselhos e lições. Olhou-me incrédula e sorriu... Antes de juntar-se aos seus turistas, bocejou visivelmente umas três vezes como se ainda estivesse na cama. Ao bocejar levantava os braços para o alto, deixando os seus sovacos bem raspados à mostra e, ao mesmo tempo, fazendo uma careta horrível. Antes assim, ao natural. Tomei o gesto como uma homenagem.

17 de junho

E se eu ousasse dizer que, apesar da degradação, sempre *procurei* nessas aproximações das mulheres a possibilidade de um rito iniciático? Uma estreita vereda para penetrar no campo do sagrado, quando... Sim, naquele dia em que esses dois seres - perdida a inocência - pela primeira vez se defrontaram face a face excessivamente confusos e, no entanto, obrigados ainda a uma convivência na qual o sagrado jamais poderia ser de todo excluído. A própria degradação encarada como uma consequência do sagrado, exposta num enredo meramente humano é, portanto, factível de equívocos.

18 de junho

Depois de um passeio pelo parque, quando a chuva finalmente desapareceu, atrevo-me a chegar até a ponte carcomida, lançada sobre as escarpas pedregosas do Capibaribe. Grandes rochedos de granito afloram neste trecho do rio, servindo de base durante quase cem anos às pilastras de pedras lavradas que, solidamente encravadas, pareciam aos nossos olhos não ter fim.

Da ponte, resta apenas pouco mais de vinte metros: perdidas duas pilastras e o restante, oitenta metros de sólido ferro inglês, jogado depois da última grande enchente em julho de 1975, bem longe no fundo do rio. Cismarento, olho neste fim de tarde o inexorável destino das coisas chamadas sólidas. Tudo aquilo que acaba por se desmanchar no ar, como pretende Marshal Berman ou como diria Buda, "tudo é *maia* - ilusão".

Com impaciência devo aguardar M. Gertrude que me prometeu trazer esta noite o filme de Istvan Szabo, inspirado no livro de Klaus Mann, *Mephisto*. Desse mesmo diretor já assisti à sua notável narrativa *Coronel Reidl*.

19 de junho – domingo

Thomas Mann escreveu *Doutor Fausto* e seu filho, Klaus Mann, *Mephisto*. Uma personagem no filme de István Szabó, comenta: "Nós todos alemães temos um pouco de Mephisto. O que seria de nós se fôssemos todos fáusticos e não mephísticos, certamente os nossos inimigos se rejubilariam".

Bela e marcante realização de cinema - no seu sentido mais amplo - desse quase insaciável diretor húngaro.

As cores noturnas de *Mephisto* variam do azul-frio ao cinza-negro com raros toques de rosa-fanado que acentuam a atmosfera trágica da Alemanha envolta pelas trevas do Nazismo. Destaque especial para o ator austríaco Klaus Maria Brandauer.

Mircea Eliade comenta (aliás precaução bastante justificável) que a sua definição de arquétipos não é a mesma de Jung. Diz ele: "Fiz mal em dar ao *Mito do eterno retorno* o subtítulo 'Arquétipos e repetições'. Arrisquei-me a ser confundido com a terminologia de Jung. Para ele, os arquétipos são estruturas do inconsciente coletivo. Eu emprego esta palavra por referência a Platão e a Santo Agostinho: 'Dou-lhe o sentido de 'modelo exemplar' - revelado num mito e que é reatualizado pelo rito. Deveria ter dito: 'Paradigmas e repetição'".

20 de junho
Preparativos, os mais variados, para uma viagem à cidade de Triunfo (Mata Redonda). Pouco a pouco construo neste distante universo sertanejo um prolongamento da Oficina que se desdobrará em novas possibilidades.

No futuro, quem sabe, poderá ser um lugar para estudo ou repouso de artistas, desses que estão sempre prontos à *contemplação* da natureza e de seus múltiplos fenômenos.

O crítico John Russell costuma lembrar a coragem de Balthus quando este afirma, com a mais absoluta convicção, que as suas pinturas - sem exceção - são inapeláveis fracassos. E, ainda mais: o pintor admite jamais ter conseguido acabar os seus quadros. Na verdade, abandonou-os em desespero.

Durante toda a sua vida, a preocupação fundamental de Balthus resume-se naquilo que chama: "*La recherche picturale aboutie ou pas*".

Russell compara esses escrúpulos ao igualmente severo julgamento de Giacometti com os seus trabalhos de pintura. Não sei se o escultor estendia esses conceitos à sua obra escultórica. Em todo caso, parece-me que sim.

Na realidade, os dois seguem a velha lição do incomparável Cézanne, para quem não existem quadros acabados, e sim quadros abandonados.

21 de junho
Agostinho, o cisne acidentado (homenagem a Santo Agostinho). Presumo que seja macho. Mas se for fêmea seu nome será Augustine. Minha filha disse que pelo menos três veterinários à distância não conseguiram afirmar se era de fato macho ou fêmea. Minha neta Elisa me faz a mesma pergunta. Igualmente devo confessar que não sei. Confirmo apenas que o chamo de Agostinho e ele aceitou o batismo uma vez que, chamado assim, logo se acerca à procura de alimento.

29 de junho
Só ontem, depois de uma semana em Mata Redonda, me dispus a retomar o trabalho cerâmico, e o faço não sem uma certa nostalgia, ao recordar a atmosfera desse universo ainda por descobrir.

Dias sucessivos de névoa e frio: "Levado por um vento vagabundo e vazio, vazio, deliciosamente vazio".

Anotações de paisagens fantasmagóricas, anuladas pela névoa persistente que recria um mundo silente e quase disforme, propício ao sonho e ao devaneio. M. Gertrude, se movimentando na paisagem enevoada, toda vestida de negro como um enorme pinguim no gelo.

Mas o que acontece? Tenho a impressão (mesmo que imperfeita) de que escrevo os últimos capítulos de uma história, não tão extensa como poderia ter sido. Eu a abreviei. Por minha culpa, minha máxima culpa... Minha culpa... Culpado como todos, finalmente culpado.

Minha vida está repleta de criptogramas. Será possível ignorar o que isto significa? Como legendar um abismo de um sonho imperfeito?

No ano de 1896, Paul Gauguin pinta um autorretrato, nomeando-o de *Gólgota*. Será que ainda precisava dizer mais, ele que na realidade foi uma espécie de mártir, não só de suas próprias legendas como sobretudo daquelas mais que apressadas interpretações realizadas por terceiros de um destino que jamais poderia ser comum?

3 de julho – domingo

Amanheço folheando o livro sobre a obra de Caspar David Friedrich. Especial atenção à figura de Von der Bricken diante de um mar de névoa. Trata-se de uma homenagem do pintor a um amigo morto, diz a crônica sobre o quadro. Quanto à presença da névoa espessa, que preenche grande parte da tela, deve representar os equívocos de nossa vida terrena, sempre numa constante imprecisão de julgamentos.

Espero chegar o meio-dia para tomar banho e, em seguida, almoçar. Se não costumo sair na semana, também no domingo não devo fazer exceção. Todos os dias se equivalem. Sempre foi assim. Suponho que só os estudantes e operários podem contar (ou se alegrar) com os feriados. Uma pessoa ocupada faria um triste papel se não pensasse no domingo como um dia normal de trabalho. À tarde, devo dar continuidade a alguns projetos de mural e aproveitarei para rever desenhos de paisagens iniciados em Mata Redonda. Aquelas paisagens enevoadas e fantasmagóricas que permanecem vivas na memória. Poderia tê-las fotografado, mas não o fiz. Não seria a mesma coisa. O mistério não se deixa impunemente fotografar, e qualquer tentativa neste sentido resultaria num total malogro. M. Gertrude parece não ter entendido muito bem essas alusões sobre o mistério das coisas. E, por sua conta, fotografou à vontade esses dias cinzentos. "Valem como recordação", ela disse. "Quanto ao mistério, espero que ele permaneça vivo para sempre na sua cabeça. Você a tem para isto, não é verdade?", ela concluiu sorrindo.

Ligeira apreciação sobre o filme de Saura, *A prima Angélica*. Acredito ter sido absolutamente desnecessária a referência a Marcel Proust. A admirável epígrafe de Ramón del Valle-Inclán já preenchia a cena: "As coisas não são como as vemos; são como as recordamos".

Para o inferno com a pequena *madalena* proustiana! Citá-la foi quase um sacrilégio à memória espanhola. Soa falso no decorrer da narrativa, saltando aos olhos que não passou de uma fraqueza momentânea de Carlos Saura, uma insegurança indigna de um espanhol. À noite, a surpresa em assistir no vídeo uma versão de *O idiota*, realizada em 1957 pelo diretor Ivan Pyryev. Por que não dizer que temia a abordagem de Dostoiévski pelo cinema soviético, tanto quanto temi por todas aquelas já realizadas desastradamente pelo cinema ocidental? Alegrou-me, desde as primeiras cenas, verificar o meu engano. Pareceu-me de fato, em se tratando da *alma russa*, que todos, no fundo, são visceralmente russos.

Com prudente fervor o filme reduz-se à primeira parte do romance, com o subtítulo de "Nastasia Philipovna". A história apenas começa. Mas, para aqueles que a conhecem bem, é o quanto basta. Quando o diretor Ivan Pyryev abordou tão somente a primeira parte de *O idiota*, devia ter perfeita consciência de que esse episódio era representado como tempo, apenas um dia. A ação dessa primeira parte começa no raiar da manhã e termina tarde da noite. Com essas pequenas descobertas, nada pretendo provar e muito menos julgar. Recordo sempre o sintético comentário de Kierkegaard: "Advogar desacredita sempre".

As pessoas esquecem da interpretação teológica de uma frase de São Pedro, na segunda epístola: "Um dia é como mil anos e mil anos é como um dia" (3 - v. 8).

O magnífico e sensível ator que representa o príncipe Míchkin, assim como Nastasia Philipovna se encontram perfeitos. Enfim, todos os atores correspondem admiravelmente a seus diferentes papéis. Por momentos (e não foram breves), reencontrei todo o espírito de Dostoiévski redivivo e, consequentemente, a inigualável alma russa.

O acento excessivo sobre o dramático e o grotesco, com gestos e atitudes levados a um paroxismo quase carnavalesco, lembrou-me o fantástico estudo de Mickhail Bakhtin em *Problemas da poética de Dostoiévski*: "No romance *O idiota*, a carnavalização se manifesta simultaneamente a uma grande evidência externa e a uma imensa profundidade interna da cosmovisão carnavalesca (em parte, graças mesmo à influência direta de *Dom Quixote*, de Cervantes)".

No mês de julho de 1986, ocupei-me durante vários dias em delirantes comentários sobre essa, para mim, inesquecível obra-prima.

6 de julho

Começo lentamente o grande mural *Mãe Terra* que fechará os diferentes temas da *Muralha* iniciada no ano de 1979, com uma alegoria a São Sebastião e duas inscrições na cerâmica: uma, do poeta austríaco Ernst Jandl, e outra um trecho de Borges, retirado das "Ruínas circulares."

Enquanto as peças trabalhadas em relevo devem permanecer secando, inicio um *grafite* mural para a casa de Mata Redonda.

Soube hoje, pelos jornais, que na impossibilidade de conservar certos filmes, de há muito nas prateleiras, algumas distribuidoras são "obrigadas" a incinerá-los.

A ênfase ou insistência com que tenho assinalado a presença de certos filmes, talvez até já esquecidos, pode parecer irrelevante. Contudo, tenho a meu favor o poderoso encantamento de rever estas coisas supostamente esquecidas e, de resto, o que não é esquecido?

O meu lastimável atraso em ter chegado a algumas dessas obras-primas do cinema não é culpa de ninguém. Talvez tenha preferido que assim acontecesse, e não há como explicar tal omissão. Em todo caso estou livre para comentar (pelo menos no momento) sobre aquilo que todos de há muito silenciaram.

13 de julho

O *grafito* que planejo para a casa de Mata Redonda não deixa de ser – por aproximação – uma homenagem à cidade de Triunfo. Alguns historiadores confirmam que a cidade nasceu de um primitivo acampamento de índios nômades, denominados Cariris, além de possuir nos seus arredores algumas grutas com inscrições pré-históricas.

À noite, depois do trabalho, presto atenção nos meus repetidos comentários sobre filmes já excessivamente revirados pela crítica especializada. Parece-me, às vezes, que teimo em enxergar o invisível aos olhos dos outros. Mas não é bem assim. Acontece que certos elementos obsessivos jamais me escapam.

Em *A torre de ébano*, baseado no romance de John Fowles, a história - pelo menos a cinematográfica - dedica uma ênfase especial à personagem do jovem pintor David Williams. A ele cabe defender os princípios e toda a utopia da chamada arte de *avant-garde* contra os ainda vivos estertores da velha escola. A ele também caberia salvar e reabilitar (senão mesmo seduzir) a jovem pintora que se encontra tolhida nas garras egoístas e inescrupulosas de um velho e famoso pintor, lhe servindo ao mesmo tempo como musa e ajudante. Embora aparentemente vencido, semimorto e apatetado, o velho homem diante da ativa firmeza do jovem artista, soube como tecer a sua teia e acabar levando a melhor.

No final da narrativa, o ancião recomenda ao sôfrego rapaz que preste atenção a um retábulo de Pisanello (ou Paolo Uccello?), *São Jorge, A princesa e o dragão*, que se encontra na Galeria Nacional em Londres.

Numa quase parábola, trama o seu malévolo comentário: "Estava em perfeita paz a princesa, sob a guarda e proteção do velho dragão, tendo adquirido hábitos com o decorrer do tempo, senão de demonstrar o seu amor, pelo menos deixando entrever uma grande ternura diante do seu carcereiro... Uma vez libertada, não sabia mais o que fazer. E o audacioso São Jorge também não se mostrou à vontade, após a sua confusa vitória - na realidade - acrescentou o velho pintor com sabedoria: 'São Jorge agiu como um perfeito idiota, liberando quem não esperava viver em liberdade".

Essa citação final (parábola) sobre a pintura de Pisanello (?) foi apenas escutada por mim uma só vez, no decorrer do filme. Portanto, não é literal. Em todo caso, o "sentido" deve ter permanecido o mesmo. Não conhecendo esse livro de Fowles não posso jurar, mas acredito que não houve engano nenhum quanto ao essencial. Desse bom escritor inglês já conhecia *O colecionador*, como também *A mulher do tenente francês*, ambos corretamente aproveitados nas suas respectivas versões cinematográficas.

Ainda falando de cinema, em *A terceira geração*, Fassbinder - um diretor surgido no pós-guerra, portanto, um furioso contestador - demonstra neste tema, terrivelmente analítico e confessional, as possibilidades de uma pequena obra-prima sobre os intrincados e complexos *formulários* do poder. Fassbinder não desconhece que - como diz Umberto Eco - "somente os poderosos sabem sempre com muita clareza quem são os seus verdadeiros inimigos". Daí porque esse núcleo fechado do poder dificilmente se deixa atingir. São eles que sempre dão as cartas. Aos outros, *os pequenos demônios*, compete apenas fazer o jogo com essas cartas previamente marcadas. O desastre, portanto, é inevitável.

A narrativa aparentemente caótica da história, lembra, em parte, a febricitante e demoníaca ação dos personagens de *Os possessos*, de Dostoiévski. Disse que lembra só "em parte", porque falta às personagens de Fassbinder uma nítida consciência moral que sobra - mesmo no mais irascível dos celerados - em todos os personagens do escritor russo. O ritmo de *A terceira geração* é apressado, desgastante, sinuoso. Todos falam ao mesmo tempo, ninguém é senhor do seu discurso. As frases e diálogos se sobrepõem infinitamente como numa Babel rediviva. O diretor alemão, consciente desse aspecto pavoroso do tema, procura (e acha) novos procedimentos que o justifiquem nos seus revoltantes desacertos. São normas de uma *cartilha moderna*, e assim deve ser feito para a compreensão geral de um público de há muito indiferente às monstruosidades.

A apoteose *carnavalesca* final comprova alegremente a farsa do poder, deixando ainda em aberto as suas trágicas consequências. Afora as drogas e o seu homossexualismo, não é de se espantar que Fassbinder, *sabendo* tanto (até o insuportável), tenha cometido suicídio. Quem afirmou que toda morte é um suicídio?

14 de julho

Telefonou umas seis vezes, em diferentes momentos, em dias alternados, sempre à espera de marcar um encontro, ela que, tão jovem, ostenta um nome de rio: Fluenta, Flúvia, Lívia, Lagô. Tantos nomes... Flúvia... tantos rios e ela veio até a mim, escorregando pela estreita fenda como um rio subterrâneo...

O estranhíssimo e assustador *Ana e os lobos*, de Saura, fabulação e imagens nascidas do sofrido coração espanhol, numa condução magistral desse diretor que, mesmo depois de Buñuel, ainda consegue surpreender. E como surpreende! Imagens goyescas, mescladas aos cruéis artifícios surrealistas de um Dalí, do primeiro período. Também a presença fantasmal de Miró nas suas imprevisíveis e obscenas cabriolas. Visão afiada como uma navalha, com os seus cortes precisos que não sangram na sua *urgente* ferocidade. Um *desastre* ou um *capricho*?

Quantas vezes aqueles três lobos (os três poderes), com a cumplicidade da velha mãe histérica, atacariam? Teria sido Ana a sua primeira vítima? Não. Tudo leva a crer que aquele impudente ritual de atrocidades era rotineiramente aplicado às mais diferentes vítimas. De resto, a pobre Geraldine Chaplin (filha de Carlitos) foi - pelas circunstâncias do seu trabalho de atriz - uma vítima real. Bem entendido: teria de ser uma estrangeira e em cujas veias, sobretudo, não corresse nenhum sangue latino. A vítima ideal, repito, não poderia deixar de ser uma forasteira. Só o seu sangue (nenhum outro), o seu ventre, o seu sexo, os seus pulmões, a sua cabeça e os seus cabelos, poderiam servir para o sacrifício final. Saura, perfidamente, escolheu a contento. E nesta escolha macabra fez com que a vida imitasse a arte, não é verdade? E depois, sim, e depois, segundo soube, ela, a pobrezinha, era ou ainda é a própria mulher de Saura. Será que me engano? No fundo, os dois foram cúmplices. E em consequência disto tudo transformou-se, (meu Deus!) num diabólico festim, num trágico *sabbat*. Saura também é *lobo* e Geraldine é uma loba no cio, travestida de um cordeiro corrompido.

17 de julho – domingo – manhã

Ana e os lobos – perdida num campo árido, caminha a moça para um castelo de cartas repleto de enigmas. Dança macabra num pátio quadrado, lívido de sol, quando no ponteiro de uma bússola, três crianças correm em direção ao matagal e desenterram uma boneca mutilada. Cigarras indiferentes marcam o compasso do segredo inviolável. Ana levita em torno das folhas, pousando entre pedregulhos onde perderá as tranças, a honra e a vida. Abismo, deserto, solidão, silêncio, ausência. Novamente os lobos confabulam.

> *Aqui e em toda parte existem dragões do mal, tão venenosos como os de minha saga. (O pequeno duque)*
>
> Charlotte M. Yonge

19 de julho

> *Uma preferência pode muito bem ser uma superstição.*
>
> Borges

24 de julho – domingo

Fruir. O contrário de sofrer. Não é isto que a grama quer? Apenas crescer?

30 de julho

Na sua absurda crueldade, o tema de *Ana e os lobos* se assemelha a *Estalagem das bruxas*, de Joseph Conrad, e poder-se-ia pensar também no *Le malentendu*, de Camus. Fica evidente que as *intenções* são totalmente diversas, mas o *absurdo* acaba por ligá-los.

Esta semana assisti à adaptação de Visconti do romance *O inocente,* de Gabriele D'Annunzio. Não pude deixar de lembrar o magoado espanto do editor Emílio Treves quando teve os originais em mãos. Nesta época, recordo que o seu título era *O intruso.* "O livro é impublicável", disse Treves. "Impublicável porque é imoral."

No final das contas tudo é mesmo impublicável, até as histórias sagradas devem ser lidas com ressalvas. Sempre me pareceu que quando os homens escrevem enlouquecem; ou melhor, já escrevem porque enlouqueceram.

31 de julho – domingo

Maria Helena, minha filha, completa hoje trinta e quatro anos. Como posso pretender a juventude quando já tenho filhos com mais de trinta anos? No entanto, a pequena Goló (Helena Viktoria), ainda completará quatro anos em dezembro. Esta minha última filha é mais moça do que qualquer um dos meus netos.

15 de agosto

Admirável humor de Mel Brooks em *Primavera para Hitler.* Dificilmente ele encontraria um ator que correspondesse tanto a este humor quanto Zero Mostel, um comediante perfeito.

16 de agosto

Muita gente me visita e, costumeiramente, passa a me chamar de *mestre,* o que na realidade não deixa de ser agradável, embora, a mim, espante e confunda. Mestre de quê? Talvez do disfarce.

19 de agosto

Rota do silêncio. Tarde e manhã de trabalho. Atmosfera agônica.

29 de agosto

Sofrendo complacente como um animal suicida. Poderia não dizer nada, nada lembrar...

19 de setembro

O mural *Mãe Terra*, trabalhado em generoso relevo, prossegue com novas criações saídas da própria matéria do barro. Em torno do grande brasão central (o ventre fecundo e voraz ou uma estrela), nascem gigantescas folhas. E ao lado dessas folhas emergem de covas e de rupturas da argila várias cabeças de uma inusitada fauna primitiva.

No lado direito do mural (ainda fazendo parte da *Muralha*), uma inscrição maduramente pensada dirá o que esperamos da "Mãe Terra". Longe da evocação da beleza, algo mais trágico saído da alma perplexa do velho Conrad registrará a monstruosa interjeição: *The horror, the horror*!

20 de setembro

Antes das seis horas da manhã, fiquei sabendo do desastre acontecido com um dos módulos da *Vênus sequestrada*. Exatamente o maior e mais volumoso dos módulos do conjunto. Ao me deparar com a peça, pude verificar o quanto ficou mutilada. Foi-se o ventre e as nádegas. Logo as duas partes mais importantes do conjunto. Talvez o diâmetro excessivo desse módulo tenha obstruído a livre circulação das chamas, ocasionando a ruptura violenta (explosiva) da maior parte desse cilindro.

Obedecendo as mesmas medidas, já comecei a modelagem de um possível substituto. As chamas parecem não suportar as nossas vaidades descabidas. E, por conta disto, fui severamente punido. O novo desenho tenta remediar aquilo que era impróprio, inclusive, o significado maior do sequestro. Farei duas versões desse substituto, na verdade, esperando o pior. Quem me vê falar, pensa que apenas registro esses fatos, quando na realidade estou arrasado.

21 de setembro

Rever depois de tantos anos *A bela da tarde*, de Buñuel, para confirmar o quanto o gênio do cineasta espanhol soube consertar as bobagens - ditas realistas - do medíocre Joseph Kessel. Não voltarei ao assunto tratado há vinte anos neste mesmo diário.

A recente leitura de *Beleza e tristeza,* de Yasunari Kawabata, ajudou a intensificar as cores e a atmosfera pestilenta deste filme notável. Suponho que dificilmente alguém poderia reinterpretar ou ajuntar o que quer que fosse ao consumado espírito trágico de Kawabata. Nem mesmo Buñuel. Em todo caso, todas as histórias de amor se equivalem e parecem estranhamente comuns. Essa equivalência deve-se a sua incurável sordidez.

26 de setembro

As linhas retas pertencem ao homem. As curvas a Deus.

Gaudí

A gigantesca cabeça de tartaruga (símbolo cósmico: lentidão e eficácia da Natureza) foi colocada no seu devido lugar, aguardando o restante do mural *Mãe Terra* que permanece secando em prateleiras sombrias, longe de mãos curiosas e impacientes. Antes do final de outubro, começaremos os diferentes e repetitivos processos de queima.

A meu modo, aguardo que as coisas aconteçam antes de serem esquecidas e, depois, ainda me resta a esperança de que todos esses símbolos utilizados como a marca dos deuses me favoreçam.

27 de setembro

O atleta e corredor Ben Johnson, nascido na Jamaica e naturalizado canadense, foi profundamente humilhado pelos membros da comissão *antidoping* das olimpíadas. Estranho destino. No momento de glória, depois de ter vencido uma corrida de maneira espetacular é vilipendiado por todos. Cruéis invocações, lastimáveis lembranças. De imediato escrevo algumas linhas:

Recado de Ben Jonhson

Como Laocoonte ousei o sacrilégio.
Não foi, como dizem, os "esteroides anabolizantes"
Mas um bilhão de asteroides e uma súbita arrancada
Em direção do alvo puro.
Como Heitor em fuga sem horizontes.
Só músculos e a pérfida batalha.

Cego pelos deuses, mesmo despojado do ouro,
Perseguirei agora o pássaro silencioso
Do meu destino.

1º de outubro – sábado

Não contente com as diferentes versões do *Feiticeiro* em forma escultórica, resolvi fazer um mural com o mesmo tema. *O feiticeiro do ano 2000* será alguém que atuará quando, enfim, renascerem as cerimônias e as religiões.

Talvez hoje pela manhã eu tenha posto a perder o núcleo central desta pintura, trabalhada a semana inteira em sucessivas queimas. No entanto, prefiro perdê-la a não ousar mais uma vez. O mais difícil será aguardar até segunda-feira próxima para saber o resultado das fornalhas.

7 de outubro

Telefono para Ariano Suassuna. "Ele se encontra terminando uma aula", alguém disse. Eu estava ao lado do psiquiatra Salustiano Gomes, quando Ariano ligou de volta. Pergunto se o seu poema sobre o *Grande Pátio*, a *Muralha* e os tantos *Labirintos* desta Oficina teria um nome. Ariano responde que até o momento ainda não havia pensado nisto. Eu lhe disse que sentia falta de não ter colocado no poema de Ernst Jandl, o seu título original: "Sinais". "Faz falta, muita falta", eu disse. Ariano - esse grande amigo - concordou. Ficou então de resolver depois da leitura do texto, e logo mais dará notícias.

8 de outubro

Ariano telefona lembrando que o título para o seu poema será "Primórdia". Fez questão também de lembrar o "Recado de Ben Johnson" como um belo poema. Eu havia estranhado ele não ter tocado no assunto ontem.

Às voltas com *O feiticeiro* que já transitou pelo forno inúmeras vezes. As linhas se desfazem, a cor desaparece no grande poço das chamas. Como falei a Suassuna sobre esse trabalho, ele sugeriu que em vez de chamá-lo de *O feiticeiro*, seria mais interessante intitulá-lo *O áugur*. *O áugur* é mais antigo.

11 de outubro

O feiticeiro chega quase ao fim, mas ainda existem no seu conjunto alguns reajustes. Devo deixá-lo de quarentena e iniciar ainda hoje a parte de pintura da *Grande Mãe*.

14 de outubro

Suassuna, de acordo com o que combinamos anteriormente, envia o poema definitivamente intitulado "Primórdia".

Primórdia

Sim, o conjunto era um enorme anfiteatro,
e a laje-central um altar,
semelhantes a esses monumentos brutais de pedra
erguidos quase sempre no meio dos desertos,
ou perto de serras pedregosas e descalvadas,
ou ainda junto ao mar, às fontes e aos rios,
como implorações de piedade,
memoriais em defesa da pobre raça humana
ou locais de holocaustos sangrentos
oferecidos à suas divindades implacáveis.

17 de outubro

Desde sábado passado, o diretor Wilson Rodrigues e sua equipe, incluindo conhecidos atores do cinema nacional, filmam aqui no recinto da Oficina *O gato de botas.*

Para quem não conhece de perto o mecanismo de um filme, é algo muito perto do caos. E é com esse pandemônio que tenho, obrigatoriamente, convivido nestes últimos três dias.

Por falar em cinema, M. Gertrude proporcionou-me assistir a uma coletânea de filmes durante a semana que passou. Três deles eram velhos conhecidos, mas mesmo assim, o encantamento permaneceu o mesmo. Vê-los mais de duas vezes é sempre uma oportunidade de novas descobertas: *O mensageiro*, de Joseph Losey com *script* de Harold Pinter; *O colecionador*, de William Wyler, baseado no romance do mesmo nome de John Fowles; *The nightcomers*, de Michael Winner, memorável interpretação da novela de Henry James, *The turn of the screw*. Os filmes novos foram: *Mamãe faz cem anos*, de Carlos Saura, uma curiosa e por que não dizer perfeita continuação de *Ana e os lobos*, e *Lili Marlene*, de Fassbinder.

Não me parece que a filmagem da fábula *O gato de botas* chegue ao seu término. O grupo é excessivamente desorganizado. Dito e feito: não foi surpresa, para mim, vê-los partir hoje à tarde em cima das seis horas, e ainda com o sol a descoberto neste novo horário de verão. Presencio a partida de toda a equipe e a deixo partir não sem uma certa saudade. Marta é a última da fila e espera a sua vez para que enfim, eu possa apertá-la nos meus braços. Ela parte também. Todos acabam partindo. Não é assim que deve ser?

Caminho de volta pelo *Grande Pátio* em direção ao tanque de Agostinho, mesmo sabendo que estou com as mãos vazias. Ele me interroga com o seu bico de lacre e o seu longo pescoço recurvo. Nada tenho para lhe oferecer, mas assim mesmo ele me saúda por duas ou três vezes. Retorno ao ateliê, onde a leitura de um livro de William Golding me prende.

Ao penetrar no primeiro galpão, ainda escuto, vindo de muito longe, os gritos dos pavões que habitam os jardins da casa do meu irmão. Há qualquer coisa nestes gritos que fendem o ar como uma pedrada. Sim, há qualquer coisa, porém não é dado a mim descobri-la. Falta-me toda a sabedoria necessária. Lembro, então, que parei a leitura na página cinquenta e seis do *Visível escuridão*, quando o pobre Matty desarvorado pela presença de sete belas meninas, desce a colina depois de um berro selvagem. Em seguida, recita o "Apocalipse de São João, Apóstolo": "(...) Depois prossegue a viagem a esmo pela estrada e pelo livro".

22. E Quiná, e Dimona, e Adada,
23. E Quedes, e Hazor, e Itnã,
24. Zife, e Telem, e Bealote,
25. E Hazor-Hadata, e Queriote-Hezron, que é Hazor,
26. Amã e Sema.

Pressinto que são nomes de lugares, mas que poderiam ser nomes de mulheres, muito próximos à perdição. Mais uma vez falha-me a sabedoria, a sabedoria "que enfada e aumenta a tristeza".

Já no ateliê recordo a pequena coruja que participou da filmagem nas cenas do *Mago Mau* e do amor que Marta dizia-lhe votar. "Batizei-a com o nome de *Évora*", disse-me entre dois sorrisos, um antes e outro depois da frase.

Recomeço a leitura: "À noite, Matty chegou a Gladstone, que é uma cidade grande e ali permaneceu por vários meses em paz, trabalhando de coveiro".

19 de outubro

Ainda sobre os nomes: Évora é um nome de cidade e há poucos dias, também, o nome da coruja de Marta Lúcia. Ontem escutei fascinado o nome da princesa austríaca Ana von Grazen und Leoben, uma personagem do filme *Accident*, de Joseph Losey. Ela era uma princesa morena de olhos claros e faiscantes, o que levaria uma outra personagem a duvidar de sua autenticidade. O malévolo comentário lançou-se no ar como uma serpente: "Uma princesa austríaca morena? Fique certo que não é de todo uma verdadeira princesa".

Que estranho "acidente" o genial Losey, conjuntamente a Harold Pinter, soube oferecer! Havia, é claro, uma princesa e de outro lado o seu noivo aristocrata e ainda um professor de filosofia que a tutelava diligentemente. E, de quebra, um astuto mestre que professava de astrologia a assuntos de cama e mesa. Ao todo, quatro pessoas envolvidas (como não poderia deixar de ser) num violento *affaire* de origem sexual. Na verdade, um quarteto perfeito, se dermos crédito a uma obscura carta de Freud, quando ele expressa a sua convicção de que "todo ato sexual é um processo que envolve quatro pessoas."

Não foi sem razão que Lawrence Durrell no seu *Quarteto de Alexandria* utilizou como epígrafe capitular essa ajuizada opinião de Freud. A meu ver, o mestre da psicanálise – pelo menos por prudência – poderia ter acrescentado o mínimo de quatro pessoas. Porque na realidade quatro ainda é muito pouco. Talvez sete fosse um bom número, se é que podemos limitá-lo às aparências ou aos sinais bem visíveis. Há que se pensar, pelo menos neste assunto que transcende a nossa própria desfalecida razão, na possibilidade de reunirmos nesta cena uma multidão de pessoas entre vivos e até entre os mortos. Sim, os mortos, aqueles que nos geraram e que por sua vez estiveram, sem dúvida alguma, *envolvidos* no mesmo processo, no fundo, bem no fundo, dessa inesgotável *cloaca* reprodutiva.

Uma espécie de dança macabra, senhores! Em direção à morte, esta sim, sofrida, implacável, solitária, sem parceiros e sem destino.

Numa das cenas de *Accident*, o professor de filosofia comenta acremente que os aristocratas parecem nascidos para serem mortos. Com certeza refere-se à esquisita (mas igualmente bela) vocação da aristocracia para o suicídio. E foi o destemor ou a sua impetuosa ingenuidade que levou o jovem William à morte prematura. Na verdade, apenas uma vítima antecipada deste *estranho acidente* que é a vida.

22 de outubro
Como tenho me ocupado muito de cinema, resolvo escrever sobre *The nigthcomers* e adoto uma epígrafe de Novalis: "Todo visível adere ao invisível, tudo o que pode entender-se ao que não se pode entender, todo sensível ao insensível".

Com o aparecimento do *The nightcomers*, o diretor Michael Winner propõe uma sutilíssima conjectura do relato fantástico de Henry James em *A outra volta do parafuso.*

Na realidade, mistério não se explica, mas seria demasiado obscuro – pelo menos em termos de imagens – insistir frontalmente no sobrenatural, em se tratando de um relato dessa categoria. Concordo com a opinião de Graham Greene quando reclama (após sucessivas experiências pessoais) que o cinema não só mutila as ideias de um livro como também costuma transformá-las em outras coisas totalmente diversas daquelas pretendidas pelo autor. Não seria demasiado qualificar esses contínuos deslizes como uma nefasta profanação. No caso de *The nightcomers*, seguramente isso não acontece e não acontece porque o diretor, fugindo à regra, exalta a ideia central da novela que ousa sem nenhuma restrição penetrar no mundo misterioso e enclausurado da infância: esse mundo de sonhos indecifráveis.

Winner refaz o maligno personagem de Peter Quint, não como um fantasma, mas como alguém que deve ser reconhecido por todos ainda em plena atividade. Portanto, são bem visíveis suas diabruras e libertinagens, assim como as consequências que o levam a um trágico desaparecimento. Da mesma forma, o tragicômico episódio da professora (uma espécie de fada má) afogando-se numa lagoa, que não tinha mais de um metro de profundidade...

É verdade que, em nenhum momento, James insinua que os dois tinham sido assassinados pelos meninos (mesmo que inocentemente), mas esse fato se fez necessário no filme para nutrir a indiscutível substância diabólica sugerida pela novela; e, também, para de um certo modo, aprofundar a *estranha* relação entre "pupilos e mestres". Certamente, na origem desse artifício, está contido todo o êxito dessa adaptação. Quando o filme chega ao fim, no breve instante em que a nova professora é apresentada àquelas *adoráveis* e *inocentes* criaturas, o relato de James estaria apenas começando, e assim – para quem conhece o livro – descobre-se, por antecipação, o furioso empenho daqueles dois fantasmas em destruir as crianças.

Convém salientar que toda narrativa é realizada pela primeira professora, enquanto que no livro de James é a segunda professora quem se encarrega de relatar os acontecimentos. Como uma inocente estreante, ao cruzar os umbrais daquela casa assombrada, ela deve ignorar o mal que já havia se adentrado no coração dos dois pequenos irmãos.

Diante de uma possível deficiência do *script,* alguém poderia argumentar que o Peter Quint, representado pelo ator Marlon Brando, não é necessariamente o que se espera de uma figura satânica. Desregrado sim, libertino, luxurioso, cheio de ideias próprias, quase cínico, aquilo que, entre os jovens de hoje poder-se-ia até chamar de um "cara legal", mas daí para rivalizar com o atormentado e hediondo espectro de Quint, há uma distância infinita. Acredito que o diretor Winner deve ter percebido – e não sem razão – que o satanismo do texto original – altamente contagioso – era extensivo a todos, desde o tutor às crianças, aos empregados, à casa, e até ao lugar. E daí a personagem de Peter Quint mostrar-se um tão compulsivo tagarela e ainda por cima se dando ao luxo de alardear suas ideias próprias, atitudes estas que, no fundo, já constituem em si um ingrediente infernal, um prematuro passaporte para atravessar o rio dos mortos.

Uma das características primordiais de James no *The turn of the screw*, foi a de afastar corajosamente a cortina, nada transparente, que no correr do tempo não só velava como também vedava qualquer acesso a esse mundo proibido, a "essa única pátria verdadeira, a pátria da infância", no dizer poético de Rilke. Ousadia semelhante, na literatura, só se encontra em *Um ciclone na Jamaica* – também uma suposta aventura de crianças – do notável Richard Hughes. De tal forma são perfeitos esses dois inigualáveis relatos, que tentativas no mesmo gênero, como *O senhor das moscas*, de William Golding, e *O marinheiro que perdeu as graças do mar*, de Yukio Mishima, parecem romances folhetinescos.

A outra volta do parafuso

E fora atacado por um enxame de borboletas furiosas!

(De uma história em quadrinhos)

Nas primeiras páginas do *The turn of the screw*, Henry James insiste, pela voz de Douglas (um sofisticado introdutor), que estaríamos diante de algo abominável: "Até hoje ninguém, exceto eu, ouviu falar de coisa semelhante. É por demais horrível". E, logo adiante: "Ultrapassa tudo o que se possa imaginar. Não sei de nada que se lhe compare".

Sem necessitar de qualquer exame, percebemos que se a transposição cinematográfica de Winner tivesse como modelo linear o espantoso comentário de Douglas, de pronto cairia no mundo inexplicável dos fantasmas. Esse intenso universo verbal propõe algo tão mais complexo e armado de sutilezas que nenhuma imagem poderia jamais competir – mesmo que movimentada num campo mais vasto do tempo e do espaço. Que semelhança alcançaria esse surpreendente efeito pela simples enunciação de que uma "história já fora escrita e que se achava fechada numa gaveta... de onde não sai há muitos anos?"

E, ainda mais, quando se acrescenta que está escrito com uma tinta antiga, quase delida, numa letra belíssima: *uma letra de mulher*. Duvidar, quem poderia? Resta ao cineasta procurar então outros artifícios, de qualquer modo equivalentes (se possível) àquilo que por natureza não parece ter medida. Nenhum diretor - por mais hábil que fosse - ousaria jamais afirmar que uma determinada história de conteúdo alarmante seria compreendida pelo público. E, no entanto, Douglas, o habilidoso contador de histórias, declara: "Você logo compreenderá. Você compreenderá".

Verificado o sabor da derrota diante dessas letras que soltam faíscas perenes e possuem o remoto segredo de tudo incendiar – jogando contra um inimigo tão desigual –, o perplexo cineasta (qualquer um deles) é forçado a recorrer, de imediato, às prováveis associações de caráter literário. Ficando bem certo que é preciso inventar, reinventar corajosamente. E é, neste pantanoso terreno (uma quase mistificação), que deve caminhar e ainda por cima jogar como um equilibrista sobre o abismo, pisando num só fio de apoio. Uma vez conservado o equilíbrio, poderá então dar saltos e piruetas, contanto que o fio não se lhe escape dos pés. Entre essas tensões, se faz necessário o aparecimento de um novo texto e será deste *script*, quase mágico pela sua explícita insolência, que dependerá o êxito interpretativo da obra original. Como já afirmei, quem realizou esse roteiro do *The nightcomers* sabia o que estava fazendo e o fez acrescentado de sutilezas altamente sofisticadas. Uma delas, a de pretender, em parte, ser um preâmbulo à fantástica narrativa de James.

Exemplificando um só episódio do filme, lembraria que a personagem tagarela e viciosa de Peter Quint, num diálogo com as duas crianças – ainda perplexas com a morte dos pais –, comenta que os mortos não vão a lugar nenhum, simplesmente porque não têm para onde ir. Ficam aqui mesmo e é tudo. Daí em diante, essas criaturinhas pautariam as suas nem sempre inocentes diabruras no pressuposto de que uma tal afirmação fosse uma sentença definitiva. No final da história, com o possível afastamento de Quint e de sua amante, as crianças resolvem, por sua conta e risco, fazer valer a lição aprendida, matando os seus ídolos, para que assim eles ficassem para sempre ali mesmo, ao lado deles.

A volta dos respectivos fantasmas – já transpostos para o relato de James – nada mais significaria senão uma justa cobrança junto a antigos parceiros. São, por assim dizer, as suas funestas emanações.

Embora esse não fosse o propósito de James, suponho que a interação foi de fato notável e sem prejuízo para os terríveis e insondáveis desígnios de tão malignas criaturas.

De resto, a firme atitude da bondosa professora diante do fantasma da Srta. Jessel, já serviria como um indicativo categórico para o delineamento final de um bom *screenplay*. Nada mais fazer do que aprofundar-se no abismo: "Há abismos, abismos! Quanto mais me debruço sobre eles, mais vejo, e, quanto mais vejo, mais me aterrorizo. Não sei o que não veja, o que não tema!".

Acredito que nesta expressão está contido todo o pensamento do próprio Henry James perante a vida e seus enigmáticos mistérios. Algo muito próximo do murmúrio final de Kurtz, em *O coração das trevas*: "The horror, the horror!". Com efeito, o âmago dessas duas histórias não me parece ser outra coisa, senão sofrimento puro.

26 de outubro

O mural *Mãe Terra* agiganta-se na parede. Um enorme ventre sonha parir uma estrela.

> *As melhores histórias quase sempre são falsas.*
> *(Lady Barberina)*
>
> Henry James

27 de outubro

Poder-se-ia argumentar que do universo nasceu a pequenina Terra, mas do ponto de vista humano somos nós que pensamos o universo, nós outros, os filhos da terra, aqueles degredados filhos de Eva, que ousaram recriar, à sua maneira, todas as coisas. Portanto, ali estava, na parede, em ásperos e ondulados relevos, o *Grande ventre* aberto, um útero incandescente sonhando o universo.

30 de outubro – domingo
Atribuir um destino às criaturas ou a realização de uma empresa atroz é, na maioria dos casos, um engano fatal. As nossas ações começam por um erro e terminam com uma centena de outros. Todavia, essas razões obscuras que nos fazem agir nascem aureoladas do perdão: "Eles não sabem o que fazem". Contudo, insistimos em reivindicar um destino especial, mais ou menos semelhante ao de um faraó.

O malicioso Lichtenberg sugere o tempo ideal para essa nossa duvidosa arrogância: "Creio que o homem é, no fim das contas, uma criatura tão livre que se lhe não pode contestar o direito de ser aquilo que pensa ser". De algum modo, este malévolo comentário, em parte, ironiza e ao mesmo tempo absolve esta nossa proverbial tolice.

31 de outubro
Aflige-me e assusta a ideia de ter desviado uma ruína do seu probo destino. No meu entendimento, é como tentar transformar um alcantilado numa colina verdejante.

Ferem-me agora todas as homenagens. Qualquer elogio soa como um insulto. Certamente deve partir daqueles que jamais se aperceberão o que de fato uma ruína pode representar. O que me salva é a certeza de que essa ruína recomeçará implacavelmente. *Partidos estão os vasos harmoniosos.*

1º de novembro
Prosseguir neste diário parece-me uma insensatez, algo semelhante a um título de uma gravura de William Blake: *Oh! Como sonhei coisas impossíveis!*

3 de novembro
No começo desta semana não foi *Viridiana*, de Buñuel (mais uma vez revisto), que viria a me surpreender. Encantou-me um trabalho recente de Peter Greenaway, *O sonho de um arquiteto*. Bela oportunidade de se fazer uma revisão dos conceitos de arquitetura, "esse luxo do espírito", no dizer de Salvador Dalí.

Bastaria um enfoque na pessoa do visionário arquiteto francês Étienne-Louis Boullée, para justificar-se tal façanha. Belíssimos cenários romanos ao natural e outros muito bem montados, com o intuito de criar uma expressão surrealista, onde não faltava uma profusão de símbolos oníricos. Os diálogos entre personagens, numa perfeita interação com os cenários, levam o espectador a um paroxismo de emoções puramente intelectuais, poucas vezes alcançadas no cinema dos nossos dias. Agradou-me, nessa trama bastante polêmica, a sua coragem em abordar temas referentes à arquitetura moderna que até então foram pouco discutidos.

A recente exposição do arquiteto Antoni Gaudí no Museu de Arte de São Paulo foi, assim como o excelente trabalho de Peter Greenaway, um definitivo exemplo em torno daquilo que merece ser *revisto* e corrigido na assim chamada "arquitetura contemporânea".

Roberto Pane, no seu admirável estudo sobre Gaudí, assim se expressa: "Gaudí me tentava profundamente, não somente na unicidade de sua fantasia, a meio caminho entre estruturas racionais e formas fantásticas, mas, sobretudo, indo um pouco mais longe, pela extraordinária eficácia polêmica que, a partir de seu exemplo, era possível extrair contra a espantosa inundação do anonimato mecanicista que distinguia – e continua distinguindo, hoje mais do que nunca – a arquitetura contemporânea".

4 de novembro

Apesar da procura exaustiva nas páginas dos meus mais velhos cadernos dos anos cinquenta, não consegui encontrar o texto; no entanto, sei que está escondido em alguma parte, em algum canto que tenha me escapado aos olhos apressados e, na maior parte das vezes, desatentos.

Lembro-me ainda de um dia de verão, quando o velho médico Arsênio Tavares irrompeu na minha casa perguntando, sem nenhum aviso, se todo o sofrimento da humanidade poderia ser em vão... se o sofrimento se perderia.

Recordo que anotei algumas observações de um escritor judeu (inclusive tenho a certeza de ter registrado o seu nome) sobre o mesmo assunto. Passados tantos anos, eis que, de repente, lendo alguns contos de Isaac Bashevis Singer, deparo-me com um texto que – não resta dúvida – só poderia ser do mesmo escritor: "Nenhum amor de qualquer natureza se perde (...) estão em algum lugar (...) num arquivo celestial...".

O conto em questão chama-se "A Admiradora". Quanto ao livro, dos anos cinquenta, esqueci por completo o nome. A certeza de que se trata do mesmíssimo autor, reside no meu coração, mas, ainda mais que isto, é o próprio Singer que, num conto adiante do citado acima, intitulado "Um Sabbat em Portugal", esclarece esta certeza. Sabemos que estes contos em linhas gerais são quase todos autobiográficos. Narram as venturas ou desventuras do próprio escritor. Com efeito, é um escritor israelita que passa alguns dias em Lisboa e, diante de certos favores de um amigo lisboeta, observa: "Não, minha visita a Lisboa nada poderia render ao senhor Albeira. Era verdade que ele ainda estava ligado a uma editora, mas minhas obras em português seriam publicadas no Rio de Janeiro, e não em Lisboa".

Dessa lembrança curiosa pela sua imediata associação, apenas um detalhe ainda me parece obscuro: o fato de Singer, nos anos cinquenta, não ter sido considerado ainda um escritor de fama internacional, isto é, só em 1968 receberia o Prêmio Nobel. De qualquer forma, esta dúvida não invalida em nada a qualidade excepcional dos seus escritos nos anos cinquenta, e muito menos o fato de ser traduzido para o português por uma editora do Rio de Janeiro, e daí ter chegado às minhas mãos. Resta a indagação: qual livro de Isaac Bashevis Singer me foi dado ler nesta época?

À força de procurar, acabei achando a referência remota a um escritor judeu com a data de 5 de janeiro de 1961. Estava enganado quanto ao nome do autor que nada tinha a ver com Singer. Tratava-se de André Schwarz-Bart e o nome do livro era *O último justo.* E, ao contrário de Singer, afirmando calorosamente que "nenhum amor se perde", este outro escritor judeu, embora falasse de sofrimento e não de amor, não parecia tão crédulo: "Mas então", perguntava a si mesmo, "para onde vai todo esse *sofrimento*?". E, revendo a expressão desesperada do senhor Goldfaden, exclamou num soluço que rasgou a obscuridade da Oficina: "Ele perde-se, meu Deus, ele perde-se!".

5 de novembro – sábado

Um novo desastre no forno destruiu por completo a cabeça da *Vênus sequestrada.* No mês de setembro, um dos módulos dessa escultura também ficou em pedaços. No momento, reconstruir a cabeça não vai ser fácil. Ainda por quanto tempo esses desastres se repetirão e a quem de fato eles podem interessar?

Para não haver nenhuma dúvida, quero esclarecer, mais uma vez, que os assuntos e registros deste diário interessam sobretudo a minha pessoa. Eu preciso destes registros. E, se porventura, algum dia, um interessado, nem que seja um só, vier a folhear estes cadernos, tenho certeza de que ele será recompensado, porque descobrirá um sem-número de coisas concernentes ao meu trabalho de artista e às minhas preocupações diárias de uma maneira geral.

7 de novembro

Conheço as memórias de John Huston, *Um livro aberto*, e, portanto, os seus diagnósticos e entreveros com Jean-Paul Sartre. Desconhecia o julgamento do filósofo francês sobre Huston e, só há poucos dias, lendo um artigo de Luís Fernando Veríssimo, fiquei sabendo de alguns detalhes desse encontro narrado por outro lado: "No livro *Lettres au Castor*, uma coleção das cartas de Sartre à Simone de Beauvoir, há uma descrição desses dias. Sartre escreve que a Irlanda dá a impressão de ser um país agonizante. Todos emigraram para a América, deixando para trás uma paisagem 'pré-lunar'. E é justamente assim a paisagem interior de '*mon boss, le grand Huston*', como descreve Sartre. Ruínas, casas abandonadas, uma paisagem desolada com mil vestígios da presença humana, mas da qual o homem emigrou. 'Não sei para onde', diz Sartre. Ele não é exatamente triste. Ele é vazio, salvo nos momentos de vaidade infantil, quando veste o seu smoking vermelho. É impossível reter sua atenção por cinco minutos, segundo Sartre. Um dia, falando sobre Freud, Huston diz a Sartre que no seu inconsciente não existe nada. E o tom indicava o sentido: mais nada, nem mesmo velhos desejos inalcançados. '*Une grosse lacune*'. E Huston vive desaparecendo".

Como eu não tenho atendido telefonemas femininos, Alícia escreve uma pequena mensagem afirmando que deixará definitivamente o Recife. Quer dizer adeus e acena (bem ao seu estilo) "com ilhas além dos mares". Mais uma vez a possibilidade do espetáculo, jamais realizado, me transtorna à loucura. Recordo Bataille: "O prazer só começa no momento em que o verme está no fruto. Apenas quando nossa felicidade vem carregada de veneno ela é deleitável".

Ainda bem que concordamos placidamente com o assim chamado "amor", que entre as criaturas humanas só funciona como herança maldita do pecado original. Tenho uma vaga suspeição de que esse assunto das reiteradas despedidas de Alícia já foi abordado neste diário, mas isso não chega a prejudicar, nem a mim, nem a ela. Somos dois mentirosos. E, seguindo os conselhos de Frei Timóteo na peça *A mandrágora*, de Maquiavel, posso dizer: "Não há pessoas mais caridosas do que as mulheres, nem mais enfadonhas. Quem as enxota, evita os aborrecimentos e o proveito; quem lhes dá trela, tem, do mesmo passo, proveito e aborrecimentos. A verdade é que não há mel sem moscas". O conselho é cínico, mas funciona e é eficaz.

9 de novembro

Desta feita ninguém me avisou. Ao entrar na sala de modelagem me deparei com o novo módulo (n.º IV) despedaçado dentro do forno recém-aberto.

A cabeça da *Vênus* que havia se partido (sendo de porte muito menor) já foi refeita, isto é, uma nova versão daquela destruída, apenas aguarda a sua queima definitiva. Agora, como da primeira vez, só me resta a alternativa de aproveitar a terceira versão desse módulo, numa última tentativa de sucesso. De qualquer forma, nem tudo foi desastre. O mural que eu pretendia chamar de *O feiticeiro* já se encontra na parede definitivamente colocado. Também, na *Muralha* exterior, o *Mãe Terra* comanda na sua amplitude (um altar?) todo o *Grande Pátio*. Na parede oposta, a inscrição de Suassuna apenas aguarda a colocação de duas gárgulas, que se projetam da superfície desenhada na cerâmica com uma atitude violenta. Acredito que esse conjunto do *Grande Pátio* estará parcialmente terminado a partir dos primeiros dias de 1989, faltando apenas o revestimento total de vinte e uma colunas, ainda em tijolo exposto, que, devido ao tempo, estão sendo violentamente erosadas. Acrescente-se o mural das *Borboletas* (homenagem a Piero della Francesca), pintado no começo deste ano, que se encontra no jardim interno, isto é, num cenário ainda industrial que pouco a pouco está sendo conquistado para chegar ao nível do conjunto restante. Enfim, uma série de trabalhos relativamente bem-sucedidos que se integra nos diferentes espaços da Oficina.

10 de novembro

Termino a leitura de *História de Ó*, um livro que ouvi comentar há muito tempo, mas só agora me foi possível conhecer. Interessou-me sobretudo o prefácio de Jean Paulhan: "Alguns livros, após alguns anos, não são mais os mesmos livros, de forma que as primeiras críticas tornam-se logo um tanto simplórias. Mas não importa, um crítico não deve nunca hesitar diante do ridículo".

Suponho ser desnecessário a indagação de sempre: "Quem é Pauline Reagé? Será a suposta autora desse livro?". Há muitos anos escutei que esse pseudônimo escondia o verdadeiro autor que bem poderia ser o irmão de Balthus, Pierre Klossowski. Não acredito em tal versão. Paulhan supõe que é mesmo obra de mulher: "Que é uma mulher, não tenho dúvidas". De resto, como conciliar textos como os de *Sade meu próximo* ou então *Roberte ce soir* com a alucinante (mas direta) trajetória de *História de Ó*? Não há nenhuma vacilação nesta última narrativa. Jean Paulhan é o primeiro a reconhecer esse fato inquietante para qualquer escritor acostumado às digressões e a toda sorte de especulações ditas literárias. Suponho que só nas manifestações dos loucos e dos pintores ingênuos não existam hesitações. Paulhan diz: "Gosto das obras em que o autor hesita, onde mostra dificuldades diante de um assunto que inicialmente o intimidou; quando pensa que talvez nunca conseguisse dominá-lo completamente". A *História de Ó* é conduzida do início ao fim como uma ação de impacto...

Mesmo sem a apresentação de Paulhan, qualquer pessoa acostumada a literatura se apercebe da *estranheza* desse livro. E, embora em nenhum momento do prefácio haja qualquer restrição à "história" – pelo contrário, só vemos uma exaltada admiração –, tenho de confessar que o conjunto me desgostou. Definir essa aversão, no momento, não me passa pela cabeça, mas ao menos posso dizer: não me agradou nem o tom, nem o conteúdo do discurso. Pareceu-me falso, ou melhor, algo de encomenda, talvez muito próximo de uma comemoração diante de fatos consumados ou mesmo uma versão facilitada de *Os 120 dias de Sodoma* para os *dias do pós-guerra*. Enfim, a literatura não é propriamente um axioma e não costuma vicejar apenas por aclamação.

Não seria intempestivo de minha parte, nem sequer pouco delicado, dizer que um tal livro só poderia aparecer escrito na língua francesa e, portanto, é uma história para franceses.

15 de novembro
Mãe Terra: um ventre tempestuoso ou um neurônio?

Ontem, quando expulsei P. do meu escritório, meu rosto, imagino, estava exatamente como o do meu pai, com aquela expressão monumental de algo sinistro e indomado que conheci pela vida afora. Por momento, não era eu quem falava. Aquela voz tonitruante, que enchia todo o espaço da Oficina, era também a *sua voz*, inconfundível, digna de um deus irado.

16 de novembro

> *Deus é eterno desde as origens. O homem chama-lhe Buda, Zoroastro, Osires, Júpiter ou Cristo. Eterno como Deus é o que mais se assemelha a Deus: a arte. A arte não pode ser moderna; é eterna desde o início.*
>
> Egon Schiele

Por falar nesse assunto tão sério, recordo que relendo Borges – certamente algumas conferências que acabaram sendo impressas com o título poético de *Sete noites*, na parte que se refere à cabala – ele, o admirável bruxo, conjeturando sobre "palavras tão vastas e tão vagas quanto Deus e a Divindade" lembrou uma bem estranha ideia de Bernard Shaw, segundo a qual, "Deus está se fazendo" - *God is in the making.*

19 de novembro – sábado

Quantas vezes deve repetir que deixará em algum ângulo de sua obra uma confissão – quase como um desafio –, certo que jamais a decifrarão.

... E foi numa morna tarde de outubro que pensou pela primeira vez no seu epitáfio: "Sonha-se com uma coisa. Recebe-se outra".

21 de novembro

Neste fim de semana, assistindo a dois filmes do soviético Andrey Tarkovski, um deles reinventado de *Solaris* e um outro, *Stalker,* não de todo desprezível, seria desnecessário dizer que as *emanações* de *Solaris*, do notável Stanislaw Lem, obrigaram Tarkovski a meditar uma obra-prima.

No filme *Solaris*, Tarkovski insiste na desesperada nostalgia de uma personagem pelo planeta Terra e aproveita a cena mostrando uma pintura de Brueghel, *Os caçadores na neve* (um dos mais belos quadros do mundo), para demonstrar que todo o *Universo* está contido na Terra.

Ele sabia, tanto quanto nós, que estava diante de uma estrela e dos seus infinitos mistérios. Talvez até algo ainda maior, implicando o inteiro Universo.

Na cena derradeira, quando o mesmo personagem sonha cair de joelhos diante do pai, nós nos confrontamos com a imagem perfeita de *A volta do filho pródigo*, de Rembrandt, e é neste momento, tão crucial para esses supostos conquistadores do espaço, que verificamos o quanto o velho homem ainda prepondera. Tanto faz para o judeu Rembrandt, o polonês Lem, ou o soviético Tarkovski, o sentimento implacável de uma profunda piedade é o mesmo.

Não parece ter sido por mera casualidade que este quadro de Rembrandt foi parar no distante Museu de Leningrado. Como insiste Borges, "nada é casual". Tudo parece se entrelaçar.

22 de novembro

Devido a deliberada ambiguidade do relato de James, Borges comenta que em *A outra volta do parafuso* devemos ignorar se as crianças são vítimas ou agentes desses espectros que, por sua vez, podem ser demônios. Igualmente, na lição do mestre, se o conselho dado ao discípulo é ou não pérfido.

Finalmente, depois de três outras queimas malogradas, o módulo nº IV da *Vênus sequestrada* saiu inteiro e com o seu timbre perfeito, isto é, sem qualquer possibilidade de rachaduras ou rupturas internas ou externas. A cabeça já refeita, aguarda apenas a queima final, que espero fazer nesses próximos dias.

25 de novembro – 6 horas da tarde

A escultura *Sequestro* foi colocada hoje no seu lugar, em meio a uma fonte rodeada de pelicanos dourados. Passei parte da tarde fotografando a sua montagem. Difícil montagem, em se tratando de vários módulos superpostos que chegam – com a sua base – a mais de quatro metros de altura.

Há poucos instantes tirei as últimas fotografias ainda com o sol deitando-se sobre as árvores mais altas da floresta. Acreditem no que eu vi e que possivelmente a máquina fotográfica registrou: foi um espetáculo digno de um faraó. Alguns operários retardatários, que passavam na estrada adjacente à Fábrica, paravam espantados diante da solene figura de *Vênus* no seu sarcófago. Eles também viram o que eu vi e o que os deuses viram.

27 de novembro – domingo

Devemos encontrar no reconhecimento agônico de nossos limites a mesma trágica fronteira que os personagens de *Solaris* experimentam e contra a qual nada podem fazer: (...) "um dilema do qual somos incapazes de sair. Nós nos perseguimos. Não temos o poder de destruir nossos pensamentos. Quanto a destruir sua forma materializada, seria uma espécie de assassinato".

Tenho insistido (e posso fazê-lo sem nenhum escrúpulo, porque não sou escritor), quase de uma maneira sistemática, em todo esse diário, na participação de um sem-número de figurantes. A voz é de *todos*, assim como desejou e praticou Dostoiévski nos seus romances polifônicos. E mesmo quando acredito falar, jamais estou bem certo se fui eu mesmo quem *falou*. Que diferença faria?, eu pergunto. Nós somos feitos pelos outros e, por sua vez, fazemos os outros também. Adoto como modelo exemplar, não só de inspiração como de conduta, a reiterada anulação, como indivíduo, que Borges costuma propor. E, além dessa proposta, ainda admite como Emerson: "Uma única pessoa redigiu todos os livros que há no mundo; tal unidade central há neles que é inegável que são obras de um cavalheiro consciente". Esse "argentino danado" declara que a pluralidade dos autores é ilusória: "George Moore e James Joyce incorporam em suas obras páginas e sentenças alheias; Oscar Wilde costumava oferecer argumentos para que os outros executassem. Outra testemunha da unidade profunda do Verbo, outro negador dos limites individuais, foi o insigne Ben Jonson que, empenhado na tarefa de formular o seu testamento literário e os ditames propícios ou adversos que lhe inspiravam os seus contemporâneos, limitou-se a reunir fragmentos de Sêneca, Quintiliano, Erasmo, Maquiavel, Bacon".

Ultimamente não tenho separado sequer a minha escassa correspondência de textos e citações. Tudo cabe aqui dentro desses cadernos. De certo modo, justifica o meu ilusório empreendimento, que só para mim pode ter alguma utilidade.

Não pensem os tolos que esses exemplos se concentram na literatura. Fica bem claro que implicitamente, também, a música, a pintura, a escultura e todas as outras formas de artes conhecidas ou desconhecidas (ou ainda não denominadas) aspiram a essa unidade.

Voltando ao poema que pretendo prosseguir, onde Borges abruptamente cessou a sua *voz*, embora não tenha deixado de indagar quem era o estranho da Casa Colorada, na solidão quase agreste de Turdera, nas proximidades de Buenos Aires. Ele não quer ou não *sabe* como responder. Certamente que não seria o esquivo judeu Max Preetórios – o novo inquilino –, uma vez que não tardou em deixar o país. Como seria, então, esse habitante cujo murmúrio dos vizinhos já prefigurava ser ele monstruoso? "Alguém, cuja curiosidade podia mais que o medo", imaginou o estranho inquilino, numa noite de tempestade, subindo pela rampa, "opressivo e lento e plural...".

Naquele quarto guarnecido de espelhos que se perdiam nas trevas superiores, certamente ele não viu a *forma sem forma*, mas ouviu o segredo inconfessável, pronunciado sem boca, e dele terá de se nutrir em silêncio, para sempre, a espera angustiosa do que não terá fim.

29 de novembro

Continuando esse tema obsessivo, lembro que no dia sete de abril, numa resumida carta a Antonio Callado, eu indagava: "Será que você recorda a nossa conversa, quando admiti a inexistência de *formas novas*? Baseava-me no pressuposto de que admitir um novo ser seria tão desmedido que pouco nos restaria para elucidá-lo na sua quase indivisível monstruosidade".

Quando Borges comenta que Poe e Baudelaire se propuseram, como o atormentado *Urizen* de Blake, a criar um mundo de espanto, isto não implica nem envolve a forma nova. Portanto, esta insurgente e pródiga "forma de horror", nada tem a ver com aquilo que ainda não foi visto e nem ao menos pressentido. Borges insiste no fato de que Chesterton não teria tolerado a imputação de ser um tecedor de pesadelos, um *monstrorum artifex*, mas invencivelmente costuma incorrer em observações atrozes.

Mais uma vez digo: essas "fantasias teratológicas" nada fazem senão confirmar esse *providencial* limite de nossa imaginação, uma espécie de teto que nos protege, sem o qual sairíamos de nossa órbita e perderíamos a nossa alma e a nossa razão.

Na falta de uma forma humana (ou mesmo de extraterrestre) inteiramente desconhecida e inimaginável, Chesterton indaga: "Por acaso um homem pode ter três olhos, ou um pássaro três asas?". Em que isso difere na verdade de uma girafa incendiada, ou de relógios amolecidos na proposta surrealista de Salvador Dalí, ou mesmo dos monstros apocalípticos das iluminuras medievais ou, ainda, de atrozes e, às vezes, até grotescos hibridismos pretensiosamente recriados como novos seres, onde o minotauro seria apenas o menos espantoso entre todos? E o que falar, também, dos deuses e deusas bicéfalos, possuidores, ainda, de inúmeros braços e pernas, como

Artemisa, de Éfeso, com seus múltiplos peitos oferecidos como nutriz de todo mundo animal?

A sequência exemplar que Borges utiliza das observações de Chesterton é, contudo, notável: "Fala de um cárcere de espelhos; fala de um labirinto sem centro; fala de uma árvore que devora os pássaros e que em vez de folhas, dá plumas; imagina que nos confins orientais do mundo talvez exista uma árvore que seja mais e menos do que uma árvore, e nos ocidentais, alguma coisa, uma torre, cuja simples arquitetura seja perversa".

Convém lembrar o depoimento bizarramente moderno de Lem, no *Solaris*, ele que fala a nossa linguagem e que, no entanto, foi forçado a recolher o seu orgulho de cientista, admitindo, também, o nosso trágico limite. "Nós nos perseguimos", ele diz, "e não há saída."

De uma maneira figurada, homenageia o surrealista André Breton, através de um relatório de voo do piloto André Berton, e, esse informe, aparentemente modesto, é de um alcance incalculável para o assunto que nos ocupa. No meu modo de ver, transcrevê-lo diretamente do texto é imperativo:

Tornei a subir e continuei a voar sobre a névoa, que eu quase roçava com o aparelho. Descobri outro poço muito mais vasto que o precedente.

Notei, de longe, uma forma clara, quase branca, que flutuava. Pensei imediatamente que era o escafandro de Efechner, tanto mais que percebi vagamente uma forma humana, e fiz uma volta brusca, temendo me perder e não achar mais o lugar.

Aquela forma, aquele corpo, se mexia. Num instante parecia nadar e num outro, parecia estar de pé no meio de uma onda. Apressei-me. Desci tão baixo que o meu aparelho ricocheteou suavemente. Ele provavelmente tocara a crista da grande onda que eu sobrevoava. Aquele corpo – sim, era um corpo humano, sem escafandro – aquele corpo se mexia.

Pergunta: Viu o rosto dele?

Berton: Vi.

Pergunta: Quem era?

Berton: Era uma criança.

Pergunta: Que criança? Você já a havia visto?

Berton: Não. Nunca. Enfim, não me lembro de a ter visto. Aliás, quando me aproximei, quando cheguei a quarenta metros ou menos, verifiquei que não era uma criança comum.

Pergunta: Que é que você quer dizer com isso?

Berton: Vou explicar. Não compreendi imediatamente o que me perturbava. Só vim a compreender um momento depois. Aquela criança era extraordinariamente grande. Enorme não exprime a verdade. Estendido horizontalmente, seu corpo se elevava quatro metros acima do oceano. Lembro-me de que, quando bati na onda, o rosto dele estava ligeiramente acima do meu e, no entanto, minha cabina dominava o oceano de uma altura, pelo menos, de três metros.

Pergunta: Se era tão grande, por que você acha que se tratava de uma criança?

Berton: Porque era um bebê.

Pergunta: Você não percebe que falta lógica à sua resposta?

Berton: De jeito nenhum. Vi o rosto dele. Era de uma criancinha. Aliás, suas proporções eram as de um corpo de criança. Era um... lactante. Não estou exagerando. Tinha talvez dois ou três anos, cabelos pretos e olhos azuis, enormes! Estava nu, completamente nu, como um recém-nascido. Estava molhado, ou melhor, vitrificado. Sua pele brilhava. Fiquei tremendamente abalado.

Já não acreditava em miragem. Estava vendo aquela criança nitidamente. Ela subia e descia ao sabor das ondas. Mas, independente desse movimento, aquele corpo se mexia. Era horrível!

Esse informe do piloto Berton continua com as mais inquietantes considerações em relação à monstruosidade de um bebê que não era um bebê...

Lembrar que este texto não é apenas uma citação, antes, faz parte de um pesadelo que não pretende excluir nenhum ser vivo e, neste momento, não envolve paternidade... A contida, modesta ou desmesurada alucinação é de todos, e não morrerá com cada um.

O universo incansável parece ter esgotado as suas últimas reservas de *criação* e, mesmo no longínquo planeta *Solaris*, aquele agônico oceano propõe como *forma nova* um bebê agigantado e terrível. Não um novo bebê, filho do homem que não podemos ser.

4 de dezembro – domingo

Interpretando e reinterpretando *ad nauseam* aquilo para o qual não há memória possível, uma irrecusável e obstinada muralha de arquétipos bloqueia o horizonte até o infinito. Interprete-se arquétipos como estruturas do inconsciente coletivo, à maneira de Jung, ou então como *modelo exemplar*, tendo como referência Platão e Santo Agostinho, e praticado por Mircea Eliade. De algum modo, independente de qualquer definição, o obstáculo permanece e assombra. Como imaginar, então, o outro lado da muralha? Borges recomenda moderação e, neste *staccato*, afloram o "jugo e a disciplina" a que o homem se impõe ao praticar o Budismo. Qual a diferença entre o espantoso planeta de Tlön e o irremediável *Solaris*?

5 de dezembro

Talvez Max Ernst esteja um pouco mais perto: "Nadador cego que eu era, forcei-me a ver. Vi. E fiquei surpreso e enamorado do que vi, desejando identificar-me com ele"... Eu diria como se cada identificação fosse de pronto o *novo*, aquilo que é inabordável, mas, assim mesmo, uma vez reencontrado, é reconhecível. Paul Klee, outro artista pintor, um caçador de peculiaridades, permitiu-se ser *inteligente* num ofício em que na maior parte das vezes os artifícios verbais só fazem atrapalhar. Foi direto ao dilema: "Devo começar não com hipóteses, mas com exemplos específicos por mais diminutos que sejam".

A forma é a sua própria repetição. Balzac, num dos seus tratados políticos, comenta: "Tudo é forma, e a vida mesmo é uma forma".

Suponho que excluir esse conceito primário é colocar-se fora do universo. Em suma, mudar de lugar. Sem receios de equívocos, deve achar-se aí a explicação dos versos de Baudelaire:

L'homme ivre d'une ombre qui passe,
Port toujours le châtiment
D'avoir voulu changer de place.

6 de dezembro

Acordo em pleno pesadelo e dele ainda não me libertei.

Mas isto é um conto!
– Em nossa opinião – respondeu o homem da pá –
tudo afinal nada mais é que conto.
Rainer Maria Rilke

8 de dezembro

O admirável Giorgio de Chirico poderia, como sempre o fez, acrescentar: "Que aconteceu? A praia estava vazia e agora vejo alguém sentado numa rocha. Um *deus* está sentado ali, e contempla o mar em silêncio e isso é tudo".

De Chirico, um dos poucos videntes da pintura moderna (senão o único), ainda conjetura: "Uma das sensações que nos deixou a pré-história, é a sensação do presságio. Ela sempre existirá e como uma prova eterna do absurdo do universo. O primeiro homem devia ver presságios em toda parte. Devia estremecer a cada passo".

Presumo que deverei abandonar aqui os rastros que são muitos e se dirigem a várias direções. A grande tenda iridescente e muito branca está além dos desertos e acima das noites estreladas. Segundo alguns viajantes mais ousados, ela nos aguarda. Ela deseja.

10 de dezembro – sábado

Eu não sabia (e como poderia saber?) que Andrey Tarkovsky já havia morrido exatamente há dois anos, em dezembro de 1986. Saíra exilado da União Soviética e morreu na Itália, depois de ter realizado alguns filmes, entre eles *Nostalgia* – uma obra-prima.

> *Não perdoo a vida desatenta, não perdoo a morte nem nada.*
>
> Miguel Hernández

À noite, depois da meia-noite, copio lentamente uma frase de quem conhece a vida: "A hereditariedade do abuso é com frequência mais abuso".

24 de dezembro

A pequena e querida Helena Viktoria passará o Natal comigo. Completa hoje quatro anos.

1989

Propriedade Santos Cosme e Damião

2 de janeiro

Parece escurecer. Não o tempo. Lá fora tudo está claro, resplandecente, nítido e firme. Sou eu que estremeço. Só a mim falta a luz. O finado Lenine costumava dizer: "Abaixo as coisas fáceis!". Ele estava certo, embora essas preocupações, em demasia, o tenham matado prematuramente. A mim também matarão. Dizer que o ano começa, chega a soar engraçado para quem teima em não acreditar nos calendários. Zelo infantil de mestres e colegiais, neurose dos tolos, neste duvidoso esquartejamento de algo desmesurado, aquilo que não se pode contar nem medir. Em todo caso, por precaução, surge uma epígrafe, e ela chegou-me de muito longe, dos sítios de longe, como sempre:

> *Chegou o tempo, disse o cavalo marinho,*
> *De falar de muitas coisas.*
> *De sapatos e navios e lacres*
> *E couves e reis*
> *E por que o mar está fervendo*
> *E se porcos têm asas*
> *(Alice através do espelho)*
>
> Lewis Carroll

3 de janeiro

O editor Sérgio Lacerda confirma seu interesse em publicar algum dia esses cadernos. Será que isso se tornará possível? Todas as vezes que encontro Sérgio, ele repete o mesmo refrão: "E os Cadernos Arábicos?".[34]

Acabo de receber uma carta do editor, quando ele diz:

Foi um grande prazer reencontrar você em seu habitat, *cada vez mais cuidado, cercado de suas belas criaturas animadas e inanimadas.*

---

[34] Inicialmente, pela quantidade de mulheres que apareciam nas diferentes páginas do diário, Sérgio Lacerda brincando, apelidou-o de um "sultanato", ou melhor, de "Cadernos Arábicos" (N. do A.).

Estou mandando, além de um livro sobre as fazendas de minha terra (se tiver paciência leia a nota do editor), as memórias ditadas por meu pai ao Estadão. *Editadas por nós logo depois de sua morte, com os defeitos de um depoimento gravado. Acho que mesmo assim, dá uma boa ideia de quem foi esse seu tão amigo e admirador.*
PS: Espero sua convocação para falarmos da edição dos seus cadernos (com ou sem ilustrações).

Também não poderiam deixar de estar presentes *couves e reis*. O deputado monarquista, o meu amigo Cunha Bueno, aparece na Oficina acompanhado do herdeiro presuntivo da coroa de Portugal, Dom Duarte de Bragança. Também aqui vieram a psicóloga Raíssa Cavalcanti, o crítico Jacob Klintowitz, acompanhados por Miguel dos Santos e sua filha que se inicia no mundo da cerâmica.

Na saída, Raíssa deixa-me o seu livro *O casamento do sol com a lua* e Jacob, uma página do *Jornal da Tarde* com um comentário seu sobre o meu trabalho. Jacob parece ter razão em dizer que "na nossa época, talvez nós não saibamos quais são os nossos deuses". Infelizmente eu sei muito bem quais são os meus, mas, às vezes, como todos, prefira ignorá-los. Não há como fugir deles. Antes de mim, eles já estavam aqui à minha espera.

Tomás Seixas mandou-me pelo Natal o *Meu último suspiro*, de Buñuel, conhecido por mim desde a tradução em português. Valeu, contudo, a dedicatória do amigo.

Amores proibidos realmente são proibidos.
(De uma história em quadrinhos)

4 de janeiro
Herman Melville conjecturava que "Champollion decifrou os hieróglifos retorcidos na pedra. Mas não há Champollion que decifre o Egito na face de um homem".

A leitura de *O caso de Charles Dexter Ward*, do admirável Howard Phillips Lovecraft, leva-me mais uma vez aos insondáveis mistérios das formas desconhecidas.

Ali estavam homens, toda uma comunidade e mesmo os iniciados, diante daquilo que nem ao menos podia ser mencionado. A maioria deles havia perdido ou conquistado algo imponderável e indescritível. Tinha visto, ouvido ou sentido a proximidade do maravilhoso – fora da dimensão humana – e portanto, jamais poderia esquecer. Deles não partiu um só comentário, pois mesmo para o mais comum dos mortais existe os limites do terrível.

A enlouquecida imaginação de Lovecraft não o autorizava a descrever a mudança profunda de uma forma: "O que gerou o boato foi a constatação de que esse corpo, pelo que se podia depreender dos restos queimados e contorcidos, não podia ser considerado totalmente humano, nem podia ser atribuído a nenhum animal que alguém jamais tivesse visto ou conhecido por leituras".

Chesterton fala no caixão do Super-homem como de feitio não humano, enquanto Lovecraft insinua que "à viúva de Joseph Curwen foi entregue um caixão de chumbo, lacrado, de *feitio curioso.*" Esse estranhíssimo escritor norte-americano talvez possuísse mais que Edgar Allan Poe: a paixão do abismo. E segundo parece, não lhe faltou coragem de nele despencar, mesmo nas regiões mais profundas, negras e malditas... Algumas de suas personagens não só convivem com abismos como também parecem se nutrir de suas emanações.

Charles Dexter Ward e seu demoníaco antepassado Joseph Curwen estiveram intimamente ligados a esses poços infernais, invocando e recriando outros tantos seres ignóbeis, entre os quais não se sentiam de todo estranhos.

Não posso deixar de reconhecer que um inesperado argumento de Lovecraft me fez refletir, por várias vezes, uma possível alteração de minha maneira habitual de ver as coisas: "Podemos apenas dizer que certas figuras e entidades possuem um poder de simbolismo e sugestão que age de forma assustadora sobre a visão de um pensador sensível, sussurrando terríveis instigações de relações cósmicas e realidades indescritíveis por trás das protetoras ilusões da visão comum".

A magnífica astúcia desse pensamento pode nos remeter possivelmente a um campo inexplorado das visões incomuns. Neste instante - quase um súbito nascimento - estaríamos, enfim, diante de novas realidades. O conhecido passaria de imediato à categoria do desconhecido ou mesmo do integralmente novo. Tudo seria sempre novo, espantoso e igualmente medonho.

Esta assustadora *realidade* aos olhos humanos – seria possível denominá-la? As narrações das experiências místicas e de certas visões dos santos, em seus últimos estágios de clarividência, foram na sua maioria fatais, fulminantes por assim dizer. Ninguém retornou para narrá-las.

Suponho que de minha parte exista uma certa ingenuidade malsã nessa insistência um tanto desconexa em pesquisar os horrores abissais.

Lovecraft nem sempre se saiu bem. A meu ver, é impossível definir uma forma nova. Na sua insensatez monstruosa, ela teimaria em permanecer invisível.

Nota: a grande dificuldade dos "ufologistas", aqueles que teimam em acreditar nos discos voadores e em seres extraterrestres, é esbarrar na possibilidade de idealizar uma forma para esses habitantes de outras galáxias. Terminam por recriar hibridismos grotescos, nos quais figuras mal disfarçadas entre o humano, o réptil, o inseto e quaisquer outras formas vivas acabam por predominar. Pobre imaginação humana, incapaz de perscrutar o invisível. Nós somos os esperados *extraterrestres*, e o mais difícil tem sido descobrir essa *excessiva* realidade.

10 de janeiro

Será que as meninas vão aceitar as minhas composições?

(De uma história em quadrinhos)

A pequena Shirra vem a caminho, não deve tardar. Representa a morte ou a vida? Há poucos minutos, antes de avisar que viria essa noite, cobriu-me de uma série de imprecações obscenas, num estilo impetuoso que Miller aprovaria. Não disse ele que "obscenidade é o êxtase"?

Salvador Dalí costumava lembrar aos exaltados – embora quase sempre ingênuos, defensores da *revolução sexual* –, que negava o seu apoio prevendo os efeitos funestos que certamente chegariam.

Com a malícia que caracterizava esse genial pintor, anunciava uma contrarrevolução de caráter tão violento e puritano que seria digna das épocas mais repressoras e obscurantistas. E como Dalí era contra qualquer forma de puritanismo, mantinha-se desde já cautelosamente à distância. Acertou o artista, erraram os supostos revolucionários do sexo. E, diga-se de passagem, foram muitos os equívocos daqueles que representavam as fileiras mais avançadas desse esdrúxulo reformismo.

Partiu de um outro pintor, Paul Klee, a advertência quanto aos erros do entendimento: "Não são apenas os sentidos que se enganam; engana-se também o entendimento". Fica evidente que o comentário de Klee não se referia apenas a um determinado assunto, mas a uma forma de desentendimento total e abrangente, talvez até a um desastre coletivo que todos podem assumir – em qualquer setor – com ares de quem caminha para um futuro desanuviado e perfeito, isento das distorções maliciosas dos antigos códigos morais.

Esses *equívocos babilônicos* tão frequentes nos nossos modernos pensadores, que desbravam o amanhã, são hoje, na sua maioria, bem fáceis de detectar. São, por assim dizer, transparentes nos seus propósitos utópicos e nas suas perspectivas de escorregarmos numa plataforma inclinada, que nos levará a todos, de chofre, ao inferno e à danação.

No seu livro (ou conferência?) *Écrits pornographiques et utilité d'une littérature érotique*, Boris Vian parece esgotar lucidamente o assunto das fronteiras entre o erotismo e a pornografia, entre a pornografia e a obscenidade e finalmente entre a literatura confessável e a outra...

Não resta dúvida que aborda a matéria com propriedade, agudeza, e às vezes até com humor invejável, quando, por exemplo, classifica o famigerado Marquês de Sade como "filósofo ou autor cômico jamais erótico". Talvez um pouco arrogante quando ignora as obras de Sade como "literatura erótica, porque é impossível classificá-la até como literatura".

A exclusão de Henry Miller como autor erótico, devido a linguagem suja que emprega, também procede. Enfim, Boris Vian é apenas razoável quando reflexiona e analisa as sutis discordâncias entre esses diferentes gêneros literários.

As confusões de Vian começam quando, desviando-se do seu notável saber literário, envereda pela dialética no confronto de um tema que no dizer de Arnold Toynbee: "Mais do que a morte, o sexo nos deixa diante de uma perplexidade insanável". É nesse momento decisivo que, apesar de tudo, Vian escorrega no declive habitual da ingênua tolice e do lugar comum contemporâneo: "Os verdadeiros protagonistas de uma nova era, os verdadeiros apóstolos da revolução futura - futura e dialética - evidentemente são os autores ditos licenciosos. Ler livros eróticos, difundi-los e escrevê-los são maneiras de preparar o mundo de amanhã e de abrir caminho para a verdadeira revolução".

Argumentos irrefletidos e quase panfletários, como estes, não só comprometem como viciam toda a sua extraordinária argúcia de escritor, desautorizando em parte, também, os seus inegáveis dotes poéticos. O que se pode esperar de um artista insensatamente desviado de suas atuantes habilidades que afirma em voz alta que "entre os inimigos da literatura erótica se encontram as obras médicas que ensinam aos rapazes e mocinhas toda uma parafernália de noções que têm a função de desencorajá-los em usar, com regularidade, todo um complexo e engenhoso mecanismo vital.".

Nessa série de exemplos desarticulados, acaba apelando para Havelock Ellis, nos introduzindo ao insepulto cadáver do século XIX, ao mesmo tempo em que cita Miller no que ele tem de pior: "À medida em que a civilização progride, a guerra aparece nitidamente como a maior realização proposta ao homem comum".

De repente estamos coligados e atrelados à graciosa filosofia de paz e amor - Woodstock e adjacências com os seus pruridos de amor e ventres livres... Em todo caso, Vian ainda não disse tudo e me custa acreditar em tamanha sensaboria. Vejamos o que afirma, exercitando mais uma vez os seus dotes de futurólogo: "Do ponto de vista do futuro, a literatura erótica, que encoraja o homem e a mulher a amores múltiplos, não faz mais do que abrir caminho para as medidas cuja adoção um dia será necessário empreender, por exemplo, a poligamia obrigatória - e estejam tranquilos de que não me oponho à poligamia...".

Afinal, Boris Vian apela para o naturalismo de Rousseau, aquele do bom selvagem, e nos dá a imagem de uma ilha paradisíaca, onde um casal, sem nenhum contato com a civilização, não tardaria a saber uma grande quantidade de coisas que nós outros sabemos...

Vian, ignorando a tradição dos escritores malditos, parece renegar o *pecado original* e igualmente desconhecer a prematura perversidade polimorfa das crianças de que nos fala Freud. Prefere com desenvoltura citar as falaciosas virtudes de um pastor do século XIX: "A obscenidade existe apenas nos cérebros daqueles que a descobrem e que dela acusam os outros". Finalizando, ele confessa essa primorosa verdade acaciana: "Só há literatura erótica na cabeça do eretômano".

Na realidade, o escritor é bom crítico e mal apologista de um assunto misterioso e quase sempre atrozmente obscuro. São poucos os que nele se iniciam e, embora tropeçando exaustos e tomados pela cegueira, se apercebem um dia de que não sabem nada e que apenas murmuram o eco de palavras fugidias para sempre malditas.

Enquanto o ingênuo Boris Vian procura inocentar-nos com palavras convencionais e uma filosofia repleta de desvios, um escritor da marca de um Georges Bataille confirma - em campo oposto - a nossa maldição implacável. Não há como fugir do estigma que nos amalgamou como homens feitos de uma forma violada e perversa: "A velhice renova o terror ao infinito. Ela reconduz o ser sem termo para o começo. O começo que à beira da tumba entrevejo é o porco que em mim, nem a morte, nem o insulto podem matar. O terror à beira da tumba é divino e mergulho no terror do qual nasci". Suponho que, sem esse exacerbado sentimento de culpa, não haveria nem sequer sexualidade. Modificá-lo é destruir o homem e o seu destino de expiação, o único do qual seremos dignos depois do primeiro pecado.

Se de fato existiu uma lacuna na parte final dos textos do *Minha mãe*, de Georges Bataille, "essa casualidade conferiu uma densidade maior e até uma veracidade espantosa para essa narrativa atordoante (como acontece na vida – o apenas entrevisto, frases perdidas ou inconclusas, episódios truncados, desencontros – quando as horas teimam em não coincidir com a nossa vã cronologia, quando o espírito entregue à sua perdição final já não pode servir-se de palavras, quando, finalmente, tudo é incerto e nada mais há que acrescentar, embora os gritos, gemidos e murmúrios ainda signifiquem ou teimem em significar)".

Um pouco antes dessa imprescindível zona cega, uma carta da mãe ao filho parece encerrar o assunto. "Minha mãe reservava uma folha separada para me dizer o que não devia cair nas mãos da minha grande ruiva: a grande 'ursa' jamais saberá que o prazer da inteligência mais sujo que o do corpo é mais puro, e o único, cujo fio jamais perde o corte. O vício é aos meus olhos como o esplendor negro do espírito que me cega e pelo qual morro. A corrupção é o câncer espiritual que reina na profundeza das coisas. À medida que me perverto, sinto-me mais lúcida e o desarranjo dos meus nervos é em mim apenas uma devastação vinda do fundo dos meus pensamentos."

Na verdade essa carta corporifica-se no testamento da suprema degradação do espírito (não da carne, sempre pouco exigente) e encerra o romance, encaminhando o enredo final para as suas malignas e inadiáveis consequências.

Nota: os textos de Vian, na sua mendicante proposta acadêmico-racionalista, acentuam a grandeza maldita de Bataille, como homem e como escritor. Parece-nos quase insuportável verificar que dois escritores de substâncias e níveis tão diversos possam ser expostos na mesma coleção de uma editora. E pior, como se tratassem do mesmo assunto. Acredito que para Bataille as *sutilezas* em distinguir o erótico do obsceno ou do meramente pornográfico não existem, ou melhor, não cabem nesse mundo de maldições de onde não se regressa e nada se diferencia.

Pouco depois do meio-dia, a pequena Shirra telefona dizendo estar na cidade de São Paulo. "Como São Paulo?", eu indago. A sua descarada risada fez-me de imediato compreender onde ela queria chegar. "Com um amigo, entendeu?", ela disse ainda na alongada curva do seu sorriso.

A pequena Shirra segue alegre e fielmente os ensinamentos das minhas primeiras lições. Apenas custou-me acreditar que fossem tão rápidos os seus efeitos. Ao desligar chegou a minha vez de sorrir quando lembrei que ela, de uma maneira encantadora, chamava colhão de coião e no plural, coiões. Soava muito engraçado e eu jamais tentei corrigi-la. E depois, se ela se obstinava em dizer assim, por que contrariá-la?

Georges Bataille, em *O azul do céu*, nos indaga: "Como nos deter em livros aos quais sensivelmente o autor não foi coagido?". Mais adiante confessa: "Só um tormento que me devastava está na origem das monstruosas anomalias de *O azul do céu*. Essas anomalias fundamentam o caráter do romance".

O escritor demonstra a eficácia desesperada de quem se expressa pesadamente. Não se justifica. Fornece títulos de livros que correspondem à sua afirmação: *Morro dos ventos uivantes*, *O processo*, *Em busca do tempo perdido*, *O vermelho e o negro*, *Eugénie de Franval*, *L'Arrêt de mort*, *Sarrazine*, *O idiota*. São ao todo oito autores que, segundo Bataille, poderiam ser outros, mas a desordem sempre foi a medida de suas intenções.

Dificilmente, presumo, ele teria escolhido melhor. A lista precisava ser longa – não mais que dez – para ser definitiva. Todavia, apenas dois desses livros já diriam tudo dessa morbidez destrutiva que precede a loucura que poderá levar à morte. Não era outra a situação de Dostoiévski em setembro de 1867, na cidade de Genebra, quando começou a escrever *O idiota*. E não deve ter sido diferente a implacável compulsão que levou Kafka, página a página, ao *O processo*, livro que antecipa espantosamente o Juízo Final de toda a humanidade. A inclusão da curta novela de Balzac, *Sarrazine (Cenas da vida parisiense)*, sobre a qual Roland Barthes fez um belíssimo estudo, poderia ser o terceiro volume dessa coleção fatal.

Uma altiva e quase descarada *black intention* preside as sofridas páginas de *O azul do céu*. É difícil um artista revelar segredos pessoais sem nenhum escrúpulo, haveria sempre um artifício literário para disfarçá-los, embora nesse momento a pretendida confissão perca substância. Bataille escolheu o lado mais tormentoso da questão, ou seja, confessar o inconfessável: "Quis exprimir-me pesadamente". O nome explícito de sua heroína é Dirty (abreviatura provocante de Dorothea), alguém que sabe e que se compraz em exercer uma conduta suja, obscena, indecente, num tempo igualmente borrascoso.

Apesar de ter colocado *Eugénie de Franval* entre aquelas obras de sobressaltos, de fúria e sofrimento, Bataille desacredita o Marquês de Sade, quando diz: "Você se misturou à agitação literária. Deve ter lido Sade, deve ter achado Sade formidável, como os outros. Os que admiram o Marquês são escroques, entende? Escroques...".

Ora, afinal estamos falando numa espécie de literatura muito peculiar, às vezes até bem pouco literária. Um conjunto que pode parecer uma nobre emoção desviada; característico espasmo de horror: uma súplica derradeira daqueles que, definitivamente condenados ao inferno, já não pedem licença para blasfemar – se é que de fato blasfemam.

O pior de tudo é que, com o tempo, todas essas *arengas* infernais se transformam em veneno letal: uma desapiedada herança infinitamente compartilhada... Talvez mesmo um hábito nem tanto bizarro.

17 de janeiro

Bem, agora vai ter.

(De uma história em quadrinhos)

Neste fim de tarde arcadiana, banhada de uma esplêndida luz dourada de cambiantes violáceos que se acentuam à medida que o sol propõe o passado, evito o meu caminhar diário no *Grande Pátio*, optando pela morna penumbra do escritório. Antes havia trilhado a nave lateral e acendido as poucas luzes que permanecerão através da noite. No jardim, uma grande parte já na sombra, vejo o cisne negro Agostinho passeando desatento, picando aqui e ali a grama tenra.

Um movimento insólito chamou-me a atenção. Notei uma menina de vestido vermelho (uma possível visitante retardatária) caminhando através da última réstia de sol, a acenar para alguém que só podia ser o desavisado Agostinho. Neste momento não havia uma viva alma no *Grande Pátio*. Ouvi a buzina de um carro chamando com insistência a criança relutante que ao mesmo tempo caminhava e voltava-se em direção ao indiferente cisne negro. Senti o quanto custava desligar-me daquele encantamento. Mas, como sempre, a vida impõe as suas regras fastidiosas. Lembrei-me de imediato da fantasmagórica e solitária menina que corre numa perdida rua de um melancólico quadro de De Chirico; lembrei-me também da mesma atitude de uma outra menina nas ensolaradas margens do *La grande Jatte*, de Seurat. São nesses momentos milagrosos que alguns anjos podem surgir – ninguém sabe vindos de onde – e que, no entanto, se revelam só para aqueles que sabem ver.

Foi com esta visão pastoral, tocada de uma beleza plena, que resolvi escutar as *As quatro estações*, de Vivaldi, e não mais sair para o *Grande Pátio* repentinamente vazio de seu feitiço.

Avançava incólume nesse tempo melodioso, sem fronteiras, ao lado de pastores que dormiam sob o murmúrio das folhas e plantas – um cão ladrava ao longe – quando sem aviso, o telefone estridente corta o clássico devaneio... A pequena Shirra (ela que também poderia se metamorfosear numa pastora dos campos do longe), voltando de São Paulo, anuncia as suas bodas com um sul-americano, não sabendo ao certo de que país. Parece feliz, embora sôfrega em contar as suas aventuras dos últimos dias.

E por que não reconhecer também, nesse novo tom urbano, uma mesma música cujo significado final sempre nos escapa? Sua voz é uma flauta primitiva que soa ora em tons graves ora em agudos e se adentra no espaço, ocupando o mesmo lugar da música do divino Vivaldi: o mesmo canto dos pássaros, a mesma dança, a mesma languidez que anuncia o verão. Vivaldi não se recusaria a ouvi-la.

18 de janeiro

Título mais que significativo de um novo filme de Lina Wertmüller: *De cristal ou de cinzas, de fogo ou de vento, sempre que seja amor* [35].

Poder-se-ia argumentar que uma tal estirada não passa de "coisa de mulher", mas, afinal, não difere muito do *Amor que move o sol e as outras*

---

[35] Título original em italiano *In una notte di chiaro di luna*, lançado internacionalmente como *Crystal or ash, fire or wind, as long as it's love* (N. do E.).

estrelas, na expressão de Dante, ressalvada, evidentemente, a grandeza de quem o disse.

19 de janeiro

Muito cedo no trabalho. Uma sucessão de pratos pintados ao lado de esculturas de barro que se modelam lentamente.

À tarde, em circunstâncias tão diversas diante de um soberbo azul do céu - dilatado até o infinito (seria mesmo infinito?), feito de pura luz e do vazio, onde a cor era mais que a cor, algo impossível de emoldurar -, eu me perguntava: como reproduzir o enigma?

20 de janeiro

Presença dos pintores Aprígio e Frederico. Gostariam que eu fizesse um pequeno texto sobre uma série de gravuras impressas (retiradas) das calçadas da cidade de Olinda. Cortes, arabescos e desenhos riscados fundo nas calçadas lhes serviram de matriz.

Há, com certeza, uma diferença essencial entre ser colonizado por Deus e ser colonizado pelo demônio. A servidão é a mesma. As consequências é que diferem, embora, afinal de contas, "terás o mesmo destino do insensato".

21 de janeiro

No mesmo dia e numa mesma noite pude recolher notícias espantosas. Mas seriam elas tão espantosas como pareciam? Um só homem pode cometer um pecado atroz, embora neste momento este pecado tenha de ser de imediato compartilhado com todos os homens. O nosso horror provém da certeza de que, se nós ainda não o cometemos, estamos em vias de praticá-lo; e quanto mais próximas as possibilidades, maior a nossa indignação.

Tentar narrar essas pavorosas notícias que me chegaram, é como tentar segurar a água entre os dedos. Da água resta-nos apenas a umidade e uma mão impura. De qualquer forma, os vestígios não confirmam o crime nem o crime a culpa. Há em toda ação – por mais abominável que seja – um pensamento secreto (ou uma ordem?) que nos escapa e que, por sua vez, se transfere com seus invisíveis desígnios a uma nova forma secreta, e assim indefinidamente até aos Arcanos do Juízo Final.

22 de janeiro – domingo

Coisas simples: ontem a lua cheia apareceu exatamente às 18h34m (como estava previsto no calendário). Sempre o calendário. Sem ele talvez ficássemos mais confusos do que já somos. Deve ajudar e muito. Do contrário, não teria sido inventado. Curiosas invenções!

Pude ver a Lua nascendo entre os inconfundíveis troncos e folhagens dos eucaliptos. Como costumam dizer, merecia uma pintura. Faz-se necessário ter muita raça para enfrentar tamanha circunstância... Um espírito peculiaríssimo como o de Van Gogh, que fez de tudo com a Lua, com o Sol, com as estrelas e até com a luz das velas; mas acontece que essas luzes estavam no braseiro de seus olhos e não fora dele. De violeta, de prata, de ouro, num campo azul, para ele no calendário ou num brasão, tudo já fora previsto.

Solitário à mesa de jantar, diante de alimentos frios, eu pensei: há sempre alguma coisa que a gente não sabe fazer; quanto a outras, jamais se vai saber nem ao menos o que significam.

Coisas difíceis: hoje à noite, na versão de Werner Herzog, *O enigma de Kaspar Hauser*, com a participação especial do improvisado ator Bruno S. Dizem que Herzog recrutou-o num asilo de loucos, preparando-o convenientemente para a representação. Se não estou enganado - preferia que estivesse - este admirável ator suicidou-se pouco tempo depois da filmagem. Seja ele ou o desafortunado Kaspar Hauser, a trágica imprecação de Prometeu cabe igualmente para os dois: "Quem me abriu as Portas do Inferno?".

Quanto a Herzog, este caminha sobre as pegadas de Athanasius Kircher, um experimentador do século XVII, quase um precursor do cinema atual que costumava mostrar o semblante do homem como algo mutável, através de um espelho com dois lados, ou seja, a grande arte de luzes e sombras.

A noite chegou e nem sequer olhei a Lua. Apenas recordei que prometi ao "cavalo-marinho falar de muitas coisas". Esquecera por completo o encontro com Alícia, na quinta-feira. Pelo menos suponho que nada registrei sobre o mar que está fervendo. Não, não houve nenhuma menção, talvez pelo fato de ela ter chorado e, naquele momento, de eu ter sido obrigado a descobrir – desde que não sou um monstro – a presença de um *corpo estranho*, isto é, de uma criatura humana. Nem todos os dias as mulheres podem ser a Vênus de encanto pérfido, de fascinação e de astúcia. Pelo contrário, de repente demonstram a dor, o sofrimento, a pobreza, a ambição, a ira, o ódio, enfim, aparecem desarmadas e lacrimejantes.

A adorável Alícia, sem a armadura de *Ártemis,* não é senão uma pobre menina, uma degredada filha de Eva, estendendo a pequenina mão aflita, "procurando em campos raros as árvores distantes e seus amigos perdidos".

23 de janeiro

Salvador Dalí está morto. O seu túmulo – segundo a expressada última vontade do artista – ficará sob uma cúpula de cristal, no próprio Museu Dalí na cidade de Figueres (Nordeste da Espanha).

Notícias de jornais ainda pela manhã já anunciavam – antes de sua morte – que os restos do pintor seriam embalsamados e expostos como atração turística... O que não deve absolutamente ser verdade ou mesmo toda a verdade.

A propósito dessa impudente adulteração de um fato – uma constante da chamada imprensa moderna –, Lina Wertmüller comentou: "Os meios de comunicação têm um poder terrível. Como em uma *corrida*, atiçam e incitam o touro-público, monstro sem cabeça, que nunca se sabe para onde irá. O mecanismo do jornalismo é como uma avalanche: primeiro não se pode valorizar o impacto, depois não se pode deter".

J. K. Chesterton costumava dizer que, "do modo como os jornais modernos são feitos, as notícias mais importantes e honestas são as policiais".

Em grande parte, contudo, foi o próprio Dalí um dos responsáveis pela exacerbação desses equívocos. Ele os queria assim mesmo, pois supunha estar situado acima deles e, de fato, como tudo indicou em sua vida e na sua morte, ele estava plenamente certo.

24 de janeiro

Eis que de repente, como Lázaro, o pobre Bruno S. ressuscita (eu o supunha morto) no novo e admirável trabalho de Herzog. À primeira vista, o título pode parecer o sobrenome de Bruno, levando-nos a crer numa pretensa narrativa biográfica. Também não é difícil imaginar o quanto Herzog ficou fascinado por um ator de uma tamanha singularidade. Raro, raríssimo até, entre essas legiões de habituais canastrões que se encontram nos bastidores desse estranhíssimo mundo do cinema.

A dança final das *galinhas* reforça o mote de Shakespeare no *Macbeth*: *Life is a tale told by an idiot...* As desastradas perspicácias do desafortunado

Bruno são olhadas – de longe, ou muito de perto – com uma contida piedade, sempre balizadas por uma patética solidariedade que às vezes nos aproxima de algumas cenas chaplinianas em seu nível mais alto e profundo.

Fisicamente Bruno lembra Cantinflas, embora pouco fale. E, quando fala, usa sentenças solenes. Não há nenhum vestígio de malícia no seu caráter afeito a uma bondade e inocência naturais.

A minha condescendência e talvez até piedade para com a bela Alícia fez lembrar-me os duros conselhos de Sade: "Não há como misturar sentimentos delicados com libertinagem". Mesmo como libertino, tenho sido um fracasso. Quantas vezes já repeti neste diário – atravessando os anos e as horas – o malévolo comentário de Nietzsche: "Pobre dos que amam sem estar acima de sua piedade!". Portanto, não consigo corrigir uma pertinaz e absorvente compaixão.

28 de janeiro – sábado

A pausa entre dois acordes musicais valoriza a própria música; assim como o hiato de vários dias deve favorecer o significado maior do que se escreve ou pensa. É verdade que ninguém para de pensar, mas essa frequência tumultuosa e excessiva não gera senão o mal-entendido.

Novalis dizia que o pensamento talvez seja uma força demasiado rápida, demasiado monstruosa para ser ativa. Contudo, suponho que essa providencial mudança de ritmo não seja eficaz só pela ausência. Outros fatores essenciais se impõem; quais sejam eles, não serei eu ainda quem irá conseguir defini-los.

Coitados de todos nós se não contássemos com as convenções gráficas, incluindo sinais e pontuações. Um espaço em branco é tão providencial quanto a noite e o dia. Um livro ou uma pintura incessante seria tão monstruosa quanto um terremoto ou o fato de subitamente escaparmos das leis da gravidade.

Na casa do poeta Tomás Seixas não pude encontrar, como pensava, o volume de *O enigma de Kaspar Hauser*. "Tinha dois exemplares, um perdido na grande cheia recifense de 1975 e outro, emprestado a um amigo, fora esquecido num bar", disse Tomás. Contentei-me em ver numa edição comemorativa do Centenário de Mann (1875-1975) uma foto de Wassermann ao lado de Mann e de S. Fischer, retratados diante do hotel Chantarella em St. Moritz (1931).

Tomás pediu-me informações sobre o filme, o que fiz de bom grado. Falando não só da eficiente direção de Herzog, como do notável desempenho do bizarro Bruno S...

Coisa raríssima aconteceu nesta tarde. O poeta não estava afeito às conversas literárias, parecendo quase obcecado por problemas relativos à escritura de sua velha casa. Não insisti em outros temas, podendo muito bem avaliar o quanto essas absurdas contingências materiais o afligiam. Deixei o tempo passar e já no cair da noite, com a luz da varanda acesa, li com a voz pausada doze linhas de um conto de Valery Larbaud: "Beleza, minha bela inquietação".

Na saída insistiu que eu apreciasse uma significativa fotografia de Larbaud. Não foi fácil encontrá-la. Teve de subir as escadas em demanda do seu quarto, uma vez que no andar térreo, entre centenas de livros dispersos na penumbra, o volume procurado teimava em permanecer invisível. Apareceu afinal e foi olhando a imagem robusta do escritor que ele disse: "Aos vinte anos, na sua biblioteca de Vichy ele tinha quarenta mil livros... E era só o começo de uma vida".

Encontrando-me já no interior do automóvel, ele fez sinal para que eu abrisse os vidros e, mesmo de longe, através das grades do portão de ferro carcomido, repentinamente ressuscitado, ele grita: "Não deixe de ler *Femina Marquez...*".

No percurso de volta, recordei quando Tomás dissera que o livro de Wassermann, como também toda a história de Kaspar Hauser, terminava com uma afirmação inquietante: "Um enigma intemporal".

29 de janeiro – domingo

Um dia dedicado ao trabalho. Novos desenhos e revisão de alguns outros ainda aproveitáveis para a execução de esculturas. Não fosse o fantasma da exposição de Londres, eu diria que tudo corre regularmente.

Uma observação de Novalis que Borges, à sua maneira, repetiu inúmeras vezes: "Urge que o verdadeiro leitor seja o autor aumentado".

Numa recente entrevista falei sobre as peculiaridades da luz tropical. Apesar das observações mais ou menos corretas, faltou-me dizer o essencial; o que equivale dizer tudo e ao mesmo tempo não dizer nada. Se a memória não me tivesse falhado, poderia ter citado Novalis: "A luz é símbolo e agente de pureza. Onde a luz não tem nada a fazer, nada a unir ou nada a separar, passa". Mais instigante ainda seria completar: *A luz é o gênio do fogo.*

31 de janeiro

Conversando com Tomás Seixas, disse-lhe que *Stroszek*, de Herzog, poderia ser uma tentativa de biografar o malfadado Bruno S. (permanece em mim a impressão de sua morte). Tomás não concorda e parece ter razões para isso, mas acontece que houve um pequeno equívoco de sua parte, confundindo esse nome com *Woyzeck*, um outro filme de Herzog que, segundo ele foi informado, baseou-se numa novela de Büchner. Falei-lhe também do *Kaspar Hauser* e da sua mórbida insistência em apontá-lo como o misterioso rei de Roma, o provável desaparecido filho de Napoleão.

Esta lenda romanesca, que acentuaria muitíssimo mais os infortúnios de Napoleão do que os do rapaz, hoje já não tem nenhuma consistência, eu esclareci. Tomás não se convence, como se de fontes seguras - certamente mais seguras do que a literatura - ele fosse um homem obrigado a manter um segredo.

Na sua essência - eu disse - Kaspar Hauser estaria muito mais próximo de Wanko Gurol, o trágico náufrago do conto "Amy Foster", de Conrad, salvo misteriosamente pelo mar para morrer no supremo desastre da solidão e do desespero. Tive vontade de mencionar um velho trabalho de Herzog, cujo título é *Também os anões começam pequenos*; mas silenciei, na certeza de que cinema jamais fora uma das grandes preocupações de Tomás.

1º de fevereiro

Inúmeras peças partidas, algumas com "choque térmico", demonstram o quanto é imprudente trabalhar com vistas a uma exposição com data marcada. Contudo, vamos recomeçar, como de resto tem sido a minha maneira habitual de encarar os insucessos profissionais.

No livro de Jeremias, Cap. 18 - versículos de 1 a 6, encontro a resposta necessária:

"Palavra que Javé dirigiu a Jeremias: Levante-se e desça até a casa do oleiro; aí eu comunicarei minha palavra a você. Desci até a casa do oleiro e o encontrei fazendo um objeto no torno. O objeto que ele estava fazendo se deformou, mas ele aproveitou o barro e fez outro objeto, conforme lhe pareceu melhor. Então veio a mim a palavra de Javé: Por acaso será que não posso fazer com vocês, ó casa de Israel, da mesma forma como agiu esse oleiro? – Oráculo de Javé. Como barro nas mãos do oleiro, assim estão vocês em minhas mãos, ó casa de Israel".

M. Gertrude retorna do hospital. Há dois dias ingeriu de uma só vez alguns comprimidos que dispunha na sua farmácia, inclusive soníferos. Seu estoque não devia ser grande, porque já voltou para casa.

De minha parte devo pagar a conta. Já paguei. Em todos os sentidos.

A pequena Shirra esteve aqui antes de ontem e ontem foi a vez de Vânia. Desta última moça, de cabelos ruivos, fartos e crespos, consegui esboçar um retrato que nada fica devendo à sua figura exótica, marcadamente incomum. Com a luz clara não se deixava apanhar, desmanchando-se em sorrisos inexpressivos. Verifiquei que só a penumbra convinha para chegar ao modelo, o qual, só assim protegido, desvendava os seus olhos de pedra luzindo, imóveis, fixos, nos labirintos da escuridão. Na sombra, como uma fera, poderia ver-me sem ser vista, e eu, sempre à procura da imagem furtiva, quase adivinhando, embora guiado por um instinto, fora de qualquer um dos meus sentidos, apenas buscando, riscando interminavelmente. Com o retrato feito, ela disse: "Suas figuras são misteriosas". Como explicar-lhe que o mistério reside nela própria e vem de um passado remotíssimo, quando pela primeira vez alguém tomado de espanto e paixão gravou sobre uma pedra aquela mesma imagem indecifrável?

3 de fevereiro

Não entro no mérito da questão, mas confesso não reconhecer nem a pintura de Gauguin nem a sua cerâmica – e muito menos a Polinésia, real ou imaginária – neste quadro de Redon, apontado pelo senhor Alaistair Mackintosh, que deve conhecer bastante mal a obra de Redon para afirmar tamanha asneira... E, depois, será que existe mesmo, de um só artista, uma pintura mais interessante do que as outras, a pretensa *obra-prima*?

Ainda há poucos dias, li numa entrevista da pintora portuguesa Maria Helena Vieira da Silva, a espantosa mas não de todo descabida observação de que Van Gogh é venerado pelo público sobretudo pelas suas cartas: "Poucos pintores puderam narrar com tão pungente dramaticidade a própria dificuldade de pintar". Para demonstrar as suas reticências, a obra pictórica de Van Gogh não precisaria de tantos subterfúgios; bastaria dizer como o desaforado René Magritte: "Detesto Van Gogh".

Por falar em informações, descobri que o título real do filme de Herzog não é *O enigma de Kaspar Hauser*, e sim – traduzido do alemão, literalmente – "Cada um por si e Deus contra todos". Aliás, foi Herzog, em pessoa, quem disse ter recolhido uma tal frase do *Macunaíma*, de Mário de Andrade. Suponho que soa tão bem na boca de Herzog como na de Mário, que evidentemente sabia o que estava falando.

Cidade de Triunfo, Mata Redonda

5 de fevereiro – domingo de Carnaval – manhã

Na grande plataforma de pedra que domina a paisagem do vale, posso verificar nos arredores - sem nenhuma margem de erro, depois de dez anos de indagadora contemplação - a predominância do vermelho flamejante da terra argilosa e do verde sulfuroso dos canaviais. No entanto, como definir essas mesmas cores vistas de longe, subitamente transformadas em tons delicados que mais parecem flutuar que aflorar dos magníficos dorsos das colinas?

As características de divisões e subdivisões dessas inúmeras quadras de diferentes culturas que percorrem - paralelas ou não - toda a serra e os vales são marcadas por muros baixos de pedras soltas. Por sua vez, essas divisas transversais ou longitudinais (que na região teimam em chamar de cercas) indicam não só o relevo pleno do terreno como também uma espécie de curiosa geometria, sobre a qual o olho fascinado do espectador providencialmente se apoia.

Talvez para os permanentes devaneios de um pintor essas cercas se assemelhem a um mosaico de cores claras ou mesmo a colchas de retalhos, dessas que se vendem nos bazares, de aspecto sempre muito colorido ao primeiro olhar, mas quando vistas à distância, penduradas nas paredes ou empoleiradas nas velhas mansardas nos dias de faxina, se transfiguram em verdadeiros relicários. Talvez, também, correspondam a frágeis sedas chinesas, dessas que de tão finas deixam-se atravessar pela claridade, fazendo desaparecer a violência de suas estampas. Sim, e tudo isto só pode acontecer nos ares alegóricos da montanha, jamais nas planícies ensolaradas, cujas sombras nítidas se mostram no mais das vezes cruéis. Aqui, os enormes flocos de nuvens brancas navegam sobre os vales projetando como um véu as suas sombras tenuemente azuladas sobre os campos arados.

O casario, esparso aqui e ali, nos flancos, no topo ou nas descidas mais abruptas da serra – pelo seu exterior e porte mais parece um celeiro europeu – nada tem de casebre, uma vez que é construído de sólidos tijolos vermelhos ou de pedras castanho-douradas.

Na hora do poente, essas casas se convertem em moradia de duendes, acariciadas pelo sol e aguardando nas noites frias a memória benfazeja daquele *conhecido calor* dos versos de Virgílio...

E por falar em ardência, percebo agora, nesta manhã, que a sombra da alta torre já não me protege como devia. Poucos momentos antes, M. Gertrude havia afastado a cadeira o bastante para que o sol não me incomodasse o trabalho; eis que ele se aproxima do bico dos meus sapatos. Daqui a quinze minutos cairá faiscante sobre o meu rosto. "Quinze minutos é uma vida inteira", disse Michelangelo. Onde é que diabo colhi semelhante informação? É deveras atordoante esquecermos as origens de nossa pretensa sabedoria.

Recordo igualmente que li um certo dia que os melros costumam dar sementes venenosas aos filhotes que, impacientes para voar, acabam despencando dos ninhos. Assim fazendo, evitavam que, indefesos no chão, fossem mais tarde estraçalhados por gatos ou cobras com morte horrível.

No fim da tarde

Não sei, mas tenho a impressão de que a cor final tem o nome da rosa. Rosa e verde calcinados pelo sol inclemente da montanha. Também o céu de um azul profundo, ao longe, se funde num róseo matiz de inexplicáveis colorações esverdinhadas. Devo mudar de lugar? Hesito. De novo os olhos cismarentos se perdem nas serranias. Será que alguém pode pintar aquilo que não sabe descrever? Picasso afirmava que os seus quadros eram o seu diário. Estava certo. Aos pintores, os pincéis!

Nesse momento M. Gertrude deve estar na varanda de cima cochilando na rede. As mulheres gostam do sono diurno. Sem dúvida, ela mais do que as outras necessita de descanso, depois do seu impensado gesto. Por que o fez? Não me disse e não dirá jamais. "Queria morrer" foi tudo o que ela disse. Todavia seus olhos minúsculos e negros diziam: "Idiota, ainda pergunta?". Mas eu a tinha como uma companheira, não sabia que ela também amava a minha pequena filha e que suas atitudes eram realizadas por amor, dilaceradamente firme e sentido. O motorista que a transportou para o hospital – quase inconsciente – disse que não parava de murmurar com voz inaudível: "Ele sabe...". Saber de tudo, infelizmente, não evita desastres, nem grandes nem pequenos. Quando a conheci – recém-saído de amores devastadores – logo lhe dissera: "Não me toques jamais". Mas, com o passar do tempo, ela *tocou.* Todas acabam tocando, mesmo quando não há súplicas, apenas para não perder o hábito. Elas nunca serão "as irmãs de caridade" de quem nos fala o poeta. Não é próprio do seu ofício e muito menos corresponde às suas inalienáveis virtudes naturais. Talvez fosse dessas que, ameaçadas de perder o amante, preferem vê-lo morto: "Agora ninguém pode tirá-lo de mim!". Talvez tudo pareceu apenas acontecer, embora prosaicamente acabasse na enfermaria de um hospital. Mas o que importa a tentativa malograda, se eu acabei por pagar a conta? Quantas vezes terei de ainda falar nesse maldito pagamento? Escrúpulos ou a inevitável avareza de um homem rico? Homens bem-nascidos e bem-situados também podem queixar-se e às vezes até com propriedade de linguagem. Sei que o estigma é pesado e o conheço de longa data: "Deixa todas as tuas riquezas e segue-me. O moço rico ficou triste e não o seguiu...". Mas aqui não estou falando de salvação (quando a porta ainda é mais estreita), e sim do talento e até do gênio daqueles poucos que a despeito de uma real fortuna e títulos (ainda mais essa!) conseguiram ultrapassar – evidentemente na concepção do gentio – essas inomináveis vantagens: Alcibíades, Montaigne, Tolstói, Proust, Lampedusa, Larbaud... E tudo isso para a glória do gênero humano que "carrega em si a forma inteira da humana condição", e não é só feito de miseráveis e pobretões. Bendito ócio que ainda pôde favorecer através do tempo os grandes espíritos.

Possuíam "os indispensáveis mil escudos de renda" de que nos fala o Duque de Castries, e assim podiam entender de todas as coisas. Renda que certamente faltava de todo a D'Alembert e a Jean-Jacques Rousseau, os quais consequentemente não deveriam entender de coisa alguma, segundo alegou o sábio e desabusado Duque. Quem foi ele? Afora esse malévolo comentário ducal que serviu como irônica admoestação do abade Pirard ao iniciado Julien Sorel, nas páginas de *O vermelho e o negro*, dele nada sei. E se esse aprendiz de feiticeiro Stendhal o inventou, que todas as honras lhe sejam prestadas pela sua desmedida argúcia, relacionadas ao dinheiro e ao poder.

Contudo, ainda aposto na real existência do Duque ou de um seu substituto. Thomas Carlyle, na *História da Revolução Francesa*, menciona - no período das primeiras escaramuças entre nobres e os *sans-culotte* - a presença temível de um imbatível espadachim: o Duque de Castries. Estou certo que foi ele quem cunhou a frase admirável do Abade Pirard sobre as pretensões desses dois jocosos filósofos D'Alembert e Jean-Jacques Rousseau.

Poder estar em qualquer parte ou em lugar nenhum. Manter uma visão peculiar das coisas e dos homens. Dispor de sua vida e de sua morte. Arriscar-se sem ir em busca de nenhum benefício. Como diz o poeta: "Assumi todos os riscos da afirmação, embora crendo não haver mais do que a dúvida"[36]. Sustentar uma desocupação total. Despertar de sua consentida loucura, talvez para sempre. Privar dos outros o fruto da terra como se deles fosse o único dono. Saber como conservar a sua insolência até o fim, inocentemente, implacavelmente, até o último suspiro. Não é preciso alongar-se nesse *atroz testamento*. Dez ou doze linhas são o bastante: elas de fato valem quanto pesam.

Embora a grande maioria dos artistas não tivesse um vintém a mais que quaisquer outros profissionais, sempre soube como reconhecer os intrincados mistérios (quase metafísicos) da fortuna e dos números. A poderosa densidade de *Os demônios* não existiria sem a indispensável presença do rico e dissipado Stavroguin. Despido da fortuna, sua *malignidade* seria estéril. Suas confissões ridículas.

Com toda razão poder-se-ia indagar o motivo da inesperada herança do príncipe Míchkin. No vagão de terceira classe que o trazia da Suíça, ainda permanecia um pobretão um tanto idiota, sustentado por benfeitores.

Por que então teria de *herdar* (entenderam o verbo?) antes da meia-noite do dia de sua chegada a São Petersburgo? Neste romance, *O idiota* – um dos mais belos de Dostoiévski –, estão em jogo valores transcendentais do próprio homem. Míchkin, como pretende Romano Guardini, poderia mesmo ser o Cristo personificado na alma russa. Mas, mesmo assim, não foi despojado de suas riquezas. Desmemoriados é o que somos. Basta recordar a invejável ascendência do Cristo, a qual entroncava-se diretamente com a casa de Davi. Ele que foi o Filho de Deus, o Rei dos reis, não dispensou uma origem terrena exemplar.

Não é à toa que toda literatura russa pós-tzarista é impalatável. Faltam sobretudo heróis ou mesmo vilões afortunados. Faltam príncipes, princesas, palácios, carruagens, cavalos e mastins. Faltam herdades e campos que não conheciam o arado. Faltam os seus hábitos faustosos e suas inspiradas per-

---

[36] A propósito de Jorge Luis Borges, verso de Emílio Carrazai, em poema intitulado "De Carrazai a Brennand" (N. do A.).

versidades. A coragem altiva dos que se enfrentavam em duelo por um nada. Luxúria, usurpação, vícios e vazios inconfessáveis... E foi a falha infinita dessa pretensa revolução que, em vez de agigantar a natureza humana, reduziu-a a um mero espectro de vacilantes marionetes, pequenos robôs caprichosos, dominados pela ânsia do vulgar. Enfim, a vida diminuída a uma hedionda saga burguesa ou, pior ainda, proletária. Como estou me referindo à arte que no fundo é o mais exaltante reflexo da vida que se conhece, esse malefício nestes últimos dois séculos acabou por possuir a todos. É a soberania dos tolos e dos medíocres. Valéry dizia: "Os modernos se contentam com pouco". Sentimento imbatível porque unânime.

Veja-se bem que até os heróis plebeus eram tão mais interessantes quanto maior fossem as diferenças com os seus poderosos e implacáveis algozes. Falar bem ou mal de presidentes, tiranos, ditadores, cavalheiros de indústrias ou gangsters, se restringe apenas a um problema de copa e cozinha de um regime político qualquer. Não é o mesmo que falar de monarcas, imperadores ou fidalgos cujos direitos, supostamente divinos, lhes conferiam a possibilidade de pensar e realizar empresas atrozes. Não, decididamente não era essa a minha intenção nesta mais que aprazível manhã serrana, quando deveria apenas divagar sobre a qualidade dessas cores misteriosas e evanescentes. Cores impressas numa tela de um verão muito antigo. A minha indolência era toda por culpa do sol. Quanto tempo já estaria ele sobre a minha cabeça, derretendo os meus miolos? E por pouco, muito pouco eu não começaria a falar de deuses e deusas e igualmente, à maneira de Larbaud, a recordar nostalgicamente "antigas pequenas divindades proscritas, as da ribeira, as que protegiam os oleiros, as da forja e do prado comunal".

Sim, o sol escaldante do meio-dia é conhecido pelos seus fluidos malévolos e não são poucos os que perderam o tino e supostamente até os miolos, como veio a acontecer em plena porfia com o engenhoso fidalgo Dom Quixote de la Mancha. A este também, apesar de arruinado e meio louco – um valoroso cavalheiro –, não faltava nobreza e coragem. E se, apesar da *triste figura,* não fosse "o último da cavalaria andante", incontestável herói de uma raça em extinção, o nosso genial Dom Miguel de Cervantes, Saavedra não teria a fama universal que o distingue. As imensas legiões dos Sanchos Pança da vida (uma expressiva maioria democrática no linguajar moderno) não encheriam mesmo assim o grande teatro do mundo. E não vamos nos deter por tão pouco; com miolos ou sem miolos, a causa é nobre e vale prosseguir. Acrescente-se a fúria necrófila de D. Pedro, o Cruel, recolocando no trono a sua amada Inês de Castro, aquela que depois de morta foi Rainha. Ajunte-se ainda o grito lancinante de Hamlet quando se convence que o seu tempo está inevitavelmente desregulado *out of joint*. Sem dúvida Michelangelo não blefava: "Quinze minutos é uma vida inteira". E, como a minha tese é indefensável nesse mundo de filisteus, me antecipo e digo: sempre tive como objetivo cultivar a harmonia dos contrários. Talvez algo muito próximo daquilo que o pintor Arcimboldo buscou no seu tempo, ou seja, "a desunião das coisas unidas". Tanto ele como eu podemos demonstrar, de um lado, forte sentimento aristocrático e, do outro, um propósito de uma rematada loucura.

6 de fevereiro – segunda-feira de Carnaval

O meu algaraviado discurso (ou pretenso monólogo) de ontem, uma vez relido, já não ocupa nenhuma *posição* que possa determinar-lhe as suas verdadeiras origens. Suponho que a coincidência deste período de Carnaval com reminiscências da leitura de Mikhail Bakhtin sobre a carnavalização na obra de Dostoiévski tenha exacerbado o meu inferno carnavalesco, onde tudo é permitido. Talvez nascido de um *pathos* não só inconveniente, como, sobretudo, extremamente excêntrico. Não estava longe da verdade quando lhe atribuí, em parte, a imprudente exposição dos raios solares do meio-dia, seu motivo imediato. Não seria de todo improvável que a distante atmosfera fantástico-carnavalesca tivesse também se aproximado perigosamente – com ou sem literatura –, envolvendo-me nas suas alucinadas mistificações.

Essa facciosa tagarelice levou-me a alguns dos sete pecados capitais, além de deslizar num campo de ideias absolutamente desprovido de qualquer consistência. Na realidade, lembrando obras de Dostoiévski, parecia divertir-me em ignorar um retrato definitivo das suas personagens, quando Aliocha diz do seu irmão Ivan: "Ele é daqueles que não precisam de milhões mas precisam encontrar a solução que lhes pareça adequada para uma ideia que o atormente".

Como falei em Bakhtin, este expressou com rara agudeza o seguinte conceito: "Considerados apenas como sendo homens de ideias, pode-se seguramente deduzir que todos os personagens centrais de Dostoiévski são criaturas absolutamente desinteressadas". Portanto, não nos causa surpresa a afirmação posterior de que "também é desinteressada a ideia de o adolescente tornar-se um Rotschild".

A minha extrema dificuldade em alinhavar nomes (os mais heterogêneos) numa suposta lista de "ricos", já demonstrava a mascarada. E depois, os momentos de venturosa disponibilidade e fortuna de Valery Larbaud, por exemplo, não pagariam nem de longe a trágica paralisia que lhe tolheu os movimentos e a fala vinte anos antes de sua morte: "Incapacitado de escrever, relacionava-se com as palavras literalmente em *estado de dicionário*". Nos poucos momentos de lucidez, o que poderia ele dizer de sua angústia infinita? E os outros, o que porventura adivinhariam daquela tragédia? Por acaso ele era um paralítico rico, ou um rico que ficou paralítico e afásico?

O próprio Proust, até que ponto o "pequeno Marcelo" conseguiu aproximar-se verdadeiramente daquela aristocracia sempre tão distante que o imantava e apaixonava? Todas as portas lhe foram abertas e ao mesmo tempo vedadas. No entanto, uma só delas restava ainda ser transposta e essa certamente não lhe levaria a nenhum "salão famoso" nem aos corredores da fortuna, antes a um outro *território*, que apesar de tudo e da saúde arrasada ele soube como *invadir* e definitivamente assenhorar-se dos seus obscuros mistérios para sempre.

O grande Tolstói – que inominável irreverência colocá-lo numa tão esdrúxula confraria! –, o Conde Leon Nikolaievitch Tolstói, também foi consumido por profundas contradições que o levaram – não sem arranhões – ao misticismo e quase à loucura. Ainda mais, teria de ouvir de Sofia Andreivna, sua própria mulher, o atroz veredito: "O coração de Leon Nikolaievitch endureceu como gelo". Quanto ao probo Michel de Montaigne, nem falar. Como todo bom fidalgo de província, logo diria: "Nunca fui rico". Talvez o deslocado comparecimento de Alcibíades deva-se à ausência completa na Antiguidade Clássica de um nome nos moldes dos modernos conceitos burgueses de riqueza.

No mundo antigo, as vinculações da fortuna estavam profundamente ligadas aos atributos mágico-religiosos, sem os quais não haveria riqueza possível. Contudo, faz-se necessário lembrar que nessa "improvisada irmandade" foi esquecido o nome de Lord Byron, logo ele que eu tomara na adolescência como modelo exemplar de artista. Quis ser o Lord, com ou sem o incesto. Sim, confesso-o, embora não o lamente. Convém não esquecer que as suas demasiadas fantasias foram consideradas infamantes pelos seus "pares", apressando a sua saída definitiva da Inglaterra.

A admiração continua, embora desgastada, uma vez que o nobre Lord morreu lutando contra os turcos, em Missolonghi, aos trinta e seis anos de idade, enquanto eu, atravessando os sessenta, manifestamente aprimoro a arte da longevidade. Uma traição! Mas por acaso não foi ele que ao registrar-se num hotel suíço declarou ter cem anos de idade? Certamente não exagerava.

Novamente o sol brilhante, majestoso, frontal, neste fim de tarde penetrando pela única janela aberta da sala. Não mudo de posição no pressuposto de que daqui a "quinze minutos" ele desaparecerá na mais velha das armadilhas, montanha a dentro. De olhos baixos sobre o papel, posso até ignorá-lo, não fora os violentos reflexos que incidem flamejantes na armação de ouro falso dos meus óculos. E eu a falar de riquezas e de supostos milionários! De qualquer forma, como recomendou Lewis Carroll, outro amante da *contiguidade* e da *simultaneidade: Chegou o tempo, disse o cavalo-marinho, / De falar de muitas coisas. / De sapatos e navios e lacres / E couves e reis / E por que o mar está fervendo / E se porcos têm asas.*

21 de março

> *Narrar as coisas incríveis como se fossem reais – sistema antigo; narrar as coisas reais como se fossem incríveis – sistema moderno. (Diário)*
>
> Cesare Pavese

Muito tempo depois, no começo da noite, tento exemplificar diferentes ações. Uma mínima e outra máxima: uma ação pessoal e outra de um estranho.

Primeiro: saí no *Grande Pátio* para ver a Lua no céu azul empoeirado. Andei em passos rápidos ao lado da velha *Muralha*, onde a morte vagava.

Segundo: "Ele passara o verão na Lapônia, na frente de Petsamo e da Liza, nas imensas florestas de Inari, na morta, lunar tundra ártica, iluminada por crudelíssimo sol sem ocaso; e agora essas primeiras sombras outoniças lhe restituíam ao calor, ao repouso, ao sentimento de uma vida serena, não contaminada pela contínua presença da morte"[37].

Tarde da noite – as diferenças se acentuam: na minha cama repousa a pequena Shirra; na dele, Josefina von Stum.

---

[37] Texto de Curzio Malaparte *(Kaputt)* (N. do A.).

22 de março

Não se passa assim pelas pessoas! É bem verdade, elas nos perseguem a vida inteira... Parecem ter mira de longo alcance e não costumam errar o alvo.

Curiosos guardados de amarguras mais que esquecidas... De repente, num largo telão, toda uma vida subterrânea aflora em sulfurosas emanações, mil vezes ampliada em fragmentados caleidoscópios que se projetam até as nuvens e depois descem em nossa direção bem por cima de nossas cabeças, em ondas furiosas de um antecipado *Juízo Final*, tão ao gosto de um público insaciável de escândalos e de banquetes canibalescos, tendo como prato principal o *cordeiro imolado*. Não sou marujo de primeira viagem e posso reconhecer à distância seus inconfundíveis sinais. Não foi outra a pérfida intenção da pequena Shirra. Não mais que metro e meio de mulher, de madrugada, nua em pelo, na semiclaridade, o dedinho em riste: "Posso destruí-lo", parece dizer. Ela diz, insiste, sobe de tom, alça as sobrancelhas, os olhos fulgurantes de malícia... "Você sabe, quando desejo, sou venenosa como uma pequena serpente de uma peçonha sem antídotos, ah! você sabe, não é idiota como os outros, mas é igualmente vulnerável. Você sabe, vê-se bem nos seus olhos, no seu repentino silêncio. Lembre-se das pequeninas serpentes, daquela viborazinha de brilhante corpo azulado.... Úmida, quase pegajosa, de presas invisíveis embora letais, roçando o colo alvíssimo de Cleópatra, a Rainha".

– E então...? Então, o que é que você quer dizer? – eu pergunto na defensiva, mesmo de óculos escuros, sem saber para onde olhar e devolver suas palavras insanas.

– Tudo o que foi dito e não vou repetir.

– Pequeno demônio.

– Sim, montada nas suas costas, em direção ao inferno, prosseguirei viagem.

23 de março

Pela manhã, visita do Coral Madrigal, de Brasília, cerca de doze ou quinze cantores, acompanhados do maestro Emílio de César. Improvisada apresentação do conjunto, com suas vozes diferenciadas. Em particular, tocou-me o *Pater Noster*, de Villa-Lobos, cantado no minúsculo anfiteatro entre dois antigos fornos. Belos instantes. Eu os desconhecia e, certamente, eles a mim. No entanto, o grupo foi fundado em 1963, pelo maestro Levino Ferreira de Alcântara. E quanto a mim, trabalho há quarenta anos com pintura e cerâmica. Assim é o nosso abençoado país – todos se desconhecem –, cada dia é uma nova descoberta.

À tarde, trazido por um moço da Federação das Indústrias, contei com a agradável presença do casal Lovatelli. Ainda uma bela mulher, a condessa Lovatelli, nascida em Viena, pareceu-me bastante sábia e perfeitamente cônscia do terreno onde pisava e, também, – o mais importante – sabia o que dizer e perguntar. Foi com alegria que lhe mostrei o poema mural do seu compatriota, Ernst Jandl.

Amanhã bem cedo deverei retornar a Triunfo. Algumas obras na casa de Mata Redonda exigem a minha presença.

24 de março

Um dos meus raros poemas:

Sexta-feira da Paixão

É tão frágil aquele que tem razão!
A fragilidade de Pôncio Pilatos lavando as mãos.
Frágeis os fariseus, frágil a turba vociferante.
Mais frágil ainda que um galho de figueira,
A predestinada razão de Judas, aquele
Cujo beijo propiciou o Grande Sacrifício.
O bom e o mau ladrão – dois frágeis justiceiros.
Os três cantos do galo:
A frágil razão de Pedro.
Frágil o pranto de Maria.
Só não é frágil o Imolado Cordeiro de Deus.
Nenhuma razão:
Só "o amor que move o sol e as outras estrelas".

26 de março – domingo

Mesmo de muito longe a recordação da bela condessa Sabine Lovatelli.

"*Ja!... ja!... ja!...*" Era assim que ela costumava mostrar-se atenta. Talvez o fizesse inconscientemente a cada vez que eu falava, e como eu falei! Como se a sua beleza fosse a chave mestra para desencadear o mecanismo da fala, tendo os seus olhos cinzentos azulados como um só maestro implacável, dirigindo à distância aquilo que deveria ser dito. Nada mais, tudo na pauta, a cada gesto uma resposta. E até poderia impor, se necessário, algumas variações tonais. Agora chega... E, de súbito, eu calava.

Novamente no *Grande Pátio* o poema de Ernst Jandl, seu compatriota, lido em voz embargada, como convinha, tremulante: "Partidos estão os vasos harmoniosos...".

Dos pássaros hieráticos que guardam o templo, falei de Simbad – o marinheiro – e dos cadernos de infância de Leonardo, comentados por Freud. E poderia, em seguida, lembrar o poeta Hofmannsthal, como também a música de Gustav Mahler e de Arnold Schönber, ou igualmente, em sua homenagem, fazer ressurgir a angustiada presença de Schiele, de Kokoschka e de Klimt... Pintores malditos, senhora! Mas silenciei... Não estava na pauta... E sua referência não admitia erros... Uma só nota dissonante... Seria fatal.

Na despedida olhou-me uma só vez. Um pouco mais demoradamente do que o habitual, mas não propriamente atenta, apenas como um maestro que faz com que os seus músicos se levantem, no fim dos concertos, para que assim compartilhem dos aplausos, na certeza orgulhosa de que só a ele e a ninguém mais essas palmas são dirigidas.

Propriedade Santos Cosme e Damião

27 de março

O retorno à planície depois do rápido convívio com a montanha e os vales umbrosos, com noites tempestuosas e madrugadas enevoadas. Contudo, o sonho e o pesadelo permanecem os mesmos. O mesmo eco de uma memória para sempre assustada.

28 de março

Catarina escreveu da Ilha de Tenerife. Ela se diz cada vez melhor e mais desejável. Na realidade, o que ela quer dizer com isso? Pobres mulheres, para sempre condenadas por esta urgente necessidade em agradar, mesmo que lhes custe a alma. Marta, cuja retirada estratégica parecia definitiva, também manda de Brasília um cartão-postal. Alícia telefonou pela manhã. Não atendi. Atender ou não atender, não faz diferença; a náusea é a mesma.

O mesmíssimo cálice que pela vida afora ardorosamente me empenhei em encher e que agora, transbordante de corrosivo veneno, não posso recusar. Terei de sorver até a última gota este vórtice que certamente acabará por me destruir.

30 de março

Estão em um país de maravilhas, sonhando enquanto
passam os dias, sonhando enquanto morrem os verões.
Lewis Carroll

31 de março

Não é o caso de falar ou não falar. Quase sempre o que falamos é dispensável, mas acontece que também o que não falamos é igualmente dispensável. Assim pensando, todo o registro sem a necessária autonomia fica reduzido ao mero impulso obsessivo, cuja insistência repetitiva, somada a uma visão imperfeita das coisas, nos faz resvalar fatalmente no lugar comum. Diz Ortega y Gasset que "a desconfiança é sempre um capítulo muito adiantado na história da confiança". Eis aí um argumento irretorquível, desses que bem apreciados podem não só inibir a soberba da falácia – convenhamos, tanto a nossa como a dos outros – como também paralisar no momento adequado a ação iminente.

Suponho que é quase um imperativo verificar essa característica profunda da *desconfiança*, mesmo como forma de sobrevivência animal. De um certo modo, algo que se identifica com mecanismos de repulsão existentes na própria natureza, no seu estado mais puro, quer seja ela animal, vegetal ou mineral.

De acordo com as minhas mais antigas desconfianças, sempre me coloquei em permanente desavença com as chamadas utopias modernas (de uma maneira um tanto quixotesca, às vezes até delirante) no infalível pressuposto de que o assinalado velho homem da Bíblia não é apenas uma singular definição do homem, e sim seu atributo inelutável, como se ele não pudesse ser de outra forma, sob pena de uma vez modificado, escapar de qualquer espécie reconhecida da humana condição.

Não foi, portanto, motivo de surpresa descobrir nas intenções de Umberto Eco algo muito próximo dos meus modestos vaticínios: "Quando Roberto Vacca falou da Idade Média, próxima vindoura, ele estava pensando na derrocada dos grandes sistemas tecnológicos, derrocada que instauraria uma nova Idade Média feudal ou pré-feudal, fundada na penúria e na luta pela sobrevivência. Respondi, então, que a Idade Média já tinha começado, isto é, que não é necessário esperar pela guerra atômica para desejar ou temer uma nova Idade Média.".

Terá sido Péguy, Claudel ou Bernanos? Qual dos três disse que ainda permanecíamos atolados até o pescoço na Idade Média? Estou certo que foi Péguy, mas confirmar uma leitura de quarenta anos atrás é imprudente, embora essa afirmação seja bem mais aproximada da realidade em que vivemos do que a de Roberto Vacca (meu Deus, que nome!) ou a do próprio Eco. Portanto, nenhuma Idade Média próxima, nem recomeçada, uma vez que estamos nela, senhores, e que dela nunca saímos. Não sei exatamente por que ainda, me lembrando de observações estranhas - tanto as minhas quanto as dos outros - uma vez lembradas, não tenha como pesar ao certo o seu real valor. Um permanente impasse, como por exemplo quando o mestre Berdiaef diz que "as utopias são realizáveis...". É verdade. Certamente realizamos algumas delas, mas a preço de catástrofe. Não deve ter sido outro o espírito do filósofo: é evidente no seu malévolo comentário a presença de um humor negro, quase só trevas. Agora, utopicamente começamos a planejar o fim do mundo, e pior ainda: com data marcada.

Tenho por obrigação reler *Utopia*, de Thomas Morus, mas hoje é sábado e o mundo parou para descansar. Talvez possa encontrá-lo numa farmácia de plantão, onde são vendidos livros sem "receita médica". Com certeza o alarmado boticário jamais ouviu falar em tão esdrúxulo medicamento. "Tenho outros igualmente eficazes", ele diz apontando as prateleiras empoeiradas. Encontro o *Mefisto*, de Klaus Mann que, apesar de venenoso, estava perfeitamente à mão, assim como outros venenos letais vendidos em atraentes invólucros coloridos. Uma pistola automática, uma xícara com chocolate, um bule, um guardanapo branco... à guisa de ilustração, e, lá adiante, um pouco deslocado, *O caso do Hotel Bertram*, de Agatha Christie. Os livros jamais deveriam ter saído das bibliotecas monacais. Só assim estariam protegidos por mãos fervorosas - o *inominável segredo* guardado para sempre.

Da farmácia à casa do poeta Tomás Seixas não mais que um pulo. Eis alguém que já leu todos os livros. Lá estava a *Utopia*, em bela edição francesa, ilustrada por Bernard Roy. Deixou-me carregar também o *Lisístrata*, de

Aristófanes. Saí fartamente recompensado, embora uma indagação persistisse. Por que diabo a velha Agatha Christie vendeu tantos livros... Quatrocentos milhões de exemplares no mundo inteiro? Com certeza sabia das coisas e disso ninguém duvida. Até mesmo para o meu gosto, essa Lady Selina[38], por exemplo, tinha pouco interesse por pintores ou por qualquer coisa artística. Via escritores, artistas e músicos, como uma espécie de animais de circo. "Era indulgente com eles, mas secretamente ficava imaginando por que faziam aquelas coisas..." De algum modo, este singular pensamento da velha senhora não difere muito do de Pascal a respeito de pintores e pinturas.

2 de abril – domingo

Empenhado o dia inteiro nessas *coisas suspeitas* de que nos fala Lady Selina, e, curiosamente, destinadas a uma exposição londrina.

Minha filha Helena Viktoria continua comigo. Acabou de subir para o dormitório. Sua presença me deixa mais tranquilo.

3 de abril – manhã

Quando citei Pascal identificando-o com aqueles que suspeitam dos artistas, não foi lembrando a sua expressão mais conhecida, ou seja: "Por que admirar vaidosamente a pintura pela semelhança com a coisa pintada, quando não se preza devidamente os originais?". Esse duro ataque, embora possa conter diferentes significados, não faz senão dar razão aos pintores. Em primeiro lugar, porque os artistas nem sempre procuram a *semelhança das coisas*; em segundo lugar – quanto à falta de admiração pelos modelos –, poder-se-ia dizer que o espanto dos artistas diante dos originais chega aos limites da adoração e até da obsessão, daí porque os pintores trabalham se deixando, inclusive, consumir na desesperada busca desses objetivos que quase sempre lhes escapam.

O motivo da implicância do filósofo ao lado dos estapafúrdios conceitos de Lady Selina, encontra-se noutros domínios bem mais graves. Seria necessário, então, se começar pelo capítulo das potências enganadoras: "*L'homme n'est qu'un sujet plein d'erreur naturelle et ineffaçable sans la grâce. Rien ne lui montre la vérité*".

---

[38] Lady Selina é uma personagem de Agatha Christie (N. do A.).

É duro reconhecer a arte. Pode ser – como conjeturou André Malraux – o antidestino, todavia pode também ser fruto de uma reflexão enlouquecida.

Tarde

Não propriamente um pesadelo, apenas um impreciso esquecimento que parece se acotovelar com a estupefação, como se os objetos e as coisas exteriores nos escapassem, sobrando delas um pálido reflexo do que foram; desvairadamente infiéis, sem dono, medindo distâncias que já não se podem cobrar, fora do alcance das mãos, dos olhos, de quaisquer dos sentidos, um simulacro, algo terrível e sutil porque sem nome e incorpóreo. Suponho que não seria despropositado lembrar a estranha passagem de *Alice no País das Maravilhas* quando falou-se do gato que ia desaparecendo até que dele só restava o sorriso. Esse sorriso sem gato situa o começo do fim. O limiar de um conhecimento que se desgasta e se pulveriza não mais em sensações, mas em *melancolia*, naquilo que se apaga, que deve ser extinto.

4 de abril

Cada artista deixa a forma impressa de sua loucura. Não há palavras para defini-la – é impronunciável –, porém, assim mesmo, costuma utilizar alguns formulários, aquilo que encontra e acerta dizer. Sempre foi assim e jamais se modificará. Que se faça, portanto, a loucura.

Alícia revela nas suas confissões uma sordidez infinita. Mas o que eu esperava que ela dissesse? As pessoas sempre dizem o que deve ser dito. Surpreender-se quando a danação também nos corrói a alma é uma ignomínia. O que me espanta é sobrevivermos. Como tudo isto resiste e pode ainda funcionar? Será mesmo que funciona?

Pedi a M. Gertrude o filme de David Lynch, *Veludo azul*, para ver e ouvir nojeiras ditas em jargão americano, serenamente narradas: "Estranho mundo, mundo estranho". É o que eles dizem o tempo todo enquanto a voragem os destrói quase por completo. Subentenda-se que poderia ter sido muito pior. Lynch não foi adiante. Há um acordo tácito quanto aos limites da perversidade. O final é abrupto; o bem se reinstala "provisoriamente". Impassível, um tordo na janela devora um inseto. No entanto – por incrível que pareça – ele é a notícia do amor.

Na tela, a simples visão da nudez de Isabella Rossellini aniquila os gastos padrões da moralidade americana, mas é uma lourinha ranheta que afinal é a vitoriosa. O diabólico Lynch exercita os seus disfarces, porque na realidade todos precisamos deles, e coitados dos que não souberem utilizá-los convenientemente.

5 de abril

A aurora não havia surgido quando Shirra "mostrou ao teto a sola de suas sandálias. E depois, com o sol no horizonte, mais uma vez botou-se de quatro como as leoas dos relevos assírios...".

6 de abril

> *A qualquer pessoa, desde que saiba entreter os outros,*
> *é dado o direito de falar de si.*
> Baudelaire

30 de abril

As religiões ainda são a única coisa com interesse no mundo. Não sou eu quem diz , é Baudelaire. Daquilo que se diz, nada é novo, mas depende sobretudo de quem diz. Assim pensa o nosso bravo Conrad e está absolutamente certo. Por vezes, mesmo no equívoco não se pode deixar de levar em conta aquele que cometeu um engano – há sempre pensamentos laterais que, em parte, se prestam a diferentes interpretações, amenizando ou sugerindo novos significados ao suposto descuido.

Quando Baudelaire afirma que as mocinhas são tolas e patifes, juntando a maior imbecilidade à maior das depravações e, ainda acrescentando no seu justificado rancor, que na mulher jovem há toda a abjeção do colegial aumentada de uma vadiagem inata, seria injustificável deduzir que se trata apenas de um acesso intempestivo de misoginia do poeta de *As flores do mal.* Não é bem o que parece e certamente é bastante diverso. Por exemplo, o breve comentário de Agatha Christie a propósito do mesmo assunto: "A esperteza da mulher jovem está além de qualquer coisa que se possa imaginar. O que se desconhece sobre garotas simples e meigas daria para encher um álbum".

Os iniciados no satanismo sabem que Baudelaire não só conviveu, como também deixou-se seduzir pelo demônio. Para esses, não parecerá difícil avaliar as diferenças. Além de tudo, o poeta era visceralmente religioso (católico) e acreditava no pecado original, o que lhe predispunha a entender o que representa no seu significado mais terrível o mal intrínseco.

Num dos seus inigualáveis contos policiais, Edgar Allan Poe sugere que seu atormentado inspetor deve falhar na sua missão pelo fato de sempre procurar a verdade no interior de um poço, quando ela é encontrada invariavelmente em sua superfície. Oscar Wilde propugnava que "só os idiotas não se deixam levar pelas aparências das coisas". Sem nenhuma pretensão de aventurar-se nas regiões abissais, a velha Agatha Christie, que costumava navegar em águas rasas, também acabou por descobrir as suas verdades nada desprezíveis. No final de *O caso do Hotel Bertram*, num pequeno diálogo, percebemos o quanto ela acertou - sem fugir de sua polidez habitual - quase sem malevolência, numa dessas tiradas apenas mais audazes de uma senhora um tanto exótica, mas firme em suas opiniões:

– Uma menina tão jovem que cresceu tão infeliz e assim por diante. Além do mais, como a senhora sabe ela é bonita...

– Sim - disse Miss Marple - as crianças de Lúcifer costumam ser bonitas...

A pequena Shirra, com apenas quinze anos, dizendo estar grávida do seu amante nicaraguense, acabou de telefonar. Entre outras coisas, chama o suposto pai de "monstro assassino". Pareceu-me bastante inquieta - apesar do seu natural bom humor - e segundo disse, "ainda hoje irá praticar um aborto". Fiquei surpreso com sua veemência pois acreditava que ela estivesse em São Paulo há mais de quinze dias.

Tudo isso é mal!, cruel!, inescrupuloso! Foi exatamente este aspecto que desorientou a pobre Miss Marple quando descobriu a "inocente" Elvira nas garras do sedutor Malinowski e, no entanto, aquela adorável criatura era, em potencial, uma fria e impiedosa assassina. Não exagero. Esse não é o meu tema favorito e, ademais, seu enfoque não é premeditado. Basta abrir as páginas de um jornal e estes casos estão em toda parte, até mesmo como tema prioritário.

Os jornais de hoje estampam uma foto da bela menina Jodie Foster que vive o drama de uma garota estuprada, papel que lhe valeu o Oscar de melhor atriz deste ano. Como eu disse, o assunto interessa: "Jodie Foster é uma das muitas crianças prodígios fabricadas pelo cinema americano. Aos três anos de idade, ela foi lançada à luz dos refletores; aos dez anos já interpretava com desconcertante autoridade a menina superdotada de *Alice não mora mais aqui*; aos treze fazia a inesquecível prostituta infantil de *Taxi driver* e a burlesca vampira criança de *Bugsy Malone*; aos quatorze era a maquiavélica assassina de *A menina do fim da rua*; aos dezenove, a ingênua, provocante e perigosa *Carny*.

Estranhamente, há alguns anos essa mesma moçoila esteve envolvida em assuntos de Estado... Um apaixonado anônimo, para se fazer notar, atirou no Presidente Ronald Reagan. E atirou para matar. Chegamos de novo ao crime: "as crianças de Lúcifer costumam ser bonitas". Mundo surpreendente e esquisito como diziam as personagens do filme *Veludo azul*, de David Lynch.

Pergunto a Juliana quantos países ela conhece. Responde ter conhecido quatro estações. A bela Juliana está certa. Todo país é um país diferente, conforme a sua estação. Se ela conhece as quatro estações, de fato ela reconhece o mundo.

Shirra dá suas primeiras notícias depois da tempestade. Convalesce de um aborto. Alícia completa hoje seus vinte e um anos de idade. Não me atrevi a telefonar. Com as mulheres, toda prudência ainda é pouco. Elas não compreendem nada. Também, se entendessem alguma coisa, nós homens estaríamos numa bela enrascada. Sim, antes que esqueça, Juliana disse que viu o filme *As relações perigosas*. De minha parte indaguei se desejava ler o livro de Choderlos de Laclos. Não respondeu nada e não precisava responder. Afinal, de que lhe serviria essa leitura se na sua essência ela já é perigosa?

Somos sobreviventes. Podemos enfrentar qualquer coisa, não é mesmo? Não as mulheres... Ah, as mulheres! Desde a *queda* estamos perdidos. Elas clamam por proteção, mas qualquer um que se aproxime será asfixiado nas garras de uma vingança tardia, irredimível.

Não sei por que insisto nesses comentários que parecem resvalar para uma certa imaturidade, talvez até uma tremenda inocência de quem, apesar de tudo, ainda acredita que as coisas não são exatamente como imagina, tudo não passando de uma obscura malignidade, cujo conteúdo pesadélico pode ter outro fim, alguém que, sobrepondo suas próprias deficiências, descobrisse, atônito, a *face derradeira* das coisas. Mesmo a divisa de Henry James não esclarece o dilema. O escritor não consegue esconder seu embaraço: "Nossa dúvida é nossa paixão e nossa paixão é nossa dúvida. O resto é a loucura da arte". Seguramente ele não disse tudo.

14 de maio

> *Só tarde demais ele desperta para uma coisa – que os santos me protejam! – eu esqueci o mais importante: a palavra omitida.*
>
> (De uma história em quadrinhos)

Na verdade, me agrada quando sinto dificuldade em escrever. As ideias permanecem, a escrita é que me escapa. O que me resta, portanto, é aquilo que tem o valor inominável de um segredo: o segredo dos mudos e dos cegos que lhes faz o sorriso frouxo e o olhar baço. É o momento em que devo prever que nada vai alterar a ordem fatal das coisas. Perdido. Sim, perdido. Algo se afastou, silenciosamente, de mim. Poderia ser o próprio Deus que em silêncio se afasta? As coisas não são ditas em vão. Enfim, deveremos caminhar, eu e tantos outros, sozinhos, nos campos devastados pela batalha.

Não deixa de ser espantoso como tudo se interliga. É só esperar. Mesmo o fim deve ser algum começo, ainda sem o devido testemunho... Marcel Proust lembra que os verdadeiros paraísos são os paraísos perdidos, o que não difere, em essência, da expressão de Aristóteles: "A felicidade está onde algo termina". Um dia a palavra omitida terá de ser dita.

15 de maio

O tempo truncado pela dor propõe uma realidade mudada, irreal. Em *A invenção de Morel*, Adolfo Bioy Casares conjectura que "nossos hábitos supõem uma maneira das coisas acontecerem, uma vaga coerência do mundo". É na inexistência dessa *ordem* que a tragédia deve persistir. Esses "hábitos", por força de nossas limitações, se identificam apenas com a trapaça necessária à toda sobrevivência. Todo o restante, a desmedida realidade, deve ficar de fora.

Ontem, o escritor Mário Hélio afirmava que "a vida é um Beckett sem saída". Esse foi o título que encontrou para os seus reflexivos e precisos comentários sobre a peça *Fim de jogo*, levada em cena por estes dias num teatro local. De Samuel Beckett, diz Mário: "*Disjecta membra*". Alma exilada e bilíngue. Mesmo assim o discurso não se fraciona. Fala da nossa fragilidade e impotência. Lembramos Kafka e Kleist. Mas, a melhor comparação, ainda é Shakespeare. Ou Marlowe. E todo o pessimismo isabelino. A vida é palco e jogo. Gloscesteriano. "Nós somos para os deuses, como as moscas para as crianças travessas. Matam-nos para se divertirem. Isso, diz Gloscester depois de ter os olhos arrancados..."

É assim, com pancadas curtas e precisas de martelo, que se expressa Mário Hélio, enfiando um prego no nodoso e duríssimo lenho beckettiano, por mais das vezes, impossível de ser perfurado. Porém, com a mesma dolorosa indiferença do autor de *Fim de jogo*, Mário deve prosseguir: "Quase todas as personagens de Beckett são subterrâneas. Velhos. Mendigos. E o que mais for rejeitado pela espécie. Mas está enganado quem pensar que são criaturas de exceção. Todos nós somos velhos e indefesos. Todos nós somos a escória da raça humana. Tonéis mais de Danaides do que de Diógenes".

16 de maio

Alegra-me, mas não deixa de me confundir, que o autorretrato *Yo, Picasso*, recentemente arrematado por vários milhões de dólares, tenha pertencido a Hugo von Hofmannsthal. Segundo diz a notícia, o quadro foi adquirido pelo poeta em 1912, pela quantia de treze mil marcos.

Não cheguei a conhecer a imperatriz Claudine. Repudiou-me definitivamente. Razões de estado devem tê-la levado a esse extremo de... descortesia: lamúrias de um vassalo. Suponho que não há uma outra razão. Hoje, se tudo der certo, poderei compartilhar a interminável beleza de Annah. Mesmo de longe, Alícia manobra e faz Irena escrever uma carta infantil repleta de promessas: "Aguarde o mês de julho", diz Irena.

Pela manhã, até o meio-dia, conversa com um casal de fotógrafos americanos, Deni e Will McIntyre.

17 de maio

> *Eu só sinto – disse – que não me possa falar!*
>
> Lewis Carroll

Verificar que a beleza de Annah terminava num corpo de sereia e em uma cascata de lágrimas ardentes, derramadas pelas constantes desavenças entre seus pais (definitivamente eles não se entendem, a não ser na disputa). Soluça.

No rádio do carro escuto o locutor, sem nenhum remorso, dizer: "Detona macarrão!". Estranho linguajar na sua vulgaridade destoante. Mas até que ponto conflita com estas outras observações que nós nos encarregamos de divulgar? Mário Hélio pergunta a Beckett o que são as palavras? Olhando para baixo, Beckett responde: "Gotas de silêncio através do silêncio".

Visita de Wesley Duke Lee e Casimiro Xavier de Mendonça.

18 de maio

Paulo Fernando Craveiro insiste para que eu veja o filme de Gabriel Axel. Embora não tenha visto no cinema, assisti, aqui mesmo, no vídeo. Admirável.

Casimiro retorna acompanhado de Wesley, de Millôr Fernandes e Cora Rónai, de Nara Montesanti Roesler e de Patrícia, uma amiga de Wesley. Também no grupo, o arquiteto José Goiana.

Por várias horas estive exposto à curiosidade e a toda espécie de perguntas. Eram todos amigos e gente da melhor categoria, mas o que fazer? Não estava ao meu alcance discernir exatamente o que pretendiam e eles pareciam pretender tudo.

Wesley pela segunda vez me falou do Sacro Bosco, de Bomarzo, nos arredores de Viterbo, o parque de Vicino Orsini, onde diz encontrar reminiscências do meu trabalho. Aquele lugar que Gustav Hocke definiu como de uma "beleza impiedosa, terrificante, estupefaciente e diabolicamente desconcertante." Sim, estávamos de acordo. Bomarzo e a Oficina são aparecimentos singulares, nada existe que se lhes possa assemelhar: "Estes parques não se assemelham a nenhum outro", insiste Wesley.

19 de maio

Carta do velho amigo Mário Gibson Barbosa, apresentando o embaixador Carlos Jacintho de Barros.

Entre outras coisas, o embaixador Carlos Jacintho mostrou-se interessado nas nossas igrejas barrocas, lembrando que Germain Bazin havia dito que o teto da Igreja da Conceição dos Militares era a *Sistina* brasileira. "Expressão um pouco forte, mas que não deixa de ser verdadeira, aqui para nós", disse o embaixador. Em seguida, falou da inconteste beleza das imagens barrocas de Praga.

Como ele serviu quatro anos na Finlândia, não lhe foi difícil descrever a qualidade do artesanato dos artistas daquele país. Achou engraçado quando lhe disse que só conhecia esse longínquo território através dos olhos ciganos e maliciosos de Curzio Malaparte. No final do nosso encontro, ainda falamos sobre a *Nefertite,* que se encontra num museu de Berlim. Carlos Jacintho disse preferir – sem nenhum pedantismo – a versão do Museu do Cairo, também, para ele, de inigualável beleza.

> *É preciso ter olhos sobre os olhos para observar como eles olham.*
>
> Baltasar Gracián

Em um dos *Caprichos*, de Goya, encontra-se a legenda: *O sono da razão engendra até monstros.*

21 de maio

Eu havia levado um ensaio de Eco sobre Alexandre Dumas, "Elogio de Monte Cristo", para Tomás Seixas, na certeza de que ele, melhor que ninguém, saberia apreciá-lo devidamente. À medida que eu lia, em voz alta, por várias vezes interrompeu-me entre surpreso e fascinado com a perspicácia do italiano. Só acalmou-se quando fiquei de mandar-lhe uma cópia o mais breve possível.

Como no decorrer de nossa conversa matinal falamos também do preço alcançado pelos quadros de Van Gogh e de Picasso, o velho Tomás, sempre espirituoso, comentou: "A proverbial indiferença dos senhores do dinheiro faz com que paguem muito caro, até o último vintém, o valor desses ignorados tesouros que lhes chegaram tardiamente em mãos. Não deixa de ser uma forma implacável de vingança, uma vingança digna de um Monte Cristo".

22 de maio

> *Eu conto muito com a minha velhice: ela me vingará.*
>
> Ingres

Alícia faz questão de avisar que retorna na sexta-feira, dia 2 de junho, e que, pelo menos, muito brevemente ela me servirá de *mensageira* num caso bastante controverso. Quanto a mim, continuo perplexo, mas pretendo "investigar" – se for possível, desde que há tantas coisas perfeitamente incompreensíveis – a natureza da recusa da imperatriz Claudine. Com todos os demônios, o que pode ter acontecido? Alícia diz trazer na sua bolsa uma série de fotos e até de filmes sobre a sua bela irmã Irena, quando participou do concurso de galgos, numa praia ostiense, próxima a Roma.

No ano de 1958 fiz alguns desenhos *d'après* Lucas Cranach. Algumas *Lucrécias* espetando um punhal de encontro ao coração – o artista pintou várias – e, sobretudo, o tema de casais com idades diferentes. Velhos sórdidos com meninotas no colo, quase sempre me causando, na época, uma espécie de estranho pesar. Ainda guardo um desses desenhos comigo e, hoje, mais que nunca – como se por antecedência adivinhasse, mal saído dos trinta anos, o que seria a minha própria velhice –, retrato-me nesses velhos obscenos, como se fosse um deles. Numa das telas de Cranach, um homem idoso, ostentando um sorriso sardônico, deixa-se acariciar por uma bela jovem, cuja concupiscência é mais do que explícita. O ancião comprando os "favores" da mocinha, mantém na mão direita, ligeiramente afastada, um colar de pedras preciosas. Numa outra tela, pertencente à *Akademie der Bildenden Künste,* em Viena, um velhote empolgado não se apercebe que, por sua vez, furtivamente, a jovem lhe mete a mão na bolsa repleta de moedas.

Independente de Alícia, a sua encantadora irmã, Irena, apesar de muito jovem, também aprendeu, célere, como meter a mão no meu bolso e o faz com tanta maestria que mesmo à longa distância – utilizando apenas um mísero telefone – consegue tudo o que deseja.

Convém notar que esta procura desesperada de um *elo perdido*, em todos os níveis, por parte das mulheres, mesmo que prosaicamente, obedece a uma vontade cósmica, e a nós, seus parceiros, cúmplices ou vítimas, só resta concordar. Talvez até a nossa própria obscenidade senil (se é que, de fato, existe) faça parte desse monstruoso mas eficaz jogo universal da reprodução que, em qualquer circunstância, anuncia a eternidade.

Ao lado do meu desenho, copiando Cranach, como uma espécie de legenda, eu anotei: Velho e sábio amor, meu Deus, como tu és bela!

26 de maio

Acompanhado de Roberto Lúcio, recebo a visita do pintor alemão Dieter Ruckhaberle que faz uma exposição em João Pessoa. Bastante instruído, é diretor do *Staatliche Kunsthalle,* de Berlim e deseja ver quadros. Como não havia quadros, mostrou vontade de espiar desenhos. Também não havia desenhos. O que havia de visível estava perfeitamente à mostra e não me parecia pouco para qualquer tipo de curiosidade. Suponho que seria a mesma coisa se diante de uma bela mulher, vestida em grande gala, alguém lhe pedisse para olhar o seu guarda-roupa e, ainda pior, suas peças íntimas.

1º de junho

De ontem para hoje inúmeras tentativas frustradas em lembrar o nome todo da formosa Surama. Um nome saído das histórias de *As mil e uma noites.* Como é que eu poderia tê-lo esquecido? De repente, a imagem me aparece por completo: Surama Borborema. Estranho nome, não? Na realidade, parece vesti-la como uma luva, propício a uma criatura singularíssima, dessas que, como define o americano J. D. Salinger, "são de uma beleza incondicional". Se declamo abertamente o seu nome, é porque ela é uma artista, na certeza, também, de que ficaria feliz em sabê-lo pronunciado por mim. De sua boca e dito por outros, sei que há bastante tempo dança nas terras de Portugal e Espanha, oferecendo aos olhos de uma gente quase moura a sua beleza inigualável crioulo-mourisca.

Não posso avaliar a influência que eu tive para que ela tentasse o além-mar. Talvez tenha apenas lhe ajudado a desancorar quando lhe falei de viagens e de inquietações malditas... Recordo que numa noite esse *tom* deve ter sido excessivo e ela chegou a derramar algumas lágrimas. Ainda parecia desconhecer a força degradante das palavras... Algumas delas soaram-lhe como insultos. E, no entanto, passados alguns dias, já era uma outra pessoa e essas notícias eu as recebo de longe, no anunciado crepitar do seu sorriso, nos primeiros passos dos seus pés bailarinos e nos meneios dos seus inigualáveis quadris... E agora, o seu corpo livre e noturno conseguirá, rio acima, o mesmo prodígio dos salmões.

2 de junho

Não sou um mistério, seu afanador de ovos!

(De uma história em quadrinhos)

Ignorava a morte do poeta René Char. Cumprindo os rituais da distância, no mesmo hotel e no mesmo restaurante, meses a fio almoçamos e jantamos na mesma sala. Subimos, algumas vezes, no pequeno elevador, sem trocarmos palavras. Isso foi no Hotel de Montalembert, no primeiro semestre do ano de 1949 na cidade de Paris.

3 de junho – sábado

O que é real, o que de fato interessa, qual o verdadeiro peso das coisas? Será que tudo o que existe e acontece tem o mesmíssimo peso, a mesma importância na esfera de um julgamento definitivamente imparcial, ou mesmo nas disposições misteriosas da *Profundidade?*

Neste diário estou sempre às voltas com registros diversos e certas omissões não deixam de me preocupar. Então, qual o critério estabelecido para essas lembranças? Tudo indica a inexistência completa de qualquer método, ficando os assuntos, por mais das vezes, atropelados por circunstâncias um tanto obscuras, quando não, apenas casuais. O que me leva a falar, no mesmo dia, do filme inglês *Brincadeira mortal* e, no entanto, omitir a leitura de *Nove estórias*, de J.D. Salinger? Teriam esses dois fatos importâncias diversas, ou apenas demonstravam escolhas preferenciais? Por que não fiz nenhuma menção aos dois pequenos murais de cerâmica que executo, nestes últimos dias, com o tema "paz"? Alícia é mencionada como futura mensageira e como portadora de um filme de Irena, rodado na praia de Óstia, ao lado das modernas vilas do Lido de Roma, enquanto a exótica Walkíria, que por duas vezes me consultou sobre o colorido mais adequado para as suas calcinhas, não mereceu senão o desprezo.

Ora, vejam só como são as histórias e as coisas!... Na realidade a leitura dos contos de Salinger fora a grande aventura da semana. Já o havia distinguido como um escritor secreto e delicado, o que me apresso em confirmar. Os dois contos, "Para Esmé, com Amor e Sordidez" e "A Fase Azul de Daumier-Smith", são surpreendentemente belos e absurdamente bem escritos. Acrescente-se também, como impressão maior, a lembrança dolorosa da face emaciada do meu amigo Luiz Tavares. Ele pareceu-me profundamente cansado e em desagregação. Tanto como eu, ele convive lado a lado com os negros mastins da morte.

Para encerrar a semana e ainda de acordo com a momentosa "confusão geral" já apontada pela sabedoria de Machado, soube que nos Estados Unidos alguns cargos diplomáticos importantes são preenchidos por amigos do presidente. A futura embaixadora na Nova Zelândia, a Sra. Della Newman, ex-corretora de imóveis na cidade de Seatle, confessou no senado nada saber de política externa e nem ao menos ter ideia de quem seja o primeiro-ministro da Nova Zelândia.

4 de junho

Que história é essa de conviver com os negros mastins da morte? Conviver com a morte é trágico, reconhecidamente desagradável. Mas enfrentar a má literatura é talvez muito pior e igualmente desolador. O terrível, entretanto, é a certeza de que com má ou boa literatura, *terás o mesmo destino do insensato.*

A respeito desses "infames cachorros", melhor teria sido mencionar aquilo que as companhias de seguro denominam "o anoitecer da existência".

5 de junho

Estive na cidade de Salvador no mês de maio de 1986, a convite do Grupo Aliança, e devo viajar amanhã para dar continuidade a uma série de novas obras a serem executadas no grande Hospital Aliança, um dos sonhos do admirável Paulo Sérgio Tourinho.

Alícia telefonou cedo insistindo em copiar as fotos de Irena, ainda hoje. Não pude deixar de lembrar a possibilidade do seu encontro com a imperatriz. Recomendei cautela: uma investigação desorientada pode ser inevitavelmente desfeita. Quando retornar dessa viagem de dois ou três dias, quero ver os resultados.

Ainda perguntei a Alícia há quanto tempo Claudine e a própria Irena estão fora do país, ambas, com certeza, já dominando uma outra língua, e isso não deixa de ser perigoso. "A posse de uma outra língua é a posse de uma outra alma", dizia o imperador Carlos V. Pobre suserano metido nessa minha confusa e libidinosa tropicália.

11 de junho – Batalha do Riachuelo

Sou um pássaro completamente impossível.

Kafka

Helena Viktoria me presenteia com um *Arco-Íris*, uma *Borboleta* e uma *Tartaruga*. Ela já repetiu pelo menos umas dez vezes "Feliz Aniversário!". Depois, fomos ao *Grande Pátio* dar comida aos peixes vermelhos que nadam na água verde e lodosa.

14 de junho

Apesar da concordância explícita de Max Brod e também de Dora Dymant, poucas vezes li um "documento" tão suspeito quanto este *Conversas com Kafka*, de Gustav Janouch. Não que não seja interessante – não é aí que o equívoco maior se evidencia – pelo contrário, não lhe faltam atrativos. O espólio de um gênio é de tal forma complexo e perturbador que pode suportar um cem números de interpretações cavilosas sem grandes avarias.

Janouch conheceu Kafka quando tinha apenas 18 anos e o seu ídolo já contava 37 anos. Segundo ficou esclarecido, estas notas (recordações) foram redigidas vinte anos depois da época a que dizem respeito. Tudo indica que este testemunho procura *retemperar* o grande escritor da maneira mais inadequada possível. É como se tentasse materializar um fantasma e esse fantasma, por razões obscuras, também resolvesse falsear a verdade. Mentem os dois, portanto. E o resultado é uma comédia de erros que beira o perjúrio. Afinal de contas, temos que ficar de acordo com a observação de Lawrence Durrell: "Com o passar do tempo a verdade é aquilo que mais se contradiz". Mas, no momento, como poderia eu ficar de acordo com certas afirmações desse livro, quando a cada passo presencio o desmoronamento de todas as conhecidas singularidades de Franz Kafka?

Como seria possível este escritor, nascido, como disse Borges, "de um mundo de castigos enigmáticos e de culpas indecifráveis", repentinamente, numa conversa amena entre "amigos", dizer que "não há pecado, não há nostalgia de Deus", que "tudo é inteiramente terreno e pragmático", que "Deus está além da nossa existência". Ou, ainda pior, numa espécie de prosa pós-freudiana, afirmar que "a maioria de nós está colada às cadeiras bambas de princípios depreciados somente pelos excrementos de nossas angústias". Não, essa voz roufenha, cínica e aniquilada de um fantasma embusteiro, não é a voz real de Kafka, pelo menos não a dos seus livros enigmáticos, nem muito menos do ritmo doloroso do seu diário: "Eu me isolarei de todos até a perda da consciência. Me farei inimigo de todo mundo, não falarei com quem quer que seja". Ou ainda: "Sem relações humanas não existem, em mim, mentiras visíveis".

Do *Journal*, de Kafka, edição integral publicada pela Editora Grasset, em 1954, retiro o seguinte texto datado de 20 de dezembro de 1921: "É indiscutível que existe uma certa felicidade em se poder escrever tranquilamente: 'O horror da asfixia é inconcebível'. Inconcebível, sem dúvida, de sorte que tudo se passa como se eu não tivesse escrito nada". Eis aí o Kafka que posso reconhecer e amar.

Ainda como resposta a esse imbecil Janouch encontro, essa madrugada, no *Diário* de Kafka: "Não ter ainda nascido e ser forçado a passear nas ruas, de falar aos homens". (*Journal*, 15 de março de 1922)

Prosseguindo nestas inquirições a respeito do desastrado testemunho de Janouch, me ocorre lembrar o quanto esse tipo de diálogo pode ser castrador. Coitado de Goethe se tudo o que soubéssemos dele dependesse apenas das famigeradas *Conversações*, de Eckermann. Embora neste caso não faltasse a necessária autenticidade, nele funcionou uma espécie de implacável redutor, ocasionando essa malévola distorção que transforma gigantes em pigmeus. Aliás, diga-se de passagem, metamorfose muito bem aceita pelo público em geral, sempre ávido de horizontalidades.

Não sei como posso inserir Alícia neste contexto, mas o fato é que ela me parece estar trapaceando ao dizer que jantará hoje com a imperatriz Claudine, recém-chegada à nossa cidade. Não consigo esquecer dessa quimera, mais ou menos longínqua, ou seja, a conquista das mulheres. "A sexualidade ruidosa das fêmeas, sua impureza natural", assim falaria Kafka.

16 de junho

Não é o que você diz, é o jeito como você diz!

(De uma história em quadrinhos)

Não sei por que chamei Gustav Janouch de imbecil. Não só fui injusto, como também precipitado. Ele diz apenas aquilo que lhe foi possível discernir, embora, às vezes, jogue com moedas falsas. De tolices, propriamente ditas, não pode ser acusado.

De há muito que Helena Viktoria se apercebeu de que as minhas mãos tremem, e tudo indica que este fato a inquieta bastante. Ela afirmou, no dia do meu aniversário, em plena mesa de jantar, que "as minhas mãos sofrem".

Só os olhos de uma criança veriam tão longe. Uma mão trêmula, como se fosse algo autônomo, uma espécie de agulha de sismógrafo apontando para a catástrofe iminente. Poderia também ser o sinal de um *sofrimento* atroz em separado do restante do corpo.

17 de junho

A tentativa da explicação de ontem sobre as *mãos que sofrem* me pareceu tirar toda a magia da fala de Helena. A notável observação da criança, a princípio, está muito mais próxima do conto de Gógol, *O nariz*, do que das minhas insuficientes observações racionalizadas.

É mesmo uma *Mão* desgarrada do corpo, ou melhor, uma criatura independente, com vida própria, desejo, alegria, sofrimento e que, também, à sua maneira, como o irrequieto *Nariz*, perambulando pelas ruas de São Petersburgo, pode cometer desatinos.

19 de junho

Pequena carta a Fernando Monteiro (rascunho) que deverá acompanhar a carta de Strindberg a Gauguin:

Como falamos em Gauguin e senti-o curioso em adentrar-se nos seus mistérios, *estou lhe enviando o famigerado documento de Strindberg e, simultaneamente, a resposta de Gauguin (ambas foram publicadas no catálogo da desastrosa exposição do Hotel Drouot, em fevereiro de 1895). Presumo que a carta do pintor não revela ressentimentos, antes, verifica-se, de imediato, não só a sua proverbial altivez (que o torna infenso aos ataques) como, também, o seu audacioso propósito de invadir os fechados domínios do escritor, no momento em que aborda os intrincados setores da filologia.*

Como tentei insinuar na nossa conversa anterior, Gauguin era de fato um mestre, possuindo, em todos os sentidos, uma inteligência truculenta, digna de um gênio, ou melhor dito, de um selvagem (na sua obstinada pureza), como ele na realidade desejava ser reconhecido.

PS: Strindberg também era, à sua maneira, pintor. São conhecidas e admiradas algumas de suas paisagens de céus tempestuosos, executadas com largas pinceladas.

Um pouco mais tarde, recebo de Fernando Monteiro uma resposta acompanhada de uma página antiga da revista *Manchete*, com as três (únicas) fotografias conhecidas de J. D. Salinger. No final dessa reportagem, uma suposta frase do escritor, cercado pelo repórter canadense Michael Clarkson, no ano de 1978:

Coloco questões de um modo diferente, talvez, mas não tenho a pretensão de saber as respostas. Lamento, de certa forma, ter publicado livros. Nada que um homem diga pode ajudar a outro homem. Você não pode ensinar alguém a escrever: é como um cego guiando outro cego.

Num *post scriptum*, Fernando Monteiro fala de um recente poema seu, "Vultur", segundo ele, inspirado numa escultura de minha autoria:

Engraçado, como o poema "Vultur" repercutiu! Desde ao voltar da Várzea, no meio da tarde da sexta, até quase o final do sábado, amigos poetas – ou não – (José Carlos Targino, Ângelo Monteiro, Valdemar Veloso, Esman Dias, João Fagundes de Menezes, que leu o poema no Rio, onde compra fielmente o Diário *nas poucas bancas cariocas que o vendem, e de lá telefonou; Nelson Saldanha, Lucila Nogueira... e outros que encontrei na cidade, no sábado); bem, isso tudo só para me lamentar mais ainda a ausência da ilustração – uma foto da magnífica peça – para a qual faltou espaço (!!!), explicou Marcus... "Vultur" deixou de poder ser visto, também, contemplado em toda a sua misteriosa antiguidade mitológica de ave do passado e do futuro – da qual o poema é apenas um eco, uma ressonância de palavras. Antes tivesse eu alertado a Marcus: preferia ver (se houvesse problema com "espaço") publicada a "ilustração", sem o poema – do que o contrário!*

21 de junho

As melhores histórias quase sempre são falsas.

Henry James

Não existe hora de pesadelo, todas as horas *são horas de pesadelo.*

22 de junho

Perceber, afinal, o quanto pode ser inquietante não saber o que outra pessoa deseja. O perigoso silêncio de quem, não dizendo nada, pode fazer tudo. Era como se eu estivesse sendo seguido muito de perto por um universo de trevas.

27 de junho

Cinco dias em Mata Redonda preso à leitura de Germaine Greer e ao tardio manejo de *Lolita*, do admirável Nabokov. O rugir estatístico-sociológico (quase feroz) de *Sexo e destino,* amalgamado ao solitário pesadelo aniquilador desse russo de gênio, não faz senão agravar a infernal atmosfera que me domina nesses últimos anos. Para agravar ainda mais essas sensações (se é que, de fato, trata-se apenas de uma sensação), a presença de minha filha Helena Viktoria configura, com todas as letras, o que bem poderá ser o meu *Hybris:* reconhecer os avisos do oráculo e não tê-los levado em conta.

Novamente a *desastrosa* debilidade de Antônio na Batalha de Actium: "Confundia-o o perigo que não era dele apenas".

28 de junho

No livro *Sexo e destino*, as belas imagens evocadas das ainda resistentes culturas tradicionais asiáticas, africanas ou polinésias, em contraste com os inescrupulosos e apocalípticos destemperos do Ocidente, contribuem para apaziguar a longa jornada de Germaine Greer nos caminhos do inferno.

A progressiva dessacralização de toda a privacidade sexual nas sociedades modernas, quer sejam europeias ou norte-americanas, permitindo (e mesmo estimulando) uma jovem a exibir o clitóris, *lábia minora e introitus* vaginal na página dupla de uma revista, difere acerbamente, por exemplo, dos recatados costumes indianos. De há muito, não me canso de dizer que as mulheres de nossa época, por força de se despirem, perderam em definitivo o direito à sua nudez: sua sagrada, misteriosa e inviolável nudez.

Germaine Greer, aproveitando o sentido verdadeiro do que vem a ser a divindade do corpo, relembra a lenda da Rainha Drawpadi: "A história de uma mulher casada com sete irmãos reais que a perderam num jogo para um soberano vizinho. Drawpadi orou à Shiva para ser poupada da humilhação de ter a sua nudez descoberta por um estranho. Quando, o homem que a ganhara no jogo pegou o seu sari para arrancá-lo, à vista dos seus súditos humilhados, descobriu, espantado, que se desenrolava eternamente; nele estavam bordadas as histórias do grande mito hindu, Mahabharata. O sari e também o dhoti, em grau menor, são os símbolos eternos da integridade física. A conjunção de homem e mulher é sacramental, não casual; as grandes esculturas eróticas de Khajuraho não são descrições da vida cotidiana, mas emblemas da união de Shiva e seu Shakti, que resultam na criação do que é". O turista fica excitado pelo símbolo fálico que encontra nos templos; seu guia, provavelmente um estudante de teologia, repete insistentemente que são símbolos de universalidade, mas sua paciência cai em ouvidos surdos. O turista presume que os hindus são tão devassos quanto ele.

29 de junho

Dmitri Nabokov, o filho do escritor, lembra-nos, no prefácio da edição inglesa de *O mago*, a memorável resenha do filme *O gabinete do Dr. Caligari*, publicado na revista *The New Yorker*: "A plateia, confinada num mundo louco, vê o que o louco vê...".

Esta tarde, mais uma vez, a Imperatriz falha e deve falhar sempre, porque, afinal, eu sou apenas como ela ordena e qualifica – não sem um certo desdém – *o pretendente*, em consequência daquele que deve manter-se prudentemente à distância.

Ela deveria tomar chá comigo, trazida pelas mãos de Alícia (essa improvisada Marquesa de Merteuil), agora mais do que desmoralizada pela pouca eficiência neste espinhoso ofício de *entremetteuse*.

Às vezes me parece que ela perde "as estribeiras" quando alude à possibilidade de eu ter nas mãos - de uma só vez - a bela Irena, a sua mãe e ela própria. "Nós somos dispendiosas, mas criaturas dispostas a tudo". Certamente não atina para a gravidade de sua proposta indecente. Respondo que uma grande amiga já havia me advertido de que "ficar à mercê de uma só mulher, já representa um grande risco. De duas, um risco inominável, quanto a três, então... um verdadeiro suicídio".

1º de julho

Pensei que você fosse um mito!

(De uma história em quadrinhos)

"Ele sabia que a sua vida imitava a realidade. Estava fora. E, além de tudo, era um homem cansado e tedioso, segundo muitos o avaliavam".

Eu acabara de ler ou escutara de alguém essa conversa, e a palavra "cansado" provocou uma estranha reação, como se dois componentes, uma vez reunidos, não pudessem evitar uma fatal perda de identidade. Tenho notado a insistência em citar nomes femininos no meu dia a dia. Reconheço que para elas pouco significa, porque em nada vai modificar as suas imagens gravadas na pedra.

Chega a minha vez de comunicar à Abadessa o horário do meu jantar: "Tenho a fome de um celerado". Esta semana não recebi nenhuma notícia da Ciclista que primou por escafeder-se nestas estradas do sem-fim. Também não há como explicar a sua passagem por este sítio. Tudo o que me resta é aguardar as dádivas da Gaivota Branca, dessa enlouquecida deusa do mar (ou da maré). Como única ressalva, lamento sinceramente que elas tenham nomes – na sua maior parte, falsos –, dedos onde crescem unhas, dentes que se estragam e entranhas onde nenhum perfume é capaz de penetrar. Não fora isto, seriam em tudo adoráveis criaturas. Como o torturado Strindberg, eu poderia dizer: "Se já conhecesse as doutrinas de Swedenborg, nessa época, teria compreendido que estava condenado pelas potências ao *inferno excremental*".

Com quantas mulheres ainda deverei sobrecarregar as minhas mal disfarçadas asas de demônio em direção ao abismo? Na verdade, essa procura desesperada de Lilith – aquela que mereceu o repúdio de Adão – levou-me implacavelmente a essas atrocidades.

2 de julho – domingo

Duas imagens gêmeas me obcecaram na semana que passou. Uma delas, o estranho relato de Germaine Greer, descrevendo as violentas reações do pintor Maurice Utrillo diante dos sinais físicos da gravidez: "Quando encontrava mulheres grávidas na rua, ele as perseguia, puxava-lhes o cabelo e tentava chutá-las na barriga". A outra pinçada do *Inferno*, de Strindberg: "Um pintor americano achava-se profundamente atingido pela crueldade do senhorio que retera, como garantia de pagamento, o seu quadro destinado ao *Salon du Champ de Mars*, obra em cujo êxito havia deposto suas esperanças, porque o assunto lhe parecera original e vigoroso. Representava a mulher livre, grávida, pregada na cruz e injuriada pela multidão".

Não que esses dois fatos me pareçam novos ou absurdos, a própria Germaine Greer preenche páginas e páginas do seu livro com as mais atrozes rejeições à maternidade, sobretudo no mundo ocidental. O meu espanto nasceu da simples verificação em leituras, quase simultâneas, de que dois pintores - cada um à sua maneira - achavam-se também envolvidos nessa maldição.

A meu ver, a estupidez do americano, apesar de idealizar uma mulher grávida pregada na cruz, é bem mais inconsistente do que a do ensandecido

Utrillo (alcoólatra contumaz), aplicando pontapés a torto e a direito em mulheres indefesas. Afinal de contas, posso me perguntar, como de resto Germaine Greer o faz - quase como uma expiação de uma veterana feminista, enfim, esclarecida -, "o que é que vem a ser na realidade, uma mulher livre?". Por acaso seria uma árvore única, fora da floresta, isolada de toda a espécie vegetal? Um peixe fora d'água, um rio fora do seu leito, um reino sem habitantes?

O americano disse a Strindberg que o assunto parecera-lhe original e vigoroso: "Uma mulher livre, grávida, pregada na cruz e injuriada pela multidão". Suponho que essa turba tinha razões de sobra para vociferar e liquidar com essa impostora.

Agora sim, entra em cena a fatal M. M., de São Paulo, sorrindo à toa com os seus lindos dentes dourados, espanando simpatia. Está à procura de uma vítima, com certeza, não mais estúpida do que eu. Chegou impressentida como uma bala, e certa de não errar o alvo. Deve ter pensado: "Aqui devo proliferar". Isto não quer dizer que tenha esquecido Irena, sobretudo, agora que eu recebi uma fotografia sua, do dia festivo da coroação, na praia de Óstia. Por que esta menina está com tão pouca roupa, quase nua, sustentando um galgo na coleira? Será um costume *romano da decadência*, novamente em moda? No reverso do postal ela dizia (quase gentilmente) – entre piedosa e admirativa – "você não deveria ser velho!". "Assim mesmo ainda consigo pegar peixes", eu poderia ter-lhe dito, mas não disse. Calei-me, não só porque ela está do outro lado do mundo, mas porque esta é a minha verdadeira condição. De longe, um outro velho, como eu, o silencioso J. D. Salinger, resmungava: "Deus sabe que é triste. A voz humana conspira para profanar tudo sobre a terra".

10 de julho

> *Ninguém pode viver mais perigosamente do que pode suportar.*
>
> Kostas Axelos

Insisto nas controversas discussões de Gauguin e Strindberg e, embora atormentado pela intangibilidade de *Lolita* neste parabólico romance de Nabokov, não consegui desvencilhar-me de certos reparos ainda não de todo conclusivos, que eu ousei prolongar.

O fantasma desses dois artistas projetam-se como *gênios da montanha*, ensombrecendo tudo aquilo que eu via ou tocava em constância latente por dentro e por fora de minhas leituras, e assim, permaneceram nas horas mais impróprias do dia e da noite. Estranha gestação que me fazia embrenhar, ora no pantanoso mundo de Nabokov, ora nos pesadelos estatísticos (quase ferozes) de *Sexo e destino*, de Germaine Greer. Uma modesta referência ao *The golden bough*, de Frazer, de pronto desencadeava um sem-número de arquétipos ligados aos rituais mágicos do sexo, da superstição e da sobrevivência; temas que por estranha osmose ainda revolviam o núcleo indefinido de uma discussão inconclusa.

Um soneto de Shakespeare igualmente sinalizava na mesma direção, isto é, não mais como mera solidariedade ao pintor, mas como algo abrangente aos dois possíveis antagonistas:

Não deixe que a mão rude do inverno apague
O verão que foi você e que o moldou;
Em algum frasco guarde, em algum lugar mantenha,
O tesouro da beleza, que antes existiu;
Esse ato não é a usura proibida,
Enriquecem aos que saldam o empréstimo;
Cabe a você em outro se tornar,
Dez vezes o seu eu se torna mais feliz,
Se dez de você em outros dez o recrio.
O que pode então fazer a morte se você parte
Deixando os seus eus vivos na posteridade?
Não seja um alvo da vitória da morte,
Deixando os vermes como seus herdeiros.

Eu não podia adivinhar que, chegando ao Recife, iria ler o *Inferno*, de Strindberg, onde encontraria todas as minhas premonições conciliatórias – arrastadas por longos cinco dias como correntes de expiação – perfeitamente resolvidas. Enfim, Strindberg também esteve pronto a reconhecer o gênio do seu amigo Gauguin: "A casa era ponto de reunião de artistas anárquicos, e sabia que estava condenado a ouvir e ver ali tudo o quanto poderia evitar: atitudes levianas, moral pouco rígida, deliberada descrença. Nela havia profusão de talento e dose infinita de espírito; um deles, especialmente, era genial, artista rebelde, que conquistaria merecida reputação".

Uma nota de pé de página esclarece que essas reuniões aconteciam na "casa da escultora sueca, Ida Ericsson, e de seu marido William Molard, funcionário e músico. O artista genial, Paul Gauguin, amigo da família, morava no mesmo prédio, na rua Vercingétorix, 6". Como já sabemos, esse foi o ambiente principal escolhido pelo diretor Henning Carlsen, para o seu filme *Um lobo atrás da porta*. Confesso que daí em diante não precisava de mais nada para me reconciliar com "o enorme Strindberg", como o chama Franz Kafka. Nem uma só linha. No entanto, muitas surpresas me estavam reservadas no decorrer dessa surpreendente leitura. Como poderia conceber esse ao mesmo tempo valente e atemorizado escritor às voltas para estabelecer a fórmula do enxofre? A sua compulsiva mania de perseguição (nele mais que justificada)? Os seus possíveis infernos nunca esquecidos? A sua descoberta e incontida paixão por Swedenborg: "Se já conhecesse as doutrinas de Swedenborg a essa época, teria compreendido que estava condenado pelas potências ao inferno excremental". Embora pintor de paisagens tempestuosas, Strindberg se confessa refratário aos passeios campestres: "O que era contrário ao meu gosto e aos meus hábitos". Sua inconsiderada capacidade – verdadeiramente leonardesca – em descobrir figuras fantásticas. Ele próprio é quem o diz: "Queimo na minha lareira carvões denominados cabeça de pardal por sua forma redonda e homogênea. Um dia em que o fogo se havia extinguido antes de completar-se a combustão, recolho um fragmento de carvão que apresenta traços de uma figura fantástica. Uma cabeça de galo com crista soberba, de corpo mais humano que de ave, e membros retorcidos. Dir-se-ia um demônio representado nos sabás da Idade Média".

Strindberg ainda recolhe vários outros exemplos de suas experiências com o fogo: "(...) duendes bêbedos que se abraçam às roupas soltas ao vento. Uma madona com o menino, de estilo bizantino, numa linha incomparável." E de resto, parece divertir-se em mostrar aos amigos as suas descobertas, inclusive confundindo-os, mencionando o nome de um escultor norueguês, Kittelsen, muito conhecido, célebre ilustrador das sagas escandinavas. Nesse momento, o escritor se aproxima extraordinariamente dos efeitos convulsos de formas que se aproximam em muito das pesquisas de Gauguin.

Além disso, levemos em conta as suas contínuas, enervantes e quase trágicas vicissitudes conjugais. A sua solidão compatível com a de Gauguin nos antípodas do mundo. As suas rusgas com o pintor Edvard Munch, embora houvesse consentido posar para um retrato. O fato de terem amado, em Berlim, quase simultaneamente, a mulher do escritor Przybyszewski. A existência em Oslo, na Galeria Nacional, do quadro de Munch, *Jalousie* é o testemunho vivo deste episódio: o pobre do escritor foi pintado verde de ciúmes e sua mulher nua. Strindberg também teve a coragem de investir contra o movimento feminista que todos apoiavam na Escandinávia: "Havia me deixado levar pela excitação do combate e ultrapassei os limites da decência, a ponto dos meus companheiros me julgarem louco".

A inopinada descoberta do *Jardin des Plantes*, como quem descobre o Paraíso, e, pouco tempo depois, a sua comovente despedida das plantas e dos animais.

Presumo que toda essa surpreendente verificação do caráter polimorfo de um homem de gênio jamais terá fim; mas, no ardor da descoberta, ainda me resta insistir. Como poderia, por exemplo, esquecer a patética (mas não de todo inocente) superstição de Strindberg em acreditar ser um feiticeiro ou um praticante de magia negra? A certa altura de suas infernais confissões (indiscutivelmente verdadeiras), sabendo-se condenado por inevitáveis forças ocultas, manteve a sua honesta coragem (numa atitude quase burlesca) ao revelar intimidades: "...preparo-me por isso para a noite. Tomo um banho, cuido de lavar bem os pés, pois desde a minha infância minha mãe me ensinou que ter os pés sujos era um sinal de desonra. Faço a barba e perfumo a camisa de núpcias, comprada há cerca de três anos em Viena...O enxoval do condenado à morte".

Agora estou perfeitamente convicto de que esses dois grandes artistas enfrentaram e conheceram de perto o Inferno: Gauguin, na sua inominável solidão das Ilhas Marquesas depois da sua fracassada tentativa de suicídio, deixando-se representar como o Cristo, no Golgotha; Strindberg, no seu permanente Inferno atirado ali pelas potências desconhecidas: "Não há dúvida, estou no inferno! E, de fato, a realidade confirma de forma tão plausível esta fantasia, que acabo por dar-lhe fé".

Conheço muito de perto o autorretrato de Gauguin, *Près du Golgotha*, que está no Museu de Arte de São Paulo. Não consigo esquecer a sua estranha expressão. Quando o vi pela primeira vez, ficou-me a ideia de que um homem supliciado deveria ter esse aspecto. Desconheço o famoso retrato de Strindberg, pintado por Munch, e dele jamais me foi dado olhar uma simples fotografia. Por onde andará essa tela de Munch? Talvez eu a tenha visto em reprodução, de uma maneira pouco atenta, quem sabe?

Homens como Gauguin e Strindberg não parecem ter tido contemporâneos; nenhum testemunho vivo seria bastante válido para recompor as suas verdadeiras imagens. Daí, suponho, os inúmeros equívocos, os mitos distorcidos, os irreconhecíveis depoimentos. Essa condenação é de tal forma grave que mesmo entre eles próprios (os grandes) esse reconhecimento não foi possível.

Recordo que já tive oportunidade de afirmar que o grande Cézanne – predisposto a cair de joelhos diante de Rodin, porque este carregava na lapela a *Légion d'honneur* – foi incapaz de alcançar os propósitos estéticos de Gauguin. Julgou-os todos como um simples capricho: "*Ce sont des chinoiseries*".

Não posso deixar de esclarecer a abordagem de um estudante de arte, a respeito de *Nossa Senhora de Penmarc'h* (1896), do pintor Lucien Lévy-Dhurmer. Confesso que jamais ouvira falar dele. Não é citado entre aqueles que faziam o Circulo Bretão, como também no ambiente de camaradagem de Gauguin, no ateliê da rua Vercingetorix, no período de Paris, 1894-95. O nome é judeu e, se fez parte do grupo Nabis, não era o único, pois Mogens Ballin tinha origem israelita dinamarquesa. Aliás, esse termo Nabis em hebraico significa *profetas*. A repentina menção de *Nossa Senhora de Penmarc'h* me fez abrir livros à procura desse pintor, para mim desconhecido. E, no entanto, aí está ele no seu quadro refulgente, como um ícone! A pergunta do rapaz relativa ao que acharia Gauguin dessa pintura, confesso que não é de fácil resposta. De início, quero ressalvar que todas as observações envolvem o quadro de uma tal auréola de intocabilidade que dificilmente ele poderá ser de novo vazado por um crítico igualmente arguto ou dotado de inegáveis qualidades poético – visionárias. Inclusive, sob o aspecto pictórico da questão, não há como contestá-lo – nem mesmo o maneirismo acadêmico mais que evidente da figura, interpretado como *faux-naïf*, chega a destoar como interpretação – desde que todos os espaços críticos foram devidamente preenchidos. Lévy-Dhurmer não está, portanto, tão afastado da lição do mestre Gauguin (a despeito de suas seduções acadêmicas), quando nos faz reportar com a sua hierática Madona aos remotos ícones bizantinos e, mais de perto, aos primitivos flamengos, estes últimos tão apreciados por Gauguin.

Dois anos antes de *Nossa Senhora de Penmarc'h* ter sido pintada, Gauguin acompanhado por sua exótica amante, Anna, a javanesa, viajara a Bruxelas, Antuérpia e Bruges para admirar de perto, sobretudo em Bruges, os Memling que ele tanto amava, sem esquecer, é claro, os Hugo Van der Goes (o pintor do famoso tríptico *Portinari*), igualmente significativos para consecução dos seus amplos princípios estéticos aparentados, em parte, com o Classicismo *avant la letre* dos artistas do século XV do norte europeu. Como se vê, Gauguin nem sempre – como pensam os tolos – estava disposto a barbarizar.

O fato da *Madona*, de Lévy-Dhurmer (assim como o seu canhestro e propositadamente enrijecido Menino Jesus) ostentar trajes típicos dos bretões é mais um indício certo da influência maior do mestre de Pont-Aven. Aliás, eu diria mais uma consequência do que uma verdadeira influência, no seu sentido literal.

Quase dez anos antes, Gauguin realizara três quadros definitivos no andamento de todo o seu futuro trabalho – tanto para ele, como também para aqueles que, agrupados, deram fé no nascente credo bretão. E acontece que, para escândalo do Paris *bien-pensant* e adjacências, essas pinturas abordavam temas religiosos (e com que caráter, meu Deus!), onde pastores e camponesas, vestidos à moda bretã, ocupavam espaços e se mesclavam nas diferentes cenas sagradas. Não vou descrevê-los porque seria intoleravelmente redundante. O mundo inteiro os reconhece! O que não me furto é a denominá-los – ver mais uma vez os seus nomes imortais gravados nesta folha de papel –, imaginá-los no momento mesmo da criação.

A visão depois do sermão, ou também como é lembrado a *Luta de Jacó com o anjo*. Pintado possivelmente no verão de 1888 e de uma maneira muito significativa, pertence a Galeria Nacional da Escócia.

O Cristo amarelo, pintado no ano de 1889, segundo afirmam, inspirado num crucifixo de madeira policromada, existente na capela de Tremalo, perto de Pont-Aven, encontra-se numa cidade americana de nome muito curioso, Bufalo. Gauguin ficaria contente e orgulhoso com isso. *O calvário bretão*, pintado em 1889, provavelmente inspirado no *Calvário românico* de Nizon é patrimônio do Museu Real de Belas Artes de Bruxelas.

Quando surgiu, há seis anos, *O nome da rosa*, recordo que uma das razões de prosseguir até o fim na leitura desse cartapácio foi a inigualável expressão de Eco: "É a história de um homem que fez coisas insensatas porque pusera em prática o que muitos santos lhe tinham pregado". Compreenda-se que na maior parte das vezes é humanamente impossível seguir à risca (ou pôr em prática) os ensinamentos de um santo ou de um gênio. O impossível Lichtenberg afirmava que os santos nos altares fizeram muito mais pela humanidade do que no decorrer de suas vidas.

O caso do solitário Gauguin é axiomático. Sempre ficou a indagação se de fato existiu uma estética Nabis. A lição de Gauguin, aureolada pela paisagem *Bois d'amour* (ou *Talismã*, como alguns a conheciam, de Sérusier), contribuiu, é certo, para dar mais intensidade às cores das telas desse grupo, mas não chegou a autorizar e nem a formular uma nova estética. Influenciados durante algum tempo pelo credo bretão, de Gauguin, a tinta plana, a ausência de perspectiva, o contorno marcante, a arte japonesa, não foram suficientes para que esses pintores não se separassem muito rapidamente, pois no fundo eram apenas amigos unidos por um ideal comum, a pintura, mas possuindo aspirações muito diferentes.

Na realidade, obscurecidos por Gauguin, o *terrível* Gauguin – como o definia seu fiel amigo Daniel de Monfreid –, e de resto incapazes de realizar uma obra verdadeiramente pessoal, os *Nabis* mostravam uma personalidade bem distinta, podendo desenvolvê-la a despeito do mestre tirânico. De todos, permanecem como os mais ardentes seguidores do *Credo*, apenas Sérusier e Maurice Denis, o primeiro sobretudo como teórico (*ABC de la peinture*) que tenta refundir as ideias de Gauguin (diga-se de passagem, irreconhecíveis). De qualquer modo, o crítico da época, Albert Aurier incluía ainda como simbolistas Van Gogh e Odilon Redon ao lado desses jovens que, a partir de 1888, se autodenominaram de "profetas".

É claro que no meio dessa comunidade existiam grandes e pequenos Nabis. Agrupados, podem parecer uma massa informe, hoje quase fantasmagórica, mas alguns deles, de fato, se transformaram em artistas verdadeiramente expressivos.

Não como uma escolha pessoal, e sim levando em conta situações irreversíveis, foram exatamente aqueles que menos *deviam* a Gauguin os que mais se destacaram. Veja-se os admiráveis pintores Édouard Vuillard e Pierre Bonnard, o escultor Aristide Maillol, que até o ano de 1895 só fazia pintar. Inclua-se também o misterioso Odilon Redon, um pouco mais comprometido, mas assim mesmo recriando um estilo original onde imperam cores iridescentes, num clima fabuloso que lhe é próprio. Não esquecer o esquisito Félix Vallotton, um mórbido e prolixo artista suíço. Sobre ele, dado o interesse que me despertou nos anos cinquenta, possuo um livro definitivo: *Félix Vallotton et ses amis*, de Hedy Hahnloser-Bühler.

Os restantes Nabis (ou apenas artistas do círculo bretão), sem lhes retirar o mérito, hoje teriam valor histórico. Declino os seus nomes para demonstrar que andei exaustivamente à procura desses "ventos do alto mar" consubstanciados neste Lucien Lévy-Dhurmer. Aqui estão: Paul Sérusier, Émile Bernard, Maurice Denis, Meyer de Haan, Émile Schuffenecker, Jan Verkade, Mogens Ballin, Armand Seguin, Julien Leclercq, Georges Lacombe (escultor), René Piot e Paul Ranson.

Quanto aos camaradas do ateliê da rua Vercingetorix (dezembro de 1893 a junho de 1895), alguns nomes se repetem e outros são desligados do círculo: Morice, Roinard, Mollard, O'Connor, Maillol, Leclercq, Zuloaga, Monfreid, Chamaillard, Maufra e o enorme Strindberg.

Evidentemente estas "relações" sempre escolhidas (às vezes modificadas) dependem dos seus autores. No livro de Mackintosh, além de Lévy-Dhurmer, estão presentes Eugène Grasset e Charles Filiger, os quais igualmente não constam dos textos por mim consultados; todavia não é de espantar, uma vez que em Londres, esta semana, minha filha procurava um livro sobre Puvis de Chavannes (em diversas livrarias) e ninguém sabia de quem se tratava. Foi necessário utilizar o computador para afinal localizarem esse "pintor desconhecido". No entanto, foi alcançado pressurosamente o Graham Ovenden – um pintor de Lolitas (como é conhecido) – versão inglesa de um sub-Balthus – que, por uma curiosidade malsã, constava de minha lista. Ainda à procura da *entourage* de Gauguin, afinal descubro pelo menos um desses três nomes faltosos: sobranceiro e presente, lá estava na Pensão Gloanec (junho de 1889), em Pont-Aven, o Sr. Charles Filiger. Logo em seguida o mesmo Filiger ao lado de Gauguin e do gravador Paul-Émile Colin, no vilarejo de Pouldu, no mês de agosto de 1890. Enfim, não deixa de ser uma descoberta! De algum modo – embora nos pese e entristeça – não há rosto, nome ou coisa que não esteja por desfazer-se como as imagens de um sonho. Borges, com os seus ares de bruxo, certamente acrescentaria: "Não há coisa que não esteja como que perdida entre infatigáveis espelhos".

Os cinco primeiros versos de um poema de Deborah acentuam essa fatalidade:

Um nome, meu nome.
O que é um nome, para se guardar?
Sopra bem forte, tempo, brisa,
As folhas de ouro, ou um livro qualquer!
O que é um nome, para se guardar?

Lembro que, entre outras reproduções, esse admirável retrato de Gauguin (pintado na idade de quarenta anos), retirado do livro de Mackintosh, foi presenteado a Van Gogh que ansiava por um retrato do amigo. Gauguin, falando desse trabalho, disse: "Acredito que é uma das minhas melhores coisas... À primeira vista se assemelha à cabeça de um bandido".

Aqui, sem diminuição alguma de Strindberg, eu ousaria fazer um ligeiro comentário depois da leitura de *O inferno*. Por várias razões não fica difícil concluir a natureza da "recusa" ao pedido de Gauguin. Essa recusa não corresponde apenas ao *não posso*, ou mais brutalmente ainda ao *não quero*, ela é de uma natureza diversa e muito mais grave. No caso, a insistência de Gauguin é que foi descabida. Onde é que o mestre estava com a cabeça, quando não se apercebeu que o amigo escritor não era a pessoa ideal para escrever apresentações de catálogos... Talvez mesmo tenha sido por esta razão que o endiabrado Gauguin se viu tentado a insistir, como se fosse possível arrancar daquela criatura não um simples depoimento, mas seus mais que secretos pensamentos, sempre voltados para aqueles que pintam ou escrevem *com alma de crente...*

Nessa e em tantas outras situações, estes dois grandes artistas cresceram consideravelmente aos meus olhos. Como Jacó, eles lutaram contra o Anjo e perderam. Todos nós perdemos nessa luta, embora dela não tomemos consciência. Eles não, lutaram conscientes até o fim e isso me arrebata.

Nota: Sem nenhuma restrição, quais os artistas que Strindberg poderia ter livremente admirado? Além de Dante, Swedenborg e Sâr Peladan, como escritores, não vejo outros no mundo da pintura do século XIX, senão Caspar David Friedrich e o já eleito Puvis de Chavannes, ambos possuidores de uma exaltada consciência moral.

17 de julho
Volto ao meu mundo fechado que se circunscreve à Oficina e aos seus *labirintos,* entre eles o meu quarto de dormir e a sala de vídeo, onde tarde da noite vejo e revejo alguns filmes que me interessam.

Um pouco decepcionado com *A inglesa romântica*, de Joseph Losey. Basta recordar outros de seus trabalhos como os dois geniais *Acidente* e *O criado*, para que se verifique a diminuição não só do *tonus* cinematográfico, como da qualidade do *script*.

De contrapartida, tive a oportunidade de acompanhar estupefato a última obra de John Huston, *Os vivos e os mortos (The dead)*, retirada de um conto do *Dubliners,* de James Joyce. Dois versos de Ezra Pound diriam tudo dessa magnífica história irlandesa: "O que amas de verdade permanece... O que amas de verdade não te será arrancado...".

Não posso me furtar a registrar neste diário pelo menos algumas observações sobre o que se passou naquela noite memorável em Dublin, no ano de 1904. As festividades do Natal reúnem velhos amigos, embora sub-repticiamente alguns convidados não consigam dissimular suas inquietações traduzidas por ondas de nostalgia, e às vezes até de indisfarçáveis ressentimentos.

Um improvisado recital leva um velho cavalheiro a declamar certo poema recentemente descoberto por ele, traduzido do gaélico por Lady Gregory. Esse misterioso texto, cujo título é "Votos Partidos", cala fundo no espírito dos convivas e dilacera – de maneira ainda mais profunda – aqueles que não podiam ou não queriam esquecer o passado. O cavalheiro pigarreia e começa a leitura do poema, sustentando uma pequena folha de papel. Logo em seguida a coloca no bolso e prossegue livremente, como se as palavras e a dor fossem suas:

Era tarde a noite passada.
O cão falava de você.
O pássaro cantava no pântano. Falava de você.
Você é o pássaro solitário. Na floresta.
Que você fique sem companhia. Até achar-me.

Você prometeu e mentiu.
Disse que estaria junto a mim, quando os carneiros...

Fossem arrebanhados. Eu assoviei e gritei cem vezes.
E não achei nada lá.
A não ser uma ovelha balindo.

Prometeu-me algo difícil.
Um navio de ouro sob um mastro prateado.
Doze cidades e um mercado em todas elas.
E uma branca e bela praça à beira mar.

Você prometeu algo impossível.
Que me daria luvas de pele de peixe.
E sapatos de pele de aves.
E roupa da melhor seda da Irlanda.

Minha mãe disse para não falar com você.
Nem hoje, nem amanhã, nem domingo.
Foi um mau momento para dizer-me isso.
Como trancar a porta após a casa arrombada.

Você tirou o leste de mim.
Tirou o oeste de mim.
Tirou o que existe à minha frente.
Tirou o que há atrás.
Tirou a lua.
Tirou o sol de mim.
E meu medo é grande.
Você tirou Deus de mim.

Evitando me alongar em descrições das cenas que estão não só no belo trabalho de Huston, como também no conto de Joyce, apenas sou tentado igualmente a registrar a pungente parte final desse pequeno drama burguês, passado numa só noite de nevasca, no Natal de 1904. Terminada a festa, um casal, sobrinhos das donas da casa, retira-se melancolicamente, saindo em direção ao seu hotel. No percurso feito numa carruagem, pouco se falam. Uma vez nos seus aposentos, a mulher irrompe em prantos, para logo em seguida confessar que havia amado na juventude um outro homem e, embora este tivesse morrido com dezessete anos, jamais pudera esquecê-lo. De repente, o marido vê em sua mulher uma completa desconhecida e isto o dilacera e ao mesmo tempo faz refletir. Postado diante das vidraças da janela, olha a neve caindo e, então, com frases lentas, espectrais e comovidas, inicia um pungente solilóquio: "(...) Sim, isso acontecerá logo. Os jornais estão certos. Neva em toda a Irlanda. Cai em toda a planície central e nos morros desmatados. Sobre o pântano de Allen e mais para o oeste. Nas ondas escuras do Chanon. Um a um vamos virando sombras. Melhor passar para o outro mundo na glória da paixão... que murchar melancolicamente com a idade. Quanto tempo guardou no coração... a imagem dos olhos do seu amor quando disse que queria viver? Nunca me senti assim com mulher alguma, mas sei que isso deve ser amor. Pense em todos os que voltaram... aos começos dos tempos. E eu, transitório como eles, penetrando em seu mundo de cinzas. Como tudo em meu redor, esse mundo em que viveram... está balançando e desmoronando. A neve cai naquele cemitério solitário onde Michael Furey está morto. Cai suavemente pelo universo... e cai suavemente como se fosse a última vez... sobre todos os vivos e os mortos".

Esta estirada linear na procura de emoções ainda vivas, motivadas por imagens e textos – numa muito bem-sucedida parceria de Joyce e Huston – nada mais pretende senão guardar um texto possivelmente esquecido. Estava certo de ter lido *Dubliners*, de Joyce, mas com o passar do tempo nada posso recordar. De resto, como os *scripts* cinematográficos são em geral demasiado livres, não consigo imaginar até que ponto o texto de Joyce está presente. Não que me falte confiança em Huston, em sua fibra irlandesa (herança do humor de seus ancestrais), somado ainda ao fato de ter morado vinte anos na Irlanda, inclusive como proprietário da mansão de St. Clerans. Se não estou enganado, chegou a tomar a cidadania irlandesa. No seu *Um livro aberto* confessa que "perdeu um pedaço de sua alma quando se desfez de St. Clerans".

Foi neste mesmo livro que procurei informações sobre a filmagem de *Os vivos e os mortos*. Nada pude encontrar, por uma razão muito simples: os filmes indicados de Huston vão de 1931 (ainda como roteirista) e depois a partir de 1941, já como diretor, até 1983. Embora o livro tenha sido publicado nos Estados Unidos em 1980, a tradução brasileira é de 1987, permitindo assim ao tradutor organizar uma filmografia que ultrapassa a data da edição. Lastimavelmente nada consta sobre o filme em questão – o último realizado por Huston, segundo uma nota na capa do vídeo.

Convém salientar que esse admirável diretor, após a leitura de *Ulisses*, de Joyce, sem nenhum subterfúgio comenta: "Foi provavelmente a maior emoção que já senti com qualquer obra de literatura até hoje. Todas as portas se abriram".

Nota: o poema "Votos Partidos" e o "Solilóquio Final" foram gravados diretamente por mim, à medida que os textos apareciam na tela e eu os lia em voz alta. Presumo que, com o auxílio do gravador, reproduzi-os na íntegra. Não deixar no esquecimento as discretas, mas comoventes, interpretações de Angélica Huston e Donald McCann.

18 de julho

Termino a volumosa escultura *O cinto necessário* que juntamente com *O pássaro* deverão ser colocados no espaço aberto do Ibirapuera, nas comemorações da próxima Bienal de São Paulo.

Uma outra escultura *A fonte do desejo* (1987) também poderia participar deste conjunto. No entanto, devo aguardar ainda o andamento do projeto do arquiteto César Luís Pires de Melo para tomar uma decisão final.

19 de julho

Fica evidenciado o desespero silencioso de Andrey Tarkovski. O inexorável compasso da morte já marcava os seus últimos anos de vida. Banido do seu próprio país, não lhe restavam muitas esperanças. Move-se como um sonâmbulo numa paisagem agônica e, apesar da magnífica luz das cidades italianas, no seu olhar tudo tomava um aspecto sombrio que às vezes lhe lembrava vastas necrópoles.

No filme *Nostalgia,* o personagem central - um poeta russo - caminha como uma sombra trágica entre outras sombras. A atmosfera de pesadelo, propícia às conjurações metafísicas, são sempre inconclusas. O que poderia fazer o pobre poeta diante dessa "sombra insaciável de esplêndidas aparências, de assustadoras realidades?". Como Novalis, poderia apenas repetir: "O verdadeiro ato filosófico é o suicídio". No meio dessa escuridão, a presença redentora de *Nossa Senhora do Parto*, de Piero della Francesca (que se encontra na capela do cemitério de Monterchi). Como dizem, até hoje é venerada pelas gestantes.

Cortinas que se abrem para luz, apesar das trevas circundantes, anunciando a claridade redentora da vinda do Cristo.

François Truffaut diz que há duas espécies de diretores: "os que levam o público em consideração ao conceber e posteriormente realizar seus filmes e aqueles que não se importam com isso. Para a primeira, o cinema é a arte do espetáculo, e para a segunda uma *aventura* individual".

Essa racionalização quase simplista não indicaria de forma alguma o posicionamento final de Andrey Tarkovsky. Sim, possivelmente uma aventura individual, mas uma aventura metafísica.

20 de julho

De manhã cedo, pego no tanque pequenos peixes junto com Helena Viktoria. Depois, um pouco mais tarde, encaminho-me para o trabalho inadiável. Esperem! Isto não é tudo e não resume o que estava para acontecer ou acontecendo. Restam as suplicantes... A vida sempre faz a sua última tentativa para provar que há uma realidade correlata – por mais frágil e opressiva que seja – pronta a demonstrar o poder das suas afiadas garras, no seu imprevisto desígnio de nem sempre nos reservar o que há de mais confortador. Talvez seja o inferno dos outros, ou então o "inferno excremental", mas o que importa é sempre o inferno!

Um grupo de mulheres suplicantes está sempre no meu encalço. Poderia dizer-lhes que conheço muito de perto estas delícias, como também as suas desastrosas consequências, mas sempre não digo nada. No inferno não existem interlocutores nem clemências. Eu as vejo uma a uma, em movimento perene, vagando da luz para a sombra à procura do companheiro de há muito perdido. Por chantagem, não esclareço ser um deles. Não seriam essas vozes da escuridão um dos tormentos mais atrozes do inferno excremental?

A tarde chuvosa, úmida e enevoada ainda não terminou. Devo subir ao meu quarto para reler *Alice no País das Maravilhas*. A noite chegando, terei certamente cobranças da pequena Helena Viktoria que teima só dormir embalada pelas mais doces e complicadas histórias. Assim foi ontem, quando conciliou o sono enroscada nos meus braços, e assim será hoje.

21 de julho
Apesar da intensa procura em todas as livrarias do Recife, não foi possível encontrar *Os dublinenses*. Pedi, inclusive, a Deborah que fizesse uma inspeção mais acurada na biblioteca da casa de São Francisco, e numa primeira tentativa ela nada descobriu. Faltava consultar o infalível joyceano Tomás Seixas. Mas, como pressentia o reboliço que causaria tal procura naquela biblioteca de Babel – levando em conta também o calvário de sua cegueira –, acabei dirigindo minhas pesquisas para o conhecido sebo de Melquisedec, onde o livro, enfim, foi encontrado.

Quando Helena Viktoria começou a colorir o que eu supunha ser "a cabeça do bicho", perguntei-lhe se não seria melhor mudar de bastão, uma vez que o feltro estragado já não lhe permitia continuar com aquela mesma cor em toda a extensão da cabeça.

"Isso não é uma cabeça", ela disse.

"Então o que é?", eu pergunto.

"Não é uma cabeça não".

"Parece um bicho e aqui está a sua cabeça", eu insisti.

"Isso é a fumaça", ela disse, apontando em seguida alguns rabiscos complementares em torno da suposta figura.

Diante da minha tola insistência em penetrar nesse mundo fechado das imagens infantis, ela poderia ter calado a minha boca, dizendo como o "sapo mordomo": "É o que você quiser".

É verdade que, um pouco mais adiante dessa mesma conversa, eu tenha conseguido dela (a essa altura indisfarçadamente contrariada) uma definição para aquela figura: "Isso aí é um *cafuné*, quando se bota fogo, logo se vê sair fumaça". Talvez, também, já um pouco confusa tenha vislumbrado um "cabrito" adicional, recriado das goelas de todas as minhas pobres insinuações figurativas. Só hoje, pelo telefone, falando com ela, é que acabei descobrindo que o seu mágico neologismo infantil "cafuné" era de fato uma chaminé: "Chaminé de um fogão, ou de uma fábrica, ou de um navio... rodeada de fumaça e respingado pela chuva". Como assevera a neurastênica Duquesa da história de Alice: "Parece que eu não sei lá muita coisa".

Voltando à noite de ontem, confesso minha surpresa – e de um certo modo até o meu pesar – diante das esquisitas reações de minha filha. Após o desenho terminado, eu lhe pedi para guardá-lo numa pasta, onde avaramente coleciono as suas melhores criações. Negou-se com uma inesperada rispidez e, ao mesmo tempo, com uma determinação que só as crianças sabem demonstrar. De forma alguma consegui demovê-la.

"Esse desenho é um presente para a minha tia", foi o que ela afirmou ao me enfrentar. E enfrentou-me mesmo, cara a cara, com os seus olhos duros e obstinados, onde não faltavam, meu Deus, chispas de um incontido ódio, proveniente sabe-se lá de que remota e maligna estrela. Logo mais, dando-me às costas e segurando firmemente o papel, sobe as escadas à procura de M. Gertrude. Suponho que uma vez lá em cima, aguardou-me propositadamente para, na minha presença, entregá-lo àquela a quem chama de tia. Encontrei-a sentada sobre o desenho com uma majestade digna de uma rainha e a olhar-me de esguelha vez ou outra, até que fez a sua entrega definitiva. E foi ela quem se dispôs a guardá-lo ou escondê-lo numa gaveta para assegurar-se de que, afinal, eu não lhe meteria as mãos em cima.

22 de julho – sábado

Depois que deixou o marido, a inconstante W. tem alternado a sua permanência na casa da mãe com algumas incursões e pernoites no equívoco pensionato de D... Confessa-se atraída pelo ambiente, onde – apesar de tudo – consegue manter-se à vontade. Não sei por que ela murmurou "uma volta à infância". Suponho que essa nossa provinciana *Belle de Jour* esteja bem mais próxima do espírito melodramático e limitado do escritor Joseph Kessel, do que propriamente das infinitas sutilezas de Buñuel, ao interpretar os mórbidos devaneios de Séverine.

A qualidade pouco imaginativa do comportamento pequeno-burguês de W. afasta-a da heroína perversamente sadomasoquista imaginada por Buñuel, embora ele também – talvez por precaução – afirme que o fetichismo das perversões sexuais só lhe interessem como algo exterior e teórico: "Ele me diverte e interessa, mas pessoalmente nada tenho de perverso em minhas atitudes sexuais".

De qualquer forma, Buñuel com a sua linguagem peculiar, não deixava de ser um burguês muito especial, um *outsider* temperado por clarões aristocráticos. Quanto à encantadora W., que evidentemente procura me escandalizar, eu disse: "Faça o pior que puder". Confesso que ela passa a me interessar mais e mais, mas não tanto quanto pensa.

26 de julho

Finalmente em mão, *Os dublinenses*, de Joyce. Depois de reler os contos "Os Mortos", verifico que o poema "Votos Partidos", aproveitado no filme, não se encontra no livro. Agora fica a indagação: onde Huston foi buscar um texto tão belo? Terá sido de um poema de Joyce, um dos tantos que escreveu no decorrer de sua vida, ou este texto seria associado aos versos de Robert Browning – exatamente aqueles que o personagem Gabriel queria citar no seu discurso durante o banquete, e temia que estivesse acima da compreensão dos ouvintes? Improvável que sejam versos de Shakespeare, mas não de todo impossível que fossem referenciados das "Melodias", de Thomas Moore, sem levar em conta ainda todo um repertório de velhas baladas irlandesas (cada qual mais bela) de Tony Huston – autor do *script*, do qual poderia servir-se à vontade. Em todo caso, não sei por que este texto altamente dramático me lembra Robert Browning.

Até que ponto faz sentido essa descabida insistência em encontrar o autor do poema "Votos Partidos"? No filme de Huston, a leitura do texto é anunciada claramente como sendo uma tradução do original gaélico, realizada por Lady Gregory. O que ainda falta, portanto, para um definitivo esclarecimento? Uma velha balada pode valer tanto como qualquer texto de outros supostos autores. Acredito que é o bastante.

27 de julho

Não esquecer que esse diário do ano de 1989 começou sob o auspício de *Alice através do espelho* e continua com o *Alice no País das Maravilhas.*

> *Que mais vocês aprendiam lá?*
> *Bem, aprendíamos mistérios, disse a tartaruga.*

28 de julho

Pouco a pouco Helena Viktoria parece descobrir a minha velhice, ou melhor, a minha tendência à abstração e à tristeza. O olhar vago, perdido, acaba sempre por me denunciar. Ontem mesmo no decorrer do jantar ela exclamou: "Eu amo a sua tristeza".

29 de julho

Foi D. em pessoa quem me telefonou, dando conta das últimas façanhas de W., envolvida, como sempre, em inequívocas trapalhadas. Desta feita, ao retornar intempestivamente à casa do marido, foi por este retida debaixo da mira de um revólver calibre 38 e colocada em prisão domiciliar sem nenhuma possibilidade de comunicação.

Todos esses pormenores foram testemunhados pela empregada (amiga de D.), uma mera acompanhante da infortunada W., que, por diversas vezes no decorrer da disputa, temeu pela própria vida. "Se consegui escapar, devo às orações feitas a São Judas Tadeu, o patrono dos aflitos", ela concluiu.

Uma grande variedade desse falatório ainda fui obrigado a escutar, na verdade um tanto grato pelas informações. Todavia não me pareceram, de todo, encerrados os episódios que envolvem essa improvisada *Belle de Jour* provinciana. Tanto como Séverine, seu único pecado foi aquele de lagarta transformar-se numa borboleta. Numa dissoluta borboleta.

Eis aí, bem vivos, os contundentes e sempre renovados infortúnios amorosos. Indo direto ao assunto: as suas inevitáveis consequências.

3 de agosto

Folheando este diário à procura de referências feitas à W., a partir do dia três de junho desse ano, quando a conheci, não me pareceu que os cinco ou seis encontros que tivemos tenham me causado uma impressão avassaladora, nem um pouco mais nem um pouco menos do que aconteceu com tantas outras mulheres. No entanto, a partir da sua última fuga (retorno à casa do marido) senti-me estranhamente confuso a ponto de necessitar de uma conversa mais profunda com alguém que tanto quanto eu, ou talvez muito mais que eu, houvesse de fato convivido com ela e que na convivência tivesse descoberto coisas que a mim ainda faltava descobrir: "...Como disse a Duquesa, tudo tem a sua moral! Basta descobrir".

7 de agosto

Novas perspectivas de exposição. Casimiro Xavier de Mendonça, Nara Roesler Montesanti (representando a Galeria Montesanti) e Márcia Marcondes da televisão Cultura de São Paulo se prontificaram a organizar uma exposição de meus trabalhos cerâmicos, simultaneamente à minha participação na XX Bienal de São Paulo. Grande parte das peças que voltaram de Londres, somadas as novas esculturas, placas e algumas telas a óleo dos anos setenta, escolhidas hoje no decorrer do dia, tornarão possível essa aventura exibicionista.

Les chants de Maldoror, de Lautréamont, o qual, na sua consciente e pérfida atitude de "criar um romance perfeito, puro, sem o recurso de nenhum artifício literário", me parece muito próximo às obsessões do demônio que fazem criar uma arte perigosa, mas bela. Devo voltar ao assunto.

Vamos conjeturar um labirinto despojado do seu Minotauro, um deus encolerizado e sem forças. Uma Justiça que tarda e acaba por não vir. Um falso de Deus... Uma explosão apocalíptica, cujo eco final são sete notas musicais. Como nos *Cantos de Maldoror*, "seu caminho é igualmente abrupto e selvagem através dos desolados pântanos dessas páginas sombrias e cheias de veneno". Um gênio do mal, anjo caído, anjo exterminador.

Também estou curioso em saber o que Buñuel pensava sobre o seu *Anjo Exterminador* e, igualmente, reler as insuficientes explicações de Pasolini sobre *Teorema*. É chegada a hora de resgatar a palavra impronunciável. A primeira letra é H, a segunda é O, a terceira é R... Será "Hortense"?

"Todas as monstruosidades violam os gestos atrozes de Hortência. Sua solidão é a mecânica erótica, sua lassidão, a dinâmica amorosa. Sob a vigilância da infância tem sido, em numerosas épocas, a ardente higiene das raças. Sua porta está aberta à miséria. Ali, a moralidade dos seres atuais se descorpora em sua paixão ou em sua ação – Ó frêmito terrível dos amores noviços no solo sangrento e à luz do hidrogênio! Encontrai Hortência."[39]

Que me importa o Juízo Final e muito menos a interpretação do poema "H", de Rimbaud, que os intérpretes teimam que seja a abreviatura de "haxixe"?

10 de agosto

Não me espantaria se ela voltasse a roer as suas unhas. Acredito que nesse retorno à casa, ao lado do marido, desgastada e nostálgica, de novo volte a colocar os seus lindos dedos na boca, e, depois – cada um de uma vez – corroer as suas extremidades rosadas avidamente, desesperadamente, devolvendo com uma cusparada os incômodos fragmentos que lhe perturbam

---

[39] A tradução do poema "H", de Rimbauld, – aliás magnífica – é de Ivo Barroso (N. do A.).

o sossego dos dentes, da língua e dos lábios. Durante a minha discutível regência, a meu pedido ela deixara de roê-las.

11 de agosto

Casimiro Xavier de Mendonça, antes de partir, deixou-me como lembrança uma reprodução da *Torre de Babel*, de Brueghel (*Museum Boijmans Van Beuningen,* Rotterdam), juntamente com um catálogo da Exposição Latino-Americana em Londres e a especial recomendação para assistir ao filme de James Ivory, *A room with a view.*

12 de agosto

Evitei Drielle. W. estava longe. Só me surpreendeu a entrada de uma outra moça em cena. Eu nada esperava, mas Raffaela me fez esperar tudo. Como o personagem de Buñuel em *Cet obscur objet du désir* – apesar de um homem envelhecido – me assalta um desejo que nunca se satisfaz. Estranho, não é? Terrível é que é obscuramente verdadeiro. Como pretendia Platão: "A alma pressente o que busca e segue enigmaticamente as pegadas do seu obscuro desejo".

13 de agosto

Pela manhã, antes de sair, Raffaela pediu-me que abrisse a janela do quarto que dá para o parque e de onde se tem uma vista de toda a floresta. Ali ficou cismarenta alguns instantes, sem dizer nada, de costas, recortada de contra a clara manhã, parecendo uma daquelas meninas de Balthus (mais precisamente a doce e bela Frédérique, pintada, uma, duas, ou três vezes, a olhar o parque do castelo de Chassy, num pressentimento de fuga fazendo cessar de vez o inútil cativeiro...). Eu desejava ardentemente despertar-lhe interesse, porém o seu mutismo me desconcertava. No caminho de volta, já no perímetro urbano, ela demonstrou vontade de parar numa banca de revistas para comprar cigarros e perguntou-me, sem nenhuma cerimônia, se eu tinha no bolso algum dinheiro, pois necessitava saldar uma dívida urgente. A quantia não era nada pequena, e, mesmo sem demonstrar surpresa, fiquei de lhe enviar antes das onze horas. Novamente ficou muda até à porta da sua casa, à beira-mar. As despedidas foram as mesmas que acontecem com todas as mulheres, sempre parecendo apressadas de retornar à sua liberdade.

No longo percurso que fizemos, aproveitando o seu silêncio, lembrei um texto de Gauguin no manuscrito *Noa-Noa*, quando ele se refere à sua primeira amante tahitiana: "Minha *vahine*, veio comigo. (Chamava-se Titi). Eu sabia muito bem que seu amor mercenário, visto por olhos europeus, se equivaleria aos interesses de uma prostituta, mas para bom observador havia mais que isso. Tais olhos e tal boca não podiam mentir. Há em todas as tahitianas um amor tão inato que, mercenário ou não, é sempre Amor."

14 de agosto

Que frase esquisita para um sonho: "Mandar muitas vezes um filho para o inverno da cozinha". Nem ao menos estou seguro se o aviso dizia: inverno *da* cozinha ou inverno *na* cozinha. A frase é ambígua em todos os seus possíveis e múltiplos sentidos. E pior, ela me soa terrível e premonitória.

15 de agosto

Ninguém nos deve nada, é verdade, mas aqui nos trópicos, para um artista cujas ideias não são de todo tropicalistas, somos obrigados a viver com a morte na alma. Viver no deserto como um eremita, e, às vezes, não por vontade própria.

Construí no decorrer de minha vida um *reduto* renascentista propício à convivência com os grandes espíritos e, como não poderia deixar de ser, rodeado de belas mulheres, e, no entanto, esse lugar ideal ainda permanece vazio e tudo leva a crer que assim permanecerá para sempre. Poucos são aqueles que se apercebem desta *cidadela* e de suas peculiaridades. E quando acontece alguma forma de aproximação, logo se mantêm prudentemente à distância.

No livro de Meryle Secrest, sobre Salvador Dalí, verifico que esse pintor – um homem da renascença como eu – em grande parte conseguiu o seu ideário. Jean-Claude Du Barry confessa à autora que nada lhe impedia de ser uma espécie de "alcoviteiro" daquele homem de gênio, sempre refinado e exigente em relação às belas mulheres: "Sempre gostei de Dalí. Eu o via como uma figura da Renascença. Queria cercar-se de filósofos, gente bonita, atores e modelos. Como Teilhard de Chardin que tentou fazer uma ligação entre ciência e religião, Dalí procurava uma conexão entre ciência e estética. Eu organizava jantares, trazia mulheres e ajudava-o a montar o espetáculo. Eu era importante porque meus modelos o inspiravam. Depois de um ano, compreendi que tipo de mulher Dalí queria. Acima de tudo as desejava: belas e perfeitas, altas e loiras, de pernas longas e feições regulares".

Só o fato de ousar falar nessa categoria de "espetáculos" já detonaria – nas nossas pobres tabas – toda sorte de desaprovações, e os murmúrios se tornariam insustentáveis. Como poderia eu, por exemplo, tentar mergulhar em tinta preta uma bela jovem vestida de vison da cabeça aos pés? Ou atirar cento e oitenta quilos de pipoca borrifada com chocolate em outra moça que, por obrigação, deveria parecer histérica? Certamente o meu estilo seria bem outro – nada daliniano – mas igualmente imaginativo. Todas as vezes que tentei algo nesse sentido, fui taxado de louco pelos meus modelos, amigos e parentes, quando não de coisas piores. Lembro-me de uma vez ter recomendado à W., quando convidada para uma festa, fazer alguma coisa de "inusitado", algo que marcasse a noite e os convivas para sempre, e que só ela, com a sua beleza magnificente, poderia consumar. A uma certa altura, quando a festa estivesse no máximo de sua animação, ela deveria acercar-se do dono da casa e, sob o pretexto de revelar-lhe um segredo muito íntimo, morder-lhe a orelha. Ação inominável que ela cumpriu à risca – apenas com um certo exagero – pois chegou a arrancar com uma só dentada parte do lóbulo do infeliz que aos gritos não sabia que atitude tomar. Como ela me confessou depois, sua preocupação era saber o que fazer com aquele pedaço incômodo de carne na sua boca, se cuspi-lo ou engoli-lo. "Enojada, cuspi o trambolho no chão e quando já ia saindo de mansinho, os seguranças da festa me trancaram num quarto." Mas esta é uma outra história que já não me compete julgar, embora, numa acareação sigilosa (extra-policial) ela tenha insinuado que a ideia havia sido tramada por mim e as consequências só não foram de fato funestas porque não havia interesse entre as partes de divulgar esta história ominosa[40]. Gauguin teve as *vahines* e a selva que lhe vivificaram as entranhas. A Salvador Dalí coube as grandes metrópoles do vício. Quanto a mim, sobraram as areias escaldantes do deserto, as florestas vazias e as suas infinitas miragens verdes.

---

[40] Este episódio nunca chegou a ser comprovado. Conta-se que tudo aconteceu numa noite de festa de turistas japoneses. O feito de W. resumiu-se a ter sentado, inteiramente embriagada, no colo do chefão, cumprindo, na realidade, uma insinuação do artista (N. do E.).

17 de agosto
Cinco dias depois do recado de Casimiro Xavier de Mendonça, assisto ao *A room with a view*, de James Ivory, baseado numa novela de E. M. Forster. Qualificá-lo como *highly sophisticated*, um supremo elogio na língua inglesa, ainda é pouco. Nas imagens permaneceu o saber inigualável da prosa de Forster, um dos grandes escritores da passagem do século. Destaque especial para a veterana Maggie Smith, um paradigma do eterno feminino. A jovem Helena Bonham Carter também já demonstra ser uma consumada atriz.

Raffaela telefonou. A simples menção do seu nome constrói uma cidade e um jardim.

Lord Black fica desesperado quando descobre que a namorada está dançando fricote em uma boate.

18 de agosto
Desnecessário afirmar que E. M. Forster foi um grande escritor. Suponho que o mundo não ignora a sua grandeza. De resto, o que eu sei a respeito de escritores da língua inglesa e muito menos daqueles da passagem do século?

De Forster, eu conheço apenas *O morro dos sete dedos* – título estranho que foi colocado numa tradução brasileira de quarenta anos atrás, do *Passagem para a Índia*, romance igualmente filmado por James Ivory.

Contagem regressiva. O dia inteiro não fiz outra coisa a não ser aguardar a hora em que Raffaela fará a sua entrada triunfal. Ela mesma disse: "Aparecerei como uma ..." O termo escolhido foi pífio, uma espécie de gíria utilizada pela juventude nesses últimos dez anos e ainda viva, pelo fato mesmo de Raffaela ser também muito jovem. Poderíamos subtrair quarenta e seis anos de minha idade para descobrirmos a idade real dessa encantadora ninfa. Acontece que as ninfas e as deusas não têm idade diante de um sátiro. E, conforme a lenda, Eco não foi de todo indiferente a um deles.

Sinto uma angustiada impressão de que quase ninguém compreenda essas anotações de nuances secretas (referências de tensões libidinosas) que frequentemente me ocupam. De algum modo, seriam dispensáveis. Mas na ausência delas, pouco me sobraria para demonstrar que ainda estou vivo e, afinal, a minha própria arte se alimenta de corpos vivos. Ontem no decorrer do *A room with a view*, uma personagem (a propósito de conversas inconvenientes) disse mais ou menos o seguinte: "Às vezes, as coisas ditas com indelicadeza podem parecer tão interessantes!". Acontece que esta senhora inglesa de bastante idade, encontrava-se num *pensionato* italiano (é claro, pensão familiar) muito apreciado pelos turistas britânicos no começo desse nem sempre desinteressante século XX. E a Itália tem lá os seus privilégios (ninguém jamais descobriu a razão) que atingem em particular os ingleses.

Uma outra senhorita da novela de Forster, muitíssimo despachada, indaga: "Eles seduziram os *godos,* por que é que não iriam nos seduzir?". Forster agradou-me (comoveu-me) por tão explicitamente exercitar-me a compaixão. Perdoe-me o *Zarathrusta* germânico, mas é um dos mais belos e raros sentimentos humanos. Pelo amor dos deuses! Não confundir com qualquer pieguice de alguma espécie sentimentaloide. Refiro-me tão somente à uma benevolente piedade. Alguém tem de compreender, justificar, absolver e reanimar os seus semelhantes, para que eles possam agir e sobreviver e, assim, reanimados, se perpetuem para sempre. E, de resto, o amaneirado Forster simpatiza com as mulheres e as defende com raro espírito. E isso já não seria brilhante?

Raffaela acabou de telefonar apreensiva porque o nosso "Mercúrio" ainda não chegou à sua porta. Aproveito para falar com ela e, surpreendentemente, ela corresponde e até sorri, surpresa, com as minhas inconveniências telefônicas. Estranho numa mulher, ela se aperceber de um estilo diferente de falar e de colocar as coisas. Faz-se necessário ter cuidado com Raffaela! Ela pode ser perigosa!... Se começar a compreender o *estilo* – como foi o caso da bela W. – pode facilmente levar-me a um estado de perigosa submissão. Salvei-me de W. porque a desgraçada fugiu.

19 de agosto

De manhã cedo ignorou a "janela" que eu havia aberto para o seu deleite. Passou indiferente e desceu as escadas. Como ela pode ter esquecido? Como represália, resolvi não levá-la em casa e pedi ao motorista que o fizesse. Chovia muito quando saiu, e o carro todo fechado não me permitia vê-la. Assim são as desditas: "Não devemos estar com quem queremos. Renuncias à paixão". Mas eu não vou renunciar nunca. Essa é a minha "submissão", o meu declarado inferno.

Novamente não resisto aos apelos de Raffaela. Menciono os seus doze retratos fantasmagóricos (ela estava toda vestida de branco como uma figura votiva, numa tumba de um faraó), tirados naquela manhã tempestuosa, pouco antes de desaparecer no bojo de um carro fechado. Nas repetidas imagens sobressai a boca pintada de um vermelho carminado intenso, como de certas serpentes venenosas. A cabeça pequena e vívida, emoldurada por uma revolta cabeleira negra, recorta-se intensamente do fundo da paisagem cor de chumbo. Como Herodes enlouquecido, julgo reconhecer aquele rosto fosforescente, vagando numa noite atroz. O rubro fulgor dos seus olhos calcina para sempre os meus pensamentos.

Eu morrera sem susto, e a terrível aurora
Me envolvia. – Mas como! o que então se passou?
O pano já caíra e eu não me fora embora[41].

23 de agosto

Antes que esqueça, lembrar que no *A room with a view* alguém fala em Leonardo e na beleza enigmática de Ginevra Benci. Depois de Pater, os ingleses não poderiam conceber a beleza sem a presença dos florentinos.

Andrey Tarkovski, no seu *Espelho,* ainda vai mais longe e, deliberadamente, apresenta a imagem de Benci: a face clara, cismarenta e estranhamente petrificada.

No conto de Isaac Bábel, "O sol na Itália", ouvimos as confissões de um desesperado cossaco: "A Itália está no meu coração, como uma alucinação. A ideia deste país que nunca vi é para mim tão doce quanto um nome de mulher...".

As traduções são estranhas. Poder-se-ia pensá-las até impossíveis. Cada língua é um abismo. Em todo caso, o que seria de nós se perdêssemos o que foi escrito fora da nossa língua materna? Cada tradutor acrescenta ou subtrai algo de um texto. "Recordando *As mil e uma noites,* Borges fala de muitos livros chamados de *As mil e uma noites*. Há dois em francês redigidos por Galland e Mardrus; em inglês há três redigidos por Burton, Lane e Pane; há

---

[41] Tradução recente do poeta Ivan Junqueira de *As flores do mal*, de Baudelaire (N. do A.).

três em alemão, redigidos por Henning, Littmann e Weil; há um em espanhol, de Cansinos-Asséns. Cada um desses livros é diferente dos demais, pois *As mil e uma noites* continuam crescendo ou sendo recriadas."

Os últimos versos do soneto de Baudelaire "O Sonho de um Curioso", citados ontem em homenagem a Raffaela, eu não tive a ousadia de traduzi-los. Foi a incrível sensibilidade do poeta Ivan Junqueira que me permitiu senti-lo em toda a sua pérfida beleza.

Curiosa opinião de Mircea Eliade: "*Lolita* é a última reação masculina ao matriarcado da sociedade moderna".

24 de agosto

De todo o jornal literário eu havia recortado apenas um pequeno trecho de um estudo sobre Eliade: "O Sagrado está na estrutura da consciência, e de forma alguma é apenas uma fase na história dessa consciência".

Não levara em conta as restantes matérias, jogando-as no lixo. Hoje cedo, antes da empregada fazer a faxina, encontro no chão um desses fragmentos recortados. Ao me aproximar, logo percebo o nome de Ocampo. Seria Victoria ou Silvina, a irmã? Falava-se numa história cuja armadilha, montada com inteligência e sensibilidade, aprisiona o leitor desde o início e o transporta àquelas paragens asperamente extasiantes.

"É o que acontece com Armando, o atormentado personagem desse conto que, isolado numa fazenda, *reescreve,* à sua maneira, uma prosaica história de amor, transformando-a num enredo tão maravilhoso que o leva ao suicídio."

28 de agosto

Helena Viktoria passou o fim de semana com a mãe e retornou hoje ao meu convívio e ao de M. Gertrude, agarrada com um pequeno pinto numa gaiola.

29 de agosto

Strindberg, que trata do assunto tão exaustivamente em *O inferno*, ficaria gratificado com esse comentário de Saul Bellow: "Para entender Balzac é preciso voltar a Swedenborg. Comece com *Séraphîta*, de Balzac. Passe depois para *O amor conjugal*".

Quanto ao escritor francês, Bellow declara: "É impossível compreender a vida ou as relações humanas, ou entender a sociedade, se não se leu Balzac".

31 de agosto
De volta ao *Mito de Sísifo*, de Albert Camus, lido nos anos cinquenta, interessa-me agora rever o pequeno ensaio sobre "O Donjuanismo": "Quanto mais se ama, mais o absurdo se consolida".

1º de setembro
É provável que Raffaela venha hoje. Não será uma segunda vez, e sim, uma terceira. Já não há motivos para surpresas, como maliciosamente insinuava Stendhal: "Na segunda vez a beleza não surpreende tanto".

Na verdade, tenho estudado os nus de Cranach, aos quais o corpo de Raffaela tem afinidades edificantes, mas essas aproximações não ficam só aí. A sua estranha esbeltez também se aproxima das dançarinas dos afrescos de Ajanta. Poderia ser igualmente um corpo etrusco ou cretense em permanente movimento. As deusas, incluindo Evas e Lucrécias – do alemão Cranach –, nada se assemelham aos padrões greco-romanos. Antes poderíamos pensar em rostos e corpos de um caráter vincadamente arcaico, de uma antiguidade mais misteriosa e cruel, de algum modo relembrando formas animais ou animalizadas, embora graciosas, como o fizera Piero di Cosimo com mais brutalidade, com mais selvageria.

É curioso observar os pés dessas figuras tão delgadas do pintor alemão – nem uma só figura escapa. São pés horríveis. Parece-me que o pintor se divertia em fazê-los disformes; ou será que não ligava para esse detalhe, guardando a sua "devoção" para uma outra parte qualquer desses corpos venusinos?

O velho Picasso – o de grandes olhos – descobriu esses nus e, à sua maneira, acordou-os para o mundo moderno que, debaixo de sua quase cegueira provocada pelos *flashes* fotográficos, talvez não se apercebeu da espantosa qualidade sexual dessas mulheres (à desabrida emoção com que foram vistas e pintadas), com os dedos dos pés espalhados como os de uma criança que, em êxtase, suga os peitos da mãe.

Convém notar os sapatos dessa época (séc. XVI, sobretudo na Alemanha e Inglaterra): fossem eles masculinos ou femininos – basta ver o retrato de Henrique VIII, por Holbein, para verificar o quanto eram esquisitos na sua forma de pé de pato. Só assim teríamos uma justificava para a estranha anatomia dos pés femininos de Cranach. Para os homens, os pés sempre se confundem com os sapatos.

Domingo termina a Bienal Internacional de Óbidos. Muito mais que a exposição individual de Londres, causou-me intensa alegria ter participado dessa mostra coletiva de esculturas. Lamento a minha decisão de não estar presente na extraordinária cidade de Óbidos, nessa sempre bela terra de Portugal. Definitivamente não sou um grande viajante, e as minhas maiores viagens são aquelas em torno do meu próprio quarto.

2 de setembro

Ao nascer do sol, desenhei Raffaela silhuetada diante da janela do quarto que dá para o parque e que tem uma vista. O seu vestido branco era tão curto e apertado que a esfericidade perfeita das suas nádegas fazia nascer ali um outro sol.

Apesar do trabalho contínuo, com as esculturas da Bienal de São Paulo, além da seleção de peças que irão ainda esse mês para a Galeria Montesanti, o ritmo das leituras tem permanecido constante.

A *Cavalaria vermelha*, de Bábel (sobretudo o conto "Pan Apolek", verdadeiramente genial), e também a aproximação com a extraordinária novela *A mágoa mata mais*, de Saul Bellow, podem representar o que há de melhor entre os escritores judeus desse século.

O brasileiro Rubem Fonseca demonstra uma profunda e compreensível admiração por Bábel, que a ele parece escritor de gênio[42]. Foi através desse fascínio que acabei por encontrar, nas páginas de *Vastas emoções* e *Pensamentos imperfeitos*, o escritor russo de quem eu nunca ouvira falar.

5 de setembro

A jovem inglesa tão bonitinha e rechonchuda fala duas ou três línguas. Embora não dissesse nada, ela soube mostrar-me os dentes (que também luziam impecavelmente brancos).

---

[42] Isaac Bábel, escritor judeu-soviético, morto durante os expurgos stalinistas no final da década de 1930 (N. do A.).

Pensando com meus botões, a minha observação não era mesmo para a inglesa ter respondido coisa alguma. Dessa cidadã britânica tão agradável, logo descobri que os seus cabelos castanhos-escuros provinham de mãe brasileira.

Por falar em língua estrangeira, o espertíssimo Anthony Burgess não pensa duas vezes: "Nenhum escritor está acima da língua. Os escritores são a língua. Cada um é a sua".

6 de setembro

No *Grande pátio*, uma multidão de turistas. Alguns deles se mostram interessados em saber quais foram os planos iniciais que desencadearam essa "construção".

"Não existiram planos", eu disse. "Trabalhar num projeto visionário não exige nenhum plano. Ele apenas se faz. De resto eu apenas reconstruí uma ruína."

Como um reforço para ganhar tempo e colocar as minhas ideias em ordem, desde que havia entre os mais curiosos vários espanhóis, citei uma curiosa história narrada por Miguel de Unamuno. Ele ouvira contar sobre um arquiteto-arqueólogo que aspirava derrubar uma basílica do século X, evitando, assim, restaurá-la. A ele cabia fazê-la de novo, conforme um plano original daquela época remota que insistia em ter encontrado. "Plano?", teria indagado Unamuno. Será que ele desconhecia que as basílicas fizeram-se a si mesmas, saltando por cima de quaisquer planos, elevando-se, puxando consigo as mãos dos edificadores em direção aos céus? Esperei um pouco o efeito dessa complicada citação e o efeito foi nenhum. Talvez eles pouco entenderam do meu português, e é bem possível que não tivessem entendido nada. Mas, é preciso reconhecer, independente dessa história, que até hoje ninguém sabe ao certo quais foram os arquitetos das catedrais. Ninguém vive trezentos anos.

7 de setembro

Todo o conjunto de peças reunidas para a Bienal de São Paulo está terminado e seguirá amanhã por via terrestre. *O pássaro*, depois do desastre no forno, saiu parcialmente destroçado, mas, usando de alguns artifícios e engenhosidade, consegui recuperá-lo. Ainda defende os seus ovos: futuras crias a caminho da eternidade do "crescei e multiplicai-vos". Bem no centro do seu ventre destroçado, um ovo com uma matéria de fina porcelana reluz na sombra. De qualquer forma era essa a minha ideia inicial. Quanto à escultura *O cinto necessário*, permanece inteiriça como estrutura formal, restando saber se o seu obscuro convite à castidade será devidamente entendido. Afinal de contas, a nossa proverbial sexualidade extraviada não parece nos prometer um futuro ideal. É preciso que alguém com talento e seriedade comece a proclamar uma tal infâmia à rosa das tempestades. Belo *desconcerto*, o nosso! Reconhecer o estigma da impureza e ao mesmo tempo a inutilidade de todos os esforços. Uma espécie de ridículo mortal, cobrindo de impropérios toda a humanidade.

Conversando com Raffaela sobre o mesmo assunto, como se fôssemos dois irmãos, implacavelmente condenados, ousei indagar: "Essa doença infamante que nos ameaça poderá um dia chegar a todos nós, não é verdade?". Ela que não é casta, nem sábia, nem douta, mas é prudentemente mulher, apenas respondeu: "Amarei a doença quando ela chegar até a mim".

Vejam só o pensamento de uma menina se confundindo com o de Novalis, que não parece pensar de uma maneira diferente: "A doença, como a morte, faz parte dos prazeres do homem". É ainda Novalis que completa: "A doença não poderia ser uma forma de síntese superior?".

Pelo visto, a nossa desafiante soberba nos levará à perdição definitiva. Será que teríamos uma outra saída? Depois da queda não nos é dado, sequer, reconhecer o que seja a Natureza em estado puro. E qualquer tentativa neste sentido nos leva obrigatoriamente à dissipação e ao inferno. Swedenborg professa essa mesma opinião: "Quanto maior a participação da Natureza Pura, maior a proporção do inferno".

14 de setembro

Como um condenado, não tenho outra alternativa senão continuar na minha infinita tautologia... Qual o padre da igreja (Tertuliano, Orígenes?) que, não muito gentilmente, lembra o nosso nascimento *inter urinam et faeces?* Poderia ter sido São Tomás ou Santo Agostinho. Presumo que jamais São Jerônimo.

18 de setembro

Entre outras coisas, tive o cuidado de informar ao arquiteto César Luiz Pires de Mello sobre as esculturas que irão para o espaço criado por ele no Ibirapuera, para a XX Bienal: "Os dois folhetos ficaram excelentes. Parabéns para você e Teresa. As peças (esculturas) e todos os seus complementos cerâmicos, embalados sábado passado, dia nove, devem estar em São Paulo. *O pássaro* sofreu, como lhe disse, um sério acidente no forno. Mas, apesar de semidestruído, o recuperei de acordo com aquilo que eu me propunha: um ser vivo que defende as suas crias. O *Ovo sagrado* permaneceu intacto.

Acredito que de certa forma *O pássaro* transformou-se em algo mais trágico e significativo para os dias que atravessamos. Vamos chamá-lo de *O ventre destroçado*. O Sr. Helcir Roberto de Almeida ficará em São Paulo alguns dias, colaborando e instruindo os assentamentos.

Não mais pensando na Bienal – uma exposição-espetáculo – trabalho numa outra versão mais robusta de *O pássaro* que, uma vez pronta, poderá substituir, ou não, a danificada. A meu ver, dificilmente alguma escultura ultrapassará a que sofreu um acidente no forno. Em todo caso, acredito que a nova versão, mantendo o seu desenho inicial e acrescida na escala, contribua decisivamente para uma harmonia maior nesse conjunto arquitetônico criado por você, meu caro César Luiz".

19 de setembro

Somos inocentes, diante de um mundo igualmente inocente? De qualquer forma, isto não nos inocenta da culpa. Somos sempre culpados, e a nossa própria inocência é pecaminosa; para acreditarmos no *bem essencial*, temos de acreditar no *mal intrínseco*.

21 de setembro

No dia vinte e sete de setembro do ano passado, revoltado com as injustiças que atingiram o atleta jamaicano Ben Johnson, escrevi um curto poema em sua defesa. Na verdade foi como se o infeliz corredor nos mandasse um recado em sua própria defesa. Acusado de drogar-se, ele fala na sua súbita e sagrada arrancada em direção ao alvo puro.

Há poucos dias, lendo um admirável ensaio de E. R. Dodds, "Os Gregos e o Irracional", descubro algumas curiosas *relações* que justificariam plenamente o meu justo e indignado comentário. Dodds alude ao vocábulo grego *menos:* "Este *menos* não era primitivamente uma força física, nem um órgão permanente da vida mental, como o *thymos* ou o *noos*. Como a *atê* é uma forma de loucura divina, um estado de espírito. Quando um homem sente um *menos* no seu peito ou introduzindo-se pungentemente nas suas narinas, está consciente de um misterioso acesso de energia".

Mais adiante o ensaísta esclarece: "Os heróis homéricos podem reconhecer a sua aparição que é marcada por uma peculiar sensação nos membros. Os meus pés embaixo e as minhas mãos em cima sentem-se impacientes (*maimôôsi*), diz alguém ao receber o poder, isso porque, como o poeta nos fala, um deus os tornou ligeiros (*elaphra*). Esta sensação que é partilhada por um segundo receptor confirma-lhe a origem divina do *menos*. É uma experiência anormal e os homens num estado de *menos,* divinamente agravado, comportam-se, até certo ponto, de uma forma estranha. Podem realizar as tarefas mais difíceis com facilidade (*rhea*), isto é: uma marca tradicional do poder divino"[43].

23 de setembro – sábado

Bem... é só o que eu sei.

(De uma história em quadrinhos)

5 de novembro

Ao todo, vinte e cinco dias fora do meu *gabinete*. Talvez seja esse o pleno vazio que chamam de viagem: enervamentos, desperdícios, infortúnios e até indigestões, nada mais que se possa contar. E, depois, a difícil recuperação, se é que de fato chegarei a me recuperar. Em São Paulo, eu só fazia repetir, evidentemente em voz baixa: "Se nós nos queixarmos da doença, Deus não nos concederá a morte". Na realidade, se descobrissem (e existiam muitas testemunhas esvoaçantes e concretas) eu estaria perdido como se de antemão fosse condenado a agir, na qualidade de um usurpador, um pobre de espírito e um libidinoso. Não me faço entender? Então permaneço aqui no meu lugar fechado de sempre, e encerro todas as questões. Pelo menos ninguém vai me botar as unhas em cima. Como dizia Cézanne, "a solidão, eis aí alguma coisa da qual sou digno". O próximo capítulo será: o que fica entre mim e o mundo. Apenas uma pergunta: o que é que fica mesmo entre nós todos e o mundo?

---

[43] Não tive a felicidade de conhecer a língua grega, embora possa decifrar "pensamentos" que parecem surgir da indeterminada antiguidade de um mundo animalesco (N. do A.).

9 de dezembro

Por que tenho silenciado? Ora, não fica difícil responder: porque o silêncio é a voz mais antiga.

> *Jamais serão essas vinhetas decadentes*
> *Belezas pútridas de um século plebeu*
> *Nem borzeguins ou castanholas estridentes,*
> *Que irão bastar a um coração igual ao meu.*
> *(As flores do mal)*
> Baudelaire

10 de dezembro

Finalmente o mural dedicado a Thomas Edison (*A trindade*) foi concluído. No começo de 1990, devo iniciar os trabalhos da grande fachada da Oficina, lembrando a sua inscrição maior que será: "O futuro tem um coração antigo"[44].

11 de dezembro

Paraíso Perdido

Envilecidos na lúgubre caminhada
Sem retorno,
Traímos pensamento, palavras e obras
O sagrado e o profano
O amor pronunciado em desespero
Ignorando a flor, o terremoto e o vulcão.

24 de dezembro

Helena Viktoria, a pequenina Goló, completa cinco anos de idade. Ela esteve comigo no decorrer de toda esta semana.

---

[44] Título de um livro do escritor italiano Carlo Levi, *Il futuro ha un cuore antico* (N. do A.).

25 de dezembro – Natal
Com olhos divertidos, a tentativa de releitura do *Alberto Savarus*, de Balzac.

Sempre o *discurso do outro*. Quem é Egídio Alvaro? Não importa. Vejamos o que ele tem a dizer, e que nos diz com propriedade: "Os artistas são os estrangeiros da história, os viajantes do futuro". Eu acrescentaria: criadores de sinais, precursores e depositários do indecifrável, provocadores de incontroláveis paixões ou perdas. No tribunal da história – não importa que história – entre culpado, testemunha e juiz, o artista será sempre a vítima. Ai das testemunhas e dos juízes por saberem sempre muito pouco! Permito-me uma única ressalva: esses viajantes do futuro devem carregar um coração antigo.

28 de dezembro
Já não temos vivo o corajoso Samuel Beckett. Como me pareceu difícil dizer o que acreditava saber!

Depois da temeridade da exposição paulista, incluindo a Bienal, o *Netuno* volta à Oficina de onde jamais deveria ter se ausentado. Nesses últimos dias do ano, fiz construir uma base apropriada, sobre a qual ficará para sempre.

Trecho do poema "O Sim Contra o Sim", de João Cabral de Melo Neto:

Miró sentia a mão direita
demasiado sábia
e que de saber tanto
já não podia inventar nada.

Quis então que desaprendesse
o muito que aprendera,
a fim de reencontrar
a linha ainda fresca da esquerda.

Pois que ela não pôde, ele pôs-se
a desenhar com esta

até que, se operando,
no braço direito ele a enxerta.

A esquerda (se não se é canhoto)
é mão sem habilidade:
reaprende a cada linha,
cada instante, a recomeçar-se.

30 de dezembro – sábado

Sim, com esse perpétuo calendário, acabamos convictos do fim dos tempos, e não apenas o passar de um novo ano. Rugem os latidos exasperados de uma nova década, mas é preciso convir que nada terminou ainda.

Com ou sem Beckett eu concordaria que "só há caminhos errados. A questão é encontrar o caminho errado que lhe convém". Sempre foi assim que falaram os mais sábios. Uma espécie de razão extraviada? Tudo é possível. Aguardemos ao menos debaixo de um silêncio carrancudo, e nada de alvoroços. A bela Mary McCarthy costumava apontar como uma das características de Flaubert o fato das ideias do escritor, nas falas de suas personagens, transformarem-se em desolados clichês. "Para Flaubert todas as ideias se tornam triviais, assim que alguém as exprime. Isso aplica-se indiferentemente tanto às boas como às más ideias. Toda biblioteca circulante é uma imagem da própria civilização. Ideias e sentimentos ficam cada vez mais maculados e imundos, como livros de bibliotecas que passam de mão em mão". Não há melhor motivo para calarmos de vez. Lembrar a lição de Bartleby: "Prefiro não dizer...".

Borges lembra, a propósito do desencanto de Bartleby, que é como se Melville houvesse escrito: "Basta que um único homem seja irracional, para que os outros o sejam e para que o seja o universo". Não pretendo ir mais longe – e de resto não poderia – na realidade, aproximo-me de *Bouvard e Pecuchet*, uma novela exemplar de Flaubert, como também de *Todos os que caem*, um Beckett dos mais agônicos. Suponho que não há nenhuma falácia nessa confissão. Antes, uma espécie de lucidez final: *tout se tient*. O mundo é monótono e os homens com as suas lamentações e esperanças não conseguem modificar suas velhas lendas. A canção derradeira é sempre a mais antiga.

31 de dezembro

Pela primeira vez saio do meu ateliê e durmo na casa de M. Gertrude, todavia sem deixar de antes avisar: "Não me toque!". Ela me responde com absurda serenidade: "Sua tristeza me preocupa". Batia meia-noite, debaixo dos estrondos ensurdecedores dos foguetes, quando involuntariamente (obedecendo a *outras* ordens) nos enlaçamos.

ÍNDICE ONOMÁSTICO

C

D

E

F

G

H

I

J

K

L

M

N

O

P

Q

R

S

T

U

V

W

Y

Z

~ 1980 ~

Realização de tapete cerâmico para a agência do Banco Econômico, Nova Iorque (EUA).

Realização de mural cerâmico para o edifício da IBM, Brasília (DF).

Realização de mural cerâmico para o Shopping Center Recife (PE).

Realização de mural cerâmico para a Companhia do Desenvolvimento do Vale de São Francisco | CODEVASF, Brasília (DF).

Criação do *Pássaro Rocca*, "o pássaro defensor de sua cria, o guardião da vida" uma das esculturas emblemáticas do *Grande Pátio* da Oficina Cerâmica Francisco Brennand.

Realização do curta-metragem *Oficina Brennand*, dirigido por Jayme Monjardim.

Exposições

Pintores Brasileiros, coletiva, Galeria Villa Rica, Recife (PE). Curadoria: Marta Loyo.

Coletiva, Casa da Cultura de Pernambuco, Recife (PE). O espaço fora anteriormente a Casa de Detenção, projetada pelo arquiteto Mamede Ferreira, em 1948. Em 1963, foi idealizado como um espaço que abrigaria a produção cultural do estado, em projeto criado por Francisco Brennand, então Chefe da Casa Civil do Estado.

~ 1981 ~

Realização do *Monumento aos Três Heróis da Restauração*, para a sede do DNER - Departamento Nacional de Estradas e Rodagens (hoje DNIT - Departamento Nacional de Infraestrutura de Transportes), Recife (PE).

Realização de mural cerâmico para a antiga loja Mesbla (hoje Riachuelo), na Av. Conde da Boa Vista, Recife (PE).

Ao longo da década de 1980 a Oficina Cerâmica Francisco Brennand se torna um local de visitação turística.

Exposições

Coleção Gilberto Chateaubriand, coletiva, Museu de Arte Moderna, Rio de Janeiro (RJ).

~ 1982 ~

Exposições

Brasil 60 Anos de Arte Moderna: Coleção Gilberto Chateaubriand, coletiva, Centro de Arte Moderna José de Azevedo Perdigão, Lisboa (Portugal); e Barbican Art Gallery, Londres (Inglaterra).

Primeira Exposição de Arte Latina, coletiva, participa com a escultura *Diana Caçadora*, Palácio do Rio Capibaribe, Galeria Municipal, Recife (PE). Coordenação: Sérgio Lemos, Delima e Jobson Figueiredo.

~ 1983 / 1984 ~

Realização da escultura *Celta* para o "Edifício Brennand", localizado na Praia do Pepino, em São Conrado, Rio de Janeiro (RJ).

No *Diário de Pernambuco* de 24 de janeiro de 1984, Fernando Monteiro publica o texto "Viagem ao Universo de Brennand", no qual pergunta: "Que espécie de sonho partido, lembrança viva de formas, de mitos, de elos rituais (como entre o ouro e o fogo corrompidos) ou que memória – anterior à sua – Brennand levanta aqui, no anel de ligadura (do barro e da tinta) em que o pintor-ceramista transforma o círculo de sua Oficina? Quimera do passado, antecipação de um futuro oculto ainda (talvez ele o pressinta, talvez ele o desminta), o que significa? Celebra a si mesmo? Ergue, acaso, um vasto museu de mim – este contrário artista que está e não está ali, no labirinto de alusões e sombras e feixes vítreos – refratário a toda vaidade, que tudo é isso sob o sol, nada há de novo (e tudo o proclama às visitas), como também anuncia e inscreve limites, segredos felizes, em admiração de carne e compreensão do espírito, por entre paredes reerguidas?". Recife (PE).

Em 24 de dezembro de 1984, nasce Helena Viktoria de Oliveira Brennand, terceira filha do artista. Recife (PE).

~ 1985 ~

Criação do *Obelisco* em cerâmica para a estação central do METROREC, o metrô de Recife (PE).

Maria da Conceição Brennand Guerra, filha do artista, assume a direção da Oficina Cerâmica Francisco Brennand, a convite do pai.

Exposições

XVIII Bienal de São Paulo - Expressionismo no Brasil, coletiva, participa com as esculturas *Mercúrio Aprisionado* e *Mulher*, São Paulo (SP).

Brasilidade e Independência, coletiva, participa com a escultura *Pelecanus,* Teatro Cláudio Santoro, em Brasília (DF). Curadoria: Olívio Tavares de Araújo.

Premiações

Medalha de *Officier de L'Ordre dês Arts et dês Lettres*, concedida pelo Ministério da Cultura da França, Paris (França).

~ 1986 ~

No *Jornal do Brasil*, o poeta Affonso Romano de Sant'Anna publica o artigo "Uma Fábrica de Metáforas", no qual observa: "aqui, em meio às chamas de imagens, ocorre outra alquimia: o que era terra, o que era barro, o que era pó se metamorfoseia em formas de eroticidade solar (...) Cada vez que aqui retorno amplia-se o espaço conquistado às ruínas e às nuvens".

Exposições

I Exposição Nacional de Esculturas Efêmeras de Fortaleza, coletiva, Fortaleza, (CE). Curadoria: Sérvulo Esmeraldo.

Pernambucanos em Brasília, coletiva, Galeria de Arte dos Correios, Brasília (DF).

~ 1987 ~

Realização de tapete cerâmico para o Hospital Aliança, Salvador (BA).

Publicação do livro *Brennand*, de Fernando Monteiro, com fotografia de Tadeu Lubambo, pela Editora Spala.

Premiações

Medalha Rodrigo Melo Franco de Andrade, pela Secretaria do Patrimônio Histórico e Artístico Nacional.

Medalha Fundação Projeto Rondon, pelo Ministério do Interior.

~ 1988 ~

Após visita a Brennand na Oficina Cerâmica, o crítico português Nuno Lima Carvalho, da Fundação Calouste Gulbenkian, diz em entrevista ao *Diário de Pernambuco*: "Estou profundamente maravilhado (...). Nada se compara, em qualquer país, com o que ele concebeu nesta belíssima terra dos trópicos (...). A imagem do pintor e ceramista (...) se torna ainda maior, monumental, singular, pois sua obra não tem ponto final".

Exposições

63/66 Figura e Objeto, coletiva, Galeria Millan, São Paulo (SP). Curadoria: Casemiro Xavier de Mendonça.

~ 1989 ~

Realização de mural cerâmico para o Hospital Aliança, Salvador (BA).

Criação da escultura *Pássaro Rocca Tríptico* para o Edifício Catamarã, Boa Viagem, Recife (PE).

Realização do vídeo *Francisco Brennand: Um sonho bárbaro*, dirigido por Geneton Moraes Neto e Guel Arraes.

Realização do documentário *Brennand e a Censura* para TV espanhola.

Exposições

Mostra Latino-Americana de Cultura, individual, com 61 peças cerâmicas, dentre painéis e esculturas. Royal Festival Hall do centro de arte Southbank Centre, Londres (Inglaterra). Coordenação: Roberto Viana.

Francisco Brennand: Cerâmicas e Pinturas, individual, com 100 peças produzidas entre 1960 a 1989, dentre esculturas em cerâmica, placas em porcelana, desenhos e pinturas. Galeria Montesanti-Roesler, São Paulo (SP). Curadoria: Casimiro Xavier de Mendonça.

XX Bienal Internacional de São Paulo, coletiva, participa com as obras *O cinto necessário* e *O pássaro*. São Paulo (SP).

II Bienal Internacional de Óbidos, coletiva, Óbidos (Portugal).

Artistas Contemporâneos Pernambucanos, coletiva, participa com as obras *O ovo da serpente* e *Cabeça I*. Josael Atelier Galeria de Arte, Recife (PE).

Premiações

Troféu José Duarte de Aguiar no IV Salão de Arquitetura e Decoração, Palácio das Convenções do Parque Anhembi, São Paulo (SP).

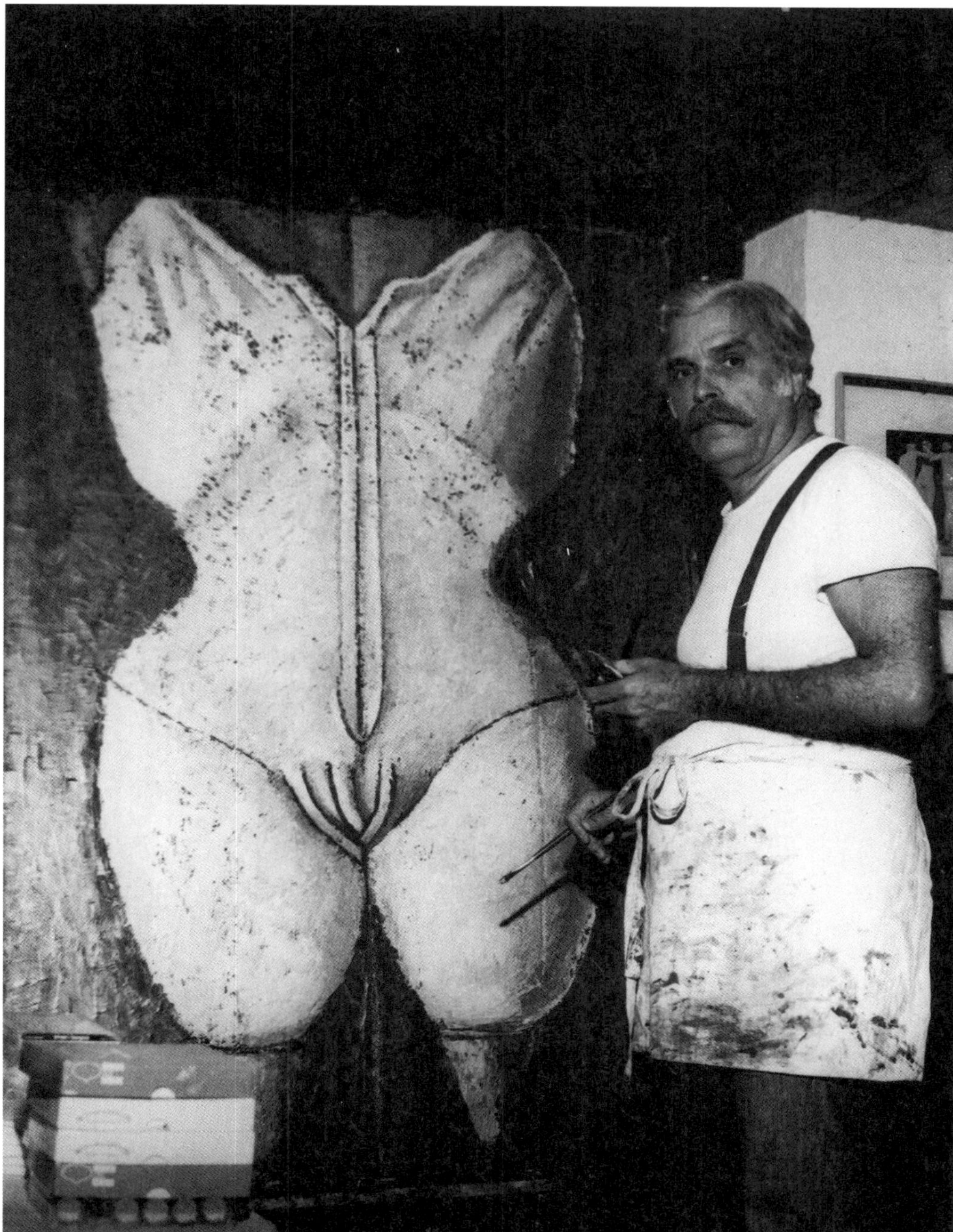

EDIÇÃO E IDEALIZAÇÃO
Marianna Brennand Fortes

COORDENAÇÃO EDITORIAL
Marianna Brennand Fortes
Inquietude

CONSULTORIA EDITORIAL
Silvana Monteiro de Carvalho
Arte Ensaio Editora

ASSISTENTE EDITORIAL
Carolina Benevides
Renata Azevedo

PRODUÇÃO EXECUTIVA
Mariola Filmes e Produções

EQUIPE DO ARTISTA
Cristiane Dantas
Marinez Teixeira

TEXTO CRONOLOGIA
Weydson Barros Leal
João Cândido Zacharias

FOTO CRONOLOGIA
Acervo Francisco Brennand

CAPA, PROJETO GRÁFICO E DIAGRAMAÇÃO
Flavio Flock

REVISÃO
Frederico de Carvalho Gomes
Sara Simões Silveira
Elizama Almeida
Cristina Parga
Ó Editorial

REVISÃO LÍNGUA ESTRANGEIRA
Flora Thomson-DeVeaux
Sophie Bernard
César Alarcón
Isa Carvalho

ÍNDICE ONOMÁSTICO
Elizama Almeida
Veronika Berg

IMPRESSÃO E ACABAMENTO
Companhia Editora de Pernambuco - Cepe

IMAGENS
1 / 2 e 495 / 496 | Manuscritos dos cadernos do Diário de Francisco Brennand
487 / 488 | Acervo Fotográfico Francisco Brennand

Inquietude
Rua João Francisco Lisboa, 790 | 09
50741-100, Várzea, Recife | PE

inquietude.art.br

LEI DE INCENTIVO À CULTURA

Patrocínio:

Itaú

GrupoCornélioBrennand

Apoio:

Cepe Editora

Realização:

MINISTÉRIO DA CULTURA

BRASIL GOVERNO FEDERAL

CIP | Catalogação na Publicação
Elaborada pela bibliotecária Gabriela Faray (CRB7-6643)

B838

Brennand, Francisco, 1927
Diário de Francisco Brennand : o nome do livro, vol. II : 1980 - 1989 / Francisco Brennand. - Recife/Rio de Janeiro : Inquietude, 2016.
496p. ; il. color. ; 23cm.

ISBN 978-85-93047-00-8 (obra completa)
ISBN 978-85-93047-02-2 (v. II)

1. Brennand, Francisco, 1927-. 2. Diários – artistas. 3. Memórias. 4. Arte brasileira. 5. Pintura. 6. Escultura. 7. Cerâmica. I. Título.

CDD – B808.883

Índice para catálogo sistemático:
1. Diários, manuscritos: 808.883

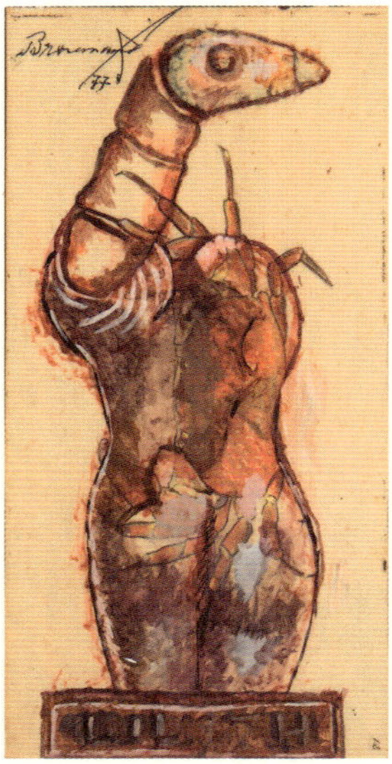

Lilith, [da série] Estudo para cerâmica.
Aquarela s/ papel, 37 x 18cm, 1977.

Autorretrato apenas começado. (pág. 6)
Acrílica s/ compensado, 73 x 91,5cm, 1978.

Esta obra foi editada entre 2014 e 2016
nas cidades do Rio de Janeiro e Recife.
Fonte | Adobe Caslon Pro e Centennial
Papel | Pólen Soft 80g/m²
Impressão | Companhia Editora de Pernambuco - Cepe
Tiragem | 2000

29 de Janeiro de 1987

* De uma história em quadrinhos:

OTO, É HORA DE ADQUIRIR CULTURA.

Exp: National Gallery of Art, Washington

03 de Fevereiro de 1987

* Recebi de presente um belo catálogo de Henri Matisse, trazido de Nova York pelo arquiteto José Goyana. Essas pinturas que abrangem o período inicial dos trabalhos na cidade de Nice (1916 - 1932) são, talvez, o que há de mais importante e bem sucedido na obra desse extra-ordinário artista francês. Ele demonstrava muito bem o que queria e às vezes não acertando, voltava a fazer sempre o mesmo desenho que desejava, isto é, um Matisse...

04 de Fevereiro

* Pode não parecer nada surpreendente, mas qual é prazer que não é tocado por um espasmo infanto-juvenil?

A velhice resta, infalivelmente, uma insubmissa velhacaria que à vez, nem sempre é destacante dos referidos espasmos infanto-juvenis. No final de contas tudo acaba por ser a mesma coisa.

06 de Fevereiro interditos

* Convictamente afirmo: ninguém conseguirá uma vacina contra o pecado. Teremos de retornar aos [illegible] e aos mandamentos cuja eficácia só os tolos desmentem ou ousam desautorizar. Hoje em dia ser moderno é não pecar.

08 de Fevereiro (Domingo)

* De longe ou de perto, acompanho os trabalhos das "reformas" que já se estendem pelos quase 120 dias. Permaneço dormindo no hotel e apesar de tudo, tenho tido a influência na companhia de M. G. uma mulher estranha como uma lacraia oriental. Impossível analisá-la ou compreendê-la. De resto já não procuro pesquisar e indecifrável e,